끝없는 세상

1

WORLD WITHOUT END
by Ken Follett

이 도서의 국립중앙도서관 출판예정도서목록(CIP)은
서지정보유통지원시스템 홈페이지(http://seoji.nl.go.kr)와
국가자료공동목록시스템(http://www.nl.go.kr/kolisnet)에서 이용하실 수 있습니다.
(CIP제어번호: CIP2019003593)

WORLD
WITHOUT
END

끝없는 세상

켄 폴릿 장편소설

한기찬 옮김

문학동네

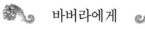 바버라에게

차례

많은 독자가 나에게 『대지의 기둥』 속편을 써달라고 했다. 그것은 무슨 의미였을까? 이름만 다를 뿐 똑같은 책이나 다름없을 대성당 건축에 관한 또 한 편의 소설을 쓰라는 의미는 아니었을 것이다. 나는 최초의 마천루에 대해 써볼까 생각했지만, 1880년대 시카고를 재현할 자신이 없었다. 오랫동안 고심한 끝에 '흑사병'에 관해 써보자는 생각이 떠올랐다.

흑사병은 인류를 덮친 가장 끔찍한 전염병이었다. 흑사병으로 적어도 유럽과 중동, 북아프리카 주민의 3분의 1이 사망했다. 나는 그 즉시, 주민 전체를 감염시킨 이 흑사병이 킹스브리지에도 덮쳤을 거라 상상할 수 있었다. 그보다 이백 년 전 대성당 건축이 킹스브리지 주민의 삶을 바꿔놓았던 것처럼.

정말 괜찮은 아이디어가 떠오를 때면 나는 흥분과 불안(과연 내가 그 일을 제대로 해낼까?), 그리고 빨리, 당장, 서둘러서 글을 써야겠다는 조급함에 휩싸이곤 한다.

나는 이 이야기가 어쩌면 그저 쓸 만한 이야깃거리 이상이 될지도 모른다고 느꼈다. 대성당 건축자들은 인간이 가진 지식의 한계를 끊임없이 몰아붙이던 기술 혁신자들이었다. 흑사병 역시 비록 무시무시한 질병이긴 했지만 그것과 유사한 성과를 거두었다. 의학적 사고에 일대혁명을 초래했던 것이다. 그 덕분에 전통적이고 미신적인 치료법들은 폐기되고 증거에 기반한 치료법이 그 자리를 대신했으며 현대의학의 기초가 마련되었다. 따라서 흑사병은 거대한 드라마였을 뿐만 아니라 인지의 역사에서 하나의 커다란 전환점이기도 했다.

집필 초기에 나는 요크 대성당의 기초를 조사하기 위해 요크로 취재를 갔다. 그날 저녁 아내 바버라와 나는 미사에 참석했는데, 그 일은 그야말로 최고의 경험이었다. 성가 대부분은 "태초에 그랬듯이 지금도 그러하고 끝없는 세상에 이르기까지world without end 그러하리라, 아멘"이라는 구절로 끝난다. 미사 도중 나는 바버라에게 속삭였다. "'끝없는 세상'이라는 제목 어떨까?"

"괜찮은걸." 아내가 대꾸했다.

지금 여러분의 손에 들려 있거나 전자책 단말기에 들어 있을 이 글은 내가 쓴 것 가운데 가장 긴 소설로 41만 5천 자 분량이며, 집필에만 삼 년이 걸렸다. 이제부터 여러분은 폭력적이고 야만적이며 악취가 풍기는 14세기의 세계로 들어서게 될 것이다. 그리고 꽤 오랫동안 그곳에 머물게 될 것이다. 즐거운 독서가 되길 바란다.

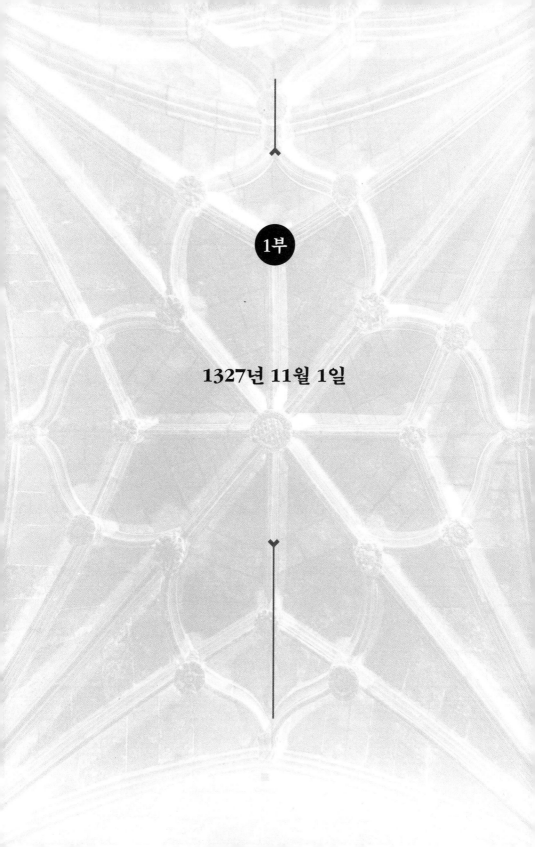

1부

1327년 11월 1일

1

 렌다는 여덟 살이지만 어둠을 무서워하지 않았다.

 눈을 떴을 때 아무것도 볼 수 없었지만, 그렇다고 무섭지는 않았다. 렌다는 자기가 어디 있는지 잘 알았다. 킹스브리지 수도원, 사람들이 구호소라 부르는 길쭉한 석조건물의 짚을 간 바닥에 누워 있었다. 어머니가 옆에 누워 있었는데, 포근한 젖냄새가 나는 걸로 봐서 아기에게 젖을 물리고 있다는 걸 알 수 있었다. 아기는 아직 이름이 없었다. 어머니옆에 아버지가 있었고, 아버지 옆에 렌다의 오빠 필리먼이 있었다. 오빠는 열두 살이었다.

 구호소는 사람들로 가득했고, 바닥에 누워 있는 다른 가족들이 눈에 보이지는 않았지만 우리의 양처럼 잔뜩 몰려들어온 사람들의 따뜻한 몸에서 나는 고약한 냄새를 맡을 수 있었다. 날이 밝으면 만성절*인데, 올해는 일요일이어서 특히 성스러운 날이었다. 따라서 어젯밤은 악

---

* 모든 성인의 덕과 위대함을 기리는 축일로, 11월 1일이다.

령들이 활개치고 돌아다니는 위험하기 짝이 없는 만성절 전야였다. 궨다의 가족처럼 인근 마을에서 수많은 사람이 핼러윈을 수도원의 신성한 경내에서 보내고 새벽에 있을 만성절 미사를 올리기 위해 찾아왔다.

분별 있는 사람이면 누구나 그렇듯 궨다도 악령을 경계했지만, 정작 두려운 것은 새벽미사 때 자신이 해야 할 일이었다.

그녀는 두려움을 떨치려고 일부러 어둠 속을 빤히 바라보았다. 맞은편 벽에 아치 모양 창문이 있다는 것을 알고 있었다. 거기에는 싸늘한 가을의 공기를 막기 위해 유리 대신—아주 중요한 건물에만 창에 유리가 달렸다—아마포 가리개가 드리워져 있었다. 하지만 창문이 있을 자리에 보여야 할 흐릿한 회색 천이 보이지 않았다. 그 사실이 기뻤다. 아침이 오지 않으면 좋겠다고 생각했다.

눈에 보이는 것은 없어도 귀로 들리는 소리는 많았다. 사람들이 잠결에 뒤척이는 바람에 바닥에 깔린 짚이 끊임없이 바스락댔다. 어떤 아이가 꿈에서 깼는지 울음을 터뜨렸지만 나지막하게 어르는 소리에 곧 잠잠해졌다. 이따금 알아들을 수 없는 잠꼬대 소리도 들렸다. 어디선가 두 사람이, 어머니 아버지도 곧잘 하는 뭔가를 하는 소리가 들려왔다. 어머니 아버지는 그 일에 관해 아무 말도 하지 않았다. 궨다는 달리 붙일 말이 없었기 때문에 그것을 끙끙거리기라고 불렀다.

빛은 너무 일찍 나타났다. 길쭉한 방 동쪽 끝에 있는 제단 뒤편에서 수사가 초를 들고 들어왔다. 그는 초를 제단에 내려놓고 초 먹인 심지에 불을 옮겨 붙이고는 그것을 들고 방안을 돌아다니며 벽에 달린 등잔마다 불을 붙였다. 수사가 불붙은 심지를 등잔 심지에 갖다댈 때마다 그의 긴 그림자가 물에 비친 그림자처럼 벽에 나타났다.

빛이 밝아오면서 우중충한 외투로 몸을 감싸거나 온기를 찾아 옆 사람과 바짝 붙은 채 바닥에 웅크리고 있는 군중의 형상이 드러났다. 제단 옆 간이침상은 병자들이 차지하고 있었다. 수도원의 성스러움을 가장 풍부하게 누릴 수 있는 곳일 것이다. 그 맞은편 끝에 위층으로 통하는 계단을 올라가면 귀족 방문객을 위한 객실이 있다. 현재는 셔링 백작이 가족과 함께 묵고 있었다.

수사가 궨다의 머리맡에 있는 등잔에 불을 붙이려고 몸을 기울였다. 수사는 궨다와 눈이 마주치자 미소를 지었다. 흔들리는 불빛 속에서 수사의 얼굴을 살펴본 궨다는 그가 고드윈 형제임을 알았다. 그는 젊고 잘생겼고, 어젯밤 필리먼에게 따뜻한 말을 건네기도 했다.

궨다 옆에는 같은 마을에서 온 다른 가족이 있었다. 넓은 농지를 가진 부자 새뮤얼이 아내와 두 아들과 함께 있었는데, 막내 울프릭은 여자아이들에게 도토리를 던지고 달아나는 일을 세상에서 가장 재미있는 장난으로 아는 짜증나는 여섯 살짜리였다.

궨다의 가족은 잘살지 못했다. 땅이 없는 아버지는 품팔이로 먹고살았다. 여름철에는 일이 끊이지 않았지만, 추수가 끝나고 날이 추워지면 궨다의 가족은 종종 굶기도 했다.

바로 그 이유 때문에 궨다는 도둑질을 해야 했다.

궨다는 도둑질을 하다가 붙잡히는 장면을 상상하곤 했다. 억센 손이 빠져나갈 수 없을 만큼 단단히 자신의 팔뚝을 붙잡고, 자신은 아무리 몸부림쳐도 빠져나갈 수 없다. 깊게 울리는, 무자비한 목소리가 들린다. "이런 꼬마 도둑 같으니." 매질의 고통과 굴욕감. 그리고 무엇보다 손이 잘리는 통증과 상실감.

궨다의 아버지가 그런 형벌을 받았다. 아버지의 왼쪽 팔뚝 끝은 보기에도 섬뜩하게 뭉툭 잘려나간 상태였다. 아버지는 한 손으로도 능숙하게 일했다. 삽질도 하고, 말에 안장도 얹고, 새를 잡을 올가미도 만들었다. 그럼에도 아버지는 언제나 봄철에 가장 마지막으로 고용되고, 가을

철에 가장 먼저 해고됐다. 아버지는 이 마을을 떠나 다른 곳에서 일을 구할 수도 없었다. 잘린 팔을 보면 도둑이었다는 사실이 드러나 고용해 줄 사람이 없는 것이다. 마을을 떠나 있을 때는 팔이 잘려나간 부분에 속을 넣은 장갑을 묶어 처음 보는 사람이 자신을 피하는 일을 막으려 했지만, 그런 눈속임은 오래가지 못했다.

렌다는 아버지가 처벌당하는 장면을 보지 못했지만—그 일은 그녀가 태어나기 전의 일이었다—이따금 그 장면을 상상하며 이제 같은 일이 자신에게도 벌어지리라는 생각을 하지 않을 수 없었다. 렌다는 상상 속에서 도끼날이 자신의 팔목으로 내려와 살과 뼈를 자르고 두번 다시 붙일 수 없도록 팔에서 손을 끊어내는 광경을 보았다. 그럴 때면 비명이 터지지 않게 이를 악물어야 했다.

사람들이 일어나 기지개를 켜고 하품을 하며 얼굴을 문질렀다. 렌다도 자리에서 일어나 옷을 털었다. 모두 오빠에게서 물려입은 옷이었다. 무릎까지 내려오는 모직 시프트 위에 튜닉을 걸치고, 삼끈으로 만든 허리띠를 묶었다. 그녀가 신은 신발은 예전에는 끈이 있었지만 끈을 넣는 구멍이 찢어지고 끈도 없어져서 짚을 꼬아 발에 고정시켰다. 다람쥐꼬리로 만든 모자 속으로 머리를 집어넣으면 입을 건 다 입은 셈이었다.

렌다는 아버지와 눈이 마주쳤다. 아버지는 아무도 모르게 한쪽에 있는 어느 가족을 눈짓으로 가리켰다. 렌다보다 조금 나이가 많은 두 사내아이를 데리고 있는 중년 부부였다. 남자는 키가 작고 홀쭉한 체구에 곱슬곱슬한 붉은 턱수염을 기르고 있었다. 혁대에 칼을 차고 있었는데, 그건 그가 군관이거나 기사라는 의미였다. 평범한 사람들에게는 무기 소지가 허용되지 않았다. 비쩍 마른 그의 아내는 팔팔한 태도에 얼굴은 심술궂어 보였다. 렌다가 그 가족을 유심히 살펴보고 있을 때 고드윈 형제가 그들에게 경의를 표했다. "안녕하십니까, 제럴드 경, 레이디 모드."

렌다는 아버지의 관심을 끈 것이 무엇인지 알았다. 제럴드 경의 혁대에 가죽끈으로 지갑이 달려 있었다. 지갑은 불룩했다. 조그맣고 얇은 은화. 영국의 통화인 반 페니, 파딩*이 몇백 개는 들어 있는 것 같았다. 그 정도면 아버지가 일 년 내내 일했을 때 버는 액수였다. 일 년 내내 일할 수 있다면. 그 정도면 그들 가족이 봄에 밭일을 하기 전까지 먹고도 남을 것이다. 어쩌면 지갑 안에 피렌체의 플로린이나 베네치아의 두카트 같은 외국 금화도 있을지 모른다.

렌다의 목에는 나무 칼집에 든 작은 칼이 매달려 있는 끈이 걸려 있었다. 그 날카로운 날로 재빨리 가죽끈을 잘라 불룩한 지갑을 자신의 작은 손에 떨어지도록 할 수 있었다. 이상한 낌새를 챈 제럴드 경이 그녀가 일을 해치우기 전에 붙잡지만 않는다면……

웅성거리는 말소리에 고드윈이 목청을 높였다. "우리에게 자비를 가르쳐주시는 주님의 사랑으로, 만성절 미사가 끝나는 대로 아침식사가 준비될 겁니다. 또한, 물을 마실 분들은 안뜰 분수의 깨끗한 물을 드시기 바랍니다. 그리고 밖에 있는 변소를 사용해주세요. 실내에서 소변을 보면 안 됩니다!"

수사들과 수녀들은 청결에 대해서는 엄격했다. 어젯밤 고드윈은 여섯 살짜리 사내아이가 한쪽 구석에서 오줌을 누는 것을 보고는 그 가족 모두를 내쫓았다. 여인숙에 들 돈이 없었다면 그 가족은 쌀쌀한 10월의 밤을 성당 북쪽의 현관 돌바닥에서 덜덜 떨며 보냈을 것이다. 동물도 들어올 수 없었다. 다리가 셋 달린 렌다의 강아지 호프도 쫓겨났다. 렌다는 호프가 어디서 밤을 보냈는지 궁금했다.

고드윈은 등잔에 모두 불을 붙이고 나서 밖으로 통하는 커다란 나무

---

* 4분의 1페니에 해당함.

문을 열었다. 켄다의 귀와 코끝에 싸늘한 공기가 닿았다. 성당에서 밤을 보낸 신도들은 외투를 바짝 여미고 어기적거리며 걸어나가기 시작했다. 제럴드 경과 그의 가족이 걸음을 옮기자 아버지와 어머니가 그들 뒤의 줄에 끼어들었고, 켄다와 필리먼은 어른들이 하는 대로 따라 했다.

필리먼은 바로 전까지 도둑질을 했는데, 어제 킹스브리지 시장에서 하마터면 잡힐 뻔했다. 어느 이탈리아 상인의 노점에서 값비싼 기름이 든 단지를 슬쩍하려다 떨어뜨리는 바람에 사람들에게 들킨 것이다. 땅에 떨어진 단지는 다행히 깨지지 않았다. 필리먼은 실수로 좌판에 놓인 단지를 떨어뜨린 척했다.

얼마 전까지만 해도 켄다처럼 몸집이 작아 남의 눈에 잘 띄지 않았던 필리먼은 작년에 키가 훌쩍 크고 변성기가 오면서 새로 얻은 커다란 몸뚱이가 익숙하지 않은 듯 행동이 어색하고 어설퍼졌다. 기름 단지 사건이 있고 나서 어젯밤 아버지는, 도둑질을 하기에 필리먼은 몸이 너무 커버렸으니 이제부터는 켄다가 그 일을 맡아야겠다고 말했다.

켄다가 거의 잠을 이루지 못한 채 누워 있었던 것은 바로 그것 때문이었다.

필리먼의 본명은 홀거였다. 열 살이 됐을 때 소년은 수사가 되기로 마음먹고 사람들에게 필리먼으로 개명했다고 말했다. 그 이름이 좀더 종교적으로 들렸던 것이다. 뜻밖에도 사람들은 대부분 그가 불러달라는 이름으로 불러줬지만, 어머니 아버지는 여전히 홀거라고 불렀다.

문을 나서니 구호소에서 킹스브리지 대성당의 서쪽 문으로 통하는 길을 밝히려고 횃불을 든 수녀들이 두 줄로 늘어선 채 덜덜 떨고 있었다. 횃불 빛이 미치는 가장자리에는 마치 밤의 도깨비와 요귀들이 신성한 존재인 수녀들과 일정한 거리를 유지한 채 눈에 보이지 않게 까불기라도 하는듯 그림자들이 일렁였다.

젠다는 밖에서 강아지 호프가 기다리고 있을지 모른다고 생각했지만 보이지 않았다. 어쩌면 잠을 잘 만한 따뜻한 곳을 찾았는지도 모른다. 성당으로 걸어가는 동안 아버지는 제럴드 경의 뒤를 놓치지 않았다. 뒤쪽에서 누군가 젠다의 머리카락을 아프게 잡아당겼다. 아이는 도깨비 짓이라고 생각하고 비명을 질렀지만 고개를 돌려 보니 여섯 살짜리 이웃인 울프릭이었다. 꼬마는 웃으면서 젠다의 손이 닿지 않는 곳으로 달아났다. 그러자 울프릭의 아버지가 호통을 치며 아들의 머리를 쥐어박았다. "얌전하게 굴어!" 꼬마가 울음을 터뜨렸다.

거대한 성당은 한데 몰려 있는 군중의 머리 위로 높다랗게 솟아 형체를 알아볼 수 없는 덩어리처럼 보였다. 흔들리는 횃불 빛에 오렌지색과 붉은색으로 물든 아치와 중간 문설주처럼 지면에 가까운 부분만 눈에 또렷했다. 행렬이 느릿느릿 대성당 입구를 향해 다가가고 있을 때 맞은 편에서 한 무리의 마을 사람들이 들어왔다. 젠다는 수백 명, 어쩌면 수천 명이겠다고 생각했지만 천 명이 어느 정도나 되는지 알지 못했다. 거기까지는 세어본 적이 없었다.

군중은 현관 안쪽을 향해 조금씩 밀려들어갔다. 흔들리는 횃불 빛이 벽에 조각된 형상을 비추자 그것들이 미친듯이 춤을 추는 것 같아 보였다. 가장 아래쪽에는 악마들과 괴물들이 있었다. 젠다는 불안한 눈으로 용과 그리핀, 인간의 머리를 한 곰, 몸뚱이는 두 개인데 주둥이는 하나뿐인 개를 빤히 바라보았다. 인간과 싸우는 악마도 있었다. 사람의 목에 올가미를 씌우는 악마, 여자의 머리카락을 잡아끄는 여우처럼 생긴 괴물, 양손으로 벌거벗은 남자를 창으로 찌르는 독수리도 있었다. 이런 장면들 위쪽에는 성인들이 줄지어 서 있고, 그들 위로는 사도들이 옥좌에 앉아 있었다. 정문 위 아치에는 열쇠를 든 성 베드로와 두루마리를 든 성 바오로가 경배하는 눈길로 예수그리스도를 올려다보고 있었다.

궨다는 예수가 자신에게 죄를 짓지 말라고, 안 그러면 악마에게서 고통을 받을 거라고 말하고 있다는 것을 알았지만, 그녀는 악마보다 사람이 더 무서웠다. 제럴드 경의 지갑을 훔치지 못하면 아버지에게 매질을 당할 것이다. 그보다 더 나쁜 일은, 가족이 먹을 것이 도토리죽밖에 없을 거라는 사실이다. 궨다와 필리먼은 연달아 몇 주를 굶주리게 될 것이다. 어머니의 젖이 말라붙어 갓난아기가 죽을 것이다. 이전의 두 아기도 그렇게 죽었다. 그리고 아버지는 며칠 모습을 보이지 않다가 앙상한 왜가리나 다람쥐 몇 마리가 든 항아리를 들고 돌아올 것이다. 굶주림은 매질보다 더 나쁜데, 그 고통이 매질보다 더 오래가기 때문이다.

궨다는 어렸을 때부터 훔치는 법을 배웠다. 노점에서 사과를 훔치거나 이웃집 암탉이 낳은 달걀을 훔치거나 술집에서 주정뱅이가 무심코 떨어뜨린 나이프를 훔쳤다. 하지만 돈을 훔치는 것은 그런 것과는 달랐다. 만약 제럴드 경의 것을 훔치다가 붙잡히면 눈물을 흘리며 그저 행실이 나쁜 아이로만 취급되길 바랄 수 없을 것이다. 언젠가 마음씨 좋은 수녀의 아름다운 가죽신을 훔쳤을 때 그랬던 것처럼. 기사의 지갑끈을 자르는 행위는 어린아이가 할 만한 하찮은 죄가 아니라 어른들이나 저지르는 중죄이고, 그녀는 그에 합당한 벌을 받게 될 것이다.

궨다는 그 생각을 하지 않으려 했다. 그녀는 몸이 작고 민첩하고 손이 빨랐다. 떨지 않는다면 유령처럼 감쪽같이 지갑을 훔칠 수 있을 것이다.

널찍한 성당은 벌써 사람들로 가득했다. 측면 통로에는 두건을 쓴 수사들이 연신 붉은빛을 내뿜는 횃불을 들고 있었다. 신자석에 도열한 기둥들은 어둠 속으로 우뚝 뻗어올라 있었다. 사람들이 밀치락달치락 제단 쪽으로 몰려갈 때도 궨다는 제럴드 경에게 바짝 붙어서 있었다. 붉은 턱수염을 기른 기사와 호리호리한 부인은 궨다를 눈여겨보지 않았다. 부부의 두 아들도 궨다에게 성당의 돌벽만큼의 관심도 두지 않았다. 궨다의 가족은 뒤처지다 곧 시야에서 사라졌다.

신자석은 빠르게 채워졌다. 퀜다는 한 장소에 이처럼 많은 사람이 모인 것을 본 적이 없었다. 장날의 성당 앞 초지보다 더 북적댔다. 악령들로부터 안전한 이런 성스러운 장소에 있게 된 사람들은 서로 기분좋게 인사를 나눴는데, 그 소리가 합쳐지자 거대한 함성처럼 들렸다.

이윽고 종이 울리고, 사람들은 입을 다물었다.

제럴드 경은 시내에서 온 어느 가족 옆에 나란히 서 있었다. 모두 고운 천으로 지은 외투를 차려입은 그들은 아마도 부유한 양모 상인일 것 같았다. 기사 바로 옆에 열 살쯤 된 소녀가 서 있었다. 퀜다는 제럴드 경과 그 소녀 뒤에 섰다. 퀜다는 되도록이면 시선을 끌지 않으려 애썼지만 당황스럽게도 소녀가 퀜다 쪽을 보더니, 마치 무서워할 것 없다고 안심시키려는 듯한 미소를 보냈다.

군중 바깥쪽에 둘러서 있던 수사들이 햇불을 하나씩 *끄기* 시작했다. 이윽고 넓은 성당 안은 칠흑 같은 어둠에 잠겼다.

퀜다는 그 부잣집 소녀가 나중에 자신을 기억할지 궁금했다. 그 소녀는 다른 사람들이 대부분 그렇듯 퀜다에게 시선을 던졌다가 그냥 무시해버리지 않았다. 소녀는 그녀에게 관심 어린 시선을 보냈고, 그녀에 대해 생각했으며, 뭔가 무서워하는 모양이라고 여기고는 다정한 미소까지 보냈다. 그러나 성당 안에는 수백 명의 아이가 있었다. 그리고 흐릿한 불빛 아래서 퀜다의 얼굴을 그렇게 선명하게 보지는 못했을 것이다…… 정말 그럴까? 퀜다는 마음속에서 그런 걱정을 몰아내려 했다.

깜깜한 어둠 속에서 퀜다는 한 걸음 앞으로 나서서 소리 없이 두 사람 사이에 끼어들었다. 한쪽으로는 소녀의 보드라운 양모 외투가, 다른 한쪽으로는 뻣뻣한 천으로 된 기사의 낡은 서코트*가 느껴졌다. 이제 퀜다는 지갑을 손에 넣을 위치에 있었다.

켄다는 목 안쪽으로 손을 넣어 칼집에서 작은 칼을 빼냈다.

그때 무시무시한 비명이 정적을 깨뜨렸다. 켄다는 그런 일이 일어나리라고 예상하고 있었다. 미사 도중 일어날 일에 대해 어머니가 말해줬었다. 그래도 그녀는 그 비명에 놀랐다. 마치 누군가가 지독한 고통을 당하는 소리 같았다.

이어서 쇠판을 두들기는 듯한 요란한 소리가 났다. 그리고 다시 울부짖는 소리, 사나운 웃음소리, 사냥용 나팔 소리, 우르릉 울리는 소리, 짐승들 울음소리, 깨질 듯한 종소리들이 이어졌다. 신도들 속에서 한 아이가 울음을 터뜨리자 다른 아이들도 합세하기 시작했다. 몇몇 어른도 불안한 웃음을 터뜨렸다. 사람들은 수사들이 이런 소동을 벌이는 줄 알고 있었지만, 그래도 소름이 끼칠 만큼 불쾌한 소리였다.

지금은 지갑을 훔칠 때가 아니야 하고 켄다는 두려운 마음으로 생각했다. 모두가 잔뜩 긴장하고 있을 터였다. 기사는 조금만 건드려도 금방 알아차릴 것이다.

지독한 소음은 점점 커졌는데, 새로운 소리가 끼어들기 시작했다. 음악소리였다. 처음에는 너무 나지막해서 켄다는 자신이 정말 그 소리를 들었는지 의아했지만, 점점 높아졌다. 수녀들이 노래하고 있었다. 켄다는 몸속으로 긴장감이 밀려드는 것을 느꼈다. 그 순간이 다가오고 있었다. 그녀는 유령처럼 살그머니, 공기처럼 알아챌 수도 없이 제럴드 경을 마주보는 위치로 몸을 돌렸다.

켄다는 그가 무엇을 입고 있는지 정확히 알고 있었다. 묵직한 양모 겉옷을 폭이 넓고 징이 박힌 혁대로 졸라맨 차림이었다. 지갑은 바로 그 혁대의 가죽끈에 매달려 있었다. 겉옷 위에는 수를 놓은 서코트를 걸쳤

---

* 13~14세기 유럽에서 갑옷 위에 입던 원피스 형식의 겉옷.

는데, 비싼 것이지만 낡았고, 노랗게 바랜 상아 단추로 앞을 잠글 수 있었다. 그는 단추를 잠그기는 했지만 전부 다 잠그지는 않았는데, 잠에서 깬 느른함 때문이거나 구호소에서 성당까지 거리가 얼마 되지 않기 때문에 그랬을 것이다.

켄다는 되도록 가볍게 작은 한 손을 그의 외투에 가져다댔다. 자신의 손이 거미처럼 아무런 무게도 없어서 그가 느끼지 못할 거라고 상상했다. 거미손으로 그의 외투 앞쪽을 더듬으며 벌어진 틈을 찾았다. 그러고는 외투 안쪽으로 살그머니 집어넣어 묵직한 혁대를 따라가다 지갑이 있는 곳에 닿았다.

음악소리가 높아지며 복마전 같던 소동은 잦아들었다. 군중 앞쪽에서 경외감에 찬 웅얼거림이 터져나왔다. 켄다는 보이지 않았지만 지금 등잔이 제단을 비추고, 불빛이 그 위에 얹힌 성 아돌푸스의 유골함을, 상아와 황금으로 정교하게 조각해 만든 궤를 비추고 있으리라는 것을 알았다. 횃불이 꺼졌을 때만 해도 그 자리에 없었던 유골함이었다. 군중은 앞으로 몰려갔다. 모두가 그 성스러운 유골에 좀더 가까이 가려 했다. 켄다는 자신의 몸이 제럴드 경과 그의 앞쪽에 있던 남자 사이에 끼어든 순간 오른손을 들어 지갑 끈에 칼날을 가져다댔다.

가죽이 질겨 첫번째 시도에서 끈을 자르지 못했다. 켄다는 제럴드 경이 제단에서 벌어지는 일에 집중하느라 자신의 코밑에서 벌어지고 있는 일을 알아채지 못하기만 바라면서 미친듯이 잘랐다. 시선을 들어 보니 주위에 있는 사람들의 윤곽을 알아볼 수 있을 정도로 밝았다. 수사들과 수녀들이 촛불을 켜기 시작한 것이다. 빛은 시시각각 밝아질 것이다. 이제 시간이 없다.

켄다가 힘껏 칼을 당기자 끈이 잘리는 느낌이 왔다. 제럴드 경이 나지막하게 끙 소리를 냈다. 뭔가 낌새를 챈 걸까, 아니면 제단 위의 장관 때문일까? 지갑이 그녀의 손에 떨어졌다. 하지만 한 손으로 쉽게 잡기에는 너무 커서 놓치고 말았다. 끔찍한 그 순간, 퀜다는 자신이 그 지갑을 바닥에 떨어뜨릴 것이며 결국 군중의 무심한 발들 사이에서 잃어버리고 말 거라고 생각했다. 그러나 지갑이 용케도 다시 그녀의 손에 들어왔다.

기쁨에 넘치는 안도감이 찾아왔다. 지갑을 손에 넣었다.

하지만 아직 무서운 위험에서 벗어난 것은 아니었다. 심장이 세차게 뛰는 소리가 모두에게 들릴 것만 같았다. 퀜다는 기사에게서 재빨리 등을 돌렸다. 그와 동시에 묵직한 지갑을 자신의 튜닉 앞쪽에 쑤셔넣었다. 흡사 노인의 뱃가죽처럼 자신의 허리띠 사이에 들어간 그 지갑이 눈에 띌 정도로 불룩 튀어나온 것을 느낄 수 있었다. 그래서 지갑을 옆구리 쪽으로 옮겼고, 팔로 어느 정도 가릴 수 있었다. 주위가 환해지면 역시나 눈에 띌 테지만 거기 말곤 달리 둘 데가 없었다.

퀜다는 칼을 칼집에 넣었다. 이제 제럴드 경이 지갑을 없어졌다는 사실을 알아채기 전에 재빨리 달아나야 했다. 그러나 눈에 띄지 않게 지갑을 훔치도록 도와준 신도들 무리가 이번에는 달아나지 못하게 길을 막고 있었다. 그녀는 뒤편에 있는 사람들 사이에 틈을 만들어보려고 뒷걸음질해보았지만 모두가 여전히 성인의 유골을 보기 위해 앞으로 몰려들고 있었다. 퀜다는 자신이 도둑질을 한 그 사람 앞에서 옴짝달싹하지 못한 채 갇히고 말았다.

그때 귓전에서 목소리가 들렸다. "너 괜찮은 거니?"

부잣집 소녀였다. 퀜다는 애써 낭패감을 억눌렀다. 그녀는 남의 눈에 띄지 않아야 했다. 도움을 주려는 연상의 소녀의 등장이야말로 퀜다가 가장 원치 않는 일이었다. 퀜다는 대꾸하지 않았다.

"조심들 하세요!" 그 소녀가 주위에 있는 사람들에게 말했다. "이러다가 이 아이를 밟겠어요."

 궨다는 하마터면 비명을 지를 뻔했다. 이 부잣집 소녀의 사려 깊은 행동 때문에 궨다의 손이 잘릴 수도 있었다.

 필사적으로 달아나려는 마음에서 그녀는 조금이라도 뒤로 가기 위해 앞에 있는 남자를 양손으로 떠밀었다. 그러다가 그만 제럴드 경의 주의를 끌고 말았다. "거기서는 아무것도 보이지 않겠구나, 응?" 그녀에게 도둑질을 당한 당사자가 상냥한 목소리로 말했다. 그러고는 기겁하게도 겨드랑이 밑으로 팔을 넣어 궨다를 번쩍 들어올렸다.

 속수무책이었다. 궨다의 겨드랑이를 잡은 그의 커다란 한쪽 손은 지갑에서 겨우 1인치 떨어져 있었다. 그녀는 그가 자신의 뒤통수밖에 보지 못하도록 얼굴을 돌렸다. 군중 너머로 보이는 제단에서는 수사들과 수녀들이 더 많은 촛불에 불을 붙이면서 오래전에 세상을 떠난 성인을 기리는 노래를 부르고 있었다. 그들 너머 성당 동쪽 끝에 있는 커다란 장미창으로 희미한 빛이 비쳐들었다. 악령을 몰아내며 동이 트고 있었다. 이제 쨍그랑하고 울리던 소리는 그치고 노랫소리가 솟아올랐다. 키가 크고 잘생긴 수사가 제단에 올랐다. 궨다는 그가 킹스브리지의 앤서니 수도원장임을 알아보았다. 수도원장은 축복하기 위해 양손을 치켜들고 큰 소리로 말했다. "이리하여 다시 한번, 예수그리스도의 은총으로, 이 세상의 악함과 암흑은 하느님의 성스러운 교회의 화합과 광명에 의해 추방됐습니다."

 신도들은 승리의 함성을 지르고는 긴장을 풀기 시작했다. 의식의 절정이 지나간 것이었다. 궨다가 몸을 꿈틀거리자 제럴드 경은 무슨 뜻인지 알아채고 그녀를 내려줬다. 궨다는 여전히 그에게서 얼굴을 돌린 채 그를 지나쳐 뒤쪽으로 나아갔다. 사람들이 이제 제단 쪽을 보려고 애쓰지 않았기 때문에 수월하게 군중 속을 뚫고 갈 수 있었다. 뒤로 갈수록 더 쉬웠다. 이윽고 서쪽 문에 다다른 렌다는 거기서 기다리는 자신의 가족을 만났다.

아버지는 실패했다고 하면 혼낼 준비를 한 채 기대감 어린 눈으로 렌다를 바라보았다. 그녀는 셔츠 속에서 지갑을 꺼내 밀쳐내듯 아버지에게 건넸다. 수중에 있던 지갑을 건네주자 홀가분했다. 아버지는 지갑을 받고 몸을 돌려 안을 슬쩍 들여다보았다. 렌다는 아버지의 얼굴에서 기쁨의 미소를 보았다. 아버지가 어머니에게 지갑을 주자, 어머니는 재빨리 그것을 아기를 싼 담요 틈에 집어넣었다.

이제 시련은 끝났지만, 위험이 사라진 건 아니었다. "어느 부잣집 여자아이가 날 봤어요." 렌다는 자신의 목소리에 어린 날카로운 공포를 느꼈다.

아버지의 작고 검은 눈이 원망으로 번뜩였다. "그애가 네가 하는 짓을 봤어?"

"아니요. 하지만 그애가 사람들에게 나를 밟지 말라고 말했어요. 그러니까 그 기사가 내가 잘 볼 수 있게 날 안아올렸어요."

어머니가 나지막이 신음소리를 냈다.

"그러면 그자가 네 얼굴을 봤겠구나." 아버지가 말했다.

"나는 계속 얼굴을 돌리고 있었어요."

"그래도 그자와는 다시 마주치지 않는 게 좋겠어. 우리는 수도원 구호소로 돌아가지 않을 거야. 여인숙 식당에 가서 아침을 먹자."

"내내 숨어 있을 수는 없어요." 어머니가 말했다.

"그렇지. 하지만 군중 속에 있으면 괜찮을 거야."

렌다는 마음이 놓이기 시작했다. 아버지는 실제로 위험한 일은 없다고 여기는 듯했다. 어쨌든 그녀는 아버지가 다시 사태를 지휘하고 자신에게서 책임을 가져갔다는 것만으로도 마음이 놓였다.

"게다가 수사들이 주는 묽은 죽보다는 빵과 고기가 훨씬 끌리는걸. 이제 음식값을 낼 수 있게 됐으니까!"

그들은 성당을 나섰다. 여명에 하늘은 회분홍색을 띠었다. 켄다는 어머니의 손을 잡고 싶었지만 아기가 울기 시작하자 어머니의 신경이 온통 그쪽으로 쏠렸다. 그 순간 켄다는 다리가 셋이고 흰 몸뚱이에 얼굴이 까만 자기 강아지가 예의 그 기우뚱거리는 자세로 성당 경내로 뛰어들어 오는 것을 보았다. "호프!" 켄다는 강아지를 번쩍 들어 꼭 끌어안았다.

2

머딘은 동생 랠프보다 한 살 많은 열한 살이지만, 애석하게도 랠프가 그보다 키도 크고 힘도 더 셌다.

그 사실이 부모의 불화를 일으켰다. 아버지인 제럴드 경은 기사여서, 머딘이 무거운 창을 들지 못하거나 나무를 베어넘기기도 전에 지쳐버리거나 싸움에 져서 울며 돌아올 때마다 실망을 감추지 못했다. 어머니인 레이디 모드는 사태를 더 악화시켰는데, 모른 척하면 좋을 일에 수선을 피워 아들을 당황시키곤 했다. 아버지가 힘 좋은 랠프를 대견해하면, 어머니는 랠프의 우둔함을 지적하며 그 장점을 상쇄시켰다. 랠프는 이해력이 좀 부족하기는 했지만 그건 어쩔 수 없는 일이었다. 그 점을 지적당하면 랠프는 벌컥 화를 내고 아이들과 싸움을 벌였다.

만성절 아침 그들 부모는 화를 냈다. 아버지는 킹스브리지에 올 마음이 전혀 없었다. 하지만 오지 않을 수 없었다. 그는 수도원에 진 빚을 못 갚고 있었다. 어머니는 수도원에서 아버지의 땅을 빼앗을 거라고 말했다. 아버지는 킹스브리지 인근 세 마을의 영주였다. 아버지는 자신이 베켓 대주교가 헨리 2세에 의해 피살된 해에 셔링의 백작이 된 토머스 집안의 직계 후손이라는 사실을 어머니에게 상기시켰다. 그 토머스 백작은 킹스브리지 대성당의 건축자인 잭과, 셔링의 레이디 앨리에나 사이에 태어난 아들이었다. 거의 전설적인 이들 부부의 이야기는 샤를마뉴 대제와 용사 롤랑의 영웅담과 더불어 긴긴 겨울밤 사람들의 입에 오르내렸다. 제럴드 경은 이들이 자신의 조상인 한 자신은 절대로 수사들에게 땅을 빼앗기지 않을 거라고, 더구나 노파 같은 앤서니 수도원장에게는 절대 그럴 수 없다고 고함을 쳤다. 남편이 고함치기 시작하자 모드의 얼굴에는 지친 체념의 표정이 떠올랐다. 그녀는 몸을 돌렸고, 머딘에게는 그녀가 이렇게 말하는 소리가 들렸다. "레이디 앨리에나에게는 싸우는 것밖에 모르는 리처드라는 동생이 있었지."

앤서니 수도원장은 노파 같은 인물일지 몰라도 제럴드 경이 갚지 않는 부채에 대해 갚으라고 주장할 만큼의 남자다움은 있었다. 수도원장은 제럴드를 좌지우지하는 인물인 셔링의 백작을 찾아갔는데, 백작은 제럴드와 육촌간이기도 했다. 롤런드 백작은 오늘 제럴드를 킹스브리지로 호출했고, 수도원장을 만나 해결책을 찾으라고 명령했다. 그것이 아버지가 언짢은 이유였다.

그런데다 도둑까지 맞은 것이었다.

아버지가 도둑맞은 사실을 안 것은 만성절 미사가 끝난 후였다. 머딘은 깜깜한 어둠, 무시무시한 소리들, 처음에는 아주 나지막하게 시작됐다가 점점 높아지며 커다란 성당 안을 가득 채우던 음악소리, 그리고 하나씩 불을 밝힌 촛불들로 이루어진 한 편의 드라마 같은 미사가 흥미로웠다. 그와 동시에 촛불 빛이 점점 밝아지는 사이, 어둠을 틈타 사소한 죄악을 범하는 사람들도 보았는데, 그들이 지은 죄는 이미 용서받았을 것이다. 머딘은 수사 두 명이 황급히 입맞춤하다 멈추는 것을, 교활하게 생긴 상인이 다른 이의 아내인 것 같은 어느 여자의 풍만한 가슴에서 막 손을 떼는 모습을 보았다. 그 여자는 미소를 짓고 있었다. 그들 가족이 구호소로 돌아왔을 때도 머딘에게는 미사 때의 흥분감이 여전히 남아 있었다.

가족이 수녀들이 아침식사를 가져오기를 기다리는 동안, 취사장 사환이 에일이 담긴 커다란 도기 주전자와 양념간이 된 고기 요리가 담긴 접시를 받친 쟁반을 들고 구호소 안을 가로질러 위층으로 가는 계단을 올라갔다. 어머니가 언짢은 어조로 말했다. "당신 친척인 백작이 함께 아침 먹자고 우리를 부를 줄 알았어요. 어쨌거나 당신 할머니는 그분의 할아버지와 남매간이었잖아요."

그 말에 아버지가 대꾸했다. "여기서 나오는 죽이 싫다면 여인숙 식당에 가면 돼."

머딘은 그 말에 귀가 솔깃했다. 그는 여인숙 식당에서 먹는 갓 구운 빵과 가염 버터를 곁들인 아침식사가 좋았다. "그럴 돈이 없다니까요." 어머니가 말했다.

"그럴 돈 있어." 그 말과 함께 아버지는 지갑을 더듬었다. 지갑이 사라졌다는 사실을 안 것은 그때였다.

처음에는 지갑이 바닥에 떨어진 줄 알고 주위를 둘러보았지만 가죽 끈이 잘린 흔적을 발견하자 아버지는 화가 치밀어 소리를 질렀다. 사람들이 모두 아버지를 바라보았지만 어머니는 고개를 돌리고 투덜거렸다. "우리 전 재산이었는데."

아버지는 구호소 안에 있는 사람들을 노려보았다. 아버지의 오른쪽 관자놀이에서 왼쪽 눈까지 이어진 흉터가 분노로 한층 진해졌다. 구호소 안은 긴장감으로 조용해졌다. 아무리 운이 기운 게 분명해 보이더라도 화가 난 기사는 위험한 존재였다.

"성당 안에서 도둑맞은 게 분명해요." 어머니가 말했다.

머딘은 그럴 거라고 생각했다. 어둠 속에서 입맞춤보다는 도둑질을 더 많이 했을 테니까.

"그렇다면 이건 신성모독이야!" 아버지가 말했다.

"당신이 그 여자아이를 들어올렸을 때 도둑맞았을 거예요." 쓰디쓴 것을 삼키기라도 한 것처럼 어머니의 얼굴이 일그러졌다. "도둑은 분명 당신 등뒤에서 허리로 손을 댔을 거고."

"그놈을 찾아내고 말 테야!" 아버지가 고함쳤다.

"이런 일이 일어나서 유감입니다, 제럴드 경. 제가 당장 치안관 존에게 이 일을 알리겠습니다. 치안관은 갑자기 돈이 생긴 가난한 마을 사람을 찾아내겠죠." 고드원이라는 젊은 수사가 말했다.

머딘은 그것이 가망 없는 계획처럼 들렸다. 이곳에 있는 마을 사람만 해도 수천 명인데다 외지인도 수백 명에 달했다. 치안관이 그들을 전부 다 주시할 수는 없는 노릇이었다.

그러나 아버지의 기분은 조금 가라앉았다. "그 악당은 교수형을 받을 거야!" 그가 조금 작은 소리로 말했다.

"경과 레이디, 아드님들은 제단 앞에 마련된 식탁에 앉아주신다면 영광이겠습니다." 고드윈 형제가 구변 좋게 말했다.

아버지가 끙 소리를 냈다. 머딘은 아버지가 잠을 잤던 바닥에 앉아 식사를 해야 하는 다른 신도들보다 높은 대우를 받는다는 사실에 만족해한다는 것을 알았다.

폭력이 벌어질 뻔한 순간이 지나가자 머딘은 어느 정도 마음을 놓았지만, 네 가족이 식탁에 앉는 사이에 또 어떤 일이 가족에게 닥칠지 궁금했다. 아버지는 용감한 기사였다. 모두가 그렇게 말했다. 버러브리지의 노왕을 위해 싸웠고, 그곳에서 랭커셔의 반군이 휘두른 검에 이마에 흉터까지 얻었다. 하지만 그는 운이 나빴다. 대개 기사들은 약탈한 보석이나 값비싼 플랑드르산 천과 이탈리아산 비단 뭉치나 나중에 몸값으로 수백 파운드를 받을 수 있는 귀족 집안의 가장 같은 전리품을 가지고 돌아왔다. 그러나 제럴드 경의 전리품은 볼품없었다. 그래도 그는 국왕을 섬기고 자신의 의무를 다하기 위해 값비싼 무기와 갑옷, 돈이 많이 드는 전마를 사야 했다. 게다가 어찌된 일인지 그의 영지에서 나오는 소작료는 언제나 부족했다. 그래서 그는 아내가 반대하는데도 돈을 빌리기 시작했다.

취사장 사환들이 김이 무럭무럭 올라오는 솥을 가져왔다. 제럴드 경의 가족이 가장 먼저 음식을 받았다. 로즈마리로 향을 내고 소금으로 간한 보리죽이었다. 가족에게 닥친 위기를 눈치채지 못한 랠프가 잔뜩 흥분해 만성절 미사에 대해 떠들었지만, 모두가 뚱하니 대꾸도 하지 않자 입을 다물었다.

죽을 먹고 머딘은 제단 쪽으로 다가갔다. 제단 뒤에 활과 화살을 감춰뒀었다. 사람들은 제단에 있는 물건은 훔치지 않았다. 대가가 충분히 마음을 끌 정도라면 공포심도 극복할 수 있겠지만, 수제 활은 노릴 만한 물건이 아니었다. 과연 활은 그 자리에 그대로 있었다.

머딘은 그 활이 자랑스러웠다. 물론 작은 활이었다. 6피트짜리 활을 최대한 구부리려면 어른의 힘이 필요했다. 머딘의 활은 4피트짜리인데다 가늘었지만, 그 점만 빼면 수많은 스코트 산악족과 웨일스 반도 병사들, 갑옷으로 무장한 프랑스 기사들을 무찌른 잉글랜드의 표준 활과 똑같았다.

아버지는 이제껏 그 활에 대해 가타부타한 적이 없었는데, 오늘은 마치 처음 본다는 듯이 활을 바라보았다. "그 활대는 어디서 난 거지? 값이 나가는 물건인데."

"아니에요. 이건 너무 짧잖아요. 활 장인에게 얻은 거예요."

아버지가 고개를 끄덕이며 말했다. "그렇다 해도 완벽한 활대로구나. 주목 안쪽, 백목질과 적목질이 접한 자리를 재료로 썼군." 그가 색이 다른 부위를 손가락으로 가리켰다.

"저도 알아요." 머딘이 열띤 어조로 말했다. 아버지를 감명시킬 기회는 그리 흔치 않았다. "탄력 있는 백목질은 활 바깥쪽에 좋아요. 원래의 모양으로 되돌려주기 때문이죠. 그리고 적목질은 활 안쪽에 좋은데, 활이 안으로 구부러질 때 밖으로 밀어내거든요."

"맞는 말이다." 아버지가 활을 돌려줬다. "하지만 명심해라. 활은 귀족이 쓰는 무기가 아니야. 기사의 아들은 궁수가 되지 않는 법이다. 농부 아이에게나 줘버려라."

머딘은 기가 꺾였다. "아직 시험해보지도 않았는데요!"

어머니가 끼어들었다. "그냥 놀라고 해요. 아직 어린애잖아요."

"그건 그렇지." 흥미를 잃은 아버지가 대꾸했다. "그나저나 수사들이 에일을 가져오려나?"

"이제 그만 가요." 어머니가 말했다. "머딘, 동생 챙겨야지."

아버지가 끙 소리를 냈다. "그 반대가 되기 십상일걸."

머딘은 상처를 받았다. 아버지는 실상은 아무것도 알지 못했다. 머딘은 자신을 돌볼 수 있지만, 랠프는 혼자 놔두면 싸움만 벌일 뿐이었다. 그러나 그는 기분이 언짢은 아버지에게는 토를 달지 않는 편이 낫다는 것을 알았다. 머딘은 아무 대꾸 없이 구호소를 나섰고, 랠프도 그의 뒤를 따라나왔다.

맑고 찬 11월 낮이었고, 하늘에는 옅은 먹구름이 높게 걸려 있었다. 그들은 수도원 경내를 나서서 큰길가로 내려가 생선 거리, 가죽 작업장, 음식점 거리를 지났다. 언덕 아래쪽에서 강에 걸려 있는 나무다리를 건너 구도시를 벗어나, 신시가지라고 불리는 외곽 지대로 들어섰다. 목초지와 정원 사이에 목조주택들이 늘어선 거리가 나왔다. 머딘은 '연인들의 들판'이라 불리는 풀밭으로 통하는 길을 따라갔다. 그곳에 치안관과 그의 부관들이 궁사들을 위해 마련해놓은 활터가 있었다. 미사를 마친 후 활쏘기 연습을 하는 것은 왕명에 따라 모든 남자가 지켜야 하는 의무 사항이었다.

억지로 이행할 것도 없는 일이었다. 일요일 아침에 화살 몇 개쯤 날리는 일은 어려울 것도 없었기 때문이다. 백여 명의 도시 젊은이들이 줄지어 차례를 기다리고 있었고, 여자들과 아이들, 그리고 활을 쏘기에 너무 늙었거나 활쏘기가 품위를 떨어뜨린다고 여기는 남자들이 구경하고 있었다. 그중에는 자기 활을 가져온 사람들도 있었다. 활을 살 여유가 없는 가난한 자들을 위해 치안관 존은 물푸레나무나 개암나무로 만든 싸구려 연습용 활을 마련해놓았다.

축젯날 같았다. 양조업자 딕이 손수레에 얹은 술통에서 에일을 조끼로 팔고 있었고, 베티 백스터의 사춘기에 접어든 네 명의 딸이 향신료를 넣은 롤빵 쟁반을 들고 사람들 사이를 돌아다니며 팔았다. 비교적 부유한 시민은 가죽 모자에 새 구두로 성장했으며, 가난한 집 여자들도 머리를 치장하고 새로 산 끈으로 외투를 여몄다.

활을 가져온 아이는 머딘밖에 없었기 때문에 즉각 다른 아이들의 주목을 받았다. 아이들은 머딘과 랠프 주위로 몰려들어 시기 어린 질문을 던졌고, 여자아이들도 제각기 성질에 따라 탄복하거나 무시하는 눈길을 보냈다. 여자아이들 가운데 하나가 말을 걸었다. "활 만드는 법을 어떻게 알았어?"

머딘은 소녀의 얼굴을 알아보았다. 성당에서 그의 옆에 있던 아이였다. 머딘은 소녀가 자기보다 한 살쯤 어릴 거라고 짐작했다. 소녀는 드레스에 값비싸고 곱게 짠 양모 외투 차림이었다. 머딘은 대체로 자기 또래의 여자아이들이 따분했다. 툭하면 킥킥거리고, 도무지 진지한 데라고는 찾아볼 수 없었다. 그런데 이 소녀는 호기심이 담긴 진지한 눈으로 자신과 활을 바라보고 있었다. 머딘은 그 점이 마음에 들었다. "그냥 어림해서 만든 거야."

"재주가 좋네. 그런데 제대로 화살이 날아가긴 해?"

"아직 시험해보지 않았어. 너 이름이 뭐야?"

"캐리스. 양모집 딸이야. 너는?"

"머딘. 우리 아버지는 제럴드 경이야." 그러면서 머딘은 케이프의 두건을 젖혀 그 안에서 둘둘 만 활줄을 꺼냈다.

"활줄을 왜 모자 속에 넣어둔 거야?"

"그래야 비가 와도 젖지 않으니까. 진짜 궁수들은 그렇게 하지." 그는 장력으로 줄이 제대로 자리잡도록 활을 살짝 구부린 채 활대 양쪽 끝에 있는 오목한 자리에 줄을 맸다.

"과녁을 맞힐 거야?"

"응."

그러자 한 소년이 끼어들었다. "활을 쏘게 해주지 않을걸."

머딘은 소년을 바라보았다. 열두 살쯤 되고 키가 크고 호리호리하며 손발이 컸다. 머딘은 어젯밤 수도원 구호소에서 가족과 함께 있는 그를 보았었다. 필리먼이었다. 수사들 주변을 얼쩡거리며 이것저것 묻고 저녁식사 차리는 걸 거들던 소년이었다.

"당연히 쏘게 해줄 거야. 시켜주지 않을 이유가 없잖아." 머딘이 대꾸했다.

"너무 어리거든."

"바보 같은 소리." 머딘은 대꾸하면서도 정말 그럴지 확신이 서지 않았다. 어른들도 바보스러울 때가 종종 있기 때문이다. 머딘은 필리먼의 어른다운 짐작이 들어맞을지 모른다는 사실에 짜증이 났다. 캐리스 앞에서 자신 있는 태도를 보인 뒤라 더욱 그랬다.

머딘은 아이들이 있는 곳을 떠나 과녁을 사용하기 위해 대기중인 남자 어른들 쪽으로 걸어갔다. 그리고 그 가운데 한 사람을 알아보았다. 피륙공 마크라고 불리는, 키가 아주 크고 어깨가 딱 바라진 남자였다. 마크는 소년이 든 활을 보자 느리고 붙임성 있는 목소리로 말을 걸었다. "그건 어디서 구한 거냐?"

"제가 만들었어요." 머딘이 자랑스럽게 말했다.

"이걸 좀 보게, 엘프릭." 마크가 옆 사람에게 말했다. "이 아이가 정말 근사한 일을 해냈는데."

엘프릭은 장난기 있는 얼굴에 억세 보이는 사람이었다. 그는 활을 슬쩍 보기만 했다. "너무 작아." 관심 없다는 투였다. "그걸 가지고는 프랑스 기사놈 갑옷을 뚫지 못할 거야."

"그럴지 모르지." 마크가 부드러운 어조로 말했다. "하지만 이 아이가 프랑스 놈하고 싸우려면 아직 한두 해는 더 있어야 할 테니까."

그때 치안관 존이 외쳤다. "이제 준비가 끝났으니 시작합시다. 피륙공 마크, 자네부터 하게." 그러자 거인이 대각선 방향으로 나섰다. 그는 단단해 보이는 활 하나를 집어들더니 굵직한 나무를 거뜬하게 구부려보았다.

그때 치안관이 머딘을 처음으로 보았다. "아이들은 안 된다."

"왜요?" 머딘이 대들었다.

"왜이고 뭐고 어서 저리 비켜."

머딘의 귀에 아이들이 킬킬대는 소리가 들렸다. "안 될 이유가 없잖아요!" 그는 성을 냈다.

"아이들한테 이유를 밝힐 것도 없지. 자, 마크, 어서 쏘게."

머딘은 굴욕감을 느꼈다. 유들유들한 필리먼이 모든 사람 앞에서 머딘이 틀렸다는 것을 입증한 셈이었다. 그는 과녁 앞에서 물러났다.

"내가 그럴 거라고 했잖아." 필리먼이 말했다.

"닥치고 저리 꺼지기나 해."

"어디 꺼지게 해보시지." 필리먼이 말했다. 그는 머딘보다 6인치나 키가 컸다.

랠프가 끼어들었다. "하지만 나라면 그렇게 할 수 있어."

머딘은 한숨을 내쉬었다. 랠프는 분명 형을 도우려는 것이지만, 동생인 그가 필리먼과 싸운다면 형을 멍청이에 약골로 만들 뿐이라는 걸 알지 못했다.

"어차피 나는 가야 해. 고드윈 형제님을 돕기로 했거든." 필리먼은 그렇게 말하고 자리를 떠났다.

나머지 아이들도 다른 구경거리를 찾아 뿔뿔이 흩어졌다. 캐리스가 머딘에게 말했다. "다른 데 가서 활을 시험하면 되잖아." 시험 결과가 몹시 궁금한 모양이었다.

머딘은 주위를 돌아보았다. "하지만 어디서?" 감독하는 사람 없이 활 쏘는 걸 들켰다가는 활을 압수당할지도 몰랐다.

"숲으로 가면 되지."

머딘은 놀랐다. 아이들은 숲에 가면 안 됐다. 숲에는 도둑질로 먹고 사는 범법자들이 숨어 있었다. 그들이 아이들의 옷을 빼앗거나 데려가 노예로 삼을 수도 있고, 어쩌면 부모들이 모호하게 말하고 넘어가는 더 나쁘고 위험한 일을 당할 수도 있었다. 설령 그런 위험을 벗어난다 해도 아버지에게 규칙을 어겼다는 이유로 얻어맞을 게 뻔했다.

그러나 캐리스는 두려워하지 않는 것 같았고, 머딘은 여자애보다 담력이 없는 모습을 보이고 싶지 않았다. 게다가 치안관의 퉁명스러운 박대에 반항심이 오른 상태였다. "좋아. 하지만 아무도 우리를 보지 못하게 해야 해."

캐리스는 그 문제에 대해서도 해답이 있었다. "내가 길을 알아."

소녀는 강 쪽으로 걸어갔다. 머딘과 랠프도 뒤따랐다. 다리가 셋인 작은 강아지도 따라왔다. "저 강아지 이름이 뭐야?" 머딘이 캐리스에게 물었다.

"우리 강아지가 아니야. 베이컨 한 조각을 줬더니 계속 졸졸 따라다녀."

아이들은 진흙투성이 강둑을 따라 걸었고, 창고와 선창, 거룻배 옆을 지났다. 머딘은 그토록 쉽게 대장 역할을 맡은 소녀를 몰래 힐끔거렸다. 단호한 표정을 한 네모진 얼굴은 예쁘지도 못생기지도 않았고, 갈색이 도는 녹색 눈에는 장난기가 어려 있었다. 연갈색 머리는 두 갈래로 땋았는데 유복한 여자들 사이에 유행하는 머리였다. 값비싼 옷을 입었지만, 신발은 부잣집 여자들이 선호하는 수놓은 직물 신발이 아니라실용적인 가죽 부츠였다.

캐리스는 강에서 발을 돌려 제재소 마당으로 그들을 데려갔다. 그러자 갑자기 관목이 무성한 숲이 나왔다. 머딘은 불안이 밀려들었다. 어느 떡갈나무 뒤에 범법자가 숨어 있을지 모르는 숲속에 들어서자 왜 허세를 부렸는지 후회가 됐다. 하지만 여기서 물러설 수는 없었다.

그들은 활쏘기에 적당한 빈터를 찾아 계속 걸어갔다. 그때 갑자기 캐리스가 음모를 꾸미는 말투로 말했다. "저기 커다란 호랑가시나무 보이지?"

"응."

"저 나무를 지나치자마자 나를 따라 몸을 웅크리고 조용히 해야 해."

"왜?"

"두고 보면 알아."

잠시 후 머딘과 랠프와 캐리스는 관목 뒤에서 몸을 웅크렸다. 다리가 셋인 개도 그들 곁에 웅크리고 뭔가 바라는 눈으로 캐리스를 바라보았다. 랠프가 뭔가 물어보려 했지만 캐리스가 입을 열지 못하게 했다.

잠시 후 한 소녀가 그들 앞을 지나쳐갔다. 그 순간 캐리스가 벌떡 일어나더니 그 아이를 잡았다. 소녀가 비명을 질렀다.

"조용히 해!" 캐리스가 말했다. "여기는 길에서 멀지 않아. 누가 우리 소리를 듣지 않았으면 좋겠어. 그런데 왜 우리를 따라온 거지?"

"네가 내 강아지를 데려갔는데 돌아오지 않잖아!" 소녀가 흐느끼며 말했다.

"네가 누군지 알겠어. 오늘 아침 성당에서 봤잖아." 캐리스가 한층 부드러운 어조로 말했다. "좋아. 울 건 없어. 널 해치지 않아. 이름이 뭐야?"

"궨다."

"저 강아지는?"

"호프." 궨다가 강아지를 안아들자 강아지가 아이의 눈물을 혀로 핥았다.

"이제 강아지를 찾았구나. 그런데 강아지가 다시 달아날지도 모르니까 너도 우리와 함께 가는 게 좋겠어. 게다가 너 혼자서는 마을로 돌아가는 길을 찾지 못할 테니까."

그들은 계속 갔다. "팔이 여덟 개에 다리가 열한 개인 것이 뭐게?" 머딘이 말했다.

"나는 포기." 랠프가 바로 대꾸했다. 그는 언제나 그랬다.

"나는 알아." 캐리스가 씩 웃으며 말했다. "우리잖아. 네 명의 아이와 강아지." 그러면서 웃었다. "재미있는 수수께끼였어."

머딘은 기분이 좋았다. 사람들은 그의 농담을 잘 알아듣지 못했다.

여자아이들은 거의 언제나 알아듣지 못했다. 잠시 후 그의 귀에, 궨다가 랠프에게 수수께끼를 설명해주는 소리가 들렸다. "팔이 둘, 팔이 둘, 팔이 둘, 팔이 둘이니까 모두 여덟 개지. 다리가 둘하고……"

사람이 눈에 띄지 않았는데, 그건 좋은 징조였다. 나무꾼과 숯꾼, 제련공처럼 숲에서 합법적으로 일하는 얼마 안 되는 사람들도 오늘은 일을 하지 않을 것이고, 일요일에 귀족의 사냥대회는 보기 힘든 법이다. 마주치는 사람이 있다면 누구든 범법자일 가능성이 높았다. 하지만 그럴 확률은 낮았다. 이곳은 몇 마일에 걸쳐 펼쳐지는 광대한 숲이다. 머딘은 숲이 끝나는 곳까지 가본 적이 없었다.

그들은 널찍한 빈터에 들어섰다. "이 정도면 되겠어." 머딘이 말했다.

50피트쯤 떨어진 맞은편 끝에 줄기가 굵은 떡갈나무가 서 있었다. 머딘은 어른들이 하는 대로 과녁을 비스듬히 옆으로 두고 섰다. 그러고는 화살 세 대 중 하나를 꺼내 화살 끝에 난 금을 시위에 메겼다. 화살도 활을 만드는 것만큼이나 까다로웠다. 재질은 물푸레나무이고, 거기에 거위 깃털을 달았다. 화살촉에 쓸 쇠붙이를 구할 수 없어 끝을 날카롭게 다듬고 단단하게 하기 위해 불에 그슬렸다. 머딘은 눈으로 나무를 조준하고는 시위를 당겼다. 시위를 당기는 것도 몹시 힘이 들었다. 화살을 잡은 손을 뗐다.

화살은 과녁에 훨씬 못 미친 땅바닥에 떨어졌다. 호프가 화살을 물어오려고 재빨리 달려갔다.

머딘은 당황했다. 화살이 허공을 가르며 날아가 나무줄기에 박힐 줄 알았다. 그는 활을 충분히 구부리지 않았다는 사실을 깨달았다.

머딘은 오른손으로 활을 잡고 왼손으로 화살을 잡았다. 그 점은 좀 이상했는데, 머딘은 원래 오른손잡이도 왼손잡이도 아닌 양손잡이였다. 머딘은 두번째 화살을 메긴 후 시위를 당기며 힘껏 활을 밀어낸 끝에 겨우 좀전보다 더 구부리는 데 성공했다. 이번에는 화살이 거의 나무 근처까지 날아갔다.

세번째 활을 쏠 때는 화살이 호를 그리며 허공을 날아 줄기에 박히기를 기대하며 활을 위쪽으로 겨냥했다. 하지만 너무 위로 올린 나머지 화살이 나뭇가지에 떨어졌다가 마른 갈색 나뭇잎들과 함께 땅에 떨어졌다.

머딘은 당황했다. 활쏘기는 상상했던 것보다 어려웠다. 아마 활에는 문제가 없었을 것이다. 문제는 자신의 솜씨에, 아니 솜씨가 없다는 데 있었다.

이번에도 캐리스는 머딘의 당혹감을 모른 척하는 듯했다. "내가 한번 쏴볼게."

"여자아이들은 못해." 랠프가 말하며 머딘에게서 활을 잡아챘다. 그런 다음 형처럼 과녁을 향해 비스듬히 섰는데, 곧바로 쏘지 않고 활을 몇 번 구부려보며 감을 잡았다. 랠프도 머딘처럼 예상보다 힘들다는 것을 알았지만, 잠시 후 요령을 터득한 것 같았다.

궨다는 호프가 자신의 발밑에 가져다놓은 화살 세 대를 모두 집어 랠프에게 건넸다.

랠프는 활을 당기지 않은 채 화살로 나무줄기를 겨냥하면서 조준했고, 팔에는 힘을 주지 않았다. 머딘은 자신도 그렇게 했어야 한다는 걸 깨달았다. 왜 이런 생각은 수수께끼도 잘 못 맞히는 랠프의 머리에 그리도 자연스럽게 떠오르는 걸까? 랠프는 아주 쉽게는 아니지만 부드러운 동작으로 활을 당겼는데, 허벅지로 힘을 받치는 것처럼 보였다. 그가 화살을 놓자 화살은 떡갈나무 줄기를 맞히고 부드러운 외피 안쪽으로 1인치 넘게 깊숙이 박혔다. 랠프는 의기양양하게 웃었다.

호프가 화살을 물어 오러 뛰어갔다. 하지만 나무까지 달려간 강아지가 놀란 듯 멈춰 섰다.

그때 랠프가 다시 활을 당겼다. 머딘은 동생이 무슨 짓을 하려는 것인지 알아차렸다. "하지 마—" 하지만 그 말은 한 박자 늦게 흘러나왔다. 랠프가 강아지를 향해 쏘았다. 화살은 강아지의 목덜미에 깊숙이 박혔다. 앞으로 고꾸라진 호프는 경련을 일으켰다.

궨다가 비명을 질렀다. 캐리스도 "아아, 안 돼!" 하고 소리쳤다. 두 소녀가 강아지에게 달려갔다.

랠프는 씩 웃었다. "내 솜씨 어땠어?" 그는 자랑스럽게 말했다.

"저애의 개를 쐈잖아!" 머딘이 화가 나서 소리쳤다.

"상관없잖아. 어차피 다리가 셋뿐인걸."

"저애가 아끼는 강아지라고, 이 바보 같은 자식아. 저애가 우는 걸 좀 봐."

"지금 활을 제대로 쏘지 못해서 질투하는 건가." 그때 뭔가가 랠프의 시야에 잡혔다. 그는 부드러운 동작으로 화살을 하나 더 메기더니 호를 그리며 활을 돌리는 동작을 멈추지 않고 그대로 쏘았다. 머딘은 화살이 표적을 맞힐 때까지 랠프가 뭘 쏘는지 알지 못했다. 허벅지에 화살을 맞은 통통한 토끼가 공중으로 튀어올랐다.

머딘은 감탄을 금할 수 없었다. 연습을 많이 했다 해도 달리는 토끼를 맞히는 일은 아무나 할 수 있는 일이 아니었다. 랠프에게는 재능이 있었다. 인정하고 싶은 마음은 절대 없지만 머딘은 정말이지 질투가 났다. 그는 대담하고 힘센 기사가 되어 아버지처럼 국왕을 위해 싸우고 싶은데, 자신이 궁술에나 뭐에나 재능이 없다는 걸 알게 될 때면 몹시 낙담스러웠다.

랠프는 돌멩이를 주워 토끼가 고통 없이 죽도록 토끼의 머리를 부쉈다.

머딘은 두 여자아이와 호프 옆에 무릎을 꿇었다. 강아지는 숨을 쉬지 않았다. 캐리스가 강아지의 목에서 조심스레 화살을 뽑아 머딘에게 건넸다. 화살을 뽑은 자리에서는 피가 솟지 않았다. 죽은 것이었다.

잠시 아무도 말하지 않았다. 그때 정적을 깨고 한 남자의 외침 소리가 들려왔다.

머딘은 벌떡 일어섰다. 가슴이 방망이질했다. 이어서 또다른 사람이 외치는 소리도 났다. 이번에는 한 사람 이상의 소리였다. 두 소리 모두 공격적이었고 분노가 느껴졌다. 싸움이 벌어진 듯했다. 머딘은 기겁했고, 다른 아이들도 매한가지였다. 그렇게 꼼짝 않고 서서 귀를 기울이는데 또다른 소리가 들렸다. 숲속을 허둥지둥 달리는 소리, 떨어진 나뭇가지가 부러지고 어린 나무 가지가 꺾이고 낙엽이 짓뭉개지는 소리였다.

그 사람은 그들이 있는 쪽으로 오고 있었다.

먼저 입을 연 것은 캐리스였다. "저쪽 수풀로 가자." 그러면서 커다란 상록수 관목 숲을 가리켰다. 머딘은 거기에 분명 방금 랠프가 죽인 토끼 집이 있을 거라고 생각했다. 다음 순간 캐리스는 땅바닥에 납작 엎드려 수풀 속으로 기어들어갔다. 궨다도 죽은 호프를 안고 그 뒤를 따랐다. 랠프 역시 죽은 토끼를 집어들고 그들 사이에 끼어들었다. 무릎을 꿇고 있던 머딘은 나무줄기에 박힌 화살을 그대로 두고 왔다는 것을 깨달았다. 그 화살이 그곳에 그들이 있다는 사실을 폭로할 것이었다. 머딘은 빈터를 가로질러 내달려가 화살을 뽑고 뛰어 돌아왔다.

다음 순간 숨소리가 들리고 이어 남자의 모습이 보였다. 그는 숨을 몹시 헐떡이며 달리고 있었는데, 거칠게 가슴 가득 숨을 들이마시는 것으로 봐서 이미 거의 기진한 상태 같았다. 그를 추적하는 자들이 서로를 부르며 외치는 소리가 들렸다. "이 길이야, 이쪽이라고!" 머딘은 여기가 길에서 멀지 않다고 했던 캐리스의 말이 떠올랐다. 그럼 달아나는 남자는 도둑의 습격을 받은 여행자일까?

다음 순간 남자가 빈터로 뛰어들었다.

그는 이십대 초반의 기사로, 혁대에 긴 칼과 날이 긴 단검을 차고 있었다. 여행용 가죽 튜닉에 윗부분을 접은 높은 부츠를 신은, 제대로 차려입은 행색이었다. 비틀거리다 고꾸라진 그는 다시 일어나더니 떡갈나무에 등을 대고 서서 헐떡거리며 무기를 뽑아들었다.

머딘은 친구들 쪽을 흘낏 보았다. 캐리스는 공포 때문에 얼굴이 창백해진 채 입술을 깨물고 있었다. 궨다는 안고 있으면 한결 안전한 느낌이 든다는 듯이 죽은 강아지를 끌어안고 있었다. 랠프 역시 겁먹은 얼굴이었지만 그래도 죽은 토끼 엉덩이에서 화살을 뽑아 튜닉 앞자락에 쑤셔넣을 정도의 여유는 있었다.

기사는 잠시 수풀 쪽을 응시하는 듯 보였다. 머딘은 공포에 질려, 기사가 숨어 있는 아이들을 본 것이 분명하다고 생각했다. 아니면 수풀 속으로 밀고 들어올 때 부러진 나뭇가지와 뭉개진 낙엽을 보고 이미 눈치챘는지도 모른다. 얼핏 곁눈으로 랠프가 시위에 화살을 메기는 것이 보였다.

그 순간 추적자들이 그곳에 이르렀다. 건장한 체구에 흉악한 인상을 가진 두 병사가 칼을 뽑아들고 있었다. 그들은 두 가지 색으로 된 튜닉을 입고 있었는데, 왼쪽은 노란색이고 오른쪽은 녹색이었다. 한 사람은 값싼 양모의 갈색 서코트, 또 한 사람은 너저분한 검은색 외투 차림이었다. 세 사람 모두 움찔해서 동작을 멈췄다. 이제 기사가 난도질당해 죽는 장면을 보게 될 거라고 확신한 머딘은 창피하게도 울음이 터질 것 같았다. 다음 순간 기사가 갑자기 들고 있던 칼을 거꾸로 돌려 항복의 표시로 자루 쪽을 내밀었다.

검은색 외투의 좀더 나이가 든 병사가 앞으로 나와 왼손을 내밀었다.

그는 경계를 늦추지 않으며 상대가 내민 칼을 받아 동료에게 건넨 다음 기사의 단검도 받아들었다. 그러고는 말했다. "내가 원하는 건 당신의 무기가 아니야, 토머스 랭리."

"당신은 나를 아는 모양이지만 나는 당신이 누군지 모르겠소." 토머스가 대꾸했다. 속으로 얼마나 두려움을 느끼는지는 모르지만 그는 전혀 내색하지 않았다. "복장을 보니 왕비의 부하들이 틀림없군."

나이든 병사가 칼끝을 토머스의 목에 갖다대고 그를 나무에 밀어붙였다. "당신에게 서한이 있을 텐데."

"백작이 장관에게 보내는 세금에 관한 지침이오. 얼마든지 읽어도 좋소." 이 말은 조롱이었다. 병사들은 대개 글을 읽을 줄 몰랐다. 이제 금방 자신을 죽일 상대를 조롱하다니, 토머스라는 기사는 배짱이 대단한 모양이라고 머딘은 생각했다.

두번째 병사가 첫번째 병사의 칼 아래로 손을 뻗어 토머스의 혁대에 달린 전대를 잡았다. 그러고는 조바심치며 칼로 혁대를 끊었다. 그는 끊어낸 혁대를 옆으로 던져놓고 전대를 열었다. 그러고는 그 속에서 기름 먹인 양모처럼 보이는 작은 주머니를 꺼내고, 다시 그 안에서 둘둘 말아 밀랍으로 봉인한 양피지를 꺼냈다.

겨우 편지 한 장 때문에 싸움이 벌어진 건가? 머딘은 의아했다. 그렇다면 대체 저 두루마리에 무슨 내용이 쓰여 있는 걸까? 세금에 관한 통상적인 지침일 것 같지는 않았다. 거기에는 어떤 무시무시한 비밀이 적혀 있는 게 분명했다.

"당신들이 나를 죽인다면 저 수풀 속에 숨어 있는 누군가가 살인 장면을 목격하게 될 거요." 기사가 말했다.

아주 짧은 순간, 눈앞에 보이는 장면이 멈춘 듯했다. 검은색 외투 차림에 칼끝을 토머스의 목에 갖다댄 병사가 뒤를 돌아보고 싶은 유혹을 억눌렀다. 녹색 서코트의 다른 병사가 멈칫하더니 수풀 쪽을 돌아보았다.

그 순간 궨다가 비명을 질렀다.

녹색 서코트의 병사가 칼을 들고 수풀을 향해 빈터를 성큼성큼 가로질러 걸어왔다. 그때 궨다가 벌떡 일어나 수풀 밖으로 뛰쳐나갔다. 병사가 펄쩍 뛰어오르며 궨다에게 손을 뻗었다.

다음 순간 랠프가 벌떡 일어나더니 활을 드는 동시에 시위를 잡아당겨 병사에게 화살을 날렸다. 화살은 병사의 눈을 뚫고 그대로 머리에 몇 인치나 깊숙이 박혔다. 병사는 화살을 잡아 뽑으려는 듯 왼손을 들어올리려다 곡식 자루처럼 맥없이 쓰러졌다. 머딘에게도 그가 쿵하고 땅에 처박히는 소리가 몸으로 느껴질 정도였다.

랠프는 수풀을 뛰쳐나가 궨다를 뒤따랐다. 머딘은 곁눈으로 캐리스까지 그들 뒤를 따라가는 것을 보았다. 머딘도 달아나고 싶었지만, 발이 땅에 붙어버린 것 같았다.

그때 빈터 저쪽에서 외치는 소리가 났다. 머딘이 보니, 자기 목을 누르던 상대의 칼을 밀쳐낸 토머스가 어느새 몸 안쪽 어딘가에 숨겨놓았던 어른 손바닥만한 작은 칼을 뽑아들고 있었다. 하지만 검은색 외투의 병사는 민첩했다. 그는 펄쩍 뛰어 칼이 미치는 범위 밖으로 물러섰다. 그리고 다음 순간 기사의 머리를 향해 칼을 휘둘렀다.

토머스는 재빨리 칼을 피했지만 완전히 피할 만큼 빠르지는 못했다. 그는 가죽 상의를 뚫고 들어온 적의 칼끝에 왼쪽 팔뚝을 베였다. 토머스는 고통에 차 고함을 질렀지만 쓰러지지는 않았다. 그러고는 이상하리만큼 우아해 보이는 날쌘 동작으로 오른손을 휘둘러 작은 칼을 적의 목에 박아넣었다. 그리고 연속된 동작으로 원을 그리며 칼을 휘둘러 상대의 목 대부분을 잘라버렸다.

병사의 목에서 분수처럼 피가 뿜어져나왔다. 토머스는 피가 튀는 것

을 피해 비틀비틀 물러섰다. 검은색 외투의 병사는 머리통을 덜렁덜렁
하다 땅바닥에 쓰러졌다.

토머스는 오른손에 들었던 칼을 떨어뜨리고 그 손으로 다친 왼팔을
움켜잡았다. 땅바닥에 주저앉은 그는 갑자기 무력해 보였다.

이제 머딘은 부상을 입은 기사와 두 명의 죽은 병사, 그리고 다리가
셋인 죽은 강아지와 함께 남겨졌다. 그는 자신도 다른 아이들을 따라
달아나야 한다는 걸 알고 있었으나 호기심 때문에 자리를 떠나지 못했
다. 그러나 이제 토머스는 해를 입히지 못할 것 같았다.

기사의 눈매는 날카로웠다. "이제 밖으로 나와도 좋다. 이런 상태로
는 널 어쩌지도 못할 테니까."

머딘은 머뭇머뭇 일어나 수풀 밖으로 나왔다. 그리고 빈터를 가로질
러가 땅에 주저앉은 기사에게서 몇 피트 떨어진 곳에서 발을 멈췄다.

"너희가 숲에서 놀고 있었다는 것을 어른들이 알면 매를 맞겠지?"

머딘은 고개를 끄덕였다.

"내가 네 비밀을 지켜줄 테니, 너도 내 비밀을 지켜라."

머딘은 다시 고개를 끄덕였다. 이 거래에 동의한다고 해도 밑질 건
없었다. 자신이 본 것을 발설할 아이는 없었다. 그랬다가는 엄청난 곤
경에 처할 것이다. 왕비의 병사를 죽인 랠프는 어떻게 되겠는가?

"상처를 묶게 도와줄래?" 방금까지 그런 일이 있었는데도 기사는 정
중하게 부탁하고 있었다. 기사의 태도는 인상적이었다. 머딘은 자신도
나중에 그런 어른이 되고 싶다고 생각했다.

이윽고 머딘이 잔뜩 멘 목소리로 겨우 한마디 내뱉었다. "좋아요."

"괜찮다면 저기 끊어진 혁대를 집어 와서 내 팔을 묶어다오."

머딘은 그가 하라는 대로 했다. 토머스의 속셔츠는 피로 흠뻑 젖어
있었고, 팔뚝의 피부는 마치 푸주한의 도마에 있는 고기처럼 썰려 있었

다. 머딘은 약간 토할 것 같았지만 억지로 참았고, 상처를 죄어 피가 덜 흐르도록 토머스의 팔뚝에 혁대를 묶었다. 머딘이 매듭을 짓자 토머스가 오른손으로 그 매듭을 힘껏 졸라맸다.

토머스는 비틀거리며 일어섰다.

그는 죽은 병사들 쪽을 보았다. "저 친구들을 묻을 수는 없겠구나. 그랬다가는 무덤을 다 파기도 전에 내가 먼저 피를 쏟고 죽을 테니까." 그는 머딘을 힐끗 보고는 덧붙였다. "네가 나를 도와준다고 해도 말이야." 그러고는 잠시 생각에 잠겼다. "그런데 저 친구들이, 단둘이 있을 데를 찾아온 연인들에게 발각되는 것도…… 원치 않는다. 네가 숨어 있던 저 수풀 속으로 끌어다놓자. 녹색 서코트부터."

두 사람은 시체 쪽으로 다가갔다.

"한 사람이 다리 하나씩 맡는 거다." 토머스는 말하고 오른손으로 죽은 병사의 왼쪽 발목을 잡았다. 머딘은 흐느적대는 다른 쪽 발을 양손으로 잡고 들어올렸다. 두 사람은 호프가 있는 관목 숲으로 시체를 끌고 갔다.

"이 정도면 되겠어." 토머스의 얼굴은 고통으로 하얗게 질려 있었다. 잠시 후 그는 허리를 숙이고 시체의 눈에서 화살을 뽑았다. "이거 네 거냐?" 그가 눈썹을 치켜세우며 물었다.

머딘은 화살을 받아 화살대에 묻은 피와 뇌수 찌꺼기를 없애기 위해 땅바닥에 문질렀다.

그들은 같은 방식으로 두번째 시체도 빈터를 가로지르며 끌고 갔다. 몸통에 겨우 매달린 머리가 덜덜 끌려왔다. 두 사람은 그 시체를 첫번째 시체 옆에 놓았다.

토머스는 두 병사의 검을 시체가 있는 수풀 속에 던져넣었다. 그리고 자기 무기들을 챙겼다.

"한 가지 부탁할 것이 있다." 토머스가 단검을 내밀며 말했다. "작은 구멍 하나를 파주겠니?"

"좋아요." 머딘이 단검을 받아들었다.

"바로 여기, 떡갈나무 앞에."

"얼마큼으로요?"

토머스는 혁대에 달려 있던 가죽 전대를 집어들었다. "오십 년 동안 이걸 감출 수 있을 정도로."

머딘이 용기를 짜내어 물었다. "왜 그래야 해요?"

"먼저 구멍부터 파라. 가능한 만큼 설명해줄 테니까."

머딘은 칼끝으로 땅바닥에 사각형 모양을 표시한 다음 단검으로 차가운 흙을 판 뒤 두 손으로 흙을 퍼냈다.

토머스는 두루마리를 양모 주머니에 넣고 그 주머니를 다시 전대 속에 넣고 끝을 여몄다. "나는 셔링의 백작에게 이 편지를 전달하라는 명령을 받았다. 하지만 아주 위험한 비밀이 담겨 있어서, 입막음을 위해 이 편지를 지닌 내 목숨까지 위태롭다는 걸 깨달았지. 그래서 나는 사라질 필요가 있었어. 나는 수도원에 들어가 수사가 되기로 마음먹었다. 싸우는 것도 진력난데다 회개해야 할 죄도 잔뜩 저질렀으니까. 그런데 내가 없어지자마자 나에게 편지를 준 사람들이 나를 찾기 시작했어. 운이 나빴지. 브리스틀에 있는 어느 여인숙에서 발각됐거든."

"어째서 왕비의 부하들이 당신을 쫓아온 거예요?"

"왕비 역시 이 비밀이 퍼지는 것을 막고 싶어하거든."

머딘이 18인치쯤 구멍을 팠을 때 토머스가 말했다. "그 정도면 되겠다." 그리고 구멍 속에 전대를 떨어뜨렸다.

머딘은 파낸 흙으로 전대를 덮었고, 토머스가 낙엽과 잔가지들로 갓 판 흙을 덮어 주변의 땅바닥과 구분할 수 없게 만들었다.

"내가 죽었다는 이야기를 들으면 이 편지를 꺼내서 사제에게 가져다 줘라. 그렇게 해주겠니?"

"알겠어요."

"그 일이 일어나기 전에는 아무에게도 발설하면 안 된다. 그들은 내가 편지를 갖고 있다는 사실은 알고 있지만 그 편지가 어디 있는지는 모르기 때문에 아무 짓도 못할 거야. 하지만 네가 그 비밀을 발설하면 두 가지 일이 벌어질 거야. 우선 나를 죽일 거다. 그다음엔 너를 죽일 거고."

머딘은 기겁했다. 땅바닥에 구멍 하나 파준 일 때문에 그런 위험에 처한다는 건 불공평해 보였다.

"겁을 줘서 미안하구나. 하지만 이게 전부 내 탓은 아니다. 너에게 여기 와달라고 한 적은 없으니까."

"그래요." 머딘은 숲에 가면 안 된다는 어머니의 말을 들었어야 했다고 진심으로 후회했다.

"나는 다시 길로 나갈 거다. 너는 왔던 길로 돌아가. 틀림없이 여기서 멀지 않은 곳에서 네 친구들이 기다리고 있겠지."

머딘은 가려고 몸을 돌렸다.

"이름이 뭐지?" 기사가 등뒤에서 외쳤다.

"제럴드 경의 아들, 머딘이요."

"정말이니?" 토머스는 아버지를 알고 있는 듯했다. "아버지에게도 이 일을 말해선 안 돼."

머딘은 고개를 끄덕이고 그곳을 떠났다.

머딘은 50야드쯤 가서 토했다. 토하고 나자 기분이 조금 나아졌다.

토머스의 말대로 아이들은 숲 가장자리, 제재소 마당 근처에서 그를 기다리고 있었다. 아이들이 몰려들어 괜찮은지 살피려고 머딘을 이리

저리 만졌다. 그들의 얼굴에는 안도의 표정과 함께, 머딘 혼자 거기 두고 도망쳤다는 사실에 가책을 느낀 듯 부끄러운 기색이 떠올라 있었다. 그들 모두 풀이 죽어 있었다. 랠프마저 그랬다. "그 사람, 내가 활로 쏜 그 사람 말이야. 많이 다쳤어?" 랠프가 물었다.

"그 사람은 죽었어" 하고 머딘은 랠프에게 아직 피가 묻어 있는 화살을 보여줬다.

"형이 그 사람 눈에서 화살을 뽑았어?"

머딘은 그렇다고 말하고 싶었으나 사실대로 말하기로 했다. "그 기사가 뽑았어."

"다른 병사는 어떻게 됐는데?"

"기사가 그자의 목을 잘랐어. 그러고서 우리는 시체를 수풀 속에 감췄어."

"그런데 기사가 형을 그냥 보내줬어?"

"응." 머딘은 땅에 묻은 편지에 대해서는 아무 말 하지 않았다.

"우리는 이 일을 비밀로 해야 해. 다른 사람이 알게 되면 무서운 일이 일어날 거야." 캐리스가 단호하게 말했다.

"절대 말 안 해." 랠프가 대꾸했다.

"우리 맹세하자." 캐리스가 말했다.

아이들은 작은 원을 그리고 섰다. 캐리스가 원 가운데로 한 손을 내밀었다. 머딘이 캐리스의 손 위에 자신의 손을 얹었다. 소녀의 살은 부드럽고 따뜻했다. 그 위에 랠프가 손을 얹고, 그다음 궨다가 얹었다. 그들은 예수님의 피를 걸고 맹세했다.

그런 뒤 시내로 돌아갔다.

활쏘기 연습은 끝나고 점심시간이었다. 다리를 건너며 머딘이 랠프에게 말했다. "나는 크면 그 기사처럼 되고 싶어. 언제나 예의바르고,

두려움을 모르고, 싸울 때는 무섭게 싸우는 기사."

"나도 그래. 싸울 때는 무섭게 싸울 거야." 랠프가 대꾸했다.

구시가지에 들어온 머딘은 주변에서 아기 울음소리가 들리고 고기 굽는 냄새가 풍기고 주점에서 남자들이 술을 마시는 일상이 계속되고 있다는 것이 놀랄 만큼 기묘하게 느껴졌다.

수도원 입구 바로 맞은편, 큰길가에 있는 커다란 주택 앞에서 캐리스는 발을 멈췄다. 소녀가 궨다의 어깨에 팔을 두르며 말했다. "우리집 개가 새끼를 낳았어. 한번 보지 않을래?"

궨다는 여전히 겁에 질린 얼굴에 금방이라도 울음을 터뜨릴 것 같았지만, 몹시 그러고 싶다는 듯 고개를 끄덕였다. "응, 꼭 보고 싶어."

따뜻하면서도 영리한 제안이라고 머딘은 생각했다. 강아지를 보면 아이는 위안을 얻고 생각도 다른 데를 향할 것이다. 가족 품으로 돌아가서도 강아지 이야기를 늘어놓을 것이고, 숲에 갔던 일을 말할 가능성은 그만큼 줄어들 것이다.

그들은 헤어졌다. 여자아이들은 그 집으로 들어갔다. 머딘은 자기도 모르는 사이에, 캐리스를 언제 다시 보게 될까 궁금해졌다.

곧이어 다른 문제들이 머릿속에 떠올랐다. 아버지는 빚을 어떻게 할까? 머딘과 랠프는 성당 경내로 들어섰다. 랠프는 여전히 활과 죽은 토끼를 들고 있었다. 경내는 조용했다.

숙소는 병자 몇을 빼고는 비어 있었다. 수녀가 그들에게 말했다. "너희 아버지는 셔링 백작과 함께 성당 안에 계신다."

그들은 대성당으로 들어갔다. 형제의 부모는 현관에 있었다. 어머니는 원기둥 발치, 둥근 기둥과 네모난 받침대가 만나는 돌출부에 앉아 있었다. 높다란 창으로 들어온 차가운 빛에 비친 어머니의 얼굴은, 마치 그녀가 머리를 기대고 있는 원기둥과 같은 회색 돌로 조각해놓은 듯 조용하고 평온해 보였다. 어머니 옆에 서 있는 아버지의 널찍한 어깨는 체념한 듯 축 처져 있었다. 롤런드 백작이 두 사람을 마주보고 있었다. 백작은 아버지보다 연상이나 검은 머리칼과 활기찬 태도 덕분에 훨씬 젊어 보였다. 백작 옆에는 앤서니 수도원장이 서 있었다.

두 소년이 문가에서 주춤대는 것을 본 어머니가 손짓했다. "이리 오렴. 롤런드 백작이 우리가 앤서니 수도원장과 모든 문제를 해결하도록 도와주셨단다."

아버지는 백작이 해준 일에 대해 어머니만큼 고마워하지 않는 듯 신음소리를 냈다. "그리고 수도원장은 우리 땅을 차지하게 되셨지. 이제 너희 둘에게 물려줄 것이 없어진 거야."

"우리는 이곳 킹스브리지에서 살 거야." 어머니가 쾌활하게 말을 이었다. "이 수도원의 피부양자가 되는 거란다."

머딘이 물었다. "그게 뭔데요?"

"앞으로 남은 평생 동안 수사님들이 우리가 살 집과 하루 두 끼 음식을 제공한다는 뜻이지. 정말 굉장하지 않니?"

머딘은 어머니가 실제로는 그 일을 굉장하다고 여기지 않는다고 확신했다. 어머니는 그저 기뻐하는 시늉을 하고 있었다. 아버지는 땅을 잃게 된 것을 수치스러워하는 듯했다. 머딘은 그 일에 단순한 불명예 이상의 뭔가가 있음을 깨달았다.

아버지가 백작에게 물었다. "내 자식들은 어떻게 됩니까?"

롤런드 백작이 고개를 돌리고 두 아이를 바라보았다. "덩치가 큰 아이는 쓸 만해 보이는군. 그 토끼는 네가 잡은 거냐?"

"네, 나리." 랠프가 자랑스럽게 대답했다. "화살을 쏘아 잡았어요."

"저 아이는 몇 년 안에 내가 기사종자로 데려가겠네. 저애를 가르쳐서 기사를 만들 수 있겠어." 백작이 기분좋은 어조로 말했다.

아버지는 그 말에 기뻐하는 눈치였다.

머딘은 당혹스러웠다. 엄청난 결정들이 너무 순식간에 이루어지고 있었다. 머딘은 동생에게만 호의를 보이고 정작 자신에 대해서는 아무 말도 없다는 사실에 화가 났다. "이건 공평하지 않아요! 저도 기사가 되고 싶어요!" 머딘이 불쑥 소리쳤다.

"그건 안 돼!" 어머니가 말했다.

"하지만 저 활을 만든 건 저예요!"

아버지가 분노와 짜증이 섞인 한숨을 내쉬었다.

"네가 저 활을 만들었다는 거냐, 작은 친구?" 백작의 얼굴에 무시하는 빛이 떠올랐다. "그렇다면 너는 목수의 도제가 되면 되겠구나."

3

캐리스의 집은 바닥에 돌을 깔고 석조굴뚝을 단 화려한 목조주택이었다. 일층에만 방이 세 개였는데, 커다란 식탁이 놓인 홀과, 아버지가 조용히 사업 이야기를 할 수 있는 작은 객실, 그리고 뒤편에 주방이 있었다. 캐리스와 궨다가 들어섰을 때 집안은 온통 햄을 찌는 맛좋은 냄새가 그득했다.

캐리스는 홀을 지나 안쪽 계단으로 궨다를 데려갔다.

"강아지들은 어디 있어?" 궨다가 물었다.

"먼저 어머니부터 보고 싶어. 편찮으시거든." 캐리스가 대답했다.

그들은 앞쪽 침실로 들어갔고, 캐리스의 어머니가 조각이 새겨진 침대에 누워 있었다. 어머니는 작고 연약했다. 캐리스는 벌써 어머니와 키가 비슷했다. 어머니의 얼굴은 평소보다 더 창백했고 아직 머리 손질을 하지 않아 축축한 뺨에 머리카락이 달라붙어 있었다. "좀 어떠세요?" 캐리스가 물었다.

"오늘은 좀 기운이 없구나." 말만 해도 어머니는 숨이 찼다.

캐리스는 여느 때처럼 불안과 무력감이 섞인 고통스러운 느낌을 맛보
았다. 어머니는 벌써 일 년 동안 병석에 있었다. 처음에는 관절통부터
시작됐다. 그러더니 이내 입안에 종기가 나고 온몸에 이유를 알 수 없
는 멍이 들었다. 그리고 너무 쇠약해져서 아무 일도 하지 못했다. 지난
주에는 감기에 걸렸는데, 이제는 열도 있는데다 호흡조차 힘들어했다.

"필요한 거 있어요?" 캐리스가 물었다.

"아니, 괜찮아."

늘 듣는 대답이지만 그 말을 들을 때마다 캐리스는 자신의 무력함에
화가 치밀었다. "시실리어 원장님을 모셔올까요?" 킹스브리지 수녀원
장은 어머니에게 얼마나마 안락감을 줄 수 있는 유일한 사람이었다. 수
녀원장이 가져오는 꿀과 따뜻한 와인을 섞은 양귀비즙은 한동안 통증
을 덜어줬다. 캐리스는 시실리어 원장이 천사보다 낫다고 여겼다.

"그럴 필요 없다. 만성절 미사는 어땠니?"

캐리스는 어머니의 입술이 몹시 창백한 것을 보았다. "무서웠어요."

어머니는 말을 멈추고 잠시 쉬었다가 다시 말을 이었다. "오늘 아침
에는 뭐하며 지냈어?"

"활쏘기 연습하는 걸 구경했어요." 캐리스는 움찔했다. 이따금 그렇
듯, 죄책감이 느껴지는 비밀을 어머니가 눈치채지 않을까 두려웠다.

그러는 대신 어머니는 궨다를 바라보았다. "이 꼬마 아가씨는 누구지?"

"궨다예요. 강아지를 보여주려고 데려왔어요."

"잘했구나." 어머니는 갑자기 지친 듯했다. 그녀는 눈을 감더니 고개
를 옆으로 돌렸다.

소녀들은 소리 없이 방을 빠져나왔다.

궨다는 놀란 얼굴이었다. "네 어머니는 어디가 아프신 거야?"

"소모성 질환이야." 캐리스는 그 문제에 대해 말하기 싫었다. 어머니

의 병은 이 세상에 확실한 것은 아무것도 없고 무슨 일이든 일어날 수 있고 아무런 안전도 보장되지 않는다는 불안감을 불러일으켰다. 그것은 숲에서 그들이 목격한 싸움보다 더 무서운 일이었다. 앞으로 일어날지 모르는 일, 그리고 어머니가 죽을지도 모른다는 생각을 하면 캐리스는 공포에 가슴이 떨려 비명을 지르고 싶어졌다.

가운데 침실은 여름철에 아버지와 사업 거래를 하기 위해 오는 이탈리아 피렌체와 프라토의 양모 구매업자들이 사용했다. 지금은 비어 있었다. 강아지들은 캐리스와 언니 앨리스가 쓰는 뒤편 침실에 있었다. 생후 칠 주 된 강아지들은 새끼들에게 점점 더 짜증을 내는 어미 개를 떠날 준비가 되어 있었다. 궨다는 기쁨의 숨을 내쉬며 곧장 강아지들이 있는 바닥에 주저앉았다.

캐리스는 새끼들 가운데 가장 작은 강아지를 안아들었다. 그 활기찬 암캉아지는 언제나 혼자서 세상을 탐험하러 나서곤 했다. "내가 데리고 있을 강아지야. 이름은 스크랩이야." 작은 강아지를 안고 있자 위로가 됐고 자신을 괴롭히던 일들이 잊혔다.

다른 강아지 네 마리가 궨다에게 기어올라 냄새를 맡거나 옷자락을 씹었다. 궨다는 주둥이가 길쭉하고 눈 사이가 아주 좁은 못생긴 갈색 강아지를 안아들었다. "이 강아지가 마음에 들어." 강아지는 궨다의 무릎에 몸을 웅크렸다.

"그 강아지가 갖고 싶어?"

궨다의 눈에 눈물이 어렸다. "그래도 돼?"

"강아지를 줘도 좋다는 허락을 받았어."

"정말이야?"

"아버지는 강아지가 많은 것을 싫어하셔. 마음에 들면 데려가도 돼."

"얼마나 마음에 드는지 몰라. 정말이야." 궨다가 속삭이듯 말했다.

"이름은 뭐라고 지을 건데?"

"호프를 생각나게 하는 이름이면 좋겠어. 스킵이라고 부를까봐."

"좋은 이름이네." 캐리스가 보니, 스킵은 벌써 궨다의 무릎에서 잠이 들어 있었다.

두 소녀는 강아지들과 함께 말없이 앉아 있었다. 캐리스는 그들이 만났던 소년들, 체격이 작고 빨강머리에 금빛이 도는 갈색 눈을 가진 아이와 키가 크고 잘생긴 그애의 동생에 대해 생각했다. 대체 왜 그 아이들을 숲으로 데려갔을까? 어리석은 충동에 굴복한 것이 이번이 처음은 아니었다. 권위를 가진 누군가가 그녀에게 뭔가를 하지 말라고 명령할 때면 종종 일어나는 일이었다. 페트라닐라 고모는 툭하면 규칙을 만들었다. "그 고양이에게 먹을 것을 주지 말거라. 그랬다가는 고양이가 달라붙어 떨어지지 않을 테니까. 집안에서 공놀이는 안 돼. 그 남자아이와는 놀지 마. 농사꾼네 아이니까." 자신의 행동을 구속하는 규칙들 때문에 캐리스는 미쳐버릴 것 같았다.

그러나 이번처럼 어리석은 행동을 했던 적은 없었다. 그 일을 생각하면 기분이 언짢았다. 두 사람이 죽었다. 하지만 더 나쁜 일이 일어날 수도 있었다. 네 아이 모두 죽임을 당했을 수도 있었다.

캐리스는 뭐 때문에 싸움이 벌어졌는지, 왜 병사들이 그 기사를 쫓아왔는지 궁금했다. 단순한 약탈이 아닌 것만은 분명했다. 그들은 무슨 편지인가에 대해 이야기했다. 하지만 머딘은 그것에 대해 아무 말도 하지 않았다. 어쩌면 머딘도 더 아는 것이 없을지도 모른다. 그저 어른들의 삶에서 벌어지는 신기한 일 가운데 하나에 불과한 것인지도.

캐리스는 머딘이 마음에 들었다. 그애의 따분한 동생 랠프는 킹스브리지의 다른 남자아이들과 다름없이 허풍을 떨고 공격적이고 바보스러웠지만, 머딘은 달라 보였다. 그애는 처음부터 그녀의 호기심을 자극했다.

하루 사이에 새 친구를 둘씩이나 얻었네. 캐리스는 궨다를 바라보며 생각했다. 예쁜 얼굴은 아니었다. 부리처럼 생긴 코 위에 암갈색 눈이 바짝 붙어 있었다. 그러고 보니 이 아이는 자기를 닮은 개를 고른 거네. 캐리스는 재미있어했다. 궨다는 몹시 낡은 옷을 입고 있었는데, 여러 번 물려 입은 게 분명해 보였다. 궨다는 한결 진정된 듯했다. 이제는 금방이라도 울음이 터질 것 같은 얼굴이 아니었다. 역시 강아지들에게서 위안을 얻은 것이다.

그때 아래층 홀에서 귀에 익은, 어딘가 균형이 맞지 않는 발소리가 나더니 곧이어 고함치듯 외치는 소리가 들렸다. "어서 술 좀 가져와. 짐 말처럼 목이 타는군."

"아버지야. 가서 만나보자." 캐리스는 궨다의 얼굴에서 불안한 빛을 보더니 덧붙였다. "걱정 마. 언제나 저렇게 고함을 치지만 사실은 아주 좋은 분이셔."

여자아이들은 강아지를 안고 아래층으로 내려갔다. "대체 하인들은 다 어디 간 거야?" 아버지가 고함을 쳤다. "모두 요정이 되려고 달아난 건가?" 그가 여느 때처럼 절뚝거리는 오른다리를 끌고 커다란 나무 술잔에 담긴 술을 흘리며 쿵쿵 소리와 함께 주방에서 나왔다. "안녕, 우리 귀여운 미나리아재비 아가씨." 그는 캐리스를 보더니 부드러운 목소리로 말했다. 그러고는 식탁 앞 안쪽에 놓인 큰 의자에 앉아 술을 길게 한 모금 들이켰다. "이제 좀 살겠군." 그는 소맷자락으로 헝클어진 턱수염을 닦았다. 그러다가 궨다 쪽을 보았다. "우리 미나리아재비 옆에 핀 데이지 꽃인가? 누구지?"

"위글리에 사는 궨다입니다, 나리." 아이가 두려움에 찬 목소리로 대답했다.

"이애한테 강아지 한 마리를 줬어요." 캐리스가 해명하듯 말했다.

"잘했다! 강아지들에게는 사랑이 필요하지. 여자아이들만큼 강아지를 사랑할 줄 아는 사람도 없으니까."

식탁 옆 스툴에 놓인 선홍색 외투가 캐리스의 눈에 띄었다. 영국 염색업자들은 그런 선홍색을 내지 못하니 수입한 물건이 분명했다. 딸의 시선을 따라가던 아버지가 말했다. "네 어머니 거다. 어머니는 언제나 이탈리아산 빨간 외투를 갖고 싶어했지. 네 어머니가 이걸 입을 만큼 기운을 차렸으면 좋겠구나."

캐리스는 옷을 만져보았다. 부드럽고 촘촘하게 짠 양모였다. 이탈리아인들만이 그런 천을 만들 수 있었다. "아름다워요."

그때 페트라닐라가 밖에서 들어왔다. 고모는 아버지와 닮기는 했지만 아버지는 입술이 두툼한데 고모의 입술은 오므라든 모양이었다. 고모는 또다른 남동생이자 킹스브리지 수도원장인 앤서니와 더 닮았다. 두 사람 모두 키가 크고 위압적인 체격을 가졌는데, 아버지는 키가 작고 가슴팍이 두툼하고 다리를 절었다.

캐리스는 고모가 싫었다. 고모는 영리한 만큼이나 심술궂었고, 그건 어른에게서 볼 수 있는 최악의 조합이었다. 캐리스는 한 번도 고모를 속여넘겨본 적이 없었다. 캐리스가 싫어하는 내색을 보이자 렌다는 불안한 눈길로 새로 등장한 인물을 바라보았다. 그녀를 보고 반가워한 사람은 아버지뿐이었다. "어서 와요, 누님. 그런데 대체 하인들은 모두 어디 있는 거지?"

"어째서 거리 맞은편 끝에 있는 내 집에서 방금 이곳에 온 나에게 그걸 묻는지 모르겠구나. 하지만 굳이 추측해보자면 말인데 에드먼드, 네 요리사는 너에게 푸딩을 만들어주기 위해 닭장에서 달걀을 찾고 있을 거고, 하녀는 이층에서 매일 점심때마다 하듯 네 아내를 가까이에 있는 스툴로 옮겨주고 있을 거야. 또 네 도제들은 둘 다, 휴일의 주정뱅이들이 술에 취해 부싯돌로 네 양모 상점에 모닥불을 피울 생각을 하지 못하도록 강변에 있는 창고를 지키고 있을 거고."

고모는 종종 이처럼 간단한 질문에도 장황한 설교로 대답했다. 고모는 언제나처럼 거들먹거렸지만, 아버지는 그것에 개의치 않거나 개의치 않는 듯이 행동했다. "훌륭한 누님이시로고. 누님이야말로 아버지의 지혜를 물려받았지."

페트라닐라는 여자아이들 쪽으로 고개를 돌렸다. "아버지는 킹스브리지 대성당을 설계한 건축가 잭의 의붓아버지이자 스승인 건축가 톰의 후손이셨지. 아버지는 그분의 첫아이를 하느님에게 바치겠다고 맹세했지만 불행하게도 첫아이는 딸이었어. 내가 그 첫아이였지. 그분은 너희도 알다시피 성 베드로의 딸이신 성녀 페트로닐라의 이름을 따서 내 이름을 지으셨고 다음에는 아들이 태어나길 기도하셨어. 그런데 첫아들은 불구로 태어났는데, 아버지는 하느님에게 흠집 있는 선물을 바치고 싶지 않으셨단다. 그래서 에드먼드에게 양모사업을 물려주신 거야. 다행히도 셋째가 앤서니였지. 앤서니는 어려서부터 행동거지가 바르고 하느님을 두려워할 줄 알았단다. 그래서 어려서 수도원에 들어가 지금은 우리 모두가 자랑스러워하듯 수도원장이 됐지."

남자였다면 사제가 되었을 고모는 차선책으로 아들 고드윈을 수도원의 수사로 보냈다. 할아버지 울러가 그랬듯이 고모도 아이를 하느님에게 바친 것이다. 캐리스는 언제나 페트라닐라 고모 같은 어머니를 둔 사촌오빠가 안됐다고 여겼다.

선홍색 외투에 페트라닐라의 시선이 꽂혔다. "이건 누구 거지? 가장 비싼 이탈리아제 천으로 만든 거잖아!"

"로즈를 위해 사왔어." 아버지가 대답했다.

고모는 잠시 아버지를 빤히 바라보았다. 캐리스는 고모가 일 년 내내 집을 나서본 적도 없는 여자를 위해 이런 외투를 사온 아버지를 바보라고 생각한다고 단언할 수 있었다. 하지만 고모는 이렇게만 말했다. "아내에게 퍽도 잘하는구나." 칭찬일 수도 아닐 수도 있는 말이었다.

아버지는 개의치 않았다. "올라가서 집사람을 만나봐요. 누님을 보면 기운을 좀 낼 테니까."

캐리스는 정말 그럴 거라고 여기지 않았으나, 고모는 그런 의혹 같은 건 품지 않고 이층으로 올라갔다.

그때 캐리스의 언니 앨리스가 들어왔다. 앨리스는 동생보다 한 살 많은 열한 살이었다. 앨리스는 궨다를 빤히 보더니 물었다. "누구야?"

"내 새 친구 궨다야. 강아지 한 마리를 데려가려고 왔어."

"저건 내가 좋아하는 강아지잖아!" 앨리스는 이의를 제기했다.

그러나 한 번도 그런 말을 한 적이 없었다. "언니는 강아지를 고른 적도 없으면서!" 캐리스가 격분해서 말했다. "괜히 심술부리는 거야."

"그런데 왜 저애가 우리 강아지를 가져가는데?"

아버지가 끼어들었다. "자자, 우리에게는 강아지가 너무 많잖니."

"먼저 나에게 어떤 강아지를 좋아하는지 물어봤어야죠!"

"그래, 그랬어야지." 아버지는 앨리스가 그저 어깃장을 놓으려고 한다는 것을 너무도 잘 알았지만 그렇게 대꾸했다. "앞으로는 그러지 말거라, 캐리스."

"네, 아버지."

그때 요리사가 주방에서 잔들을 가져왔다. 처음 말을 배울 때 캐리스는 요리사를 투티라고 불렀다. 아무도 그 이유를 알지 못했지만 그 이름은 그대로 굳어버렸다. "고맙네, 투티. 자, 얘들아. 모두 자리에 앉자." 궨다는 자신도 초대받은 것인지 알 수 없어 머뭇거렸지만, 아버지가 그 아이에게도 말한 것임을 알고 있는 캐리스가 고개를 끄덕였다.

아버지는 대개 눈에 보이는 누구에게나 식사를 권했다.

아버지의 잔에 다시 술을 채운 뒤 투티는 앨리스, 캐리스, 궨다에게 물 섞은 에일을 따라줬다. 궨다는 자기 잔에 든 에일을 맛있게 단숨에 마셨다. 캐리스는 친구가 평소 에일을 자주 못 마시는 모양이라고 짐작했다. 가난한 사람들은 보통 야생사과즙을 마셨다.

그다음 요리사가 각자 앞에 넓이가 1제곱피트는 되는 두툼하게 썬 호밀 빵을 한 조각씩 줬다. 궨다가 빵을 집어들고 먹으려는 것을 본 캐리스는 친구가 식탁에서 식사를 한 적도 없다는 사실을 깨달았다. "잠깐 기다려." 캐리스가 나지막이 말하자 궨다는 빵을 도로 내려놓았다. 투티가 햄과 양배추 접시를 가져왔다. 아버지가 큼직한 나이프로 햄을 썰어 빵이 담긴 나무 쟁반에 쌓았다. 궨다는 자기 앞에 놓인 고기의 양에 눈이 휘둥그레졌다. 캐리스가 햄 위에 양배추 잎을 얹어줬다.

그때 하녀 일레인이 황급히 계단을 내려왔다. "마님의 상태가 더 나빠지신 것 같아요. 페트라닐라 마님이 시실리어 수녀원장님을 모셔와야 한다고 하십니다."

"그래 어서 수녀원장님을 모셔와라." 아버지가 말했다.

하녀는 황급히 밖으로 달려나갔다.

"자, 얘들아, 어서 먹자." 아버지가 말하고는 나이프로 뜨거운 햄 한 조각을 찍었다. 그러나 캐리스는 아버지가 완전히 식욕을 잃어버렸다는 것을 알 수 있었다. 아버지는 먼 데를 바라보는 것 같았다.

궨다가 양배추를 먹으며 속삭였다. "이건 천국의 음식이야." 캐리스도 양배추를 먹어보았다. 생강을 넣어 조리한 것이었다. 궨다는 분명 생강을 먹어본 적도 없을 것이다. 부유한 사람들만 생강을 구할 수 있었다.

페트라닐라가 내려와 나무 쟁반에 햄을 얹어 어머니에게 가지고 올라갔지만, 잠시 후 손도 대지 않은 음식을 가지고 내려왔다. 고모는 식탁에 앉아 음식을 먹었고, 요리사가 그녀에게 빵이 담긴 쟁반을 가져다 줬다. "내가 어렸을 때 킹스브리지에서 매일같이 고기를 먹는 집은 우리집밖에 없었단다. 금식일을 제외하고 말이야. 아버지는 아주 독실한 양반이셨지. 이 도시에서 이탈리아인과 직접 거래한 첫 양모 상인이셨어. 물론 지금은 누구나 다 하지만. 그래도 여전히 우리 에드먼드가 가장 중요한 역할을 하고 있지."

식욕을 잃은 캐리스는 음식을 한참 씹어야 겨우 삼킬 수 있었다. 이윽고 시실리어 수녀원장이 도착했다. 아담한 체격에 정력적인 그녀는 어른스러운 태도로 상대를 위안할 줄 알았다. 함께 온 줄리애너 자매는 따뜻한 마음을 지닌 순박한 사람이었다. 캐리스는 쩍쩍거리는 참새 뒤로 암탉이 어기적거리며 따라가는 것처럼 계단을 올라가는 두 사람을 보자 기분이 한결 나아졌다. 그들은 열을 내리기 위해 장미수로 어머니의 몸을 닦을 것이고, 그 향이 어머니의 기운을 북돋울 것이다.

투티가 사과와 치즈를 내왔다. 아버지는 멍하니 나이프로 사과껍질을 벗겼다. 그것을 보자 캐리스는 문득 어렸을 때 아버지가 딸에게는 껍질을 벗긴 사과를 먹이고 자신은 껍질을 먹던 것이 기억났다.

줄리애너 수녀가 포동포동한 얼굴에 근심이 가득한 채 내려왔다. "원장님이 조지프 형제에게 로즈 부인을 보이자고 하시네요." 조지프는 수도원의 수석의사로, 옥스퍼드에서 마스터들과 함께 수련한 수사였다. "가서 모셔올게요." 줄리애너는 말하고 밖으로 달려나갔다.

아버지는 껍질을 벗긴 사과를 먹지도 않고 내려놓았다.

"무슨 일이 일어나고 있는 걸까요?" 캐리스가 물었다.

"나도 모르겠구나, 얘야. 비가 올까, 오지 않을까? 피렌체 사람들이 양모를 얼마나 갖다 쓸까? 양들이 전염병에 걸릴까? 아기가 불구일까, 아닐까? 그런 건 알 수 없지 않니? 바로 그것 때문에……" 그러면서 아버지는 시선을 돌렸다. "그것 때문에 세상살이가 이렇게 힘든 거란다."

아버지가 캐리스에게 사과를 줬다. 그녀는 그 사과를 궨다에게 줬고, 궨다는 씨까지 말끔히 먹어치웠다.

얼마 후 조지프 수사가 젊은 조수와 함께 도착했고, 캐리스는 그 조수가 솔 화이트헤드라는 걸 알았다. 그런 이름이 붙은 것은 수사의 머리에 남아 있는 얼마 안 되는 머리칼이 회색을 띤 금발이기 때문이었다.

시실리어와 줄리애너 수녀는 아래층으로 내려왔는데, 두 남자가 들어선 좁은 침실에 공간을 만들어주기 위해서였을 것이다. 시실리어는 식탁에 앉았지만 음식을 먹지는 않았다. 그녀의 얼굴은 자그마했는데, 뾰족한 작은 코, 밝은색 눈, 뱃머리를 닮은 턱이 전체적으로 날카로운 인상을 풍겼다. 그녀는 호기심 어린 눈으로 궨다를 바라보았다. "아, 이 꼬마 아가씨가 누구실까? 아가씨는 예수님과 성모님을 사랑하니?" 수녀원장이 밝은 목소리로 물었다.

궨다가 대답했다. "궨다입니다. 캐리스의 친구예요." 그러면서 혹시 친구라고 한 것이 주제넘은 말은 아닌지 두려운 듯 불안한 눈으로 캐리스를 바라보았다.

"성모님이 어머니의 병을 낫게 해주실까요?" 캐리스가 물었다.

시실리어는 눈썹을 치켜세웠다. "꽤 노골적인 질문이구나. 그러는 걸 보니 네가 에드먼드님의 딸인가보구나."

"모두가 그분에게 기도를 드리지만 모두가 낫지는 않잖아요."

"그 이유가 뭔지 아니?"

"아마 성모님이 사실은 아무도 도와주지 않기 때문이겠죠. 튼튼한 사람은 낫고, 약한 사람은 그렇지 못하는 것일 뿐이에요."

"자, 자, 바보 같은 소리는 그만해라." 아버지가 말했다. "성모님이 우리를 돕고 계시다는 건 누구나 다 아는 사실이야."

"괜찮습니다." 시실리어가 아버지에게 말했다. "아이들이 질문하는 건 자연스러운 일이에요. 영리한 아이일수록 그렇고요. 캐리스, 성자들은 누구나 권능을 지니고 계셔. 하지만 다른 것보다 더 효력이 있는 기도가 있는 거야. 그건 알겠니?"

캐리스는 마지못해 고개를 끄덕였다. 납득했다기보다 속는다는 느낌이 더 강했다.

"따님은 우리 학교에 다녀야 해요." 수녀원장이 말했다. 수녀원에서는 귀족과 부유한 시민의 딸들을 위한 학교를 운영하고 있었다. 수사들도 소년들을 위해 별도의 학교를 운영했다.

아버지는 완강한 표정을 지었다. "로즈가 두 딸아이에게 글자를 가르쳤어요. 그리고 캐리스는 나만큼이나 계산을 할 줄 압니다. 사업에서도 나를 도와주고 있죠."

"그 이상으로 배울 필요가 있어요. 따님이 당신의 비서 역할이나 하며 평생을 보내길 바라는 건 아니죠?"

페트라닐라가 끼어들었다. "굳이 글을 배울 필요는 없어요. 아주 좋은 집안으로 시집가게 될 테니까요. 두 아이 모두 구혼자들이 몰려들 겁니다. 상인의 아들, 심지어 기사의 아들들까지 이 집안 딸과 결혼하려고 달려들 거예요. 하지만 캐리스는 제멋대로죠. 저애가 돈 한푼 없는 음유시인에게 빠져들지 않도록 잘 보살필 필요가 있어요."

캐리스는 고모가 고분고분한 앨리스는 문제가 없다고 생각한다는 걸 알아차렸다. 언니라면 사람들이 골라주는 신랑감이면 누가 됐든 마다하지 않을 것이다.

"하느님이 당신을 위해 봉직하라고 부르실지도 모르죠." 수녀원장이 말했다.

아버지가 언짢은 투로 대꾸했다. "하느님은 이미 이 집안에서 둘이나 데려가셨어요. 내 동생과 내 조카를요. 그 정도면 충분히 만족하실 거라고 생각합니다만."

"너는 어떻게 생각하지? 양모 상인이 될래, 기사의 아내가 될래, 수녀가 될래?" 수녀원장이 캐리스에게 물었다.

수녀가 된다는 것은 생각만으로도 소름 끼쳤다. 수녀가 되면 매일 매시간 다른 사람의 명령에 복종해야 한다. 그것은 평생 아이로 사는 것, 그리고 페트라닐라가 그녀의 어머니가 되는 일이나 다름없었다. 기사의 아내든 다른 누구의 아내가 되는 것도 거의 그만큼이나 나빴다. 여자는 남편의 말에 복종해야 하니까. 아버지 일을 돕다가 아버지가 나이 들었을 때 그 사업을 이어받는 것은 그중에서 비교적 덜 나쁜 선택이 되겠지만, 정확히 말하면 그것도 그녀의 꿈과는 멀었다. "저는 셋 중 어떤 것도 원하지 않아요." 캐리스가 대답했다.

"그렇다면 되고 싶은 것이 따로 있니?" 수녀원장이 물었다.

아직 아무에게도 말한 적 없고 실제로 이제까지 완전히 자각한 적도 없지만, 캐리스는 되고 싶은 것이 있었다. 그리고 그 야망은 충분히 무르익은 것 같았고, 문득 그것이 자신의 운명이라 확신하기에 이르렀다. "의사가 될 거예요."

한순간 침묵이 흘렀다. 이윽고 모두 웃음을 터뜨렸다.

캐리스의 얼굴이 빨개졌다. 뭐가 그리 재미있는지 알 수 없었다.

아버지가 안타깝다는 듯이 말했다. "의사는 남자만 될 수 있어. 몰랐니?"

캐리스는 어리둥절한 채 수녀원장 쪽으로 고개를 돌렸다. "하지만 원장님은요?"

"나는 의사가 아니란다. 물론 우리 수녀들은 병자를 돌보지만 수련한 남자들의 지시대로 할 뿐이야. 마스터 밑에서 공부한 수사들은 신체의 성질을 잘 알고 있단다. 병에 걸리면 어떻게 몸이 균형을 잃는지, 어떻게 해야 정확히 균형을 찾아 건강해질 수 있는지 같은 것들 말이다. 그들은 편두통이나 나병이나 숨찬 증세를 낫게 하려면 어떤 혈관의 피를 짜야 하는지, 어느 자리에 부항을 대고 뜸을 떠야 하는지, 찜질이나 목욕 치료 중 어떤 것을 선택해야 하는지를 알지."

"여자들도 배울 수 있는 것들이잖아요?"

"아마 그럴 수 있겠지만, 하느님은 다르게 정해놓으셨단다."

캐리스는 어른들이 대답이 궁해질 때마다 내놓는 진부한 문구에 낙담했다. 그녀가 다시 대꾸하려던 순간, 솔 형제가 피가 담긴 사발을 들고 내려와 그것을 버리기 위해 부엌을 지나 뒤뜰로 나갔다. 그 모습을 보자 캐리스는 눈물이 핑 돌았다. 의사들 누구나 사혈을 치료법으로 쓰고 있으니 아마도 효과가 있는 치료법이겠지만, 그래도 사발에 담긴 어머니의 생명력이 버려지는 것은 보고 싶지 않았다.

수사는 환자가 있는 방으로 다시 들어가 얼마 후 조지프와 함께 아래층으로 내려왔다. "우리가 할 수 있는 일은 다 했습니다." 조지프가 엄숙한 어조로 아버지에게 말했다. "그리고 부인은 고해를 하셨습니다."

고해! 캐리스는 그 말이 무슨 뜻인지 알았다. 그녀는 울기 시작했다.

아버지는 지갑에서 은화 6페니를 꺼내 수사에게 건넸다. "고맙소, 형제." 아버지의 목소리는 쉬어 있었다.

수사들이 떠나자 두 수녀가 이층으로 올라갔다.

앨리스는 아버지의 무릎에 앉아 그의 목에 얼굴을 묻었다. 캐리스는 울면서 스크랩을 끌어안았다. 페트라닐라는 투티에게 식탁을 치우라고 지시했다. 렌다는 눈을 동그랗게 뜬 채 이 모든 장면을 지켜보았다. 그들은 다음에 일어날 일을 기다리며 아무 말 없이 식탁 앞에 있었다.

4

　고드윈 수사는 배가 고팠다. 절인 생선과 순무 조각을 넣은 스튜로 이미 식사를 했지만 충분치 않았다. 수사들은 금식일이 아닐 때도 거의 언제나 생선과 묽은 에일로 식사를 했다.

　물론 모든 수사가 그런 건 아니었다. 앤서니 수도원장에게는 특별 식단이 제공됐다. 시실리어 수녀원장을 식사에 초대한 오늘 같은 날은 특별식이 나올 예정이었다. 수녀원장은 풍성한 식탁에 익숙했다. 언제나 수사들보다 재정이 풍족해 보이는 수녀들은 며칠에 한 번씩 돼지나 양을 잡고, 가스코뉴산 와인으로 입가심을 했다.

　식사 준비를 감독하는 것은 고드윈의 일이었는데, 뱃속이 꾸르륵거릴 때는 그 일도 쉽지 않았다. 그는 수도원 요리사에게 지시를 내리고, 화덕에 든 살찐 거위와 불 위에서 거품을 내며 끓고 있는 사과소스 냄비도 점검했다. 식료품 담당자에게는 술통에서 사과주를 한 주전자 받도록 하고, 제빵소에서 호밀빵 한 덩이를 가져오도록 시켰는데, 일요일에는 빵을 굽지 않기 때문에 신선하지 않았다. 잠가놓았던 장에서 은제 접시와 술잔을 꺼내 수도원장 사택 홀의 식탁에 차려놓았다.

수도원장과 수녀원장은 한 달에 한 번씩 함께 식사했다. 수도원과 수녀원은 독립된 기구로 구역도 수입원도 달랐다. 수도원장과 수녀원장은 킹스브리지 주교에 대해서도 별개의 의무를 이행했다. 그럼에도 그들은 대성당과 구호소 같은 몇몇 건물을 공유했고, 구호소에서는 수사들이 의사, 수녀들이 간호사 일을 맡았다. 따라서 성당에서 올리는 미사라든가 구호소 숙박인들이나 환자들에 대해, 또는 도시 안의 정치적 흐름 등 언제나 의논할 사항들이 있었다. 종종 앤서니는 엄밀히 말해 참사회 집회소의 창유리라든지 구호소에서 쓸 침대 프레임, 성당 내부의 도색을 다시 하는 일처럼 똑같이 분담해야 할 비용을 시실리어에게 떠넘기곤 했는데, 대부분 시실리어는 동의해줬다.

하지만 오늘의 대화는 정치적 흐름에 초점이 맞춰질 가능성이 컸다. 앤서니는 지난 1월에 왕권을 잃고 9월에 서거한 국왕 에드워드 2세의 매장식을 이 주일 동안 보조하고 어제 글로스터에서 돌아온 참이었다. 시실리어 원장은 초연한 척하면서도 항간에 떠도는 이야기를 듣고 싶어할 것이 분명했다.

고드윈은 마음속으로 한 가지 다른 생각을 품고 있었다. 그는 수도원장과 자신의 장래 문제를 의논하고 싶었다. 그는 수도원장이 돌아온 이후로 말을 꺼낼 적당한 때만 기다려왔다. 할말까지 미리 연습해뒀지만 아직 그 말을 꺼낼 기회가 없었다. 그는 오늘 오후에 그 기회가 오기를 기대했다.

고드윈이 보조 식탁에 치즈와 배가 담긴 주발을 놓고 있는데 앤서니가 홀 안으로 들어왔다. 수도원장은 고드윈이 나이든 듯한 모습을 하고 있었다. 두 사람 모두 키가 크고 균형잡힌 용모에 연갈색 머리칼이었고, 그 집안사람들 모두가 그렇듯 갈색이 도는 녹색 눈이었다. 앤서니는 화롯가에 서 있었다. 낡은 건물이라 차가운 외풍 때문에 방안이 추웠다. 고드윈이 그에게 사과주를 따라줬다. "원장님, 오늘은 제 생일입니다." 앤서니가 술을 마시는 사이에 그가 말했다. "이제 스물한 살입니다."

"그렇군. 네가 태어나던 날을 아주 똑똑히 기억한다. 그때 나는 열네 살이었어. 너를 세상에 내보낼 때 페트라닐라 누님은 배에 화살을 맞은 멧돼지처럼 비명을 질러댔지." 수도원장은 애정 어린 눈길로 고드윈을 보면서 잔을 들어 건배하는 시늉을 했다. "이제 어른이 다 됐구나."

고드윈은 지금이 기회라고 생각했다. "제가 수도원에 들어온 지도 십 년이 됐습니다."

"벌써 그렇게 됐나?"

"네 — 처음에는 학생이었다가 수련수사를 거쳐 수사가 됐습니다."

"세상에."

"제가 어머니와 외삼촌, 두 분의 면목을 제대로 세워드렸나 모르겠군요."

"우리 둘 다 너를 아주 자랑스럽게 여기고 있다."

"고맙습니다." 고드윈은 침을 삼켰다. "이제 저는 옥스퍼드에 갔으면 합니다."

옥스퍼드는 오래전부터 신학과 의학과 법학을 수학하는 중심지였다. 사제들과 수사들도 그곳에서 공부하며 교사와 다른 학생들과 토론을 벌였다. 지난 세기에 마스터는, 국왕으로부터 시험을 치르고 학위를 수여할 권한을 부여받은 대학이라는 조직에 통합되었다. 킹스브리지 수도원은 그곳에 분원 혹은 소수도원 격인 킹스브리지 칼리지를 두고 있었는데, 그곳에서 여덟 명의 수사가 미사를 드리고 금욕을 수행하며 학업을 병행했다.

"옥스퍼드라고!" 앤서니가 우려와 혐오가 섞인 표정을 지었다. "대체 왜지?"

"공부하려고요. 그것이 수사가 해야 하는 일이니까요."

"나는 옥스퍼드에는 간 적이 없어도 수도원장이 됐다."

맞는 말이었지만 그래서 앤서니는 고참 동료들 사이에서 종종 불이익을 받았다. 의사는 물론이고 성구 관리인과 회계 담당, 그리고 직책을 가진 수도원의 다른 몇몇 임원은 대학 졸업자였다. 그들은 사고가 빠르고 논의에 능숙해서, 모든 수사가 매일같이 모이는 참사회 같은 자리에서 앤서니는 그들보다 무능해 보이곤 했다. 고드윈은 옥스퍼드 출신들에게서 본 예리한 논리와 확신에 찬 탁월함을 갖추고 싶었다. 외삼촌처럼 되고 싶지 않았다.

그러나 그렇게 말할 수는 없었다. "저는 배우고 싶습니다."

"이단을 배워서 뭘 하려고?" 앤서니가 경멸조로 말했다. "옥스퍼드 학생들은 교회의 가르침에 의문을 품고 있어!"

"그들을 좀더 잘 이해하기 위해서요."

"의미도 없고, 위험한 생각이구나."

고드윈은 앤서니가 이렇게 반대하고 나서는 이유를 자문해보았다. 수도원장은 지금까지 이단에 대해 걱정한 적이 없었고, 고드윈은 인정된 교리에 반기를 들 생각이 조금도 없었다. 그는 얼굴을 찌푸렸다. "외삼촌과 어머니가 제게 기대를 걸고 계신 줄 알았는데요. 제가 진급해서 직책을 가진 신부가 됐다가 언젠가 수도원장이 되길 원하지 않으세요?"

"언젠가는 그렇게 되길 바라지. 하지만 그러기 위해 꼭 킹스브리지를 떠날 필요는 없어."

당신은 내가 지나치게 빨리 진급하는 걸 원치 않는 거예요. 내가 당신을 앞지를까봐. 또한 나에 대한 통제력을 잃을까 두려워 내가 이곳을 떠나는 것도 원치 않는 거죠. 찰나의 순간 고드윈은 그 사실을 간파했다. 그는 자신의 계획이 벽에 부딪칠 수도 있다는 것을 예상했더라면 좋았을 거라고 생각했다. "저는 신학을 공부하려는 게 아니에요."

"그럼, 뭘 공부하려는 건데?"

"의학이요. 의학은 이곳에서 우리가 일할 때 아주 중요한 역할을 하니까요."

앤서니는 입술을 오므렸다. 고드윈이 어머니의 얼굴에서도 보던 바로 그 불만에 찬 표정이었다. "수도원에는 네 학비를 대줄 여력이 없어. 책 한 권에 14실링이나 한다는 걸 아니?"

고드윈은 소스라치게 놀랐다. 학생들은 페이지 단위로도 책을 빌릴 수 있다는 사실을 그는 알고 있었지만, 지금 문제는 그것이 아니었다. "이미 그곳에 간 학생들은 어떻게 하고 있는데요? 누가 돈을 대죠?"

"두 명은 각자의 집에서, 한 명은 수녀원에서 지원을 받고 있다. 수도원에서는 나머지 세 명의 학비만 대주고 있어. 하지만 더는 여력이 없다. 사실 기금이 떨어져서 칼리지에 현재 공석이 둘이나 있지."

고드윈은 수도원이 재정적으로 곤란을 겪고 있다는 사실을 알고 있었다. 그러나 수천 에이커의 땅, 제분소와 양어장과 삼림, 킹스브리지 시장에서 나오는 엄청난 수입 등 수도원의 자원은 어마어마했다. 고드윈은 외삼촌이 학비를 대주기를 거부한다는 사실을 믿을 수가 없었다. 배신감이 들었다. 앤서니는 친척일 뿐 아니라 고드윈의 스승이기도 했다. 그는 언제나 다른 젊은 수사들보다 고드윈에게 더 호의를 베풀었다. 그런데 이제는 고드윈의 앞길을 막으려 하고 있었다.

"의사들은 수도원에 돈을 벌어다주죠. 지금 젊은이들을 훈련시키지 않는다면, 나이든 사람들은 죽을 거고 그러면 결국 수도원은 가난해질 겁니다."

"하느님이 대비해주시겠지."

이 짜증나는 상투어는 언제나 앤서니의 대답이었다. 몇 해 전부터 연례 양모시장에서 들어오는 수도원의 수입이 줄고 있었다. 사람들은 앤서니에게 천막과 노점, 변소, 심지어 양모 거래소처럼 양모업자들을 위한 설비를 개선하는 데 투자하라고 촉구했지만, 그때마다 수도원장은 재원이 없다는 구실로 거절했다. 그의 형인 에드먼드가 그러다가는 결국 양모 정기시장이 없어질 거라고 말했을 때도 "하느님이 대비해주시겠죠"라고 대꾸했다.

"그러면 제가 옥스퍼드에 갈 학비도 하느님이 마련해주시겠죠." 고드윈이 말했다.

"그럴 테지."

고드윈은 고통스러울 정도로 실망감을 느꼈다. 고향을 떠나 다른 공기를 마시고 싶은 마음이 너무도 간절했다. 물론 킹스브리지 칼리지에서도 여기와 다름없는 수도원 규율에 복종해야 하겠지만, 외삼촌과 어머니에게서 멀리 떨어지고 싶었고, 그건 생각만 해도 매력적인 일이었다.

고드윈은 아직 포기할 생각이 없었다. "제가 가지 못하면 어머니가 몹시 실망하실 거예요."

앤서니는 거북한 표정을 지었다. 성질깨나 있는 누나의 반감을 사고 싶지 않은 것이었다. "그러면 네 어머니에게 학비가 생기도록 기도하게 하자꾸나."

"어쩌면 다른 데서 학비를 구할 수 있을지도 몰라요." 고드윈이 즉흥적으로 말했다.

"어떻게?"

대답을 찾던 고드윈의 머리에 영감이 떠올랐다. "외삼촌이 늘 하시는 대로 저도 할 수 있어요. 시실리어 수녀원장님에게 부탁드리는 거죠."

가능성 있는 일이었다. 어머니만큼이나 겁나는 사람인 시실리어는 그를 주눅들게 했지만, 그녀는 고드윈의 젊은 용모에 좀더 민감했다. 수녀원장이라면 똑똑하고 젊은 수사의 학비를 대달라고 설득해볼 만했다.

앤서니 수도원장은 그 제안에 놀랐다. 고드윈은 외삼촌이 반대할 거리를 궁리하고 있다는 것을 알았다. 하지만 돈이 주된 문제라는 식으로 논의를 펴온 상태라 이제 와서 논거를 바꾸기는 어려웠다.

앤서니가 머뭇거리고 있는 사이 시실리어 수녀원장이 들어왔다.

수녀원장은 고운 양모로 짠 묵직한 외투를 입고 있었다. 그것이 그녀의 유일한 방종이었는데, 수녀원장은 추위를 싫어했다. 그녀는 수도원장에게 인사하고는 고드윈 쪽을 보고 말했다. "당신의 외숙모이신 레이디 로즈가 위독하세요." 그녀의 음성은 음악적 정확성을 띠었다. "어쩌면 오늘밤을 넘기지 못할지도 모르겠어요."

"주님이 그분과 함께 계시기를." 고드윈은 폐부를 찌르는 듯한 연민을 느꼈다. 모두가 다 지도자처럼 나대는 집안에서 로즈 외숙모는 유일하게 남을 따를 줄 아는 사람이었다. 외숙모라는 꽃잎은 온통 가시나무에 에워싸여 더더욱 여려 보였다. "그렇게 놀랄 일은 아니죠. 하지만 제 사촌인 앨리스와 캐리스가 슬퍼하겠군요."

"다행히도 당신의 어머님이 함께 계셔서 그 아이들한테 위로가 될 겁니다."

"그렇군요." 위로는 어머니의 장기가 아니라고, 어머니의 장기는 기강을 잡고 두번 다시 타락하지 않도록 만드는 일이라고 고드윈은 생각했지만, 굳이 수녀원장의 말을 정정하고 싶진 않았다. 대신 그는 수녀원장에게 사과주를 한 잔 따라줬다. "이곳은 좀 춥죠, 원장님?"

"얼어 죽을 것 같군요." 시실리어가 퉁명스럽게 대꾸했다.

"제가 불을 좀더 피우겠습니다."

그때 앤서니가 음험한 어조로 말했다. "내 조카 고드윈이 이렇게 세심하게 신경쓰는 이유는 수녀원장님이 이 아이가 옥스퍼드에 갈 수 있게 학비를 대주시길 바라기 때문이죠."

고드윈은 성난 눈으로 외삼촌을 노려보았다. 그라면 신중하게 말을 준비하고 그 말을 하기에 가장 좋은 때를 골랐을 것이다. 그런데 지금 앤서니가 불쑥, 그것도 정말 멋없는 방식으로 그의 희망 사항을 뱉어버렸다.

시실리어가 대꾸했다. "우리가 두 사람이나 더 재정 지원을 할 여력이 있을 것 같진 않은데요."

이번에는 앤서니가 놀랐다. "누가 또 수녀원장님에게 옥스퍼드에 갈 학비를 요청했단 말입니까?"

"누군지는 말하면 안 될 것 같군요. 누구든 곤란하게 만들고 싶진 않으니까요."

"그게 뭐 대수로운 일입니까." 앤서니가 찌무룩한 어조로 대꾸했다. 얼마 후 냉정을 되찾은 그가 덧붙였다. "우리는 언제나 수녀원장님의 관대함에 감사하고 있습니다."

고드윈은 화로에 장작을 좀더 넣은 다음 밖으로 나왔다. 수도원장 사택은 성당 북쪽에 있었다. 클로이스터*를 비롯해 다른 모든 수도원 건물은 성당 남쪽에 자리잡고 있었다. 고드윈은 몸을 떨며 성당 초지를 가로질러 취사장으로 향했다.

그는 외삼촌이 옥스퍼드 문제에 대해, 좀더 나이가 들 때까지 혹은 재학생 가운데 하나가 졸업할 때까지 기다리라는 식으로 핑계를 댈 거

---

* 지붕으로 덮인 긴 복도. 중세 수도원에서는 네모꼴을 이루는 중정(中庭)을 둘러싼 형태로, 수사들의 명상, 사색, 독서와 관계가 깊은 생활공간이었다.

라고 생각했었다. 앤서니는 핑계를 찾는 데 타고난 사람이었다. 하지만 어쨌든 자신은 앤서니의 피보호자이므로, 결국은 외삼촌도 자신의 의견을 지지해주리라 확신했었다. 그런데 그가 단호하게 반대한다니 충격이었다.

그는 수녀원장에게 지원을 청탁한 또다른 사람이 누구일지 생각해보았다. 스물여섯 명의 수사 가운데 고드윈 또래는 여섯 명이니 그중 누구일 수도 있었다. 취사장에서는 식품 담당 보조 시어도릭이 요리사를 거들고 있었다. 시어도릭이 시실리어의 돈을 원하는 경쟁자일 수 있을까? 고드윈은 큰 접시에 거위 고기와 사과소스 그릇을 놓고 있는 그를 지켜보았다. 시어도릭은 공부할 만한 머리를 갖고 있었다. 그라면 경쟁자가 될 수 있었다.

고드윈은 걱정스러운 마음을 안은 채 수도원장 사택으로 음식을 날랐다. 수녀원장이 시어도릭을 도와주기로 마음먹는다면 자신은 어떻게 해야 좋을지 알 수 없었다. 안 될 경우에 대비한 계획은 없었다.

그는 언젠가 킹스브리지 수도원장이 되는 꿈을 꾸고 있었다. 앤서니보다 훨씬 잘 해낼 수 있다고 확신했다. 그리고 수도원장으로 성공을 거둔다면 주교나 대주교가 되거나, 왕실에서 일하거나, 국왕 고문처럼 더 높은 자리로 올라갈 수도 있었다. 그런 권력으로 뭘 하게 될지 거의 아는 것이 없었지만, 그는 자신이 높은 지위에 오르게 될 거라는 강한 예감이 들었다. 하지만 높은 지위에 오르기 위해서는 두 가지 길밖에 없었다. 하나는 귀족 태생일 것. 또하나는 교육이었다. 고드윈은 양모 상인 집안 출신이었다. 따라서 유일한 길은 대학에 가는 것이었다. 그렇기 때문에 그는 시실리어 수녀원장의 돈이 절실했다.

그는 식탁에 음식을 차렸다. 수녀원장이 말하고 있었다. "그런데 국왕은 어떻게 돌아가신 건가요?"

"낙상하셨지요." 앤서니가 대답했다.

고드윈은 거위 고기를 썰었다. "가슴살을 좀 드릴까요, 수녀원장님?"

"그렇군요. 낙상하셨단 말이에요?" 수녀원장이 믿지 못하겠다는 투로 대꾸했다. "국왕이 비실거리는 노인이라도 되는 듯이 말씀하시는군요. 그분은 마흔세 살밖에 안 되셨어요!"

"어쨌든 간수는 그렇게 말했습니다." 전왕은 폐위된 후 킹스브리지에서 말을 타고 이틀 걸리는 거리에 있는 버클리성에 수감됐었다.

"아, 그분의 간수들 말인가요. 모티머의 부하들이겠죠." 그녀는 마치의 백작 로저 모티머를 인정하지 않았다. 그는 에드워드 2세에 맞서 모반을 일으킨 주모자였을 뿐 아니라 국왕의 아내인 이저벨라 왕비까지 유혹했다.

두 사람은 식사하기 시작했다. 고드윈은 남는 음식이나 있을지 궁금했다.

"뭔가 사악한 일이 있었을 거라 의심하시는군요." 앤서니가 시실리어에게 말했다.

"물론 아니에요. 하지만 다른 사람들은 그렇게 생각하죠. 소문에 의하면……"

"왕이 시해됐다는 소문 말입니까? 그건 나도 들었습니다. 하지만 내 눈으로 그분의 벌거벗은 시신을 보았습니다. 폭력의 흔적 같은 건 없었어요."

고드윈은 자신이 끼어들면 안 된다는 것을 알고 있었지만 어쩔 수가 없었다. "소문에 의하면 왕이 서거하셨을 때 버클리의 모든 마을 사람들이 그분의 고통스러운 비명을 들었다고 하던데요."

앤서니가 비난의 눈길을 보냈다. "왕이 서거하면 늘 소문이 돌기 마련이지."

"왕은 그저 서거하신 게 아니에요." 시실리어가 말했다. "먼저 의회에서 폐위됐죠. 과거에는 한 번도 없었던 일이에요."

앤서니가 목소리를 낮췄다. "폐위 사유는 설득력이 있었어요. 불경한 죄를 지으셨단 말입니다."

앤서니는 일부러 모호하게 말하고 있었지만 고드윈은 그것이 무슨 의미인지 알았다. 에드워드 왕은 '총아'를 두었다. 그는 부자연스러울 정도로 젊은 남자들을 좋아했다. 첫번째 총아인 피터 개버스턴은 지나친 권력과 특권을 누리다 백작들의 질투와 분노를 불러일으켜 결국 모반 혐의로 처형됐다. 하지만 그뒤로도 다른 총아들이 계속 있었다. 항간에는 왕비가 연인을 둔 것도 놀랄 일은 아니라는 말이 떠돌았다.

"저는 그런 말은 믿지 못하겠어요." 열렬한 군주제 지지자인 시실리어가 말했다. "숲속에 사는 범법자들이라면 그런 더러운 일에 빠질 수 있겠지만, 왕실 피를 이어받은 사람이 그렇게까지 타락할 수 있겠습니까. 거위 고기 좀 남았나요?"

"네." 고드윈이 실망감을 감추며 말했다. 그는 마지막 남은 거위 고기를 썰어 수녀원장에게 건넸다.

"적어도 새 왕에게는 이제 도전할 사람이 없는 셈입니다." 앤서니가 말했다. 에드워드 2세와 이저벨라 왕비의 아들이 에드워드 3세로 왕위에 오른 상황이었다.

"그분은 열네 살이고, 왕위에 오른 건 모티머 덕분이었죠. 그러니 누가 실세이겠어요?"

"귀족들은 안정을 되찾게 되어 반기고 있어요."

"모티머 일파가 특히 그럴 테죠."

"이를테면 셔링의 롤런드 백작 같은 사람 말입니까?"

"오늘 아침에 보니 기운이 뻗치더군요."

"수녀원장님은 혹시……"

"그분이 국왕의 '낙상'과 관련이 있을 거라고 암시하는 거냐고요? 물론 아니에요." 수녀원장은 마지막 남은 고깃점을 먹었다. "아무리 친한 사이라 해도 이런 생각을 입 밖에 내는 건 위험한 일이죠."

"맞는 말입니다."

그때 노크 소리가 나더니 솔 화이트헤드가 들어왔다. 그는 고드윈과 동갑이었다. 그가 경쟁자일까? 그는 지적이고 유능하고, 셔링의 백작과 먼 친척 사이라는 큰 이점이 있었다. 그러나 그에게 옥스퍼드에 갈 야망이 있는지는 의문이었다. 그는 독실하고 소심한, 겸양이 몸에 밴 부류였다. 하지만 어떤 일도 있을 수 있는 법이다.

"기사 한 분이 자상을 입고 구호소에 와 있습니다." 솔이 말했다.

"흥미로운 일이긴 하지만 수도원장과 수녀원장의 식사를 방해할 만큼 놀랄 일은 아니군."

솔은 겁먹은 표정을 지었다. "죄송합니다만, 수도원장님." 그가 말을 더듬었다. "치료를 하는 데 의견이 일치되지 않아서요."

앤서니는 한숨을 내쉬었다. "어차피 거위 고기도 다 먹었으니." 그가 자리에서 일어섰다.

시실리어도 수도원장과 함께 갔고, 고드윈과 솔이 뒤따랐다. 그들은 북쪽 익랑*을 따라 성당으로 들어가 교차부를 지나 남쪽 익랑으로 나온 뒤, 클로이스터를 건너 구호소로 들어갔다. 부상당한 기사는 지위에 걸맞게 제단에서 가장 가까운 침상에 누워 있었다.

앤서니 수도원장은 자기도 모르게 놀라움의 신음을 뱉었다. 한순간

---

* 십자가 형태의 라틴식 교회 건물에서 신랑(신자석)을 가로지르는 부분. 익랑을 통해 신자석과 성가대석이 구분된다.

그의 얼굴에 충격과 공포가 스쳤지만 곧 평정을 되찾고 무표정으로 돌아갔다.

그러나 시실리어는 그 어느 것도 놓치지 않았다. "이 사람을 아세요?" 그녀가 앤서니에게 물었다.

"그런 것 같습니다. 저 사람은 몬머스 백작의 부하 토머스 랭리 경입니다."

그는 이십대의 잘생긴 청년으로 어깨가 넓고 다리가 길었다. 허리까지 벌거벗은 상태여서, 과거 전투에서 얻은 상흔이 종횡으로 가로지른 근육질의 상반신이 고스란히 드러나 있었다. 그는 창백했고 탈진한 듯했다.

"길에서 습격당했다고 합니다." 솔이 설명했다. "가까스로 적들을 물리치긴 했지만 그러고서 마을까지 1마일 넘게 몸을 끌고 온 거죠. 그사이에 피를 많이 흘렸습니다."

기사의 왼쪽 팔뚝이 팔꿈치에서 손목까지 벌어져 있었다. 날카로운 칼에 베인 자상이 분명해 보였다.

수도원의 수석의사인 조지프 형제가 환자 곁에 서 있었다. 조지프는 키가 작고 코가 크고 치열이 고르지 않은 삼십대 남자였다. 그가 말했다. "이런 상처는 벌어진 채 놔두고 고름을 내기 위한 고약을 발라야 합니다. 그런 식으로 나쁜 체액을 빼낸 뒤 안쪽에서부터 치료해야 합니다."

앤서니가 고개를 끄덕였다. "의견이 일치되지 않았다는 건?"

"이발사 매슈의 생각은 다릅니다."

매슈는 이 도시의 이발사 겸 외과의였다. 그는 공손하게 뒤편에 물러서 있다가 값비싸고 날카로운 칼이 든 가죽가방을 든 채 앞으로 나섰다. 그는 선명한 푸른색 눈에 엄숙한 표정을 한 왜소한 남자였다.

앤서니는 매슈의 인사에 답하지 않은 채 조지프에게 물었다. "저 사람이 여기서 뭘 하는 건가?"

"기사님이 저 사람을 안다기에 불러왔습니다."

"저자가 하는 방식으로 난자당하고 싶다면 뭣하러 수도원 구호소까지 왔습니까?" 앤서니가 토머스에게 말했다.

희미한 미소가 기사의 백지장 같은 얼굴에 스쳤지만 너무 지친 나머지 대답할 기력이 없어 보였다.

매슈는 수도원장의 조롱에도 아랑곳하지 않은 채 놀랄 만한 확신을 가지고 말했다. "저는 전쟁터에서 이런 상처를 수없이 보았습니다, 수도원장님. 가장 좋은 치료는 가장 간단한 치료죠. 상처를 따뜻한 와인으로 씻고 꿰매서 봉합한 다음 붕대로 감아주는 겁니다." 보기만큼 공손한 태도는 아니었다.

그때 시실리어 수녀원장이 끼어들었다. "우리 두 젊은 분도 이 문제에 의견이 있을 텐데요?"

앤서니는 조바심난 얼굴이었지만, 고드윈은 수녀원장이 뭐 때문에 그러는지 알아차렸다. 이것은 시험이었다. 솔이 그녀의 돈을 타내는 데 경쟁자인 모양이었다.

답은 간단했다. 그래서 고드윈이 먼저 입을 열었다. "조지프 형제는 과거의 마스터들을 연구한 분입니다. 그러니 누구보다 잘 알고 있겠죠. 매슈는 글이나 읽을 수 있는지 의심스럽습니다."

"저는 글을 읽을 수 있습니다, 고드윈 형제님." 매슈가 이의를 제기했다. "책도 한 권 있고요."

앤서니가 웃었다. 책을 가진 이발사라니, 모자를 쓴 말만큼이나 어이없었다. "어떤 책인가요?"

"이슬람의 명의 이븐시나의 『의학 정전』입니다. 아랍어를 라틴어로 번역한 것이죠. 저는 그 책을 다 읽었습니다. 속도가 더디긴 했지만요."

"그럼 당신이 내놓은 치료법이 이븐시나가 제시한 것이라는 말인가요?"

"그건 아닙니다만—"

"그럼 됐소."

매슈가 고집스럽게 말을 이었다. "하지만 저는 군대와 함께 다니고 부상자를 치료하면서 책에서 배운 것보다 훨씬 많은 것을 배웠습니다."

"솔 형제의 의견은 어떤가요?" 시실리어 수녀원장이 말했다.

고드윈은 솔이 똑같은 답을 내놓아 경쟁 자체가 흐지부지해질 거라 생각했다. 그러나 겉으로는 겁먹고 소심한 듯 보이는 솔이 고드윈의 의견에 반론을 제기했다. "이발사의 말이 맞는지도 모릅니다." 그 말에 고드윈은 몹시 기뻤다. 솔은 계속해서 잘못된 주장을 폈다. "조지프 형제가 내놓은 치료법은 건축 현장 같은 곳에서 흔히 볼 수 있는 으스러지거나 망치로 난 상처에 더 적합할 것 같습니다. 그런 상처는 주변의 피부와 살까지 모두 손상되기 마련이고, 그 경우 상처를 봉합하면 나쁜 기운을 영구적으로 몸안에 넣고 가두는 셈이 되니까요. 깨끗하게 잘린 이 상처는 빨리 봉합할수록 치유도 그만큼 빨라질 겁니다."

"말도 안 되는 소리." 앤서니 수도원장이 말했다. "어떻게 일개 마을 이발사가 맞고 교육받은 수사가 틀릴 수 있다는 건가?"

고드윈은 승리의 미소를 감췄다.

그때 문이 벌컥 열리더니 사제복을 입은 한 청년이 성큼성큼 걸어들어왔다. 고드윈은 그가 롤런드 백작의 두 아들 중 동생인 셔링의 리처드임을 알아보았다. 수도원장과 수녀원장을 향한 그의 인사는 너무 형식적이어서 무례하다 싶을 정도였다. 그는 곧장 병상으로 다가가더니 기사에게 말했다. "대체 무슨 일이 일어난 거냐?"

토머스가 힘없는 한 손을 들어 리처드에게 가까이 다가오라고 손짓했다. 젊은 사제는 환자 쪽으로 몸을 기울였다. 토머스가 그의 귀에 무슨 말인가를 속삭였다.

리처드 신부가 놀란 표정을 지으며 그에게서 떨어졌다. "그건 절대로 안 될 일이야!"

토머스가 다시 손짓하자 똑같은 과정이 반복됐다. 한 사람이 속삭이고 다른 한 사람은 격분하는 반응을 보였다. 리처드가 말했다. "하지만 왜?"

토머스는 대답하지 않았다.

"자네는 지금 우리 권한 밖의 일을 요구하고 있어." 리처드가 말했다.

토머스는 '아니, 그렇지 않습니다'라고 말하듯 단호히 고개를 저었다.

"자네는 우리에게 선택의 여지를 주지 않고 있네."

토머스는 힘없이 고개를 가로저었다.

리처드는 앤서니 수도원장을 향해 돌아섰다. "토머스 경은 이 수도원에서 수사가 되고 싶어합니다."

한순간 경악에 찬 침묵이 흘렀다. 가장 먼저 반응을 보인 것은 시실리어였다. "하지만 저 사람은 폭력을 일삼던 사람이에요!"

"그걸 누가 모릅니까." 리처드가 짜증난다는 투로 말했다. "때로는 전사도 전투의 삶을 버리고 자기 죄에 대한 용서를 구하고자 마음먹을 수 있는 것 아닙니까."

"나이든 사람이라면 또 모르죠. 이 사람은 아직 스물다섯 살도 되지 않았어요. 모종의 위험에서 도망치려는 거라고요." 그녀는 리처드를 뚫어져라 보았다. "이 사람 목숨을 노리는 사람이 누구죠?"

"호기심은 좀 접어두시죠." 리처드가 무례하게 말했다. "이 사람은 수녀가 아니라 수사가 되려는 겁니다. 그러니 당신은 더이상 캐물을 것 없습니다." 수녀원장에게 그런 식으로 말한다는 것 자체가 충격적이었지만, 백작의 아들이라면 이런 무례도 용서가 됐다. 그는 앤서니 쪽을 돌아보았다. "이 사람을 받아줘야 합니다."

"수도원의 재정이 너무 빈약해서 더이상 수사를 받아들이기가 어렵습니다…… 비용을 감당할 수 있을 만한 증여가 있기 전에는."

"그 부분은 마련될 겁니다."

"그것도 필요한 비용만큼 적절해야—"

"마련될 거라고 했잖습니까!"

"그럼 더할 나위 없죠."

시실리어는 의문스러운 얼굴이었다. 그녀가 앤서니에게 말했다. "제게 말씀하신 것 이상으로 이 사람에 대해 알고 계신 건가요?"

"굳이 그를 물리칠 이유는 없을 것 같은데요."

"어째서 저 사람을 참된 회개자라고 생각하시는 거죠?"

모두가 토머스를 보았다. 그는 눈을 감고 있었다.

"그도 수련 기간 동안 다른 사람들과 마찬가지로 자신의 진심을 입증해야 할 겁니다." 앤서니가 말했다.

수녀원장은 분명 불만스러워 보였지만 앤서니가 돈을 요구하지 않는 한 그녀가 할 수 있는 일은 없었다. "이 상처나 치료하는 게 좋겠군요."

"이분은 조지프 형제의 치료법을 거부했습니다. 그래서 저희가 수도원장님을 모셔온 겁니다." 솔이 말했다.

앤서니가 환자 위로 몸을 굽혔다. 그러고는 귀먹은 사람과 말하기라도 하듯 큰 소리로 말했다. "당신은 조지프 형제가 제시한 대로 치료를 받아야 합니다. 그가 누구보다 많이 알고 있으니까요."

토머스는 의식이 없는 듯했다.

"이 사람이 더이상 반대하지 않는군." 앤서니가 조지프에게 말했다.

"그랬다가는 팔을 잃을 수도 있습니다!" 이발사 매슈가 말했다.

"당신은 돌아가는 게 좋겠소." 앤서니가 매슈에게 말했다.

매슈는 화난 얼굴로 가버렸다.

"나와 함께 수도원장 사택에 가서 사과주를 한잔하시는 게 어떻습니까." 앤서니가 리처드에게 말했다.

"고맙소."

자리를 뜨면서 앤서니가 고드윈에게 말했다. "형제는 여기 남아서 수녀원장님을 거들어드리게. 그리고 저녁기도 시간 전에 나에게 와서 기사가 얼마나 회복됐는지 알려주고."

보통 앤서니 수도원장은 개개 환자의 병세를 걱정하지 않았다. 이 환자에게 특별한 관심을 가진 게 분명했다.

고드윈은 의식을 잃은 기사의 팔에 고약을 바르는 조지프 형제를 지켜보았다. 그는 자신이 문제에 정답을 냄으로써 수녀원장의 재정 지원을 확보했다고 여겼지만, 그녀의 입을 통해 분명한 동의를 듣고 싶었다. 조지프 형제가 처치를 마치고 수녀원장이 장미수로 토머스의 이마를 닦아주고 있을 때 고드윈이 말했다. "원장님이 제 요청을 긍정적으로 생각해주셨으면 합니다."

수녀원장이 그에게 날카로운 시선을 던졌다. "내가 솔 형제에게 학비를 주기로 결정했다는 사실을 말해주는 편이 낫겠군요."

고드윈은 놀랐다. "하지만 제가 정답을 맞혔잖아요!"

"정답을 맞혔다고요?"

"원장님은 이발사의 의견에 동의하지 않으셨잖습니까?"

그녀는 눈썹을 치켜세웠다. "나는 당신에게 심문받을 위치가 아닙니다, 고드윈 형제."

"죄송합니다." 고드윈이 즉각 사과했다. "하지만 이해할 수 없어서요."

"압니다."

그녀가 이런 식으로 계속 수수께끼 같은 말을 한다면 더이상의 대화는 무의미했다. 고드윈은 좌절감과 실망감으로 몸을 떨며 발길을 돌렸다. 수녀원장이 솔에게 학비를 지원하기로 했다! 솔이 백작의 친척이기 때문일까? 고드윈은 그렇게 생각하지 않았다. 그러기에 그녀는 너무도 독립적인 정신의 소유자였다. 균형을 무너뜨린 것은 솔이 지닌 경건한 태도 때문이라고 그는 판단했다. 하지만 솔은 결코 지도자가 될 인물이 아니었다. 이게 무슨 낭비란 말인가. 고드윈은 이 소식을 어머니에게 어떻게 전할지 궁리했다. 어머니는 격노할 것이다. 그녀는 과연 누구를 탓할까? 앤서니 외삼촌? 고드윈 자신? 분노에 싸인 어머니를 눈앞에 그리는 것만으로도 익숙한 불안감이 엄습했다.

그런 생각을 하던 참인데 마침 구호소 저쪽 끝에 걸어오는 어머니가 보였다. 그녀는 가슴이 불룩하고 키가 컸다. 아들과 눈이 마주친 그녀는 문가에 멈춰 서서 그가 자기에게 오기를 기다렸다. 고드윈은 뭐라고 말할지 궁리하며 천천히 걸어갔다.

"네 로즈 외숙모가 위독하시다." 고드윈이 가까이 오자마자 페트라닐라가 말했다.

"주님이 그분 영혼을 축복하시기를. 시실리어 수녀원장님이 말씀해주셨어요."

"충격받은 얼굴이구나. 하지만 외숙모 병이 위중하다는 건 너도 이미 알고 있었잖니."

"로즈 외숙모 때문이 아니에요. 나쁜 소식이 하나 더 있어요." 고드윈은 침을 삼켰다. "옥스퍼드에 가지 못하게 됐어요. 앤서니 외삼촌이 학비를 대주지 못한다고 하셨어요. 시실리어 수녀원장님도 거절했고요."

다행히도 어머니는 즉각적으로 분을 터뜨리지 않았다. 그 대신 무서우리만큼 입을 꽉 다물었다. "그런데, 대체 왜?"

"수도원장님에게는 돈이 없고, 수녀원장님은 솔을 보내겠다고 하시고요."

"솔 화이트헤드 말이냐? 그애는 아무것도 되지 못할 거야."

"적어도 의사는 되겠죠."

어머니가 눈을 똑바로 들여다보자 그는 오그라드는 느낌이 들었다. "네가 이 일을 제대로 처리하지 못한 모양이구나. 사전에 나와 의논했어야지."

그는 어머니가 이렇게 나올까봐 두려웠었던 것이다. "어째서 내 잘못이라고 하시죠?"

"먼저 내가 앤서니 외삼촌과 얘기하도록 했어야지. 내가 외삼촌의 마음을 약해지게 만들었을 테니까."

"그래도 그분은 안 된다고 했을 거예요."

"그리고 수녀원장에게 접근하기 전에 그녀에게 또 부탁한 사람이 있는지 확인했어야 했어. 그랬다면 수녀원장과 얘기하기에 앞서 솔을 깎아내릴 수 있었을 테니까."

"어떻게요?"

"그애에게도 분명 약점이 있겠지. 너는 그 약점을 찾아내 수녀원장이 그 점에 주목하게 만들기만 하면 됐을 거야. 수녀원장이 환멸을 느낄 즈음 직접 그녀와 담판을 지었다면."

그는 어머니 말에 일리가 있음을 깨달았다. "그런 생각은 하지도 못했어요." 고드윈은 고개를 숙였다.

"이런 일은 전쟁 준비를 하는 백작들처럼 계획해야 해." 페트라닐라가 화를 억누르며 말했다.

"이제 알겠어요." 그가 어머니의 눈을 피하며 말했다. "다시는 똑같은 실수를 저지르지 않을게요."

"나도 그러길 바란다."

그는 다시 어머니를 바라보았다. "이제 전 어떡하죠?"

"나는 포기하지 않는다." 어머니의 얼굴에 익숙하고도 단호한 표정이 떠올랐다. "내가 그 돈을 마련해야겠지."

고드윈의 마음속에 희망이 싹텄다. 하지만 어떻게 어머니가 그 희망을 실현시켜줄지 짐작조차 할 수 없었다. "어디서 돈을 구하실 건데요?"

"집을 팔고 에드먼드의 집으로 들어갈 거다."

"외삼촌이 그러라고 할까요?" 에드먼드 외삼촌은 관대했지만 누나와 종종 부딪치곤 했다.

"아마 그럴 거야. 이제 곧 홀아비가 되겠지. 그러면 살림을 봐줄 사람이 필요해질 거고. 로즈가 그 역할을 제대로 한 적이 있다는 말은 아니다만."

고드윈은 고개를 저었다. "어머니에게도 돈이 필요하시잖아요."

"뭐 때문에 돈이 필요하겠니? 에드먼드가 숙식을 제공해주고 소소한 필수품도 사줄 텐데. 그 대신 나는 그애의 하인들을 관리하고 조카들을 돌보면 된다. 너는 내가 네 아버지로부터 물려받은 돈을 쓰게 되는 거야."

그녀의 말투는 단호했지만, 고드윈은 어머니의 일그러진 입가에서 쓰라린 아쉬움을 볼 수 있었다. 그는 이 일이 그녀에게 얼마나 큰 희생이 될지 알고 있었다. 어머니는 독립적인 자신의 삶을 자랑으로 여겼다. 부잣집 딸에다 유력한 양모 상인의 누나로서 이 도시에서 명망 있는 여성에 속하는 그녀는 그 지위를 소중히 여겼다. 그녀는 킹스브리지의 권력자들을 초대해 함께 식사하고 최고급 와인을 마시는 일을 즐겼다. 그런 그녀가 이제 동생의 집으로 들어가 가난한 친척처럼 살면서 하인처럼 일하고 모든 것을 동생에게 의탁하겠다고 말하고 있었다. 그것은 엄청난 영락이었다. "그러기에는 희생이 너무 커요. 그러시면 안 돼요."

페트라닐라의 얼굴이 딱딱하게 굳었다. 그녀는 마치 무거운 짐을 떠맡을 준비라도 하듯 희미하게 어깨를 떨었다. "아니, 되고말고. 그렇게 할 수 있어."

5

궨다는 아버지에게 모든 것을 털어놓았다.

예수님의 피를 걸고 비밀을 지키겠다고 맹세했으니 이제 지옥에 떨어질 테지만, 궨다는 지옥보다 아버지가 더 두려웠다.

아버지는 강아지 스킵이 어디서 났는지 묻는 것에서부터 질문을 시작했고, 궨다는 호프가 죽게 된 연유를 설명할 수밖에 없었고, 결국 모든 이야기가 나오고 말았다.

그런데 놀랍게도 궨다는 매질을 당하지 않았다. 실제로 아버지는 기뻐하는 기색마저 보였다. 그는 딸을 데리고 살육이 벌어진 숲속 빈터로 향했다. 다시 찾기가 쉽지 않았지만, 결국 녹색과 노란색 튜닉을 입은 두 병사의 시체가 있는 곳을 찾아냈다.

아버지는 그들의 전대부터 열어보았다. 전대에는 각각 20에서 30페니가량 들어 있었다. 칼을 발견하자 더 기뻐했는데, 그것이 동전 몇 푼보다 훨씬 더 값이 나가기 때문이었다. 그다음에는 죽은 사람들의 옷을 벗기기 시작했다. 한 손으로는 힘에 부치자 궨다에게 거들게 했다. 생명이 빠져나간 시체는 다루기 힘들 정도로 무거웠고, 만지면 아주 이상한 느낌이 들었다. 아버지는 딸에게 그들이 걸친 것을 모조리 벗게 했다. 진흙투성이 긴 양말, 심지어 더러운 속바지까지.

아버지는 옷으로 무기를 싸서 누더기 꾸러미처럼 보이게 만들었다. 그런 다음 궨다와 함께 벌거벗은 시체를 다시 관목 수풀 속으로 끌어다 놓았다.

킹스브리지로 돌아오는 길에 아버지는 기분이 좋았다. 그는 궨다를 강변에 있는 슬로터하우스 디치라는 거리로 데려갔고, 화이트호스라는 이름의 크고 더러운 여인숙으로 들어갔다. 아버지는 궨다에게 에일 한 잔을 사주고, 자신이 '내 친구 데이비'라고 부르는 여인숙 주인과 함께 건물 뒤편으로 사라졌다. 궨다는 이날 하루에 두 번이나 에일을 마신 것이었다. 몇 분 후 다시 나타난 아버지에게는 꾸러미가 없었다.

한길로 나온 두 사람은 수도원 정문 옆에 있는 벨 여인숙에서 어머니와 필리먼과 아기와 재회했다. 아버지는 어머니에게 눈을 찡긋해 보이고는 아기 포대기에 숨기도록 한줌 가득 돈을 건넸다.

이른 오후여서 방문객들 대부분은 이미 자기들 마을로 떠난 뒤였는데, 위글리로 가기에는 너무 늦은 시각이어서 그들 가족은 여인숙에서 그냥 묵기로 했다. 아버지는 줄곧 이제는 여인숙에 묵을 여유가 있다고 말했지만, 어머니는 불안한 어조로 "사람들이 당신에게 돈이 생겼다는 사실을 알면 안 돼요!"라고 말했다.

궨다는 지쳤다. 아침 일찍 일어난데다 오늘 하루 먼길을 걸었다. 그녀는 긴 의자에 눕자마자 곯아떨어졌다.

궨다는 여인숙 문이 거칠게 홱 열리는 소리에 잠에서 깼다. 고개를 들어본 그녀는 두 명의 병사가 들어서는 것을 보고 깜짝 놀랐다. 숲에서 죽은 사람들의 유령인 줄 알고 처음 한순간은 공포에 질렸다. 다음 순간 그들이 죽은 사람들과 똑같이 한쪽은 노란색이고 다른 한쪽은 녹색인 튜닉 차림이긴 하나 다른 사람들이라는 사실을 깨달았다. 둘 중 젊은 병사가 눈에 익은 누더기 꾸러미를 들고 있었다.

나이든 병사가 곧장 아버지에게 물었다. "네가 위글리에서 온 조비라는 자냐?"

궨다는 다시금 겁에 질렸다. 어조에서 심상치 않은 위협이 느껴졌다. 그는 시늉만 하는 것이 아니라 단호했고, 무엇이든 자신이 하고 싶은 대로 해치울 것 같았다.

"아닙니다." 아버지는 자동적으로 거짓말을 했다. "사람 잘못 보셨습니다요."

그들은 그 말을 무시했다. 두번째 병사가 탁자에 꾸러미를 놓고 펼쳤다. 그 안에서 두 벌의 노란색과 녹색 튜닉에 싸인 두 자루의 칼과 두 자루의 단검이 나왔다. 그가 아버지에게 말했다. "이것들이 어디서 났지?"

"십자가에 걸고 맹세코 한 번도 본 적이 없는 물건들인뎁쇼."

부인하다니 어리석은 일이야. 궨다는 두려운 와중에도 이렇게 생각했다. 그들은 아버지가 자신에게 그랬듯 그에게서도 사실을 끌어낼 것이다.

"화이트호스 주인 데이비가 위글리의 조비에게서 샀다고 하던데." 나이든 병사가 말했다. 딱딱한 위협조의 목소리였다. 그 방에 있던 몇 안 되는 손님들이 일제히 자리에서 일어나 재빨리 여인숙을 빠져나가고, 그곳에는 궨다의 가족만 남았다.

"조비는 얼마 전에 여기서 나갔습니다." 아버지는 필사적으로 말했다.

병사는 고개를 끄덕였다. "아내와 두 아이와 갓난아기와 함께 말이지?"

"그렇습니다."

병사가 갑자기 빠르게 몸을 움직였다. 그는 억센 손으로 아버지의 튜닉을 움켜잡고 그를 벽에 밀어붙였다. 어머니가 비명을 지르고 아기가 울어대기 시작했다. 퀜다는 병사의 오른손에 낀 장갑이 사슬 미늘로 덮여 있는 것을 보았다. 병사가 그 팔을 뒤로 뺐다가 그대로 아버지의 배를 후려쳤다.

어머니가 소리쳤다. "도와줘요! 살인이에요!" 필리먼이 울음을 터뜨렸다.

아버지의 얼굴이 고통으로 창백해졌다. 아버지는 흐느적거렸지만 병사는 그가 쓰러지지 못하게 벽에 단단히 밀어붙인 채 다시 한번 주먹질했다. 이번에는 얼굴이었다. 아버지의 코와 입에서 피가 쏟아졌다.

퀜다는 비명을 지르고 싶어 입을 벌렸으나 아무 소리도 나오지 않았다. 아버지는 때때로 동정을 사거나 화를 피하려고 교활하게도 나약한 척 겁 많은 사람인 척하곤 하지만, 퀜다는 그가 전능하다고 생각하고 있었다. 그런 그가 그토록 무력해진 모습을 보는 것은 무서운 일이었다.

그때 집 뒤편으로 통하는 문가에 여인숙 주인이 나타났다. 그는 체격이 큰 삼십대 남자였다. 포동포동한 소녀가 그의 등뒤에서 엿보고 있었다. "이게 무슨 일입니까?" 여인숙 주인이 엄숙한 어조로 말했다.

병사는 그를 보지도 않고 말했다. "당신은 떨어져 있으시오." 그러고는 다시 한번 아버지의 배에 주먹질을 했다.

아버지는 피를 토했다.

"그만두지 못하겠소?" 여인숙 주인이 말했다.

"대체 당신이 누군데 나서지?" 병사가 말했다.

"나는 폴 벨이오. 여기는 내 집이오."

"그럼, 좋습니다, 폴 벨. 당신 일이나 신경써요. 그러는 게 신상에 이로울 텐데."

"그런 제복만 입으면 제멋대로 해도 된다고 생각하는 건가." 폴의 목소리에는 경멸이 담겨 있었다.

"물론이지."

"대체 그건 무슨 제복이오?"

"여왕의 제복이오."

"베시, 어서 가서 존 치안관을 모셔오거라. 내 집에서 살인이 벌어질 거라면 치안관이 증인이 되는 게 좋겠군." 폴이 뒤의 소녀에게 말했다. 소녀가 달려갔다.

"여기서 살인 같은 건 일어나지 않을 거요." 병사가 말했다. "조비가 마음을 돌렸을 테니까. 이 친구가 죽은 두 사람 물건을 훔친 곳으로 우릴 데려다준다고 할 거니까. 안 그런가, 조비?"

아버지는 말은 못하고 대신 고개를 끄덕였다. 병사가 놓아주자 아버지는 털썩 무릎을 꿇고 주저앉아 기침과 구역질을 했다.

병사는 다른 가족들을 살폈다. "그리고 싸움을 목격했다는 아이가……?"

"안 돼!" 궨다는 날카롭게 소리를 질렀다.

그가 만족한 듯 고개를 끄덕였다. "쥐새끼처럼 생긴 저 여자아이로군."

궨다는 어머니 곁으로 달려갔다. "성모마리아님, 제 자식을 보호해주소서." 어머니가 말했다.

병사는 궨다의 팔을 잡더니 어머니로부터 거칠게 잡아챘다. 궨다는 비명을 질러댔다. 그가 사나운 어조로 말했다. "악쓰지 마라. 안 멈추면 네 가엾은 아비처럼 만들어줄 테다."

궨다는 비명을 지르지 않기 위해 이를 악물었다.

"일어나, 조비." 병사가 아버지를 억지로 일으켜세웠다. "기운을 차리는 게 좋을 거야. 이제 말을 타야 하니까."

두번째 병사가 옷가지와 무기를 챙겨들었다.

그들이 여인숙을 나설 때 어머니가 미친 사람처럼 소리쳤다. "저들이 하라는 대로 해요!"

병사들에게는 말이 있었다. 궨다는 나이든 병사 앞에 올라탔고, 아버지는 다른 병사의 말에 올랐다. 아버지는 기운을 차리지 못한 채 신음했고 그래서 궨다가 길을 일러줬다. 두 번이나 갔던 길이라 이제는 길을 정확히 기억하고 있었다. 그들은 빠르게 말을 몰았지만 빈터에 도착했을 때는 오후도 다 저물어가고 있었다.

젊은 병사가 궨다와 아버지를 잡고 있는 동안 우두머리가 수풀에서 동료 병사들의 시신을 끌어냈다.

"토머스라는 자는 보기 드문 전사인가보군. 해리와 앨프리드를 한꺼번에 죽이다니." 나이든 병사가 혼잣말처럼 중얼댔다. 궨다는 그들이 다른 아이들에 대해서는 알지 못한다는 사실을 깨달았다. 궨다는 자기 혼자만 있었던 것이 아니며 랠프가 두 병사 가운데 한 명을 죽였다는 사실을 털어놓고 싶었지만, 너무 무서워 끽소리도 하지 못했다. "그자가 앨프리드의 목을 거지반 잘라버렸어." 병사가 궨다 쪽으로 고개를 돌리고 말했다. "무슨 편지 얘길 하지 않더냐?"

"몰라요!" 궨다는 가까스로 입을 열었다. "너무 무서워서 눈을 감고 있었어요. 그들이 하는 말도 듣지 못했고요! 정말이에요. 아는 것이 있다면 말했을 거예요!"

"어쨌든 이들이 먼저 편지를 빼앗았다고 해도, 그자가 이들을 죽인 뒤에 회수했겠지." 나이든 병사가 동료 병사에게 말했다. 그는 편지가 시든 나뭇잎들 사이에 걸려 있기라도 한 듯 빈터 주변 나무들을 둘러보았다. "그자는 아마 편지를 가지고 수도원에 갔을 거야. 그런데 우리는 수도원의 신성을 범하지 않고는 그자에게 접근할 수가 없단 말이지."

"적어도 무슨 일이 있었는지 정확하게 보고하고, 시신을 가져가 그리스도식으로 매장해줄 수 있게 됐군요." 두번째 병사가 말했다.

그때 갑작스러운 소동이 벌어졌다. 두번째 병사의 손아귀에서 몸을 빼낸 아버지가 빈터 저편으로 내달린 것이었다. 그를 잡고 있던 병사가 뒤를 쫓으려 하자 나이든 병사가 제지했다. "가게 내버려두게. 이제 와서 저자를 죽여봤자 무슨 소용인가?"

그렌다는 조용히 울기 시작했다.

"이 여자아이는 어쩌죠?" 젊은 병사가 물었다.

그렌다는 그자들이 자기를 죽일 거라 확신했다. 눈물 때문에 앞이 보이지 않았고 흐느낌이 격렬하게 치밀어 살려달라는 말도 나오지 않았다. 이제 죽어서 지옥으로 가는 거야. 그렌다는 끝이 다가오기를 기다렸다.

"놓아줘." 나이든 병사가 말했다. "어린 여자아이나 죽이라고 태어난 건 아니니까."

젊은 병사가 그녀를 놓아주며 떠밀었다. 그렌다는 비틀거리다 쓰러졌다. 그러고는 다시 일어나 앞을 보기 위해 눈물을 닦고 비틀거리며 달렸다.

"어서 달아나라." 병사가 등뒤에서 소리쳤다. "오늘 운이 좋구나!"

✍

캐리스는 잠이 오지 않았다. 침대에서 일어나 어머니 방으로 갔다. 아버지는 스툴에 앉아 침대에 꼼짝 않고 누워 있는 어머니를 바라보고 있었다.

어머니는 눈을 감고 있었고, 엷은 막처럼 덮인 땀 때문에 촛불 빛을 받은 얼굴이 번들거렸다. 숨을 쉬는 것도 힘겨워 보였다. 캐리스는 어머니의 창백한 손을 잡았다. 몹시 찼다. 그녀는 그 손에 온기를 불어넣기 위해 양손으로 감쌌다.

"어째서 어머니의 피를 뽑은 거예요?" 캐리스가 물었다.

"의사들은 체액이 너무 과다하면 병이 날 수도 있다고 여긴단다. 피를 뽑아서 체액을 제거하려고 한 거지."

"그래도 어머니는 나아지지 않잖아요."

"그래. 사실 더 나빠졌지."

캐리스의 눈에 눈물이 어렸다. "그러면 왜 그러도록 내버려뒀어요?"

"사제나 수사는 옛 현인들의 문헌을 공부한 사람들이야. 그러니 우리보다 아는 것이 더 많을 테지."

"전 믿을 수 없어요."

"뭘 믿어야 할지 아는 건 쉬운 일이 아니란다, 얘야."

"제가 의사라면 사람들을 낫게 하는 방법만 쓸 거예요."

아버지는 그 말을 듣고 있지 않았다. 어머니를 골똘히 바라보고 있었다. 그는 상체를 앞으로 기울이더니 한 손을 모포 밑으로 넣어 어머니의 왼쪽 가슴 아래 댔다. 고운 양모 아래로 큰 손의 형태가 보였다. 아버지는 목이 졸린 듯한 작은 소리를 내고는 손을 움직여 그 자리를 좀더 세게 눌렀다. 그러고는 잠시 그대로 있었다.

그는 눈을 감았다.

그러고는 천천히 앞으로 쓰러지듯 몸을 기울이면서 기도하는 사람처럼 침대 옆에 무릎을 꿇고, 커다란 머리를 어머니의 허벅지에 얹었다. 한 손은 여전히 어머니의 가슴에 대고 있었다.

캐리스는 아버지가 울고 있다는 걸 알았다. 그것은 이제껏 그녀에게 일어난 일 중 가장 무서운 일이었다. 숲에서 본 사람이 죽는 광경보다 더 무서운 일이었다. 아이들도 울고 여자들도 울고 약한 사람과 힘없는 사람들도 울었지만, 아버지는 결코 우는 법이 없었다. 캐리스에게는 세상이 끝난 느낌이었다.

도움이 필요했다. 캐리스는 모포 위로 잡고 있던 어머니의 차가운 손을 놓았다. 그 손은 움직이지 않았다. 그녀는 자신의 침실로 돌아가 잠든 언니의 어깨를 흔들었다. "일어나!"

앨리스는 바로 눈을 뜨지 않았다.

"아버지가 울고 있어!"

그 말에 앨리스는 벌떡 일어나 앉았다. "그럴 리가."

"얼른 일어나란 말이야!"

앨리스가 침대에서 나왔다. 캐리스는 언니 손을 잡았다. 자매는 함께 어머니의 방으로 갔다. 아버지는 이제 일어나서 베개 위에 얹혀 있는 고요한 얼굴을 내려다보고 있었다. 아버지의 얼굴은 눈물에 젖어 있었다. 앨리스는 놀란 눈으로 아버지를 바라보았다. 캐리스가 속삭였다. "내가 그렇다고 했잖아."

침대 맞은편에는 페트라닐라가 서 있었다.

아버지는 문가에 서 있는 두 딸을 보았다. 그가 침대 곁을 떠나 딸들에게 다가왔다. 그리고 양팔로 두 딸을 동시에 꼭 끌어안고 조용한 어조로 말했다. "어머니는 이제 천사와 함께 있다. 어머니의 영혼을 위해 기도하렴."

"기운 내거라, 얘들아." 페트라닐라가 말했다. "이제부터는 내가 너희 어머니다."

캐리스는 눈물을 닦고 그녀를 바라보았다. "그건 안 돼요. 그렇게 되지 않을 거예요."

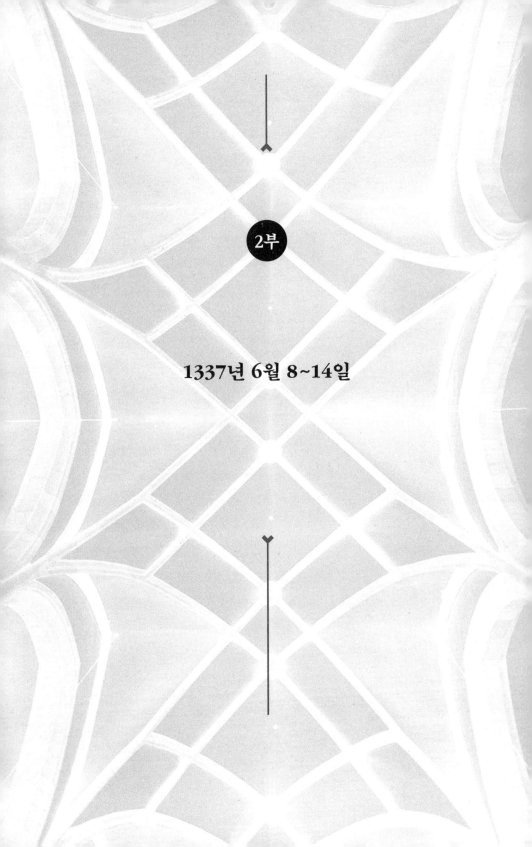

2부

1337년 6월 8~14일

6

머딘이 스물한 살 되던 해 성령강림절에는 킹스브리지 대성당 위로 억수 같은 비가 쏟아졌다.

석판 지붕에서 커다란 빗방울이 튀고 낙숫물받이에는 빗물이 넘쳐흘렀으며, 가고일*의 주둥이에서는 분수가 용솟음치고 부벽 아래로는 비의 장막이 펼쳐졌다. 아치 위와 원기둥 아래로는 급류가 쏟아져 성인상들을 적셨다. 하늘과 대성당, 그 주변 도시가 온통 축축한 회색이었다.

성령강림절은 성령이 예수의 사도들에게 임한 것을 기리는 날이다. 부활절로부터 일곱번째 일요일인 그날은 5월이나 6월이 되는데, 잉글랜드의 거의 모든 양이 털을 깎고 난 직후이기 때문에 언제나 킹스브리지 정기 양모시장이 시작되는 날이기도 했다.

머딘은 아침미사에 가기 위해 나와서, 별 소용은 없지만 얼굴이 젖지 않도록 두건을 당겨 쓰고, 장대비를 뚫고 물을 튀기면서 성당에 가려면

---

* 교회 건물에서 빗물받이 홈통의 주둥이로 쓰이는 괴물 석상.

거쳐야 하는 시장을 통과했다. 성당 서쪽의 널찍한 풀밭에는 수백 명의 장사꾼이 노점을 설치했다가 비가 오자 기름 먹인 포대나 펠트 천으로 황급히 덮었다. 산재한 외진 산골마을들에서 양털을 수집해 온 중개업자에서부터 창고 가득 양모 자루를 쌓아놓은 에드먼드 같은 대규모 양모상에 이르기까지, 시장의 핵심이 되는 이들은 양모 거래상들이었다. 그들 주변에는 라인 지방에서 생산된 달콤한 와인, 금실로 수놓은 루카산 실크, 베네치아산 유리 그릇, 대부분의 사람들은 이름도 들어본 적 없는 동방에서 가져온 생강과 후추 같은, 양모를 제외하고 돈으로 살 수 있는 온갖 물건을 파는 보조 노점들이 밀집해 있었다. 그리고 마지막으로 빵 장수, 술장수, 과자 장수, 점쟁이, 매춘부처럼 방문객과 노점상들에게 일상적인 상품을 공급하는 평범한 장사치들이 있었다.

노점상들은 농담을 주고받고 축제 분위기를 띄우려 애쓰면서 쏟아지는 비에도 담대하게 대처했지만, 이런 날씨는 수익에 악영향을 끼칠 것이 분명했다. 어떤 이들은 날이 좋으나 궂으나 사업을 해야 했다. 이탈리아와 플랑드르의 구매업자들은 피렌체와 브뤼허에서 바삐 돌아가는 직기織機에 공급할 부드러운 잉글랜드산 양모가 필요했다. 그러나 평범한 손님들은 집에 머물려 할 것이고, 기사의 아내라면 육두구와 계피 없이도 그럭저럭 지낼 만하다고 여길 것이고, 넉넉한 농부라면 오래된 외투로 겨울을 한 번 더 나도 되겠다고 생각할 테고, 변호사는 사실 자기 정부情婦에게 금팔찌 같은 건 필요 없을 거라고 생각할 것이다.

머딘은 아무것도 사지 않을 생각이었다. 돈이 없었다. 그는 자신의 고용주인 도편수* 엘프릭과 함께 사는 무급 도제였다. 머딘은 그 집 가족과 함께 식사를 하고 부엌 바닥에서 잠을 자고, 엘프릭이 입다 버린

---

* 목수의 우두머리.

옷을 입었지만 임금은 받지 못했다. 긴긴 겨울밤이면 비밀 칸이 있는 보석함이라든가 꼬리를 누르면 혀를 쑥 내미는 수평아리 같은 정교한 장난감을 만들어 몇 푼이라도 벌었지만, 장인들이 날이 저물도록 일하는 여름에는 그럴 여유가 없었다.

그러나 도제 기간도 이제 거의 끝나가고 있었다. 여섯 달도 채 남지 않은 12월 1일이 되면, 머딘은 스물한 살의 나이에 킹스브리지 목수조합의 정식 조합원이 될 것이었다. 그는 그날까지 기다리는 게 조바심이 났다.

오늘 미사에 참가할 수천 명의 시민과 방문객들을 맞이하기 위해 성당의 거대한 서쪽 문이 활짝 열려 있었다. 머딘은 빗물을 털며 성당 안으로 들어섰다. 빗물과 진흙 때문에 돌바닥이 미끄러웠다. 맑은 날이라면 성당 안도 햇살로 환했을 테지만, 오늘은 어둑어둑하고 스테인드글라스 창은 침침했으며, 신도들은 시커멓게 젖은 옷가지에 싸여 있었다.

이 많은 빗물은 대체 어디로 가는 걸까? 성당 주변에 별도의 배수로 같은 건 없었다. 수천수만 갤런의 빗물은 그저 땅속으로 스며들기만 했다. 그 빗물은 아래로, 아래로 내려가 마지막에는 지옥에서 다시 비로 내릴까? 그건 아니었다. 성당은 경사지에 서 있었다. 빗물은 지하로 스며들어 언덕 북쪽에서 남쪽으로 이동했다. 이 거대한 석조 건축물들의 기초는 빗물이 통과하도록 설계되어 있었다. 빗물을 한데 모으는 건 위험한 일이다. 빗물은 마지막에 수도원 구내 남쪽 경계에 있는 강으로 빠져나갔다.

머딘은 지하로 쇄도하며 흐르는 빗물을, 건물 기초와 타일 바닥을 통해 전달되는 그 쿵쿵거리는 진동음을 자신의 발바닥으로 감지한다고 상상했다.

작은 검정개가 꼬리를 흔들며 달려와 기쁜 듯이 그를 맞이했다. "안녕, 스크랩." 머딘은 개를 토닥여줬다. 그러고는 고개를 들어 개의 주인인 캐리스를 바라보았는데, 한순간 그의 심장이 멎는 것 같았다.

그녀는 어머니에게 물려받은 선홍색 외투를 입고 있었다. 그 외투는 어둑어둑한 성당에서 유일하게 눈에 띄는 색이었다. 그녀를 보자 행복한 마음에 그는 활짝 웃었다. 무엇이 그녀를 그토록 아름답게 보이게 하는지 알 수 없었다. 그녀의 작고 둥근 얼굴은 균형이 잡히고 조화로웠다. 머리는 중간 톤의 갈색이고 눈은 갈색이 도는 녹색이었다. 그녀는 킹스브리지의 다른 많은 여자들과 그리 다르지 않았다. 하지만 모자를 근사하게 기울여 쓰고, 눈에는 상대를 조소하는 듯한 지적인 표정이 어려 있었다. 그녀가 그에게 장난기 어린 미소를 지었는데, 그 미소에는 모호하면서도 보는 이를 감질나게 하는 기쁨이 담겨 있었다. 캐리스를 안 지 십 년이 됐지만, 그가 그녀를 사랑한다는 사실을 깨달은 것은 불과 몇 달 전이었다.

캐리스가 그를 원기둥 뒤로 잡아끌어 키스했다. 그녀의 혀끝이 그의 입술에 살짝 닿았다.

그들은 성당에서, 시장에서, 길에서, 기회가 있을 때마다 키스했다. 그러기에 가장 좋을 때는 그녀의 집에 단둘이 있을 때였다. 그는 그 순간을 위해 살았다. 잠들기 전은 물론이고 아침에도 눈을 뜨자마자 그녀와 키스하는 것을 생각했다.

머딘은 일주일에 두세 번 캐리스의 집을 방문했다. 그녀의 아버지 에드먼드는 그를 좋아했지만, 고모 페트라닐라는 그렇지 않았다. 집에 사람들이 북적대는 것을 좋아하는 에드먼드는 종종 머딘에게 저녁까지 먹고 가라고 붙들었고, 그곳 식사가 엘프릭의 집에서 먹는 것보다 훨씬 낫기에 그는 기꺼이 그 초대에 응했다. 그와 캐리스는 체스나 체커를 하거나, 아니면 그냥 앉아 이야기를 나눴다. 머딘은 이야기를 하거나 뭔가에 대해 설명하는 그녀를 바라보는 게 좋았다. 그럴 때면 그녀는 두 손으로 허공에 그림을 그리고 즐겁거나 놀라는 표정을 지으며 단막극처럼 모든 걸 하나하나 연기하듯 보여줬다. 그러는 동안에도 그는 거의 언제나 도둑 키스 할 순간만을 기다렸다.

머딘은 성당 안을 둘러보았다. 두 사람 쪽을 보는 사람은 아무도 없었다. 그는 한 손을 그녀의 외투 속으로 넣어 부드러운 리넨 위로 그녀의 몸을 어루만졌다. 따뜻했다. 그는 손바닥으로 작고 둥근 그녀의 가슴을 감싸쥐었다. 손끝으로 누르는 대로 눌리는 살의 느낌이 좋았다. 그는 아직까지 그녀의 알몸을 본 적이 없지만, 그 가슴만큼은 너무나 잘 알았다.

그의 꿈속에서는 그 정도에서 멈추지 않았다. 꿈에서 그들은 숲속 빈터나 성의 커다란 침실에 단둘이 있었고, 둘 다 옷을 벗고 있었다. 그러나 이상하게도 그 꿈은 언제나 그가 그녀의 몸속으로 들어가기 직전에 끝이 나고, 그는 좌절감에 싸인 채 깨곤 했다.

언젠가는 하고 그는 생각하곤 했다. 언젠가는.

그들은 아직 결혼에 대해서는 이야기해보지 않았다. 도제는 결혼할 수 없기 때문에, 그는 기다려야 했다. 분명 캐리스도 그의 도제 기간이 끝난 후에 어떻게 될지 그려보았을 테지만, 그런 생각을 입 밖에 낸 적은 없었다. 그녀는 하루하루 삶을 영위하는 데 만족하는 것 같았다. 그리고 그는 장래 문제를 함께 의논하는 일에 대해 일종의 미신을 품고 있었다. 순례자들은 여행을 계획할 때 너무 많은 시간을 들이지 않는데, 오래 계획하다보면 앞날에 많은 위험이 도사리고 있다는 사실을 알게 돼 순례를 포기하게 되기 때문이라고 한다.

수녀가 지나가는 것을 본 머딘은 죄지은 것처럼 캐리스의 가슴에서 손을 뗐지만 수녀는 두 사람에게 관심을 두지 않았다. 성당의 넓은 공간을 이용해 사람들은 온갖 짓을 했다. 머딘은 지난해 성탄 전야 미사

때 어둠 속에서 남쪽 측랑 벽에 기대서서 성교하는 커플을 보았다. 결국 그들은 성당 밖으로 쫓겨났다. 그는 자신과 캐리스도 미사 내내 조심만 한다면 애정행위를 할 수 있을 거라 생각했다.

그러나 캐리스의 생각은 달랐다. "우리, 앞쪽으로 가자." 그녀가 말했다. 그녀는 그의 손을 잡고 사람들 사이를 뚫고 나아갔다. 그는 이곳에 있는 사람들을 많이 알았지만, 다 알지는 못했다. 킹스브리지는 잉글랜드에서도 7천 명의 주민이 사는 대도시인지라 주민 모두를 알 수는 없었다. 그는 캐리스를 따라 본당 신자석과 익랑이 만나는 교차부에 이르렀다. 성당 동쪽 끝에 성직자들을 위해 마련된 성단소*로 들어가는 입구는 목책으로 막혀 있었다.

머딘 옆에는 이탈리아 상인들 중에서도 가장 중요한 인물인 부오나벤투라 카롤리가 서 있었다. 체격이 큰 그는 화려한 수가 놓인 두꺼운 모직 외투를 입고 있었다. 그는 피렌체 출신인데, 그의 말에 따르면 피렌체는 그리스도교 세계에서 가장 큰 도시로, 킹스브리지보다 열 배는 크다고 했다. 하지만 그는 현재 런던에 살면서 잉글랜드 양모 생산업자들과 거래하는 대규모 가업을 이끌고 있었다. 카롤리 집안은 아주 부유해서 왕들에게도 돈을 빌려줄 정도지만, 부오나벤투라는 붙임성이 좋고 허세라곤 모르는 인물이었다. 하지만 사람들은 그가 사업을 할 때는 무자비할 정도로 가차없다고 했다.

캐리스는 스스럼없는 태도로 카롤리에게 인사를 건넸다. 그는 지금 그녀의 집에 묵고 있었다. 그는 머딘의 나이와 남의 옷을 물려 입은 차림새를 보고 일개 도제에 불과하다는 것을 분명 눈치챘을 텐데도 우호적인 태도로 고개를 끄덕여줬다.

---

* 미사 때 성직자와 성가대원들이 앉는 제단 옆자리.

부오나벤투라는 성당의 모양새를 보고 있었다. "킹스브리지에 온 지오 년이 됐지만, 익랑의 창이 성당의 다른 창보다 훨씬 더 크다는 사실을 오늘 처음 알았네." 그는 한담이나 나눌 요량으로 이 말을 꺼냈다. 그는 이탈리아 토스카나 지방 사투리가 섞인 프랑스어로 말했다.

머딘은 별 어려움 없이 그가 하는 말을 알아들었다. 그는 잉글랜드 기사의 아들이 대부분 그렇듯 부모와는 프랑스 노르망디 지방 방언으로 대화하고, 친구끼리는 영어를 쓰며 자랐다. 또한 수도원학교에 다니며 라틴어를 배워 이탈리아어도 대부분 짐작으로 알아들을 수 있었다. "창들의 크기가 왜 다른지 제가 설명할 수 있습니다." 머딘이 말했다.

일개 도제가 그것을 안다고 나서자, 부오나벤투라는 놀라 눈썹을 치켜세웠다.

"이 성당은 이백 년 전에 건축됐는데, 당시만 해도 신자석과 성단소에 있는 이 좁은 예첨창*은 혁신적인 설계였습니다. 그러다 백 년 후 주교는 탑을 좀더 높이고 싶어했습니다. 그때 익랑도 함께 개축하면서 당시 유행이던 좀더 큰 창을 달게 된 겁니다."

부오나벤투라는 감탄했다. "자네가 어떻게 그런 걸 알지?"

"수도원 도서관에 『티모시의 책』이라는 수도원 역사책이 있는데, 성당 건축에 관한 모든 것이 기록돼 있습니다. 대부분은 위대한 필립 수도원장 시절에 쓰였고, 후대 사람들이 내용을 추가했습니다. 수도원학교에 다닐 때 그 책을 읽었습니다."

부오나벤투라는 얼굴을 기억해두려는 듯 한동안 머딘을 빤히 바라보았고, 그저 이렇게만 말했다. "훌륭한 건물이군."

"이탈리아의 건물은 많이 다릅니까?" 머딘은 낯선 나라, 이국의 삶,

---

* 위가 뾰족한 창.

그중에서도 외국의 건축물에 대한 대화에 끌렸다.

부오나벤투라는 잠시 생각해보더니 대꾸했다. "내 생각에 건축 원리는 세상 어디서나 다 똑같을 것 같은데. 하지만 잉글랜드에서는 돔을 본 적이 없군."

"돔이 뭡니까?"

"둥근 지붕 말일세. 공을 반으로 자른 모양이지."

머딘은 깜짝 놀랐다. "그런 건 처음 들어보는데요! 그걸 어떻게 만들죠?"

부오나벤투라는 웃음을 터뜨렸다. "이봐, 젊은이. 나는 양모 상인이야. 그저 엄지와 검지로 문질러보기만 해도 코츠월드 양털인지 링컨 양털인지 알 수 있지만, 돔은 고사하고 닭장을 어떻게 짓는지도 모른다네."

그때 머딘의 고용주 엘프릭이 나타났다. 부유한 엘프릭은 값비싼 옷을 입지만 언제나 남의 옷을 입은 사람처럼 보였다. 아첨이 몸에 밴 그는 캐리스와 머딘은 무시하고 부오나벤투라에게 깊이 머리를 숙여 인사했다. "이렇게 다시 우리 도시를 찾아주셔서 영광입니다."

머딘은 그 자리를 떠났다.

"세상에는 얼마나 많은 언어가 있을까?" 캐리스가 물었다.

그녀는 늘 이렇게 엉뚱한 말을 했다. "다섯 개." 머딘은 생각하지도 않고 대꾸했다.

"아니, 진지하게 말해봐. 영어와 프랑스어와 라틴어만 해도 세 개지. 그리고 피렌체인과 베네치아인들은 같은 언어를 쓰면서도 발음은 다르게 하잖아."

"네 말이 맞아." 머딘이 놀이에 끼어들었다. "그것만 해도 벌써 다섯 개구나. 그다음에는 플랑드르어가 있지." 이퍼르나 브뤼허, 헨트 같은 플랑드르의 직물 도시에서 온 업자들이 하는 말을 알아들을 수 있는 사람은 거의 없었다.

"그리고 덴마크어가 있지."

"아랍인들도 그들만의 언어가 있는데, 사용하는 문자가 우리와 아예 달라."

"그리고 시실리어 수녀원장님이 그러는데 다른 모든 이교도들도 그들만의 언어가 있지만 쓸 줄 아는 사람은 하나도 없대. 스코트족, 웨일스족, 아일랜드족, 그리고 아마 더 있을 거야. 그러면 열하나네. 그리고 우리가 들어본 적도 없는 종족도 많을 거야!"

머딘은 싱긋 웃었다. 캐리스는 그와 함께 이런 얘기를 할 수 있는 유일한 사람이었다. 같은 또래 친구들 중에서 외국인과 그들의 다른 생활 방식에 대해 상상하면서 느끼는 기쁨을 이해하는 사람은 아무도 없었다. 캐리스는 닥치는 대로 의문을 품었다. 세상 끝에서 사는 것은 어떤 걸까? 사제들이 신에 대해 잘못 알고 있지는 않을까? 지금 꿈꾸고 있지 않다는 걸 어떻게 알 수 있을까? 그리고 그 의문들은 모험에 가득찬 여로를 거치며 더없이 이상한 생각들을 끌어내곤 했다.

성당 안을 울리던 사람들의 말소리가 일시에 가라앉았다. 머딘은 수사들과 수녀들이 자리에 앉는 것을 보았다. 성가대 지휘자인 맹인 카를로스가 마지막에 들어왔다. 그는 보지 못하지만 도움을 받지 않고 눈뜬 사람만큼이나 자신 있게 성당 안과 수도원 건물들 사이를 느린 걸음으로 다녔다. 그는 성당 안 모든 기둥과 바닥의 판석들까지 속속들이 알았다. 카를로스가 풍부한 바리톤 음성으로 선창하자 성가대가 이어 부르기 시작했다.

머딘은 내심 성직자들에 대해 회의적인 생각을 품고 있었다. 성직자들이 누리는 권력이 그들이 가진 지식과 반드시 일치하지는 않았다. 그 점에서 자신의 고용주인 엘프릭과 비슷한 면이 있었다. 그래도 머딘은 성당에 가는 것이 좋았다. 미사는 그에게 일종의 황홀경을 불러일으켰다. 음악과 건축과 라틴어 기도문은 마음을 홀렸고, 그는 눈을 뜬 채 잠을 자는 듯한 기분을 느꼈다. 또다시 머딘은 발밑 저 아래서 급류를 이루며 흘러가는 빗물을 감지한다는 환상에 가까운 기분에 휩싸였다.

그의 시선이 아케이드와 갤러리와 클리어스토리*의 세 층으로 이루어진 신자석 너머로 향했다. 그는 각주角柱들이 돌을 하나하나 쌓아 만든 것임을 알고 있었지만, 적어도 처음 본 순간만큼은 원래의 모습과 다르게 보였다. 그 돌덩어리들은 하나하나의 기둥이 작은 기둥 다발처럼 보이도록 조각되어 있었다. 그는 교차부에 있는 네 개의 거대한 각주 중 하나를 눈으로 좇았다. 그 기둥은 그것이 얹혀 있는 정방향의 거대한 기단부에서 솟아오르는데, 그 위에서 작은 줄기 하나가 북쪽으로 갈라져나가 아치를 이루며 측랑을 가로질러 설교단 높이까지 이어지고, 또다른 줄기 하나는 서쪽으로 갈라져 갤러리의 아케이드를 이루고 클리어스토리 아치의 서쪽 돌출부까지 이어졌으며, 나머지 작은 줄기들은 작은 꽃장식 가지처럼 나뉜 채 위쪽 둥근 천장의 휘어진 늑재**를 이루었다. 그의 시선은 다시 궁륭***의 최고점에 위치한 중심 돋을새김에서 늑재를 따라 다시 교차부 맞은편 구석에 있는 연결 기둥으로 이어졌다.

그렇게 보는 사이에 이상한 일이 일어났다. 한순간 눈이 흐려진 듯 익랑의 동쪽 측면이 움직이는 것처럼 보였던 것이다.

나지막하게 우르릉거리는 소리가 났다. 거의 귀에 들리지 않을 만큼 낮게 울리는 소리였다. 그와 동시에 발밑으로, 가까이에서 나무가 쓰러지기라도 한 것 같은 진동이 느껴졌다.

---

* 지붕 밑에 한층 높게 창을 만들어 빛이 들도록 한 장치.
** 궁륭을 지탱하고 힘을 실어주는 석제 아치.
*** 아치에서 발달한 반원형 천장.

노랫소리가 흐트러졌다.

머딘이 좀전까지 보고 있었던 기둥 옆 성단소 남쪽 벽에 금이 갔다.

그는 자기도 모르게 캐리스 쪽으로 몸을 돌렸다. 얼핏 그의 시야 한 구석으로 성가대와 교차부 쪽으로 떨어지는 돌덩이가 보였다. 그다음 에는 온통 요란한 소리뿐이었다. 여자들은 비명을 지르고 남자들은 고 함을 치고, 커다란 돌들이 바닥에 떨어지며 귀가 먹먹한 굉음이 들렸 다. 그 순간은 꽤 길게 이어졌다. 이윽고 정적이 찾아왔을 때, 머딘은 자 신이 캐리스를 붙잡고 있다는 것을 알았다. 왼팔로 그녀의 어깨를 감싸 고 오른팔로는 그녀의 머리를 덮어 보호하고, 몸으로는 그녀와, 대성당 의 일부가 파괴된 자리 사이를 가로막고 있었다.

～

죽은 사람이 없다는 것은 분명 기적이었다.

가장 큰 피해를 입은 곳은 성단소의 남쪽 측랑이었는데, 미사를 드리 는 동안 그곳에는 아무도 없었다. 신도들은 성단소에 들어갈 수 없었 고, 성직자들은 모두 중앙에 모여 성가를 부르고 있었다. 몇몇 수사가 가까스로 화를 피하긴 했지만, 그 사실은 기적을 더욱 돋보이게 해줬을 뿐이고, 다쳤다 해도 날아오는 돌조각에 찢기거나 멍이 든 정도였다. 신도들은 기껏해야 긁힌 상처만 입었다. 분명 높은 제단 아래 유골이 보존된 성 아돌푸스의 초자연적인 보호를 받은 것 같았다. 병자를 치료 하고 사람들을 죽음에서 구해준 것이 그 성인의 주된 공적이었다. 그러 나 대부분의 사람들은 하느님이 킹스브리지 시민들에게 모종의 경고를 보냈다는 데 의견을 같이했다. 무슨 경고였는지는 아직 분명치 않았다.

한 시간 후 네 사람이 파손된 부분을 살피기 시작했다. 캐리스의 사 촌인 고드윈은 성당과 성당의 모든 재화에 대한 책임을 맡은 성구 관리 인이었다. 그의 휘하에는 건축 및 수선을 맡은 작업 감독 토머스 형제가 있는데, 십 년 전에는 토머스 랭리 경이던 인물이었다. 성당의 보수 유지에 관련된 청부는 엘프릭이 담당했는데, 목수 훈련을 받은 그는 도편수로 일했다. 그리고 머딘이 엘프릭의 도제 자격으로 그를 따라다녔다.

성당의 동쪽 끝은 기둥에 의해 베이라고 부르는 네 부분으로 나뉘어 있었다. 붕괴 사고의 여파로 교차부에서 가까운 두 베이가 손상을 입었다. 남쪽 측랑 위쪽의 석조천장이 첫번째 베이에서는 완전히, 두번째 베이에서는 부분적으로 파손됐다. 설교단 갤러리에도 금이 가고, 클리어스토리의 석재 문설주도 떨어져나갔다.

"회반죽이 물러져서 궁륭이 으스러지고, 그 때문에 그 위쪽에 금이 간 거야." 엘프릭이 말했다.

머딘에게는 그 말이 이치에 맞는 것 같지 않았지만, 그에게 다른 대안이 있는 건 아니었다.

머딘은 자신의 고용주가 싫었다. 처음에 머딘은 엘프릭의 아버지인 요아힘의 도제였다. 런던과 파리에서 교회와 다리를 지어본 요아힘은 폭넓은 경험을 가진 도편수였다. 노인은 즐거운 마음으로 석수들의 구전 지식을 머딘에게 들려줬다. 그들은 그것을 '비법'이라 불렀고, 대부분은 건물 높이와 기초 깊이의 비율처럼 산술적인 공식이었다. 머딘은 숫자를 좋아했고 요아힘이 전수한 모든 지식을 열심히 받아들였다.

얼마 후 요아힘이 죽고 엘프릭이 그 자리를 이어받았다. 엘프릭은 도제가 가장 중요하게 배워야 할 것이 복종이라고 생각했다. 머딘은 그것을 받아들이기가 어려웠다. 그러자 엘프릭은 먹을 것을 줄이고 얇은 옷을 주어 혹한에 야외 작업을 시키는 것으로 그를 벌줬다. 머딘과 동갑인 엘프릭의 통통한 딸 그리젤더는 언제나 배불리 먹고 따뜻하게 입었다.

삼 년 후 엘프릭의 아내가 죽자 그는 캐리스의 언니인 앨리스와 재혼했다. 사람들은 자매 가운데 앨리스가 더 예쁘다고 말했는데, 앨리스의 균형잡힌 용모로 보면 맞는 말이지만, 그녀에게는 캐리스와 같은 매력이 없었다. 머딘은 앨리스를 따분하게 여겼다. 반면 앨리스는 언제나, 동생만큼이나 머딘에게 호감을 느끼는 듯했다. 그래서 머딘은 앨리스 덕분에 남편 엘프릭이 태도를 바꿔 자신에게 잘 대해줄지도 모른다는 희망을 품었다. 그러나 희망과는 반대의 일이 벌어졌다. 앨리스는 머딘을 괴롭히는 남편에게 동조하는 것이 아내의 의무라고 여기는 것 같았다.

머딘은 다른 많은 도제들도 그런 고통을 감수하고 있다는 사실을 알았다. 그들 모두가 참고 견디는 이유는, 정식으로 직인이 되어 좋은 보수를 받을 수 있는 유일한 방법이 도제살이기 때문이었다. 동업조합은 비조합원을 효율적으로 차단했다. 동업조합에 들어가지 않고는 이 도시에서 일을 할 수 없었다. 사제든 수사든 여자든, 양모를 거래하거나 술을 팔기 위해서는 조합부터 가입해야 했다. 도시를 벗어나면 돈벌이가 될 만한 일이 거의 없었다. 농부들은 자기 손으로 집을 짓고 자기 손으로 셔츠를 꿰맸다.

도제 기간이 끝나면 대부분의 도제는 자신의 고용주 곁에 날품팔이꾼으로 남았다. 그 가운데 일부는 동업자가 되어 고용주가 죽으면 사업을 이어받았다. 그 길은 머딘의 운명이 아니었다. 그는 엘프릭이 끔찍하게 싫었다. 떠날 수 있는 순간이 오면 즉시 떠날 생각이었다.

"이제 위에서 살펴봅시다." 고드윈이 말했다.

그들은 동쪽 끝으로 갔다. 그때 엘프릭이 말했다. "이렇게 옥스퍼드에서 돌아오신 것을 보니 반갑군요, 고드윈 형제님. 하지만 그곳에 있는 학자님들이 그리우시겠죠."

고드윈은 고개를 끄덕였다. "마스터들은 정말 굉장한 사람들이죠."

"그리고 학생들도 있잖습니까. 아주 뛰어난 젊은이들일 테죠. 행실이 나쁘다는 소문도 있습니다만."

고드윈은 안타깝다는 표정을 지었다. "소문 중에는 사실인 것도 있긴 합니다. 젊은 사제나 수사가 난생처음 고향을 떠나게 되면 유혹을 느끼기도 하니까요."

"그래도 이 킹스브리지에 대학을 나오신 분들이 계셔서 정말 다행입니다."

"그렇게 말씀해주시니 고맙군요."

"그게 사실인걸요."

머딘은 제발 좀 닥치라고 말하고 싶었다. 하지만 이것이 엘프릭의 방식이었다. 그는 무능한 장인이었고 그가 하는 작업은 부정확하고 판단은 불확실했지만, 상대의 비위를 맞출 줄 알았다. 머딘은 그가 남의 비위를 맞추는 장면을 수없이 보았다. 엘프릭은 자기에게 필요한 것을 갖지 않은 사람에게 무례하게 굴 수 있는 만큼이나 자신에게 필요한 것을 가진 사람에게는 친절하게 굴었다.

머딘은 고드윈에게 더 놀랐다. 어떻게 교육받은 지식인이라는 사람이 엘프릭의 속내를 꿰뚫어보지 못할까? 아첨을 받는 상대에게는 그런 것이 잘 보이지 않는 모양이다.

고드윈은 작은 문을 열고 그들을 벽 속에 감춰진 좁은 나선형 계단으로 안내했다. 머딘은 흥분을 느꼈다. 그는 성당의 숨겨진 통로에 들어가는 것이 좋았다. 또한 극적인 붕괴에 호기심이 동했으며, 그 원인을 알아내고 싶었다.

측랑은 단층 구조물로, 성당 본체의 양쪽 측면으로 돌출되어 있었다. 천장은 석재 늑재궁륭*이었고, 궁륭 위로 부섭지붕**이 측랑 외곽에서 클

---

* 천장 무게를 줄이기 위해 교차시킨 두 개의 늑재(rib) 아래 네 개의 아치를 덧붙인 구조의 궁륭.
** 벽이나 물림간에 기대어 만든 지붕.

리어스토리 기단까지 솟아 있었다. 경사진 지붕 아래쪽은 삼각형의 빈 공간이었고, 그 바닥은 측랑 궁륭의 숨겨진 부분, 요컨대 아치의 외호면外弧面을 이루었다. 네 사람은 손상된 상태를 살펴보기 위해 그 공간으로 올라갔다.

그곳의 창구멍은 성당 안으로 나 있었는데, 토머스가 그것을 예측하고 석유등잔을 가져왔다. 맨 처음 머딘이 주목한 점은 위에서 본 궁륭이 각각의 기둥사이*에 따라서 조금씩 다르다는 사실이었다. 가장 동쪽 면은 그 옆에 비해 살짝 편평했고, 부분적으로 파손된 그다음 면 역시 그 옆의 면과 달라 보였다.

가장 튼튼한 궁륭의 가장자리에서 벗어나지 않은 채 외호면을 따라 걸어간 그들은 붕괴된 부분에 최대한 가까이 다가갔다. 궁륭은 성당의 다른 부분들처럼 회반죽으로 석재를 접합시키는 방식으로 지어졌는데, 천장에 쓰인 석재는 아주 가늘고 가볍다는 점만 달랐다. 궁륭은 시작 부분에서는 거의 수직을 이루지만, 위로 올라갈수록 안으로 기울어져 맞은편에서 올라온 석조물과 만나는 식으로 건축되어 있었다.

"가장 먼저 해야 할 일은 측랑의 첫번째 두 기둥사이 위쪽 궁륭을 개축하는 일이 되겠군요." 엘프릭이 말했다.

"킹스브리지에서 늑재궁륭을 만든 것도 꽤 오래전 일이겠죠." 토머스가 이렇게 말하고는 머딘에게 말했다. "자네가 거푸집을 만들 수 있겠나?"

머딘은 그가 한 말의 의미를 알았다. 석조 구조물이 거의 수직으로 선 궁륭 가장자리에서는 석재들이 자체 무게로도 제자리에 놓일 수 있겠지만, 좀더 올라가서 만곡부가 수평을 이루는 곳에서는 회반죽이 마

---

* 기둥과 기둥 사이의 한 구획.

르는 동안 모든 재료가 제자리에 붙어 있도록 할 버팀대가 필요했다. 확실한 방법은 거푸집 또는 홍예 틀이라고 하는 목재 틀을 만들어 그 위에 석재를 얹는 것이었다.

만곡부가 정확해야 했기 때문에 목수로서는 야심을 갖고 도전해볼 만한 일이었다. 지난 몇 해 동안 대성당 일을 하는 머딘과 엘프릭을 가까이에서 감독했던 토머스는 머딘의 솜씨를 잘 알았다. 하지만 고용주를 앞에 두고 도제에게 그런 말을 한다는 것은 요령 없는 행동이었다. 엘프릭이 즉각 반응을 보였다. "제 감독 아래서라면 할 수 있고말고요."

"거푸집을 만들 수 있습니다." 머딘은 머릿속으로 벌써 비계*로 거푸집을 지지하는 방법과, 석수들이 디디고 설 받침대에 대한 궁리를 하고 있었다. "하지만 이 궁륭들은 거푸집으로 만든 게 아닙니다."

"말도 안 되는 소리." 엘프릭이 말했다. "당연히 거푸집으로 만든 거야. 이것에 대해 아무것도 모르는군."

머딘은 자신의 고용주와 입씨름을 벌이는 것은 현명치 못한 행동임을 알고 있었다. 그러나 한편으로는 이제 여섯 달 뒤에는 엘프릭과 경쟁하게 될 것이고, 따라서 고드윈 형제 같은 사람에게 자신의 능력을 인정받을 필요가 있었다. 그와 동시에, 엘프릭의 조롱 어린 어조에 발끈해 자신의 고용주가 틀렸다는 사실을 증명하고 싶은 충동을 억누르기 어려웠다. "이 외호면을 보십시오." 그는 분개한 어조로 말했다. "석수들이라면 한쪽 기둥사이의 공사를 끝냈을 때 틀림없이 다음 기둥사이에도 동일한 거푸집을 사용하려고 했을 겁니다. 그 경우에는 모든 궁륭의 만곡부가 동일하겠죠. 하지만 실제로는 모두 다르잖습니까."

"그들이 거푸집을 재활용하지 않은 거야." 엘프릭이 짜증스럽다는

---

* 높은 곳에서 공사할 수 있게 임시로 설치한 가설물.

듯이 말했다.

"그러지 않을 이유가 어디 있어요? 숙련된 목수의 인건비도 그렇고 목재도 절약하고 싶었을 텐데요."

"아무튼 거푸집 없이 궁륭을 만든다는 것은 불가능해."

"아니, 가능해요. 한 가지 방법이—"

"이제 그만하지." 엘프릭이 말을 잘랐다. "네가 여기 있는 건 배우기 위해서지 가르치기 위해서가 아니야."

그때 고드윈이 끼어들었다. "잠깐만요, 엘프릭. 만약 이 사람 말이 맞는다면 수도원으로서는 큰돈을 절약할 수 있잖습니까." 그런 다음 머딘에게 말했다. "자네가 하려던 말이 뭐였나?"

머딘은 내심 처음부터 이 문제를 꺼내지 말았어야 했다는 생각이 들었다. 나중에 호된 대가를 치를 것이다. 하지만 이제 어쩔 수 없다. 여기서 물러선다면 사람들은 그가 뭘 알고 말을 한 것이 아니라고 여길 것이다. "수도원 도서관에 있는 책에 나와 있어요. 아주 간단한 방법이죠. 돌을 놓을 때마다 밧줄을 걸쳐놓는 겁니다. 밧줄 한쪽 끝은 벽에 묶고, 다른 쪽에는 나무 뭉치를 달아놓죠. 그러면 밧줄이 돌 가장자리에서 직각을 만들면서 돌이 회반죽 밑면에서 미끄러지거나 아래로 떨어지지 않도록 지지하게 됩니다."

그들이 정신을 집중해서 그 작업 광경을 눈앞에 그려보는 동안 침묵이 흘렀다. 이윽고 토머스가 고개를 끄덕이며 말했다. "가능하겠는걸."

엘프릭은 격분한 표정이었다.

고드윈도 흥미를 보였다. "그런 것이 어떤 책에 나온다고?"

"『티모시의 책』입니다."

"그 책은 나도 알지만 읽어본 적은 없어. 읽어봐야겠군." 그런 다음 고드윈이 다른 사람들을 보며 말했다. "이제 충분히 봤죠?"

엘프릭과 토머스가 고개를 끄덕였다. 네 사람이 지붕 밑 공간을 나설 때 엘프릭이 나지막한 소리로 머딘에게 말했다. "네가 방금 몇 주 치 일거리를 팽개치는 얘기를 했다는 사실을 알고 있나? 장담하지만 너 혼자서는 아무 일도 하지 못하게 될 거야."

머딘은 그 점에 대해서는 생각하지 못했다. 엘프릭의 말이 맞았다. 그는 거푸집이 필요 없다는 사실을 증명해 보임과 동시에 일자리를 잃은 것이었다. 그러나 일을 계속 맡을 목적으로 다른 사람에게 불필요한 비용을 지출하게 하는 건 불공정한 일이었다. 머딘은 사기를 치면서 살고 싶지는 않았다.

그들은 나선형 계단을 내려가 성단소로 들어갔다. 엘프릭이 고드윈에게 말했다. "내일 작업 견적서를 가지고 찾아뵙죠."

"그렇게 하시오."

엘프릭이 이번에는 머딘에게 말했다. "너는 여기 남아서 측랑 궁륭에 들어가는 석재의 수를 세어봐. 그 답을 가지고 집으로 돌아오도록 해."

"알겠습니다."

엘프릭과 고드윈이 떠나고 난 뒤에도 토머스는 미적거리며 남아 있었다. "내가 자네를 곤란하게 한 것 같군."

"저를 밀어주시려고 한 거잖아요."

수사는 어깨를 으쓱하며 오른팔로 '어쩌겠나' 하는 몸짓을 했다. 그의 왼팔은 십 년 전 머딘이 목격한 싸움에서 입은 상처가 감염되어 결국 절단하게 되었다.

그동안 머딘은 수사복을 입은 토머스에게 너무 익숙해져서 숲에서 있었던 그 이상한 일은 거의 잊고 지냈는데 이제야 그 일이 떠올랐다. 병사들과 덤불 속에 숨은 아이들, 활과 화살, 땅에 묻은 편지. 토머스는 머딘에게 늘 부드럽게 대했는데, 머딘은 그날 일 때문일 거라 짐작했다. "편지에 대해서는 아무한테도 말한 적 없어요." 머딘이 작은 소리로 말했다.

"알고 있어. 그랬다면 자네는 이미 죽은 몸일 테니까."

∽

대부분의 대도시는 유력한 시민들의 단체인 길드에 속한 상인들에 의해 운영됐다. 상인 길드 아래에는 수많은 직업별 길드가 있었는데, 각각이 석공, 목수, 무두장이, 직공織工, 재단사처럼 각기 독립적인 직업을 대표했다. 또한 지역 교회를 중심으로 한 소규모 단체인 교구 길드도 있었는데, 사제복과 각종 성구를 구입하고 과부와 고아를 지원하는 데 들어가는 비용을 충당하기 위한 단체였다.

대성당이 있는 도시는 좀 달랐다. 세인트 올번스와 베리 세인트 에드먼즈와 마찬가지로 킹스브리지도 도시 안팎의 거의 모든 땅을 소유한 수도원에 의해 통치됐다. 수도원장들은 언제나 길드 상인을 허가하지 않았다. 그러나 아주 중요한 장인과 상인들은 성 아돌푸스 교구 길드에 소속되어 있었다. 이 길드는 아득한 옛날에 성당을 위해 모금하던 신도 단체로부터 비롯된 것이 분명하지만, 현재는 도시에서 가장 중요한 단체였다. 교구 길드는 사업 운영 규칙을 정했고, 길드장 한 사람과 감독관 여섯 명을 선출해 규칙 위반을 단속했다. 길드 집회소에는 킹스브리지의 모든 영업장에서 통용되는 양털 부대 하나의 무게, 옷감 한 필의 폭, 부셸*의 부피 등을 표준화한 계량기가 마련되어 있었다. 그럼에도 상인들은 다른 자치도시처럼 재판을 열고 법을 집행할 수 없었다. 그런 권리들은 킹스브리지 수도원장에게만 있었다.

성령강림절 오후에 길드 집회소에서는 외지에서 온 중요 구매자들을

---

* 약 36리터.

위한 연회가 교구 길드 주최로 열렸다. 에드먼드 울러는 길드장이었고, 캐리스는 여주인 자격으로 아버지와 함께 참석했기 때문에 머딘은 그녀 없이 혼자 시간을 보내야 했다.

다행스럽게도 엘프릭과 앨리스 역시 연회에 참석했으므로 그는 부엌에서 빗소리를 들으며 이런저런 생각에 잠길 수 있었다. 추운 날씨는 아니었지만 조리를 위한 모닥불이 피워져 있었고, 빨간 불꽃이 기분좋게 타오르고 있었다.

엘프릭의 딸 그리젤더가 위층에서 돌아다니는 소리가 들렸다. 좋은 집이지만 에드먼드의 집보다는 작았다. 아래층에는 홀과 부엌밖에 없었다. 계단은 문도 없는 계단참과 이어져 있었는데, 그리젤더가 그곳에서 잠을 잤고, 문이 달린 침실 하나는 주인 부부가 썼다. 머딘은 부엌에서 잠을 잤다.

삼사 년 전쯤 머딘은 자신이 밤에 계단을 올라가 그리젤더의 모포 속으로 기어들어서 그 따뜻하고 포동포동한 몸뚱이 곁에서 잠드는 공상에 시달린 적이 있었다. 그러나 그리젤더는 자기가 머딘보다 지위가 높다고 여기는 듯 그를 하인 취급했고, 따뜻한 말 한마디 해준 적이 없었다.

머딘은 긴 의자에 앉아 불꽃을 들여다보며 성당의 무너진 궁륭을 재건축할 석수들을 위해 자신이 만들게 될 비계를 머릿속으로 그려보았다. 목재는 비싼데다 길이가 긴 통나무를 구하기도 힘들었다. 삼림 주인들은 나무가 다 성장하기 전에 재목으로 팔고 싶은 유혹에 굴복하곤했다. 그래서 건축업자들은 비계의 분량을 최소로 줄이기 위해 고심했다. 그래서 바닥에서부터 비계를 올리기보다는 벽에 걸치는 방식으로 재목을 절약했다.

머딘이 생각에 잠겨 있을 때, 그리젤더가 부엌에 들어와 술통에서 에일을 한 잔 따랐다. "너도 좀 줄까?" 그리젤더가 물었다. 머딘은 그녀의 말에 놀랐지만 호의를 받아들였다. 그녀가 그의 맞은편 스툴에 앉는 것을 보고 머딘은 다시 한번 놀랐다.

그리젤더의 애인 서스턴이 삼 주 전 종적을 감췄다. 그러니 지금 분명 외로운 상태일 테고, 그 때문에 머딘을 말벗으로 삼을 생각을 했을 것이다. 술이 그의 뱃속을 데워주고 긴장을 풀어줬다. 할말을 찾던 그가 물었다. "서스턴은 어떻게 된 거지?"

그리젤더는 잘 까부는 암말처럼 고개를 휙 쳐들었다. "내가 그애한테 그애와 결혼할 생각이 없다고 했어."

"왜?"

"그앤 나한테 너무 어리니까."

머딘에게는 어딘가 이치에 맞지 않는 말로 들렸다. 서스턴은 열일곱 살이고 그리젤더는 스무 살이지만 그녀는 나이보다 어려 보였다. 그보다는 서스턴의 신분이 낮다는 게 이유일 거라고 머딘은 생각했다. 서스턴은 이 년 전 어딘가에서 킹스브리지에 온 뒤 이 도시의 장인 몇 사람 밑에서 막일꾼으로 일했다. 서스턴은 아마도 그리젤더와 킹스브리지에 싫증이 나서 떠났을 것이다.

"그래서 어디로 떠난 건데?"

"모르겠어. 그리고 나는 상관하지 않아. 나는 내 또래와 결혼해야 해. 책임감 있고, 언젠가는 아버지의 사업을 이어받을 수 있는 사람과."

문득 머딘의 머릿속에 그녀가 자신을 두고 하는 말이 아닐까 하는 생각이 들었다. 그럴 리가 없어. 그는 생각했다. 언제나 날 업신여겼으면서. 그리젤더가 스툴에서 일어서더니 그가 앉아 있는 긴 의자에 와서 앉았다.

"아버지는 너를 너무 심하게 대하셔. 나는 늘 그렇게 생각했어."

머딘은 놀랐다. "그 말을 하기까지 참 오래도 걸렸구나. 내가 이 집에 살기 시작한 지 육 년 반이나 됐는데."

"가족의 뜻을 거스르기가 쉽지 않았어."

"그런데 네 아버지는 왜 나를 괴롭힐까?"

"네가 아버지보다 더 많이 알고 있다고 생각하고, 그 사실을 감추지도 못하니까."

"실제로 내가 더 많이 아는지도 모르지."

"바로 그런 식이라니까."

그는 웃었다. 그녀 때문에 웃어본 것은 처음이었다.

그녀는 긴 의자에서 그에게 좀더 가까이 다가앉았고, 그러자 모직 옷을 입은 그녀의 허벅지가 그의 허벅지에 닿았다. 그는 허벅지까지 내려오는 낡은 리넨 셔츠에 바지를 입고 있었지만, 그녀의 따뜻한 체온을 느낄 수 있었다. 대체 무슨 일을 벌이려는 걸까? 그는 미심쩍은 눈으로 그녀를 바라보았다. 그녀는 윤기 흐르는 검은 머리와 갈색 눈을 가졌다. 통통한 얼굴도 나름대로 매력적이었다. 그녀의 입은 키스하기에 좋아 보였다.

"나는 폭풍우가 쏟아지는 날 집안에 있는 게 좋아. 아늑한 느낌이 들거든." 그리젤더가 말했다.

그런 그녀에게서 자극받은 머딘은 그녀의 얼굴에서 고개를 돌렸다. 만일 지금 캐리스가 들어와서 이 장면을 본다면 어떻게 생각하겠어? 그는 생각했다. 그는 욕망을 가라앉히려 애썼지만, 더 악화될 뿐이었다.

그는 다시 그리젤더에게로 고개를 돌렸다. 촉촉한 입술은 살짝 벌어져 있었다. 그녀가 그에게로 몸을 기울였다. 그는 그녀에게 키스했다. 그 순간 그녀는 그의 입속으로 혀를 밀어넣었다. 너무 갑작스럽고 충격적인 행위에 전율을 느낀 그는 그녀와 똑같이 응답했다. 캐리스와 하는 키스와 달랐다.

그 생각이 그의 행동을 제지했다. 그는 억지로 그리젤더에게서 몸을 떼어내고 벌떡 일어섰다.

"왜 그래?" 그녀가 말했다.

사실대로 말하고 싶지 않아서 그는 이렇게만 대꾸했다. "너는 한 번도 나를 좋아하는 것처럼 보이지 않았어."

그녀는 짜증이 난 듯했다. "말했잖아. 어쩔 수 없이 아버지 편을 들어야 했다고."

"그렇다면 굉장히 갑작스럽게 태도를 바꾼 거네."

그녀가 일어나 그에게 다가왔다. 뒷걸음치던 그의 등이 벽에 닿았다. 그녀가 그의 손을 잡더니 자신의 가슴에 대고 눌렀다. 그녀의 가슴은 둥글고 묵직했다. 머딘은 만지고 싶은 유혹을 이기기가 어려웠다. 그녀가 말했다. "너, 여자하고 그거 해본 적 있니? 진짜 그거 말이야."

입을 열 수 없었던 그는 대신 고개를 끄덕였다.

"나하고 그거 하는 생각 한 적 있어?"

"응." 머딘은 겨우 대답했다.

"네가 원하면 지금 나한테 그걸 해도 좋아. 아무도 없는 동안에. 위로 올라가 내 침대에 누워서."

"싫어."

그녀는 그에게 몸을 밀착시켰다. "너하고 키스를 하고 나니까 몸 안쪽이 온통 뜨겁고 미끌미끌해졌어."

머딘은 그녀를 떠밀었다. 그런데 의도했던 것보다 힘이 더 들어가서 그리젤더가 뒤로 넘어지며 풍만한 엉덩이로 엉덩방아를 찧었다. "나 좀 그냥 내버려둬." 그가 말했다.

진심인지는 그 자신도 의심스러웠지만 그녀는 그 말을 곧이곧대로 받아들였다. "지옥에나 떨어져라." 그녀는 저주를 퍼붓고는 벌떡 일어나 쿵쿵거리며 위층으로 올라가버렸다.

그는 숨을 헐떡이며 그 자리에 서 있었다. 정작 그녀를 거절하자 후회가 밀려왔다.

결혼하기 전까지 몇 년씩이나 기다려야 하기 때문에 도제는 여자들에게 별로 인기가 없었다. 그래도 머딘은 지금까지 킹스브리지에 사는 몇 명의 여자에게 환심을 샀다. 그중 하나인 케이트 브라운은 일 년 전 무더운 여름날 오후 자기 아버지의 과수원에서 그가 하고 싶은 대로 하게 내버려둘 만큼 그를 좋아했다. 얼마 후 그녀의 아버지가 갑자기 세상을 떠나자 그녀의 어머니는 가족을 데리고 포츠머스로 이사가버렸다. 머딘이 여자와 잠을 잔 것은 그때 한 번이었다. 그리젤더의 제의를 거절하다니, 그가 미친 모양이었다.

그는 운좋게 빠져나온 거라고 스스로에게 말했다. 그리젤더는 심술궂고, 정말로 그를 좋아하는 것도 아니었다. 유혹을 이겨냈다고 자랑스럽게 여겨야 마땅했다. 멍청한 동물처럼 본능에 따르지 않고, 어른처럼 스스로 판단해서 결정한 일이었다.

그때 그리젤더가 울기 시작했다.

크지는 않았지만 그 소리는 뚜렷이 들렸다. 그는 뒷문으로 나갔다. 이 도시의 모든 집이 그렇듯 엘프릭의 집도 뒤편에 옥외 변소와 쓰레기더미가 있는 길쭉하고 좁은 마당이 있었다. 대부분의 집에서는 뒤뜰에서 닭과 돼지를 키우고 채소와 과수를 길렀지만, 엘프릭네 마당은 목재와 석재, 둘둘 만 밧줄, 양동이와 손수레, 사다리 같은 것들이 쌓여 있었다. 떨어지는 빗줄기를 바라보는 머딘의 귀에 그리젤더의 울음소리가 여전히 들렸다.

그는 밖으로 나가야겠다고 생각하고 현관으로 갔지만 마땅히 갈 곳이 떠오르지 않았다. 캐리스의 집에는 페트라닐라만 있을 테고, 그녀는 그를 별로 달가워하지 않을 것이었다. 부모님에게 가볼까도 했지만, 지금 이런 기분에서는 가장 만나고 싶지 않은 사람들이었다. 동생과 얘기라도 할 수 있으면 좋을 테지만, 랠프는 주말이나 되어야 킹스브리지에 올 예정이었다. 게다가 외투도 없이 집을 나설 수는 없었다. 비에 젖는 건 개의치 않으므로 비 때문이 아니었다. 진정될 기미가 보이지 않는 불룩한 앞섶을 가릴 것이 없었다.

그는 애써 캐리스 생각을 했다. 그녀는 지금쯤 와인을 마시며 구운 소고기와 밀빵을 먹고 있겠지. 그는 그녀가 어떤 옷을 입고 있을지 생각해보았다. 그녀가 가진 옷 중에 가장 좋은 것은 목선이 각이 지게 파여 가느다란 목의 흰 피부가 돋보이는 연분홍을 띤 빨간 드레스였다. 하지만 그리젤더의 울음소리 때문에 집중할 수가 없었다. 그는 그녀에게 가서 위로해주고, 그런 식으로 퇴짜 맞았다는 기분을 느끼게 해서 미안하다고 말하고, 그녀는 매력적이지만 우리는 서로 맞지 않는다고 해명하고 싶었다.

그는 자리에 앉았다가 다시 일어났다. 비탄에 잠긴 여자의 울음소리는 가만히 듣고 있기 힘들었다. 온 집안에 울음소리가 가득한 동안에는 비계 생각도 할 수 없었다. 그대로 집안에 있을 수도, 밖으로 나갈 수도, 가만히 앉아 있을 수도 없었다.

그는 위층으로 올라갔다.

그녀는 침대로 쓰는 짚을 채운 매트 위에 엎드려 있었다. 치마는 토실토실한 허벅지까지 말려올라가 있었다. 다리 뒤쪽 피부가 새하얗고 부드러워 보였다.

"미안해." 머딘이 말했다.

"꺼져."

"울지 마."

"네가 미워."

그는 무릎을 꿇고 앉아 그녀의 등을 토닥였다. "부엌에 가만히 앉아서 네가 우는 걸 듣고만 있을 수가 없어."

그녀는 몸을 돌려 그를 바라보았다. 얼굴이 눈물로 얼룩져 있었다. "내가 못생기고 뚱뚱해서 싫어하는 거잖아."

"싫어하는 게 아니야." 그는 손등으로 그녀의 젖은 뺨을 닦아줬다.

그녀는 그의 손목을 잡고 끌어당겼다. "싫어하지 않는다고? 정말이야?"

"그래. 하지만……"

그녀는 그의 머리를 잡아당겨 키스했다. 아까보다 더 자극을 받은 그는 신음소리를 냈다. 그는 그녀와 함께 매트 위에 누웠다. 이제 곧 일어날 거야. 조금만 더 위로해주고 일어나서 아래로 내려가면 돼.

그녀는 그의 손을 잡아끌어 치마 속 두 다리 사이에 댔다. 빳빳한 털과 그 아래 부드러운 피부, 축축하게 젖은 틈이 느껴졌다. 정신이 아득해졌다. 그는 그곳을 거칠게 더듬고 손가락을 안에 넣었다. 금방 사정할 것 같았다. "멈출 수가 없어." 그는 중얼거렸다.

"어서." 그녀가 헐떡거리며 말했다. 그녀는 그의 셔츠를 벗겨올리고 바지를 잡아내렸다. 그는 그녀의 몸 위로 달려들었다.

그녀가 그를 자기 몸속으로 이끈 순간, 그는 자제력을 잃고 말았다. 그 일이 다 끝나기도 전에 그는 후회에 사로잡혔다. "아, 안 돼." 그는 삽입하자마자 사정하기 시작했고, 일은 시작과 동시에 끝나버렸다. 그는 눈을 감은 채 그녀의 몸 위로 엎어졌다. "오, 하느님. 차라리 죽어버리면 좋겠어." 그는 말했다.

7

길드 집회소에서 만찬이 열리고 그다음날인 월요일 아침, 부오나벤투라는 식탁에서 충격적인 선언을 했다.

아버지의 집 홀에 놓인 떡갈나무 식탁 앞에 앉아 있던 캐리스는 기분이 좋지 않았다. 두통에다 속이 조금 메슥거렸다. 그녀는 속을 가라앉히려고 따뜻한 빵과 우유만 조금 먹었다. 연회에서 와인을 마셨던 걸 떠올리고는 과음 때문인가 하고 생각했다. 이런 게 남자들이 독한 술을 먹을 수 있다고 떠벌릴 때 말하는 숙취일까?

아버지와 부오나벤투라는 차갑게 식힌 양고기를 먹었고 페트라닐라는 이야기를 늘어놓았다. "열다섯 살 때 나는 셔링의 백작의 조카와 약혼했었죠. 모두들 괜찮은 혼인이라고 했어요. 그 사람 아버지는 중급 기사였고 내 아버지는 부유한 양모 상인이었으니까. 그런데 백작과 그의 외아들이 스코틀랜드의 루동 힐 전투에서 전사하고 만 거예요. 내 약혼자 롤런드가 백작이 됐죠. 그는 백작이 되더니 파혼해버렸어요. 그는 지금도 그곳 백작이지요. 만약 전투가 있기 전 롤런드와 결혼했더라면 나는 지금 셔링의 백작부인이 되어 있었을 거예요." 그러면서 그녀는 토스트를 에일에 적셨다.

"하느님의 뜻이 아니었나보죠." 부오나벤투라는 이렇게 말하면서 스크랩에게 뼈다귀 하나를 던져줬는데, 개는 일주일쯤 굶은 것처럼 뼈다귀에 달려들었다. 그런 다음 그는 아버지에게 말했다. "친구여, 오늘 사업 얘기를 꺼내기 전에 먼저 해두어야 할 말이 있습니다."

캐리스는 그의 어조에서 나쁜 소식이란 예감이 들었다. 그녀의 아버지 역시 본능적으로 같은 생각을 한 것 같았다. "왠지 불길한 느낌이 드는데요."

"지난 몇 년 동안 우리의 거래는 계속 규모가 줄어들고 있었어요." 부오나벤투라가 말을 이었다. "우리 집안의 양모 판매량이 매년 줄어들고, 그에 따라 잉글랜드에서 사들이는 양모의 규모도 매년 줄어들었죠."

"사업이란 것이 때로 그렇잖습니까." 에드먼드가 말했다. "잘되는 때가 있고 잘되지 않을 때가 있지만 이유는 알 수 없죠."

"하지만 이번에는 여러분의 국왕이 개입했어요."

그것은 맞는 말이었다. 양모사업에서 벌어들이는 돈이 막대하다는 사실을 안 에드워드 3세는 거기서 더 많은 돈을 뽑아내기로 마음먹었다. 그는 양모 한 부대에 1파운드라는 새로운 세금을 도입했다. 한 부대의 표준 중량은 364파운드이고, 부대당 4파운드에 거래됐으므로, 추가 세금은 양모값에서 무려 4분의 1을 차지하는 셈이었다.

부오나벤투라가 말을 이었다. "그보다 더 나쁜 사실은 왕이 잉글랜드 양모 수출을 까다롭게 만들었다는 거예요. 나는 엄청난 뇌물을 바쳐야만 했습니다."

"수출 금지법은 조만간 없어질 겁니다." 에드먼드가 말했다. "런던 양모협회 소속 상인들이 왕실 관리들과 협의중이라니—"

"당신 말이 맞기를 바랍니다. 하지만 현상태에서 우리 집안은 이 지역에서 굳이 두 곳의 양모시장과 거래할 필요가 없다고 보고 있습니다."

"맞는 말이고말고요! 이쪽으로 오십시오. 셔링 시장은 잊어버리시고."

셔링 시는 킹스브리지에서 이틀 걸리는 곳에 있었다. 도시의 규모는 비슷했는데, 그곳에는 대성당이나 수도원이 없는 대신 셰리프*의 성과 카운티법정이 있었다. 그곳에서도 매년 한 차례 양모시장이 열려 킹스브리지와 경합을 벌였다.

"이곳에서는 모두가 원하는 양모를 찾기 어려운 것 같습니다. 당신도 알다시피 킹스브리지 양모시장은 점점 규모가 줄어들고 있어요. 시간이 갈수록 판매업자들은 점점 더 셔링 쪽으로 가고 있죠. 그래서 이곳보다 셔링 양모시장의 종류와 품질이 더 다양해졌어요."

캐리스는 낙담했다. 이 일은 아버지에게 엄청난 손실을 입힐 수도 있었다. 그녀가 끼어들었다. "그런데 어째서 업자들이 셔링을 더 선호하게 된 건가요?"

부오나벤투라는 어깨를 으쓱했다. "그곳 길드 상인들이 시장을 갈 만한 곳으로 만들어놓았지. 이제는 성문 앞에서 줄서서 기다릴 필요도 없어. 양모상들에게 천막과 노점도 빌려주고. 오늘처럼 비가 오는 날에도 거래에 지장이 없도록 건물도 짓고……"

"우리도 모두 할 수 있는 일이에요." 그녀가 말했다.

그녀의 아버지는 콧방귀를 뀌었다. "그런 것이 가능하다면 말이겠지."

"어째서 안 된다는 거예요?"

"셔링은 왕권으로 설립된 자치도시야. 그곳 상인 길드는 양모 상인에게 이로운 일들을 결정할 권한을 갖고 있지. 하지만 킹스브리지는 수도

---

* 카운티의 사법, 행정, 재정, 군사 등 막대한 권한을 지닌 최고위직 지방관리.

원에 속해 있어서—"

그 말에 페트라닐라가 끼어들었다. "하느님의 영광을 위해서지."

"그건 그렇지." 에드먼드가 말을 이었다. "하지만 우리 교구 길드는 수도원의 승인 없이는 어떤 일도 할 수 없어. 그리고 수도원장들은 하나같이 신중하고 보수적인 사람들인데, 내 동생이라고 예외는 아니야. 개선안을 내놔도 번번이 퇴짜나 놓고."

부오나벤투라가 말을 이었다. "우리 집안은 오랫동안 당신과 당신 아버지와 친밀한 관계를 유지했기 때문에 지금까지 계속 킹스브리지에 왔던 겁니다. 하지만 상황이 악화되면 감상에 빠질 여유가 없어질 겁니다."

"그러면 그 오랜 관계를 봐서 한 가지 작은 부탁을 합시다." 에드먼드가 말했다. "아직 최종 결정은 내리지 마십시오. 마음을 열어놓고 있어달란 말입니다."

아주 재치 있는 제안이라고 캐리스는 생각했다. 그녀는 종종 그랬듯 기민하게 협상하는 아버지의 능력에 감탄했다. 아버지는 부오나벤투라에게 결정을 철회해달라고 설복하지 않았는데, 만일 그랬다면 부오나벤투라는 그 입장을 고수했을 것이다. 이 이탈리아인은 아마도 최종 결정을 내리지 않는 데는 동의할 가능성이 커 보였다. 요컨대 그는 어떤 것도 명확하게 결정하지 않은 채 문을 열어놓게 되는 것이다.

부오나벤투라는 그 제안을 거절하기가 어려웠다. "좋습니다. 하지만 언제까지 말입니까?"

"시장을 개선할 기회를 주십시오. 특히, 저 다리부터요." 에드먼드가 대답했다. "만일 우리가 이곳 킹스브리지에서 셔링보다 더 나은 설비를 제공해서 더 많은 업자를 끌어들이게 된다면 당신도 우리와 계속 거래 하겠습니까?"

"물론입니다."

"그렇다면 우리가 해야 할 일은 분명하군요." 에드먼드는 자리에서 일어섰다. "지금 당장 동생을 만나러 가야겠습니다. 캐리스, 함께 가자. 수도원장에게, 다리에 줄을 선 사람들을 보여주자꾸나. 아니, 잠깐 기다려, 캐리스. 너는 가서 네 똑똑한 젊은 도편수 친구 머딘을 데려오거라. 그의 전문적인 견해가 필요할지도 모르니까."

"머딘은 지금 일하는 중일 텐데요."

그때 페트라닐라가 말했다. "그의 고용주에게 가서, 교구 길드의 길드장이 그 아이를 필요로 한다고 말하렴." 페트라닐라는 동생이 길드장이라는 사실을 자랑으로 여겨서 기회가 있을 때마다 그 사실을 입에 올렸다.

하지만 고모의 말이 맞았다. 엘프릭은 머딘을 내주지 않을 수 없을 것이다. "가서 찾아볼게요." 캐리스가 말했다.

그녀는 두건 달린 케이프를 두르고 밖으로 나섰다. 어제만큼 심하지는 않지만 아직도 비가 내리고 있었다. 유력한 시민들 대부분이 그렇듯 엘프릭도 다리에서 수도원 정문으로 이어지는 큰길가에 살았다. 큰길은 비가 내려 생긴 물웅덩이와 실개천 위를 절벅거리며 시장으로 가는 마차들과 사람들로 북적거렸다.

항상 그렇듯 캐리스는 머딘이 보고 싶었다. 그녀는 그가 십 년 전 만성절에 직접 만든 활을 들고 활터에 나타났을 때부터 그를 좋아했다. 그는 영리하고 재미있었다. 그도 그녀와 마찬가지로 이 세상이 대부분의 킹스브리지 시민들이 생각하는 것보다 훨씬 크고 훨씬 매혹적이라는 것을 알고 있었다. 그리고 육 개월 전 두 사람은 그저 친구로 지내는 것보다 훨씬 더 즐거운 일을 발견했다.

많지는 않지만 캐리스는 머딘과 키스를 하기 전에도 다른 아이들과 키스한 적이 있었다. 하지만 그때는 별다른 의미를 찾을 수 없었다. 그런데 머딘과의 키스는 달랐다. 훨씬 더 자극적이고 성적인 느낌이었다. 그의 개구쟁이 같은 면이 모든 행동을 장난처럼 느껴지게 했다. 캐리스는 머딘이 자기 몸을 만지는 것도 좋았다. 그녀는 키스 이상을 원했지만, 되도록 그것에 대해서는 생각하지 않으려 했다. '그 이상'이란 결혼을 의미했다. 아내는 자기 주인인 남편에게 종속된 존재였는데, 캐리스는 그것이 싫었다. 다행히도 아직은 그 일에 대해 생각하지 않아도 됐다. 머딘은 도제살이가 끝날 때까지는 결혼할 수 없는 몸이고, 아직 반년이나 남아 있었다.

엘프릭의 집에 도착한 그녀는 집안으로 들어섰다. 언니 앨리스가 현관 안쪽 방에 의붓딸 그리젤더와 함께 앉아 있었다. 두 사람은 꿀을 바른 빵을 먹고 있었다. 엘프릭과 결혼하고 나서 삼 년 사이에 앨리스는 변해버렸다. 그녀의 본성에는 페트라닐라 같은 거친 면이 늘 있었는데, 남편의 영향으로 훨씬 더 의심 많고 화를 잘 내고 인색한 사람이 되어버렸다.

하지만 오늘만큼은 기분이 좋아 보였다. "여기 앉아. 오늘 아침 빵이 아주 신선해."

"안 돼. 머딘을 찾으러 온 거야."

앨리스의 얼굴에 비난하는 표정이 떠올랐다. "이렇게 일찍부터?"

"아버지가 데려오라고 하셨어." 캐리스는 부엌을 지나 뒷문으로 나가서 뒤뜰을 살펴보았다. 도편수의 잡동사니가 쌓인 음울한 풍경 속으로 비가 내리고 있었다. 엘프릭 밑에서 일하는 일꾼 하나가 비에 젖은 돌덩어리들을 손수레에 옮기고 있었다. 머딘은 보이지 않았다. 캐리스는 다시 안으로 들어갔다.

"머딘은 아마 성당에 있을 거야. 요즘 그곳 문짝을 만들고 있으니까." 앨리스가 말했다.

머딘이 그런 말을 했던 기억이 났다. 북쪽 현관문이 썩어서 교체하는 작업을 한다고 했다.

그리젤더가 덧붙였다. "거기서 처녀들을 조각하고 있을걸요." 그녀는 싱글싱글 웃으면서 꿀 바른 빵을 입속에 넣었다.

캐리스는 그것도 알고 있었다. 전에 있던 문에 예수가 감람산 산상에서 슬기로운 처녀들과 어리석은 처녀들에 관해 이야기하는 그림이 새겨져 있었는데, 머딘은 그 그림을 본떠 조각해야 했다. 하지만 그리젤더의 싱글거리는 미소가 왠지 모르게 불쾌했다. 아직 숫처녀인 캐리스를 조롱하는 것만 같았다.

"성당에 가봐야겠네." 캐리스는 형식적으로 손을 흔든 다음 그곳을 나섰다.

그녀는 큰길을 거슬러가 성당 구내로 접어들었다. 노점 사이를 헤치고 나아가던 그녀는 시장에 왠지 쓸쓸하고 울적한 분위기가 감도는 것 같다고 느꼈다. 부오나벤투라가 했던 말 때문일까? 그녀는 그렇지 않다고 생각했다. 그녀가 어렸을 때 봤던 양모시장은 이것보다 더 분주하고 북적거렸다. 그 시절에 시장은 너무 커서 수도원 구내를 벗어날 정도였고, 주변 거리들도 인가받지 않은 노점들로 빽빽했다. 작은 탁자에 장신구를 늘어놓고 파는 노점들이 태반이었지만, 쟁반 음식을 파는 행상인들, 마술사, 점쟁이, 악사, 그리고 죄인들에게 구원받으라고 외치는 떠돌이 수사들도 있었다. 그런데 지금은 경내에 노점이 좀더 들어서도 될 만큼 여유가 있었다. "부오나벤투라 말이 맞아. 시장이 위축되고 있어." 이상하다는 듯이 바라보는 장사꾼과 눈이 마주치자 그녀는 자신이 머릿속 생각을 입 밖으로 중얼거렸다는 걸 깨달았다. 그녀의 나쁜 습관이었다. 사람들은 그녀가 유령과 이야기한다고 생각했다. 그녀는 그러지 않겠다고 다짐하곤 했지만, 지금처럼 불안한 상태일 때는 잊기 일쑤였다.

그녀는 본당을 돌아 북쪽으로 향했다.

머딘은 사람들이 종종 모여드는 북쪽 현관의 널찍한 자리에서 일하고 있었다. 그는 조각하는 동안 움직이지 않도록 견고한 나무틀 안에 문짝을 세워 고정해놓고 있었다. 새 문짝 뒤편에는 금이 가고 부서진 낡은 문짝이 아치 아래 원래 있던 자리에 놓여 있었다. 머딘은 빛이 그의 어깨를 넘어 앞에 있는 목재에 떨어지는 위치에, 그녀를 등진 채 서 있었다. 그는 그녀를 보지 못했고, 빗소리 때문에 발소리가 들리지 않았기 때문에 캐리스는 잠시 몰래 그를 살펴볼 수 있었다.

그는 키가 작고, 그녀와도 별 차이가 없었다. 옹골진 몸이고, 지적인 머리는 컸다. 그의 작은 두 손이 능숙하게 움직이며 예리한 칼로 곱슬곱슬하고 고운 나뭇결을 깎아내면서 형태가 만들어졌다. 그는 피부가 희고, 숱이 많은 빨강머리였다. "그렇게 잘생긴 얼굴은 아니야." 캐리스가 머딘과 사랑에 빠졌다고 털어놓았을 때 앨리스가 입술을 일그러뜨리며 그렇게 말했다. 동생 랠프처럼 화사하고 잘생기지 않았지만, 캐리스는 머딘의 얼굴이 더없이 보기 좋다고 생각했다. 고르지 않고 굴곡이 많은 그 얼굴은 지혜와 웃음기가 가득했다.

"안녕." 그녀가 인사하자 그는 뜰듯이 놀랐다. 그녀는 웃으며 말했다. "그렇게 놀라다니 너답지 않은데."

"놀랐어." 그는 머뭇거리다 그녀에게 키스했다. 그는 조금 어색하게 굴었지만, 일에 몰두할 때면 이따금 그러기도 했다.

캐리스는 조각을 바라보았다. 문 양쪽에 각각 처녀 다섯 명이 있는데, 슬기로운 처녀들은 혼인식 잔치를 벌이고 있었고, 어리석은 처녀들은 바깥쪽에서 기름이 떨어졌다는 걸 보이기 위해 등잔을 거꾸로 들고 있었다. 머딘은 원래의 문에 있던 도안을 본뜨면서도 약간의 변화를 더

했다. 원래 도안에서는 처녀들이 한쪽에 다섯 명, 다른 쪽에 다섯 명이 성당의 아치처럼 줄지어 있었는데, 새 문에서는 그들 모두가 조금씩 다른 모습이었다. 머딘은 처녀 한 사람 한 사람에게 개성을 불어넣었다. 어여쁜 처녀가 있는가 하면 머리가 곱슬곱슬한 처녀, 우는 처녀, 장난스럽게 눈을 찡긋하는 처녀도 있었다. 실제처럼 생생해 보이는 그것에 비하면 원래의 문에 있던 조각은 경직되고 생기 없어 보였다. "아주 좋은걸. 하지만 수사님들이 뭐라고 하지 않을까?" 캐리스가 말했다.

"토머스 형제님은 좋다고 하시던데."

"앤서니 수도원장님은?"

"수도원장님은 아직 못 보셨어. 하지만 그분도 승낙하실 거야. 비용을 두 배로 들이려고 하진 않을 테니까."

맞는 말이라고 캐리스는 생각했다. 앤서니 삼촌은 모험을 싫어하지만 인색하기도 했다. 수도원장 얘기가 나오자 심부름 때문에 왔다는 사실이 떠올랐다. "아버지가 다리에서 너와 수도원장님을 만나고 싶어하셔."

"이유는 말씀 안 하시고?"

"앤서니 수도원장님에게 다리를 새로 짓자는 제안을 하실 것 같아."

머딘은 연장을 가죽가방에 챙겨넣고, 현관에 떨어진 톱밥과 대팻밥을 재빨리 쓸었다. 그리고 두 사람은 비를 맞으며 시장과 큰길을 지나 나무다리로 향했다. 캐리스는 머딘에게 아침 식탁에서 부오나벤투라가 했던 이야기를 들려줬다. 머딘도 그녀처럼 최근 몇 년 사이 시장이 자신이 어렸을 때 보았던 북적대는 시장이 아니라는 것을 느끼고 있었다.

그럼에도 킹스브리지로 들어가기 위해 기다리는 사람들과 마차들이 길게 줄을 잇고 있었다. 다리 근처에는 작은 초소가 있는데, 수사가 거기서 물건을 팔기 위해 시내로 들어가려는 장사꾼들에게 일인당 1페니의 요금을 받고 있었다. 다리가 비좁아 줄을 비켜 가기가 어려웠기 때문에 시내에 거주해서 요금을 내지 않아도 되는 사람들까지 줄을 서야 했다. 게다가 바닥에 깔린 널빤지들 중에 비틀리고 부서진 것들이 있어서 다리를 건너는 마차들 역시 굼뜨게 움직일 수밖에 없었다. 그렇게 늘어선 줄이 도시 외곽 오두막집들 사이까지 이어져, 빗줄기 때문에 끝이 보이지 않을 정도였다.

또한 다리는 너무 짧았다. 예전에는 분명 다리의 양끝이 마른땅에 얹혀 있었을 것이다. 그러나 그사이에 강폭이 넓어졌든가, 아니면 이쪽이 더 가능성이 높겠지만, 수십 년 수백 년 동안 마차와 사람들이 드나들면서 강둑이 평평해져서 이제는 다리 끝에 다다르려면 어느 쪽에서나 진흙탕을 지나가야 했다.

머딘은 다리의 구조를 유심히 살펴보고 있었다. 캐리스는 그의 눈에 떠오른 표정을 보고 그가 지금 다리가 어떻게 똑바로 서 있는지를 생각하고 있다는 것을 알았다. 그녀는 그렇게 뭔가를 집중해서 바라보는 그의 모습을 종종 보았다. 대부분은 성당 안에서였지만, 때로는 어떤 가옥을 그렇게 바라보았고, 심지어 꽃이 핀 산사나무나 하늘에 떠 있는 새매 같은 자연이 대상이 되기도 했다. 그럴 때면 그는 아주 조용해졌는데, 마치 어둠 속으로 빛을 비춰 그 속에 뭐가 있는지 살펴보는 듯 눈은 빛나고 눈빛은 날카로웠다. 그녀가 물어보면 그는 사물의 안쪽을 들여다보려 한다고 대답했다.

캐리스도 머딘이 바라보는 곳을 보면서, 그가 낡은 다리에서 무엇을 파악했는지 짐작해보려 했다. 다리는 끝에서 끝까지 길이가 60야드로, 그녀가 본 다리 중에서 가장 길었다. 길을 이루는 다리 위쪽은 성당 신자석 양쪽에 늘어선 원기둥처럼 두 줄로 이루어진 굵은 떡갈나무 교각으로 지지가 되어 있었다. 교각은 모두 다섯 쌍이었다. 물이 얕은 곳에 서 있는 양끝 교각들은 아주 짧지만, 가운데 교각 세 쌍은 수면 위로 나온 부분만도 15피트였다.

각각의 교각은 한 다발로 묶은 네 개의 떡갈나무 들보로 이루어지고, 그것들은 다시 판자 부목으로 결합되어 있었다. 전하는 이야기에 따르면 국왕이 가운데 있는 세 쌍의 교각을 만들도록 잉글랜드에서 가장 좋은 떡갈나무 스물네 그루를 킹스브리지 수도원에 하사했다고 한다. 맨 윗부분은 평행을 이룬 두 줄의 들보로 연결되어 있었다. 그보다 짧은 들보들이 한쪽 줄에서 다른 쪽 줄까지 가로지르며 노면 바닥을 이루었고, 그 위에 세로로 긴 널빤지를 깔아 도로면을 만들었다. 양옆에는 나무 가로대가 있는데, 제대로 난간 구실을 할 것 같지는 않았다. 몇 년에 한 번꼴로 만취한 농부가 난간 너머로 마차를 몰고 가 말과 함께 빠져 죽는 사고가 일어났다.

"뭘 보고 있어?" 캐리스가 물었다.

"금을 보고 있어."

"내 눈에는 안 보이는데."

"중앙 교각 양쪽 측면 목재가 갈라지고 있어. 엘프릭이 쇠로 보강해 놓은 곳 보이지?"

그가 가리키자 캐리스도 금이 간 자리에 평평한 쇳조각을 못으로 박아놓은 것이 보였다. "걱정하는 말투 같은데."

"애초에 목재에 왜 금이 갔는지를 모르겠어."

"그게 중요해?"

"물론 중요하지."

오늘 아침 머딘은 유난히 말수가 적었다. 그녀가 막 그 이유를 물어보려는데 그가 말했다. "저기 네 아버지가 오시는데."

그녀는 그쪽으로 눈을 돌렸다. 형제는 기묘하게 대비됐다. 키가 큰 앤서니는 까탈스럽게 수사복 자락을 걷어든 채 조심조심 물웅덩이를 피해 걸음을 옮겼다. 실내에서만 지내서 창백한 그의 얼굴에는 혐오가 어려 있었다. 나이는 더 많지만 동생보다 더 원기 왕성한 에드먼드는 얼굴이 붉고 회색 수염을 너저분하게 길렀으며, 진흙탕도 개의치 않는 듯 저는 다리를 끌며 걸음을 옮겼다. 그는 두 팔을 휘저어가며 싸움이라도 걸 것처럼 의견을 개진하고 있었다. 멀리서 낯선 시선으로 아버지를 보게 될 때마다 캐리스의 마음에는 애정이 샘솟았다.

두 사람이 다리에 이르렀을 때는 입씨름이 한창이었다. 두 사람 다 말을 멈추지 않았다. "저 줄을 좀 봐!" 에드먼드가 소리쳤다. "수백 명이나 되는 사람들이 단지 저 다리를 건너지 못했다는 이유로 시장에서 장사를 하지 못하고 있어! 너도 알 테지? 저중 절반은 저렇게 기다리는 동안 구매자나 판매자를 만나 그 자리에서 거래를 하고는 시내로 들어오지도 않고 돌아가버린다고!"

"그건 매점 행위잖아. 위법이야." 앤서니가 말했다.

"가서 사람들에게 그렇게 말하지그래. 다리 저쪽으로 건너갈 수 있다면 말이야. 하지만 다리가 너무 좁아서 건너가지도 못할 거다! 내 말 좀 들어봐, 앤서니. 만약 이탈리아인들이 떠나면 이곳 양모 정기시장은 앞으로 두번 다시 예전 같지 못할 거야. 너와 나의 부는 바로 이 시장에 바탕을 두고 있어. 일이 그렇게 되도록 내버려둬선 안 돼!"

"부오나벤투라에게 이곳에서 거래를 하라고 강요할 순 없어."

"하지만 셔링 시장보다 우리 시장에 더 끌리도록 할 수는 있지. 지금 당장, 이번주에, 사람들 모두에게 양모 정기시장이 끝장난 게 아니라는 사실을 깨닫게 할 대대적이고 상징적인 계획을 공표할 필요가 있어. 사람들에게 이 낡아버린 다리를 철거하고 새것을, 두 배 넓게 짓겠다고 말해야 한다고." 그러더니 예고도 없이 머던 쪽으로 고개를 돌렸다. "시간이 얼마나 걸리겠나, 젊은이?"

머딘은 놀란 표정을 지었지만 곧바로 대답했다. "목재를 구하는 게 관건입니다. 잘 말린 긴 목재가 있어야 하거든요. 그다음에는 강바닥에 교각을 박아야 하는데, 흐르는 물속에서 일을 해야 하기 때문에 꽤 까다로운 작업이 될 겁니다. 그다음에는 목공 작업만 하면 됩니다. 성탄절까지는 마칠 수 있을 것 같습니다."

"우리가 새 다리를 짓는다고 카롤리 집안이 계획을 바꾼다는 확신은 없잖아." 앤서니가 말했다.

"바꿀 거야." 에드먼드가 단언했다. "그건 내가 장담해."

"어쨌든 우리에게는 다리를 지을 만한 여유가 없어. 그만한 돈이 없다고."

"다리 하나 지을 돈도 없다는 거냐." 에드먼드가 소리쳤다. "그러다간 도시는 물론이고 너에게까지 안 좋은 영향이 갈 거야."

"그건 논외의 일이야. 나는 지금 남쪽 측랑을 수리할 돈도 어디서 구해야 할지 모른단 말이야."

"그럼 어떻게 할 생각인데?"

"하느님을 믿어야지."

"하느님을 믿고 씨를 뿌린 사람이라면 거둘 수 있어. 하지만 너는 씨조차 뿌리지 않고 있잖아."

앤서니는 화를 냈다. "형이 이해하기 힘들 거라는 건 알지만, 킹스브리지 수도원은 영리단체가 아니야. 우리가 여기 있는 건 돈을 벌기 위해서가 아니라 하느님을 경배하기 위해서라고."

"먹을 게 없다면 하느님을 경배하는 것도 오래가지 못할걸."

"하느님이 마련해주시겠지."

에드먼드의 붉은 얼굴이 분노로 달아오르며 자줏빛을 띠었다. "어렸을 때 너는 아버지의 사업 덕분에 밥을 먹고 옷을 입고 교육을 받았어.

수사가 된 뒤에는 이 도시의 시민들과 인근 시골의 농부들이 소작료와 교구세와 노점세, 통행세, 그 밖에 다른 무수한 세금으로 너를 먹여 살렸고. 너는 평생을 열심히 일하는 사람들 등에 벼룩처럼 붙어 살아왔어. 그런데 그 입으로 감히 하느님이 마련해준다느니 하는 소리나 하다니."

"신성모독에 가까운 말이군."

"내가, 네가 태어난 뒤로 너를 알고 지내왔다는 사실을 잊지 마라, 앤서니. 너는 언제나 할일을 회피하는 재주가 있었지." 툭하면 큰소리를 내던 에드먼드의 목소리가 나지막해졌다. 캐리스는 그것이 아버지가 정말로 화가 났다는 표시임을 알고 있었다. "변소를 치울 때면 너는 다음날 학교에 가기 위해 쉰다는 핑계를 대고 잠을 자러 갔지. 아버지가 하느님에게 바친 선물인 너는 언제나 가장 좋은 것만 누렸는데, 정작 너는 그것을 얻기 위해 손 하나 까딱한 적이 없었어. 영양가 있는 음식, 따뜻한 침실, 최고의 옷 같은 것들을 얻기 위해. 나는 동생 옷을 물려 입은 유일한 형이었지!"

"도무지 그 사실을 잊게 해주질 않지."

두 사람의 입씨름을 멈추게 할 기회만 노리던 캐리스는 기회를 잡았다. "뭔가 다른 수가 있을 거예요."

대화가 중단되자 두 사람은 놀란 얼굴로 그녀를 바라보았다.

캐리스가 말을 이었다. "이를테면, 이곳 시민들이 다리를 만들 수도 있지 않겠어요?"

"말도 안 되는 소리." 앤서니가 말했다. "시민은 수도원에 속해 있어. 하인이 주인집 설비를 갖춰주는 법은 없다."

"하지만 하인이 허락을 구한다면 거절할 이유가 없잖아요."

삼촌이 그 말에 즉각 반박하지 않았다는 건 고무적이었지만, 이번에는 아버지가 고개를 저었다. "사람들에게 돈을 내라고 설득할 수는 없을 것 같구나. 물론 장기적으로 이 일은 그들에게 이익이 되겠지만, 돈을 내라는 요구에는 장기적인 안목으로 생각하지 못하는 법이다."

"이런! 그러면서도 형은 내가 이 일을 장기적으로 생각하기를 기대한 건가." 앤서니가 말했다.

"너는 영생을 다루는 사람 아니냐?" 에드먼드가 쏘아붙였다. "누구보다도 네가 다음 주말보다는 더 멀리 내다볼 수 있어야지. 게다가 너는 다리를 건너는 모든 사람에게 1페니씩 통행세를 거두잖아. 너는 들어간 돈을 회수하는 것은 물론이고 개선된 시장에서도 이득을 보게 될 거야."

"하지만 앤서니 삼촌은 영적 지도자세요. 그래서 그런 일이 삼촌이 하실 역할이 아니라고 생각하시는 거고요." 캐리스가 말했다.

"하지만 네 삼촌은 이 도시의 주인이야!" 아버지가 이의를 제기했다. "네 삼촌은 이 일을 할 수 있는 유일한 인물이란 말이다!" 다음 순간 에드먼드가 미심쩍은 눈으로 딸을 보았다. 그녀가 아무 이유 없이 자기에게 반론을 제기할 아이가 아니라는 사실을 깨달은 것이었다. "대체 무슨 생각을 하는 거냐?"

"시민들이 다리를 짓고 통행세를 면제받게 된다면요?"

에드먼드는 반대할 생각으로 입을 열었지만 딱히 반대할 말이 떠오르지 않았다.

캐리스는 앤서니를 바라보았다.

"처음 수도원을 세웠을 때 유일한 수입원이 저 다리였어. 그걸 포기할 수는 없어." 앤서니가 말했다.

"하지만 정기시장과 주말시장이 예전 규모로 돌아간다면 삼촌이 얼마나 벌어들이게 될지 생각해보세요. 통행세뿐 아니라 노점세도 있고 시장에서 이루어지는 모든 거래에서 나오는 거래세, 게다가 성당 헌금도 적지 않을 거예요!"

에드먼드가 덧붙였다. "그리고 네가 직접 파는 양모와 곡식, 가죽, 책, 성상들에서 나오는 수익도 있지……"

"형이 이런 계획을 짠 건가?" 앤서니는 형을 향해 비난하듯 손가락질했다. "형이 캐리스와 저 청년에게 미리 무슨 말을 하라고 일러준 게 분명하군. 저 청년이 이런 계획을 생각해냈을 리 없고, 저 아이도 한낱 여자에 불과하니까. 형은 이런 일을 좋아하지. 이건 모두 나를 속여서 통행세를 내지 않으려는 수작이야. 어쨌든 계획은 실패했어. 하느님에게 감사하게도 나는 그렇게 어리석지가 않다고!" 앤서니는 몸을 돌리더니 진흙탕을 철벅거리며 가버렸다.

"어떻게 우리 아버지가 저렇게 분별력 하나 없는 아이를 낳았는지 도무지 알 수가 없군." 에드먼드 역시 쿵쾅거리며 그 자리를 떠났다.

캐리스는 머딘에게 물었다. "너는 이 모든 일을 어떻게 생각해?"

"모르겠어." 머딘은 그녀의 시선을 피했다. "나는 일이나 하러 가야겠어." 그러고는 그녀에게 키스도 하지 않은 채 자리를 떴다.

그가 듣지 못할 만큼 멀어졌을 때 그녀는 중얼거렸다. "대체 왜 저러지?"

8

양모 정기시장이 열리는 주 화요일에 셔링의 백작이 킹스브리지를 방문했다. 그는 두 아들을 비롯한 가족은 물론이고 기사들과 종자들을 수행원으로 데려왔다. 선발대에 의해 다리는 비워진 상태였다. 백작이 평민과 함께 기다리는 수모를 당하지 않도록 그가 도착하기 한 시간 전부터 통행이 금지됐다. 적색과 검은색으로 된 제복 차림의 수행원들은 깃발을 펄럭이고 말발굽으로 시민들에게 빗물과 진흙을 튀기고 철벅거리며 요란하게 시내로 들어왔다. 이저벨라 왕비 치하였던, 나중에는 왕비의 아들 에드워드 3세 치하였던 지난 십 년 사이 롤런드 백작은 번영을 구가했고, 부유하고 권력을 가진 사람들 대부분이 그렇듯 그 사실을 세상에 알리고 싶어했다.

그의 수행원들 중에는 제럴드 경의 아들이자 머딘의 동생인 랠프도 있었다. 머딘이 엘프릭의 아버지 밑에서 도제살이를 시작했을 때 롤런드 백작 집안의 기사종자가 된 랠프는 내내 행복하게 지냈다. 배불리 먹고 좋은 옷을 입고, 말 타는 법과 싸우는 법을 익혔고, 남는 시간 대부분을 사냥과 운동과 놀이로 보냈다. 육 년 반 동안 그에게 책을 읽거나 글을 쓰라고 한 사람은 아무도 없었다. 백작의 뒤를 따라 양모시장의 혼잡한 노점 사이로 말을 타고 지나가면서 질투와 두려움 어린 시선을 받는 동안, 그는 진흙 속에서 푼돈을 벌려고 기를 쓰는 상인과 장사치들을 딱한 듯이 보았다.

백작은 성당 북쪽에 있는 수도원장 사택 앞에서 말을 내렸다. 백작의 둘째아들 리처드도 말에서 내렸다. 리처드는 킹스브리지 주교이기 때문에 이론상으로 이 성당은 그의 것이었다. 그러나 주교 관저는 이틀 거리에 있는 셔링의 교외에 있었다. 종교적인 본분만큼이나 정치적 책무를 띤 주교에게 합당한 위치였으며, 지나치게 가까이에서 감독받지 않는 편을 선호하는 수사들에게도 편리했다.

리처드는 겨우 스물여덟 살이지만, 그의 아버지가 국왕과 동맹을 맺고 있다는 사실이 나이보다 중요했다.

나머지 측근들은 성당 경내의 남쪽 끝으로 향했다. 백작의 맏아들인 캐스터 경 윌리엄이 종자들에게 말을 마구간에 넣으라고 지시하는 동안, 여섯 명의 기사는 구호소에 자리잡았다. 랠프는 재빨리 윌리엄의 아내 레이디 필리파가 말에서 내리는 것을 거들었다. 그녀는 호리호리하고 매력적인 여성으로, 다리가 길고, 가슴골이 깊었다. 랠프는 그녀에게 가망 없는 연모를 품고 있었다.

말들을 묶은 다음 랠프는 부모님을 만나러 갔다. 그들은 도시 남서쪽 구역 강가에 있는 작은 무료 숙소에서 살고 있었는데, 무두장이들의 작업장이 있어 악취가 풍기는 동네였다. 집을 향해 가는 동안 적색과 검은색으로 된 제복을 입은 랠프는 수치심에 오그라드는 기분이었다. 그는 레이디 필리파가 자기 부모가 처한 치욕에 가까운 상황을 알지 못한다는 것을 다행으로 여겼다.

랠프가 부모님을 못 만난 지도 일 년이었다. 그들은 전보다 더 나이 들어 보였다. 어머니의 머리는 더 희끗희끗해지고, 아버지는 시력을 잃어가고 있었다. 그들은 그에게 수사들이 만든 사과주와, 어머니가 숲에서 따온 야생딸기를 내놓았다. 아버지는 아들이 입은 제복에 감탄했다. "그런데 백작은 아직 너를 기사로 봉하지 않은 거냐?"

기사가 되는 것은 모든 종자의 야망이지만, 랠프는 다른 누구보다 더 기사가 되고 싶은 마음이 간절했다. 그의 아버지는 십 년 전 수도원의 기식자라는 지위로 떨어진 수모를 극복하지 못한 상태였다. 그날 화살 하나가 랠프의 심장에 박혔다. 그 고통은 자신이 가문의 명예를 회복시키는 그날까지 줄어들지 않을 것이다. 그러나 모든 종자가 다 기사가 되는 건 아니었다. 그래도 아버지는 언제나 랠프가 기사가 되는 건 시간문제라는 투로 말했다.

"아직 아니에요. 그런데 머지않아 프랑스와 전쟁을 벌일 것 같아요. 그때가 되면 나에게도 기회가 오겠죠." 전투에서 자신의 존재를 부각시킬 기회를 얼마나 학수고대하는지 보이고 싶지 않은 그는 대수롭지 않다는 듯이 말했다.

"어째서 왕들은 언제나 전쟁을 벌이려 드는 걸까?" 어머니가 정나미가 떨어진다는 얼굴로 말했다.

아버지는 웃었다. "남자들이 있는 이유가 그것 때문이지."

"아니, 그렇지 않아요." 어머니가 날카롭게 말했다. "나는 프랑스인의 칼에 목이 잘리거나 석궁 화살에 심장이 뚫리라고 랠프를 배 아파가며 낳은 게 아니라고요."

아버지는 손바닥을 흔들며 그만두라는 몸짓을 하고는 랠프에게 물었다. "그런데 곧 전쟁이 있을 거라는 이야기는 어디서 나온 거냐?"

"프랑스의 필리프 왕이 가스코뉴를 몰수했거든요."

"아. 그건 용납할 수 없는 일이지."

잉글랜드의 왕들은 대대로 프랑스 서부의 가스코뉴 지방을 통치해왔다. 그들은 파리 대신 런던을 오가며 사업을 하는 보르도와 바욘의 상인들에게 특혜를 줬다. 그래도 여전히 말썽이 일었다.

"에드워드 왕은 동맹을 맺기 위해 플랑드르에 특사를 보냈어요."

"동맹에는 돈이 들 텐데."

"바로 그래서 롤런드 백작이 킹스브리지에 온 거예요. 왕이 양모 상인들에게서 돈을 빌리고 싶어하거든요."

"얼마나 빌리려고 하는데?"

"소문에 의하면 전국에 걸쳐 20만 파운드를 빌린다고 하더군요. 세금을 미리 내는 형식으로요."

"국왕이 양모 상인들에게 너무 가혹하게 세금을 매기지 않아야 할 텐데." 어머니가 모진 어조로 말했다.

"양모 상인들은 돈이 많지. 그들이 입고 다니는 고급 옷을 봐라." 아버지가 말했다. 어조에는 신랄한 기미가 있었다. 랠프는 아버지가 낡은 리넨 속옷에 해진 신발을 신고 있는 것을 보았다. "아무튼 그들도 프랑스 해군을 막아주기를 원하니까." 지난해만 해도 프랑스 함선이 잉글랜드 남해안에 있는 마을을 습격해서 항구를 약탈하고 정박한 선박에 불을 질렀다.

"프랑스인들은 우리를 공격하고, 그러면 우리는 다시 프랑스인들을 공격하고. 대체 그게 무슨 짓이니?" 어머니가 말했다.

"여자들은 이해할 수 없는 일이지." 아버지가 말했다.

"맞는 말이에요." 어머니가 빳빳한 어조로 대꾸했다.

랠프가 화제를 바꿨다. "그런데 형은 어떻게 지내요?"

"이젠 솜씨 좋은 장인이지." 랠프가 듣기에 아버지의 말투는 마치 조랑말을 보고 여자가 타기에 딱 좋은 말이라고 말하는 말장수 같았다.

"에드먼드의 딸한테 아주 푹 빠졌단다." 어머니가 말했다.

"캐리스요?" 랠프는 미소지었다. "어렸을 때 우리와 함께 놀았죠. 대장 노릇을 하는 왈가닥이었는데, 형은 별로 개의치 않더라고요. 형이 그녀와 결혼할까요?"

"그럴 것 같구나." 어머니가 말했다. "도제살이가 끝나는 대로 말이다."

"형도 이제 정신없이 바빠지겠군요." 랠프가 자리에서 일어섰다. "형은 지금 어디 있어요?"

"성당 북쪽 현관에서 일하고 있을 거야." 아버지가 말했다. "어쩌면 저녁밥을 먹고 있을지도 모르겠구나."

"제가 가서 찾아보죠." 랠프는 부모님에게 작별인사를 하고 나왔다.

수도원으로 돌아간 그는 시장을 돌아다녔다. 비가 그치고 드문드문 햇빛이 비치며 물웅덩이가 반짝거리고 노점의 젖은 포대에서 김이 피어올랐다. 그때 눈에 익은 옆얼굴이 시야에 들어오면서 규칙적으로 뛰던 심장이 멎는 듯했다. 그가 본 것은 레이디 필리파의 곧은 콧날과 단단한 턱이었다. 랠프는 자기보다 연상인 그녀가 스물다섯 살쯤 됐을 거라고 짐작했다. 그녀는 한 노점 앞에서 이탈리아산 비단을 보고 있었다. 그는 얇은 여름옷이 곡선을 그리는 둔부에 걸쳐진 도발적인 모습을 홀린 듯이 바라보았다. 그는 그녀에게 과할 정도로 정중하게 인사했다.

시선을 살짝 올린 그녀가 기계적으로 고개를 끄덕였다.

"아름다운 천입니다." 그가 대화를 터볼 셈으로 말했다.

"그렇군요."

그 순간 당근색 머리를 아무렇게나 기른 왜소한 남자가 그쪽으로 다가왔다. 머딘이었다. 랠프는 형을 보자 반가웠다. "이쪽은 재주 많은 제형입니다." 그는 필리파에게 말했다.

"연녹색을 사십시오. 그 색이 당신 눈에 어울립니다." 머딘이 필리파에게 말했다.

랠프는 움찔했다. 그녀에게 이렇게 허물없는 말투를 쓰면 안 됐다.

하지만 그녀는 개의치 않는 것 같았다. 그녀는 가볍게 나무라는 어조로 말했다. "어린아이의 의견이 필요하면 내 아들에게 물어보겠어요." 그러나 그녀는 그렇게 말하면서도 거의 추파에 가까운 미소를 흘렸다.

"이런 바보, 이분은 레이디 필리파이셔! 형의 무례함을 대신 사과드립니다, 마님." 랠프가 말했다.

"그런데 당신 형의 이름은?"

"저는 머딘 피츠제럴드입니다. 어떤 비단을 고를지 망설여지시면 언제든 분부만 내리십시오."

랠프는 형이 또다시 경솔한 말을 내뱉기 전에 그의 팔을 잡고 그 자리를 떠났다. "어떻게 그런 말을 할 수 있어!" 그가 분노와 놀라움이 섞인 어조로 말했다. "그 색이 당신 눈에 어울린다고? 만약 내가 그런 식으로 말했다면 나는 매질을 당했을 거야." 그 말은 과장이었지만 필리파가 보통 무례한 태도에 민감하게 반응하는 것은 맞았다. 랠프는 그녀가 형의 태도를 눈감아준 것이 기쁜지 화가 나는지 알 수 없었다.

"나는 원래 그런데." 머딘이 말했다. "모든 여자의 꿈이란 말이지."

랠프는 형의 어조에서 빈정대는 기미를 눈치챘다. "뭐 안 좋은 일이라도 있어? 캐리스는 잘 지내?"

"내가 바보짓을 했어. 나중에 말해줄게. 해가 있을 때 시장을 좀 둘러보자." 머딘이 말했다.

랠프는 회색을 띤 금발의 수사가 치즈를 파는 노점으로 눈을 돌렸다. "내가 하는 걸 잘 봐." 랠프는 형에게 말하고 노점으로 다가갔다. "아주 맛있어 보이네요, 형제님. 어디서 온 치즈입니까?"

"'숲속의 성 요한 수도원'에서 우리가 직접 만든 겁니다. 킹스브리지 수도원 휘하의 소수도원이라고 할 수 있는 곳입니다. 나는 그곳 수도원장 솔 화이트헤드입니다."

"이걸 보니 배가 고파지는군요. 좀 사고 싶지만 백작은 종자들이 돈을 가지고 다니는 걸 금해서서."

그러자 수사는 둥근 치즈 덩이에서 한 조각을 잘라 랠프에게 내밀었다. "그러면 예수님의 이름으로 맛보십시오."

"고맙습니다, 솔 형제님."

그곳을 떠나면서 랠프는 머딘에게 씩 웃어 보였다. "봤지? 아이 손에서 사과를 빼앗는 일만큼이나 쉬워."

"그만큼이나 장하군." 머딘이 대꾸했다.

"그런데 뭐 저런 바보가 있어? 우는소리만 하면 아무한테나 자기 치즈를 내주겠군!"

"굶주린 사람에게 음식을 주지 않는 것보다는 주고서 조롱을 듣는 편이 낫다고 여겼을지도 모르지."

"오늘따라 좀 심술궂네. 형이 귀족 부인에게 건방지게 구는 건 괜찮고, 내가 바보 같은 수사에게 공짜 치즈를 얻는 건 안 된다는 거야?"

"우리가 어렸을 때처럼?" 머딘이 싱글거리며 말했다.

"바로 그거야!" 깜짝 놀란 랠프는 자신이 화를 내야 할지 즐거워해야 할지 알 수 없었다. 그런데 그가 어느 쪽인지 마음을 정하기도 전에 예쁘장한 소녀가 달걀을 담은 쟁반을 들고 그에게 다가왔다. 소박한 옷차림의 소녀는 홀쭉한 체구에 상반신이 자그마했다. 랠프는 그녀의 가슴이 그 달걀처럼 희고 둥글 거라 생각했다. 그는 미소를 지었다. "얼마냐?" 달걀이 필요 없으면서도 그는 물었다.

"한 다스에 1페니예요."

"좋은 달걀인가?"

소녀는 근처에 있는 노점을 손끝으로 가리켰다. "저기 저 암탉들이 낳은 거예요."

"저 암탉들은 건장한 수탉들에게 제대로 봉사를 받았겠지?" 랠프는 이런 농담에 어쩔 수 없다는 듯 눈을 위로 굴리는 머딘을 보았다.

하지만 소녀도 농담을 받아넘겼다. "그럼요, 나리." 그녀가 미소지으며 대꾸했다.

"운이 좋은 암탉인걸."

"저는 모르죠."

"물론 그럴 테지. 처녀는 그런 걸 모르는 법이거든." 랠프는 그녀를 훑어보았다. 금발에 들창코였다. 열여덟 살쯤 됐을 거라고 그는 짐작했다.

"그렇게 뚫어져라 보지 마세요." 그녀가 눈을 깜박이며 말했다.

그때 노점 뒤편에서 그녀의 아버지인 듯한 농부가 외쳤다. "아넷! 이리 와."

"네 이름이 아넷이구나." 랠프가 말했다.

그녀는 부르는 소리를 무시했다.

"네 아버지는 누구냐?" 랠프가 물었다.

"위글리의 퍼킨입니다."

"정말? 내 친구 스티븐이 위글리의 영주인데. 스티븐이 너에게 잘해주냐?"

"스티븐 경은 공정하고 자비로운 분이에요." 그녀가 기계적으로 대답했다.

그녀의 아버지가 다시 불렀다. "아넷! 당장 이리 오라니까."

랠프는 퍼킨이 왜 그렇게 딸을 부르는지 알았다. 만약 기사종자가 자기 딸과 결혼한다고 하면 그는 개의치 않을 것이다. 그러면 사회계급의

사다리를 한 칸 올라가게 되기 때문이다. 하지만 그는 랠프가 자기 딸을 데리고 놀다 버릴까봐 두려운 것이었다. 그의 생각이 맞았다.

"가지 마, 아넷 위글리." 랠프가 말했다.

"제 물건을 사주시기 전까진 안 갈 거예요."

옆에 있던 머딘이 신음소리를 냈다. "둘 다 똑같군."

"그 달걀을 내려놓고 나와 함께 가자. 강둑을 산책할 수도 있고." 랠프가 말했다. 강과 수도원 담장 사이에는 폭넓은 제방이 있는데, 이맘때면 야생화와 덤불이 우거져 연인들이 자주 찾는 장소였다.

그러나 아넷도 만만치 않았다. "아버지가 화내실 거예요."

"아버지 걱정은 접어둬." 농부는 웬만해선 기사종자의 뜻을 거스를 수 없고, 그 종자가 유력한 백작의 제복을 입고 있을 때는 더욱 그랬다. 백작의 부하에게 손을 대는 건, 백작에 대한 모욕이었다. 농부가 자기 딸을 설득해 단념시킬 수는 있겠지만, 강제로 제지하는 것은 위험이 따랐다.

하지만 그때 다른 사람이 퍼킨을 거들고 나섰다. 젊은 목소리였다. "어이, 아넷. 무슨 일 있어?"

랠프는 새로 등장한 인물 쪽으로 몸을 돌렸다. 그는 열여섯 살쯤 되어 보였지만 키는 거의 랠프만큼 컸고 어깨가 넓고 손도 큼직했다. 성당 조각사가 조각해놓기라도 한 것처럼 균형잡힌 용모를 지닌 아주 잘생긴 소년이었다. 숱 많은 황갈색 머리에 같은 색 턱수염이 자라기 시작하고 있었다.

"너는 누구냐?" 랠프가 말했다.

"위글리의 울프릭이라고 합니다, 나리." 울프릭의 어조는 공손했지만 두려운 기색은 없었다. 울프릭은 아넷 쪽으로 돌아섰다. "달걀 파는 걸 거들어주러 왔어."

근육이 발달한 소년의 어깨가 랠프와 아넷 사이에 들어왔는데, 소녀를 보호하는 동시에 랠프를 밀어내는 자세였다. 조금은 무례한 행동이라 랠프는 발끈했다. "앞에서 비켜서라, 울프릭 위글리. 너는 여기서 빠져."

울프릭은 다시 몸을 돌려 상대를 빤히 응시했다. "저는 이 여자와 약혼한 사이입니다, 나리." 이번에도 그의 어조는 공손했고 두려운 기색도 없었다.

퍼킨이 거들었다. "사실입니다, 나리. 두 사람은 결혼할 겁니다."

"내 앞에서 그딴 건 들먹거리지 마라." 랠프가 경멸하듯 말했다. "나는 이 아이가 이 멍청이와 이미 결혼했다고 해도 상관없어." 자기보다 열등한 자들이 그런 식으로 자기에게 말했다는 사실에 랠프는 분노했다. 그에게 그런 지적을 하다니, 주제넘은 짓이었다.

머딘이 끼어들었다. "그만 돌아가자, 랠프. 나는 배가 고파. 베티 백스터가 뜨거운 파이를 팔아."

"파이라고? 나는 달걀이 더 끌리는데." 그는 소녀의 쟁반에서 달걀 하나를 집어 다른 뭔가를 주무르듯 만지작거리다 팽개치더니 그녀의 왼쪽 가슴을 만졌다. 손끝에 닿는 느낌은 단단하고 모양도 달걀과 비슷했다.

"지금 뭐하는 거예요?" 소녀는 화난 듯 말했지만 물러서지는 않았다.

랠프는 감촉을 즐기며 가슴을 살짝 쥐었다. "내가 살 물건을 살피는 중이지."

"손 떼지 못해요?"

"조금 이따가."

그 순간 울프릭이 거칠게 그를 밀쳤다.

랠프는 기습을 당한 것이었다. 농부 따위에게 공격받을 거라고는 예상치 못했다. 그는 뒤로 비틀거리다가 쿵하고 바닥에 넘어졌다. 누군가

웃는 소리가 들렸고, 그의 경악은 곧 굴욕감으로 바뀌었다. 격분한 랠프는 벌떡 일어섰다.

그는 칼을 차고 있지 않았지만, 혁대에 날이 긴 단검이 있었다. 하지만 무장하지 않은 농부를 상대로 무기를 사용하는 건 품위 없는 짓이었다. 자칫하다가는 백작의 기사들과 다른 종자들의 신망을 잃을 수도 있었다. 울프릭을 벌주려면 주먹으로 해야 했다.

퍼킨이 노점 뒤쪽에서 튀어나와 재빠르게 말했다. "말도 안 되는 실수를 했습니다, 나리. 절대 일부러 그런 게 아닙니다. 이 아이도 깊이 뉘우치고 있습니다. 제가 장담하는데—"

하지만 그의 딸은 전혀 겁먹은 얼굴이 아니었다. "남자들이란!" 그녀는 조롱과 비난이 섞인 어조로 말했지만, 이 일을 다른 어떤 일보다 즐기는 듯한 기색이었다.

랠프는 두 사람을 무시하고 울프릭 쪽으로 한 걸음 다가서며 오른주먹을 치켜들었다. 다음 순간 울프릭이 두 팔을 들어 얼굴로 날아드는 일격을 막으려고 하자 랠프는 왼주먹으로 소년의 복부를 후려쳤다.

그는 랠프가 예상했던 것만큼 강하지 않았다. 울프릭은 고통스럽게 얼굴을 일그러뜨리며 양손으로 몸통을 잡은 채 허리를 숙였다. 그 순간 랠프는 오른주먹으로 상대의 광대뼈 위쪽을 갈겼다. 손이 얼얼했지만 희열이 차올랐다.

그러나 놀랍게도 울프릭은 주먹을 들고 맞받아쳤다.

시골뜨기 소년은 땅바닥에 엎어져 다음에 돌아올 발길질을 기다리는 대신 어깨에 잔뜩 힘을 실어 오른주먹으로 일격을 가했다. 랠프의 코에서 피가 터지며 통증이 폭발하는 것 같았다. 그는 분노의 고성을 질렀다.

울프릭은 자신이 얼마나 무서운 짓을 저질렀는지 그제야 깨달은 듯 물러서서 손바닥을 위로 한 채 두 팔을 내렸다.

그러나 사죄하기에는 이미 늦어버렸다. 랠프는 두 주먹으로 그의 얼굴과 몸통을 사정없이 가격했고, 그는 그저 두 팔을 들어올리고 고개를 숙인 채 쏟아지는 주먹세례를 피하려 무기력하게 애쓸 뿐이었다. 주먹질을 당하면서도 왜 소년이 달아나지 않는지 어렴풋이 의아했던 랠프는, 그가 나중에 더 나쁜 사태를 맞기보다 차라리 지금 벌을 받는 편을 택한 거라고 생각했다. 배짱 있는 놈이군. 랠프는 생각했다. 하지만 그렇게 생각하자 더욱 화가 치밀었다. 더 힘껏 연거푸 주먹질을 해대자 그는 분노와 황홀경에 사로잡혔다. 머딘이 말려보려 했다. "제발, 그만 둬." 그는 말하고 한 손으로 그의 어깨를 붙들었지만 랠프는 밀쳐냈다.

이윽고 울프릭이 양손을 늘어뜨린 채 멍한 얼굴로 비틀거렸다. 잘생긴 얼굴은 피로 얼룩지고 눈은 거의 붙어 있었다. 마침내 울프릭은 땅바닥에 쓰러졌다. 랠프는 발로 차기 시작했다. 그 순간 가죽바지 차림의 억센 사내가 나타나 엄격한 어조로 말했다. "랠프, 그러다 그애를 죽이겠네."

랠프가 치안관 존을 알아보고 성난 어조로 말했다. "이놈이 먼저 덤벼들었다고요!"

"그렇다 해도 지금은 덤비지 않는 것 같은데, 안 그런가? 눈도 못 뜨고 바닥에 뻗어 있잖나." 그러면서 존은 랠프 앞에 버티고 섰다. "검시관이 수고롭게 나서기 전에 이 문제를 해결하는 게 좋을 텐데."

사람들이 울프릭 주위로 몰려들었다. 퍼킨, 흥분으로 얼굴이 상기된 아넷, 레이디 필리파, 그 밖에도 구경꾼들이 모여 있었다.

이제 황홀경도 사라진 랠프는 코가 지독하게 아팠다. 입으로만 가까스로 숨을 쉴 수 있을 정도였다. 입안에서 피맛이 났다. "이 짐승 같은 놈이 내 코에다 주먹질을 했단 말입니다." 그의 목소리는 지독한 감기라도 걸린 사람 같았다.

"그랬다면 처벌을 받게 되겠지." 존이 말했다.

그때 울프릭과 닮은 두 남자가 나타났는데, 아버지와 형 같았다. 그들은 울프릭을 일으켜 부축하고 성난 시선으로 랠프를 노려보았다.

퍼킨이 입을 열었다. 그는 교활한 얼굴을 가진 뚱뚱한 사내였다. "저 기사종자가 먼저 주먹을 날렸습니다."

"이 시골뜨기가 일부러 나를 떠밀었단 말이오!" 랠프가 말했다.

"기사종자가 울프릭의 약혼녀를 모욕했죠."

"기사종자가 뭐라고 했든 울프릭은 롤런드 백작의 부하에게 손을 대면 안 됐소. 백작은 저 친구가 호된 벌을 받길 원할 것 같은데." 치안관이 말했다.

울프릭의 아버지가 입을 열었다. "제복 입은 사람은 뭐든 하고 싶은 대로 해도 된다는 것이 새 법입니까, 존?"

이제 제법 모여든 소규모 군중 사이에서 동감이라는 듯 웅성거림이 일었다. 젊은 기사종자들은 툭하면 말썽을 일으켰지만 귀족 제복을 입고 있다는 이유로 처벌을 면하는 경우가 많았다. 법을 준수해야 하는 상인들이나 농부들은 마음속 깊이 이런 일에 분개했다.

그때 레이디 필리파가 끼어들었다. "나는 백작의 며느리입니다. 이 일을 처음부터 지켜보았죠." 그녀의 목소리는 나지막하고 듣기 좋고 귀족다운 품위가 있었다. 랠프는 그녀가 자기편을 들어주기를 기대했지만 실망스럽게도 그녀는 이렇게 말을 이었다. "유감스럽게도 이 일은 전적으로 랠프 때문에 벌어진 겁니다. 그가 저 여자아이의 몸을 무례하게 만졌어요."

"고맙습니다, 레이디." 치안관 존이 공손하게 말했다. 그런 다음 목소리를 낮춰 의논조로 말했다. "하지만 백작은 저 시골 청년이 처벌도 받지 않고 넘어가는 건 원치 않으실 것 같은데요."

필리파는 생각에 잠겨 고개를 끄덕였다. "우리는 이 사건이 장황한 입씨름으로 이어지는 걸 원치 않아요. 저 청년을 스물네 시간 동안 수감하세요. 저애의 나이를 감안할 때, 그리 큰 해가 되진 않을 거예요. 하지만 그렇게 하면 모두가 공정한 처벌이었다고 여길 겁니다. 그 정도면 백작도 만족하실 거고요. 그분은 내가 책임지죠."

존은 망설였다. 랠프는 치안관이 자신의 고용주인 킹스브리지 수도 원장이 아닌 다른 사람으로부터 지시받는 것을 좋아하지 않는다는 것을 한눈에 알 수 있었다. 그러나 필리파의 결정은 분명 모든 이해 당사자를 만족시키는 것이었다. 랠프는 울프릭이 호된 채찍질을 당하는 꼴을 보고 싶었지만, 그런다고 자신이 이번 일로 영웅이 될 것 같지도 않았고, 만약 그가 가혹한 처벌을 요구한다면 사태는 더 불리해질 것 같았다. 잠시 후 존이 말했다. "레이디 필리파, 당신이 기꺼이 책임지시겠다면 그렇게 하겠습니다."

"내가 책임지겠습니다."

"좋습니다." 존은 울프릭의 팔을 붙들고 데려갔다. 빠르게 원기를 회복한 소년은 이제 아무 일도 없었던 듯이 걸었다. 그의 가족이 그 뒤를 따라갔다. 그들은 울프릭이 수감되어 있는 동안 먹을 것과 마실 것을 마련해주고, 그가 공격당하는 일이 없도록 지킬 것이다.

"괜찮아?" 머딘이 랠프에게 물었다.

랠프는 얼굴 한복판이 잔뜩 부푼 방광처럼 부은 느낌이 들었다. 시야가 흐릿하고 말은 코 푸는 소리처럼 나오는데다 통증까지 있었다. "괜찮아. 이보다 더 좋을 수도 없을걸."

"수사에게 가서 코를 진찰해보자."

"싫어." 랠프는 싸움을 겁내지는 않지만 피를 뽑고 부항을 하고 종기를 째는 의사들의 치료는 싫어했다. "독한 술 한 병이면 돼. 가장 가까운 주점으로 데려다줘."

"알았어." 그러나 머딘은 발을 떼지 않았다. 그러고는 이상한 눈으로 랠프를 바라보았다.

"왜 그래?" 랠프가 물었다.

"너는 하나도 안 변했어."

랠프는 어깨를 으쓱했다. "변하는 사람도 있나?"

9

고드윈은 『티모시의 책』에 완전히 매료됐다. 그 책은 킹스브리지 수도원의 역사였는데, 이런 역사서가 대부분 그렇듯 하느님의 천지창조에서부터 시작됐다. 그러나 주로 성당이 건립된 두 세기 전, 오늘날 수사들이 황금기라고 여기는 필립 수도원장 시대를 자세히 서술하고 있었다. 필자인 티모시 수사는 전설적인 필립 원장이 자비 넘치는 인물이었던 한편 엄격한 규율론자였다고 주장했다. 고드윈은 어떻게 한 사람이 그런 양면을 모두 지닐 수 있는지 의아했다.

양모 정기시장이 열리는 주의 수요일, 6시과* 전례.

미사를 보기 전 학습 시간이었고, 고드윈은 독서대에 그 책을 펼쳐놓은 채 수도원 도서관의 높다란 스툴에 앉아 있었다. 이곳은 수도원에서 그가 가장 좋아하는 장소로, 공간이 널찍하고 높다란 창으로 환한 빛이

---

* '시과'는 수도원의 일과에 맞춰 하루의 시간을 나눈 것으로, 약 3시간 간격이며, 6시과는 정오다.

비쳐들고, 자물쇠가 달린 서가에는 거의 백 권에 달하는 책들이 있었다. 여느 때는 조용했지만 오늘만큼은 성당 저쪽 끝에서 물건을 사고팔고, 흥정하고 다투고, 물건을 사라고 소리치고, 닭싸움과 곰 놀리기를 하며 고함치고 응원하는 등 수많은 인파와 시장이 만들어내는 온갖 소음이 한풀 꺾인 채 들려왔다.

책 뒤편에는 훗날 여러 필자가 성당 건립자들의 후손들을 오늘날에 이르기까지 추적한 기록이 담겨 있었다. 고드윈은 자신이 건축가 톰의 딸 마사의 후손이라는 어머니의 이야기를 확인하고 기뻤는데, 솔직히 말하자면 좀 놀랐다. 그는 톰에게서 이어져내려온 가문의 특성이 무엇인지 궁금했다. 그가 생각하기로 석수는 빈틈없는 사업가일 필요가 있는데, 고드윈의 외조부와 외삼촌 에드먼드에게도 그런 자질이 있었다. 사촌동생 캐리스에게도 그 자질의 조짐이 보였다. 아마 톰의 눈 역시 그들 모두와 마찬가지로 갈색이 도는 녹색 눈이었을 것이다.

고드윈은 건축업자 톰의 의붓아들이자 킹스브리지 대성당을 지은 건축자 잭에 대한 글도 읽었다. 레이디 앨리에나와 혼인한 잭은 셔링 백작 가문의 창시자인 셈이었다. 그는 캐리스의 애인인 머딘 피츠제럴드의 선조였다. 말이 되는 이야기였다. 젊은 머딘은 벌써 목수로서 특출한 재능을 보여주고 있었다. 『티모시의 책』에는 심지어 잭의 빨강머리에 대한 이야기도 나왔는데, 제럴드 경과 머딘은 그 점을 물려받았지만 랠프는 그렇지 않았다.

가장 관심을 끈 부분은 여자들에 대한 장章이었다. 필립 수도원장 시대의 킹스브리지에는 수녀가 없었던 모양이었다. 여자들은 수도원 건물 안에 들어갈 수 없도록 엄격히 규정되어 있었다. 저자는 필립 원장의 말을 인용해, 수사는 마음의 평화를 위해 가능한 한 여자를 보지 말아야 한다고 했다. 필립은 공동 시설을 이용하는 이점보다는 악마로부터 유혹받을 기회가 더 크다면서 수도원과 수녀원의 통합을 찬성하지 않았다. 또한, 두 설비가 하나의 공간에 있을 경우 수사와 수녀는 가능한 한 엄격하게 분리되어야 한다고 했다.

고드윈은 자신의 오래된 확신을 이렇게 권위 있는 인물이 지지해주고 있음을 확인하고 전율을 느꼈다. 옥스퍼드에 있을 때는 킹스브리지 칼리지의 남자들만 있는 환경에서 지냈다. 대학교수들 역시 학생들처럼 예외 없이 남자뿐이었다. 그는 칠 년 동안 여자와는 거의 말도 나눈 적이 없었고, 시내를 지날 때면 시선을 내리깔아 여자들을 보지 않고도 걸을 수 있었다. 그런데 수도원으로 돌아오니 수녀들과 마주칠 일이 많아 심란했다. 비록 수녀들은 개별적인 수도원과 식당, 주방, 그 밖에 다른 건물들을 이용하고 있었지만, 그래도 성당과 구호소를 비롯한 공동 구역에서 끊임없이 그녀들과 마주쳤다. 지금 이 순간에도 마이어라는 젊고 예쁜 수녀가 불과 몇 피트 떨어지지 않은 곳에서 약초 도해서를 들여다보고 있었다. 시내에서 온 여자들을 만나는 경우는 더욱 나빴다. 그들은 몸에 딱 달라붙는 옷을 입고 매혹적으로 머리를 매만진 모습으로 주방에 식료품을 가져오거나 구호소를 찾아오는 등 매일같이 있는 일을 하러 와서는 수도원 경내를 스스럼없이 돌아다녔다.

지금 이 수도원은 필립 수도원장의 높은 수준에서 한참 뒤떨어진 것이 분명했다. 그것은 고드윈의 외삼촌인 앤서니 수도원장 아래 자리잡은 태만의 또다른 전형이었다. 어쩌면 고드윈이 이 문제에 대해 뭔가 할 수 있는 일이 있을지도 모른다.

6시과를 알리는 종소리가 나자 고드윈은 책을 덮었다. 마이어 자매도 책을 덮으며 그를 향해 미소를 지었는데, 그럴 때면 그녀의 붉은 입술은 보기 좋은 곡선을 그렸다. 고드윈은 시선을 돌리고 빠른 걸음으로 그곳을 빠져나왔다.

소나기 사이사이에 볕이 나며 날이 개고 있었다. 성당의 스테인드글라스 창은 구름이 하늘을 가로지를 때마다 밝아졌다 어두워졌다 했다. 기도중에도 수도원에 새로운 기운을 불어넣는 데『티모시의 책』을 어떻게 가장 효과적으로 활용할 수 있을지 생각하던 고드윈의 마음 역시 갈피를 잡지 못하고 있었다. 그는 그 문제를 모든 수사가 매일 한자리에 모이는 참사회 때 거론해야겠다고 마음먹었다.

건축업자들이 지난 일요일 붕괴된 성단소 수리를 빠르게 진행시키고 있었다. 깨진 돌조각은 말끔히 치워졌고, 일대에는 줄을 둘러쳐서 사람들 출입을 막았다. 익랑에는 얇고 가벼운 석재가 무더기로 쌓여 있었다. 수사들이 노래를 부르기 시작했을 때도 일꾼들은 작업을 멈추지 않았다. 평일에도 빈번하게 있는 전례 때마다 작업을 멈춘다면 수리는 한없이 늦춰질 것이다. 새 문짝을 제작하는 작업을 일시 중단한 머딘 피츠제럴드는 남쪽 측랑에서 밧줄과 나뭇가지와 바자로 정교한 거미줄 모양의 그물을 짜고 있었다. 궁륭을 개축하는 석수들이 그 위에 디디고 설 것이었다. 건축업자들의 작업을 감독하는 책임을 맡은 토머스 랭리는 엘프릭과 함께 남쪽 익랑에 서서 붕괴된 궁륭을 한 팔로 가리키고 있었는데, 머딘이 맡은 작업을 의논하고 있는 것이 분명했다.

토머스는 유능한 작업 감독이었다. 그는 단호한 성격에 어떤 일도 그대로 지나치는 법이 없었다. 일꾼들이 나타나지 않는 아침이면—그런 짜증스러운 일은 꽤 빈번했다—토머스는 그들을 찾아가 이유를 캐물었다. 그에게 흠이 있다면 지나칠 정도로 독립적이라는 것이었다. 그는 진척 상황을 보고하거나 고드윈에게 의견을 묻는 일은 거의 없이, 마치 자신이 고드윈의 아랫사람이 아니라 주인인 것처럼 일을 진행했다. 고드윈은 토머스가 혹시 자신의 역량을 의심하는 것이 아닌가 하는 의혹에 시달렸다. 고드윈은 그보다 나이가 어렸지만 크게 차이나는 건 아니었다. 그는 서른한 살, 토머스는 서른네 살이었다. 어쩌면 토머스는 페트라닐라의 압력을 이기지 못한 앤서니 수도원장이 고드윈을 승진시켰다고 여기는지도 모른다. 그러나 토머스가 달리 적개심을 보이는 건 아니었다. 그는 그저 묵묵히 할일을 할 뿐이었다.

고드윈이 기계적으로 미사의 응답송을 웅얼거리며 지켜보고 있는데 토머스와 엘프릭의 대화가 중단됐다. 캐스터의 윌리엄 경이 성큼성큼 성당 안으로 들어선 것이다. 키가 크고 검은 수염을 기른 그는 아버지의 외모를 닮았는데, 아버지와 마찬가지로 성미가 거칠었지만 소문에 의하면 아내인 필리파 앞에서는 맥을 못 춘다고 했다. 그는 토머스에게 다가가며 손짓으로 엘프릭을 불렀다. 토머스가 윌리엄 쪽으로 몸을 돌렸고, 그의 태도에서 고드윈은 토머스가 한때 기사였다는 사실을 떠올렸다. 토머스는 자상을 입고 피를 흘리며 수도원에 왔고, 결국 그 상처 때문에 왼쪽 팔꿈치 아래를 절단해야 했다.

고드윈은 윌리엄 경이 무슨 말을 하는지 듣고 싶었다. 윌리엄은 상체를 앞으로 기울인 채 손가락질을 하면서 호전적으로 무슨 말인가를 하고 있었다. 토머스 역시 두려워하는 기색 없이 응수했다. 고드윈은 문득 토머스가 십 년 전 처음 수도원에 온 날에도 지금처럼 격앙되고 호전적인 대화가 오갔다는 것이 기억났다. 그때는 당시에 사제였고 지금은 킹스브리지 주교가 된, 윌리엄의 동생 리처드와 입씨름을 벌였다. 어쩌면 상상에 지나지 않을지 모르지만, 고드윈은 그들이 오늘도 똑같은 문제를 놓고 말다툼하고 있는지도 모른다고 생각했다. 대체 어떤 문제 때문일까? 수사 한 명과 귀족 집안 사이에 십 년이 지나도 여전히 분노를 일으킬 만한 문제라도 존재한단 말인가?

윌리엄 경이 불만스러운 듯 쿵쾅거리며 나가버리자 토머스는 다시 엘프릭 쪽으로 돌아섰다.

십 년 전의 대화는 토머스가 수도원에 들어오는 결과로 이어졌다. 고드윈은 그때 리처드가 토머스를 받아주는 대가로 기부를 약속했던 일이 떠올랐다. 그 뒷이야기는 듣지 못했다. 그는 그 약속이 지켜졌는지 궁금했다.

그 세월 동안 수도원에 있는 사람들 가운데 토머스의 과거에 대해 알게 된 사람은 없는 듯했다. 기묘한 일이었다. 수사들은 끊임없이 남의 일을 수군대는 사람들이었다. 작은 무리를 이뤄—현재 그들은 스물여섯 명이었다—모여 살다보면 서로에 대해 거의 모든 것을 알게 되기 마련이었다. 토머스가 모신 영주는 어떤 인물이었을까? 그는 어디에 살았을까? 기사들은 대부분 마을 몇 곳을 관리하며 소작료를 챙겨 말과 갑옷과 무기를 샀다. 토머스에게는 처자식이 있었을까? 그렇다면 그들은 어떻게 됐을까? 아무도 그런 건 알지 못했다.

수수께끼에 싸인 배경을 제외하면 토머스는 독실하고 근면한 훌륭한 수사였다. 그에게는 수사의 삶이 기사의 삶보다 더 맞는 것처럼 보였다. 폭력적인 과거가 있지만 그에게도 수사들 대부분이 그렇듯 여성적인 면이 있었다. 그는 자기보다 몇 살 아래이고 부드러운 성품을 지닌 마티아스 형제와 가깝게 지냈다. 그러나 설령 불순한 죄를 범했다 하더라도 그들은 너무도 신중하게 행동했다. 그 일에 대해 어떠한 비난도 받은 적이 없었으니까.

미사가 끝나갈 무렵 고드윈은 신자석의 어둠 속에서 원기둥만큼이나 미동도 없이 서 있는 페트라닐라를 발견했다. 한줄기 햇살이 그녀의 당당한 백발을 비추고 있었다. 어머니는 혼자였다. 그는 어머니가 얼마나 그곳에서 지켜보며 서 있었는지 궁금했다. 속인들은 보통 주중미사에 참석하지 않으므로 어머니는 분명 그를 만나러 왔을 것이다. 반가움과 불안이 섞인 익숙한 감정을 느꼈다. 어머니는 아들을 위해 무슨 일이라도 할 사람이었다. 그녀는 오직 아들을 옥스퍼드에서 공부시키기 위해 자기집을 팔고 동생 에드먼드의 집으로 들어갔다. 그토록 당당한 어머니가 치른 희생을 생각하면 그는 감사한 마음에 울고 싶어졌다. 그럼에도 이제 곧 무슨 잘못으로 꾸지람을 듣겠지 하는 마음이 들 만큼 어머니의 존재는 언제나 그를 불안하게 했다.

수사들과 수녀들이 줄지어 나갈 때 고드윈은 행렬을 빠져나가 어머니에게 다가갔다. "안녕하세요, 어머니."

페트라닐라가 아들의 이마에 입을 맞췄다. "좀 마른 것 같구나." 어머니답게 근심스러운 어조였다. "제대로 먹지 못하는 거 아니니?"

"절인 생선과 죽뿐이지만 양은 넉넉해요."

"그런데 뭐 때문에 그렇게 들떠 있어?" 어머니는 언제나 그의 마음을 읽었다.

고드윈은 『티모시의 책』에 대해 이야기했다. "참사회 때 그 책에 있는 구절을 읽어볼까 해요."

"네 생각을 지지해줄 사람들이 있을까?"

"시어도릭과 어린 수사들은 그럴 거예요. 대부분은 언제나 여자를 보면 마음이 산란해지니까요. 어쨌든 수사는 남자만 있는 공동체에서 살기를 택한 사람들이잖아요."

그녀는 동감의 표시로 고개를 끄덕였다. "이 일로 너는 지도자 역할을 맡게 될 거야. 잘 생각했다."

"게다가 그들은 뜨거운 돌 때문에 저를 좋아하거든요."

"뜨거운 돌이라니?"

"제가 겨울에 제안했어요. 추운 날 밤 아침기도를 드리러 성당에 갈 때 수사 한 명 한 명에게 천에 싼 뜨거운 돌을 주는 거예요. 그러면 발에 동상이 걸리지 않을 수 있죠."

"아주 좋은 생각이구나. 그렇더라도 행동에 옮기기 전에 먼저 지지자들을 확인해볼 필요가 있어."

"물론이죠. 하지만 그건 옥스퍼드에서 마스터들이 가르친 내용이기도 하거든요."

"어떤 내용 말이냐?"

"인간은 틀리기 쉬우므로 자신의 이성에만 의지해서는 안 된다. 세상 사람들을 이해시키기를 바라서는 안 된다는 거예요. 우리가 할 수 있는 일은 그저 하느님의 창조 앞에 경탄하는 것뿐이죠. 참된 지식은 계시에서만 나올 수 있어요. 이미 인정받은 지혜에 의문을 품어서도 안 되고요."

어머니는 흔히 교육받은 사람들이 고도의 이론을 설명하려 애쓸 때 그러듯이 의구심 어린 표정을 지었다. "주교와 추기경들도 그렇게 믿고 있니?"

"네. 파리 대학에서는 실제로, 신앙보다는 합리성에 근거했다는 이유에서 아리스토텔레스와 아퀴나스의 저술을 금서로 정했어요."

"이런 사고방식이 네 윗사람들이 너를 좋게 보는 데 도움이 될까?"

그것이 바로 그녀가 신경쓰는 점이었다. 그녀는 아들이 수도원장이나 주교, 대주교, 심지어 추기경이 되기를 바랐다. 고드윈도 그것을 원하기는 마찬가지였지만, 어머니만큼 냉소적인 태도를 취하고 싶지는 않았다. "분명히 그럴 거예요." 그가 대답했다.

"잘됐구나. 하지만 내가 너를 보러 온 건 그 일 때문이 아니란다. 네 에드먼드 외삼촌이 타격을 입었어. 이탈리아인들이 셔링 시장으로 가겠다고 위협하고 있어."

고드윈은 놀랐다. "그럼 외삼촌의 사업은 망할 텐데요." 하지만 그는 어머니가 일부러 자기를 찾아와 그 이야기를 하는 이유를 알 수 없었다.

"에드먼드는 우리가 양모시장을 개선시키면, 무엇보다도 낡은 다리를 허물고 더 넓은 새 다리를 짓는다면 그들을 되찾을 수 있다고 생각하고 있어."

"제가 맞혀볼게요. 앤서니 외삼촌이 그 일을 거절했겠죠."

"하지만 에드먼드는 포기하지 않았어."

"제가 앤서니 외삼촌에게 얘기해보길 원하시는 거예요?"

그녀는 고개를 저었다. "너는 앤서니를 설득하지 못해. 그렇지만 참 사회에서 그 문제가 거론되면 네가 지지해줘야 한다."

"앤서니 외삼촌과 맞서라는 말씀이군요?"

"보수파가 합당한 제안을 반대하고 나서면, 너는 저절로 개혁파의 지도자가 되는 거야."

고드윈은 탄복한 나머지 미소를 지었다. "어머니는 어떻게 그렇게 정략에 대해 잘 아시는 거죠?"

"내가 말해주지." 그녀는 시선을 돌려, 동쪽 끝에 있는 커다란 장미창에 초점을 맞췄다. 머릿속으로 과거에 있었던 일을 떠올리고 있었다. "아버지가 이탈리아인들과 처음 거래를 시작했을 때 킹스브리지의 유력 인사들은 아버지를 건방진 놈이라 생각했어. 아버지와 그의 가족을 무시하고, 아버지가 새로운 생각을 실천에 옮기지 못하도록 온갖 수단으로 방해했단다. 그때 어머니는 돌아가셨고, 사춘기를 갓 넘긴 내가 아버지의 친구 역할을 했지. 아버지는 나에게 모든 이야기를 다 해주셨어." 여느 때는 평온하게 얼어붙어 있던 어머니의 얼굴이 신랄함과 분노로 가면처럼 일그러졌다. 그녀는 눈을 가늘게 뜨고 입술을 오므리고 수치스러운 기억으로 뺨을 붉혔다. "아버지는 교구 길드를 손에 넣기 전에는 그들로부터 자유로워질 수 없겠다고 판단했어. 그래서 그 일에 착수했고 내가 옆에서 거들었단다." 그녀는 마치 다시 한번 길고 긴 전쟁을 치르기 위해 힘을 모으려는 듯 숨을 깊게 들이쉬었다. "우리는 주도적인 그룹을 갈라놓았단다. 한쪽 파가 다른 파에 맞서도록 하고, 동맹을 맺은 다음에는 상대를 바꾸면서 우리의 적들을 가차없이 망가뜨렸어. 또 필요한 만큼 우리의 지지자들을 이용한 다음에는 내버렸지. 그 일에 십 년이라는 세월이 걸렸단다. 결국 아버지는 길드장이 됐고 시내에서 가장 부유한 사람이 됐어."

어머니는 이전에도 고드윈에게 할아버지 이야기를 들려준 적이 있었지만 이렇게 솔직하게 말한 적은 없었다. "결국 어머니는 할아버지의 오른팔 역할을 하셨던 거로군요. 지금 캐리스가 에드먼드 외삼촌에게 그렇듯이요."

그녀는 짤막하고도 거칠게 웃었다. "그래. 에드먼드가 사업을 넘겨받을 때쯤에는 우리가 이미 유력 인사였다는 점만 다르지. 아버지와 나는 산을 올랐던 것이고, 에드먼드는 그저 산 저편을 걸어내려가기만 했던 거야."

두 사람의 대화는 필리먼의 등장에 끊어지고 말았다. 클로이스터 쪽에서 성당으로 들어온 스물두 살의 필리먼은 키가 크고 목이 앙상하고, 새처럼 보폭이 짧은 안짱걸음을 걸었다. 손에는 빗자루를 들고 있었다. 그는 수도원 하인이었다. 그는 흥분한 것 같았다. "어디 계시나 찾고 있었습니다, 고드윈 형제님."

페트라닐라는 급하게 서두르는 그의 태도를 못 본 체했다. "그래, 필리먼. 아직도 수사가 되지 못한 거니?"

"기부금을 다 모으지 못했습니다, 페트라닐라 마님. 저희 집은 가난하거든요."

"하지만 깊은 신심이 있는 희망자에게는 수도원에서 기부금을 면제해준다는 걸 모르는 사람이 없을 텐데. 그리고 너는 오랫동안 이 수도원에서 하인으로 일했잖니. 유급이든 무급이든."

"고드윈 수사님이 저를 추천해주셨지만, 연로하신 수사 몇 분이 반대하셨습니다."

고드윈이 끼어들었다. "이유는 모르겠지만 맹인 카를로스가 필리먼을 싫어해요."

"내가 앤서니에게 말해보마. 수도원장이라면 카를로스의 의견을 파기할 수 있을 거야. 너는 내 아들과 좋은 친구지. 네가 잘되는 걸 보고 싶구나." 페트라닐라가 말했다.

"고맙습니다, 마님."

"분명 지금 내 앞에서 하기 힘든 무슨 말을 하려고 달려온 것 같으니, 나는 이만 가보마." 그녀는 고드윈에게 작별인사를 했다. "내가 한 말 명심하거라."

"네, 어머니."

고드윈은 머리 위에 걸려 있던 폭풍우를 실은 구름이 다른 마을을 적시려 가버린 듯 홀가분함을 느꼈다.

페트라닐라가 듣지 못할 만큼 멀어지자 필리먼이 말했다. "리처드 주교님 얘기예요!"

고드윈은 눈썹을 치켜세웠다. 필리먼은 어떤 방법을 쓰는지는 모르지만 사람들의 비밀을 알아내는 재주가 있었다. "뭘 알아냈는데?"

"주교님은 지금 구호소에 계세요. 위층 개인실이에요. 그분의 사촌 마저리와 함께요!"

마저리는 예쁘장한 열여섯 살 소녀였다. 그녀의 부모는 롤런드 백작의 동생과 마르 백작부인의 언니였는데, 부부가 죽자 마저리는 롤런드 백작의 피보호자가 됐다. 백작은 잉글랜드 남서부에서 유력한 귀족으로 자기 지위를 크게 강화해줄 정치적 제휴를 목적으로 조카딸을 몬머스 백작의 아들과 결혼시키려 했다. "두 사람이 뭘 하고 있는데?" 짐작할 수 있었지만 고드윈은 물었다.

필리먼은 목소리를 낮췄다. "키스요!"

"너는 그걸 어떻게 알았지?"

"제가 보여드리죠."

필리먼은 성당을 나서서 남쪽 익랑을 경유해 수사들의 클로이스터를 지나 공동 침실로 통하는 계단을 올랐다. 공동 침실은 밀짚 매트를 깐 소박한 목재 침대들이 두 줄로 늘어선 검소한 방이었다. 그 방은 구호소와 벽 하나를 같이 쓰고 있었다. 필리먼은 담요를 넣어두는 커다란 장으로 향했다. 그는 힘들여 장을 끌어당겼다. 장 뒤편 벽에 돌 하나가 헐거워져 있었다. 한순간 고드윈은 애초에 필리먼은 어떻게 이 엿보는 구멍을 찾아낸 건지 궁금했다. 어쩌면 그 틈새에 뭔가를 감춰두고 있는지도 모른다는 생각이 들었다. 필리먼은 소리가 나지 않게 조심스레 그 돌을 들어내고는 나지막하게 속삭였다. "얼른 보세요!"

고드윈은 주저했다. 그가 낮은 목소리로 물었다. "여기서 얼마나 많은 손님을 엿본 거냐?"

"전부 다요." 필리먼이 당연한 일이지 않느냐는 투로 대답했다.

자신이 보게 될 장면을 짐작하고 있던 고딘은 마음이 내키지 않았다. 주교의 부정한 행동을 엿보는 일이 필리먼에게는 괜찮을지 몰라도 그에게는 부끄러울 정도로 비열한 짓처럼 여겨졌다. 하지만 호기심이 그를 재우쳤다. 마침내 그는 어머니라면 뭐라고 조언할지 자문했고, 그녀라면 당장 그 장면을 보라고 말할 것 같았다.

벽에 난 구멍은 눈높이 약간 아래에 있었다. 그는 몸을 굽히고 구멍을 들여다보았다.

그가 보고 있는 것은 구호소 위층에 있는 객실 두 개 가운데 하나였다. 한쪽 구석에 십자가에 못박힌 예수 그림이 있는 벽을 마주보고 기도대가 있었다. 안락의자 두 개, 스툴 두어 개가 놓여 있었다. 중요한 손님이 여럿일 경우에는 남자들이 한쪽 방을, 여자들이 다른 쪽 방을 썼는데, 지금 그가 보고 있는 것은 여자 방이 분명했다. 작은 탁자에 빗과 리본, 그리고 뭔지 알 수 없는 작은 단지와 물약병 등 여자가 쓰는 물건들이 놓여 있었다.

바닥에는 밀짚 매트가 두 개 놓여 있었다. 리처드와 마저리는 그중 하나에 누워 있었다. 그들은 키스 이상의 일을 하고 있었다.

리처드 주교는 연갈색 곱슬머리에 균형잡힌 외모를 지닌 매력적인 남자였다. 기껏해야 그의 나이의 절반밖에 되지 않는 마저리는 흰 피부에 까만 눈썹을 가진 가냘픈 여자아이였다. 두 사람은 나란히 누워 있었다. 리처드는 마저리의 얼굴에 키스하며 귀에 대고 무슨 말인가 했다. 여자아이의 도톰한 입술에 즐거운 미소가 어렸다. 마저리의 드레스는 허리께까지 말려올라가 있었다. 그녀의 하얀 다리는 길고 아름다웠다. 그녀의 허벅지 사이에 놓인 그의 손은 능숙하고도 규칙적으로 움직였다. 비록 여자 경험은 없었지만 고드윈은 리처드가 무슨 짓을 하고 있는지 알았다. 마저리는 흠모의 눈길로 리처드를 보고 있었고 흥분 때문에 헐떡이는 입은 반쯤 벌어지고 얼굴은 욕정으로 상기되어 있었다. 어쩌면 그저 편견에 불과할지 모르지만, 고드윈은 마저리가 리처드를 영원한 사랑으로 믿는 반면 리처드는 마저리를 그저 한순간의 노리개로 삼고 있다는 것을 직관적으로 느꼈다.

소름 끼치는 한순간 고드윈은 그들을 바라보았다. 리처드가 손을 치우자 고드윈의 눈에, 마저리의 허벅지 사이에 있는 삼각형의 음모가 보였는데, 눈썹처럼 하얀 피부에 선명하게 대비되는 까만색이었다. 고드윈은 재빨리 눈을 돌렸다.

"저도 좀 볼게요." 필리먼이 말했다.

고드윈은 벽에서 물러났다. 충격적인 일이지만 그가 뭘 어떻게 해야 한단 말인가? 아니, 그가 할 수 있는 일이 있기나 할까?

구멍을 들여다보던 필리먼이 흥분으로 숨을 몰아쉬었다. "여자 성기가 보여요! 주교님이 그걸 문지르고 있어요!" 그가 소곤거렸다.

"거기서 물러서. 이제 볼 만큼 봤어. 아니, 너무 많이 봤지."

홀린 상태로 필리먼은 머뭇거리다가 마지못해 물러나더니 헐거운 돌을 제자리에 끼워놓았다. "지금 당장 주교의 간음을 폭로해야 해요!"

"너는 입 다물고 있어. 생각 좀 해봐야겠으니까." 만약 필리먼이 말한 대로 한다면 고드윈은 리처드와 그의 막강한 집안을 적으로 돌리게 될 것이다. 게다가 그런 일을 해봤자 아무런 소득도 없을 것이다. 하지만 이 일을 이용할 만한 어떤 수가 있지 않을까? 고드윈은 어머니라면 어떻게 할지 생각해보았다. 리처드의 죄를 폭로해도 이득이 없다면, 그것을 감춰줌으로써 이 일을 이용할 수 있지 않을까? 이 일을 비밀에 부칠 경우 리처드가 고드윈에게 고마워할지도 모른다.

그쪽이 더 가망 있는 일이다. 하지만 그것이 제대로 되려면 고드윈이 그 비밀을 지켜주고 있다는 사실을 리처드가 알아야 한다.

"나를 따라오게." 고드윈이 필리먼에게 말했다.

필리먼이 장을 원래 자리로 밀어놓았다. 고드윈은 바닥을 끄는 소리가 옆방까지 들리지 않을까 생각했다. 그럴 것 같지는 않았다. 어차피 리처드와 마저리는 자신들이 하고 있는 행위에 빠져 있어 벽 너머에서 나는 소리는 들리지도 않을 것이다.

고드윈은 계단을 내려가 클로이스터를 통과했다. 그곳에는 객실로 통하는 계단이 두 개 있는데, 하나는 구호소 일층과 연결되고, 건물 외부에 있는 계단은 중요한 손님들이 평민들이 있는 구역을 지나지 않고 드나들 수 있도록 만든 것이다. 고드윈은 빠른 걸음으로 외부의 계단을 올랐다.

리처드와 마저리가 있는 방 앞에서 걸음을 멈춘 그는 나지막이 필리먼에게 말했다. "나를 따라 방으로 들어와. 아무것도 하지 말고 아무 말도 하지 마. 내가 나올 때 같이 나오면 된다."

필리먼이 빗자루를 내려놓았다.

"아니, 그건 들고 있어."

"알겠습니다."

고드윈은 방문을 벌컥 열고 성큼성큼 안으로 들어갔다. "이 방을 깨끗이 치워라." 고드윈이 큰 소리로 말했다. "구석구석 모두 쓸어. 이런! 죄송합니다! 방이 비어 있는 줄 알았습니다!"

고드윈과 필리먼이 공동 침실을 나와 구호소로 달려온 그사이, 연인들의 행동은 다음 단계로 옮아가 있었다. 리처드가 마저리의 몸 위에 올라가 있고, 그의 긴 사제복 앞자락이 벌어져 있었다. 하얀 두 다리는 마치 눈을 찌를 듯이 주교의 허리 양쪽에서 허공으로 뻗어올린 상태였다. 두 사람이 무엇을 하는지는 오해의 여지도 없었다.

리처드는 밀어붙이던 동작을 멈추고 고드윈을 바라보았다. 그의 얼굴에 성난 좌절감과 겁먹은 죄의식이 동시에 떠올랐다. 마저리는 놀란 나머지 비명을 질렀는데, 그녀 역시 공포에 질린 눈으로 고드윈을 빤히 바라보았다.

고드윈은 그 순간을 길게 끌었다. "리처드 주교님!" 그는 당황한 시늉을 했다. 그는 리처드가 그들에게 완전히 노출됐다는 것을 명확히 깨닫기를 원했다. "그런데 어떻게…… 그리고 마저리님도?" 고드윈은 그제야 사태를 이해한 척했다. "용서해주십시오!" 그러면서 몸을 돌리고는 필리먼에게 고함쳤다. "여기서 나가! 지금 당장!" 필리먼이 빗자루를 든 채 허둥지둥 문밖으로 나갔다.

고드윈도 뒤따라 나갔지만, 리처드가 자신을 충분히 인지하도록 문에서 다시 한번 몸을 돌렸다. 두 남녀는 여전히 성교 자세 그대로 얼어붙어 있었지만 표정은 달라져 있었다. 마저리는 경악에 찬 죄의식이 영원히 굳어버리기라도 한 것처럼 한 손으로 입을 막고 있었다. 리처드는 미친듯이 머리를 굴리고 있는 듯한 표정이었다. 무슨 말인가 하고 싶지만 무슨 말을 해야 할지 알 수 없는 것 같았다. 고드윈은 두 사람을 비참한 상황에서 벗어나게 해주기로 마음먹었다. 이제 그에게 필요한 일은 모두 끝났으므로.

그는 문밖으로 걸음을 옮겼다. 그런데 문을 채 닫기도 전에 깜짝 놀라 걸음을 멈추고 말았다. 한 여자가 계단을 올라오고 있었다. 한순간 고드윈은 낭패감에 휩싸였다. 백작의 며느리인 필리파였다.

순간적으로 고드윈은 누군가 다른 사람이 이 일을 알게 될 경우 리처드의 뒤가 구린 비밀은 가치를 잃고 말리라는 사실을 깨달았다. "레이디 필리파!" 고드윈이 큰 소리로 말했다. "킹스브리지 수도원에 오신 것을 환영합니다!"

등뒤에서 황급하게 허둥대는 소리가 났다. 고드윈의 시야 한구석으로 얼핏 리처드가 튕기듯 벌떡 일어서는 모습이 보였다.

다행히도 필리파는 고드윈을 그대로 지나치지 않고 걸음을 멈췄다. "나 좀 도와줘요." 고드윈은 그녀가 서 있는 곳에서는 방안이 완전히 보이지 않을 거라 생각했다. "팔찌를 잃어버렸어요. 값나가는 건 아니고 그저 나무에 조각한 거지만 아끼는 물건이거든요."

"세상에 그런 일이." 고드윈이 안타깝다는 투로 말했다. "제가 수사들과 수녀들 모두에게 그 팔찌를 찾아보라고 이르겠습니다."

"저는 본 적이 없는데요." 필리먼이 말했다.

"아마 손목에서 풀린 모양이군요." 고드윈이 말했다.

필리파는 얼굴을 찡그렸다. "그게 참 이상해요. 여기 온 뒤로는 그 팔찌를 차지 않았거든요. 풀어서 탁자에 놓아두었는데 보이지 않아요."

"아마 방구석 어딘가로 굴러간 모양이죠. 이 필리먼이 찾아볼 겁니다. 객실을 청소하니까요."

필리파가 필리먼을 바라보았다. "그래, 한 시간 전쯤 이 방을 나설 때 너를 봤지. 방을 쓸 때 팔찌를 보지 못했느냐?"

"저는 방을 쓸지 못했습니다. 막 청소를 하려는 참에 마저리님이 들어오셨거든요."

"필리먼이 다시 방을 청소하러 와보니 마저리님이 마침……" 고드윈이 말했다. 그러면서 방안을 바라보고는 하던 말을 마쳤다. "……기도를 하고 계셔서요." 마저리는 눈을 감은 채 기도대에 무릎을 꿇고 앉아 있었다. 고드윈은 그녀가 자기 죄에 대해 용서를 빌고 있기를 바랐다. 리처드는 그녀의 등뒤에 서서 고개를 숙이고 양손을 깍지끼고 입술을 달싹거리며 무슨 말인가 웅얼대고 있었다.

고드윈은 필리파가 방으로 들어가도록 옆으로 비켜섰다. 그녀는 미심쩍은 눈으로 시숙을 바라보았다. "안녕하세요, 리처드, 평일에 기도를 드리다니 당신답지 않으신데요."

리처드가 조용히 하라는 표시로 손가락을 입술에 갖다대며 기도대에 앉아 있는 마저리를 가리켰다.

"마저리는 하고 싶으면 기도를 해도 상관없지만, 여기는 여자들이 쓰는 방이에요. 방에서 나가주었으면 합니다." 필리파가 팔팔한 어조로 말했다.

리처드는 안도의 표정을 감춘 채 두 여자만 남겨놓고 나와 방문을 닫았다.

리처드와 고드윈은 통로에서 마주섰다. 고드윈은 리처드가 이 일을 어떤 쪽으로 수습하는 것이 좋을지 결정하지 못하고 있다는 것을 알았다. 어떻게 감히 노크도 없이 불쑥 방에 들어올 수 있느냐?고 말할 가능성도 있었다. 하지만 자신의 잘못이 너무 컸기 때문에 상대에게 호통칠 배짱은 없을 것이다. 한편으로, 그가 고드윈에게 지금 본 일에 대해 입을 다물라고 부탁할 가능성도 별로 없어 보였다. 그 경우에는 자신이 고드윈의 손아귀에 들어간다는 사실을 인정하는 꼴이 될 것이었다. 괴로울 정도로 어색한 순간이었다.

리처드가 머뭇대는 사이에 고드윈이 입을 열었다. "이 일에 대해 저는 함구하겠습니다."

리처드는 안심하는 표정을 지으며 필리먼 쪽을 보았다. "저 아이는?"

"필리먼은 수사가 되고 싶어하죠. 복종의 미덕을 배우는 중입니다."

"내가 당신에게 신세를 졌군."

"인간은 남의 죄가 아니라 자신이 지은 죄를 고해할 뿐이죠."

"그래도 어쨌든 고맙군. 당신 이름이……?"

"고드윈이라고 합니다. 성구 관리인이죠. 앤서니 수도원장의 조카이고요." 그는 리처드에게 자신이 이 일을 중대한 문제로 만들 수도 있는 연줄을 가지고 있다는 사실을 알려주고 싶었다. 하지만 그런 위협조의 말을 하는 대신 이렇게 덧붙였다. "저의 어머니가 주교님의 아버지와 약혼하신 적이 있습니다. 오래전, 주교님의 아버지가 백작이 되시기 전에."

"그 얘기는 나도 들은 적이 있네."

고드윈은 이렇게 덧붙이고 싶었다. 그런데 당신 아버지가 나의 어머니를 걷어찼지. 지금 당신이 저 가엾은 마저리를 걷어차려고 궁리하고 있는 것처럼. 하지만 고드윈은 그 대신 유쾌한 말투로 덧붙였다. "우리는 형제가 될 뻔했군요."

"그렇군."

식사 시간을 알리는 종소리가 울렸다. 당혹감에서 놓여난 세 사람은 각기 흩어졌다. 리처드는 앤서니 수도원장의 사택으로, 고드윈은 수사 식당으로, 필리먼은 시중들기 위해 주방으로 향했다.

고드윈은 클로이스터를 걸으며 생각에 잠겼다. 그는 자신이 목격했던 짐승 같은 장면에 혼란스러웠지만 그 일을 제대로 처리했다고 여겼다. 결국 리처드는 그를 믿는 듯 보였다.

식당에서 고드윈은 그보다 두어 살 아래인 똑똑한 시어도릭 수사 옆에 앉았다. 옥스퍼드에서 공부하지 않은 시어도릭은 그 때문에 고드윈을 우러러보았다. 시어도릭은 고드윈이 자신을 동등하게 대해준다는 데 우쭐해했다. "나는 당신이 흥미를 가질 만한 책을 읽었습니다." 고드윈이 말했다. 그러고는 저 존경하는 필립 수도원장이 여성 일반, 그 중에서도 수녀들에 대해 어떤 태도를 견지했었는지 요약해줬다. "그건 당신이 늘 얘기하던 것이죠." 고드윈은 그렇게 말을 맺었다. 실제로 시어도릭이 그 문제를 거론한 적은 없었지만, 그는 고드윈이 앤서니 수도원장의 느슨한 규율에 대해 불평할 때마다 동감을 표했었다.

"아, 물론이죠." 시어도릭이 말했다. 푸른 눈에 피부가 흰 그의 얼굴이 흥분으로 상기됐다. "여자 때문에 정신이 흐트러진다면 어떻게 순수한 생각을 할 수 있겠습니까?"

"하지만 그 문제에 대해 우리가 뭘 할 수 있겠습니까?"

"수도원장과 맞서야 합니다."

"당신의 말은, 참사회에서 그러자는 말이겠죠?" 고드윈은 마치 그것이 자신의 머릿속에서 나온 것이 아니라 시어도릭의 생각인 것처럼 말했다. "그래요, 훌륭한 계획입니다. 하지만 다른 형제들이 우리를 지지해줄까요?"

"젊은 수사들은 지지할 겁니다."

고드윈은 젊은 사람들이라면 연장자들에 대한 비판에는 그것이 무엇이든 어느 정도는 동의할 거라고 생각했다. 또한 상당수의 수사들이 자신처럼 여자가 없거나 적어도 눈에 보이지 않는 삶을 선호한다는 것도 알고 있었다. "당신이 참사회 전까지 누구와 이 문제를 얘기하게 되거든, 그가 누구든 뭐라고 했는지 나에게도 알려주십시오." 이 말은 시어도릭에게 사방으로 돌아다니며 사람들의 지지를 끌어모으도록 북돋는 말인 셈이었다.

식사가 나왔다. 절인 생선과 콩을 넣은 스튜였다. 막 식사를 하려던 고드윈은 탁발 수사 머도의 방해를 받았다.

탁발 수사는 수도원에 격리되지 않고 속인들 틈에 섞여 사는 수사다. 그들은 자신들의 극기가 수도원에 속한 수사들보다 더 엄격하다고 여겼다. 청빈에 대한 수사들의 서약은 호사스러운 건물과 광대한 토지 보유 때문에 제대로 지켜지지 못했다. 전통적으로 탁발 수사는 재산을 가지지 않고 소속된 교회도 없었다. 비록 독실한 신도들로부터 토지와 금전을 받은 탁발 수사들이 종종 그 같은 이상적인 삶에서 멀어지기도 하지만. 여전히 애초의 원칙을 지키며 사는 탁발 수사들은 먹을 것을 구걸하고 부엌 바닥에서 잠을 청했다. 그들은 시장이나 주점 밖에서 설교하고, 그 대가로 동전을 받았다. 그리고 필요할 때는 언제나 주저 없이 평범한 수사들의 식객이 되었다. 그들의 이런 거만한 탈취 행위에 원성이 따르는 것은 놀랄 일도 아니었다.

탁발 수사 머도는 그중에서도 나쁜 축에 속했다. 그는 뚱뚱하고 불결하고 탐욕스러운데다, 술에 취하는 일이 잦았고, 때로는 매춘부와 함께 있는 모습이 목격되기도 했다. 하지만 카리스마 있는 설교자라서 그의 화려하면서도 신학적으로 미심쩍은 설교를 듣기 위해 수백 명이나 되는 군중이 모이기도 했다.

그런 그가 지금 아무도 부탁하지 않았는데 자리에서 일어나 큰 소리로 기도를 올리기 시작했다. "아버지시여, 구더기가 우글대는 개의 사체만큼이나 죄악으로 가득한 우리의 더럽고 썩은 몸뚱이를 위해 이런 음식을 내려주시니……"

머도의 기도는 결코 짧게 끝나는 법이 없었다. 고드윈은 한숨을 쉬며 숟가락을 내려놓았다.

～

참사회에는 언제나 봉독 시간이 있었다. 대개는 성 베네딕트의 규율서를 읽었지만 종종 성서를 읽기도 했으며, 이따금 다른 종교서를 읽는 일도 있었다. 수사들이 팔각형의 참사회 집회소에 경사지게 배치된 기다란 돌의자에 앉았을 때, 고드윈은 오늘 봉독하기로 한 젊은 수사를 찾아 나지막하고도 단호한 어조로 자신이 대신 봉독하겠다고 말했다. 이윽고 시간이 됐을 때 고드윈은 『티모시의 책』에서 문제의 페이지를 찾아 읽었다.

그는 신경이 곤두서 있었다. 옥스퍼드에서 돌아온 지 일 년이 됐고 그동안 사람들과 수도원 개혁에 대해 은밀한 대화를 나누기는 했지만, 지금까지 공개적으로 앤서니 수도원장에게 맞섰던 적은 없었다. 수도원장은 나약하고 게을렀고, 충격을 주어서라도 무기력에서 깨어나게 할 필요가 있었다. 게다가 성 베네딕트는 이렇게 쓰지 않았던가. "참사회에는 모두가 참여해야 하는데, 주님이 나이 어린 회원에게 최선의 일을 계시하시는 일도 종종 있기 때문이다." 고드윈에게는 수도원의 규칙을 더 엄격하게 준수할 것을 참사회에서 요청할 완벽한 권리가 있었다. 그럼에도 그는 문득 자신이 모험을 하고 있다고 느꼈으며, 『티모시의 책』을 이용한다는 전략에 대해 좀더 시간을 두고 생각하는 편이 낫지 않았을까 하고 생각했다.

하지만 후회하기에는 이미 늦었다. 그는 책을 덮고 말했다. "저 자신과 이곳의 형제들에게 던지는 질문은 이것입니다. 우리가 수사와 여성의 격리 문제에 대해 필립 수도원장님이 정한 기준 밑으로 떨어진 것은 아닌가." 그는 학생 시절 토론에서 자신의 주장을 가능한 한 질문 형식으로 던짐으로써 논적이 반박할 기회를 최소화시키는 법을 배웠다.

처음 대답한 사람은 앤서니 수도원장의 대리인이자 부수도원장인 맹인 카를로스였다. "사람들이 밀집한 지역에서 멀리 떨어져 인적 없는 무인도나 깊은 삼림, 혹은 고적한 산꼭대기에 있는 수도원들도 있죠." 카를로스의 느리고도 침착한 말투는 짜증이 날 정도로 고드윈을 애태웠다. "이런 수도원의 형제들은 속세와의 모든 접촉으로부터 격리되어 있습니다." 그는 전혀 서두르는 기색 없이 말을 이었다. "킹스브리지는 그런 곳과는 다릅니다. 우리는 대도시의 심장부에, 칠천 영혼의 안식처에 있습니다. 우리가 돌보고 있는 성당은 그리스도교 세계에서도 가장 아름다운 성당에 속합니다. 우리 중 다수는 의사들인데, 그 이유는 성 베네딕트의 다음과 같은 말에 나와 있죠. '병자에게는 특별한 간호가 필요한데, 그것은 진실로 병자가 그리스도인 것처럼 병자를 돌보기 위해서다.' 완전한 고립이라는 사치는 우리에게 허락되지 않습니다. 하느님은 우리에게 다른 임무를 부여하신 겁니다."

고드윈은 이런 말이 나오리라 예상했었다. 카를로스는 가구를 옮기는 것을 싫어했다. 옮기고 나면 자신이 거기에 걸려 넘어지기 때문이었다. 그는 다른 어떤 변화에도 반대했으며, 생소한 일을 대할 때도 그것과 비슷한 불안감을 느꼈다.

시어도릭이 카를로스의 말에 재치 있게 답했다. "우리가 규칙을 엄수해야 하는 더 큰 이유는, 술집 옆에 사는 사람이라면 술에 취하지 않도록 더욱 주의를 기울여야 하는 것과 같습니다."

이 대답에 동감하고 흡족해하는 웅성거림이 일었다. 수사들은 재치 있는 반격을 즐겼다. 고드윈이 잘했다는 표시로 고개를 끄덕여줬다. 시어도릭의 흰 얼굴이 만족감으로 붉게 상기됐다.

이런 상황에서 대담해진 수련수사 줄리가 약간 큰 소리로 속삭였다. "여자들 때문에 카를로스 형제가 성가실 일은 없을 겁니다. 형제는 그들을 볼 수 없으니까요." 그 말에 수사 몇 명이 웃음을 터뜨렸지만, 다른 수사들은 비난하듯 고개를 저었다.

고드윈은 일이 잘돼가고 있다고 느꼈다. 지금까지는 논쟁에서 자신이 이기고 있는 것처럼 보였다. 그때 앤서니 수도원장이 말했다. "그런데 정확히 어떤 것을 제안하려는 거죠, 고드윈 형제?" 그는 옥스퍼드 출신은 아니었지만 상대의 숨은 의중을 압박하는 법을 알고 있었다.

고드윈은 마지못해 자신의 패를 꺼내놓았다. "우리는 필립 수도원장님 시절로 돌아가야 한다고 생각합니다."

앤서니가 물고늘어졌다. "정확히 어떤 것 말인가요? 수녀들 없이 지내자는 얘기인가요?"

"그렇습니다."

"그러면 수녀들은 어디로 가야 할까요?"

"수녀원을 다른 지역으로 옮길 수도 있겠죠. 그러면 킹스브리지 칼리지나 '숲속의 성 요한 수도원'처럼 멀리 떨어진 소수녀원이 되는 거죠."

그 말에 사람들은 놀랐다. 여기저기서 시끄럽게 의견을 내놓는 통에 수도원장으로서도 그들을 가라앉히기가 쉽지 않았다. 왁자한 소음 사이에서 수석의사 조지프의 목소리가 크게 들렸다. 고드윈은 똑똑하지만 거만한 그를 경계했다. "수녀 없이 어떻게 구호소를 운영한다는 겁니까?" 고르지 않은 치열 때문에 발음이 불분명한 그는 술에 취한 사람처럼 말했지만 그 목소리에도 권위는 확실히 있었다. "수녀들은 약을 주고 붕대를 갈고 스스로 할 힘이 없는 환자를 먹이고, 노쇠한 이들의 머리를 빗질해……"

"수사들도 할 수 있는 일입니다." 시어도릭이 말했다.

"그러면 출산은 어떻게 합니까? 아기를 낳는 데 곤란을 겪는 여자들을 보살펴야 할 때가 자주 있습니다. 그런데 어떻게 수녀 없이 수사들이 그 실제적인…… 처리를 할 수 있다는 거죠?"

몇몇이 동감을 표했지만 그 질문도 이미 예상한 고드윈은 대답했다. "수녀들을 예전에 나환자 병원으로 사용하던 곳으로 옮기는 것이 어떻겠습니까?" 나환자 거주지 또는 나병원이었던 곳은 도시 남쪽 강에 있는 작은 섬이었다. 예전에는 환자들이 많았지만 최근 들어 나병이 점차 소멸하면서 두 명만 남았고, 두 사람 모두 연로했다.

재치 있는 커스버트 형제가 중얼거렸다. "나는 시실리어 수녀원장에게 가서 나환자 거주지로 옮기시게 됐다고 전할 사람이 되고 싶지 않은데요." 웃음의 물결이 일었다.

"여자는 남자의 지도를 받아야 합니다." 시어도릭이 말했다.

"시실리어 수녀원장은 리처드 주교의 지도를 받고 있죠. 이런 문제라면 주교가 결정해야 할 사항입니다." 앤서니 수도원장이 말했다.

"그것은 하늘이 금하신 일입니다." 새로운 목소리였다. 회계 담당 시미언이었다. 얼굴이 길고 야윈 그는 돈이 들어가는 일이라면 뭐든 일단 반대하는 인물이었다. "우리는 수녀들 없이 살아가지 못합니다."

고드윈이 놀랐다. "어째서 그렇죠?"

"우리에게는 돈이 부족합니다." 시미언이 즉각 대답했다. "성당에 보수할 일이 생기면 건축업자에게 돈을 지불하는 사람이 누구입니까? 우리가 아닙니다. 우리에게는 그럴 돈이 없습니다. 시실리어 수녀원장이

하시죠. 그분은 구호소에 필요한 물품, 필사실에 필요한 양피지, 마구
간의 사료 대금까지 댑니다. 수사와 수녀 공동으로 쓰는 모든 비용을
수녀원장이 대고 있단 말입니다."

고드윈은 당황했다. "어떻게 그럴 수가 있습니까? 어째서 우리가 수
녀들에게 의지하고 있는 거죠?"

시미언은 어깨를 으쓱했다. "오랜 세월에 걸쳐 독실한 여신도들이 수
녀원에 땅과 자산들을 기부해왔죠."

고드윈은 그것이 이유의 전부는 아닐 거라 확신했다. 수사들에게도
풍부한 자금원이 있었다. 그들은 소작료를 비롯해 킹스브리지 모든 시
민에게서 각종 요금을 징수했고, 수천 에이커에 달하는 농지도 가지고
있었다. 재화를 아껴 쓰는 방식에 문제가 있었을 수는 있다. 하지만 지
금은 그 문제를 파고드는 것이 목적이 아니었다. 그는 이번 논의에서
패한 것이었다. 시어도릭조차 침묵을 지켰다.

"자, 아주 흥미로운 토론이었습니다. 발의를 해줘 고마웠습니다, 고
드윈 형제. 이제 기도합시다." 앤서니가 만족한 어조로 말했다.

고드윈은 너무 화가 나 기도를 할 수 없었다. 원하던 것을 아무것도
얻지 못한 그는 자신이 어디에서 틀렸는지조차 알 수 없었다.

수사들이 줄지어 나가는 사이 시어도릭이 겁먹은 표정으로 그를 보
았다. "수녀들이 그렇게 많은 돈을 내는 줄 몰랐습니다."

"아무도 몰랐을 겁니다." 고드윈은 자기도 모르게 자신이 시어도릭을
노려보고 있음을 깨닫고는 벌충하려는 듯 황급히 덧붙였다. "하지만 당
신은 아주 잘했어요. 옥스퍼드 출신들보다 토론을 훨씬 더 잘하더군요."

그것이 바로 그 순간 필요한 말이었다. 시어도릭은 행복한 표정을 지
었다.

이제는 수사들이 도서관에서 책을 읽거나 클로이스터를 산책하며 명

상에 잠기는 시간이었지만 고드윈에게는 다른 계획이 있었다. 식사 시간과 참사회 동안에도 그의 마음 한구석을 내내 괴롭히던 생각이 있었다. 좀더 중요한 일이 끼어들어 한구석으로 밀려났던 그 생각이 다시금 떠올랐다. 그는 레이디 필리파의 팔찌가 어디 있는지 알 것 같았다.

수도원에는 물건을 감춰둘 만한 곳이 거의 없었다. 수사들은 공동생활을 했고, 수도원장을 제외하고 독방을 쓰는 사람은 없었다. 변소에서조차 수사들은 관을 통해 쉼없이 물이 흐르는 홈통 위에 나란히 앉아 일을 보았다. 개인 소지품이 허락되지 않았기 때문에 별도의 장이나 상자조차 가진 사람이 없었다.

그런데 오늘 고드윈은 물건을 숨길 만한 곳을 한 군데 보았다.

그는 공동 침실이 있는 위층으로 올라갔다. 방은 비어 있었다. 모포 장을 벽에서 끌어내고 헐거운 돌을 치웠지만, 구멍을 들여다보지는 않았다. 한 손을 빈틈에 집어넣고 그 안을 더듬었다. 구멍 위쪽과 아래쪽과 옆을 더듬어보았다. 오른쪽으로 조그맣게 갈라진 자리가 있었다. 그 속으로 손가락을 넣어본 고드윈은 돌멩이나 회반죽과는 다른 감촉을 느꼈다. 그는 그 속을 뒤적여 손가락에 닿은 물체를 끄집어냈다.

조각한 나무 팔찌였다.

고드윈은 팔찌를 빛에 비춰보았다. 참나무 같은 단단한 목재로 만든 팔찌인 듯했다. 안쪽 면은 매끄럽게 다듬었지만 바깥쪽 표면에는 굵은 네모꼴과 대각선 무늬가 서로 맞물려 보기 좋을 만큼 정교하게 새겨져 있었다. 레이디 필리파가 그 팔찌를 아낀 이유를 알 것 같았다.

그는 팔찌를 제자리에 놓은 다음 헐거운 돌을 원래대로 놓고 장을 원위치로 옮겨놓았다.

필리먼은 대체 이 물건을 어떻게 하려는 것일까? 한두 푼에 팔 수 있을지는 모르지만 쉽게 식별되는 물건이니 위험했다. 그렇다고 그가 직접 차고 다닐 수도 없다.

고드윈은 공동 침실을 나와 클로이스터로 내려갔다. 공부를 하거나 명상에 잠길 기분이 아니었다. 그날 있었던 일에 대해 이야기해볼 필요가 있었다. 어머니를 만나야 했다.

어머니와 만날 생각을 하자 불안이 밀려왔다. 어머니는 참사회에서 실패한 일로 그를 호되게 나무랄지도 모른다. 하지만 리처드 주교 건을 처리한 데 대해서는 분명 칭찬해줄 테고, 어서 그 이야기를 하고 싶었다. 고드윈은 어머니를 찾아가기로 마음먹었다.

엄격히 말하자면 이런 개인적인 외출은 허용되지 않는다. 수사들은 마음대로 시내를 돌아다닐 수 없다. 그럴 만한 이유가 있어야 하고, 규칙상으로는 수도원 경내를 떠나기 전 수도원장의 허락을 구해야 한다. 그러나 실제로는 직책이 있는 수도원 임원들이 주워섬길 핑곗거리는 얼마든지 있었다. 수도원에서는 언제나 상인들과 거래를 했는데, 주로 식료품이나 천, 신발, 양피지, 양초, 경작 도구, 마구 등 온갖 생활필수품을 사들였다. 수사들은 도시의 거의 전부를 소유한 지주이기도 했다. 그리고 의사라면 구호소까지 걸어올 수 없는 환자를 보기 위해 불려갈 수도 있었다. 따라서 거리에서 수사를 보는 일은 흔했으며, 성구 관리인인 고드윈이 수도원 밖에 무슨 용무로 나왔는지 해명해야 할 상황이 일어날 가능성은 없었다.

그래도 신중하게 움직이는 편이 현명하므로 고드윈은 수도원을 나서는 자신을 보는 사람이 없는지 확인했다. 그는 번잡한 시장을 지나 큰 길로 나선 다음 서둘러 에드먼드 외삼촌 집으로 향했다.

그가 희망했던 대로 외삼촌과 캐리스는 일하러 나가고 없었고, 하인들을 제외하면 집안에는 그의 어머니뿐이었다. "이렇게 반가운 일이 있나." 그녀가 말했다. "하루에 두 번씩이나 너를 보다니! 이 기회에 맛난 것을 잔뜩 먹여야겠구나." 그녀는 커다란 조끼에 독한 에일을 따르고 요리사에게 차갑게 식힌 소고기를 내오라고 시켰다. "참사회는 어떻게 됐니?"

고드윈은 어머니에게 이야기를 들려줬다. "제가 너무 서둘렀어요." 이야기를 마치며 그는 말했다.

어머니는 고개를 끄덕였다. "우리 아버지가 말씀하시곤 했지. 성과가 확실하게 눈에 보이지 않으면 회의는 소집하지 말라고 말이야."

고드윈이 미소지었다. "기억해둬야겠군요."

"그래도 네가 해가 될 일을 한 건 아니다."

마음이 놓이는 말이었다. 어머니는 화를 낼 생각이 없었던 것이다. "하지만 논의에서 졌잖아요." 그가 말했다.

"네가 젊은 개혁파의 지도자로 자리잡은 셈이기도 하다."

"웃음거리가 됐는데도요?"

"아무것도 아닌 것보다는 낫지."

그는 어머니의 생각이 맞는지 확신이 들지 않았지만, 어머니의 조언이 미심쩍을 때 언제나 그랬듯이 그 자리에서 이의를 제기하지는 않고 나중에 생각해보기로 했다. "그런데 아주 이상한 일이 있었어요." 고드윈은 너무 외설스러운 세부 사항은 빼고 리처드와 마저리의 그 일에 대해 이야기했다.

어머니는 깜짝 놀랐다. "리처드 주교가 미쳤나보구나! 만약 몬머스 백작이 마저리가 처녀가 아니라는 사실을 알면 결혼을 취소할 거야. 롤런드 백작은 길길이 날뛸 테고. 리처드는 성직에서 쫓겨날 수도 있어."

"하지만 주교들 상당수는 정부를 두잖아요?"

"그건 달라. 사제가 실질적으로는 아내 역할을 하는 '가정부'를 둘 수는 있지. 주교라면 여러 명을 둘 수도 있고. 하지만 결혼하기 직전인 귀족 여자의 처녀성을 빼앗는 일은, 아무리 백작의 아들이라 해도 성직자로 살아남기 어려울지 몰라."

"그럼 제가 어떻게 하는 게 좋을까요?"

"아무것도 하지 마라. 지금까지는 그 일을 완벽하게 처리했어." 고드윈은 자랑스러운 마음에 얼굴이 붉게 달아올랐다. 어머니는 계속했다. "언젠가 이것이 강력한 무기가 될 거야. 그 점을 명심해라."

"한 가지 더 있어요. 필리먼이 그 헐거워진 돌을 어떻게 알게 됐는지 생각하다가 어쩌면 그가 그곳을 애초에 물건 숨기는 장소로 사용했을지 모른다는 생각이 들었어요. 제 생각이 맞았어요. 거기서 레이디 필리파가 잃어버린 팔찌를 찾았거든요."

"재미있구나. 필리먼이 너에게 쓸모 있을 거라는 느낌이 강하게 드는구나. 너도 알다시피 그애는 무슨 일이든 할 거야. 도덕심이나 윤리 관념 따윈 없으니까. 내 아버지에게도 지저분한 일을 도맡아 처리해주는 측근이 하나 있었지. 소문을 내고 악의적인 험담을 퍼뜨리고 분쟁을 조장하는 등의 일을 해주던. 그런 사람들은 아주 요긴하지."

"그러면 어머니는 제가 그 도둑질을 신고하면 안 된다고 생각하시는군요."

"물론이지. 그게 중요한 물건이라면 그애를 시켜서 팔찌를 돌려줘. 그저 방을 쓸다가 찾았다고 하면 될 거야. 하지만 그애가 한 행동을 알려선 안 돼. 장담하지만 그 일로 언젠가 네가 큰 이득을 보게 될 거다."

"그럼 그애를 보호해줘야겠군요?"

"침입자를 쫓아내는 미친개를 키운다고 생각하려무나. 그애는 위험한 존재지만 그만한 쓸모가 있어."

10

목요일에 머딘은 문짝 조각을 끝냈다.

현재로서는 남쪽 측랑 작업을 마친 상태였다. 비계도 설치했다. 석수들이 쓸 거푸집을 만들 필요는 없었다. 고드윈과 토머스가 거푸집 없이 개축한다는 머딘의 방법대로 해서 돈을 절약하기로 결정한 것이다. 따라서 그는 다시 조각 일로 돌아왔지만 할일이 별로 남아 있지 않았다. 그는 한 시간 동안 슬기로운 처녀의 머리를 손질하고 어리석은 처녀의 바보 같은 미소에도 손을 대보았지만, 더 나아지는 것 같지 않았다. 마음은 끊임없이 캐리스와 그리젤더에게 가 있어 무슨 결정을 내리기가 쉽지 않았다.

머딘은 그 주 내내 캐리스에게 말을 붙일 용기를 낼 수 없었다. 자신이 너무도 부끄러웠다. 캐리스를 볼 때마다 자신이 그리젤더를 어떻게 껴안고 키스했는지, 어떻게 그녀와 인간이 할 수 있는 가장 깊은 사랑의 행위를 했는지 생각했다. 사랑은 고사하고 좋아하지도 않는 여자와. 전에는 캐리스와 그 행위를 하는 순간을 행복하게 상상했지만, 이제는 그럴 생각만 해도 두려웠다. 그리젤더에게 잘못이 있는 것이 아니었다. 아니, 있긴 했지만 그의 마음을 산란하게 한 것은 그것이 아니었다. 상대가 캐리스가 아닌 다른 어떤 여자였더라도 그는 똑같은 감정을 느꼈을 것이다. 그는 그 행위를 그리젤더와 함으로써 그것이 지닌 사랑의 의미를 없애버린 셈이었다. 이제 그는 사랑하는 여자의 얼굴을 똑바로 볼 수도 없었다.

캐리스에 대한 생각을 떨쳐버리고 문이 완성됐는지 판단하기 위해 자신이 한 작업을 응시하고 있는데 엘리자베스 클라크가 북쪽 현관으로 들어섰다. 그녀는 창백한 얼굴에 몸이 야위고 금발 곱슬머리를 가진 스물다섯 살의 미인이었다. 그녀의 아버지는 리처드 이전에 킹스브리지의 주교였다. 그 역시 리처드처럼 셔링의 주교 관저에서 살았는데, 킹스브리지를 빈번히 드나들다가 벨 여인숙의 하녀와 사랑에 빠졌다. 그 하녀가 엘리자베스의 어머니였다. 엘리자베스는 서출이라는 신분 때문에 자신의 사회적 지위에 민감했고, 상대에게서 조금이라도 경멸의 기미가 보이면 벌컥 화를 냈다. 그러나 머딘은 영리한 그녀를 좋아했다. 머딘이 열여덟 살이었을 때 그녀는 그에게 키스를 하고 가슴을 만지게 해줬다. 상체 위쪽 가슴은 얕은 컵으로 떠낸 것처럼 납작했고, 살짝 스치기만 해도 젖꼭지가 단단해졌다. 그들의 연애는 그가 보기에는 사소하고 그녀가 보기에는 용서할 수 없는 어떤 일로 끝났다. 호색적인 사제에 대해 그가 한 농담 때문이었다. 하지만 그는 여전히 그녀를 좋아했다.

엘리자베스는 그의 어깨를 툭 치고는 작업한 문짝을 바라보았다. 그러더니 한 손을 입에 대며 숨을 몰아쉬었다. "정말 살아 있는 것 같아!"

머딘은 오싹하는 전율을 느꼈다. 그 칭찬은 가볍게 나온 것이 아니었다. 그래도 그는 겸손한 태도를 취했다. "그저 한 사람 한 사람을 좀 다르게 해본 것뿐이야. 전에 이 문에 있던 처녀들은 모두 똑같았거든."

"그 이상이야. 마치 앞으로 걸어나오며 금방이라도 우리에게 말을 걸 것 같은데."

"고마워."

"하지만 성당 안에 있는 다른 것들과는 완전히 달라. 수사들이 뭐라고 하지 않을까?"

"토머스 형제는 마음에 들어해."

"성구 관리인은?"

"고드윈 형제? 어떻게 생각할지 모르겠어. 하지만 이것 때문에 문제가 생기면 난 앤서니 수도원장에게 말할 거야. 수도원장은 문짝을 다시 만들어서 비용을 두 배로 들이고 싶어하지 않을 테니까."

"흠. 성경에는 물론 그녀들이 모두 똑같다는 말은 나오지 않아. 그저 다섯은 앞날에 대한 준비가 잘되어 있고 다른 다섯은 마지막 순간까지 준비를 미루다가 잔치를 놓치는 걸로 나오지. 그런데 엘프릭의 생각은 어때?"

"이건 그가 쓸 문이 아니야."

"그 사람은 네 고용주잖아."

"그 사람은 돈 버는 일에만 관심 있지."

그녀는 그렇게 여기지 않았다. "문제는 네가 그 사람보다 더 솜씨가 뛰어나다는 데 있어. 몇 년 사이에 모두가 알게 된 사실이지. 엘프릭은 절대 인정하지 않을 테지만, 그 사람은 그 이유로 너를 싫어하는 거야. 그는 이 일로 꼬투리를 잡아 너를 후회하게 만들 수도 있어."

"너는 언제나 어두운 면만 보는구나."

"내가?" 그녀는 기분이 상했다. "그래, 내 말이 맞는지 틀린지는 두고 보면 알겠지. 내가 틀리기를 바라지만 말이야." 그녀는 가려고 몸을 돌렸다.

"엘리자베스?"

"응?"

"네가 좋다고 해줘서 정말 기뻤어."

엘리자베스는 대꾸하지 않았지만, 약간 누그러진 듯했다. 그녀는 손을 흔들어 인사하고 나갔다.

머딘은 문이 완성됐다는 결론을 내렸다. 그는 올이 굵은 부대로 문짝을 쌌다. 엘프릭에게 보여주어야 하는데, 지금이 딱 좋은 때였다. 적어도 이 무렵에는 비가 오지 않았다.

그는 문짝을 운반하기 위해 일꾼 하나를 불렀다. 건축 일을 하는 사람들에게는 무겁고 다루기 힘든 물건을 운반하는 기술이 있다. 우선 땅바닥에 튼튼한 장대 두 개를 평행으로 놓고, 그 가운데에 널빤지를 가로놓아 안정된 바닥을 마련한다. 그런 다음 널빤지 위에 옮길 물건을 올려놓는다. 두 사람이 양끝 장대 사이에 각각 서서 장대를 들어올린다. 이 방식을 들것이라고 하는데, 병자를 구호소로 운반할 때도 이 방식을 이용한다.

그래도 문짝의 무게는 상당했다. 그러나 머딘은 무거운 물건을 드는 데 이골이 나 있었다. 엘프릭은 몸이 약하다고 해서 봐주는 법이 없었는데, 그 덕분에 머딘은 놀랄 만큼 단련되었다.

엘프릭의 집에 도착한 두 사람은 문짝을 집안으로 날랐다. 그리젤더가 부엌에 앉아 있었다. 그녀는 하루하루 더 관능적이 되어가고 커다란 가슴도 나날이 풍만해지는 것 같았다. 사람들과 다투기를 싫어하는 머딘은 되도록이면 부드럽게 대하려고 애썼다. "내가 만든 문짝 볼래?" 그녀 옆을 지나칠 때 머딘이 물었다.

"왜 내가 그걸 봐야 하는데?"

"내가 조각했거든. 슬기롭고 어리석은 처녀들 이야기를 조각한 거야."

그녀는 피식거렸다. "나한테 처녀 얘기는 하지도 마."

두 사람은 문짝을 뒤뜰로 가져갔다. 머딘은 여자들을 이해할 수가 없었다. 사랑을 나눈 후로 그리젤더는 그에게 쌀쌀맞게 굴었다. 그럴 거면 애초에 왜 그런 일을 벌인 걸까? 그녀는 그 일을 두번 다시 하고 싶지 않다는 의사 표시를 분명히 하고 있었다. 그는 자기도 마찬가지 심정이라고 그녀에게 말할 수도 있었지만(사실 또다시 그 일을 한다는 생각만 해도 구역질이 났다) 그런 말은 상대를 모욕하는 것이므로 아무 말도 하지 않았다.

두 사람은 들것을 내려놓았다. 머딘을 도와준 일꾼은 돌아갔다. 엘프릭은 뒤뜰에서 목재 더미 위로 억센 상체를 굽히고 판지를 헤아리고 있었다. 그는 머릿속으로 복잡한 계산을 해야 할 때 늘 그랬듯, 혀로 뺨을 불룩하게 만든 채 두어 자 길이의 각목으로 판지를 하나하나 두드려가며 수를 셌다. 그는 머딘 쪽을 노려보고는 하던 일을 계속했고, 그러자 머딘은 아무 말 없이 쌌던 포장을 풀고 문짝을 석재 더미에 기대놓았다. 머딘은 자신이 한 작업이 무척 자랑스러웠다. 전통적인 도안을 그대로 따랐으면서도 거기에 사람들을 놀라게 할 만큼 독창성을 더했다. 머딘은 성당에 그 문이 달리는 순간을 학수고대했다.

"마흔일곱." 엘프릭이 머딘 쪽으로 몸을 돌렸다.

"문짝을 완성했어요." 머딘이 자랑스럽게 말했다. "어때요?"

엘프릭은 잠시 문을 바라보았다. 그의 큰 콧구멍이 놀라움으로 씰룩거렸다. 다음 순간 아무 예고도 없이 그는 조금 전까지 수를 헤아리는 데 쓰고 있었던 각목으로 머딘의 얼굴을 후려쳤다. 나무는 단단했고 그 일격은 가차없었다. 머딘은 갑작스러운 통증에 비명을 지르며 뒤로 비틀거리다 그대로 땅바닥에 나자빠졌다.

"더러운 자식! 내 딸을 더럽히다니!" 엘프릭이 고함쳤다.

머딘은 뭐라고 항의하려 했지만 입안이 피로 가득했다.

"네놈이 감히 그런 짓을 해!"

마치 그 소리를 신호로 삼은 것처럼 집안에서 앨리스가 나타났다. "뱀 같은 자식!" 그녀가 악을 썼다. "우리집에 기어들어와 내 딸의 순결을 짓밟다니!"

두 사람은 천연덕스럽게 굴고 있었지만 사전에 계획된 일이 분명하다는 생각이 들었다. 머딘은 피를 뱉고 말했다. "순결을 짓밟았다고요? 그애는 처녀가 아니었어요!"

엘프릭이 다시 한번 그 각목을 휘둘렀다. 머딘은 몸을 피하려다 어깨에 맞았다.

"어떻게 캐리스에게 그런 짓을 할 수 있어? 내 가엾은 동생. 그애가 이 사실을 알면 가슴이 찢어질 거야." 앨리스가 말했다.

머딘은 날카롭게 쏘아붙였다. "그리고 당신은 보나마나 캐리스에게 이 얘기를 할 테지. 나쁜 여자."

"그럼 그리젤더와 비밀 결혼이라도 할 참이었어?"

그 말에 머딘은 깜짝 놀랐다. "결혼이라고? 나는 그리젤더와 결혼하지 않을 거야. 그애는 나를 싫어해!"

그와 동시에 그리젤더가 나타났다. "나도 너와 결혼하고 싶지 않아. 하지만 그럴 수밖에 없어. 임신했으니까."

머딘은 그리젤더를 빤히 바라보았다. "있을 수 없는 일이야. 우린 한 번밖에 하지 않았어."

엘프릭이 웃어댔다. "임신은 한 번이면 족해, 이 바보야."

"그래도 나는 결혼하지 않을 거예요."

"안 그러면 너는 해고야." 엘프릭이 말했다.

"그럴 수 없을걸요."

"어째서 그럴 수 없다는 거지?"

"어쨌든 상관없어요. 나는 그녀와 결혼하지 않을 거예요."

엘프릭은 각목을 내려놓더니 도끼를 집어들었다.

"맙소사!" 머딘이 말했다.

앨리스가 한발 앞으로 나섰다. "여보, 살인은 안 돼요."

"비켜." 엘프릭은 도끼를 쳐들었다.

여전히 땅바닥에 넘어져 있던 머딘은 생명의 위협을 느끼고 재빨리 몸을 피했다.

엘프릭은 머딘이 아니라 그가 만든 문짝을 도끼로 내리쳤다.

"안 돼!" 머딘이 외쳤다.

날카로운 도끼날이 긴 머리 처녀의 얼굴에 박히면서 문짝이 결을 따라 쪼개졌다.

"그만둬요!" 머딘이 소리쳤다.

엘프릭이 또다시 도끼를 쳐들더니 좀더 세게 내리쳤다. 문짝이 두 조각으로 쪼개졌다.

머딘은 벌떡 일어났다. 충격으로 두 눈에 눈물이 핑 돌았다. "당신한테는 그럴 권리가 없어!" 소리지르려고 했지만 그의 목소리는 속삭임처럼 들렸다.

엘프릭은 도끼를 든 채 그를 향해 돌아섰다. "물러서. 나를 자극하지 마."

엘프릭의 눈에서 광기를 본 머딘은 뒤로 물러섰다.

엘프릭은 또다시 문짝을 내리쳤다.

머딘은 우두커니 선 채 눈물을 쏟으며 그 광경을 지켜보았다.

11

스킵과 스크랩, 두 마리 개는 서로 만나자 뛸듯이 좋아했다. 비슷하게 생기지는 않았지만 한배에서 태어난 개였다. 스킵은 갈색 수컷, 스크랩은 몸집이 작은 검은색 암컷이었다. 스킵은 전형적인 시골 개답게 마르고 의심이 많은 반면, 도시에 사는 스크랩은 통통하고 성미도 느긋했다.

캐리스의 어머니가 세상을 떠난 그날, 궨다가 양모 상인의 딸 캐리스의 집에 가서 그녀의 침실 바닥에 있던 잡종견 새끼들 중에서 스킵을 골라 데려온 뒤로 십 년이 흘렀다. 그후 궨다와 캐리스는 친한 친구가 됐다. 일 년에 두세 번밖에 만나지 못했지만 서로 비밀을 나누는 사이였다. 궨다는 캐리스에게 무슨 말이든 다 할 수 있을 것 같았고, 그녀가 한 말이 자기 부모나 위글리의 다른 누구의 귀에도 들어가지 않으리란 것을 알았다. 그녀는 캐리스도 마찬가지일 거라고 생각했다. 궨다는 킹스브리지에 사는 어떤 여자아이와도 말을 섞지 않았기 때문에 캐리스가 한 말이 무심결에라도 새어나갈 위험은 없었다.

궨다는 양모 정기시장이 열리는 주 금요일에 킹스브리지에 도착했다. 그녀의 아버지 조비는 위글리 인근 숲에서 덫으로 잡은 다람쥐가죽을 팔기 위해 성당 앞 장터로 갔다. 궬다는 곧장 캐리스의 집으로 갔고, 그래서 두 마리 개는 재회했다.

궬다와 캐리스는 언제나처럼 남자들에 관해 이야기를 나누었다. "머딘이 좀 이상해졌어." 캐리스가 말했다. "일요일에는 여느 때처럼 성당 안에서 나에게 키스를 했어. 그런데 월요일이 되니까 나랑 눈도 안 마주치는 거 있지."

"양심의 가책을 느끼는 게 있는 거야." 궬다가 곧바로 대꾸했다.

"아마 엘리자베스 클라크와 관련된 일일 거야. 그애는 늘 머딘에게 눈독을 들이고 있었으니까. 하지만 쌀쌀맞은데다 머딘과 어울리기에는 나이가 너무 많아."

"너 머딘하고 아직 그거 안 했어?"

"뭘?"

"너도 알잖아…… 어렸을 때 나는 그 일을 '끙끙대기'라고 불렀어. 어른들이 그걸 할 때 내는 소리가 그랬거든."

"아, 그거? 아직."

"왜?"

"글쎄……"

"네가 하고 싶지 않은 거야?"

"하고 싶긴 하지만…… 너는 남자의 명령을 듣고 살아야 하는 거 걱정되지 않아?"

궬다는 어깨를 으쓱했다. "나도 그건 별로 마음에 들지 않지만 그다지 걱정되진 않아."

"너는 어때? 해봤어?"

"엄밀히 말하자면 아직 하지 않은 거나 마찬가지야. 몇 년 전 이웃에 사는 남자애에게 허락한 적이 있긴 해. 어떤 건지 알고 싶었거든. 마치 술을 마시는 것처럼 기분좋고 따뜻한 느낌이었어. 그때 한 번뿐이야. 하지만 울프릭이라면 언제든 해도 좋다고 생각해."

"울프릭이라고? 새로운 소식인데!"

"그러게 말이야. 우린 어려서부터 알고 지낸 사이야. 그애는 내 머리카락을 잡아당기고 달아나곤 했지. 그런데 성탄절 직후 어느 날 성당에 들어서는 울프릭을 보고 그애가 남자가 됐다는 걸 깨달았어. 아니, 그냥 남자가 아니라 정말 멋진 남자가 됐어. 머리카락에 눈이 묻어 있고 목에는 겨자색 목도리를 두르고 있었는데, 막 빛이 나는 것 같았어."

"그애를 사랑하니?"

그웬다는 한숨을 쉬었다. 그녀는 자신의 감정을 어떻게 설명해야 좋을지 알 수 없었다. 그것은 단순한 사랑이 아니었다. 그녀는 온종일 그를 생각했고, 그가 없다면 세상을 살 수 없을 것 같은 감정이었다. 그녀는 그를 납치해 달아나지 못하도록 깊은 숲속 오두막에 가둬놓는 상상을 했다.

"흠, 네 표정을 보니 말하지 않아도 알겠다. 그애도 널 사랑하니?"

그웬다는 고개를 저었다. "나한테 말을 건 적도 없어. 그애가 내가 누군지 안다는 표시만 해줘도 좋겠어. 그게 그저 내 머리카락을 잡아당기는 일이라도. 하지만 그애는 퍼킨의 딸 아넷과 사랑에 빠져 있어. 아넷은 이기적인 여자애인데, 울프릭은 그앨 좋아해. 아넷의 아버지와 울프릭의 아버지는 우리 마을에서 가장 부유한 사람들이지. 아넷의 아버지는 닭을 쳐서 달걀을 팔고, 울프릭의 아버지는 50에이커나 되는 땅을 갖고 있어."

"희망이 없다는 말처럼 들리네."

"모르겠어. 희망이 없다는 게 뭐지? 아넷이 죽을 수도 있잖아. 울프릭이 어느 날 갑자기 그동안 계속 나를 사랑했다고 할 수도 있고. 우리 아버지가 백작이 돼서 그에게 나와 결혼하라고 명령하는 일이 생길 수도 있고."

캐리스는 미소지었다. "네 말이 맞아. 사랑에는 절망이 없지. 나도 그 애를 보고 싶은걸."

"네가 그 말을 하기만 바랐어. 같이 가서 한번 찾아보자." 궨다가 일 어서며 말했다.

그들은 집을 나섰다. 개들도 두 사람을 따라왔다. 주초까지만 해도 폭풍우가 휘몰아치던 날씨가 이제 가끔씩 소나기가 퍼붓는 날씨로 바뀌었지만 큰길은 여전히 진흙탕이었다. 장이 서자 진흙탕은 짐승 분뇨와 썩은 채소, 그 밖에 수많은 인파가 버린 온갖 쓰레기에 찌꺼기로 범벅되어 있었다.

구역질나는 진흙탕을 철벅거리며 가면서 캐리스는 궨다 가족의 안부를 물었다.

"암소가 죽었어." 궨다가 말했다. "아버지는 다른 암소를 사야 하는데 무슨 수로 그러려는지 모르겠어. 아버지에게는 내다팔 다람쥐가죽 조금밖에 없는데."

"올해 암소값이 20실링이야." 캐리스가 걱정스러운 어조로 말했다. "그러니까 은화로 144페니가 되는 거지." 그녀는 언제나 머릿속으로 암산을 했다. 부오나벤투라 카롤리로부터 아라비아 숫자를 배운 뒤로는 암산이 한결 쉬워진 듯했다.

"지난 몇 번의 겨울을 날 수 있었던 건 암소 덕분이었어. 특히 꼬마 아이들이 그랬지." 극도의 굶주림은 궨다에게 익숙했다. 그런데 암소의 젖으로도 어머니가 낳은 아기가 넷이나 죽었다. 필리먼이 수사가 되고 싶어하는 것도 무리는 아니라고 그녀는 생각했다. 매일 빠짐없이 배부른 식사만 할 수 있다면 어떤 희생도 치를 수 있었다.

"네 아버지는 어떻게 하실 건데?" 캐리스가 말했다.

"뭔가 뒤가 구린 일을 하겠지. 암소를 훔치기는 어려우니까. 가방을 슬쩍하지도 못할 거야. 하지만 아버지는 뭔가 교묘한 수를 짜낼 거야." 궨다는 자신이 생각한 것 이상으로 자신 있게 말했다. 아버지는 정직하지 않지만 영리하지도 않았다. 새 암소를 구하기 위해서라면 합법적이든 비합법적이든 무슨 일이든 할 테지만 실패할 게 불 보듯 뻔했다.

두 사람은 수도원 정문을 지나 널찍한 장터에 들어섰다. 장사꾼들은 엿새 동안의 악천후 때문에 비에 젖고 초라한 몰골을 하고 있었다. 그들은 빗속에서도 팔려고 가져온 상품들을 늘어놓고 있었는데 소득은 거의 없었다.

궨다는 마음이 불편했다. 그녀와 캐리스는 그들의 빈부 격차에 대해 그동안 거의 얘기해본 적이 없었다. 궨다가 찾아올 때마다 캐리스는 치즈덩어리라든가 훈제 생선, 옷감, 꿀단지 등 집에 가져갈 선물을 슬며시 챙겨줬다. 궨다는 그런 그녀가 고마웠지만—언제나 마음속 깊이 캐리스에게 고마움을 느꼈다—이제는 그만하라고 말하곤 했다. 아버지는 궨다에게 캐리스의 믿음을 이용해 그 집에서 뭔가 훔쳐오라고 시켰지만, 그런 식으로 일 년에 두세 번 뭔가 가져올 수는 있지만 걸리면 두 번 다시 그 집에 가지 못할 거라고 맞섰다. 아무리 그런 아버지라도 그 정도의 분별력은 있었다.

궨다는 퍼킨이 닭을 파는 노점을 찾았다. 아넷은 분명 그곳에 있을 것이고, 그렇다면 울프릭도 분명 근처에 있을 것이었다. 궨다의 생각이 맞았다. 뚱뚱하고 교활한 얼굴의 퍼킨이 거기 있었다. 그는 손님에게는 아첨 섞인 공손한 태도를 취하지만, 다른 사람들에게는 퉁명스러웠다. 아넷은 요염한 미소를 지으며 달걀 쟁반을 들고 있었는데, 젖가슴이 돋

보이게 쟁반을 몸에 바짝 붙이고, 일부러 모자 밖으로 금발 머리채를 흘러내리게 해 분홍색 뺨과 긴 목 언저리에 늘어뜨리고 있었다. 그곳에 울프릭도 있었다. 그는 마치 길을 잃고 인간 세상을 배회하는 대천사 같았다.

"저기 있어." 궨다가 속삭였다. "키 크고—"

"누군지 알겠어. 아주 먹음직스럽게 생겼네."

"내 말이 무슨 뜻인지 알겠지?"

"그런데 좀 어리지 않니?"

"열여섯 살이야. 나는 열여덟 살이고. 아넷도 열여덟 살이야."

"알겠어."

"네가 무슨 생각 하는지 알아." 궨다가 말했다. "나와 어울리기엔 너무 잘생겼다는 거지?"

"그게 아니야—"

"잘생긴 남자가 못생긴 여자한테 빠지는 일은 없어, 안 그래?"

"너는 못생기지 않았—"

"나도 거울 봤어." 고통스러운 기억에 궨다는 얼굴을 찡그렸다. "내 생김새를 보고 눈물이 났어. 코가 크고 두 눈 사이가 너무 좁아. 나는 아버지를 닮았어."

캐리스는 반박했다. "너는 아름다운 갈색 눈을 가졌어. 숱 많은 머리도 보기 좋고."

"하지만 울프릭과는 급이 달라."

궨다와 캐리스가 선 방향과 비스듬하게 선 울프릭의 보기 좋은 옆얼굴이 보였다. 두 여자는 한동안 그의 잘생긴 얼굴에 감탄을 연발했다. 그러다 그가 몸을 돌리자 궨다는 깜짝 놀라 숨을 몰아쉬었다. 그의 얼굴 다른 쪽이 전혀 달랐던 것이다. 멍이 들고 부은데다 한쪽 눈은 감긴 상태였다.

궨다가 그에게 달려갔다. "무슨 일 있었어?" 그녀가 소리쳤다.

그는 깜짝 놀랐다. "오, 안녕, 궨다. 싸움을 좀 했어." 그는 분명 당황한 듯 몸을 슬쩍 옆으로 돌렸다.

"누구하고?"

"무슨 백작의 기사종자하고."

"다쳤잖아!"

그는 조바심이 난 얼굴이었다. "걱정 마. 나는 괜찮아."

물론 그는 왜 그녀가 그렇게 자기를 걱정하는지 알 수 없었다. 어쩌면 그녀가 자신이 당한 불행을 기뻐하는지도 모른다고 생각했다. 그때 캐리스가 끼어들었다. "기사종자 누구와요?"

옷차림을 보고 그녀가 부잣집 여자라는 걸 알아챈 울프릭은 흥미로운 눈길을 보냈다. "랠프 피츠제럴드라고 하던데요."

"이런, 머딘의 동생이잖아! 그 사람도 다쳤어요?"

"내가 그자의 코를 부러뜨렸죠." 그는 자랑스러운 어조로 말했다.

"그래서 처벌을 받진 않았어요?"

"하룻밤 감옥신세를 졌죠."

궨다가 괴로움에 찬 신음소리를 냈다. "가엾어라!"

"그렇게 나쁘진 않았어. 아무도 나를 해치지 못하게 형이 지켜줬거든."

"그래도……" 궨다는 겁에 질렸다. 어쨌든 감옥에 간다는 건 그녀에게는 가장 고통스러운 일처럼 느껴졌다.

그때 손님과 거래를 마친 아넷이 대화에 끼어들었다. "아, 너구나, 궨다." 그녀는 쌀쌀맞게 말했다. 울프릭은 궨다가 품은 감정을 모를지 몰라도 아넷은 그렇지 않았다. 그녀는 궨다를 적의와 경멸이 섞인 감정으로 대했다. "울프릭이 나를 모욕한 기사종자와 싸웠어." 그녀는 흡족한 감정을 감추지 못했다. "이야기 속에 나오는 기사처럼 행동했지."

궨다가 날카롭게 쏘아붙였다. "나라면 나 때문에 그의 얼굴을 다치게 하진 않았을 거야."

"네게는 다행히도 그런 일이 일어날 가능성은 별로 없어 보이잖아?" 아넷은 의기양양한 미소를 지었다.

그때 캐리스가 끼어들었다. "앞날이 어떻게 될지는 아무도 모르는 법이죠."

제삼자의 개입에 놀라 캐리스를 쳐다본 아넷은 궨다의 친구라는 여자의 값비싼 옷차림에 더욱 놀란 표정을 지었다.

캐리스가 궨다의 팔을 잡았다. "만나서 반가웠어요, 위글리 주민 여러분." 그녀는 우아하게 말했다. "그럼 잘 있어요."

두 사람은 그곳을 걸어나왔다. 궨다가 킥킥거렸다. "너 아넷 앞에서 꽤 내숭 떨던걸."

"그애 때문에 짜증이 났어. 그런 애들 때문에 여자들이 욕을 먹는 거야."

"울프릭이 자기 때문에 얻어맞은 걸 좋아하는 눈치더라. 아주 눈을 찔러버리고 싶더라니까."

"그런데 잘생긴 것 말고 울프릭은 실제로 어떤 사람이니?" 캐리스가 생각에 잠긴 어조로 말했다.

"튼튼하고 자존심 강하고 성실한 사람. 다른 사람을 위해 싸움도 마다하지 않을 타입이야. 하지만 자기 가족을 부양하기 위해 죽을 때까지 쉬지 않고 일할 사람이지."

캐리스는 아무 대꾸도 하지 않았다.

"너는 그애가 별로인 모양이구나." 궨다가 말했다.

"네 말을 들으니 좀 따분한 타입인 것 같아서."

"네가 우리 아버지 같은 사람 밑에서 자랐더라면 가족을 잘 부양하는 사람을 결코 따분하다고 하지 못할 거야."

"알아." 그러면서 캐리스는 궨다의 팔을 꽉 잡았다. "나는 그애가 너한데 아주 잘 어울린다고 생각해. 그리고 그 사실을 증명하기 위해서라도 네가 그애의 마음을 얻도록 도와줄게."

궨다로서는 뜻밖의 말이었다. "어떻게?"

"이리 와봐."

그들은 장터를 떠나 도시의 북쪽 끝을 향해 걸어갔다. 캐리스는 성마르코 성당 근처 옆 골목에 있는 어느 작은 집으로 궨다를 데려갔다. "이곳에 현명한 여인이 살고 있어." 그들은 개를 밖에 놔둔 채 허리를 숙여 낮은 출입구로 들어갔다.

비좁은 계단을 내려가자 커튼으로 칸을 나눈 방이 나왔다. 앞쪽 절반의 공간에는 작은 의자 하나와 긴 의자 하나가 놓여 있었다. 궨다는 화덕이 방 뒤편에 있는 모양이라고 생각했다. 그녀는 왜 이곳에 사는 사람이 자신의 부엌을 감추고 싶어하는지 의아했다. 방은 깨끗했고, 약초 냄새가 섞인 약간 시큼한 냄새가 진동했다. 향기라고 하긴 어렵지만 그리 불쾌한 냄새는 아니었다. 캐리스가 소리쳐 불렀다. "매티, 저예요."

잠시 후 마흔 살쯤 된 여자가 커튼을 젖히고 나타났다. 백발에 실내에만 있어 피부가 창백했다. 그녀는 캐리스에게 미소를 짓고 궨다를 지긋이 바라보더니 말했다. "네 친구는 사랑에 빠진 것 같구나. 하지만 남자아이가 말도 걸지 않는 것 같은데."

궨다는 기겁했다. "그걸 어떻게 아세요?"

매티는 무거운 몸을 의자에 내려놓았다. 뚱뚱한 그녀는 숨이 찬 듯했다. "사람들이 이곳을 찾는 이유는 세 가지야. 병과 복수와 사랑. 너는 건강해 보이고 복수를 생각하기에는 아직 너무 어려. 그러니 사랑에 빠진 게 분명하지. 그리고 그 남자는 너에게 관심이 없을 테고. 그렇지 않다면 내 도움이 필요할 리가 없겠지."

퀜다는 재빨리 캐리스를 보았다. 캐리스는 재미있다는 얼굴로 말했다. "현명한 분이라고 했잖아." 둘은 긴 의자에 앉아 기대에 찬 눈으로 여자를 바라보았다.

매티가 말을 이었다. "그 남자는 너와 가까운 곳에 살고 있어. 아마 같은 마을일 테지. 하지만 그의 집은 너의 집보다 부자일 거고."

"모두 맞았어요." 퀜다는 경악했다. 추측이 분명했지만 너무도 정확해서 매티에게 투시력이라도 있는 것 같았다.

"그 남자 잘생겼니?"

"아주 잘생겼어요."

"하지만 그애는 마을에서 가장 예쁜 애하고 사랑에 빠졌겠지."

"뭐 그렇다고 할 수 있죠."

"그리고 그 여자애 집도 너희 집보다는 부자일 테고."

"맞아요."

매티는 고개를 끄덕였다. "흔한 이야기지. 너를 도와줄 수 있어. 하지만 네가 알아두어야 할 일이 있다. 나는 영적 세계와는 아무 관계 없어. 기적을 행하시는 건 오직 하느님뿐이셔."

퀜다는 어리둥절했다. 죽은 자의 영혼이 삶의 모든 운을 좌우한다는 것은 누구나 알고 있었다. 죽은 자의 영혼이 만족하면 덫에 토끼를 몰아주고 건강한 아기를 낳게 해주며 곡식이 익도록 햇살을 내려줬다. 하지만 그들을 성나게 하면 사과에 벌레를 집어넣고 암소가 기형 송아지를 낳게 만들며 남편을 성불능자로 만들 수도 있었다. 수도원의 의사들조차 성인에게 드리는 기도가 자신들의 약보다 더 효험이 있다는 사실을 인정했다.

매티가 말을 이었다. "그렇다고 절망할 건 없다. 네가 미약^{媚藥}을 사면 되니까."

"죄송한데 저는 돈이 없어요."

"알고 있어. 하지만 네 친구 캐리스가 널 아주 좋아하는 것 같구나. 얘는 네가 행복해지기를 원하고 있어. 친구를 여기 데려온 건 미약값을 치를 준비가 돼 있다는 뜻이지. 하지만 미약은 정확하게 써야 해. 그 남자와 한 시간쯤 단둘이 있을 수 있겠니?"

"그럴 방법을 찾아볼게요."

"그가 마시는 음료에 미약을 타. 그럼 곧 그는 연정에 불타오를 거야. 그때 너는 반드시 그와 단둘이 있어야 해. 시야에 다른 여자가 있으면 네가 아니라 그 여자와 사랑에 빠질 수도 있으니까. 그러니까 반드시 그 남자를 다른 여자들로부터 떼어놓고 그에게 최선을 다해. 그러면 너를 세상에서 가장 매력적인 여자로 여기게 될 거야. 그에게 키스하고, 멋있다고 말해줘. 그리고 원한다면 그와 사랑을 나눠. 잠시 후 남자는 잠이 들 거야. 그리고 깨어나면 자신이 너의 품에서 평생에서 가장 행복한 시간을 보냈다고 기억하게 될 거야. 그러고는 되도록 빨리 다시 한번 너와 함께 있고 싶어할 거고."

"하지만 그때 미약을 또 써야 하는 거예요?"

"아니. 두번째는 네 사랑과 욕구와 여성성만으로도 충분해. 남자가 기회만 준다면 여자는 어떤 남자에게든 더없는 행복을 안겨줄 수 있지."

생각만 해도 켄다는 욕망에 불타올랐다. "얼른 그 약을 써보고 싶어요."

"그럼 약을 만들어보자." 매티가 의자에서 무거운 몸을 일으켰다. "커튼 뒤로 와서 봐도 괜찮아." 켄다와 캐리스는 그녀를 따라갔다. "커튼 이쪽은 무지한 자들이 올 데가 아니거든."

부엌 돌바닥은 깨끗하고 큼직한 화덕 옆에는 조리하거나 탕을 끓일 때 필요한 각종 꽂이와 걸이들이 있었는데, 여자 한 명이 음식을 만들어 먹는 데 필요한 정도를 훨씬 넘었다. 온통 얼룩지고 그슬린 자국투성이였지만 깨끗하게 닦여 있는 묵직하고 낡은 탁자도 보였다. 선반에는 도토陶土로 빚은 단지들이 줄지어 놓여 있었다. 그리고 매티가 약을 만드는 데 쓰는 귀한 재료를 넣어둔 게 분명한 자물쇠가 있는 찬장이 있었다. 벽에는 숫자와 글자가 적힌 커다란 석판이 걸려 있었는데, 아마도 제조법 같았다. "그런데 왜 이것들을 전부 커튼으로 가려놓으신 거예요?" 궨다가 물었다.

"연고와 약물을 만드는 남자는 약종상이라고 하는데, 그와 똑같은 일을 하는 여자는 마녀로 몰릴 위험을 감수해야 하거든. 사방을 돌아다니며 악마에 대해 외치는 미친 넬이라는 여자가 있어. 탁발 수사 머도가 그녀를 이단으로 고발했지. 넬이 미친 건 사실이지만, 그렇다고 해를 끼치는 건 아니거든. 그래도 머도는 재판에 넘겨야 한다고 우기고 있단다. 남자들은 틈만 나면 여자를 죽이려 들지. 머도는 그런 남자들에게 구실을 만들어주는 거야. 그러고는 나중에 자선이라는 명목으로 푼돈을 그러모으지. 바로 그런 이유 때문에 나는 늘 오직 하느님만이 기적을 행하실 수 있다고 말한단다. 나는 영혼과 접신하는 게 아니야. 그저 숲의 약초와 내 관찰력을 이용할 뿐이지."

매티가 말하는 동안 캐리스는 부엌 안을 제집처럼 거리낌없이 돌아다녔다. 그녀는 재료를 섞는 커다란 그릇과 약병을 탁자에 꺼내놓았다. 매티가 열쇠를 주자 그녀가 찬장을 열었다. "희석한 술 한 수저에 양귀비유 세 방울을 넣어." 매티가 말했다. "약이 너무 독하지 않게 조심해야 해. 독하면 남자가 너무 빨리 잠들어버릴 테니까."

궨다는 놀랐다. "캐리스, 네가 약을 만드는 거야?"

"가끔씩 매티를 도와드려. 우리 고모에게는 말하면 안 돼. 고모는 펄쩍 뛸 테니까."

"네 고모의 머리카락에 불이 붙더라도 말해주지 않을 거야." 캐리스의 고모는 궨다를 싫어했는데, 아마도 매티를 싫어하는 것과 같은 이유일 것이다. 두 사람은 모두 하층민이었는데 페트라닐라에게는 그 점이 중요했다.

하지만 어째서 부잣집 딸인 캐리스가 뒷골목에서 약을 짓는 여자의 부엌에서 도제처럼 행동하는 걸까? 캐리스가 미약을 조제하는 동안 문득 궨다는 언제나 친구가 병이나 치료 등에 호기심을 갖고 있었다는 사실을 떠올렸다. 어렸을 때 캐리스는 사제들만 의학 공부를 할 수 있다는 사실을 알지 못하고 의사가 되고 싶다고 했었다. 궨다는 캐리스의 어머니가 돌아가시고 나서 그녀가 한 말을 기억했다. "사람들은 대체 왜 병에 걸리는 걸까?" 시실리어 수녀원장은 그것이 죄 때문이라고 했다. 그녀의 아버지 에드먼드는 그 이유를 아는 사람은 아무도 없다고 말했다. 캐리스는 두 사람의 답변에 만족하지 못했다. 어쩌면 그녀는 매티의 부엌에서 그 답을 찾고 있는지도 모른다.

캐리스는 작은 병에 액체를 붓고 마개를 닫은 다음 양끝을 끈으로 단단히 묶었다. 그리고 그 병을 궨다에게 건넸다.

궨다는 그 병을 허리띠에 맨 가죽 지갑 속에 넣었다. 대체 무슨 수로 울프릭을 한 시간 동안 혼자 독차지할 수 있을까. 아까는 입심 좋게 그럴 방법을 찾아보겠다고 말했지만, 정작 미약을 손에 넣자 그건 거의 불가능할 것 같았다. 그는 그녀가 말만 걸어도 당황하는 것 같았다. 그는 아넷과 늘 붙어 있으려 했다. 그런데 궨다가 그와 단둘이 있을 어떤 이유를 댈 수 있을까? 야생오리 알이 있는 곳을 보여줄게. 하지만 왜 그녀가 자기 아버지가 아니라 그에게 그것을 보여준다고 의아해하지 않을까? 울프릭은 좀 순진하기는 해도 바보는 아니었다. 그녀에게 무슨 꿍꿍이속이 있다는 것을 알아차릴 것이다.

캐리스가 매티에게 은화 12페니를 건넸다. 궨다의 아버지가 이 주일은 일해야 벌 수 있는 액수였다. "고마워, 캐리스. 네가 내 결혼식에 꼭 와줬으면 좋겠어." 궨다가 말했다.

캐리스는 웃었다. "내가 보고 싶은 게 바로 그거야. 자신감!"

그들은 매티의 집을 나와 장터로 향했다. 궨다는 울프릭이 묵는 곳을 알아내는 것부터 시작하기로 마음먹었다. 그의 집은 가난하다고 우기기에는 너무 잘살았으므로 수도원 내 무료 시설을 이용할 수는 없을 것이다. 분명 어느 여인숙에 묵고 있을 것이다. 그녀는 울프릭이나 그의 형에게 시내에서 가장 좋은 숙소가 어딘지 궁금하다는 듯이 무심한 척 물어 숙소를 알아낼 수 있을 것이다.

한 수사가 지나가는 것을 본 궨다는 자신이 오빠 필리먼을 만날 생각조차 하지 않는다는 데 양심의 가책을 느꼈다. 아버지는 오빠를 찾아가지 않을 것이다. 두 사람은 벌써 수년이나 서로를 미워하고 있었다. 하지만 궨다는 오빠를 좋아했다. 그녀도 필리먼이 교활하고 정직하지 않고 심술궂다는 사실은 알지만 그럼에도 좋아했고, 오빠 역시 동생을 사랑했다. 남매는 수많은 겨울을 함께 굶주리며 보냈다. 궨다는 먼저 울프릭을 만난 뒤에 오빠를 찾아가기로 마음먹었다.

그러나 궨다는 캐리스와 장터에 이르기도 전에 아버지와 마주쳤다.

조비는 수도원 정문 근처 벨 여인숙 바깥에 있었다. 험상궂은 인상에 등짐을 진 노란색 튜닉 차림의 남자와 갈색 암소가 그와 함께 있었다.

아버지가 궨다에게 손짓했다. "암소를 구했다."

궨다는 좀더 자세히 살펴보았다. 두 살짜리 암소는 여위고 성질도 나빠 보였지만 몸은 건강한 듯했다. "괜찮아 보이는데요."

"이 사람은 행상을 하는 심이다." 그가 노란색 튜닉을 입은 남자를 엄지로 가리키며 말했다. 행상인들은 이 마을 저 마을 돌아다니며 바늘이나 혁대 장식, 손거울, 빗 같은 자잘한 물건들을 팔았다. 어쩌면 훔친 암소일지도 모르지만, 아버지는 가격만 맞는다면 그런 건 문제삼지 않았다.

"그런데 돈은 어디서 나셨어요?" 퀜다가 물었다.

"사실 돈을 주고 산 게 아니야." 아버지가 미덥지 못한 표정으로 대꾸했다.

퀜다는 아버지가 뭔가 교묘한 수를 짜낼 거라 생각했었다. "그럼, 뭔데요?"

"물물교환 비슷한 거지."

"암소 대신 저 사람에게 뭘 주는데요?"

"너." 아버지가 말했다.

"바보 같은 소리 말아요." 그녀가 이 말을 하는 순간 머리 위로 밧줄 고리가 씌워졌고, 고리가 단단히 조여들며 두 팔도 옆구리에 묶였다.

퀜다는 당황했다. 있을 수 없는 일이었다. 그녀는 밧줄에서 벗어나려 버둥거렸지만 그럴수록 심은 밧줄을 더 세게 잡아당겼다.

"자, 괜한 소동 일으키지 마." 아버지가 말했다.

그들이 진심으로 이런 짓을 한다고는 도저히 믿을 수 없었다. "이게 무슨 짓이에요?" 그녀가 믿을 수 없다는 듯이 말했다. "아버지는 나를 팔 수 없어요, 멍청한 사람!"

"심은 여자가 필요하고 나는 암소가 필요하고. 아주 간단하지 않니."

심이 처음으로 입을 열었다. "당신 딸인가, 어지간히 못생겼군."

"이건 말도 안 되는 짓이에요!" 퀜다가 말했다.

심이 그녀를 향해 미소를 지었다. "걱정 마라, 퀜다. 얌전히 내 말대로만 하면 잘해줄 테니까."

퀜다는 두 사람이 진심으로 하는 일이라는 것을 깨달았다. 정말 이런 교환을 할 수 있다고 생각하고 있었다. 실제로 일어난 일이라는 사실을 깨닫자 공포의 차가운 바늘이 그녀의 심장을 찔렀다.

그때 캐리스가 끼어들었다. "장난은 그만하면 충분해요." 그녀가 크고 분명한 목소리로 말했다. "당장 궨다를 풀어주세요."

심은 명령조의 말투에도 기가 꺾이지 않았다. "네가 뭔데 명령이냐?"

"우리 아버지는 이곳 교구 길드의 길드장이에요."

"하지만 너는 아니지. 그리고 설령 네가 길드장이라고 해도, 나나 내 친구 조비에게 이래라저래라 하진 못해."

"여자와 암소를 바꿀 수는 없어요!"

"어째서? 이건 내 암소야. 그리고 저애는 내 친구 딸이고."

그들의 언성이 높아지자 지나가던 사람들이 관심을 보이기 시작했다. 사람들이 가던 길을 멈추고 밧줄에 묶인 여자를 바라보았다. 누군가 말했다. "무슨 일입니까?" 그러자 다른 사람이 대꾸했다. "저 사람이 암소를 받고 자기 딸을 팔았다는군요." 궨다는 아버지의 얼굴에 낭패감이 스치는 것을 보았다. 아버지는 조용한 뒷골목에서 이 일을 처리하지 않은 것을 후회하고 있었다. 그는 사람들 반응을 예상할 만큼 영리하지 못했다. 궨다는 구경꾼들이 지금 자신의 유일한 희망이라는 것을 깨달았다.

그때 캐리스가 수도원 정문을 나서는 수사를 손짓해 불렀다. "고드윈 형제님! 이리 와서 문제 좀 해결해주세요." 그러고는 의기양양한 얼굴로 심을 보고 말했다. "수도원에는 양모 정기시장에서 이루어지는 모든 거래에 대한 재판권이 있어요. 고드윈 형제님은 성구 관리인이에요. 당신도 그의 말은 받아들일 수밖에 없어요."

"안녕, 나의 사촌 캐리스, 무슨 일이지?" 고드윈이 말했다.

심이 언짢은 듯 신음을 흘렸다. "저 사람이 네 사촌이라고?"

고드윈은 차가운 눈으로 그를 바라보았다. "무슨 일 때문에 다투는 건지 모르지만, 하느님의 사람으로서 공정한 판결을 내리겠소. 그 점에 대해서는 내 말을 믿어도 됩니다."

"그 말씀을 들으니 마음이 놓이네요, 형제님." 심이 비굴한 태도로 말했다.

"형제님이 누구신지 압니다. 제 아들 필리먼이 수사님에게 의탁하고 있죠. 수사님이 그애한테 정말 친절하게 대해주신다고 하던데요." 조비 역시 사근사근한 어조로 말했다.

"자, 그 정도만 하시오. 그런데 대체 무슨 일입니까?"

"여기 이 조비라는 사람이 암소를 받고 궨다를 팔려고 해요. 그러면 안 된다고 말씀해주세요." 캐리스가 말했다.

"저애는 제 딸입니다, 수사님. 저애는 열여덟 살이고 아직 미혼이라 아비 소유니 제 마음대로 할 수 있지 않습니까." 조비가 말했다.

"그래도 자기 자식을 파는 건 부끄러운 짓입니다." 고드윈이 말했다.

"저도 그러고 싶지 않습니다, 수사님. 그런데 집에 애가 셋이나 더 있죠. 그리고 저는 땅 한 뙈기 없는 날품팔이고요. 겨울철에 암소라도 없으면 아이들이 굶어죽습니다. 집에 있던 늙은 암소가 죽었거든요." 조비가 애처로운 어조로 말했다.

점점 수가 불어나는 군중 속에서 동정 어린 웅얼거림이 나왔다. 그들도 겨울철의 고초에 대해, 가족을 부양해야 하는 가장이 처한 극단적인 상황에 대해 잘 알고 있었다. 궨다는 절망하기 시작했다.

"부끄러운 일이라고 생각하실지 모르지만 죄는 아니지 않습니까, 고드윈 형제님?" 심이 말했다. 그는 이미 답을 알고 있다는 듯이 말했다. 궨다는 그가 전에도 다른 곳에서 이런 말다툼을 벌인 적이 있을 거라고 짐작했다.

"성서에도 딸을 노예로 파는 이야기가 있긴 하죠. 「출애굽기」21장에 말이죠." 고드윈이 마지못한 얼굴로 말했다.

"바로 그겁니다! 그것이 그리스도인다운 행동이죠!" 조비가 말했다.

캐리스는 격분했다. "「출애굽기」라니!" 그녀는 경멸조로 말했다.

그때 구경꾼 한 명이 끼어들었다. "우리는 이스라엘 자손이 아닙니다." 땅딸막하고 주걱턱을 가진, 단호한 인상의 여자였다. 옷차림은 초라하지만 태도는 단호했다. 궨다는 그녀가 피륙공 마크의 부인인 매지라는 것을 알아보았다. "오늘날에 노예 같은 건 없어요." 매지가 말했다.

"그러면 보수도 받지 않고 고용주한테 얻어맞아가며 일하는 도제들은 다 뭔데요? 수련수사나 수련수녀는요? 그리고 귀족 저택에서 기식하는 하녀는 뭡니까?" 심이 대꾸했다.

"그들의 삶이 고될지는 몰라도 그들을 사고팔 수는 없어요. 안 그래요, 고드윈 수사님?" 매지가 말했다.

"나는 이 거래가 합법적이라고 말한 것이 아닙니다." 고드윈이 대꾸했다. "나는 옥스퍼드에서 법이 아니라 의학을 수학했습니다. 하지만 성서나 교회의 가르침에 따라 말하자면 이 사람들이 하는 일을 죄라고 하기는 어려울 것 같단 겁니다." 그런 다음 캐리스를 향해 어깨를 으쓱했다. "미안하다, 캐리스."

매지는 팔짱을 꼈다. "그런데 당신은 우리 마을 밖으로 저애를 어떻게 데려갈 생각이죠?"

"밧줄을 매서 데려갈 거요. 암소를 끌고 왔던 것처럼."

"아, 하지만 그러려면 우선 나와 여기 모인 사람들을 지나가야 할 텐데요."

궨다의 가슴은 희망으로 뛰었다. 구경꾼들 가운데 매지를 편들 사람이 몇이나 될지는 알 수 없었지만, 이 일이 싸움으로 번지게 되면 외부에서 온 생면부지의 심보다는 이 도시에 사는 매지를 편들 가능성이 높았다.

"전에도 이런 고집불통 여자들을 다뤄본 적이 있지." 심이 입술을 일그러뜨리며 말했다. "하지만 그런다고 내가 곤란을 겪은 적은 없었소."

매지가 밧줄에 손을 가져다댔다. "운이 좋았던 모양이죠."

심이 밧줄을 획 잡아당기며 말했다. "내 재산에서 손 떼시오. 좋은 말로 할 때."

그러자 매지는 일부러 퀜다의 어깨에 손을 얹었다.

심은 매지를 거칠게 밀쳤고 그녀는 뒤로 비틀거렸다. 군중 속에서 항의하는 웅성거림이 들렸다.

"저 여자 남편을 봤다면 저런 짓은 못 할 텐데." 구경꾼 하나가 말했다.

웃음소리가 터졌다. 퀜다는 매지의 남편 마크를 떠올렸다. 그는 성품은 순하지만 몸이 거인 같았다. 그가 여기 나타나준다면!

그러나 그곳에 나타난 사람은 그가 아니라 치안관 존이었다. 말썽을 예민하게 감지하는 그의 코는 군중이 모인 곳으로 즉각 그를 인도했다. "여기서 밀치고 그러면 안 되지. 행상인 자네가 말썽을 일으킨 건가?"

퀜다는 다시 희망에 부풀었다. 행상인들은 평판이 좋지 않았다. 치안관은 심이 말썽의 원인이라고 여기고 있었다.

심은 모자를 고쳐 쓰는 것만큼이나 재빠르게 비굴한 태도로 돌변했다. "죄송합니다. 치안관 나리. 하지만 서로 합의한 값을 치렀다면 자기가 산 물건을 온전하게 킹스브리지 밖으로 가지고 나갈 수 있지 않습니까?"

"물론이지." 존으로서는 동의하지 않을 수 없었다. 시장 도시는 공정한 거래에 대한 평판에 의지했다. "뭘 샀지?"

"이 여자애입니다."

"이런." 존은 생각에 잠겼다. "대체 누가 팔았지?"

"제가 팔았습니다. 저는 저애의 아비입니다." 조비가 말했다.

심이 말을 이었다. "그런데 주걱턱의 이 여자가 저애를 데려가지 못하게 하겠다고 협박하고 있습니다."

"내가 그랬어요." 매지가 말했다. "나는 킹스브리지 시장에서 여자를 사고판다는 소리는 들어본 적이 없어요. 여기 모인 사람 누구라도 그럴 거예요."

"가장은 자기 자식을 자기가 원하는 대로 해도 되는 거잖습니까." 조비가 말했다. 그러면서 그는 호소하는 눈길로 군중을 둘러보았다. "그것에 반대하는 사람 있습니까?"

궨다는 아무도 반박하지 못하리라는 것을 알았다. 자식들을 아끼는 사람도 있고 막 대하는 사람도 있지만, 아버지가 자식에 대해 절대권력을 가져야 한다는 데는 모두 동의했다. 궨다는 성난 어조로 소리쳤다. "저 사람 같은 아버지를 두었다면 여러분도 그렇게 귀머거리에 벙어리처럼 그냥 서 있진 않을 거예요. 당신들 중에 부모에게 팔려본 사람이 몇이나 있나요? 작고 어린 손을 남의 호주머니에 넣어 지갑을 훔치라고 시킨 부모를 둔 사람이 몇이나 있나요?"

조비의 얼굴에 근심이 스쳤다. "저애는 지금 헛소리를 하는 겁니다, 치안관 나리. 제 아이들 중에 도둑질을 한 아이는 하나도 없습니다."

"그건 신경쓸 것 없네." 존이 말했다. "여기 모인 사람들 모두 내 말을 들으시오. 이 문제에 대해 판결을 내리겠소. 내 결정에 불만인 사람은 수도원장에게 가서 호소해도 좋습니다. 나는 누구를 밀치거나 난폭한 행동을 하는 사람은 그게 누구든 관련자 모두를 체포할 거요. 잘 알아들었길 바랍니다." 치안관이 위협적인 눈길로 주위를 둘러보았다. 아무도 입을 열지 않았다. 사람들은 그가 어떤 판결을 내릴지 기다리고 있었다. 치안관이 계속했다. "나는 이 거래가 불법인 이유를 찾을 수 없소. 따라서 심은 저애와 함께 이곳을 떠나도 좋다."

조비가 말했다. "제가 그럴 거라고 말씀드렸잖―"

"자넨 입 닥치게, 멍청한 사람 같으니." 치안관이 말했다. "심, 자네는 어서 가게. 그리고 매지, 더이상 이 일에 끼어들면 감옥에 가게 될 거요. 당신 남편도 나를 막지 못합니다. 그리고 캐리스, 너도 아무 말 말거라. 네 아버지에게 가서 나에 대해 불평하는 건 상관없지만."

존이 말을 끝내기도 전에 심은 밧줄을 잡아챘다. 궨다는 앞으로 고꾸라질 뻔했지만 한 발을 내디뎌 겨우 넘어지지 않고 서 있을 수 있었다. 그녀는 비틀거리는 걸음으로 뛰다시피 거리를 따라 움직이기 시작했다. 캐리스가 곁눈으로 보였다. 그러나 존 치안관이 캐리스의 팔을 붙들었다. 캐리스는 항의하려고 몸을 돌렸지만, 잠시 후 그녀의 모습은 궨다의 시야에서 사라지고 말았다.

심은 밧줄을 잡아당기며 궨다가 균형을 잃을 만큼 빠른 걸음으로 진흙탕이 된 큰길을 걸어내려갔다. 다리가 가까워지자 그녀는 더욱 절망감에 휩싸였다. 그녀는 밧줄에 끌려가지 않으려고 버텼지만 심은 더욱 세게 잡아당겼고 그러다 그녀는 진흙탕에 엎어지고 말았다. 두 팔이 꼼짝 못하게 묶여 있어 양손으로 몸을 지킬 수도 없었다. 궨다는 그대로 앞으로 고꾸라지면서 가슴을 찧고 진흙탕에 얼굴을 박았다. 궨다는 저항을 포기한 채 비틀거리며 일어섰다. 짐승처럼 줄에 묶인 채, 다치고 겁에 질리고 더러운 진흙을 묻힌 채 그녀는 비틀걸음으로 자신의 새 주인을 따라 다리를 건너 숲으로 이어지는 길로 들어섰다.

행상인 심은 궨다를 신시가지 교외를 지나 죄수들을 교수絞首하는, 교수대 네거리라 불리는 교차로로 데려갔다. 그리고 거기서 위글리로 가는 남쪽 길로 접어들었다. 그는 자신이 잠깐 정신을 놓더라도 그녀가 달아나지 못하도록 그녀를 묶은 줄을 자기 손목에 묶었다. 스킵이 그들 뒤를 따라왔지만 집어던진 돌에 콧잔등을 정통으로 맞자 꼬리를 말고 물러났다.

그렇게 몇 마일을 가 해가 질 무렵 그들은 숲으로 접어들었다. 렌다의 눈에는 길가에 그 장소를 알아볼 만한 특징이 보이지 않았지만, 심은 주의깊게 길을 고른 듯했다. 몇백 걸음쯤 숲으로 들어가자 오솔길이 나왔던 것이다. 시선을 내려 흙바닥에 깨끗하게 찍힌 수십 개의 작은 발자국을 보고 그녀는 그 길이 사슴이 다니는 길이라는 것을 알아차렸다. 그 길은 물가로 이어질 것이었다. 아니나 다를까 작은 개울에 이르렀고, 개울 양쪽은 사슴들 발굽에 밟혀 진흙탕이었다.

심은 개울가에 무릎을 꿇고 양손으로 맑은 물을 떠마셨다. 그러고는 밧줄을 렌다의 목 언저리까지 올려서 양손을 쓸 수 있게 해줬다. 그리고 그녀에게 개울가로 가라고 몸짓을 했다.

렌다는 손을 씻고 갈증을 풀었다.

"얼굴도 씻어. 안 그래도 못생긴 얼굴이니까." 그는 명령했다.

렌다는 그가 하라는 대로 하면서, 녹초가 된 머릿속으로 왜 그가 자기 외모에 신경을 쓰는지 의아해했다.

길은 물을 마신 개울가 구덩이 맞은편으로 이어졌다. 그들은 계속 걸었다. 렌다는 튼튼해서 온종일이라도 걸을 수 있지만, 지금은 좌절감에 싸이고 비참한 심정에 겁이 나 기진맥진한 상태였다. 목적지에서 어떤 운명이 기다리고 있을지 모르지만 이보다 더 나쁠 것이 분명했다. 그래도 앉아 쉴 수 있게 빨리 그곳에 도착하길 바랐다.

어둠이 내리고 있었다. 사슴이 다니는 길은 숲속으로 1마일쯤 이어지다 언덕 기슭에서 사라졌다. 심은 유난히 커 보이는 어느 떡갈나무 옆에서 걸음을 멈추더니 나지막이 휘파람을 불었다.

잠시 후 어스름한 수풀 속에서 사람 형체가 나타나더니 말했다. "괜찮나, 심."

"괜찮나, 제드."

"쓸 만한 매춘부라도 데려온 건가?"

"한입 먹게 해줄 수도 있지, 제드. 다른 사람들과 똑같이. 물론 6펜스가 있다면."

퀜다는 심이 무슨 계획을 세운 것인지 깨달았다. 그는 그녀에게 매음을 시킬 작정이었던 것이다. 그 사실을 깨닫고 심한 충격에 사로잡힌 퀜다는 비틀거리다 무릎을 꿇으며 주저앉았다.

"6펜스라고 했나?" 제드의 목소리는 아득히 멀리서 나는 듯했지만, 그래도 그 목소리에 실린 흥분이 느껴졌다. "몇 살인데?"

"저애 아비 말로는 열여덟 살이라던데." 그러면서 심은 밧줄을 홱 잡아당겼다. "일어서, 게으른 암소 같으니. 아직 다 온 게 아니라고."

퀜다는 일어섰다. 그래서 얼굴을 씻으라고 한 거였군. 그런 생각을 하자 울음이 터져나왔다.

그녀는 비틀거리며 심의 뒤를 따라가며 희망을 잃고 울었다. 이윽고 그들은 중앙에 화톳불을 피운 빈터에 이르렀다. 눈물 속으로 빈터 언저리에 열다섯에서 스무 명쯤 되는 사람들이 누워 있는 것이 보였는데 대부분 모포나 외투로 몸을 감싸고 있었다. 화톳불 불빛 속에서 그녀를 바라보는 사람들은 거의 모두가 남자였지만, 여자의 하얀 얼굴도 언뜻 보였다. 표정은 딱딱하지만 턱선이 보기 좋은 그 여자는 잠시 퀜다를 빤히 바라보다가 누덕누덕 기운 침구 더미 속으로 모습을 감췄다. 뒤집힌 술통과 여기저기 흩어진 나무 술잔들이 그곳에서 술잔치가 벌어졌었다는 것을 보여주고 있었다.

퀜다는 심이 자기를 범법자 소굴로 데려왔다는 것을 깨달았다.

그녀는 신음했다. 대체 나는 저들 중 얼마나 많은 사람에게 몸을 팔게 되는 걸까?

퀜다는 자문한 순간 곧 답을 알았다. 그들 전부였다.

심은 나무줄기에 기대앉아 있는 남자에게 빈터를 가로질러 그녀를 끌고 갔다. "괜찮나, 탬." 그가 말했다.

퀜다는 즉각 그 남자가 누구인지 알아차렸다. 나라 안에서도 유명한 범법자인 그를 사람들은 은신자 탬이라 불렀다. 그의 잘생긴 얼굴은 술을 마셔서 불콰했다. 사람들은 그가 귀족 출신이라고 했지만, 유명한 범법자들에 대해서는 누구나 그런 식으로 지어내곤 했다. 퀜다는 그가 생각보다 젊다는 사실에 놀랐다. 이십대 중반으로 보였다. 그러나 다음 순간, 범법자를 죽이는 것은 죄가 아니므로, 나이 들 때까지 살아남는 범법자는 거의 없을 거라는 생각이 들었다.

"괜찮나, 심." 탬이 말했다.

"알윈의 암소와 여자를 맞바꿔 왔네."

"잘했군." 탬의 발음을 들으니 그리 취한 것 같지 않았다.

"사내놈들한테 6펜스씩 받을 생각인데, 물론 자네는 공짜야. 자네가 맨 먼저 하고 싶을 것 같은데."

탬은 충혈된 눈으로 퀜다를 힐끗 보았다. 아마 그녀가 그러길 바라서였겠지만, 그녀는 그의 얼굴에서 얼핏 동정의 빛을 본 것 같았다. "아니, 나는 됐어, 심. 아이들이나 즐기게 해줘. 그런데 어쩌면 내일까지 기다리는 편이 나을지도 모르겠는데. 킹스브리지로 술을 운반하던 수사 둘에게서 맛좋은 술통을 빼앗았는데, 그걸 마시고 지금 아이들 대부분이 떡이 됐거든."

퀜다의 가슴은 희망으로 부풀었다. 어쩌면 고문의 순간이 연기될지도 모른다.

"알윈과 의논해봐야겠군." 심이 미심쩍은 투로 말했다. "고맙네, 탬." 그는 몸을 돌리면서 퀜다를 잡아끌었다.

몇 야드 떨어진 곳에서 어깨가 딱 바라진 남자가 비틀거리며 일어섰다.

"괜찮나, 알윈." 심이 말했다. 그 말은 범법자들의 인사말이자 인식 암호인 듯했다.

알윈은 술에 취해 기분이 아주 언짢은 상태였다. "뭘 가져왔나?"

"싱싱한 여자애야."

알윈은 불필요할 정도로 세게 퀜다의 턱을 잡고 그녀의 얼굴을 화톳불 불빛에 비춰보았다. 그녀는 어쩔 수 없이 그의 눈을 보게 됐다. 그는 은신자 탬만큼이나 젊지만, 그만큼이나 불건전한 방탕기가 엿보였다. 그의 숨결에서 술냄새가 풍겼다. "맙소사, 못생긴 애를 골랐군."

이번만큼은 못생겼다는 소리가 기뻤다. 알윈은 그녀에게 아무 짓도 하고 싶지 않을 수도 있다.

"손에 넣을 수 있는 걸 가져왔을 뿐이야." 심이 퉁명스럽게 대꾸했다. "예쁜 딸이라면 암소를 받고 넘겼겠나. 부유한 양모 상인 아들과 결혼시키려 할 테지."

아버지가 떠오르자 퀜다는 분노가 치밀었다. 아버지는 틀림없이 이런 일을 예상하고 있었을 것이다. 아니, 적어도 그럴지 모른다는 의심은 했을 것이다. 어떻게 아버지가 딸에게 이런 짓을 할 수 있을까?

"좋아, 좋아. 아무래도 상관없어." 알윈이 말했다. "여긴 여자가 둘뿐이라 아이들 대부분이 자포자기 상태니까."

"탬 말이 내일까지 기다려야 할 거라던데. 오늘밤은 아이들이 술에 뻗었다고 말이야. 하지만 그건 자네 생각에 달렸지."

"탬 말이 맞아. 애들 절반이 벌써 곯아떨어졌어."

켄다의 공포심도 조금 누그러졌다. 밤사이에 상황이 달라질 수도 있다.

"알았어. 아무튼 나는 지독하게 피곤하네." 심이 말했다. "거기 누워." 그는 켄다에게 말했다. 심은 이제까지 그녀의 이름을 한 번도 부르지 않았다.

켄다가 바닥에 눕자 심은 밧줄로 그녀의 두 다리를 한데 묶고 양손도 뒤로 돌려 묶었다. 그런 다음 그와 알윈이 그녀의 양옆에 누웠다. 얼마 후 두 사람 다 잠들었다.

켄다도 지쳤지만 잠을 잘 생각은 없었다. 두 팔이 뒤로 묶여 있어 어떤 자세를 취하든 고통스러웠다. 그녀는 손목의 밧줄을 풀기 위해 움직여보았지만 밧줄은 아주 단단히 매듭지어 묶여 있었다. 피부만 벗겨졌을 뿐이었고, 밧줄이 닿자 그 부위가 타는 듯이 쓰라렸다.

절망감이 무력한 분노로 바뀌었고, 그녀는 자신을 산 자들에게 복수하는 광경을 상상했다. 그들을 자기 앞에 꿇어앉히고 채찍질을 하는 장면도 그려보았다. 헛된 망상일 뿐이었다. 그녀는 달아날 방도를 궁리하기 시작했다.

우선 결박부터 풀어야 한다. 그런 다음 달아나야 한다. 가장 좋은 것은, 어떤 수를 쓰든 저자들이 그녀를 쫓아가도 다시 잡을 수 없다고 믿게 만드는 것이다.

그러나 그것은 불가능해 보였다.

12

잠을 깬 퀜다는 추웠다. 한여름이지만 날씨가 서늘한데다 입고 있는 얇은 옷 말고는 덮은 것이 없었다. 검은 하늘이 회색으로 바뀌고 있었다. 그녀는 어렴풋한 빛 속에서 빈터를 둘러보았다. 움직이는 사람은 없었다.

그녀는 소변을 보고 싶었다. 그 자리에서 소변으로 옷을 적셔버릴까 하고도 생각했다. 자신을 구역질나게 만들수록 이로울 것 같았다. 그러나 곧 생각을 바꿨다. 그것은 자신을 포기하는 일이었다. 그녀는 포기할 생각이 없었다.

하지만 이제부터 뭘 어떻게 해야 할까?

옆에서 잠든 알윈의 혁대에 날이 긴 단검이 칼집에 꽂혀 있었다. 그것을 보자 한 가지 생각이 떠올랐다. 그녀는 이제 막 머릿속에 자리잡아가는 그 계획을 실행에 옮길 용기가 과연 자신에게 있는지 확신할 수 없었다. 하지만 그 일이 얼마나 무서운지에 대해서는 생각하지 않기로 했다. 그 일을 해야만 했다.

발목이 꽁꽁 묶여 있었지만 다리를 움직일 수는 있었다. 퀜다는 알윈을 발로 찼다. 처음에는 아무것도 느끼지 못하는 것 같았다. 다시 한번 발길질하자 그는 꿈틀했다. 세번째 발길질을 했을 때야 그가 일어나 앉았다. "네가 그런 거냐?" 그가 자다 깬 멍한 얼굴로 물었다.

"소변을 봐야 해요."

"빈터에서는 안 돼. 탬의 규칙이야. 소변은 스무 발짝, 대변은 오십 발짝 떨어져서."

"범법자들에게도 규칙이 있나보군요."

그는 무슨 소리인지 못 알아들은 듯 그녀를 빤히 바라보았다. 비꼬는 말의 의미를 알아차리지 못한 것이다. 그는 똑똑한 사람이 아니었다. 그것은 유용했다. 그러나 그는 분명 힘이 세고 비열한 인간일 것이었다. 조심 또 조심해야만 하는.

"발이 묶여 아무데도 갈 수 없단 말이에요."

그는 투덜대며 발목을 묶은 밧줄을 풀어줬다.

계획의 첫 단계는 성공이었다. 그러자 아까보다 더 겁이 났다.

그녀는 비틀거리며 일어섰다. 밤새도록 밧줄로 묶여 근육이 뭉친 다리가 아팠다. 한 걸음 디디자마자 비틀거리다가 쓰러졌다. "양손이 묶여 있어서 걷기 힘들어요."

알윈은 못 들은 척했다.

두번째 단계는 실패였다.

하지만 시도를 멈출 순 없었다.

그녀는 다시 일어나 숲으로 걸어갔다. 알윈이 뒤따라왔다. 그는 손가락으로 발걸음 수를 세고 있었다. 처음 열까지 세고는 다시 세기 시작했다. 두번째 열까지 세자 그가 말했다. "이만큼 왔으면 됐어."

그녀는 난감한 듯이 그를 바라보았다. "치마를 올릴 수가 없어요."

그가 속아넘어갈까?

그는 말없이 그녀를 보기만 했다. 물방앗간 활차처럼 덜컥대며 머리를 굴리는 소리가 들리는 것 같았다. 그녀가 소변을 보는 동안 그가 치맛자락을 들어올려줄 수도 있지만, 그런 일은 엄마가 아기한테 해주는 일이라 아마도 자신이 하기에는 체면이 서지 않는다고 여길 수도 있다. 대신에 그녀의 손목을 풀어줄지도 모른다. 손과 발이 자유로워지면 그녀는 달아날 수 있다. 하지만 그녀는 몸이 작고 약한데다 근육이 경직된 상태다. 길고 근육질 다리를 가진 남자보다 더 빨리 달릴 수는 없다. 그는 분명 이 상황을 그다지 위험이라고 여기지 않고 있을 것이다.

그가 손목을 묶었던 밧줄을 풀어줬다.

그녀는 득의에 찬 표정을 보이지 않으려고 그에게서 얼굴을 돌렸다.

그녀는 피가 돌도록 팔뚝을 문질렀다. 그녀는 엄지로 그의 눈알을 찔러버리고 싶었지만, 대신에 최대한 상냥하게 미소를 지으며, 마치 그가 무슨 대단한 친절을 베풀기라도 한 것처럼 말했다. "고마워요."

그는 아무 말도 하지 않은 채 그녀를 지켜보며 서서 기다렸다.

그녀는 치마를 잡아올리고 쭈그려 앉으며 그가 눈을 돌리기를 바랐지만, 그는 더 뚫어져라 바라보았다. 본능적인 일을 하며 부끄러워하는 모습을 보이기가 싫어 그녀도 지지 않고 그를 똑바로 바라보았다. 그는 입을 살짝 벌리고 있었다. 그녀는 그의 호흡이 점점 거칠어지는 것을 눈으로 확인했다.

이제 가장 어려운 부분이 남아 있었다.

그녀는 천천히 일어나며 치맛자락을 내리기 전에 그가 충분히 보도록 내버려두었다. 그는 입술을 핥았다. 그녀는 그가 걸려넘어왔다는 것을 알아챘다.

퀜다가 다가가 그의 앞에 섰다. "내 보호자가 되어줄래요?" 그녀는 어린 소녀처럼 가녀린 목소리로 말했고, 그런 것은 그녀가 자연스럽게 할 수 있는 일이 아니었다.

의심하는 기색은 보이지 않았다. 그는 아무 말도 하지 않고 투박한 손으로 그녀의 가슴을 꽉 움켜쥐었다.

그녀는 고통으로 숨을 몰아쉬었다. "너무 세게 하지는 말아요!" 그녀는 양손으로 그의 손을 잡았다. "좀더 부드럽게요." 그러고는 그의 손을 자신의 가슴에 대고 문질렀다. 젖꼭지가 단단하게 섰다. "부드럽게 해주면 훨씬 좋을 거예요."

그는 불만스러운 듯 끙 소리를 냈지만 계속해서 부드럽게 문질렀다. 그러더니 왼손으로 그녀의 옷깃을 잡고 단검을 뽑았다. 그것은 1피트쯤 되고 끝이 뾰족하고 최근에 날을 간 듯 칼날이 번뜩였다. 그는 그녀의 옷을 잘라버리려는 듯했다. 그렇게 하게 두면 안 된다. 그러면 그녀는 발가벗고 있게 될 것이다.

그녀는 그의 손목을 살짝 잡고 순간적으로 그의 행동을 제지했다. "칼을 쓸 필요 없어요. 자, 봐요." 그녀는 뒤로 물러나 허리띠를 풀고 빠른 손놀림으로 머리 위로 원피스를 벗었다. 그것이 그녀가 입고 있던 유일한 옷이었다.

그녀는 땅바닥에 옷을 펴고 그 위에 누웠다. 그리고 그에게 미소를 지었다. 미소를 짓는다고 지었지만 아마도 잔뜩 찡그린 얼굴이었을 것이다. 그녀는 다리를 벌렸다.

그는 멈칫했지만 잠시뿐이었다.

그는 오른손에 단검을 쥔 채 속바지를 내리고 그녀의 허벅지 사이에 무릎을 꿇었다. 그러고는 단검을 그녀의 얼굴에 겨누고 말했다. "조금이라도 허튼짓하면 네 얼굴을 갈라버린다."

"그럴 일 없을 거예요." 그녀는 이런 남자가 여자에게 듣고 싶어하는 말이 뭘지 필사적으로 머리를 쥐어짰다. "나의 크고 강한 보호자님." 그녀가 말했다.

그는 그 말에 아무런 반응도 보이지 않았다.

그는 그녀의 몸 위로 엎드리더니 무턱대고 밀어넣으려 했다. "그렇게 서두르면 안 돼요." 그녀는 그가 어설프게 들이대자 고통을 참느라 이를 악물었다. 그녀는 입구가 좀더 느슨해지도록 다리를 들어올리고 다리 사이로 손을 뻗어 그의 것을 안으로 이끌어줬다.

그가 바닥에 짚은 두 팔로 체중을 지탱한 채 상체를 들어올렸다. 그러고는 단검을 그녀의 머리 옆 풀밭에 내려놓고 오른손으로 칼자루 부분을 덮었다. 그는 그녀의 몸속으로 들어가며 신음소리를 냈다. 그녀는 자신이 원해서 하는 듯한 태도로, 단검이 있는 옆쪽을 보지 않으려고 억지로 애쓰는 동시에 기회를 기다리며 그의 움직임에 맞춰 몸을 움직였다. 겁도 나고 욕지기도 치밀었지만 마음 한구석으로는 침착하게 계산하고 있었다.

그는 눈을 감은 채 바람 냄새를 맡는 짐승처럼 고개를 쳐들었다. 그가 상체를 든 상태에서 두 팔꿈치를 쭉 폈다. 그녀는 위험을 무릅쓰고 칼이 있는 곳으로 시선을 돌렸다. 그사이 그의 손이 살짝 옮겨져 이제 일부만 칼자루를 덮고 있었다. 당장이라도 칼을 잡을 수 있었다. 하지만 그가 얼마나 빨리 반응할까?

그녀는 다시 그의 얼굴을 쳐다보았다. 그는 집중하느라 일그러진 입가에 미소를 짓고 있었다. 그가 더욱 빠르게 몸을 밀어대고 그녀도 그의 움직임에 맞춰 몸을 움직였다.

그런데 당황스럽게도 그녀는 자신의 허리에서 뜨거운 불꽃이 번지는 느낌을 받았다. 그녀는 그런 자신에게 소스라치듯 놀랐다. 살인을 일삼는 범법자인 이 사내는 짐승보다 나을 것이 없는데다 고작 6펜스에 여자에게 매음을 시킬 궁리나 하는 인간이었다. 그녀가 몸을 준 것은 목숨을 구하기 위해서지 결코 즐기기 위해서가 아니었다! 그런데도 그녀의 몸에서 애액이 쏟아져나왔다. 그의 동작이 더욱 빨라졌다.

그녀는 그가 곧 절정에 다다를 것임을 감지했다. 지금이 아니면 두번 다시 기회는 없을 것이다. 그가 함락된 사람처럼 신음소리를 냈을 때, 그녀는 움직였다.

그녀는 그의 손 밑에 있던 칼을 낚아챘다. 무아경에 빠진 그의 표정에는 아무 변화도 없었다. 아직 그녀의 동작을 알아차리지 못한 것이었다. 그가 알아채 마지막 순간 제지할까봐 겁이 난 그녀는 주저 없이, 칼끝을 위로 향한 채 누운 자세에서 어깨만 획 올려 사내를 찔렀다. 그 순간 그녀의 움직임을 감지한 그가 눈을 떴다. 그의 얼굴에 충격과 공포가 스쳤다. 그녀는 그의 턱 바로 아래쪽 목에 힘껏 칼을 꽂았다. 그녀는 자신이 기도와 경정맥이 지나는, 목에서 가장 약한 부분을 찌르지 못했다는 것을 알고는 욕을 내뱉었다. 그는 고통과 분노로 소리쳤지만, 몸을 움직이지는 못했다. 그녀는 자신이 그 어느 때보다도 죽음에 근접했다는 사실을 알았다.

그녀는 다시 생각하지 않고 본능적으로 움직였다. 왼팔로 그의 팔꿈치 안쪽을 가격했다. 구부러지는 팔을 어쩌지 못한 그가 힘없이 푹 쓰러졌다. 그녀는 1피트의 단검을 더욱 힘껏 밀어넣었는데, 그의 체중이 실리면서 칼날은 더욱 깊숙이 들어갔다. 칼이 아래쪽에서 위쪽으로 머리 깊숙이 박히면서 벌어진 그의 입에서 쏟아진 피가 그녀의 얼굴 위로 떨어졌다. 그녀는 반사적으로 고개를 옆으로 틀었지만 칼을 밀어넣는 동작은 멈추지 않았다. 칼날은 잠시 뭔가에 막힌 듯하다가 곧 미끄러지듯이 들어갔고, 그의 눈알은 금방이라도 터질 것 같았다. 다음 순간 그녀는 쏟아지는 피와 뇌수 속에서 눈구멍까지 나와 있는 칼끝을 보았다.

그는 죽었거나 아니면 거의 죽은 채 그녀의 몸 위로 쓰러졌다. 그 무게에 그녀는 숨을 쉴 수 없었다. 마치 쓰러진 나무에 깔려 오도 가도 못하는 느낌이었다. 그녀는 한동안 꼼짝도 하지 못했다.

그런데 끔찍하게도 그때 자신의 몸안에서 그가 사정하는 것이 느껴졌다.

그녀는 미신과도 같은 공포에 사로잡혔다. 그녀의 얼굴에 칼을 들이대며 위협할 때보다 지금의 그가 더 무서웠다. 끔찍한 공황에 사로잡힌 그녀는 꿈틀거리며 그의 몸 밑에서 빠져나왔다.

그녀는 숨을 거칠게 몰아쉬며 위태위태하게 겨우 일어섰다. 가슴에는 그의 피가, 허벅지에는 그의 정액이 묻어 있었다. 그녀는 두려운 눈으로 범법자들의 야영지 쪽을 바라보았다. 혹시 잠에서 깬 누군가가 알원이 외치는 소리를 듣지는 않았을까? 잠을 자다 혹시 그 소리에 깬 사람은 없을까?

그녀는 몸을 떨며 옷을 입고 허리띠를 둘렀다. 지갑, 주로 음식을 먹을 때 사용하는 자신의 작은 칼도 챙겼다. 알원에게서 시선을 뗄 엄두가 나지 않았다. 그가 아직 살아 있을까봐 두려웠다. 그녀는 그의 숨통을 끊어놓아야 한다는 것을 알고 있었지만 용기가 나지 않았다. 그때 빈터 쪽에서 무슨 소리가 나자 그녀는 소스라치게 놀랐다. 한시바삐 달아나야 했다. 그녀는 주위를 둘러보고 방향을 정한 다음 길이 있는 쪽으로 향했다.

그때 큰 떡갈나무 근처에 보초가 있었다는 것을 떠올린 그녀는 갑작스러운 공포에 사로잡혔다. 소리를 내지 않으려고 조심하면서 숲을 지나 조용히 그 나무가 있는 곳으로 다가갔다. 다음 순간 땅바닥에 잠든 제드라는 이름의 보초가 보였다. 그녀는 발끝으로 걸어 그의 옆을 지나쳤다. 달리고 싶은 충동을 억누르기 위해 온 의지를 끌어모아야 했다.

다행히도 그는 꼼짝도 하지 않았다.

사슴이 다니는 길을 발견한 그녀는 그 길을 따라 개울가로 갔다. 누군가 쫓아오는 기색은 없었다. 얼굴과 가슴에 묻은 피를 씻고 사타구니에도 찬물을 뿌렸다. 이제부터 먼길을 가야 했기에 물을 충분히 마셨다.

필사적이던 감정이 얼마쯤 누그러진 상태로 그녀는 사슴이 다니는 길을 따라 걸어갔다. 걸으면서 귀를 기울였다. 범법자들이 알윈을 얼마나 빨리 찾아낼까? 그녀는 시신을 숨기려고 하지도 않았다. 그들이 그 현장을 발견한다면 분명 그녀를 쫓아올 것이다. 그들은 암소 한 마리와 그녀를 바꿨고, 그 암소는 12실링이나 했으며, 그것은 그녀의 아버지 같은 사람이 반년은 일해야 벌 수 있는 돈이었다.

그녀는 길에 이르렀다. 혼자 여행하는 여자에게 탁 트인 길은 숲길만큼이나 위험했다. 범법자 무리는 은신자 탬의 무리만 있는 것이 아닌데다, 기사종자며 시골 남자아이들, 병사들 무리도 무방비 상태인 여자를 보면 십중팔구 덤벼들 것이다. 하지만 가장 시급한 것은 행상인 심과 그의 무리로부터 달아나는 일이었고, 때문에 무엇보다 속도가 중요했다.

그런데 어느 쪽으로 가야 할까? 그녀는 위글리의 집으로 가고 싶었지만 심은 분명 그곳으로 쫓아와 그녀를 돌려달라고 할 것이고, 아버지가 어떻게 나올지도 알 수 없었다. 그녀에게는 믿을 수 있는 친구가 필요했다. 캐리스라면 그녀를 도와줄 것이다.

그녀는 킹스브리지로 향했다.

날은 맑았지만 며칠 동안 내린 비에 길은 진흙탕이었다. 그만큼 걷기 어려웠다. 얼마 후 그녀는 언덕 꼭대기에 이르렀다. 그곳에서 돌아보면 1마일 앞까지 내다보였다. 그런데 시야가 닿는 저멀리서 혼자 성큼성큼 걸어오는 사람이 보였다. 노란색 튜닉 차림이었다.

행상인 심이었다.

그녀는 내달리기 시작했다.

⁓

토요일 정오 성당 북쪽 익랑에서는 미친 넬에 대한 재판이 열렸다. 리처드 주교는 오른쪽에 앉은 앤서니 수도원장, 왼쪽에 앉은 로이드 부주교와 함께 종교재판을 주재했다. 주교를 보좌하는 이 음침한 얼굴에 검은 머리의 사제가 주교의 모든 실무를 처리한다는 소문이 있었다.

시민들도 상당수 모여 있었다. 이단 재판은 멋진 볼거리였는데, 지난 몇 년간 킹스브리지에서는 볼 수 없었다. 토요일에는 대부분의 장인들과 일꾼들이 정오에 일을 마쳤다. 성당 밖에서는 양모 정기시장의 파장이 가까워오면서 장사꾼들이 노점을 철수하고 팔지 못한 상품을 정리하는 중이었고, 구매자들은 집에 돌아갈 준비를 하거나 구매한 물품을 하구의 멜컴 항구까지 뗏목으로 운반해달라고 위탁하고 있었다.

캐리스는 재판이 시작되기를 기다리며 울적한 기분으로 궨다를 생각했다. 지금 뭘 하고 있을까? 행상인 심은 틀림없이 그애를 겁탈했을 거고, 어쩌면 그것이 그녀에게 일어날 최악의 일이 아닐지도 모른다. 그의 노예가 된 그애는 앞으로 또 어떤 일을 당하게 될까? 캐리스는 궨다가 도망치리라고 확신하면서도 과연 그럴 수 있을지 의구심이 들었다. 만약 도망치다 실패하면 심은 그애한테 어떤 벌을 내릴까? 캐리스는 그 벌이 어떤 것일지 자신은 도저히 짐작도 할 수 없다는 것을 깨달았다.

이상한 한 주였다. 부오나벤투라 카롤리는 마음을 바꾸지 않았다. 이제 피렌체의 구매자들은 적어도 수도원이 양모 정기시장 시설을 개선하기 전까지는 킹스브리지에 오지 않을 것이다. 캐리스의 아버지와 다른 몇몇 유력한 양모 상인들은 그 주의 절반 동안 롤런드 백작과 밀담을 나누었다. 머딘은 계속 그녀가 어색하기라도 한 듯, 침울한 기분에 잠겨 이상하게 굴었다. 그리고 다시 비가 내리고 있었다.

치안관 존과 탁발 수사 머도 손에 이끌려 넬이 성당으로 끌려왔다. 그녀는 민소매 겉옷 하나만 입고 있었는데, 앞을 여며도 앙상한 어깨가 그대로 드러났다. 모자도 신발도 없었다. 남자들에게 잡힌 채 넬은 힘 없이 버둥거리면서도 입으로는 저주의 말을 퍼부었다.

사람들이 그녀를 진정시키는 동안 몇몇 시민이 줄지어 나서서 넬이 악마를 소환하는 소리를 들었다고 증언했다. 그들의 말은 사실이었다. 언제나 넬은 구걸을 거절하거나, 길에서 앞을 가로막거나, 좋은 옷을 입었다거나 하는 이유로, 혹은 아무런 이유도 없이 악마를 들먹이며 사람들을 위협했다.

증인들이 한 사람씩 각자 그 저주 때문에 자신들에게 닥친 불운을 말했다. 금세공인의 아내는 값비싼 브로치를 잃어버렸고, 어느 여인숙 주인은 기르던 닭이 모조리 죽었고, 어느 과부는 엉덩이에 부스럼이 나서 고생했는데, 이 과부의 말에 군중이 웃음을 터뜨리긴 했지만 설득력이 있는 이야기였다. 마녀들의 심술궂은 유머감각은 악명이 높았다.

재판 도중 머딘이 캐리스 옆에 와 섰다. "이건 정말 바보 같은 일이야." 캐리스는 분개한 어조로 그에게 말했다. "저들보다 열 배나 많은 사람이, 넬이 저주를 퍼부었어도 아무런 악운이 닥치지 않았다고 증언할 수 있을 거야."

머딘은 어깨를 으쓱했다. "사람들은 자기가 믿고 싶은 것만 믿지."

"평범한 사람들이라면 그럴 수도 있어. 하지만 주교와 수도원장이라면 그보다는 생각이 있을 거잖아. 그들은 교육받은 사람들이라고."

"할말이 있어." 머딘이 말했다.

캐리스는 귀가 번쩍 뜨이는 느낌이었다. 그동안 그가 그렇게 기분이 좋지 않았던 이유를 말하려는 것이 분명했다. 그녀는 그동안 틈틈이 그를 곁눈질했었다. 고개를 돌린 캐리스의 시야에 그의 얼굴 왼편에 든 큰 멍이 들어왔다. "무슨 일이 있었던 거야?"

그때 넬이 악을 쓰는 소리에 군중이 웃음을 터뜨렸다. 로이드 부주교가 몇 번이나 정숙을 선언했다. 다시 말소리가 들릴 만해졌을 때 머딘이 말했다. "여기서는 안 되겠어. 어디 조용한 곳으로 가도 될까?"

그녀는 하마터면 그대로 일어나서 그와 함께 갈 뻔했지만, 어떤 생각이 그녀를 제지했다. 그는 일주일 내내 냉담한 태도로 그녀를 당황하게 하고 상처를 줬다. 그리고 이제야 자기 생각을 말할 준비가 끝난 것이었다. 자기 말 한마디에 그녀가 달려들 거라고 생각하면서. 왜 자기 마음대로 일정표를 짜? 그는 그녀를 닷새나 기다리게 했다. 그러니 그를 한두 시간쯤 기다리게 해서 안 될 이유가 없었다. "아니, 지금은 안 되겠어." 그녀가 말했다.

머딘은 놀란 표정을 지었다. "왜 안 돼?"

"그러는 게 편하니까. 지금은 재판을 보게 해줘." 그녀는 고개를 돌리다 그의 얼굴에 상처 입은 표정이 스치는 것을 보고는 냉정하게 말한 걸 곧바로 후회했지만 이미 늦어버렸고, 사과할 마음도 들지 않았다.

증인의 진술은 끝났다. 리처드 주교가 말했다. "여인이여, 당신은 악마가 지상을 지배한다고 여기는가?"

캐리스는 화가 치밀었다. 이단자들이 사탄을 숭배하는 이유는 사탄이 지상을 지배하고 하느님은 천상만 다스린다고 여기기 때문이다. 미친 넬은 그런 복잡한 신조 같은 건 이해하지도 못할 것이다. 리처드 주교가 탁발 수사 머도의 터무니없는 고발에 동조하고 나선 것은 수치스러운 일이었다.

넬이 악을 썼다. "너는 네 엉덩이에 네 그것을 쑤셔넣을 수 있겠지."

주교를 향한 모욕적인 언사에 군중이 웃음을 터뜨렸다.

"그것이 피고의 답변이라면……" 주교가 말했다.

그때 로이드 부주교가 끼어들었다. "누군가가 이 여자를 변호해야 합니다." 그의 어조는 공손했지만 얼굴에는 자기 상관의 실수를 바로잡았다는 데 흡족해하는 표정이 떠올라 있었다. 무능한 주교는 부주교가 일일이 일러주는 규칙에 기대고 있는 게 분명해 보였다.

리처드 주교는 익랑을 둘러보았다. "누가 넬을 위해 변호하겠습니까?" 그가 외쳤다.

캐리스는 기다렸지만 나서는 사람은 아무도 없었다. 그녀는 가만 내버려둘 수 없었다. 누군가는 나서서 이런 재판이 얼마나 불합리한 것인지 지적해야 한다고 생각했다. 아무도 말을 하지 않자 캐리스가 일어나서 말했다. "넬은 미친 거예요."

넬의 편을 들 만큼 어리석은 사람이 누구인지 모두가 궁금해서 주위를 두리번거렸다. 그 말을 한 사람이 누구인지 알아본 사람들 사이에서 웅성거리는 소리가 흘러나왔다. 대부분은 캐리스를 알고 있었고 그들은 그리 놀라지 않았는데, 그들 사이에 그녀는 돌발 행동을 하는 사람으로 정평이 나 있었기 때문이다.

앤서니 수도원장이 몸을 앞으로 기울여 주교의 귀에 대고 속삭였다. 그러자 리처드가 말했다. "에드먼드 울러의 딸 캐리스, 당신은 고발당한 저 여인이 미쳤다고 말하는군요. 하지만 당신의 도움 없이도 우리는 이미 그 결론에 도달했소."

캐리스는 그의 싸늘하고 빈정대는 말투에 자극을 받았다. "넬은 자기가 무슨 말을 하는지도 몰라요! 그녀는 악마뿐만 아니라 성인들, 달과 별들도 불러댄다고요. 그건 개 짖는 소리나 다를 게 없어요. 이 재판은 왕 앞에서 힝힝대는 말의 목을 매달겠다는 것이나 다름없는 일이에요." 그녀는 귀족에게 경멸하는 태도를 보이는 것이 현명한 처사가 아님을 잘 알고 있었지만, 도저히 안 그럴 수가 없었다.

군중 속에서 몇몇이 동감이라는 듯 웅성댔다. 사람들은 격렬한 입씨름을 좋아했다.

"하지만 당신도 저 여인의 저주로 피해를 본 사람들의 증언을 들었잖소." 리처드가 말했다.

"저는 어제 1페니를 잃어버렸어요. 달걀을 삶다가 망쳐버렸어요. 아버지가 밤새 기침 때문에 주무시지 못했어요. 하지만 우리를 저주한 사람은 아무도 없어요. 나쁜 일은 그냥 일어날 뿐이에요."

그 말에 많은 사람이 고개를 저었다. 사람들 대부분은 크든 작든 모든 불행의 이면에는 사악한 영향력이 있다고 믿었다. 캐리스는 군중의 지지를 잃어버린 셈이었다.

그녀의 외삼촌인 앤서니 수도원장은 캐리스의 생각을 잘 알았고, 전에도 그녀와 입씨름을 벌인 적이 있었다. 수도원장이 몸을 앞으로 기울이며 말했다. "설마 하느님에게 질병과 불운과 손실에 대한 책임이 있다고 여기고 있는 건 아닐 테죠?"

"그건 아니—"

"그럼 누구한테 그 책임이 있는 건가요?"

"설마 우리 삶에 일어나는 모든 불운이 하느님이나 미친 넬 둘 중 하나에게 책임이 있다고 여기시는 건 아니겠죠?" 캐리스는 앤서니의 까탈스러운 말투를 흉내내어 말했다.

"수도원장에게 정중한 언사를 쓰시오." 로이드 부주교가 날카로운 어조로 말했다. 그는 앤서니가 캐리스의 외삼촌이라는 것을 몰랐다. 사람들이 웃음을 터뜨렸다. 그들은 새침 떼는 수도원장과 독립적인 여성인 그의 조카를 잘 알고 있었다.

캐리스는 이렇게 마무리지었다. "저는 넬이 무해한 사람이라고 생각해요. 미친 건 맞지만 해를 끼치지는 않아요."

그때 갑자기 탁발 수사 머도가 벌떡 일어났다. "주교님, 킹스브리지 시민들과 친구 여러분." 그가 예의 낭랑한 목소리로 말했다. "사악한 힘은 우리 가운데 있으면서 우리에게 죄를 지으라고 유혹하죠. 거짓말을 하고 탐식하고 술에 취하고 허풍을 떨게 만들고 육욕에 빠지게 합니다." 군중은 이런 말을 좋아했다. 죄악에 관한 머도의 묘사는, 그의 혹독한 비난을 받으며 축성된 그 방종의 유쾌한 장면들에 대한 상상력을 자극했다. "하지만 그 사악한 힘은 눈에 띄지 않을 수 없습니다." 머도의 흥분한 목소리는 쩌렁쩌렁 울려퍼졌다. "말이 진흙탕에 발자국을 찍듯, 부엌 쥐가 버터 위에 멋진 자국을 남겨놓듯, 호색한이 속아넘어간 하녀의 자궁에 자신의 비열한 씨앗을 뿌려 자라게 만들듯 악마는 반드시 흔적을 남깁니다. 자신의 흔적을 말입니다!"

군중은 동감이라고 소리쳤다. 사람들은 그가 한 말의 의미를 알았고, 캐리스도 마찬가지였다.

"사악한 힘의 하수인들은 악마가 그들에게 남겨놓은 흔적으로 알아볼 수 있습니다. 왜냐하면 악마는 아기가 어머니의 부푼 젖가슴에서 달콤한 젖을 빨듯 그들의 뜨거운 피를 빨아먹기 때문이죠. 그리고 그 아기처럼 악마에게도 빨아먹을 젖꼭지가 필요합니다. 그것이 바로 세번째 젖꼭지입니다!"

캐리스는 탁발 수사가 청중을 열중하게 만들 줄 안다고 생각했다. 그는 모든 문장을 나지막하고 조용한 목소리로 시작했다가 감정적인 구절들을 하나하나 절정에 도달할 때까지 쌓아올렸다. 그러면 사람들은 그가 말하는 동안 말없이 귀를 기울이며 뜨거운 반응을 보이다가 결국 큰 소리로 동감을 외쳐대곤 했다.

"이것은 까만색이고 젖꼭지처럼 볼록하며 깨끗한 피부 가운데에 튀어나와 있습니다. 신체 어느 부위에도 있을 수 있죠. 때로는 여자 젖가슴 사이 부드러운 골에 있을 수도 있는데, 자연을 꼭 그대로 흉내냈지만 자연의 법칙을 거스르는 표시라 할 수 있습니다. 하지만 악마가 무엇보다 좋아하는 곳은 신체에서도 은밀한 부위죠. 사타구니나 음부나, 특히—"

"고맙소, 머도. 그 정도면 됐소. 저 여인의 몸을 수색해서 악마의 흔적을 찾아봐야 한다는 말이죠?" 리처드 주교가 큰 소리로 말했다.

"그렇습니다, 주교님. 왜냐하면—"

"알았소. 더이상 이야기할 것 없습니다. 당신의 뜻은 분명하게 전달됐으니까." 그는 주위를 둘러보았다. "시실리어 수녀원장 근처에 계시오?"

수녀원장은 줄리애너 자매를 비롯해 나이든 몇몇 수녀와 함께 법정 한쪽에 놓인 긴 의자에 앉아 있었다. 미친 넬의 알몸을 남자가 조사할 수는 없으니 여자들이 다른 방에서 조사한 후에 보고해야 했다. 따라서 수녀는 당연한 선택이었다.

캐리스는 그들이 하게 될 일이 부럽지 않았다. 시민 대부분은 매일같이 세수는 하지만, 냄새가 나는 부분도 일주일에 한 번쯤 씻었다. 제대로 된 목욕은 기껏해야 일 년에 두 번씩 의식처럼 했는데, 건강에 좋지 않기는 해도 선택의 여지가 없었다. 그러나 미친 넬은 전혀 씻지 않은 것 같았다. 얼굴에 때가 덕지덕지하고 손은 더럽고 퇴비 더미 같은 악취를 풍겼다.

시실리어가 일어섰다. 리처드가 말했다. "이 여인을 조용한 방으로 데려가 옷을 벗기고 면밀하게 조사해주시오. 그리고 당신이 본 것을 정확히 알려주시오."

수녀들은 바로 자리에서 일어나 넬에게 다가갔다. 시실리어가 미친 여인을 어르며 그녀의 팔을 잡았다. 그러나 넬은 속아넘어가지 않았다.

그녀는 몸부림치며 두 팔로 허공을 휘저었다.

바로 그 순간 탁발 수사가 소리쳤다. "내가 봤어요! 봤습니다!"

수녀 네 명이 넬을 꼼짝 못하게 잡고 있었다.

"그 여자 옷을 벗길 것도 없어요. 그녀의 오른팔 아래를 봐요." 탁발 수사가 말했다. 넬이 다시 몸부림치기 시작하자 머도가 그녀에게 다가가 직접 그녀의 팔을 머리 위로 쳐들었다. "여기를 보십시오." 그가 그녀의 겨드랑이를 가리키며 말했다.

군중이 앞으로 몰려갔다. "나도 봤어!" 누군가가 소리쳤다. 다른 몇 사람도 똑같이 외쳤다. 캐리스의 눈에는 평범한 겨드랑이 털만 보였다. 남의 몸을 자세히 들여다보는 무례에 동참하고 싶지 않았다. 그녀는 넬의 겨드랑이에 점이나 부스럼 같은 것이 있는 것이 분명하다고 확신했다. 피부에 점 같은 얼룩이 있는 사람은 많았다. 나이든 사람일수록 그랬다.

로이드 부주교가 정숙을 외치자 치안관 존이 작대기를 휘둘러 군중을 뒤로 물러나게 했다. 이윽고 성당 안이 조용해지자 리처드가 일어섰다. "킹스브리지의 미친 넬, 당신은 이단의 죄를 저질렀다. 당신은 이제 수레 뒤에 묶여 채찍질을 받으며 시내를 지나 교수대 네거리로 가서 교수형을 당할 것이다."

군중은 환호했다. 캐리스는 넌더리를 치며 몸을 돌렸다. 이런 것이 정의라면, 어떤 여자도 안전하지 못할 것이다. 그녀의 시선이 그녀를 참을성 있게 기다리는 머딘에게 가서 멎었다. "이제 됐어. 할말이 뭐야?" 그녀는 언짢은 기분으로 말했다.

"이제 비가 멎었네. 강으로 내려가자."

⤳

수도원에는 나이든 수사들과 수녀들이 여행할 때 타는 조랑말들과 짐을 실어나르는 말들이 있었다. 이 말들과 함께 유력 인사들이 타고 온 말들이 성당 경내 남쪽 끝, 돌로 지은 마구간에 있었다. 마구간에서 사용한 짚은 바로 옆 채마밭의 거름으로 쓰였다.

랠프는 롤런드 백작의 수행원들과 함께 마구간 마당에 있었다. 그곳에서 이틀 거리인 셔링 인근 백작의 성에 있는 롤런드의 거처로 돌아가기 위해 말에 안장을 얹어두고 있었다. 그들은 백작이 오기만 기다렸다.

랠프는 그리프라는 이름의 밤색 말을 잡은 채 부모님과 이야기를 나누고 있었다. "어째서 스티븐이 위글리의 영주가 되고 나에게는 아무것도 없는지 모르겠어요. 우리는 동갑이고, 그가 승마나 마상 창 시합이나 검술에서 나보다 나은 것도 아니었는데 말이에요."

그들이 만날 때마다 제럴드 경은 기대에 찬 똑같은 질문을 던졌고, 그때마다 랠프는 아버지에게 미진한 똑같은 답을 줄 수밖에 없었다. 자식의 승진을 바라는 아버지의 애처로운 열망만 없었어도 랠프는 낙담한 자신의 심정을 조금은 더 가볍게 추스를 수 있었을 것이다.

그리프는 어린 말이었다. 원래 여우 사냥용 말인데, 기사종자 신분으로는 값비싼 전마戰馬를 탈 수가 없었다. 하지만 랠프는 그리프가 마음에 들었다. 녀석은 사냥에서 다그칠 때마다 흡족한 반응을 보여줬다. 마당에서 기척만 있어도 그리프는 그것에 자극받아 달리고 싶어 안달했다. 랠프가 말의 귀에 대고 속삭였다. "어이, 친구, 가만히 좀 있어. 이제 곧 다리를 풀게 해줄 테니까." 그의 목소리에 말은 진정됐다.

"백작을 기쁘게 해줄 방도가 없는지 끊임없이 주의를 기울이거라." 제럴드 경이 말했다. "그러면 빈자리가 생길 때 너를 기억하게 될 거야."

그것도 괜찮은 방법이지만 진짜 기회라고 할 수 있는 것은 전투뿐이라고 랠프는 생각했다. 하지만 오늘은 일주일 전보다 전쟁이 조금 더 가까워진 듯했다. 랠프는 백작과 양모 상인들의 회의에는 참석하지 못했지만, 상인들이 에드워드 왕에게 기꺼이 돈을 빌려주기로 했다는 정보를 입수했다. 그들은 남부 항구를 공격한 프랑스에 대한 보복으로 국왕이 프랑스에 대해 모종의 단호한 조치를 취해주기를 원했다.

한편으로 랠프는 전투에서 자신을 부각시켜, 십 년 전 잃어버린 가문의 명예를 되찾을 기회를 잡길 기대하고 있었다. 비단 그의 아버지를 위해서만이 아니라 그 자신의 자존심을 위해서이기도 했다.

그리프가 발을 구르며 고개를 쳐들었다. 랠프는 말을 진정시키려 마당을 걸어다니게 했고, 그의 아버지도 함께 걸었다. 어머니는 그들과 떨어진 곳에 서 있었다. 그녀는 아들의 부러진 코 때문에 화가 나 있었다.

아버지와 함께 걷던 랠프는 팔팔한 준마의 고삐를 단단히 잡은 채 남편 윌리엄 경과 이야기를 나누고 있는 레이디 필리파 곁을 지나쳤다. 그녀는 장거리 여행을 위해 몸에 붙는 옷을 입고 있었는데, 그런 옷차림 때문에 풍만한 가슴과 긴 다리가 더욱 부각되었다. 랠프는 그녀에게 말을 붙이려고 호시탐탐 기회를 노렸지만 별 소득이 없었는데, 그것은 그가 그녀의 시아버지가 거느린 부하 중 하나에 불과하기 때문이었다. 그녀는 꼭 필요할 때가 아니면 그에게 말을 거는 법이 없었다.

랠프는 그녀가 남편에게 미소짓고 짐짓 놀리는 듯 손등으로 그의 가슴을 가볍게 치는 광경을 보았다. 그것을 본 랠프는 화가 치밀었다. 나는 왜 그녀와 저런 개인적인 장난을 칠 수 있는 사이가 못 될까? 그건 윌리엄처럼 마흔 개의 마을을 소유한 영주라야 가능한 일이었다.

랠프는 자신의 삶이 열망으로 가득차 있다고 느꼈다. 그런데 실제로 대단한 업적을 쌓는 날은 언제쯤이 될까? 그와 아버지는 마당 끝까지 걸어간 뒤 돌아섰다.

그때 랠프는 부엌을 나와 마당을 가로질러 오는 팔이 하나뿐인 수사를 보고 무척 낯익다고 생각했다. 다음 순간 그는 그 얼굴을 언제 어디서 보았는지 기억해냈다. 그 수사는 십 년 전 숲에서 두 병사를 죽였던 기사 토머스 랭리였다. 랠프는 그후로 그를 만나지 못했지만, 머딘은 그를 잘 알고 있었다. 수사로 개종한 이 기사는 지금 수도원에서 건물의 보수를 감독하는 책임자였다. 토머스는 화사한 기사 복장 대신 우중충한 수도복을 입고, 다른 수사들처럼 머리를 삭발하고 있었다. 허리가 조금 굵어졌긴 하나 전사다운 면모는 여전했다.

토머스가 지나가는데 랠프는 아무렇지도 않은 어조로 윌리엄 경에게 말했다. "저기 그가 가는군요. 수수께끼에 싸인 수사 말입니다."

윌리엄 경이 날카롭게 물었다. "그게 무슨 말이지?"

"토머스 형제요. 전에 기사였던 그가 무슨 이유로 수도원에 들어왔는지는 아무도 모르죠."

"그에 대해 자네는 뭘 알고 있지?" 랠프가 거슬리는 말을 한 것도 아닌데 윌리엄 경은 짜증스러운 어조로 물었다. 아내의 애정에 넘치는 미소에도 불구하고 기분이 별로 좋지 않은 모양이었다.

랠프는 애초에 이 대화를 시작하지 않는 게 좋았을 거라 생각했다. "그가 킹스브리지에 온 날 제가 이곳에 있었습니다." 그는 그날 오후 아이들끼리 했던 맹세가 떠올라 머뭇거렸다. 그 이유 때문에, 그리고 납득이 가지 않는 윌리엄의 짜증 때문에 그는 아는 것을 전부 말하지는 않았다. "저 사람은 자상을 입고 비틀거리며 이곳에 들어왔습니다. 아이라면 그런 광경을 잊을 수 없거든요."

"그것참 이상한 일이네요." 필리파가 말했다. 그러고는 자기 남편을 보았다. "토머스 형제에게 어떤 사연이 있는지 당신 알아요?"

"글쎄." 윌리엄은 딱 잘라 말했다. "내가 그런 걸 어떻게 알겠소?"

필리파는 어깨를 으쓱하고는 고개를 돌렸다.

랠프는 대화에서 벗어나게 된 것을 다행으로 여기며 걸음을 계속 옮겼다. "윌리엄 경은 거짓말을 하고 있어요." 그가 나지막하게 아버지에게 말했다. "영문을 모르겠네요."

"그 수사에 관해서는 더이상 아무것도 묻지 마라." 아버지가 불안한 어조로 말했다. "뭔가 민감한 문제인 게 틀림없으니까."

마침내 롤런드 백작이 나타났다. 앤서니 수도원장도 함께였다. 기사들과 종자들이 말에 올랐다. 랠프는 부모님에게 작별인사를 하고 안장에 올라앉았다. 그리프는 당장 달려나가고 싶어 춤을 추듯 옆걸음질을 했다. 그 움직임에 랠프는 부러진 코가 불붙은 것처럼 쑤셨다. 그는 이를 갈았다. 참고 견딜밖에 다른 도리가 없었다.

롤런드는 자기 말 빅토리에게 다가갔다. 검은색 종마는 한쪽 눈에 하얀 가리개를 하고 있었다. 백작은 말에 오르지 않고 고삐를 잡은 채, 수도원장과 계속 이야기하며 걸었다. 윌리엄이 큰 소리로 말했다. "스티븐 위글리 경과 랠프 피츠제럴드는 먼저 달려가 다리를 비워놓도록 하라."

랠프와 스티븐은 대성당 앞 초지를 가로질러 말을 달렸다. 그곳은 양모시장 때문에 온통 밟혀 진흙탕이 되어 있었다. 노점 몇 개는 여전히 장사를 하고 있었지만, 대부분은 문을 닫고 이미 시장을 떠났다. 그들은 수도원 정문을 빠져나갔다.

큰길에서 랠프는 자기 코를 부러뜨린 소년을 발견했다. 그의 이름은 울프릭이었고, 스티븐이 다스리는 위글리 마을 출신이었다. 랠프가 주먹질을 한 그의 얼굴 왼쪽은 멍이 들고 부어 있었다. 울프릭은 그의 부모와 형과 함께 벨 여인숙 밖에 서 있었다. 그들도 떠나려는 참인 듯했다.

다시는 나와 마주치지 않게 기도하는 게 좋을 거야. 랠프는 생각했다.

그는 욕이라도 퍼부어줄까 생각했지만, 군중이 웅성거리는 소리에 주의가 쏠렸다.

진흙탕 사이로 기민하게 말을 몰면서 큰길을 따라내려가던 랠프와 스티븐은 앞쪽에 모여 있는 무리를 보았다. 그들은 언덕 중간쯤에서 말을 멈출 수밖에 없었다.

고함을 지르고 웃음을 터뜨리며 자리를 차지하려고 서로 밀쳐대는 수백 명의 남녀노소로 길이 꽉 막혀 있었다. 군중은 랠프에게 등을 진 상태였다. 그는 사람들 머리 너머로 보았다.

통제 불가능한 이 행렬 맨 앞에 황소가 끄는 수레가 있었다. 수레 뒤에는 반쯤 벌거벗은 여자가 묶여 있었다. 랠프는 전에도 이런 광경을 본 적이 있었다. 채찍질을 받으며 마을을 도는 것은 흔한 처벌이었다. 여자가 입은 옷이라곤 끈으로 허리를 졸라맨 거친 모직 스커트뿐이었다. 그의 시선에 들어온 여자의 얼굴은 얼룩덜룩하고 머리도 더러워서 처음에는 늙은 여자인 줄 알았다. 그러나 그녀의 젖가슴을 보고 이십대쯤이라는 사실을 알았다.

그녀의 결박된 양손은 수레 뒤편에 묶은 밧줄에 연결되어 있었다. 그녀는 비틀거리며 수레를 따라갔는데, 넘어져서 진흙탕 속에서 기다시피 질질 끌려가다가 가까스로 일어서곤 했다. 도시의 치안관이 그녀를 따라가며 가죽끈을 단 생가죽 채찍으로 벗은 등을 호되게 내리쳤다.

젊은이들 무리를 선두로 사람들이 따라가며 욕을 퍼붓고 웃어대고 진흙과 쓰레기를 던지며 여자를 조롱했다. 악을 쓰듯 저주를 퍼붓고 가까이 다가오는 모두에게 침을 뱉어대는 그녀의 반응은 사람들을 더 흥분시킬 뿐이었다.

랠프와 스티븐은 군중 속으로 말을 몰았다. 랠프가 큰 소리로 외쳤다. "길을 비켜라!" 그가 목청껏 소리쳤다. "백작이 가시게 길을 비켜라!"

스티븐도 똑같이 소리쳤다.

그 소리에 주의를 기울이는 사람은 아무도 없었다.

수도원 남쪽으로는 지면이 가파른 경사를 이루며 강까지 이어졌다. 그쪽 강둑은 바위가 너무 많아 거룻배와 뗏목에 짐을 싣고 내리기에 적합하지 않았기 때문에 선창은 모두 접안이 쉬운 외곽의 신시가지 남쪽에 몰려 있었다. 조용한 북쪽은 매년 이 무렵이면 관목들과 야생화들이 꽃을 피웠다. 머딘과 캐리스는 야트막한 절벽에 앉아 강물을 굽어보고 있었다.

강물은 그동안 내린 비로 불어 있었다. 머딘은 강물이 여느 때보다 빠르게 흐른다는 것을 알아차렸다. 그는 그 이유를 알았다. 수로가 예전보다 좁아져 있었다. 강안의 개발 때문이었다. 그가 어렸을 때는 남쪽 강둑 대부분이 질퍽거리는 널따란 강변으로 이루어져 있었다. 그때는 강물이 안정된 속도로 흘렀기 때문에 어린 그는 강 이쪽에서 저쪽까지 누운 채 둥둥 떠서 건너기도 했었다. 그러나 범람을 막기 위해 석벽을 쌓은 새로운 선창들이 들어서면서 강물은 좁은 깔때기처럼 몰려 흘렀다. 강물은 그 사이로 서둘러 다리를 통과하려는 듯 빠르게 흘렀다. 다리를 지난 뒤에는 강폭이 넓어져서 나환자 섬을 에워싸며 느리게 흘렀다.

"내가 끔찍한 짓을 저질렀어." 머딘은 캐리스에게 말했다.

캐리스는 오늘따라 유난히 아름다웠다. 암적색 리넨 드레스 때문인지 그녀의 피부는 더욱 생기 있게 환해 보였다. 미친 넬의 재판 때는 화가 난 상태였지만, 지금 근심 어린 표정을 짓고 있는 그녀는 연약해 보였고, 그 모습을 보자 머딘은 심장이 조여드는 듯했다. 분명 그녀는 그가 일주일 내내 그녀의 시선을 피했다는 것을 눈치챘을 것이다. 그리고 그가 이제 꺼내려 하는 말은 그녀가 떠올릴 수 있는 어떤 이유보다 더 치명적인 것일 것이다.

그는 그리젤더와 엘프릭과 앨리스와 한바탕 소동을 벌인 후로 아무에게도 그 사실에 대해 말한 적이 없었다. 그가 만든 문짝이 파손됐다는 사실을 아는 사람도 없었다. 그는 속마음을 털어놓고 싶었지만, 여태 망설였다. 부모님에게도 말하고 싶지 않았다. 어머니는 나무랄 것이고, 아버지는 철 좀 들라고 말할 것이다. 랠프에게 말할 수도 있지만, 엘프릭과 싸운 후로 두 사람 사이는 서먹해졌다. 머딘은 랠프가 약한 사람을 괴롭힌다고 생각했고, 랠프도 형이 자신을 그렇게 생각한다는 것을 알았다.

그는 캐리스에게 진실을 털어놓기가 두려웠다. 잠시 그 이유를 자문해보았다. 그녀가 어떻게 나올까가 두려운 것이 아니었다. 그녀는 경멸할지도 모르지만—그것은 그녀의 장기였다—그가 끊임없이 자신에게 한 말보다 더 심한 말을 하진 않을 것이다.

머딘은 자신이 진심으로 두려워하고 있는 것이 그녀의 마음에 상처를 주는 일이라는 걸 깨달았다. 그녀의 분노는 감내할 수 있었다. 그가 대면할 수 없는 것은 그녀가 받을 고통이었다.

"아직도 나를 사랑하긴 해?" 그녀가 말했다.

"응." 그는 그런 질문이 나오리라고 예상하지 못했지만, 주저하지 않고 대답했다.

"나도 그래. 그 외의 다른 문제라면 우리가 함께 해결할 수 있을 거야."

머딘도 그녀의 말이 맞기를 바랐다. 그런 마음이 절절해서 눈물이 핑 돌았다. 그는 그녀가 보지 못하게 고개를 돌렸다. 한 무리의 사람들이 느릿느릿 움직이는 수레를 따라 다리 위를 지나고 있었다. 채찍질을 당하며 신시가지에 있는 교수대 네거리로 향하고 있는 미친 넬이 분명했다. 다리는 그렇잖아도 도시를 떠나는 상인들과 수레들로 북적대고 있어서 통행 자체가 거의 불가능한 상태였다.

"왜 그래? 지금 우는 거야?" 캐리스가 말했다.

"나 그리젤더와 잤어." 머딘이 불쑥 말했다.

캐리스는 입을 딱 벌렸다. "그리젤더?" 그녀가 믿기지 않는다는 투로 반문했다.

"정말 부끄러워."

"나는 엘리자베스 클라크일 거라고 생각했어."

"그애는 그러기에는 너무 자존심이 세지."

그는 그 말에 캐리스가 보인 반응이 놀라웠다. "오, 그럼 너는 그애가 허락하면 개하고도 했겠구나."

"그런 뜻으로 한 말이 아니야!"

"그리젤더라니! 성모마리아님, 전 제가 그 아이보다는 더 가치 있는 존재인 줄 알았나이다."

"물론 그래."

"루파." 그녀가 라틴어로 말했다. 매춘부라는 의미였다.

"나는 그리젤더를 좋아하지 않아. 나는 그러기 싫었어."

"그렇게 말하면 내 기분이 좀 나아질 것 같아? 그 일을 즐겼다면 별로 미안하지 않았을 거란 말이야?"

"그런 말이 아니야!" 머딘은 당황했다. 캐리스는 그가 무슨 말을 하든 오해하기로 작심한 것 같았다.

"대체 무슨 생각으로 그랬어?"

"그애가 울고 있었어."

"오, 하느님! 너는 우는 여자아이만 보면 그 짓을 한다는 거니?"

"물론 그런 뜻이 아니야! 나는 그저, 나는 정말 하고 싶지 않았는데 어떻게 그런 일이 일어났는지 설명하려는 것뿐이야."

그녀의 빈정거림은 그가 말을 할수록 더 심해졌다. "바보 같은 소리

마. 네가 원치 않았다면 그런 일은 일어나지도 않았어."

"제발 내 말 좀 들어봐." 그가 좌절감에 사로잡혀 말했다. "그애가 먼저 원했어. 나는 싫다고 했고. 그러자 그애가 울었고, 나는 위로해주려고 어깨에 팔을 둘렀어. 그러다가—"

"구역질나는 시시콜콜한 설명은 그만둬. 알고 싶지 않으니까."

그는 화가 치밀기 시작했다. 자신이 잘못했다는 것을 알았고 그녀가 화를 내리라는 예상도 했지만 그녀의 경멸은 그에게 상처를 줬다. "알았어." 그는 입을 다물었다.

그러나 그녀가 원한 것은 침묵이 아니었다. 그녀는 만족스럽지 않은 눈으로 그를 빤히 바라보았다. "또 뭐가 있어?"

그는 어깨를 으쓱했다. "말한들 무슨 소용이 있겠어? 내가 뭐라고 말할 때마다 조롱만 하잖아."

"구차한 변명 따윌 듣고 싶은 게 아니야. 하지만 너는 아직 말하지 않은 게 있어. 그렇다는 걸 감으로 알 수 있어."

머딘은 한숨을 쉬었다. "그애가 임신했어."

캐리스의 반응은 또다시 그를 놀라게 했다. 그녀에게서 모든 분노가 빠져나갔다. 분노로 딱딱하게 굳었던 그녀의 얼굴이 힘없이 무너지는 것처럼 보였다. 그리고 슬픔만 남았다. "아기라고? 그리젤더가 네 아기를 낳을 거란 말이지."

"그렇지 않을 수도 있어. 때로는……"

캐리스는 고개를 저었다. "그리젤더는 건강해, 영양 상태도 좋고. 그런 애가 유산할 리가 없어."

"그렇다고 내가 그것을 원한다는 건 아니야." 그는 정말 그런지 확신할 수 없었지만 이렇게 말했다.

"하지만 결국 어떻게 될 것 같아? 그 아기는 네 아기야. 지금 네가 그

246

아기의 엄마를 싫어하더라도 결국 너는 그앨 사랑하게 될 거야."

"나는 그애와 결혼해야 해."

캐리스는 놀라 숨을 몰아쉬었다. "결혼이라고! 그럼 영원히 돌이킬 수 없어."

"아기가 생겼으니 그 아기를 책임져야지."

"하지만 평생을 그리젤더와 함께 있어야 하는 거라고!"

"알아."

"꼭 그러지 않아도 돼." 그녀는 단호한 어조로 말했다. "생각해봐. 엘리자베스 클라크의 아버지도 그애의 어머니와 결혼하지 않았잖아."

"그 사람은 주교였어."

"도축장의 모드 로버츠도 있어. 그녀는 아이가 셋인데, 애들 아버지가 푸주한 에드워드라는 건 누구나 다 아는 사실이야."

"그는 유부남이잖아. 자기 아내하고 낳은 아이가 넷이나 있고."

"내 말은 반드시 결혼해야 한다는 법은 없단 거야. 너는 그냥 살던 대로 살면 돼."

"아니, 그럴 순 없어. 엘프릭이 나를 쫓아낼 거야."

그녀는 생각에 잠긴 표정을 지었다. "그럼 이미 엘프릭과 얘기가 끝난 거구나."

"얘기라고?" 머딘은 멍든 뺨을 만져보았다. "나는 그가 나를 죽이는 줄 알았어."

"그럼 그의 아내는? 우리 언니 말이야."

"나에게 악을 쓰던데."

"그럼 언니도 아는 거구나."

"그래. 그녀도 내가 그리젤더와 결혼해야 한다고 했어. 어쨌든 네 언니는 내가 너와 사귀길 바란 적이 없었어. 이유는 모르지만."

캐리스가 중얼거렸다. "언니 자신이 너를 원했거든."

머딘에게는 금시초문이었다. 도도한 앨리스가 신분이 낮은 도제한 테 끌린다는 것은 있을 법한 일이 아니었다. "나는 전혀 눈치채지 못했 는데."

"너는 언니를 제대로 본 적도 없으니까. 그래서 언니가 그렇게 심술 궂게 군 거야. 언니가 엘프릭과 결혼한 건 좌절했기 때문이었어. 너는 언니 가슴을 아프게 했지. 그리고 지금은 내 가슴을 아프게 하고 있고."

머딘은 시선을 돌렸다. 자신이 여자의 가슴을 아프게 하는 사람이 되 리라고는 생각지도 못했다. 어쩌다 모든 일이 이렇게 꼬여버린 걸까? 캐 리스는 침묵했다. 머딘은 울적한 눈길로 강 저편 다리 쪽을 바라보았다.

군중은 이제 완전히 멈춰 있는 상태였다. 양모 자루를 잔뜩 실은 무 거운 수레 한 채가 바퀴가 부서졌는지 남쪽 끝에서 오도 가도 못하고 있었다. 넬을 끌고 다니던 수레도 더이상 나아갈 수 없어 멈춰 있었다. 군중은 이 두 채의 수레 주위에 몰려 있었는데, 더 잘 보려고 양모 자루 더미 위로 올라간 사람들도 있었다. 롤런드 백작 역시 도시를 떠나려는 참이었다. 그는 말에 탄 채 수행원들과 함께 시내 쪽 다리 끝에 있었지 만, 길을 트는 데 곤란을 겪고 있었다. 머딘은 갈기와 꼬리가 검은 밤색 말에 탄 동생 랠프를 보았다. 백작을 배웅 나온 것이 분명한 앤서니 수 도원장은 롤런드의 수행원들이 길을 트기 위해 군중 속으로 말을 몰아 대는 헛일을 하는 동안 걱정스러운 얼굴로 양손을 비틀며 서 있었다.

머딘의 직감이 경종을 울렸다. 처음에는 무엇인지 알지 못했지만, 뭔 가가 아주 잘못됐다는 것을 확신했다. 그는 다리를 좀더 자세히 살펴보 았다. 그는 월요일에 다리를 지나다가 한쪽 말뚝에서 다른 쪽 말뚝까지 길게 걸쳐진 거대한 떡갈나무 들보들이 상류 쪽에서 갈라져 있는 것을 발견했다. 갈라진 부분에 가로질러 죔쇠를 못박아 보강해놓고 있긴 했지만 머딘은 자신이 관여한 일이 아니었기 때문에 전에는 그것을 자세히 본 적이 없었다. 그는 들보들이 갈라진 이유가 궁금했다. 오랜 세월이 흐르면서 단순히 목재가 약해진 거라면 몰라도 약해진 부분은 수직 기둥들 사이가 아니었다. 상대적으로 하중을 덜 받는 중앙 교각 언저리가 갈라져 있었다.

머리가 복잡해서 그날 이후로는 다시 그 문제를 생각해보지 못했지만, 지금은 그에 대한 적절한 설명이 머릿속에 떠올랐다. 중앙 교각이 들보들을 지지하지 못하는 것이 아니라 오히려 그것들을 아래로 끌어내리는 것처럼 보였다. 교각 아래쪽 기초부가 뭔가에 의해 훼손됐다는 의미다. 그 생각이 떠오른 순간 머딘은 왜 그런 일이 일어났는지 깨달았다. 교각 아래쪽 강바닥을 침식시키는 빠른 유속 때문이었다.

그는 어린 시절 해변의 모래밭을 맨발로 걷던 기억을 떠올렸다. 해변에 서 있으면 파도가 빠져나가며 발가락 사이에 있던 모래를 쓸고 가버렸다. 그는 언제나 그런 현상에 매혹됐었다.

그의 생각이 맞는다면 중앙 교각은 지금 그것을 지지해주는 바닥이 없는 채 다리에 매달린 상태일 것이다. 그래서 갈라진 것이다. 엘프릭이 그것을 쇠죔쇠로 보강했지만, 아무 도움이 되지 않는 것이다. 아니 실제로는 그 작업 때문에 더 악화됐을지도 모른다. 그 작업 때문에 다리가 서서히, 안정된 새로운 위치에 자리를 잡지 못했을 수도 있다.

머딘은 더 먼 쪽, 하류 쪽 교각 하나는 여전히 바닥에 닿아 있을 거라고 추측했다. 강의 흐름은 분명 상류 쪽 교각에 그 힘을 대부분 써버렸을 것이고 따라서 쌍을 이룬 두번째 교각에는 훨씬 줄어든 힘이 미쳤을 것이다. 영향을 받은 교각은 두 개 중 하나일 것이다. 아마도 그 이유로, 추가 하중을 받지 않는 상태이기 때문에 나머지 구조물들이 단단히 결합되어 다리가 무너지지 않았을 것이다.

그런데 오늘 보니 그 갈라진 틈이 월요일에 보았을 때보다 더 벌어져 있었다. 그 이유를 짐작하기는 어렵지 않았다. 지금 다리 위에는 수백 명이나 있었는데, 여느 때보다 훨씬 큰 하중이었다. 또한 스물에서 서른 명쯤이 양모 자루 더미에 앉아 있어 그만큼 더 무거워진 양모 수레까지 있었다.

머딘은 공포에 사로잡혔다. 저 정도 하중이라면 다리는 오래 버티지 못할 것이다.

그는 캐리스가 무슨 말을 하고 있다는 것을 희미하게 의식했지만, 머릿속에 들어오지 않았다. 이윽고 그녀가 목청을 높여 말했다. "지금 내 말을 듣고 있지도 않구나!"

"끔찍한 사고가 일어날 것 같아." 그가 말했다.

"무슨 말이야?"

"저 다리에 있는 사람들을 모두 대피시켜야 해."

"지금 제정신이야? 저 사람들은 지금 모두 미친 넬을 괴롭히는 데 빠져 있어. 롤런드 백작조차 어쩌지 못하고 있잖아. 사람들이 네 말을 들을 것 같아?"

"다리가 무너질 수도 있어."

"이런, 저기 좀 봐!" 캐리스가 손가락으로 가리키며 말했다. "숲에서 나와 다리 남쪽 끝으로 달려가는 사람 보이지?"

머딘은 지금 그게 이 이야기와 무슨 관련이 있는지 의아해하면서 그녀가 손끝으로 가리킨 곳으로 시선을 돌렸다. 머리카락을 날리며 달리는 젊은 여자가 보였다.

"저 여자 궨다 같은데." 캐리스가 말했다.

그리고 그녀 뒤로 노란색 튜닉을 입은 남자가 바짝 쫓아오고 있었다.

궨다는 평생 그토록 지쳐본 적이 없었다.

그녀는 먼 거리를 가는 가장 빠른 방법은 스무 걸음 달리다 스무 걸음 걷는 거라는 걸 알고 있었다. 그녀가 그 방식으로 달리기 시작한 것은 행상인 심이 1마일 뒤편에 있는 것을 발견한 반나절 전의 일이다. 그는 한동안 보이지 않다가, 다시 뒤가 멀리까지 내다보이는 지대에 이르자 보였고, 그 역시 걷다가 달리는 법으로 쫓아오고 있었다. 1마일, 1마일을 갈수록, 시간이 흐를수록 그는 그녀와의 거리를 좁혔다. 오전이 반쯤 지났을 때, 그녀는 이런 식이라면 킹스브리지에 도착하기 전에 붙잡히리라고 생각했다.

필사적인 심정으로 궨다는 숲속으로 들어갔다. 그러나 길을 잃을까 봐 두려워 길에서 멀리 벗어날 수 없었다. 이윽고 달려오는 발소리와 거친 숨소리가 들렸고, 덤불 사이로 길을 가로지르는 심이 보였다. 그는 다시 길이 멀리 내다보이는 지대에 이르면 분명 속았다는 걸 알아챌 것이었다. 아니나 다를까, 얼마 후 심이 되돌아오는 것이 보였다.

그녀는 몇 분마다 발을 멈추고 가만히 서서 귀를 기울이며 숲속으로 좀더 깊숙이 들어갔다. 이런 식으로 그녀는 꽤 오랜 시간 그를 따돌렸다. 그녀는 그가 숨어버린 그녀를 찾기 위해 길 양쪽 숲을 뒤지고 있다는 것을 알았다. 그러나 그녀의 걸음은 더딜 수밖에 없었다. 여름의 무성한 덤불을 헤치고 나아가며, 길과 너무 떨어지지 않았는지 계속해서 확인해야 했다.

멀리서 군중이 웅성거리는 소리가 들리자 그녀는 이제 도시가 그리 멀지 않았다는 걸 알았고, 도망칠 수 있을 거라 생각했다. 길로 다가가 덤불 뒤에 숨어 조심스럽게 내다보았다. 길 양쪽으로 아무도 보이지 않았고, 북쪽으로 4분의 1마일쯤 떨어진 곳에 성당의 탑이 보였다.

이제 거의 다 온 것이었다.

그때 귀에 익숙한 개 짖는 소리가 들려왔다. 그녀의 개 스킵이 길가의 덤불에서 달려나왔다. 켄다는 허리를 숙이고 개를 토닥여줬다. 스킵은 기쁜 듯 꼬리치며 그녀의 손을 핥았다. 그녀의 눈에 눈물이 고였다.

시야에 심이 보이지 않자 그녀는 위험을 무릅쓰고 길로 나섰다. 그러고는 지친 몸을 이끌고 다시 스무 걸음 달렸다가 스무 걸음 걷기를 시작했는데, 이제는 스킵도 이것이 새로운 놀이라고 여기는 듯 즐겁게 종종걸음치며 따라왔다. 달리다가 걷기로 바꿀 때마다 그녀는 뒤를 돌아보았다. 그렇게 세번째 봤을 때, 심이 보였다.

이제 그는 불과 이삼백 야드 거리에 있었다.

절망이 밀물처럼 밀려왔다. 그녀는 그 자리에 누워 죽어버리고 싶었다. 그러나 이제 도시 외곽까지 온데다가 4분의 1마일만 더 가면 다리였다. 그녀는 안간힘을 쓰며 전진했다.

켄다는 전력 질주를 하고 싶었지만 다리가 말을 듣지 않았다. 비틀거리며 빠른 속도로 걷는 것이 그나마 최선이었다. 발이 아팠다. 밑을 보니 너덜너덜한 신발에 구멍이 뚫리고 피가 배어나오고 있었다. 교수대 네거리의 모퉁이를 돌아서자 눈앞에 다리 위에 모인 엄청난 군중이 보였다. 모두 뭔가를 보느라 열중한 사람들은, 목숨을 걸고 행상인 심에게서 달아나는 그녀를 알아채지 못했다.

그녀가 지닌 무기라고는 작은 칼 하나뿐이었는데, 구운 토끼고기를 자를 때는 유용하지만 사람을 제압하기는 어려웠다. 그녀는 자신에게 담력이 있어서 알윈의 머리통에 꽂혔던 날이 긴 단검을 뽑아 가져올 수 있었다면 좋았을 거라고 절실하게 후회했다. 사실 지금 그녀는 무방비 상태나 다름없었다.

길 한쪽은 너무 가난해서 도시에 살 수 없는 사람들의 작은 집들이 늘어서 있었고, 다른 쪽은 연인들의 들판이라 불리는 수도원 소유의 초지였다. 심은 이제 그녀만큼이나 거칠고 지친 숨소리가 들릴 만큼 가까워져 있었다. 공포가 그녀에게 남은 마지막 힘을 쥐어짰다. 스킵이 짖어댔지만 그 소리는 상대에 대한 도전이라기보다 두려움 때문이었다. 스킵은 자기 콧잔등에 날아든 돌멩이를 잊지 않고 있었다.

다리로 가는 길은 장화와 말발굽과 수레바퀴에 짓밟혀 온통 끈적대는 진흙탕이었다. 궨다는 필사적인 심정으로, 자기보다 몸이 더 무거운 심이 더 허우적대기만 바라며 헤치고 나아갔다.

마침내 다리에 도착했다. 궨다는 군중 속으로 비집고 들어갔는데, 다리 이쪽 끝은 저쪽만큼 사람이 많지 않았다. 사람들은 모두 저쪽, 양모를 실은 무거운 수레 한 채가 황소가 끄는 수레의 통행을 막고 있는 곳을 바라보고 있었다. 그녀는 이제 큰길 저편, 눈에 보일 만큼 가까이에 있는 캐리스의 집으로 가려 했다. "좀 지나가게 해줘요!" 그녀는 사람들을 밀치며 악을 썼다. 그 소리를 들은 사람은 하나뿐인 듯했다. 한 사람이 돌아보았고, 그는 오빠 필리먼이었다. 놀란 그의 입이 떡 벌어졌다. 필리먼은 그녀 쪽으로 가려 했지만 그녀 앞을 막고 있는 군중이 그의 앞도 막고 있었다.

궨다가 양모 수레를 끌고 있는 황소들 곁을 지나치려는 순간 황소 한 마리가 커다란 머리를 홱 쳐들어 그녀를 옆으로 밀쳤다. 그 바람에 그녀는 발을 헛디뎠는데, 바로 그 순간 커다란 손이 강한 힘으로 그녀의 팔을 움켜잡았다. 그녀는 자신이 다시 붙잡혔다는 걸 알았다.

"드디어 잡았군, 망할 년 같으니." 심이 헐떡거리며 말했다. 그는 그녀를 끌어당기더니 힘껏 그녀의 얼굴을 후려쳤다. 그녀는 더이상 저항할 힘이 없었다. 스킵이 그의 발꿈치를 꽉 물었지만 소용없었다. "다시는 못 달아나게 만들어주지." 그가 말했다.

그녀는 절망에 휩싸였다. 모든 일이 헛수고로 끝나고 말았다. 알윈을 유혹했던 일, 그를 죽인 일, 그 먼 거리를 달려온 일. 그녀는 처음 시작했던 그 자리로, 심의 노예로 돌아오고 말았다.

다음 순간 다리가 움직이는 기미가 느껴졌다.

13

머딘은 다리가 휘는 것을 보았다.

이쪽 중앙 교각 바닥 전체가 부러진 말 등처럼 휘었다. 넬을 괴롭히던 사람들은 문득 발아래 지면이 흔들리는 것을 느꼈다. 그들은 넘어지지 않으려고 옆 사람을 붙잡으며 비틀거렸다. 한 사람이 난간 너머로 쓰러지며 강으로 떨어졌다. 이어서 또 한 사람, 또 한 사람이 떨어졌다. 넬을 향하던 고함과 야유는 삽시간에 공포에 질린 경고와 비명에 묻혀버렸다.

"오, 안 돼!" 머딘이 말했다.

"대체 무슨 일이 일어나고 있는 거지?" 캐리스가 외쳤다.

머딘은 이렇게 말하고 싶었다. 저기 모두가, 우리와 함께 자란 사람들, 우리에게 친절하던 여자들, 우리가 싫어하던 사람들, 우리를 따르던 꼬마들, 어머니들과 아들들, 삼촌들과 조카들, 무자비한 고용주들과 불구대천의 원수들, 숨을 헐떡이는 연인들, 이제 모두가 죽을 거야. 하지만 그는 한마디도 내뱉을 수 없었다.

한 호흡도 되지 않는 찰나에 머딘은 다리가 새로운 위치로 안정될 수도 있다는 바람을 품었지만, 그것은 실망으로 바뀌었다. 다리가 다시 한번 휘었다. 이번에는 맞물린 목재들이 연결부에서 떨어져나가기 시작했다. 사람들이 디디고 서 있던 기다란 널빤지들이 나무못에서 튕겨 나오고, 노면을 지지하던 가로축 연결부가 뒤틀리며 구멍 밖으로 빠져 나오고, 엘프릭이 갈라진 부분을 가로질러 고정한 쇠붙이쇠가 목재에서 풀려 튀어나왔다.

머딘에게 가까운 쪽인 상류쪽 다리 중심부가 밑으로 쏠렸다. 양모 수레가 기울면서 양모 자루 더미 위에 서 있거나 앉아 있던 구경꾼들을 물속으로 팽개쳤다. 거대한 목재가 부러지며 허공으로 날아올랐는데, 그것에 맞은 사람은 모두 죽었다. 이름뿐인 난간이 부러지면서 수레가 서서히 다리 가장자리를 벗어나고 속수무책인 황소들은 공포에 질려 울어댔다. 수레는 악몽처럼 천천히 공중을 미끄러져 내려오더니 천둥 같은 소리를 내며 물위로 떨어졌다. 그 순간 수십 명이 연이어 물속으로 뛰어들거나 떨어졌다. 앞서 물에 빠졌던 사람들은 뒤이어 떨어진 사람들의 몸과 크고 작은 목재들에 얻어맞았고, 말들이 기수와 함께, 또는 기수 없이 떨어지고 그 위를 수레들이 덮쳤다.

머딘이 처음 생각한 것은 부모님이었다. 두 사람 다 미친 넬의 재판에 가지 않았으니 넬이 벌을 받는 장면도 보려 하지 않았을 것이다. 어머니는 그런 구경은 자신의 품위에 어울리지 않는 일이라고 여겼고, 아버지는 기껏해야 미친 여자의 목숨이 걸린 문제에 관심이 없었다. 그대신 두 사람은 랠프와 작별인사를 하기 위해 수도원에 갔다.

그러나 그 랠프가 지금 다리 위에 있었다.

머딘의 눈에 그리프를 통제하려고 혈안이 된 동생의 모습이 보였다. 말은 뒷다리로 서서 앞발로 발길질을 해대고 있었다. "랠프!" 머딘이 소리쳤지만 소용없었다. 다음 순간 그리프 밑에 있던 목재가 물속으로 떨어졌다. "안 돼!" 말과 기수가 동시에 시야에서 사라지는 순간 머딘이 외쳤다.

머딘은 재빨리 다른 쪽 끝, 캐리스가 궨다의 모습을 봤던 곳으로 시선을 돌렸다. 궨다가 노란색 튜닉을 입은 남자와 실랑이하는 모습이 보였다. 다음 순간 그쪽도 무너졌다. 무너지는 중앙부에 끌리며 다리 양끝도 물속으로 끌려들어갔다.

이제 강은 몸부림치는 사람들, 공포에 질린 말들, 쪼개진 목재들, 박살난 수레, 피 흘리는 시체들로 가득했다. 캐리스가 옆에 없다는 것을 깨달은 순간 그의 눈에, 바위를 기어오르고 흙탕길을 달려 황급히 다리 쪽으로 가는 그녀의 모습이 보였다. 그녀는 돌아보고 외쳤다. "얼른 움직여! 뭘 기다리는 거야? 어서 가서 도와줘!"

⟶

전쟁터가 분명 이런 모습일 거라고 랠프는 생각했다. 비명, 무작위적 폭력, 추락하는 자들, 공포에 사로잡혀 날뛰는 말들. 그것이 랠프가 발밑이 꺼지기 직전에 한 생각이었다.

그는 한순간 완전한 공포에 사로잡혔다. 무슨 일이 일어났는지 알 수 없었다. 조금 전까지만 해도 자신이 탄 말이 디디고 있던 다리가 사라지고, 그와 말은 허공으로 떨어졌다. 다음 순간 자신의 허벅지 사이에 있던 그리프의 친숙한 몸통이 느껴지지 않았다. 그는 말과 함께 추락했다는 사실을 깨달았다. 다음 순간 그는 차가운 물에 떨어졌다.

물속에 빠진 그는 숨을 멈췄다. 갑작스러운 공포는 사라졌다. 여전히 겁이 났지만, 곧 냉정을 되찾았다. 그는 어려서 아버지의 소유지가 있던 마을의 바다에서 헤엄치며 놀았다. 그래서 물에 빠져도 곧 몸이 수면으로 떠오른다는 걸 알았지만, 그러기까지 꽤 오랜 시간이 걸릴 것 같았다. 가뜩이나 두꺼운 외출복이 물까지 먹었고 칼을 차고 있어 더 무거웠다. 만약 갑옷을 입었다면 강바닥으로 가라앉아 영원히 떠오르지 못했을 것이다. 하지만 마침내 그의 머리가 물위로 나왔고, 그는 숨을 들이쉬었다.

어렸을 때는 헤엄을 잘 쳤지만, 오래전 일이었다. 그래도 어느 정도는 몸이 움직여줘 물위로 머리를 내놓고 있을 수 있었다. 그는 북쪽 강안을 향해 팔을 젓기 시작했다. 밤색 몸통에 까만 갈기의 그리프가 옆에서 그와 똑같이 가장 가까운 기슭을 향해 헤엄치고 있다는 것도 알아챘다.

말의 움직임이 달라지자 랠프는 말의 발이 땅에 닿았음을 알아차렸다. 바닥에 발을 딛자 랠프 역시 일어설 수 있었다. 그는 허우적거리며 얕은 물을 헤쳤다. 끈적끈적한 강바닥의 진흙이 그를 다시 강 복판으로 빨아들이려는 것 같았다. 그리프는 수도원 담장 아래 좁은 강변으로 몸을 끌어올렸다. 랠프도 똑같이 강변으로 올라섰다.

그는 고개를 돌려 뒤를 돌아보았다. 물속에 수백 명이 있었는데, 피를 흘리고 비명을 지르는 사람들도 많았고, 이미 죽은 사람들도 꽤 있었다. 그때 강변에서 셔링 백작의 흑적색 제복을 입은 사람 하나가 엎드린 자세로 물에 떠 있는 것이 보였다. 그는 다시 물속으로 들어가 그의 혁대를 잡고 뭍으로 끌어올렸다.

묵직한 몸을 뒤집어본 랠프는 그가 누구인지 보고 한순간 심장이 멎는 듯했다. 동료였던 스티븐이었다. 얼굴은 멀쩡했지만, 가슴은 움푹 꺼져 있었다. 부릅뜬 두 눈에 이미 생명의 흔적은 없었다. 숨도 쉬지 않았다. 맥을 짚어보기에는 시체의 손상 정도가 너무 심했다. 불과 몇 분 전만 해도 나는 그를 부러워했지. 랠프는 생각했다. 그런데 운이 좋은 쪽은 나로군.

랠프는 설명할 수 없는 양심의 가책을 느끼며 스티븐의 부릅뜬 눈을 감겨줬다.

그는 부모님을 생각했다. 몇 분 전 두 사람을 마구간 마당에 남겨두고 떠나왔다. 설령 부모님이 그를 뒤따라왔다 하더라도 아직 다리까지는 오지 못했을 것이다. 따라서 부모님은 안전하다.

레이디 필리파는 어디 있을까? 랠프는 붕괴 직전 다리의 광경을 떠올려보았다. 윌리엄 경과 필리파는 백작 행렬의 끝쪽에 있어 아직 다리에 오르지 못한 상태였다.

하지만 백작은 다리 위에 있었다.

랠프는 그때의 장면을 아주 선명하게 떠올릴 수 있었다. 롤런드 백작은 바로 그의 뒤에서, 그리프에 탄 랠프가 군중 사이를 헤친 틈으로 성마르게 말을 몰아치고 있었다. 백작은 분명 랠프가 떨어진 곳 가까이에 떨어졌을 것이다.

랠프의 귀에 아버지가 했던 말이 들려왔다. 백작을 기쁘게 해줄 방도가 없는지 끊임없이 주의를 기울이거라. 그는 어쩌면 지금이 자신이 찾고 있던 일대 기회일지 모른다고 흥분한 심정으로 생각했다. 전쟁까지 기다릴 필요가 없을지도 모른다. 오늘이 바로 그 자신을 부각시키는 그날일지도 모른다. 그는 롤런드 백작을, 아니면 빅토리라도 구하게 될 것이다.

그 생각에 기운이 났다. 랠프는 강을 훑어보았다. 백작은 선명한 자주색 겉옷에 까만 벨벳 서코트를 입고 있었다. 살았든 죽었든 온통 혼란의 도가니에서 한덩어리가 된 사람들 사이에서 한 사람을 찾는 것은 어려운 일이었다. 이윽고 독특하게 한쪽 눈에 하얀 안대를 한 까만 종마가 눈에 들어왔고, 그의 가슴이 뛰었다. 롤런드 백작의 말이었다. 빅토리는 물속에서 심하게 허우적대고 있었는데, 똑바로 헤엄을 치지 못하는 것으로 봐서 다리가 하나 이상 부러진 게 분명했다.

말 바로 옆에 자주색 옷을 입은 키 큰 사람이 떠 있었다.

랠프가 나서야 할 순간이었다.

그는 헤엄치는 데 거치적거릴 겉옷을 벗어던졌다. 그리고 속바지만 입은 채 다시 물속으로 뛰어들어 백작이 있는 곳으로 헤엄쳐 갔다. 남자들과 여자들, 아이들 사이를 뚫고 지나가야 했다. 살아 있는 자들 대부분이 필사적으로 그를 붙잡으려 해 나아가는 속도가 더뎌졌다. 랠프는 달라붙는 사람들에게 무자비하게 주먹을 날리며 가차없이 뿌리쳤다.

마침내 빅토리가 있는 곳까지 갔다. 허우적거리는 말은 점점 기운이 빠지고 있었다. 말은 한순간 동작을 멈추더니 가라앉기 시작했다. 그러나 머리가 물속에 들어가자 다시 허우적대기 시작했다. "자, 자, 가만 가만." 랠프가 말의 귀에 대고 말했지만, 익사하기 직전임을 확신할 수 있었다.

롤런드는 의식을 잃었는지 죽었는지 눈을 감은 채 물위에 바로 누운 자세로 떠 있었다. 한쪽 다리가 등자에 걸려 그 덕분에 가라앉지 않은 모양이었다. 모자는 어디론가 사라져 보이지 않았다. 정수리는 온통 피투성이였다. 랠프는 그만한 부상을 입고도 살 수 있을지 알 수 없었다. 그래도 그는 백작을 구할 생각이었다. 시신만 수습하더라도 분명 어떤 대가가 있을 것이다. 그것이 백작의 시신이라면 더더욱 그럴 것이다.

롤런드의 발을 등자에서 당겨보고 발목에 등자 끈이 엉켜 있는 걸 확인했다. 그는 칼을 더듬어 찾다가 강변에 벗어둔 혁대에 그것이 있다는 사실을 깨달았다. 하지만 백작은 무기를 차고 있었다. 랠프는 손으로 더듬어 롤런드의 단검을 칼집에서 뽑았다.

빅토리가 몸부림치는 바람에 끈을 자르기가 어려웠다. 랠프가 등자를 잡을 때마다 죽어가는 말이 격렬하게 움직여서 가죽에 칼을 대기도 전에 손을 놓치곤 했다. 그러다가 그는 자기 손등을 베기도 했다. 마침내 두 다리를 말의 옆구리에 대고 몸의 균형을 잡았고, 그 자세로 등자 끈을 자를 수 있었다.

이제 의식이 없는 백작을 강변까지 끌고 가야 했다. 헤엄에 능숙하지 못한 그는 벌써 지쳐 헐떡이고 있었다. 설상가상으로 부러진 코로 숨쉬기가 어려워 입속으로 끊임없이 물이 들어왔다. 그는 숨을 고르기 위해 이미 운명이 정해진 빅토리의 몸통에 자신의 체중을 의지했는데, 이번에는 지지대를 잃은 백작의 몸이 가라앉기 시작했다. 랠프는 그대로 쉬고 있어서는 안 되겠다고 생각했다.

그는 오른손으로 백작의 발목을 잡고 뭍을 향해 헤엄치기 시작했다. 한 팔만 저을 수 있었기 때문에 머리를 물위로 내놓기가 그만큼 더 힘들어졌다. 그는 백작 쪽을 돌아보지 않았다. 백작의 머리가 물밑으로 들어가더라도 그건 어쩔 수 없는 일이었다. 이내 랠프는 숨을 헐떡이기 시작했고 온몸이 저려오기 시작했다.

랠프는 이런 일에 익숙하지 않았다. 그는 젊고, 강인한 체력을 가졌고, 많은 시간을 사냥과 창 시합과 검술을 하며 보냈다. 온종일 말을 타고도 그날 밤 레슬링 시합에서 이길 수 있었다. 하지만 지금은 그동안 사용하지 않던 다른 근력이 필요했다. 고개를 계속 곧추세우느라 목도 아팠다. 숨을 들이쉴 때 물이 들어오는 것도 어쩔 수 없어 기침이 나오고 숨이 막혔다. 미친듯이 왼팔을 저어 가까스로 물에 뜰 수 있었다. 물에 젖은 옷만큼 더 무거워진 백작의 커다란 몸을 잡아끌었다. 그렇게 뭍까지 가는 일은 고통스러울 정도로 느렸다.

이윽고 강바닥에 발이 닿는 곳에 이르렀다. 랠프는 여전히 백작을 끌고, 숨을 크게 들이쉬며 물속을 걷기 시작했다. 물이 허벅지 높이까지 왔을 때 그는 몸을 돌려 백작을 끌어안고 뭍까지 마지막 몇 발짝을 옮겼다.

그는 백작을 땅에 눕히고, 탈진한 채 그 옆에 무너지듯 주저앉았다. 그러고는 남아 있는 힘을 모아 백작의 가슴을 만져보았다. 심장 고동이 강하게 느껴졌다.

롤런드 백작은 살아 있었다.

〜

다리가 붕괴되자 궨다는 공포로 온몸이 굳어버렸다. 그러나 차가운 물속에 빠지면서 정신이 번쩍 들었다.

머리를 물위로 내놓은 그녀는 큰 소리로 비명을 질러대는 사람들에 에워싸여 있었다. 몇몇은 나뭇조각에 의지해 떠 있었지만, 모두가 남을 잡아서라도 떠 있으려고 몸부림쳤다. 다른 사람이 기어올라 물밑으로 가라앉게 된 사람들은 벗어나기 위해 주먹질을 해댔다. 그러나 주먹질은 모두 빗나갔다. 그리고 이내 주먹질이 돌아왔다. 한밤중에 킹스브리지 술집 앞에서 벌어지는 풍경과 비슷했다. 사람들이 죽어가고 있다는 사실만 제외하면 희극처럼 보일 수도 있는 광경이었다.

궨다는 헐떡이며 숨을 들이쉬고는 물밑으로 들어갔다. 그녀는 헤엄을 칠 줄 몰랐다.

그리고 다시 물위로 올라왔다. 놀랍게도 바로 그녀의 눈앞에서 행상인 심이 입에서 분수처럼 물을 뿜어내고 있었다. 그러다가 그는 다시 가라앉았는데, 그도 그녀처럼 헤엄을 칠 줄 모르는 게 분명했다. 그 순간 그가 필사적으로 그녀의 어깨를 잡고 그녀를 발판으로 삼으려 했다. 궨다는 즉각 가라앉았다. 심은 물위에 올라오기 위한 발판으로 그녀가 적당하지 않다는 것을 알고 그녀를 놓아줬다.

물속에서 숨을 참은 채 공포와 싸우면서도 그녀는 생각했다. 그 모든 일을 겪었는데, 이제 와 물에 빠져죽을 수는 없어.

다시 물위로 올라온 그녀를 묵중한 몸통이 떠밀었다. 얼핏 그쪽을 본 궨다는 그것이 다리가 무너지기 직전 자신을 밀쳤던 황소라는 것을 알았다. 황소는 그녀에게 해를 입힐 것 같지 않은데다 강한 힘으로 헤엄치고 있었다. 그녀는 발로 물을 차며 손을 뻗어 가까스로 황소의 뿔 하나를 잡았다. 그녀가 당기자 황소의 고개가 한순간 옆으로 돌아갔지만 곧 목의 강한 힘으로 원래 위치로 돌아갔다.

궨다는 겨우겨우 황소 뿔에 매달렸다.

그때 그녀의 개 스킵이 능숙하게 그녀 옆으로 헤엄쳐 와서 반갑게 짖어댔다.

황소는 도시 외곽 쪽 뭍을 향해 헤엄쳤다. 팔이 떨어져나갈 것 같았지만 궨다는 필사적으로 뿔에 매달렸다.

그때 누군가가 그녀를 붙잡았다. 어깨 너머로 보니 이번에도 심이었다. 심은 또다시 그녀를 발판 삼아 물에 떠 있기 위해 그녀를 잡아당겼다. 궨다는 황소를 잡은 채 다른 한 손으로 심을 떠밀었다. 그가 뒤로 넘어가면서 얼굴이 그녀의 발까지 내려갔다. 그녀는 신중하게 겨냥해 온 힘을 다해 그의 얼굴을 걷어찼다. 그는 외마디 비명을 질렀지만 그 소리는 머리가 물속에 잠기며 순식간에 사라졌다.

발 디딜 곳을 찾은 황소가 콧김을 뿜으면서 육중한 걸음걸이로 첨벙첨벙 물 밖으로 나갔다. 궨다는 바닥에 설 수 있게 되자 뿔에서 손을 놓았다.

그때 스킵이 겁에 질려 짖어댔다. 궨다는 경계하며 주위를 둘러보았다. 강변에서 심의 모습은 보이지 않았다. 강 쪽을 훑어보던 그녀의 눈에 시체들과 물에 뜬 목재 사이로 노란색 튜닉이 보였다.

널빤지를 잡고 물에 떠 있게 된 그가 물을 차며 그녀 쪽으로 오고 있었다.

궨다는 달아날 수 없었다. 기력이 다한데다 옷이 물에 흠뻑 젖어 무거웠다. 강 이쪽에는 숨을 곳도 없었다. 게다가 다리가 무너져 강 건너 킹스브리지로 건너갈 방법도 없었다.

그러나 그에게 다시 붙잡힐 수는 없었다.

문득 허우적거리는 그를 본 그녀는 희망을 품었다. 가만히 있으면 널빤지 덕분에 물에 떠 있을 텐데 그는 뭍으로 가려고 발을 차고 팔을 휘젓는 통에 균형을 잃고 말았다. 몸을 물위로 올리려고 널빤지를 누르며 발을 찰 때마다 그의 머리는 다시 물속으로 들어갔다. 그러다가는 강변까지 오지 못할 수도 있었다.

궬다는 그가 강변까지 오지 못하게 해야겠다고 생각했다.

재빨리 주위를 둘러보았다. 묵직한 각목부터 쪼개진 나뭇조각까지 갖가지 나무토막이 물위에 잔뜩 떠 있었다. 그녀의 시선이 길이가 1야드쯤 되는 단단한 각목에 닿았다. 그녀는 물속으로 들어가 그것을 잡았다. 그리고 물을 헤치며 자신을 노예로 삼았던 자를 향해 걸어갔다.

만족스럽게도 그의 눈에는 공포의 빛이 떠올랐다.

손으로 물을 젓던 그는 동작을 멈췄다. 자신이 노예로 산 여자가 잔뜩 화가 나고 결의에 찬 굳은 표정으로 묵직한 각목을 들고 다가오고 있었다. 뒤로 물러나면 익사할 것이었다.

그는 앞으로 나아갔다.

궬다는 물이 허리까지 오는 곳에 서서 때를 기다렸다.

심이 다시 동작을 멈추는 것이 보였다. 움직임을 보니 발 디딜 바닥을 찾는 듯했다.

지금 아니면 기회는 영원히 없을 것이다.

궬다는 각목을 머리 위로 치켜들고 앞으로 걸어나갔다. 심은 그녀가 무엇을 하려는지 깨닫고는 피하기 위해 필사적으로 두 팔을 휘저었다. 그러나 헤엄을 치는 것도 아니고, 물속을 걷는 것도 아닌 채 균형을 잃고 말았다. 그는 몸을 피할 도리가 없었다. 퀜다는 온 힘을 다해 그의 정수리를 각목으로 내리쳤다.

심은 눈알이 뒤집히며 의식을 잃고 쓰러졌다.

그녀는 손을 뻗어 그의 노란색 튜닉을 잡았다. 그대로 떠내려 보낼 생각은 추호도 없었다. 그러다 살아날 수도 있었다. 그녀는 그를 잡아당겨 양손으로 머리를 잡고 물속에 밀어넣었다.

아무리 의식을 잃은 사람이라고 해도 사람의 몸을 물속으로 밀어넣는 일은 생각보다 어려웠다. 게다가 기름 낀 머리카락이 미끄러웠다. 그녀는 할 수 없이 그의 머리를 자신의 겨드랑이에 끼운 채 체중을 싣기 위해 바닥에서 발을 뗐다.

자신이 그를 압도했다는 느낌이 들기 시작했다. 그런데 사람을 익사시키는 데는 시간이 얼마나 드는 걸까? 알 길이 없었다. 심의 폐에는 이미 물이 잔뜩 들어차 있을 것이다. 언제 손을 놓으면 좋을지 어떻게 알수 있을까?

갑자기 그가 경련을 일으켰다. 그녀는 그의 머리를 잡고 있는 팔에 힘을 줬다. 한동안 온 힘을 다해 그를 잡고 있어야 했다. 그가 의식을 회복한 것인지, 아니면 무의식 상태에서 경련을 일으킨 것인지 알 수 없었다. 그의 경련은 거셌지만 간헐적이었다. 그녀는 발이 다시 바닥에 닿자 발로 몸을 지탱한 채 그의 머리를 계속 눌렀다.

그녀는 주위를 둘러보았다. 보고 있는 사람은 없었다. 모두가 제 목숨 구하느라 정신이 없었다.

잠시 후 심의 움직임이 약해졌다. 그러더니 이윽고 잠잠해졌다. 그녀는 차츰 팔의 힘을 풀었다. 심은 물밑으로 천천히 가라앉았다.

그리고 다시 떠오르지 않았다.

퀜다는 헐떡이며 뭍으로 허우적거리며 걸어갔다. 진흙 바닥에 털썩 주저앉았다. 허리띠에 찬 가죽 지갑을 만져보았다. 여전히 제자리에 있었다. 범법자들은 그녀에게서 돈을 빼앗는 데까지는 나아가지도 못했다. 그 모든 시련을 겪으면서도 지갑을 잃어버리지 않았다. 거기에는 현녀 매티가 만들어준 소중한 미약이 들어 있었다. 그녀는 확인해보기 위해 지갑을 열어보았다. 깨진 병 조각 말고는 아무것도 없었다. 그 작은 물약병은 박살이 난 것이었다.

괜다는 울음을 터뜨렸다.

⁓

캐리스가 본 사람들 가운데 분별 있는 행동을 한 사람은 머딘의 동생 랠프였다. 그는 물에 젖은 속바지 하나만 입고 있었다. 이전에 다쳐 빨갛게 부어오른 코 말고는 상처도 입지 않았다. 랠프는 셔링의 백작을 물에서 끌어내, 백작의 가문 제복을 입은 시신 옆에 눕혔다. 백작은 머리에 중상을 입은 상태였는데, 치명적일 수도 있었다. 랠프는 완전히 기진한 상태였고, 이제부터 어떻게 해야 할지 모르는 것 같았다. 캐리스는 그에게 일러줄 말을 생각해보았다.

그녀는 주위를 둘러보았다. 이쪽 강변은 암석 노두로 다른 곳과 격리된 비좁은 진흙탕이었다. 사상자를 눕힐 공간이 별로 없었다. 어딘가 다른 곳이 필요했다.

몇 야드 떨어진 곳에, 강에서부터 수도원 담장에 있는 문까지 이어진 돌계단이 있었다. 캐리스는 마음을 정했다. 그녀는 랠프에게 손짓으로 가리키며 말했다. "백작을 저리로 해서 수도원으로 데려가요. 성당에 조심히 눕히고 구호소로 가요. 맨 처음 만나는 수녀에게 즉시 시실리어 수녀원장을 모셔오라고 말해요."

랠프는 어떻게 해야 하는지 결정을 내려준 누군가가 나타난 것이 반가운 듯 그 말을 곧바로 실행에 옮겼다.

캐리스는 물속으로 걸어들어가려는 머딘을 제지했다. "저 바보 같은 사람들 좀 봐." 그녀가 무너진 다리의 도시 쪽 끄트머리를 가리켰다. 수십 명이 눈앞에서 벌어진 참사를 멀거니 바라보고 있었다. "건장한 남자들을 모두 이쪽으로 데려와. 그들이라면 사람들을 물에서 끌어내 성당으로 데려갈 수 있을 테니까."

머딘은 머뭇거렸다. "사람들이 저기서 이쪽으로 내려오지 못할 텐데."

캐리스는 그의 말뜻을 알아들었다. 사람들이 잔해를 넘어와야 하는데, 그러다가 부상자가 더 생길 수도 있었다. 그러나 큰길 이쪽 편 가옥들에는 수도원 담장 쪽으로 채소밭이 있었고, 그 모퉁이에 있는 수레꾼 벤의 집은 담장에 작은 문이 있어 채소밭에서 바로 강으로 내려올 수 있게 되어 있었다.

머딘도 같은 생각을 한 것 같았다. "벤의 집 뒷마당으로 해서 사람들을 데려올게."

"좋아."

그가 바위를 기어올라 문을 열고 안으로 사라졌다.

캐리스는 강 쪽을 보았다. 키가 큰 사람이 물에서 근처 강둑으로 올라왔다. 필리먼이었다. 그가 헐떡이며 물었다. "궬다 못 봤어요?"

"봤어요. 다리가 무너지기 직전에요. 행상인 심에게서 달아나고 있었어요."

"나도 알아요. 그런데 그애는 지금 어디 있죠?"

"아직 못 봤어요. 당신이 지금 해야 할 일은 물에서 사람들을 끌어내는 거예요."

"동생을 찾고 싶어요."

"그애가 살아 있다면 물에서 끌어내야 할 사람들 틈에 있을 거예요."

"알겠어요." 필리먼이 첨벙거리며 다시 물속으로 들어갔다.

캐리스도 자기 가족부터 찾고 싶었지만, 지금 여기서 해야 할 일이 너무 많았다. 그녀는 가능한 한 빨리 아버지를 찾아보겠다고 다짐했다.

수레꾼 벤이 문에 나타났다. 어깨가 벌어지고 목이 굵은 땅딸막한 그는 평생 머리보다 근육을 쓰며 살아왔다. 그는 강변으로 내려오더니 뭘 해야할지 막막한 듯 사방을 둘러보았다.

캐리스의 발치에는 롤런드 백작의 부하인 흑적색 제복 차림의 누군가가 누워 있었는데 이미 죽은 것 같았다. "벤, 이 사람을 성당으로 데려가요." 그녀가 말했다.

그때 벤의 아내 립이 어린아이를 데리고 나타났다. 남편보다 똑똑한 그녀가 물었다. "살아 있는 사람부터 옮겨야 하지 않을까요?"

"죽었는지 살았는지 알려면 먼저 물에서 끌어내야 해요. 그런데 이곳에 시신을 방치해둘 순 없어요. 구조하는 사람들에게 거치적거릴 거예요. 이 사람을 성당으로 데려가요."

립은 말귀를 알아들었다. "캐리스가 하라는 대로 하는 게 좋겠어, 여보."

벤은 시신을 가볍게 안아 그 자리를 떠났다.

캐리스는 건축 일꾼들이 사용하는 들것 없이는 시신들을 신속하게 운반하기 힘들다는 사실을 깨달았다. 수사들이라면 조직적으로 할 수 있을 것 같았다. 그런데 그들은 지금 어디에 있는 것일까? 그녀는 랠프에게 시실리어 수녀원장에게 가서 경보를 내려야 한다고 말하라고 했는데, 지금까지 아무도 나타나지 않았다. 부상자들의 상처에 붕대를 감고 고약과 소독약을 발라야 했다. 모든 수녀와 수사를 총동원해야 할 일이었다. 이발사 매슈도 불러와야 했다. 부러진 뼈를 맞춰야 할 일이 잔뜩 있을 것이었다. 그리고 부상자들에게 통증을 가라앉힐 약을 줄 현녀 매티도 필요했다. 캐리스는 경보를 내리게 해야 했지만, 구조 작업이 제대로 이루어지기 전까지는 강변을 떠날 수 없었다. 머딘은 어디 있는 거지?

한 여자가 뭍을 향해 다가오고 있었다. 캐리스가 물속으로 걸어들어가 그녀가 일어서도록 부축해줬다. 그리젤더였다. 젖은 옷이 몸에 달라붙어 풍만한 가슴과 불룩한 허벅지가 선명하게 드러났다. 그녀가 임신했다는 것을 아는 캐리스는 불안한 어조로 물었다. "괜찮니?"

"그런 것 같아."

"피가 나지는 않아?"

"피는 나지 않아."

"정말 다행이야." 주위를 둘러보던 캐리스의 눈에 고맙게도 수레꾼 벤의 채소밭에서 한 무리의 남자들을 이끌고 오는 머딘의 모습이 보였다. 그중에는 백작 가문의 제복을 입은 이들도 있었다. 캐리스가 머딘에게 외쳤다. "그리젤더의 팔을 잡아줘. 수도원에 가게 계단 올라가는 걸 부축해줘. 앉아서 좀 쉬어야 해." 그러고는 그를 안심시키려는 듯이 말했다. "별로 다친 데는 없어."

머딘과 그리젤더 두 사람 모두 의아한 눈으로 캐리스를 바라보았다. 그제야 캐리스는 이 상황이 얼마나 기묘한지 깨달았다. 삼각관계인 세 사람은 잠시 얼어붙은 듯 그 자리에 서 있었다. 어머니가 될 여자, 그녀가 낳을 아이의 아버지, 그리고 그 남자를 사랑하는 여자.

다음 순간 캐리스는 어색한 순간을 벗어나 몸을 돌리고 남자들에게 해야 할 일을 지시하기 시작했다.

⁓

궨다는 한동안 울다가 그쳤다. 그녀가 그토록 슬퍼한 것은 사실 깨진 물약병 때문이 아니었다. 그것은 매티가 새로 미약을 만들어주고 캐리스가 그 값을 치러주면 해결될 문제였다. 물론 그들 두 사람이 아직 살아 있다면. 궨다가 운 것은, 아버지의 배신부터 피가 나는 발에 이르기까지 자신이 지난 스물네 시간 동안 겪은 모든 일 때문이었다.

자신이 두 사람을 죽인 것에 대해서는 눈곱만큼의 후회도 없었다. 심과 알윈은 그녀를 노예로 삼아 매춘을 시키려던 자들이었다. 그들은 죽어 마땅했다. 범법자를 죽이는 것은 죄가 아니기 때문에 그것은 살인도 아니었다. 그럼에도 손이 떨리는 건 어쩔 수 없었다. 그녀는 자신이 적을 물리치고 자유를 되찾았다는 사실이 더없이 기뻤지만, 동시에 자신이 한 행위에 욕지기가 치밀었다. 마지막 순간 죽어가던 심의 몸뚱이가 경련하던 것도 결코 잊지 못할 것 같았다. 눈 밖으로 칼끝이 튀어나온 알윈의 얼굴이 꿈에 나타날 것 같았다. 상반되면서도 강렬한 이런 감정들에 싸인 궨다는 몸을 떨었다.

그녀는 살인의 기억을 머릿속에서 몰아냈다. 그리고 누가 또 죽었을까? 그녀의 부모님은 어제 킹스브리지를 떠나기로 했었다. 하지만 오빠 필리먼은? 세상에 둘도 없는 친구 캐리스는? 내가 사랑하는 울프릭은?

강 건너로 시선을 돌리던 궨다는 곧 캐리스에 대해서는 마음을 놓았다. 캐리스는 강 저편에서 머딘과 한 무리의 남자들과 함께 물에 빠진 사람들을 끌어내는 작업을 하고 있는 것 같았다. 궨다는 고마움을 느꼈다. 적어도 이 세상에 완전한 외톨이로 남은 것은 아니었다.

하지만 필리먼은 어떻게 됐을까? 그는 다리가 무너지기 직전 그녀가 마지막으로 본 사람이었다. 다른 모든 조건이 같다고 한다면, 그는 분명 그녀가 떨어진 곳 근처에 떨어졌을 것이다. 하지만 오빠의 모습은 보이지 않았다.

그리고 울프릭은 어디 있을까? 마녀가 채찍질당하며 마을을 도는 광경을 구경하는 데 그가 관심을 가졌을 것 같지는 않았다. 하지만 그는 오늘 가족과 함께 위글리의 집으로 돌아갈 예정이었으므로, 다리가 무너졌을 때 다리 위에 있었을 가능성이 있었다(제발 아니길. 그녀는 마음 속으로 빌었다). 그녀는 머리를 숙인 채 물에 뜬 그의 모습이 아니라 뭍으로 힘차게 헤엄쳐 오는 모습을 보게 되기를 간절히 바라면서, 뚜렷이 구분되는 울프릭의 황갈색 머리를 찾아 물위를 미친듯이 훑어보았다.

궬다는 강을 건너기로 마음먹었다. 헤엄을 치진 못하지만 자신이 타도 좋을 만큼 커다란 나무만 있다면 물장구를 쳐서 건너갈 수 있을 것 같았다. 그녀는 적당한 널빤지를 찾아내 물에서 끌어낸 다음, 사람들이 몰려 있는 곳을 피하려고 상류 쪽으로 50야드쯤 걸어갔다. 그러고는 다시 강으로 걸어갔다. 스킵이 겁도 없이 뒤따랐다. 생각보다 힘이 들고 젖은 옷이 걸리적거렸지만, 마침내 맞은편 강가에 이르렀다.

궬다는 캐리스에게 달려갔다. 두 사람은 껴안았다. 캐리스가 물었다. "어떻게 된 거니?"

"도망쳤어."

"심은?"

"그 사람은 범법자였어."

"그런데 어째서 과거형으로 말하는 거지?"

"죽었으니까."

캐리스는 깜짝 놀란 표정을 지었다.

궬다가 재빨리 덧붙였다. "다리가 무너졌을 때 죽었어." 아무리 친한 사이라 해도 그 일을 세세히 말하고 싶지는 않았다. "혹시 우리 가족 중에 누구 못 봤어?"

"네 부모님은 어제 도시를 떠나셨어. 조금 전에 필리먼도 봤고. 네 오빠가 너를 찾고 있었어."

"아아, 다행이다! 울프릭은?"

"나도 몰라. 강에서 끌어올린 사람들 중에는 없었어. 그의 약혼녀는 어제 떠났지만, 그의 부모님과 형은 오늘 아침 성당에서 있었던 미친 넬 재판에 왔었어."

"그를 찾아봐야겠어."

"행운을 빌게."

렌다는 수도원으로 이어진 계단을 뛰어올라가 초지를 가로질렀다. 노점 몇 개가 아직 짐을 꾸리는 중이었다. 수백 명이 죽었는데도 아무렇지 않게 일을 계속할 수 있다는 것이 믿어지지 않았다. 하지만 다음 순간, 그들이 아직 사태를 알지 못하는 게 분명하다고 생각했다. 그녀에게는 몇 시간 전 일로 여겨졌지만 그 일이 일어난 것은 불과 몇 분 전이었다.

렌다는 수도원 정문을 통과해 큰길로 나섰다. 울프릭과 그의 가족은 벨 여인숙에 묵고 있었다. 그녀는 여인숙 안으로 뛰어들어갔다.

앳된 소년이 술통 곁에 서 있다가 흠칫 놀란 얼굴을 했다.

"위글리에서 온 울프릭을 찾고 있어." 렌디가 말했다.

"여기는 아무도 없어요. 나는 이곳 도제예요. 나보고 여기 남아서 술을 지키라고 했거든요."

렌다는 누군가가 사람들을 모두 강변으로 데려간 거라고 짐작했다.

그녀는 다시 밖으로 달려나왔다. 막 문가를 나서는데 울프릭이 나타났다.

그녀는 너무 마음이 놓인 나머지 두 팔로 그를 확 끌어안았다. "살아 있었구나. 하느님 감사합니다!" 그녀가 소리쳤다.

"다리가 무너졌다고 하던데. 그게 정말이야?"

"그래. 무서운 일이야. 다른 가족은 어디 있어?"

"조금 전에 떠났어. 나는 외상값을 받느라고 뒤에 남았고." 그러면서 울프릭은 작은 가죽 전대를 들어 보였다. "우리 가족이 다리가 무너졌을 때 그곳에 있지 않았어야 하는데."

"알아볼 방법이 있어. 함께 가자."

궨다는 그의 손을 잡았다. 그는 잡힌 손을 빼지 않고 그녀가 이끄는 대로 수도원 경내로 들어갔다. 그녀는 그의 손을 아주 오랜만에 잡아보는 것이었다. 그의 손은 큼직했고, 손가락은 노동으로 거칠었지만 손바닥은 부드러웠다. 좀전까지 온갖 일을 겪었지만, 그녀는 그 느낌에 몸이 떨렸다.

그녀는 그를 데리고 초지를 지나 대성당 안으로 들어갔다. "물에 빠진 사람들을 강에서 끌어내 이곳으로 데려오고 있어." 그녀가 설명했다.

신자석 돌바닥에는 벌써 스물에서 서른 구쯤 시신이 있었고, 더 많은 시신이 속속 들어오는 중이었다. 수녀 몇 명이 부상자들을 돌보고 있었는데, 주위의 거대한 원기둥 때문에 그들의 모습이 왜소해 보였다. 성가대를 담당하는 맹인 수사가 그곳 책임을 맡은 듯했다. "사망자는 북쪽으로, 부상자는 남쪽으로." 궨다와 울프릭이 신자석에 들어섰을 때 맹인 수사가 소리쳤다.

그때 갑자기 울프릭이 충격과 낙담에 싸인 비명을 질렀다. 그의 시선을 따라가던 궨다는 부상자들 사이에 누워 있는 그의 형 데이비드를 보았다. 두 사람은 데이비드 옆에 무릎을 꿇었다. 그는 울프릭보다 두 살 위이고 울프릭만큼 체격이 컸다. 그는 숨을 쉬고 눈을 뜨고 있기는 했지만, 두 사람이 보이지 않는 듯했다. "형!" 울프릭이 나지막하면서도 다급한 어조로 외쳤다. "나야, 울프릭."

궨다는 뭔가 끈적거리는 것을 느꼈다. 데이비드는 피웅덩이 속에 누워 있었다.

"어머니와 아버지는?" 울프릭이 다시 말했다.

아무 대답도 없었다.

주위를 둘러보던 궨다의 눈에 울프릭의 어머니가 보였다. 그녀는 맹인 수사 카를로스가 사람들에게 시신을 갖다놓으라고 한 신자석 끄트머리인 북쪽 측랑에 있었다. "울프릭." 궨다가 조용히 불렀다.

"왜?"

"어머니는 저기 계셔."

그는 일어서서 그쪽을 보았다. "아, 안 돼."

그들은 너른 성당 안을 가로질렀다. 울프릭의 어머니는, 이제야 동등한 신분이 된 위글리의 영주 스티븐 경 옆에 누워 있었다. 그녀는 몸집이 작았다. 이처럼 덩치가 큰 아들을 둘씩이나 낳은 몸이라는 것이 놀라웠다. 생전의 그녀는 강인하고 활력에 넘쳤지만 지금의 창백하고 여윈 모습은 망가지기 쉬운 인형처럼 보였다. 울프릭이 심장이 뛰는지 확인하려고 어머니의 가슴에 손을 얹었다. 그가 손으로 누르자 그녀의 입에서 물이 흘러나왔다.

"익사하신 거야." 그가 낮은 목소리로 말했다.

궨다가 어떻게든 위로해보려고 그의 넓은 어깨에 한 팔을 둘렀다. 그는 그녀의 손길을 알아차리지도 못한 듯했다.

그때 롤런드 백작 가문의 제복을 입은 병사가 덩치 큰 남자의 시신을 실어 왔다. 울프릭은 다시 한번 경악했다. 그의 아버지였다.

"이쪽에 눕혀주세요. 그분 아내 곁에." 궨다가 말했다.

울프릭은 충격에 빠졌다. 그는 이 상황을 도저히 받아들일 수 없는 듯 아무 말도 하지 않았다. 궨다도 당황했다. 이런 상황에서 사랑하는 남자에게 무슨 말을 할 수 있을까? 머릿속에 떠오르는 말은 전부 어리석게 느껴졌다. 그를 위로해주고 싶었지만 방법을 알 수 없었다.

울프릭이 부모님의 시신을 바라보는 사이 궨다는 그의 형이 있는 성당 안 다른 쪽으로 시선을 돌렸다. 데이비드는 미동도 없었다. 그녀는 재빨리 그쪽으로 가보았다. 그의 눈은 아무것도 보고 있지 않았고, 호흡도 멈춰 있었다. 그녀는 그의 가슴을 짚어보았다. 심장이 뛰지 않았다.

울프릭은 이 모든 일을 어떻게 감당할까?

그녀는 눈물을 훔치고 그에게 돌아갔다. 사실을 숨길 필요는 없었다. "데이비드도 죽었어."

울프릭은 무슨 말인지 모르는 듯 멍한 표정을 지었다. 궨다는 울프릭이 충격으로 정신을 놓아버리는 게 아닐까 무서웠다.

그러나 이윽고 그가 입을 열었다. "전부 다. 세 사람 다. 모두 죽었어." 그는 궨다를 바라보았다. 그의 눈에서 눈물이 흘러나왔다.

그녀는 두 팔로 그를 안아줬는데, 그 커다란 몸이 가눌 수 없는 슬픔으로 떨리고 있었다. 그녀는 그를 꼭 끌어안은 채 말했다. "가엾은 울프릭. 가엾어라, 사랑하는 울프릭."

"그래도 아직 나에게는 아넷이 있어." 그가 말했다.

✍

한 시간이 지나자, 신자석 바닥 대부분은 사상자들로 채워졌다. 부수도원장인 맹인 수사 카를로스는 그의 눈 역할을 하는 갸름한 얼굴의 회계 담당 시미언 수사와 함께 한가운데 서 있었다. 카를로스가 지휘를 맡은 것은 앤서니 수도원장이 보이지 않기 때문이었다. "시어도릭 형제인가?" 카를루사가 이제 막 밖에서 들어온 하얀 피부에 푸른 눈을 가진 수사의 발소리를 알아들은 듯 물었다. "무덤 파는 이를 찾아오게. 그에게 건장한 사람 여섯 명을 쓰라고 해. 적어도 무덤을 백 개는 파야 할 것 같으니까. 게다가 이 계절에 매장을 늦출 생각은 없네."

"바로 그렇게 하겠습니다." 시어도릭이 말했다.

캐리스는 눈이 먼 카를로스가 효과적으로 작업을 지휘하는 것을 보고 깊은 인상을 받았다.

그녀는 구조 작업을 효과적으로 관리하도록 머딘을 강가에 남겨두고 왔다. 그동안 그녀는 수녀들과 신부들에게 재난을 알리고, 이발사 매슈와 현녀 매티를 불러오게 하고, 마지막으로 가족의 생사를 확인했다.

붕괴된 시각에 다리 위에 있었던 사람은 앤서니 외삼촌과 그리젤더뿐이었다. 캐리스의 아버지는 부오나벤투라 카롤리와 함께 길드 집회소에 있었다. 그녀의 아버지는 이렇게 말했다. "이제 새 다리를 지을 수밖에 없게 됐군!" 그런 다음 그는 구조 작업을 거들기 위해 다리를 절며 강둑으로 내려갔다. 다른 사람들도 무사했다. 페트라닐라는 집에서 음식을 만들고 있었고, 캐리스의 언니 앨리스는 남편 엘프릭과 함께 벨 여인숙에 있었으며, 사촌오빠 고드윈은 성당에서 성단소 남쪽의 수리를 점검하는 중이었다.

그리젤더는 이제 쉬기 위해 집으로 돌아갔다. 앤서니는 여전히 행방을 알 수 없었다. 캐리스는 외삼촌을 좋아하지는 않지만 그가 죽는 것은 원하지 않았다. 그래서 강에서 신자석으로 새로운 시신이 들어올 때마다 걱정스러운 눈으로 확인해보았다.

시실리어 수녀원장과 수녀들은 사람들의 상처를 씻고 소독약으로 벌꿀을 바르고, 붕대를 두르고, 강장제로 향신료를 넣은 뜨거운 에일을 줬다. 팔팔하고 유능한 야전 의사인 이발사 매슈는 숨을 헐떡이는 뚱뚱한 현녀 매티와 함께 일했는데, 매티는 매슈가 부러진 팔다리를 맞추기 직전에 부상자에게 진정제를 먹였다.

캐리스는 남쪽 측랑으로 향했다. 신자석의 소음과 혼잡과 유혈로부터 뚝 떨어진 그곳에는 수도원의 고참 의사들이 여전히 무의식 상태에 있는 셔링의 백작 주위에 모여 있었다. 물에 젖은 옷은 벗겨지고 두꺼운 모포로 몸을 덮어놓은 상태였다. "백작은 살아 계시다." 고드윈 형제가 말했다. "하지만 중상이야." 그러면서 그는 머리 뒤편을 가리켰다. "두개골 일부가 부서졌거든."

캐리스는 고드윈의 어깨 너머로 살펴보았다. 마치 부서진 파이 껍질 같이 생긴 두개골이 보였고, 피로 얼룩져 있었다. 벌어진 틈으로 그 밑에 있는 회색 물질도 보였다. 이런 중상에는 손쓸 방도가 있을 것 같지 않았다.

의사들 가운데 가장 고참인 조지프 형제도 같은 생각이었다. 그는 커다란 코를 문지르며 치열이 엉망인 입을 열고 말했다. "성인의 유골을 가져와야겠습니다." 그의 발음은 언제나 그렇듯 술에 취한 사람처럼 불분명했다. "그것이 백작을 살아나게 할 유일한 희망입니다."

캐리스는 오래전에 죽은 성인의 뼈가 산 사람의 부서진 머리를 치료하는 데 효과가 있을 거라고는 생각하지 않았다. 물론 그녀는 아무 말도 하지 않았다. 자신이 그런 생각을 하는 것이 유별나다는 것을 알고 있었기 때문에 대개는 속으로만 생각했다.

백작의 두 아들인 윌리엄 경과 리처드 주교가 옆에 서서 지켜보고 있었다. 훤칠하고 군인다운 용모에 검은 머리의 윌리엄은 의식을 잃고 탁자 위에 누워 있는 인물의 젊었을 적 모습 그대로였다. 리처드는 그보다 피부가 희고 체격도 둥글둥글했다. 머딘의 동생 랠프가 그들 옆에 있었다. "제가 백작을 물에서 끌어냈습니다." 랠프가 말했다. 캐리스는 그가 그 말을 하는 것을 벌써 두번째 들었다.

"그래, 잘했군." 윌리엄이 말했다.

윌리엄의 아내 필리파는 조지프 형제의 견해에 캐리스만큼이나 불만이었다. "당신은 달리 백작을 살릴 방도가 없다고 보시는 건가요?"

고드윈이 대답했다. "기도는 가장 효험이 있는 치료법입니다."

유골은 높은 제단 아래, 자물쇠가 달린 칸 안에 보관되어 있었다. 고드윈과 조지프가 유골을 가지러 가자마자 이발사 매슈가 백작의 몸 위로 허리를 숙이고는 머리의 상처를 살펴보았다. "그런다고 치료되지 않을 겁니다. 아무리 성인의 도움이 있다 해도요."

윌리엄이 날카로운 어조로 말했다. "그게 무슨 뜻이지?" 캐리스는 윌리엄의 말투가 그의 아버지와 닮았다고 생각했다.

"두개골도 다른 뼈와 마찬가지로 뼈입니다. 저절로 치유될 수도 있지만, 그러려면 먼저 조각들을 제자리에 맞춰놓아야 합니다. 안 그러면 뼈가 엉뚱한 방향으로 자라게 될 겁니다."

"자네가 수사들보다 더 많이 안다고 생각하나?"

"나리, 수사들은 영계의 도움을 부르는 법을 알고 있습니다. 저는 부서진 뼈를 맞춰놓을 뿐이고요."

"그런데 그런 지식은 어디서 알게 됐지?"

"저는 여러 해 동안 국왕 휘하 군대의 군의로 복무했습니다. 나리의 아버지이신 백작과 함께 스코틀랜드 전투에도 참가했죠. 이전에 머리가 부서진 사람을 많이 보았습니다."

"그럼 자네라면 지금 아버지를 어떻게 하겠는가?"

캐리스는 매슈가 윌리엄의 위압적인 질문에 불안해하고 있다고 여겼다. 그럼에도 그는 자신이 무슨 말을 하는지 확실히 알고 있는 듯했다. "저라면 뇌수에서 부서진 뼛조각을 꺼내 깨끗이 씻은 뒤 다시 맞춰놓겠습니다."

캐리스는 경악했다. 그런 대담한 처치에 대해서는 상상해본 적도 없었다. 매슈는 어떻게 그런 대담한 제안을 하는 걸까? 그리고 만약 일이 잘못되기라도 한다면 어쩔 셈인 걸까?

"그러면 아버지가 회복되실까?" 윌리엄이 말했다.

"그건 저도 모릅니다. 머리에 입은 상처는 이상한 결과를 가져와서 걷거나 말하는 능력을 손상시키는 경우가 있습니다. 제가 할 수 있는 일은 백작의 두개골을 고치는 것뿐입니다. 기적을 바라시는 거라면 그건 성인에게 부탁드려야겠죠."

"성공을 장담하지 못한다는 얘기로군."

"하느님만이 전능하십니다. 사람은 그저 할 수 있는 일을 다 하고, 최선의 결과를 기대할 뿐이죠. 그러나 이대로 손을 쓰지 않고 놓아둔다면 백작은 이 부상으로 돌아가실 겁니다."

"하지만 조지프 형제와 고드윈 형제는 고대 의학자들이 쓴 서적들을 읽은 사람들이잖은가."

"그리고 저는 전쟁터에서 부상자들이 죽거나 회복되는 것을 본 사람이죠. 어느 쪽을 믿을지는 나리가 결정하실 문제입니다."

윌리엄은 아내를 바라보았다. 필리파가 말했다. "저 이발사가 할 수 있는 일을 하게 해요. 그런 다음 성 아돌푸스에게 매달려보죠."

윌리엄이 고개를 끄덕이고는 매슈에게 말했다. "좋아. 해보게."

"먼저 백작을 창가에 놓인 탁자로 옮겨야 합니다." 매슈가 단호하게 말했다. "그래야 밝은 빛으로 상처를 볼 수 있으니까요."

윌리엄이 두 수련수사에게 손가락을 까딱거렸다. "이 사람이 요구하는 대로 해주게."

"제게 필요한 것은 따뜻한 와인 한 사발뿐입니다." 매슈가 말했다.

수사들은 구호소에서 가대식 탁자를 가져와 남쪽 익랑의 큰 창 밑에 설치했다. 기사종자 두 명이 롤런드 백작을 그 탁자로 옮겼다.

"얼굴을 아래쪽으로 해주십시오." 매슈가 말했다.

그들이 백작의 몸을 엎드려 눕혔다.

매슈는 이발사들이 사용하는 것으로 널리 알려진 예리한 도구가 든 가죽가방을 갖고 있었다. 그는 먼저 작은 가위를 꺼내 백작의 머리 쪽으로 상체를 굽히고 상처 주변 머리카락을 자르기 시작했다. 백작의 검은 머리는 숱이 많았고 기름기가 있었다. 매슈는 머리를 다발로 싹둑싹둑 잘라 바닥 한쪽에 떨어지도록 했다. 상처 주위의 머리를 둥글게 깎자 손상된 부위가 확실하게 보였다.

그때 고드윈 형제가 성 아돌푸스의 두개골과 한쪽 팔과 손의 뼈가 담긴, 상아와 황금으로 조각된 유골함을 들고 돌아왔다. 그는 매슈가 롤런드 백작을 수술하는 광경을 보자 펄쩍 뛰었다. "지금 대체 뭘 하는 거요?"

매슈는 고개를 들고 말했다. "그 유골함을 백작의 등에 내려놓으십시오. 가능하면 머리에 가깝게요. 그러면 성인 덕분에 제 손이 안정될 테니까요."

한낱 이발사에 불과한 자가 주도권을 잡았다는 사실에 분노한 고드윈은 머뭇거렸다.

"그가 하라는 대로 하게, 형제. 안 그러면 아버지의 죽음을 당신 탓으로 돌리겠네." 윌리엄 경이 말했다.

고드윈은 복종하지 않았다. 그 대신 몇 야드 떨어진 곳에 서 있던 맹인 수사 카를로스에게 말했다. "카를로스 형제, 윌리엄 경이 지시하시기를—"

"나도 윌리엄 경이 하신 말씀은 들었네." 카를로스가 그의 말을 끊고 말했다. "경이 원하시는 대로 하는 게 좋을 것 같네."

고드윈이 기대하던 대답이 아니었다. 그의 얼굴에 분노와 좌절이 섞인 표정이 떠올랐다. 고드윈은 혐오감을 뚜렷이 드러내며 롤런드 백작의 넓은 등 위에 유골함을 올려놓았다.

매슈는 정교한 핀셋을 집어들었다. 그리고 섬세한 손놀림으로 밑에 있는 회색 물질을 피해가며 겉으로 드러난 뼛조각의 한쪽 모서리를 핀셋으로 집어들었다. 캐리스는 홀린 듯이 그 광경을 지켜보았다. 머리에서 끄집어낸 뼛조각에는 살점과 머리카락이 붙어 있었다. 매슈는 그것을 조심스레 와인 사발에 담갔다.

그는 다른 두 개의 작은 뼛조각도 같은 방식으로 처리했다. 부상자들의 신음소리, 신자석에서 들리는 유족들의 흐느낌 소리 등 온갖 소음은 배경으로 밀려난 것 같았다. 매슈의 작업을 지켜보는 사람들은 모두 입을 다문 채 그와 의식을 잃은 백작을 둥글게 에워싸고 있었다.

다음으로 매슈는 두개골의 다른 부분에 붙은 파편들에 손을 댔다. 그는 그때마다 그 부위의 머리카락을 잘라내고 와인을 적신 리넨 조각으로 조심스레 닦은 다음 뼈를 핀셋으로 집어 원래 위치라고 판단한 곳에 살며시 밀어넣었다.

터질 듯한 긴장감에 캐리스는 거의 숨도 쉴 수 없었다. 이 순간 이발사 매슈에게 느끼는 감탄은 다른 누구에게서도 느껴본 적 없는 것이었다. 그는 실로 대단한 용기와 기술과 자신감을 가진 자였다. 게다가 상상 이상으로 그 정교한 수술을 받고 있는 환자가 백작이었다! 일이 잘못되면 그는 분명 교수형을 당할 것이다. 하지만 그의 두 손은 대성당 문 위쪽 돌에 새겨진 천사의 손만큼이나 침착했다.

마지막으로 매슈는 마치 깨진 단지를 손보는 것처럼 좀전에 와인 사발에 담가놓았던 세 개의 분리된 파편들을 제자리에 맞춰놓았다.

그런 다음 상처 위로 머리의 피부를 당겨 빠르고 정확하게 꿰맸다.

이제 롤런드의 두개골은 온전한 형태로 돌아갔다.

"백작은 하루 낮밤 동안 주무실 겁니다. 깨어나시면 현녀 매티가 만든 독한 수면 약물을 드시게 하십시오. 백작은 사십 일 낮과 밤 동안 움직이시면 안 됩니다. 필요하다면 끈으로라도 묶어놓아야 합니다."

그런 다음 매슈는 시실리어 수녀원장에게 백작의 머리를 붕대로 감아달라고 부탁했다.

고드윈은 좌절감과 불쾌감에 싸여 성당을 나와 강둑으로 달려내려갔다. 지금 성당에는 확고한 권위가 없었다. 카를로스는 사람들이 제멋대로 하도록 내버려두고 있었다. 앤서니 수도원장은 나약한 인물이지만 카를로스보다는 나았다. 수도원장을 찾아야 했다.

시신 대부분은 이제 물 밖으로 나온 상태였다. 타박상만 입은 사람들은 얼떨떨한 채 걸어서 돌아갔다. 죽거나 부상을 당한 사람들 대부분은 성당으로 옮겨졌다. 이제 남은 건 어떤 식으로든 다리의 잔해와 엉켜 있는 이들뿐이었다.

고드윈은 수도원장이 어쩌면 죽었을지도 모른다는 생각에 흥분과 두려움을 동시에 느꼈다. 그는 수도원에 세심한 재정 관리와 더불어 베네딕트의 규율을 보다 엄격하게 해석한 새로운 체제가 들어서길 바라왔다. 하지만 앤서니 수도원장이 그의 후원자였으므로 다른 수도원장이 임명될 경우 자신의 승진이 어려워질 거라는 사실도 알고 있었다.

머딘은 배 한 척을 징발했다. 그와 다른 두 젊은이는 이전의 다리 구조물 대부분이 물에 떠 있는 상태로 남아 있는 강복판에 나가 있었다. 속바지만 입은 세 사람은 누군가를 끌어내기 위해 무거운 들보를 들어올리려 애쓰고 있었다. 머딘은 키가 작았지만 다른 두 사람은 건장하고 영양 상태도 좋아 보였다. 고드윈은 그 두 사람이 백작이 데려온 기사종자들일 거라고 짐작했다. 다부진 체격에도 불구하고 그들은 노 젓는 배의 우묵한 바닥에 선 채 무거운 목재를 들어올리느라 애를 먹고 있었다.

고드윈은 다른 많은 시민들 틈에 서서 두려움과 희망이 엇갈리는 심정으로, 두 기사종자가 묵직한 들보를 들어올리는 광경을 바라보았다. 머딘이 그 밑에 깔려 있던 사람을 끌어당겼다. 그러고는 잠시 그 사람을 살펴본 뒤 외쳤다. "마거리트 존스. 사망."

마거리트는 존재감 없는 노파였다. 초조해진 고드윈이 외쳤다. "앤서니 수도원장님은 보이지 않나?"

그 소리에 배에 탄 사람들이 서로를 마주보았는데, 고드윈은 자신의 말이 너무 단정적이었음을 깨달았다. 그런데 머딘이 곧바로 소리쳤다. "수사복을 입은 사람이 하나 있어요."

"그럼 그 사람이 수도원장이네!" 고드윈이 외쳤다. 앤서니는 아직까지 소재가 확인되지 않은 유일한 수사였다. "상태가 어떤지 말해주겠나?"

머딘이 배 옆으로 몸을 기울였다. 더는 가까이 접근할 수 없는 듯 그는 물속으로 들어갔다. 이윽고 머딘이 외쳤다. "아직 숨이 붙어 있습니다."

고드윈은 안도감과 실망감을 동시에 느꼈다. "그럼 어서 그분을 옮겨주게!" 그가 소리쳤다. 그러고는 덧붙였다. "부탁하는 걸세."

저쪽에서 그가 한 말을 알아들었다는 신호를 보내지는 않았지만, 머딘이 일부가 물에 잠긴 널빤지 밑으로 들어가 두 사람에게 뭔가를 지시하는 듯한 모습이 보였다. 두 사람은 들고 있던 들보를 한옆으로 내려 물속으로 들어가게 내버려두고는 뱃머리 쪽으로 몸을 기울여 머딘이 밑에 들어가 있는 널빤지를 붙들었다. 머딘은 뒤엉킨 판자들과 나뭇조각들 사이에서 앤서니의 옷을 빼내는 데 애를 먹고 있는 것 같았다.

고드윈은 자신이 지시할 수 있는 일이 없다는 데 무력감을 느꼈다. 그는 구경꾼들 중 두 사람에게 말했다. "수도원에 가서 수사 두 사람에게 들것을 가져오라고 일러주시오. 고드윈이 보냈다고 하면 될 겁니다." 두 사람은 계단을 올라 수도원으로 들어갔다.

마침내 머딘은 가까스로 잔해 더미에서 의식을 잃은 사람을 끌어냈다. 그가 그 사람을 배 가까이로 옮기자 다른 두 사람이 수도원장을 배에 실었다. 그런 다음 머딘이 배에 올랐다. 그들은 장대로 밀어서 배를 뭍으로 돌렸다.

자원자들은 수사들이 가져온 들것에 수도원장을 옮겨 실었다. 고드윈은 재빨리 수도원장을 살펴보았다. 숨은 쉬지만 맥박이 약했다. 두 눈은 감겨 있고 얼굴은 불길할 정도로 창백했다. 머리와 가슴에는 타박상만 있었지만, 골반은 으스러진 것 같았고 피가 흐르고 있었다.

수사들이 들것을 들었다. 고드윈이 앞장서서 수도원 경내를 지나 대성당으로 향했다. "길을 비키시오!" 그가 외쳤다. 그는 신자석을 지나 성당 안에서 가장 성스러운 장소인 성단소로 수도원장을 데려갔다. 그리고 수사들에게 수도원장을 높은 제단 앞에 눕히라고 일렀다. 물에 젖은 옷 때문에 앤서니 수도원장의 허리와 다리의 윤곽이 뚜렷이 보였는데 형체를 알 수 없을 만큼 뒤틀려 있었다. 온전한 데는 상반신뿐이었다.

잠시 후 모든 수사가 의식을 잃은 수도원장 주위에 모였다. 고드윈이 롤런드 백작에게서 유골함을 회수해 앤서니 수도원장의 발 옆에 놓았다. 조지프가 보석을 박은 십자가를 그의 가슴에 놓고 앤서니의 양손을 옮겨 십자가를 감싸쥐게 했다.

시실리어 수녀원장이 앤서니 곁에 무릎을 꿇었다. 그녀는 진정 효과가 있는 액체를 적신 천으로 그의 얼굴을 닦았다. 그러고는 조지프에게 말했다. "수도원장님은 부러진 곳이 많아 보이는군요. 이발사 매슈에게 보이는 게 좋지 않을까요?"

조지프는 말없이 고개를 저었다.

고드윈은 내심 기뻤다. 그 이발사라면 이 성스러운 장소를 더럽힐 것이다. 그보다는 하느님에게 결과를 맡기는 편이 낫다.

카를로스 형제가 마지막 의식을 거행하고 수사들을 지휘해 성가를 불렀다.

고드윈은 무엇을 바라야 좋을지 알 수 없었다. 오랜 세월 동안 그는 앤서니 수도원장의 방식이 종지부를 찍게 되기를 학수고대해왔다. 그러나 지난 한 시간 사이에 앤서니 수도원장의 역할을 누가 대체하게 될지 그는 직접 목격했다. 카를로스와 시미언의 합동 체제였다. 앤서니 수도원장의 지기인 두 사람이라고 더 나을 것도 없었다.

그때 모인 사람들 한쪽 구석에서 수사들의 어깨 너머로 앤서니의 하반신을 유심히 살펴보고 있는 이발사 매슈의 모습이 고드윈의 눈에 띄었다. 그가 분노해서 이발사에게 성단소에서 나가라고 명령을 내리려는 순간, 매슈는 거의 알아차릴 수 없을 만큼 미세하게 고개를 젓더니 그 자리를 떠났다.

앤서니 수도원장이 눈을 떴다.

조지프 형제가 외쳤다. "하느님을 찬미할지어다!"

수도원장은 할말이 있는 듯했다. 아직도 그 곁에서 무릎을 꿇고 있던 시실리어 수녀원장이 무슨 말을 하는지 듣기 위해 그의 얼굴 가까이로 몸을 기울였다. 앤서니의 입이 움직이는 것을 본 고드윈은 그가 무슨 말을 하는지 몹시 궁금했다. 잠시 후 수도원장은 입을 다물었다.

시실리어 수녀원장은 놀란 표정을 지었다. "그게 정말인가요?" 그녀가 말했다.

그곳에 모인 모두가 그 장면을 지켜보았다. 고드윈이 물었다. "뭐라고 하셨습니까, 시실리어 수녀원장님?"

그녀는 대답하지 않았다.

앤서니의 눈이 감겼다. 이윽고 그에게 미세한 변화가 일어났다. 잠시 후 수도원장은 조용해졌다.

고드윈이 그의 위로 몸을 굽혔다. 호흡이 없었다. 가슴에 손을 대보았지만 심박이 느껴지지 않았다. 손목을 잡아보았지만 맥박이 뛰지 않았다.

"앤서니 수도원장님은 운명하셨습니다. 주님이 그의 영혼을 축복하

시고 그를 성스러운 존재에게로 이끌어주시기를." 고드윈이 몸을 일으
키며 말했다.

"아멘." 모든 수사가 일제히 말했다.

이제 선거를 치러야겠군. 고드윈은 생각했다.

3부

1337년 6~12월

14

킹스브리지 대성당은 공포의 도가니였다. 부상자들은 고통에 신음하며 하느님이나 성인이나 자신들의 어머니에게 살려달라고 외쳤다. 사랑하는 사람을 찾던 누군가가 주검으로 변한 그 사람을 발견하고 갑작스러운 슬픔과 충격에 외치는 비명이 몇 분에 한 번꼴로 들려왔다. 산 자나 죽은 자나 모두 뼈가 부러져 괴상한 모양으로 비틀리고, 옷은 찢기고 피범벅이 되어 있었다. 성당의 돌바닥은 물과 피와 강변의 진흙 때문에 미끄러웠다.

그 공포의 한복판에 시실리어 수녀원장을 중심으로 평온하고 능률적으로 움직이는 작은 구역이 만들어졌다. 그녀는 누워 있는 사람들 사이를 작고 활기찬 한 마리 새처럼 돌아다녔다. 그녀의 뒤를 두건 쓴 수녀들이 무리 지어 따라다녔는데, 그중에는 수녀원장의 오랜 조수로 노老자매 줄리라는 경칭으로 불리는 줄리애너 자매도 있었다. 수녀원장은 환자 한 명 한 명을 살펴보고 세척이나 연고, 붕대, 약초 등에 대해 지시를 내렸다. 좀더 중상인 경우에는 현녀 매티나 이발사 매슈나 조지프 형제에게 보이도록 했다. 그녀는 언제나 나직하면서도 또렷한 어조로 말했고, 그녀가 내리는 지시는 간결하고 단호했다. 그녀는 환자들 대부분에게 위로를, 그리고 환자의 친지들에게는 안도와 희망을 안겨주고 자리를 떠났다.

그 광경은 캐리스에게 어머니가 세상을 떠나던 날을 무섭도록 떠올리게 했다. 당시에도 공포와 혼란이 있었지만 그것은 그녀의 마음속에서만 일었다. 지금과 마찬가지로 시실리어 수녀원장은 할일을 알고 있는 것처럼 보였다. 오늘 수많은 부상자가 죽음을 앞두고 있는 것처럼, 그녀의 어머니 역시 시실리어의 도움에도 불구하고 세상을 등졌다. 그러나 그 죽음에는 일종의 순종이, 할 수 있는 모든 일을 다 했다는 느낌이 있었다.

병에 걸리면 성모와 성인에게 호소하는 이들도 있었지만 그런 일은 캐리스를 더욱 불안하고 두렵게 할 뿐이었다. 영령들이 도움을 줄지, 아니 호소를 듣기나 했을지 알 방도가 없기 때문이다. 시실리어 수녀원장이 성인만큼 권능을 갖지 않았다는 것은 당시 열 살이었던 캐리스도 알고 있었다. 그렇다 해도 확고하고도 실제적인 수녀원장이라는 존재는 그녀에게 희망과 체념이 섞인 감정을 주어 어느 정도 평온함을 느끼게 했다.

지금 캐리스는 시실리어의 보좌들 틈에 끼여 있었는데, 실질적으로 무슨 결정을 내리지도 않았고 그럴 생각도 없었다. 다리가 붕괴된 직후 강변에서 모두가 어떻게 해야 할지 모를 때 사람들이 그녀의 지시를 따랐던 것처럼, 그녀 역시 근처에 있는 이들 중에서 가장 단호한 인물의 명령을 따르고 있는 것이었다. 시실리어의 활발하고 실용적인 태도는 전염성이 있어서, 주변에 있는 사람들도 곧 그녀처럼 냉정한 태도를 지킬 수 있었다. 마이어라는 이름의 아름다운 수련수녀가 식초에 적신 천으로 목재상의 아내인 수재너 쳅스토의 얼굴에 흐른 피를 닦아주는 동안, 캐리스는 자기도 모르게 작은 식초 사발을 들고 있었다.

그뒤로 일은 밤이 깊을 때까지 쉬지 않고 계속됐다. 여름의 길어진 해 덕분에 땅거미가 내리기 전까지 강에 떠다니던 시신들은 모두 건져 올렸지만, 얼마나 많은 익사체가 강바닥에 가라앉거나 하류로 떠내려갔는지는 영영 알 수 없을 것이다. 묶여 있던 수레와 함께 강으로 끌려들어갔을 미친 넬은 흔적도 없었다. 불공평하게도 탁발 수사 머도는 발목이 접질린 것 말고는 상처 하나 없이 무사했다. 그는 회복을 위한 뜨거운 햄과 독한 술을 얻기 위해 다리를 절며 벨 여인숙으로 향했다.

그럼에도 부상자 치료는 촛불을 밝혀놓은 채 밤늦도록 계속됐다. 수녀들 가운데는 탈진해서 하던 일을 멈춰야 하는 이들도 있었고, 참극의 규모에 압도된 나머지 얼이 빠져서 지시 내용을 제대로 알아듣지 못하고 일을 어설프게 한 탓에 현장을 떠나라는 지시를 받은 이들도 있었다. 그러나 중심이 되어 일하는 수녀 몇 명과 캐리스는 더이상 할일이 남아 있지 않을 때까지 쉬지 않았다. 마지막 붕대의 매듭을 묶었을 때는 자정쯤이었을 것이다. 캐리스는 비틀걸음으로 대성당 앞 초지를 가로질러 아버지의 집으로 향했다.

아버지와 고모는 식당에 앉아 서로 손을 잡고 동생 앤서니의 죽음을 애도하고 있었다. 에드먼드의 눈은 눈물로 젖어 있었고, 페트라닐라는 위로가 소용없을 정도로 울고 있었다. 캐리스는 두 사람 모두에게 키스를 했지만 할말이 떠오르지 않았다. 앉으면 그 자리에서 잠들어버릴 것 같아 그녀는 위층으로 올라갔다. 캐리스는 예전처럼 그녀의 방 침대에서 잠든 궨다 옆에 몸을 눕혔다. 피로에 지쳐 곯아떨어진 궨다는 미동도 없었다.

캐리스는 눈을 감았다. 몸은 지쳤고 가슴은 슬픔으로 에는 듯했다.

아버지는 그 수많은 사람 중에 한 사람만을 애도하고 있었지만, 그녀에게는 죽은 사람 모두가 중요했다. 성당의 차가운 돌바닥에 누워 있던 친구들과 이웃들과 지인들을 떠올리고, 그들의 부모들이나 아이들이나 형제자매들이 느낄 슬픔을 상상하며 캐리스는 그 엄청난 무게에 짓눌렸다. 그녀는 베개에 얼굴을 묻고 흐느꼈다. 궨다가 아무 말 없이 한 팔을 둘러 그녀를 안아줬다. 잠시 후 피로가 몰려오면서 캐리스는 곯아떨어졌다.

그녀는 새벽에 다시 일어났다. 그리고 여전히 깊이 잠들어 있는 궨다를 놔둔 채 성당으로 돌아가 하던 일을 계속했다. 부상자 대부분은 집으로 보내졌다. 여전히 의식이 돌아오지 않은 롤런드 백작처럼 지켜볼 필요가 있는 환자들은 구호소로 옮겨졌다. 시체들은 매장을 위해 성당 동쪽 끝 성단소에 줄지어 눕혀졌다.

쉴 틈도 없이 시간이 흘렀다. 일요일 오후 늦게 시실리어 수녀원장은 캐리스에게 와서 이제 그만 쉬라고 말했다. 주위를 둘러보니 할일은 거의 끝난 상태였다. 그녀가 앞날에 대해 생각하기 시작한 것은 그때였다.

그때까지는 자신의 일상이 어느 날 갑자기 끊어져버리고 공포와 비극으로 가득찬 새로운 세계에서 살고 있다고 생각했다. 그런데 그 순간 그녀는 이제 이 일 또한 다른 모든 일처럼 지나가리라는 사실을 깨달았다. 죽은 자는 매장될 것이고, 부상자는 치유될 것이고, 도시는 어떻게 해서든 다시 정상으로 돌아갈 것이다. 그리고 그녀는 다리가 무너지기 바로 직전, 자신에게 그 나름대로 폭력적이고 파괴적인 또하나의 비극이 있었다는 사실을 떠올렸다.

그녀는 강에 내려가 있는 머딘을 찾았다. 그는 엘프릭과 토머스 랭리와 함께 쉰 명 남짓한 자원자들의 협조 아래 다리 정리 작업을 하고 있었다. 머딘과 엘프릭 사이의 불화는 긴급 상황 앞에서 잠시 보류된 것 같았다. 다리에서 떨어져나온 목재 대부분은 강에서 회수되어 강둑에 쌓였다. 그러나 목조부 상당수가 여전히 결합된 채 남아 있었고, 맞물린 목재 더미가 물위에 뜬 채 물살의 흐름에 따라 위아래로 오르내리고 있었는데, 그것은 마치 한바탕 살육과 포식을 끝낸 거대한 짐승이 무고한 양 평온하게 앉아 쉬는 것처럼 보였다.

그들은 잔해를 좀더 다루기 쉬운 크기로 분해하려 애쓰고 있었다. 언제든 다리가 추가로 붕괴되면서 자원자들이 다칠 수도 있는 위험한 작업이었다. 이제 일부가 물에 잠겨 있는 다리 중심부는 그 주위가 밧줄로 묶여 있었고, 강둑에 있는 작업조가 그 밧줄을 끌어당겼다. 강 한복판에 뜬 배에는 머딘이 타고 있었고, 피륙공 거인 마크가 노를 저었다. 강둑에 있는 작업조가 휴식을 취하는 동안에는 배가 잔해에 접근해 마크가 머딘의 지시에 따라 들보 위로 사냥터지기의 거대한 도끼를 휘둘렀다. 그런 다음 배가 안전한 거리로 물러나면 엘프릭이 지시를 내리고 밧줄 조는 다시 밧줄을 잡아당겼다.

캐리스가 지켜보는 사이에 다리의 커다란 부분 하나가 떨어져나왔다. 모두가 환호했다. 남자들이 엉켜 있는 그 목조물을 뭍으로 끌어올렸다.

자원자들의 아내들 몇이 빵덩어리와 술 단지를 들고 왔다. 토머스 랭리가 휴식을 지시했다. 사람들이 쉬는 동안 캐리스는 혼자 있는 머딘에게 다가갔다. "그리젤더와 결혼해선 안 돼." 그녀가 거두절미하고 말했다.

돌발적인 단언에도 머딘은 놀란 기색이 없었다. "어떻게 해야 좋을지 모르겠어. 계속 그 생각을 하고 있어."

"나하고 좀 걸을래?"

"좋아."

두 사람은 강가에 있는 군중을 벗어나 큰길을 거슬러올라갔다. 양모 시장의 북적거림이 사라진 도시는 묘지처럼 조용했다. 모두가 집안에서 병자를 돌보고 있거나 죽은 자를 애도하고 있었다. "가족 중에 죽거나 다친 사람이 없는 집이 거의 없어." 그녀가 말했다. "다리에는 천 명쯤 있었을 거야. 이곳을 떠나는 중이거나 미친 넬을 괴롭히던 사람들. 지금 성당에는 백 구가 넘는 시신이 있고, 우리가 치료한 부상자만 해도 사백 명 정도 돼."

"운좋은 사람이 오백 명쯤 있는 셈이군." 머딘이 대꾸했다.

"우리도 저 다리 위에 있었을 수도 있었어. 아니면 근방에 있었거나. 너와 내가 지금 성단소 바닥에 차갑게 굳은 채 누워 있을 가능성도 있었지. 하지만 우리는 선물을 받은 거야. 우리의 남은 삶을 말이야. 한 번의 실수 때문에 그 선물을 낭비해서는 안 돼."

"그건 실수가 아니야." 머딘이 날카로운 어조로 말했다. "아기야. 영혼이 있는 존재란 말이야."

"너도 영혼이 있는 존재지. 그것도 특별한 존재. 네가 지금 하고 있는 일을 생각해봐. 지금 강에서는 세 사람이 지휘를 하고 있어. 한 사람은 도시에서 가장 부유한 건축업자야. 또 한 사람은 수도원의 작업 담당자이고. 그리고 세번째는…… 한낱 도제에다 아직 스물한 살도 되지 않은 사람이야. 그런데도 시민들은 엘프릭이나 토머스의 말에 따르듯 아무런 이의도 달지 않고 네 말에 따르고 있어."

"그렇다고 해서 내가 책임을 회피할 수 있는 건 아니야."

두 사람은 수도원 경내로 접어들었다. 대성당 앞 초지는 시장이 열렸을 때 생긴 바퀴자국과 발자국으로 덮여 있고, 질척거리는 진흙탕과 커다란 물웅덩이가 여기저기 있었다. 캐리스의 눈에 성당 서쪽 커다란 세 개의 창문에 비친 물기 어린 태양과 찢어진 구름들의 광경이 들어왔다.

그 광경은 마치 제단 뒤편의 삼면 장식처럼 나뉘어 있었다. 그때 저녁 기도를 알리는 종소리가 울리기 시작했다.

"전에 파리와 피렌체에 있는 건물을 보러 가고 싶다고 했었잖아. 그것도 다 포기하겠다는 거야?" 캐리스가 말했다.

"그래야겠지. 남자라면 자기 처자식을 버릴 수는 없어."

"너는 벌써 그애를 아내로 생각하는구나."

그 말에 그는 그녀 쪽으로 몸을 돌렸다. "나는 앞으로도 결코 그애를 내 아내라고 생각하지 않을 거야." 그는 씁쓸한 어조로 말했다. "내가 누구를 사랑하는지는 너도 알잖아."

이번만큼은 그녀도 적절한 대답을 찾을 수 없었다. 말을 하려고 입을 열었지만 아무 말도 나오지 않았다. 그 대신 목이 메었다. 그녀는 눈물을 참으려 눈을 깜박이고 감정을 숨기려 시선을 내렸다.

그는 그녀의 팔을 잡아 끌어당겼다. "너도 알잖아, 안 그래?"

그녀는 억지로 그와 눈을 마주쳤다. "내가 안다고?" 그녀는 눈앞이 흐려졌다.

그는 그녀의 입술에 키스했다. 이전에 했던 어떤 키스와도 다른, 새로운 느낌을 주는 키스였다. 그의 입술은 부드러우면서도 집요하게 그녀의 입술을 더듬었는데, 마치 그 순간을 기억에 저장해두려는 것 같았다. 그녀는 그가 이 키스를 두 사람의 마지막 키스로 삼으려 한다는 것을 두려운 마음으로 깨달았다.

영원만큼 긴 키스를 하고 싶은 그녀는 그에게 달라붙었지만, 그는 너무도 빠르게 몸을 떼었다.

"너를 사랑해." 그가 말했다. "하지만 나는 그리젤더와 결혼할 거야."

∾

삶과 죽음의 행진이 이어졌다. 아이들이 태어나고 노인들이 죽었다.

일요일에 푸주한 집의 에마는 발작적인 질투심에 차올라 남편 에드워드가 쓰는 고기칼 중 가장 큰 칼을 들고 간통한 남편에게 달려들었다. 월요일에는 베스 햄프턴이 기르던 닭 한 마리가 글리니 톰슨네 화덕에서 발견됐고, 그 벌로 치안관 존은 글리니의 옷을 벗기고 매질을 했다. 화요일에 성 마르코 성당의 지붕에서 일하던 하월 타일러는 썩은 들보가 꺼지는 바람에 바닥으로 떨어져 즉사했다.

수요일까지 중앙 교각 두 곳의 밑동을 제외한 다리의 잔해가 모두 치워지고 목재들이 강둑에 쌓였다. 물길이 다시 열려 거룻배와 뗏목은 양모 정기시장에서 나온 양모와 다른 물품을 싣고 킹스브리지를 떠나 멜컴으로 갈 수 있게 됐다. 그 화물들은 플랑드르와 이탈리아까지 갈 예정이었다.

캐리스와 에드먼드가 작업이 얼마나 진척됐는지 확인하러 강변으로 갔을 때, 머딘은 잔해에서 나온 목재로 사람들을 실어나를 뗏목 모양의 나룻배를 만들고 있다. "뗏목이 배보다 나아요." 머딘이 설명했다. "가축은 바로 걸어서 오르내릴 수 있고 수레도 그대로 몰고 탈 수 있으니까요."

에드워드가 침울한 얼굴로 고개를 끄덕였다. "주말 시장을 위해서라도 그러는 게 좋겠군. 다행히 다음 양모 정기시장 전까지는 새 다리가 지어지겠지."

"제 생각은 다른데요." 머딘이 말했다.

"하지만 자네는 새 다리를 짓는 데 일 년이면 된다고 했잖은가!"

"목조 다리라면 그렇죠. 하지만 또다시 목조 다리를 짓는다면 그것 역시 무너질 겁니다."

"왜 그렇지?"

"제가 보여드리죠." 머딘은 두 사람을 목재 더미로 데려갔다. 그는

296

굵직한 기둥들을 모아놓은 곳을 가리켰다. "이것들이 교각에 사용된 목재입니다. 아마 국왕이 수도원에 하사하셨다는, 나라 안에서 가장 좋은 떡갈나무 스물네 그루일 거예요. 끝부분을 자세히 보십시오."

캐리스는 그 거대한 기둥들이 처음에는 끝부분이 뾰족했지만 세월이 흐르면서 뭉툭해졌다는 것을 알 수 있었다.

"목조 다리에는 기초가 없습니다. 그저 기둥을 강바닥에 박을 뿐이니까요. 그것으로는 충분치 않습니다." 머딘이 말했다.

"하지만 이 다리로도 수백 년 동안 끄떡없었잖은가!" 에드먼드가 화를 내며 말했다. 그는 토론을 할 때면 언제나 싸우는 것처럼 말했다.

에드먼드의 말투에 익숙한 머딘은 그것에 신경쓰지 않았다. "그런데 이제 무너졌죠." 그는 참을성 있게 설명했다. "뭔가가 달라진 겁니다. 한때는 나무 교각으로도 충분했는데 이제는 그렇지 않단 말입니다."

"뭐가 달라졌겠나? 강은 그대로인데."

"우선, 당신이 강둑에 창고와 선창을 세우고 자산을 보호하려고 벽을 세웠다는 사실을 들 수 있죠. 다른 상인들도 같은 일을 했고요. 제가 어려서 놀곤 했던 남쪽 강변의 진흙밭은 대부분 사라졌습니다. 따라서 강은 더이상 넓게 퍼질 수 없게 됐죠. 그 결과 유속이 전보다 빨라진 겁니다. 올해처럼 큰비가 내리고 난 뒤에는 더더욱 그렇고요."

"그럼 돌다리를 놓아야 한다는 얘기인가?"

"네."

에드먼드는 시선을 들어 곁에서 귀를 기울이고 있는 엘프릭을 바라보며 말했다. "머딘은 돌다리를 짓는 데 삼 년은 걸릴 거라는군요."

"건설 기간만 쳐서 삼 년이죠." 엘프릭은 고개를 끄덕였다.

대부분의 건설 작업이 따뜻한 계절에 진행된다는 것을 캐리스도 알고 있었다. 회반죽이 자리잡기도 전에 얼어버릴 가능성이 있는 계절에는 석벽을 세울 수 없다는 말을 머딘에게서 들었었다.

엘프릭이 말을 이었다. "한 해는 기초를 쌓고, 한 해는 아치를 만들고, 한 해는 노면 작업을 할 겁니다. 단계마다 회반죽이 굳을 때까지 서너 달씩은 놔둬야 합니다. 그래야 그다음 단계를 이어갈 수 있습니다."

"삼 년 동안 다리 없이 지내야 하다니." 에드먼드는 울적한 표정으로 말했다.

"지금 당장 시작하지 않으면 사 년이 걸릴 겁니다."

"수도원에 낼 견적서를 준비하는 게 좋겠소."

"견적 작업은 벌써 시작했지만 시간이 걸리는 일이죠. 앞으로 이삼일은 더 걸릴 겁니다."

"가능한 한 서둘러주시게."

에드먼드와 캐리스는 강변을 떠나 큰길을 거슬러올라갔다. 에드먼드는 다리를 절면서도 활기차게 걸었다. 그는 한쪽 다리를 절지만 남에게 의지하지 않고 언제나 균형을 잡기 위해 전력 질주라도 하는 것처럼 두 팔을 휘둘렀다. 이 도시의 사람들은 그가 걸어갈 때면, 더군다나 서둘러 걸어갈 때면 그를 위해 넉넉하게 공간을 내주어야 한다는 사실을 알고 있었다. "삼 년이라니!" 함께 걸어가며 그가 말했다. "그러면 양모시장은 치명타를 입을 거야. 그랬다가 다시 정상으로 돌아가는 데 얼마나 걸리려나. 삼 년이라니!"

두 사람이 집에 도착해보니, 캐리스의 언니 앨리스가 와 있었다. 그녀는 레이디 필리파를 흉내내 새로운 스타일로 머리를 묶어 모자 속에 집어넣고 있었다. 앨리스는 페트라닐라와 함께 식탁에 앉아 있었다. 두 사람의 표정을 본 캐리스는 즉각 그들이 자신에 관해 이야기하던 중이었음을 알아챘다.

페트라닐라가 부엌에 가서 에일과 빵과 신선한 버터를 내왔다. 그리고 에드먼드에게는 술을 따라줬다.

페트라닐라는 일요일에는 울었지만, 그뒤로는 죽은 동생 앤서니를 별로 떠올리지 않는 듯했다. 놀랍게도 평소 앤서니를 별로 좋아하지 않았던 에드먼드가 좀더 슬퍼하는 듯했다. 이따금 그의 눈에 비록 금방 사라지긴 했지만 불현듯 눈물이 고이곤 했던 것이다.

오늘 에드먼드에게는 다리에 대한 새로운 소식이 잔뜩 있었다. 앨리스는 툭하면 머딘의 판단에 대해 의문을 품었고, 에드먼드는 짜증스럽다는 듯이 그런 생각을 물리쳤다. "그 청년은 비범해. 아직 도제 신분인데도 대부분의 도편수들보다 아는 것이 많아."

"그래서 그가 그리젤더와 살기로 한 건 정말이지 애석한 일이에요." 캐리스가 쓸쓸한 어조로 말했다.

앨리스는 자신의 의붓딸을 편들었다. "그리젤더는 잘못한 게 없어."

"아니, 있어. 그애는 그를 사랑하지 않아. 자기 남자친구가 떠나자 그를 유혹한 것뿐이야."

"머딘이 그렇게 말한 거야?" 앨리스가 빈정거렸다. "남자는 하고 싶지 않으면 하지 않아. 내 말을 믿으렴."

에드먼드가 신음소리를 냈다. "남자도 유혹에 넘어갈 수 있단다."

"오, 아버지는 캐리스를 편드는 건가요? 놀랄 일도 아니죠. 아버지는 늘 그랬으니까."

"이건 편들고 말고의 문제가 아니야. 하기 전에는 원치 않았다가 하고 난 다음에 후회하는 일이 있다는 거야. 아주 잠깐 사이에 원하는 것이 달라지는 경우도 있거든. 여자가 농간을 부릴 때는 더더욱 그렇지."

"농간이라고요? 어째서 그애가 남자를 유혹했다고 생각하시는 거죠?"

"나는 그렇다고 하지 않았다. 하지만 그애가 울어서 머딘이 위로해주려다가 그랬다던데. 일은 거기서부터 시작된 거지."

그 이야기는 캐리스가 아버지에게 해준 것이었다.

"아버지는 언제나 고분고분하지 못한 그 도제를 귀여워하셨죠." 앨리스는 정나미가 떨어진다는 듯이 말했다.

캐리스는 빵에 버터를 발라 먹었지만 식욕이 없었다. "그 두 사람은 뚱뚱한 아이를 반 다스쯤 낳을 거고 머딘은 엘프릭의 사업을 물려받아 이 도시의 또다른 장인丈人이 되겠지. 그리고 상인들의 집을 지어주고 계약을 따내기 위해 성직자에게 굽실거리며 살 거야. 그의 장인처럼."

"그렇게 되기만 해도 운이 아주 좋은 거지! 이 도시의 유력 인사가 되는 거잖아." 페트라닐라가 말했다.

"그 사람은 그보다 나은 운명을 살 가치가 있다고요."

"정말 그러니?" 페트라닐라가 조롱하듯 놀라는 시늉을 하며 말했다. "그는 몰락해서 자기 아내에게 신발 한 켤레 사줄 1실링도 없는 기사의 아들이잖니! 그런 그가 정확히 어떤 운명으로 살아야 한다고 생각하는 건데?"

캐리스는 이 같은 조롱에 상처를 받았다. 머딘의 부모님이 수도원에서 제공하는 음식에 의지하는 가난한 기식자인 것은 사실이었다. 그런 그가 성공적인 사업체를 물려받는다면 분명 사회의 계층 사다리를 오르는 것이다. 그래도 그녀는 그가 그보다 나은 삶을 영위할 가치가 있는 존재라고 여겼다. 그러나 자신이 그에게 어떤 미래가 있다고 여기는지는 정확히 알 수 없었다. 그녀가 아는 것은 다만 그가 도시의 어느 누구와도 다르다는 것뿐이었다. 그리고 그런 그가 다른 사람처럼 된다는 것은 생각만 해도 참을 수 없었다.

⌒

금요일에 캐리스는 궨다를 데리고 현녀 매티의 집으로 갔다.

궨다는 여전히 시내에 머물고 있었는데, 울프릭이 가족 매장식에 참관하기 위해 그곳에 남아 있었기 때문이다. 에드먼드의 하녀 일레인이 궨다의 옷을 불에 말려줬고, 캐리스가 궨다의 발에 붕대를 감아주고 자신이 신던 신발을 내줬다.

캐리스는 궨다가 숲에서 겪은 모험에 대해 다 말하지 않는다는 느낌을 받았다. 궨다는 심이 자기를 범법자들에게 데려갔고, 그곳에서 탈출했다는 것, 그리고 심이 자기를 쫓아왔고 다리가 붕괴됐을 때 죽었다고 말했다. 치안관 존에게는 그 정도의 이야기면 충분했다. 범법자들은 이름 그대로 법 바깥에 있었고, 따라서 심이 자신의 재산을 누구에게 유증한다는 것은 논외의 일이었다. 궨다는 자유였다. 하지만 숲에서 뭔가 다른 일이, 궨다가 말하고 싶어하지 않는 어떤 일이 있었을 거라고 캐리스는 짐작했다. 그러나 친구를 다그치지는 않았다. 묻어두는 것이 최선인 일이 있는 법이었다.

이번주 도시의 주된 활동은 장례식이었다. 죽은 방식이 특별하다고 매장 의식까지 다를 필요는 없었다. 시신을 염하고, 가난한 자를 위해서는 수의를 깁고, 부자를 위해서는 관에 못질을 했으며, 무덤을 파고, 사제들은 돈을 받았다. 모든 수사가 사제 자격이 있는 것은 아니었기 때문에 자격이 있는 몇 명이 매일같이 교대로 온종일 성당 북쪽에 있는 공동묘지에서 장례식을 거행했다. 킹스브리지에는 소규모 교구 성당이 여섯 곳 있었는데, 그곳 사제들 역시 바쁘기는 마찬가지였다.

궨다는 울프릭을 위로하기 위해 자신이 할 수 있는 일을 하면서, 그를 도와 장례식 과정에서 시신을 염하고 수의를 만드는 등 여자가 하는 일을 했다. 울프릭은 말 그대로 멍한 상태였다. 그는 장례식의 세부 절차를 그럭저럭 처리하기는 했지만, 마치 엄청난 수수께끼를 푸는 사람처럼 어리둥절한 표정으로 얼굴을 찌푸린 채 몇 시간이고 허공을 바라보곤 했다.

금요일이 되자 매장식은 모두 끝났지만, 수도원장 대행인 카를로스가 일요일에 사망자 모두의 영혼을 위한 특별미사가 있다고 발표하자, 울프릭은 월요일까지 이곳에 머물기로 했다. 궨다는 캐리스에게, 그가 자기 마을 사람인 궨다가 곁에 있어주는 걸 고마워하기는 하지만 아넷 이야기를 할 때만 활기를 띤다고 하소연했다. 그러자 캐리스는 그녀에게 미약을 다시 사주겠다고 했다.

그들은 부엌에서 약을 만들고 있는 현녀 매티를 찾아갔다. 그녀의 작은 집에서는 약초와 기름과 와인 냄새가 풍겼다. "토요일과 일요일 사이에 내가 가진 약재를 모두 써버렸단다. 약재를 새로 사와야 해." 매티가 말했다.

"어쨌든 이번에 돈을 좀 버셨을 것 같은데요." 궨다가 말했다.

"그래. 받을 돈을 다 받기만 한다면 말이지."

캐리스는 놀란 표정을 지었다. "돈을 내지 않는 사람도 있어요?"

"물론이지. 그래서 나는 늘 환자가 다 낫기 전에 약값을 받으려고 한단다. 때로는 돈이 없는 사람도 있긴 하지만, 그렇다고 치료를 거절하기는 어려워. 대부분은 나중에라도 돈을 주지만 그렇지 않은 사람들도 있어."

캐리스는 친구에게 그런 일이 있다는 데 분개했다. "뭐라고 하면서 돈을 내지 않는 거예요?"

"온갖 이유를 대지. 돈이 없다, 효과가 없었다, 그런 약은 원한 적 없다 하며. 하지만 걱정할 거 없다. 정직한 사람들이 내가 이 일을 계속할 만큼은 있으니까. 그런데 무슨 일로 온 거니?"

"궨다가 이번 사고를 당하는 와중에 미약을 잃어버렸어요."

"다시 만드는 건 일도 아니지. 네가 만들어보렴."

캐리스는 미약을 만들면서 매티에게 물어보았다. "임신한 여자가 유산을 하는 경우는 얼마나 돼요?"

궨다는 캐리스가 왜 그런 질문을 하는지 알았다. 캐리스에게 머딘이 궁지에 몰린 이야기를 들었던 것이다. 둘은 함께 있는 시간에 울프릭의 무관심이나 머딘의 지나친 원칙주의에 대해 이야기를 나누었다. 캐리스도 미약을 사서 머딘에게 써보고 싶은 유혹을 느꼈지만, 뭔지 알 수 없는 감정 때문에 망설이고 있었다.

매티는 캐리스에게 날카로운 시선을 던졌지만 모호하게 대답했다. "그건 아무도 몰라. 생리를 한 달 걸렀다가 다시 하게 됐을 때 그런 경우일 확률이 높긴 하지. 하지만 그 경우에도 임신을 했다가 아기를 잃은 건지, 아니면 다른 이유가 있는 건지 알 수 없어."

"그렇군요."

"하지만 너희 둘 다 임신하지는 않았어. 걱정하고 있는 문제가 그거라면."

"그걸 어떻게 아세요?" 궨다가 재빨리 물어보았다.

"그저 보기만 해도 알 수 있어. 여자는 임신을 하자마자 변화가 시작되거든. 배와 가슴만 커지는 것이 아니라 안색이나 움직임, 기분도 달라지거든. 나는 남들보다 그런 것들을 좀더 잘 보는 것뿐이야. 그래서 사람들이 나를 현녀라고 하는 것일 테지만. 그런데 임신한 게 누군데?"

"엘프릭의 딸 그리젤더요."

"아, 그래, 나도 그애를 봤다. 석 달쯤 된 것 같더구나."

"얼마나 됐다고요?" 캐리스가 놀라며 말했다.

"석 달. 아니면 좀더 짧을 수도. 그애를 잘 보려무나. 원래도 호리호리한 편은 아니었지만 지금은 전보다 더 풍만해졌어. 그런데 왜 그렇게 놀라? 머딘의 아기겠지, 그렇지?"

매티는 언제나 이런 일들을 감으로 알아맞혔다.

"최근에 있었던 일이라고 했잖아." 궨다가 캐리스에게 말했다.

"머딘이 정확히 언제라고 말하지는 않았지만 오래된 일은 아닌 것 같았어. 그리고 그 일은 딱 한 번뿐이라고 했고. 그런데 이제 보니 몇 달 동안 그애랑 그랬던 거야!"

"머딘이 거짓말할 이유가 있을까?" 매티가 얼굴을 찌푸리며 말했다.

"자기가 그렇게 나쁜 사람은 아니라는 인상을 주려고 그랬나?" 궨다가 의견을 말했다.

"이보다 더 나쁠 수도 있을까?"

"남자들은 생각하는 방식이 다르잖아요."

"직접 물어봐야겠어요. 지금 당장." 캐리스가 약사발과 계량 숟가락을 내려놓았다.

"내 약은 어쩌고?" 궨다가 말했다.

"그건 내가 마저 만들어주마." 매티가 말했다. "캐리스가 몹시 급한 모양이니까."

"고마워요." 캐리스는 말하고 밖으로 나섰다.

그녀는 빠른 걸음으로 강가에 가보았지만 머딘은 그곳에 없었다. 그는 엘프릭의 집에도 없었다. 캐리스는 석공들이 쓰는 다락에 가보기로 했다.

성당을 정면으로 바라본 위치에서 서쪽에 탑이 있고, 그곳에 석공장의 작업실이 있었다. 캐리스는 그곳으로 가기 위해 탑의 부벽으로 통하는 좁은 나선형 계단을 올라갔다. 작업실은 높다란 창檜 모양의 창문에서 환한 햇살이 들어오는 널찍한 방이었다. 한쪽 벽을 따라, 원래 성당의 돌 조각사들이 쓰던 아름다운 모양의 나무 형판들이 쌓여 잘 보존되어 있었다. 그것들은 이제는 보수용으로 사용됐다.

바닥은 제도용으로 쓰였다. 그곳 마루는 한 겹의 석고로 덮여 있었는데, 최초의 석공장이었던 건축업자 잭이 회반죽에다 쇠로 된 제도 도구로 설계도를 그렸던 자리였다. 이런 식으로 만들어진 흔적은 처음에는 흰색을 띠었다가 세월이 흐르면서 퇴색하고 과거의 도면 위에 새로운 도면을 그릴 수 있게 됐다. 도면이 너무 많아서 새로 그린 것과 전에 그린 것을 구분하기 어려워지면 그 위에 새로 석고를 발라 똑같은 과정을 되풀이했다.

수사들이 성서를 필사하는 데 쓰는 얇은 양피지는 제도에 쓰기에는 값이 너무 비쌌다. 종이라는 새로운 필사 재료가 나왔지만, 그것이 나온 곳이 아랍이었기 때문에 수사들은 이교인 이슬람교의 산물을 거부했다. 그럼에도 종이는 이탈리아에서 수입됐지만, 그것도 양피지보다 더 싸지는 않았다. 게다가 바닥을 제도용으로 쓸 경우 다른 이점도 있었다. 목수가 그 바닥 도면에 나무를 대고 석공장이 그린 선에 정확히 맞춰 형판을 새길 수 있었다.

머딘은 바닥에 무릎을 꿇은 자세로 앉아 제도에 맞춰 떡갈나무 판에 조각을 새기고 있었지만 형판을 만드는 것은 아니었다. 그는 열여섯 개의 이가 달린 톱니바퀴를 새기고 있었다. 바로 옆 바닥에는 좀더 작은 또하나의 톱니바퀴가 있었는데, 그는 잠시 조각하던 손을 멈추고 두 개를 맞춰보았다. 캐리스는 전에도 물방앗간에서 풍차의 외륜과 맷돌을 연결하는 이런 톱니바퀴 모양의 활차를 본 적이 있었다.

돌계단을 올라오는 발소리가 들렸을 테지만 머딘은 작업에 열중하느라 고개를 들지 않았다. 그녀는 한순간 분노와 사랑의 감정에 갈등을 느끼며 그의 그런 모습을 바라보았다. 그녀는 뭔가에 완전히 몰입했을 때의 그의 모습을 너무나 잘 알고 있었다. 그런 때 그는 가느다란 몸을 일감 위로 굽힌 채, 미동도 없는 표정에 확고한 시선으로 강인한 두 손과 능숙한 손가락을 미세하게 움직였다. 젊은 사슴이 개울물을 마시러 고개를 숙이고 있을 때처럼 완벽하리만큼 우아했다. 바로 이것이 남자가 자신이 원하는 일을 하고 있을 때의 모습이라고 그녀는 생각했다. 그는 행복하면서도 좀더 심오한 상태에 있었다. 자신의 운명을 실현하고 있었다.

그녀가 불쑥 말했다. "왜 거짓말을 했어?"

그의 손에 있던 조각칼이 미끄러졌다. 머딘은 고통스러운 비명을 지르며 자신의 손가락을 바라보았다. "맙소사." 그가 손가락을 입에 물었다.

"미안해. 다쳤어?"

"크게 다치진 않았어. 내가 무슨 거짓말을 했다는 거야?"

"너는 그리젤더가 딱 한 번 유혹했다고 말했어. 그런데 실제로 너희 두 사람은 몇 달 동안 그 일을 했던 거잖아."

"아니야, 그러지 않았어." 머딘은 피가 나오는 손가락을 빨았다.

"그녀는 임신한 지 석 달 됐어."

"그럴 리가 없어. 이 주일 전 일이야."

"아니, 사실이야. 그녀의 겉모습만 봐도 알 수 있어."

"겉모습만 봐도 안다고?"

"현녀 매티가 말해줬어. 왜 나한테 거짓말한 거지?"

그는 그녀의 눈을 똑바로 보았다. "아니 나는 거짓말하지 않았어. 그 일은 양모시장이 열리던 주 일요일에 있었어. 그때가 처음이고 그때 한 번뿐이었어."

"그러면 어떻게 겨우 이 주 만에 임신했다고 확신했지?"

"그건 나도 몰라. 그런데 여자가 임신했다는 걸 알려면 얼마나 있어야 하는 거지?"

"너는 모른다는 거야?"

"나는 물어본 적도 없어. 어쨌든 삼 개월이라면 그리젤더가 그 사람과 아직……"

"맙소사." 캐리스의 가슴속에 희망의 불꽃이 피어올랐다. "그때 그애는 아직 예전 남자친구 서스턴과 함께 있었어." 희망의 불꽃이 더 크게 피어올랐다. "그건 네가 아니라 서스턴의 애가 분명해. 네가 그 아버지가 아니라고!"

"그런 일이 가능해?" 머딘은 감히 희망을 품을 엄두가 나지 않는 듯했다.

"물론이지. 그것으로 모든 것이 설명돼. 그리젤더가 정말 그렇게 갑자기 너와 사랑에 빠진 거라면 그애는 틈날 때마다 너에게 찾아왔어야 맞아. 하지만 너는 그애가 지금은 말도 걸지 않는다고 했잖아."

"내가 그애와의 결혼을 내켜하지 않기 때문이라고만 생각했어."

"그애는 너를 좋아한 적이 없어. 그저 아이 아버지가 필요했을 뿐이야. 서스턴은 달아났지. 아마 그애가 그에게 임신 소식을 알렸을 때 달아났을 거야. 그런데 네가 마침 그 집에 있었고, 그애의 속임수에 넘어갈 만큼 멍청했던 거지. 하느님, 감사합니다!"

"현녀 매티에게 감사할 일이지." 머딘이 말했다.

그녀의 시선이 그의 왼손에 멎었다. 손가락에서 피가 방울방울 새어 나오고 있었다. "이런, 내가 너를 다치게 했어!" 캐리스는 이렇게 외치고는 그의 손을 잡고 베인 상처를 살펴보았다. 상처는 작지만 깊었다. "정말 미안해."

"많이 아프진 않아."

"아니, 많이 아파." 그녀는 자신이 지금 그 상처에 대해 이야기하는 것인지 아니면 다른 것에 대해 이야기하는 것인지 알 수 없었다. 그녀는 그의 손에 키스했다. 그의 뜨거운 피가 입술에 느껴졌다. 그녀는 상처를 씻기 위해 그 손가락을 자기 입에 넣고 빨았다. 그 행위는 너무나 친밀해서 흡사 성행위를 하는 듯한 느낌이었다. 그녀는 황홀감에 잠겨 눈을 감았다. 피맛을 느끼며 입안에 있는 것을 삼킨 그녀는 기쁨에 몸을 떨었다.

～

다리가 무너지고 일주일 후 머딘은 나룻배를 완성했다.

나룻배는 킹스브리지 주말 시장이 열리는 토요일 아침 동틀녘에 사람들을 나를 준비를 끝냈다. 머딘은 금요일 밤에도 등불을 밝힌 채 작업을 계속했기 때문에, 캐리스는 그가 그리젤더에게 그 아기가 서스턴의 아기라는 걸 안다고 이야기할 틈이 없었을 거라 생각했다. 캐리스와 그녀의 아버지는 달걀 바구니를 든 인근 마을의 여자들과 수레 가득 버터와 치즈를 싣고 온 농부들, 양떼를 몰고 온 양치기들 등 수많은 장사꾼들이 도착하는 강가로, 새로운 사건이 될 장면을 보기 위해 내려갔다.

캐리스는 머딘의 작업에 감탄을 금치 못했다. 뗏목 나룻배는 말을 끌채에서 떼어내지 않고 그대로 실을 수 있었고, 단단한 난간은 양들이 배 밖으로 떨어지지 않게 막아줬다. 양쪽 강둑에 새로 설치한 나무 승강단은 수면과 같은 높이여서 수레를 그대로 끌면서 드나들기에 편리했다. 통행자들은 수사에게 1페니씩 통행세를 냈다. 다리가 그랬던 것처럼 나룻배도 수도원 소유였다.

가장 독창적인 부분은 머딘이 나룻배를 이쪽 둑에서 저쪽 둑까지 움직이도록 고안한 장치였다. 나룻배의 남쪽 끝에 이어놓은 긴 밧줄이 강 건너 기둥을 감은 다음 다시 강을 건너와 원통을 감고 나룻배의 북쪽 끝과 연결됐다. 그 원통은 나무 톱니바퀴로 황소가 돌리는 바퀴에 연결되어 있었다. 그것은 캐리스가 어제 갔을 때 머딘이 작업하던 그 톱니바퀴였다. 지레로 톱니바퀴를 변환하면, 나룻배가 강을 건너오는지 건너가는지에 따라 원통이 어느 한쪽으로 돌았다. 황소를 줄에서 풀어 방향을 바꿀 필요가 없었다.

그녀가 놀라워하자 머딘이 말했다. "아주 간단한 거야." 캐리스가 자세히 들여다보니 실제로 간단한 원리였다. 지레는 그저 큰 톱니바퀴를 연결부에서 들어올려 좀더 작은 두 개의 바퀴에 올려놓았는데, 그럼으로써 원통이 도는 방향을 바꾸는 결과를 가져왔다. 그래도 킹스브리지에서는 아무도 이런 것을 본 적이 없었다.

오전 내내 시민들 절반쯤이 머딘의 새롭고 놀라운 장치를 구경하러 왔다. 캐리스는 그가 자랑스러워서 가슴이 벅찼다. 엘프릭은 옆에서 사람들에게 기계 장치에 대해 설명해주면서 머딘의 공을 제 것으로 돌리고 있었다.

캐리스는 엘프릭이 무슨 배짱으로 그러는지 의아할 정도였다. 그는 머딘이 만든 문짝을 부숴버렸는데, 다리 붕괴라는 참극이 없었다면 온 시민을 분개하게 만들 만한 만행이었다. 그는 각목으로 머딘을 폭행했고, 머딘의 얼굴에는 아직도 멍자국이 남아 있었다. 그리고 머딘을 그리젤더와 결혼시켜 다른 남자의 아이를 떠맡기려고 사기극까지 벌였다. 머딘은 그들 사이의 불화보다 마을에 생긴 긴급 사태가 더 중요하다고 여기고 그와 계속 일했다. 캐리스는 그런 엘프릭이 어떻게 저렇게 고개를 쳐들고 다닐 수 있는지 이해가 되지 않았다.

뗏목 나룻배는 탁월했지만, 그것만으로는 부족했다.

에드먼드가 그 점을 지적하고 나섰다. 강 저편에는 수레들과 장사꾼들이 시야가 미치는 범위만 해도 외곽 지대 도로 끝까지 줄지어 있었다.

"황소를 두 마리 쓰면 좀더 빨라질 겁니다." 머딘이 말했다.

"속도가 두 배가 되는 건가?"

"꼭 그렇지는 않습니다. 나룻배를 하나 더 만들 수는 있습니다."

"이미 두번째 나룻배가 있네." 에드먼드가 손가락으로 가리키며 말했다. 그의 말이 맞았다. 사공 이언이 도보 통행인들을 강 건너로 나르고 있었다. 그러나 수레는 싣지 못했고, 가축도 탈 수 없었고, 통행료로 2펜스나 받았다. 평소에는 그것으로 생계를 이어가기 어려웠다. 그는 하루에 두 차례씩 수사를 나환자 섬으로 날랐을 뿐 다른 일거리는 거의 찾기 어려웠다. 그러나 오늘은 그의 배를 타려고 사람들이 줄을 섰다.

"그렇네요. 결국 나룻배로 다리를 대체할 수는 없겠어요." 머딘이 말했다.

"이건 파국이나 다름없어. 부오나벤투라가 전한 소식만으로도 충분히 타격을 입었는데 말일세. 하지만 이것 때문에 도시가 망할 수도 있어."

"그러면 새로 다리를 지으셔야겠군요."

"내가 짓는 게 아니라 수도원이 지어야지. 수도원장이 죽었는데, 새로 선출하는 데 시간이 얼마나 걸릴지 모르겠어. 수도원장 대행을 압박해서 결정짓게 해야지. 나는 지금 당장 카를로스를 만나러 가야겠어. 캐리스, 함께 가사."

그들은 거리를 지나 수도원으로 들어갔다. 방문객들은 대부분 먼저 구호소로 가서 그곳 하인에게 수사를 만나러 왔다고 말해야 했지만, 에드먼드는 그런 식으로 면담을 요청하기에는 너무나 잘 알려진 인사인데다 자존심도 셌다. 수도원장은 킹스브리지의 영주이지만, 에드먼드는 현재의 도시를 만든 상인들의 우두머리인 길드장이었기 때문에, 그는 수도원장을 도시를 관리하는 협력자 정도로 여겼다. 게다가 지난 십삼 년 동안 그의 동생이 수도원장이었다. 그래서 에드먼드는 곧장 성당 북쪽에 위치한 수도원장 사택으로 향했다.

그곳은 에드먼드의 집과 마찬가지로 목조주택으로, 일층에 홀과 응접실이 있고 위층에 침실 두 개가 있었다. 수도원장의 식사는 수도원 주방에서 준비했기 때문에 부엌은 따로 없었다. 많은 주교와 수도원장들은 대저택에서 살았고 킹스브리지의 주교 역시 셔링의 호사스러운 관저에서 살았지만, 킹스브리지 수도원장의 사택은 검소했다. 그래도 의자는 안락했고 벽에는 성서의 장면을 묘사한 태피스트리가 걸려 있었으며 겨울철에 집안을 아늑하게 해줄 커다란 벽난로도 있었다.

캐리스와 에드먼드가 도착한 시각은 오전도 반이 지날 무렵이라 젊은 수사들은 일을 하고 연장자들은 독서를 할 시간이었다. 에드먼드와 캐리스가 수도원장의 사택 홀에 들어가 보니, 맹인 수사 카를로스와 회계 담당 수사 시미언이 한창 대화를 나누고 있었다. "새 다리를 짓는 문제에 대해 대화를 좀 해야겠소." 에드먼드가 들어서자마자 말했다.

"좋습니다, 에드먼드." 카를로스가 그의 목소리를 알아듣고 말했다. 그리 환대하는 기색이 아니라는 것을 눈치챈 캐리스는 자신들이 적당한 때에 온 것이 아닌가보다고 생각했다.

에드먼드 역시 그녀만큼 분위기를 감지했지만 그는 언제나 밀어붙이는 태도를 유지했다. 그가 자리에 앉은 뒤 말했다. "그런데 새 수도원장은 언제쯤 선출되는 겁니까?"

"자네도 앉게, 캐리스." 카를로스가 말했다. 그녀는 어떻게 그가 자신이 그곳에 있는 줄 알았는지 알 수 없었다. "아직 선거일이 정해지지 않았습니다. 롤런드 백작이 후보 지명권을 갖고 있지만, 백작은 아직 의식을 회복하지 못하고 계시죠."

"우리는 마냥 기다릴 수 없소." 에드먼드가 말했다. 캐리스는 아버지가 너무 저돌적이라고 생각했지만, 그의 방식이 원래 그렇기 때문에 아무 말 하지 않았다. "당장 새 다리를 지어야 하오. 나무다리는 쓸모가 없으니 돌로 지어야 해요. 삼 년이 걸리는 일이오. 지체하면 사 년이 걸리고."

"돌다리라고요?"

"그게 가장 중요한 점이오. 엘프릭과 머딘과 얘기해보았소. 다시 나무다리를 만들어도 저번 것처럼 무너질 거랍니다."

"하지만 비용은 어떻게 합니까!"

"설계에 따르면 대략 250파운드가 든다고 해요. 그게 엘프릭의 계산이오."

시미언 형제가 나섰다. "나무다리를 새로 짓는 비용은 50파운드였죠. 앤서니 수도원장이 바로 지난주에 그 비용 때문에 그 일을 거절하셨던 거고요."

"그래서 그 결과를 봤잖습니까! 백 명이 죽고 부상자가 그 이상 나왔소. 가축과 수레를 잃고 수도원장도 죽고 백작은 사경을 헤매고 계시고."

"모든 일을 돌아가신 앤서니 수도원장 탓으로 돌리시려는 건 아닐 테죠." 카를로스가 굳은 어조로 말했다.

"그의 결정이 좋은 결과를 가져왔다고 얼버무릴 수는 없소."

"하느님이 죄를 지은 우리를 벌하신 것뿐입니다."

에드먼드는 한숨을 쉬었다. 캐리스는 좌절감을 느꼈다. 수사들은 자신들이 틀릴 때마다 토론 속에 하느님을 끌어들였다. 에드먼드가 말했다. "한낱 인간에 불과한 우리가 하느님의 의도를 짐작하기는 어렵소. 하지만 우리가 알고 있는 한 가지는, 다리가 없으면 이 도시가 소멸하고 말 거라는 것이오. 우리는 이미 셔링에 뒤지고 있어요. 가능한 한 빠른 시일 내에 새 돌다리를 세우지 않으면 킹스브리지는 순식간에 일개 촌락으로 전락할 겁니다."

"그것이 어쩌면 하느님이 계획하신 일인지도 모르죠."

에드먼드는 격앙된 감정을 드러내기 시작했다. "하느님이 수사인 당신들에게 노하실 일은 없을 것 같소? 내 말을 믿으시오. 만약 양모 정기 시장과 킹스브리지 시장이 죽으면 수사 스물다섯 명, 수녀 마흔 명, 일꾼 오십 명과 구호소와 성가대와 학교가 있는 지금의 수도원은 더이상 존재하지 못할 거요. 대성당도 마찬가지로 존재하지 못할 거란 말이오. 킹스브리지 주교는 늘 셔링에 계시오. 만일 그곳의 부유한 상인들이 나날이 번창하는 자신들의 수익금으로 주교에게 그 도시에 근사한 대성당을 지어드리겠다고 하면 어떻게 될 것 같소? 킹스브리지 시장도, 이 도시도, 대성당도, 수도원도 모두 없어질 겁니다. 그것이 당신들이 바라는 일입니까?"

카를로스는 당혹감에 싸인 것 같았다. 다리 붕괴의 결과가 장기적으로 볼 때 수도원의 지위에도 영향을 미칠 수 있다는 생각은 해보지 못한 듯했다.

"수도원에 나무다리를 지을 돈도 없는 마당에 돌다리를 짓는다는 건 아예 꿈도 꾸지 못할 일입니다." 시미언이 말했다.

"하지만 그래도 꼭 지어야 한다면 어떻게 할 겁니까?"

"석수들이 무보수로 일을 해줄까요?"

"어림도 없는 말입니다. 그들은 가족을 부양해야 하니까. 하지만 다리 통행세를 담보로 시민들이 돈을 모아 수도원에 빌려주는 방식으로 해볼 수 있다고 전에도 이미 설명했잖소."

"다리에서 들어오는 우리 수입을 가져가겠다는 거잖습니까!" 시미언이 분개해서 말했다. "또다시 그 속임수를 쓰려고 하시는군요."

"지금도 이미 다리 통행세는 받지 못하고 있잖아요." 캐리스가 끼어들었다.

"그래도 나룻배 요금은 징수하고 있네."

"엘프릭에게 줄 나룻배 건조 비용은 마련하셨잖아요."

"그건 다리를 새로 짓는 것보다는 훨씬 적은 비용이지. 그 때문에 수도원의 금고는 벌써 바닥이 났단 말일세."

"뱃삯을 아무리 모아봐야 얼마 되지도 않을 거예요. 나룻배는 너무 느리니까요."

"언젠가 수도원에서 새 다리를 지을 수 있을 때가 오겠지. 하느님이 원하시면 방도를 마련해주실 걸세. 그때가 되면 통행세를 거두게 될 거고."

"하느님은 이미 방도를 마련해주셨소. 하느님이 내 딸에게 영감을 주셔서 이전에는 아무도 생각지 못했던 모금 방식을 생각해내게 하신 거란 말이오." 에드먼드가 말했다.

"하느님이 하신 일이 무엇인지 판단하는 일은 우리에게 맡겨주시죠." 카를로스가 새침한 어조로 말했다.

"좋소." 에드먼드가 일어서자 캐리스도 따라 일어섰다. "당신들이 이런 태도를 취하다니 정말 유감이오. 이건 킹스브리지와 이곳에 살고 있는 모든 이에게 재앙입니다. 수사들까지 포함해서 말이오."

"저는 당신이 아니라 하느님의 인도를 받아야 합니다."

에드먼드와 캐리스는 나가기 위해 몸을 돌렸다.

"괜찮으시다면, 한 가지 더 이야기할 것이 있습니다." 카를로스가 말했다.

에드먼드는 문가에서 몸을 돌렸다. "물론이오. 말씀해보시오."

"속인이 마음대로 수도원 내에 들어오는 일은 바람직하지 않습니다. 다음번에 저를 만나고 싶으실 때는 먼저 구호소에서 수련수사나 수도원 하인을 보내 저를 찾도록 하십시오. 그것이 규칙입니다."

"나는 교구 길드의 길드장이오! 나는 누구도 거치지 않고 늘 직접 수도원장을 만나왔소."

"앤서니 수도원장님이 당신의 동생이셨기 때문에 당신에게만큼은 예외를 두었을 뿐입니다. 하지만 이제 그런 시절은 끝났습니다."

캐리스는 아버지의 얼굴을 바라보았다. 아버지는 분노를 억누르고 있었다. "알겠소." 그는 짧게 대꾸했다.

"하느님의 축복을."

에드먼드는 밖으로 나왔다. 캐리스가 뒤따랐다.

두 사람은 진흙탕이 된 초지를 가로질러 옹색하게 모여 있는 노점 몇 개를 지나쳤다. 캐리스는 아버지가 해야 할 일의 무게를 느꼈다. 대부분의 사람들은 그저 자기 가족을 부양하는 문제만 걱정하면 됐다. 하지만 에드먼드는 도시 전체를 걱정하고 있었다. 아버지의 얼굴은 걱정으로 찌푸려져 있었다. 카를로스와 달리 에드먼드는 그저 하느님이 이루어주시리라는 식으로 말하면서 모든 것을 체념하지는 않을 것이다. 아버지는 이 문제를 해결할 방도를 찾기 위해 머리를 쥐어짜고 있었다. 그녀는 수도원의 강력한 도움 없이 해야 할 일을 해내기 위해 분투하는 아버지가 안타까웠다. 아버지는 결코 책임 때문에 불평하는 사람이 아니었다. 언제나 묵묵히 받아들였다. 캐리스는 울고 싶은 심정이 됐다.

그들은 경내를 나서서 큰길을 가로질렀다. 집 앞에 이르렀을 때 캐리스가 말했다. "이제 어떻게 하면 좋을까요?"

"이제 명백해지지 않았니?" 아버지가 말했다. "카를로스가 수도원장으로 선출되지 않도록 만들어야지."

15

고드윈은 킹스브리지 수도원장이 되고 싶었다. 진심으로 원했다. 그는 수도원의 토지와 다른 자산의 관리를 강화해 수사들이 더이상 시실리어 수녀원장에게 돈을 구하러 가는 일이 없도록 수도원의 재정을 개선하고 싶어 애가 탈 지경이었다. 또한 수사들을 수녀들로부터 격리하고, 수사와 수녀를 시민들로부터 격리해 보다 순결한 성스러움을 호흡할 수 있게 되기를 바랐다. 그러나 이런 나무랄 데 없는 동기 말고도 또다른 동기가 있었다. 그는 권위와 고귀한 직함을 탐냈다. 매일 밤 그는 상상 속에서 벌써 수도원장이 되어 있었다.

"클로이스터를 말끔히 청소하게!" 그가 수사에게 지시를 내린다.

"당장 하겠습니다, 수도원장님."

고드윈은 수도원장님이라는 말이 너무 좋았다.

"안녕하십니까, 리처드 주교님." 그는 비굴하지 않고 친구 사이 같은 정중함으로 이렇게 말할 것이다.

그러면 리처드 주교는 한 사람의 고위 성직자가 다른 고위 성직자를 대할 때처럼 이렇게 대답할 것이다. "안녕하십니까, 고드윈 수도원장님."

"대주교님은 만족하십니까?" 이번에는 좀더 정중하게, 그래도 여전히 아랫사람으로서가 아니라 손아래 동료가 거물급 손위 동료를 대할 때처럼 말할 것이다.

"아, 고드윈 수도원장, 당신은 아주 잘하고 계시군요."

"당신이 그런 말씀을 해주시다니 정말 기쁘군요."

그리고 아마도 어느 날에는 값비싼 옷을 입은 군주와 나란히 클로이스터를 거닐기도 할 것이다. "폐하께서 초라한 저희 수도원을 찾아주시다니 가히 영광입니다."

"고맙소, 고드윈 신부. 당신에게 한 가지 조언을 구하러 왔소."

그는 그런 지위에 오르고 싶었다. 하지만 어떻게 해야 그 지위에 오를 수 있는지 알지 못했다. 그는 백 명의 매장식을 감독하는 동안, 그리고 앤서니의 장례식과 킹스브리지 모든 사망자의 영혼을 기리는 일요 대미사를 준비하면서 일주일 내내 그 문제를 깊이 생각했다.

그러면서도 자신의 소망에 대해 아무에게도 말하지 않았다. 불과 열흘 전 순진하게 군 대가가 어떤 것인지 똑똑히 배웠기 때문이다. 그는 『티모시의 책』을 들고 참사회에 들어가 개혁을 위한 강력한 논의를 폈는데, 보수파들은 마치 사전 연습이라도 한 듯 손발이 척척 맞아서 그를 수레바퀴에 깔린 개구리처럼 으스러뜨리고 말았다.

두번 다시 같은 일을 되풀이할 생각은 없었다.

일요일 아침, 수사들이 아침식사를 위해 줄지어 식당으로 향할 때, 한 수련수사가 고드윈에게 다가와 나지막한 목소리로, 어머니가 성당 북쪽 현관에서 기다리고 있다고 전했다. 고드윈은 줄에서 살그머니 빠져나왔다.

그는 불안한 심정으로 소리 없이 클로이스터를 지나 성당으로 향했다. 무슨 일인지 짐작이 갔다. 어제 무슨 일인가 어머니의 심중을 괴롭히는 일이 일어났을 것이고, 어머니는 밤새 걱정으로 잠을 이루지 못했을 것이다. 그리고 오늘 아침 동이 트자마자 자리에서 일어나 행동 계획을 세웠을 것이고, 고드윈은 그 계획의 일부일 것이었다. 어머니는 더없이 조급하고 위압적으로 나올 것이다. 어머니가 세운 계획은 분명 괜찮은 것이겠지만, 그렇지 않더라도 그에게 그 일을 해내라고 압박을 가할 것이다.

페트라닐라는 외투가 젖은 채 현관의 어스름 속에 서 있었다. 다시 비가 내리고 있었다. "에드먼드 외삼촌이 어제 맹인 수사 카를로스를 만나고 왔단다. 외삼촌 말이, 카를로스는 벌써 수도원장 행세를 하고 있다더구나. 선거는 그저 형식적인 절차에 불과하다는 듯이."

그녀는 그 일이 마치 고드윈 잘못이라는 듯 나무라는 투로 말했다. 그는 변명하듯 말했다. "앤서니 외삼촌의 시신이 채 식기도 전에 보수파들이 카를로스를 중심으로 활개를 치기 시작했습니다. 그들은 경쟁 후보의 말은 들으려고도 하지 않을 거예요."

"흠. 젊은 수사들의 반응은 어떻지?"

"물론 저를 후보로 내세우고 싶어해요. 비록 지기는 했지만 제가 『티모시의 책』 건으로 앤서니 수도원장에게 맞섰던 방식을 마음에 들어했거든요. 하지만 저는 아직 아무 말도 하지 않았습니다."

"다른 후보가 또 있니?"

"토머스 랭리가 어느 쪽에도 속하지 않은 후보로 나설지도 몰라요. 기사로서 임의대로 사람을 죽였던 전력 때문에 그를 마땅치 않다고 여기는 사람들이 있죠. 하지만 그는 유능합니다. 소리 없이 효율적으로 할일을 하고 수사들을 괴롭히는 일도 없고……"

어머니는 생각에 잠겼다. "그 사람의 사연은? 왜 수사가 된 거지?"

고드윈의 불안감이 누그러지기 시작했다. 어머니는 그가 활동하지 않고 있다고 꾸짖으려는 것이 아닌 듯했다. "본인의 말로는 자신은 언제나 성스러운 삶을 갈망했는데, 자상을 입고 이곳에서 치료를 받고 나자 떠날 생각이 없어졌다고 하던데요."

"나도 그 사건은 기억한다. 십 년 전 일이었지. 하지만 그가 어떻게 해서 부상을 당했는지는 들어본 적이 없어."

"저도 마찬가지예요. 그는 폭력적인 과거에 대해 말하기를 좋아하지 않거든요."

"그런데 그를 수도원에 받아주는 조건으로 냈다는 기부금은 누가 댄 거지?"

"그게 참으로 이상한데, 저도 모르겠습니다." 고드윈은 종종 질문을 던지며 사실을 하나하나 들추어내는 어머니의 능력에 감탄했다. 그녀는 폭군 같은 구석이 있지만 이런 면에는 감탄하지 않을 수 없었다. "분명 리처드 주교였을 거예요. 그가 통상적인 기부를 하겠다고 약속했던 일이 기억나요. 하지만 그에게 개인적인 자산은 없었을 거예요. 당시 그는 주교가 아니라 일개 사제였거든요. 어쩌면 롤런드 백작에게 말했을지도 모르죠."

"그걸 알아내."

고드윈은 망설였다. 그러려면 수도원 도서관에 있는 모든 날인 증서를 뒤져야 한다. 사서인 어거스틴 형제가 그 일을 성구 관리인에게 알리지는 않겠지만 다른 누군가가 그럴 가능성이 있다. 그러면 고드윈은 자기가 하고 있는 일을 해명할 그럴싸한 이야기를 만들어내야 하는 난처한 상황에 처할 것이다. 만일 기부가 토지나 다른 자산이 아니라 현금이라면—흔치 않기는 하지만 가능한 일이다—회계 서류까지 뒤져야 할 것이다……

"무슨 문제라도 있니?" 어머니는 날카롭게 물었다.

"아니요. 어머니 말씀이 옳습니다." 그는 어머니의 위압적인 태도가 자신에 대한 사랑의 표시라고 여겼다. 어쩌면 어머니는 달리 사랑을 표현하는 방법을 모르는 것인지도 모른다. "분명 기록이 남아 있을 겁니다. 그런데……"

"그런데?"

"대개의 경우 그런 기부는 널리 알리기 마련이죠. 수도원장이 기부한 사실을 교회에서 공표하고, 기부자를 축복하고, 수도원에 땅을 기부한 사람들이 천국에서 얼마나 큰 보상을 받는지 설교를 하죠. 그런데 토머스가 여기 왔을 때 그런 일이 있었던 기억은 없어요."

"그래서 더욱 증서를 찾아볼 필요가 있는 거야. 내 생각에 토머스는 비밀이 있는 사람 같구나. 그리고 비밀은 언제나 약점이 되기 마련이지."

"한번 찾아볼게요. 그런데 사람들에게 제가 입후보할 의사가 있다는 말을 해도 될까요?"

페트라닐라는 음흉하게 미소지었다. "오히려 네가 입후보할 생각이 없다고 말해야 할 것 같은데."

고드윈이 어머니와 헤어졌을 때는 아침식사 시간이 끝나 있었다. 수도원의 오랜 규칙에 따르면, 늦게 온 사람은 식사를 할 수 없다. 그러나 주방 담당인 레이나드 형제는 언제나 자기가 좋아하는 사람을 위해 먹을거리를 찾아낼 줄 알았다. 주방으로 간 고드윈은 치즈 한 조각과 빵 부스러기를 구했다. 그는 수도원 하인들이 식당에서 식사를 끝낸 그릇들을 가져오고 죽을 쒔던 솥단지를 북북 문지르고 있는 옆에 서서 그 음식을 먹었다.

고드윈은 음식을 먹으며 어머니의 충고에 대해 곰곰이 생각해보았다. 생각할수록 훌륭한 계획이었다. 일단 선거에 나서지 않겠다고 공표하면 그가 말하는 모든 것은 공정한 비평자의 권위를 띠게 될 것이다. 이기적인 동기가 있다는 의혹을 받지 않고 선거를 조종할 수 있을 것이다. 그러다 마지막 순간에 행동에 나서면 된다. 그는 지칠 줄 모르는 어머니의 빈틈없는 두뇌에, 불굴의 충의를 지닌 어머니의 마음에 깊은 고마움을 느꼈다.

시어도릭 형제가 주방에 있는 고드윈을 발견했다. 시어도릭의 하얀 얼굴은 분노로 상기되어 있었다. "시미언 형제가 아침식사 자리에서 카를로스 형제가 수도원장이 되는 문제에 대해 이야기했어요. 앤서니 전 원장의 지혜로운 전통을 계승하자는 얘기였죠. 그는 아무것도 바꾸려고 하지 않을 거예요!"

교활한 짓이로군. 고드윈은 생각했다. 시미언은 고드윈이 없는 틈과 지금의 지위를 이용해서, 그가 있었다면 따지고 들었을 문제를 거론한 것이었다. 고드윈이 동감을 표했다. "정말 수치스러운 짓이군요."

"제가 다른 후보가 필요하지 않은지 물어보았죠."

고드윈이 미소지었다. "잘했습니다!"

"그랬더니 다른 후보는 필요 없다고 하더군요. '우리는 지금 궁술 시합을 하는 게 아닙니다' 하면서요. 그가 보기에 결정은 이미 끝났어요. 앤서니 수도원장이 카를로스 형제를 부수도원장 자리에 앉힘으로써 이미 후계자를 정해놓았다는 거죠."

"말도 안 되는 얘기입니다."

"맞습니다. 수사들이 격분하고 있어요."

아주 잘된 일이야. 고드윈은 생각했다. 카를로스는 투표권을 빼앗음으로써 자신의 지지자들까지 화나게 만든 것이다. 그는 자신의 입지를 스스로 위태롭게 만들고 있다.

시어도릭이 말을 이었다. "우리가 카를로스 형제를 압박해서 아예 후보직을 사퇴하도록 해야 할 것 같은데요."

고드윈은 '지금 제정신으로 하는 소리인가?' 하고 말하고 싶었지만, 대신 입을 다물고 시어도릭이 방금 한 말을 곰곰이 생각하는 시늉을 했다. "그것이 과연 최선책일까요?" 그는 정말 모르겠다는 듯이 반문했다.

시어도릭은 그 질문에 놀랐다. "그게 무슨 말인가요?"

"형제들이 모두 카를로스 형제와 시미언 형제에게 격분하고 있다고 했잖습니까. 이대로 가면 형제들은 카를로스 형제에게 표를 주지 않을 겁니다. 하지만 만일 카를로스 형제가 사퇴하면 보수파에서는 다른 후보를 내세울 테죠. 그들이 두번째로 선택한 후보가 더 나은 후보가 될 수도 있어요. 이를테면 조지프 형제처럼 인기 있는 형제가 후보가 될지도 모릅니다."

시어도릭이 벼락이라도 맞은 것처럼 놀란 표정을 지었다. "그런 식으로는 생각해보지 못했습니다."

"어쩌면 카를로스 형제가 보수파가 내세운 후보로 남기를 바라야 할지 모릅니다. 그 형제가 어떤 변화에도 반대한다는 것은 누구나 아는 사실이에요. 그건 그가 매일매일이 다른 날과 다르지 않기를 바라는 수사이기 때문이죠. 그는 늘 똑같은 길을 걷고 똑같은 자리에 앉고 똑같은 장소에서 먹고 기도하고 잠들기를 원해요. 어쩌면 눈이 멀어서 그런 건지 모르지만 그렇지 않더라도 그런 식이었을 겁니다. 이유는 중요하지 않아요. 그는 수도원의 어떤 것도 바뀌면 안 된다고 여기고 있어요. 그런 방식에 만족할 수사는 많지 않죠. 따라서 상대적으로 카를로스 형제를 이기기가 쉬운 겁니다. 보수파를 대표하면서 개혁을 옹호하지 않는 후보이기 때문에 그만큼 이길 가능성이 높은 거예요." 고드윈은 자신이 그저 의견을 제시하는 데 그쳐야 한다는 것을 깜박 잊고 원칙까지 제시하고 있다는 사실을 깨달았다. 그가 재빨리 물러서며 덧붙였다. "나는 잘 모르겠군요. 당신 생각은 어떤가요?"

"당신은 천재입니다." 시어도릭이 말했다.

나는 천재가 아니야. 고드윈은 생각했다. 그저 배우는 것이 빠를 뿐이지.

구호소에 간 그는 위층 객실을 청소하고 있는 필리먼을 보았다. 윌리엄 경은 아직 수도원에 머물면서 자기 아버지가 의식을 차리거나 죽기를 기다리고 있었다. 레이디 필리파도 그와 함께 있었다. 리처드 주교는 셔링의 관저로 돌아갔다가 장례 대미사에 참석하기 위해 오늘 돌아올 예정이었다.

고드윈은 필리먼을 도서관으로 데려갔다. 필리먼은 글은 거의 읽지 못하지만, 증서를 빼내는 데는 유용할 것이었다.

수도원에는 백 개가 넘는 낱인 증서가 있었다. 대부분은 킹스브리지 인근의 토지 소유 증서이지만, 저멀리 잉글랜드와 웨일스 지방에 산재한 토지 증서도 있었다. 그 밖에 수도원을 짓거나, 성당을 짓거나, 셔링 백작 소유의 채석장에서 무상으로 석재를 가져다 쓰거나, 수도원 인근의 토지를 택지로 분할해 임대하거나, 재판을 열거나, 주말 시장을 열거나, 다리 통행세를 징수하거나, 연례 양모 정기시장을 열거나, 강을 이용해 상품을 멜컴으로 운송할 때 강이 지나는 땅의 영주들에게 세금을 내지 않아도 된다거나 하는 수사의 권리가 명기된 증서들이 있었다.

증서들은 정성껏 세척하고 문지르고 표백한 다음 팽팽하게 잡아당겨서 글 쓰기 좋게 만든 얇은 양피지에 펜으로 쓰인 것이었다. 긴 것은 둘둘 말려 가느다란 가죽끈으로 묶여 있었다. 그리고 쇠를 댄 궤 속에 보관되어 있었다. 궤는 잠겨 있지만, 도서실의 작은 상자 속에 그 열쇠가 있었다.

궤를 열어본 고드윈은 불만인 듯 얼굴을 찌푸렸다. 증서들이 단정하게 쌓여 있는 것이 아니라 순서 없이 아무렇게나 뒤섞여 있었다. 일부는 찢어지고 귀퉁이가 해지고, 먼지로 뒤덮여 있었다. 그가 생각하기에 증서는 날짜별로 보관되어야 하며, 그 하나하나에 번호를 매겨 뚜껑 안쪽에 번호표를 붙여놓아야 하는 것이다. 그래야 찾을 때 신속하게 위치를 확인할 수 있다. 내가 수도원장이 되면……

필리먼이 증서를 하나씩 꺼내 먼지를 불어낸 다음 고드윈이 보도록 탁자에 내려놓았다. 사람들은 대부분 필리먼을 싫어했다. 나이든 수사 한두 사람은 그를 믿지 않았지만, 고드윈은 그렇지 않았다. 자신을 신처럼 떠받드는 사람을 믿지 않기는 어려운 법이다. 수사들 대부분은 필리먼에게 익숙했는데, 그건 그가 수도원에 오래 있었기 때문이다. 고드윈은 키가 멀쑥하고 어쭙잖은 태도로 수도원을 돌아다니며 수사들에게 어느 성인에게 기도하는 것이 가장 좋은가요, 기적을 본 적이 있습니까 하고 질문을 던지던 소년 필리먼을 기억하고 있었다.

증서는 대부분 한 장에 똑같은 내용을 두 번 작성했다. 그러고는 두 부분 사이에 큰 글자로 '자필 증서'라고 쓰고 그 글자를 지나도록 용지를 지그재그로 잘랐다. 이해 당사자들이 반쪽씩 보관하고, 지그재기로 자른 부분을 맞춰 딱 맞으면 그 두 문서가 진본이라는 증거였다.

증서에 구멍이 난 것들은 양이 살아 있었을 때 벌레에 물렸던 자리이고, 갉아먹은 것처럼 보이는 것들은 보관중에 쥐가 갉아먹은 자리가 분명하다.

물론 증서는 라틴어로 작성되어 있었다. 좀더 최근에 작성된 것일수록 읽기가 쉬워지만 고서체로 쓰인 것은 고드윈도 해독하기 어려울 때가 있었다. 그는 증서 하나하나의 날짜를 확인했다. 그가 찾는 것은 십 년 전 만성절 직후 작성된 증서였다.

증서를 모두 살펴보았지만 아무것도 발견하지 못했다.

고드윈이 찾는 날짜에 가장 근접한 증서는 그 몇 주 뒤에 작성된 것으로, 롤런드 백작이 제럴드 경에게, 수도원측이 제럴드 일가의 부채를 탕감해주고 그와 그의 아내를 남은 평생 부양하는 교환 조건으로 제럴드의 토지 소유권을 수도원으로 이전하는 것을 허락한다는 내용이었다.

고드윈은 사실 실망한 것이 아니었다. 오히려 그 반대였다. 토머스가 기부금 없이 수도원에 들어왔다는 사실 자체만도 호기심이 당기는 일이지만, 그렇지 않다 해도 기부 증서가 눈에 띄지 않는 다른 어딘가에 보관되어 있다는 의미였던 것이다. 어느 쪽이든 토머스에게 비밀이 있다는 페트라닐라의 직감이 맞을 가능성이 그만큼 컸다.

수도원에는 개인 공간이 거의 없었다. 수사들에게는 사유물과 비밀이 허용되지 않았다. 부유한 수도원의 경우 원로 수사들을 위한 전용 공간이 있기도 하지만, 킹스브리지에서는 모두가 커다란 방 하나에서 잠을 잤다. 수도원장만 예외였다. 토머스의 입회를 보증하는 증서는 수도원장 사택에 있는 게 거의 확실했다.

그런데 사택은 현재 카를로스 형제가 차지하고 있었다.

그것이 일을 까다롭게 만들었다. 카를로스 형제는 고드윈이 그곳을 수색하도록 허락할 리 없다. 아마 수색할 필요도 없을 것이다. 누구나 볼 수 있는 곳에, 수련수사 시절부터 작성한 노트, 대주교에게서 온 친교 문서들, 설교 문서들 등 죽은 앤서니 수도원장의 개인 문서가 담긴 상자나 가방이 있을 것이다. 카를로스는 분명 앤서니가 죽고 나서 내용물을 조사했을 것이다. 그러나 그렇다고 해서 그가 고드윈에게 같은 일을 하도록 허락할 이유는 없다.

고드윈은 얼굴을 찌푸린 채 생각에 잠겼다. 다른 누군가가 수색한다면? 에드먼드나 페트라닐라가 동생의 유품을 보겠다고 요청한다면 카를로스로서도 거절하기 어려울 것이다. 하지만 그가 사전에 수도원 관련 문서는 모두 제외해놓을 가능성이 있다. 그건 안 된다. 수색은 은밀하게 이루어져야 한다.

그때 3시과*를 알리는 종소리가 울렸다. 그 순간 고드윈은 카를로스 형제가 수도원장 사택에 없다는 것을 확신할 수 있는 유일한 시간이 시과전례 때뿐이라는 것을 깨달았다.

고드윈은 3시과를 건너뛰기로 했다. 그럴싸한 핑계를 생각해내야 했다. 그것은 쉽지 않았다. 그는 시과전례에 빠져서는 안 되는 성구 관리인이었다. 별다른 방법이 없었다.

"내가 성당에 있을 때 나를 찾아와라." 고드윈이 필리먼에게 말했다.

"알겠습니다." 필리먼은 대답은 하지만 걱정스러운 표정이었다. 수도원 하인은 전례중에 성단소에 들어가서는 안 되기 때문이다.

"입당송이 끝난 직후에 오도록 해. 그리고 내 귀에 대고 아무 말이나 해. 내가 어떤 반응을 보이든 상관하지 말고 그냥 계속 말하면 된다."

필리먼은 불안한 듯 얼굴을 찡그렸지만 알겠다고 고개를 끄덕였다. 그는 고드윈을 위해서라면 무슨 일이든 할 것이다.

고드윈은 도서실을 나와 성당으로 들어가는 행렬에 끼어들었다. 신자석에는 몇 사람만 서 있었다. 사람들은 대부분 아마도 그날 늦게, 다리 붕괴 희생자들을 기리는 미사 시간에 맞춰 올 것이다. 수사들이 제각각 성단소의 자리에 앉자 의식이 시작됐다. "하느님, 저를 구원하소서." 고드윈도 다른 사람과 함께 읊조렸다.

그들이 막 입당송을 마치고 첫번째 성가를 부르기 시작했을 때 필리

---

* 오전 아홉시 전후.

326

먼이 나타났다. 수사들이 일제히 그를 노려보았다. 그들은 익숙한 의식이 진행되는 동안 예외적인 일이 일어나면 언제나 그렇게 노려보았다. 시미언 형제가 비난하듯 얼굴을 찡그렸다. 성가를 지휘하던 카를로스 형제도 교란을 감지하고 어리둥절한 표정을 지었다. 필리먼이 고드윈의 자리에 와 허리를 숙이고 속삭였다. "복 있는 사람은 악인들의 꾀를 따르지 아니하며……"

고드윈은 놀란 시늉을 하고 필리먼이 「시편」 1장을 암송하는 동안 계속 그의 말에 귀를 기울이는 척했다. 잠시 후 그는 마치 무슨 요청을 거절하듯 고개를 힘차게 저었다. 그런 다음 좀더 귀를 기울였다. 이 무언극을 해명할 정교한 이야기를 생각해내야 했다. 고드윈은 자신의 어머니가 동생인 앤서니 수도원장의 장례식 문제로 지금 당장 이야기를 해야겠다고 고집을 피웠고, 만약 필리먼이 고드윈에게 전갈을 하지 않으면 직접 성단소로 들어오겠다고 고집부렸다고 말할 생각이었다. 페트라닐라의 위압적인 태도에다 가족을 잃은 슬픔을 더하면 상당히 신빙성 있게 들릴 것이다. 필리먼이 시편 암송을 마칠 즈음 고드윈은 체념한 표정으로 자리에서 일어나 필리먼을 따라 성단소를 나왔다.

두 사람은 빠른 걸음으로 대성당을 돌아 수도원장 사택으로 향했다. 어린 하인이 바닥을 쓸고 있었다. 아이는 감히 수사에게 질문조차 못할 것이다. 나중에 카를로스에게 고드윈과 필리먼이 여기 왔었다는 이야기를 할 수는 있겠지만, 때는 이미 늦을 것이다.

고드윈은 수도원장 사택을 창피하게 여겼다. 사택은 큰길에 있는 에드먼드 외삼촌의 집보다도 작았다. 주교가 그렇듯 그는 수도원장도 지위에 걸맞은 저택에 살아야 한다고 생각했다. 이 건물은 내세울 만한 데가 전혀 없었다. 벽에는 성서의 장면을 묘사한 태피스트리 몇 장이 걸려 있고 이것들이 외풍을 막아줬지만, 전반적인 실내장식은 따분하고 상상력이 부족해 보였다. 그 집은 고 앤서니 수도원장과 비슷했다.

사택에 들어가 재빨리 수색하던 두 사람은 곧 그들이 찾던 물건을 발견했다. 위층 침실 기도대 옆에 놓인 궤짝에 커다란 가죽주머니가 들어 있었다. 그것은 생강색을 띤 부드러운 갈색 염소가죽에 선홍색 실로 보기 좋게 바느질된 주머니였다. 고드윈은 그것이 이 도시의 독실한 가죽 장인이 준 선물이 분명하다고 생각했다.

필리먼이 옆에서 지켜보는 가운데 고드윈은 주머니를 열어보았다.

그 안에는 서른 장쯤 양피지가 들어 있었는데, 평평하게 펴져 있고 보존을 위해 사이사이에 리넨이 끼워져 있었다. 고드윈은 재빨리 그것들을 살펴보았다.

그중 몇 개는 시편에 대한 주해였다. 앤서니는 언젠가 주해서를 쓸 생각이었던 모양이지만 도중에 작업을 중단한 듯했다. 가장 놀라운 것은 라틴어로 쓴 연시였다. 「녹색 눈」이라는 그 시는 녹색 눈의 남자에게 쓴 것이었다. 앤서니 외삼촌의 눈은 그의 집안사람들이 모두 그렇듯이 갈색이 도는 녹색이었다.

고드윈은 그 시를 쓴 사람이 누구인지 궁금했다. 시를 쓸 정도로 라틴어를 구사할 줄 아는 여자는 많지 않았다. 앤서니를 사모하던 수녀였을까? 아니면 남자일까? 그 양피지는 오래된데다 색이 바래 있었다. 그 연애 사건은—그런 것이 정말 있었다 해도—앤서니가 젊었을 때의 일이었을 것이다. 하지만 그는 시를 보관해두었다. 어쩌면 외삼촌은 그가 생각했던 것만큼 따분한 사람이 아니었을지도 모른다.

"그게 뭐예요?" 필리먼이 물었다.

고드윈은 양심의 가책을 느꼈다. 그는 외삼촌의 삶에서 아주 사적인 한 부분을 엿본 것이었다. 후회가 됐다. "별것 아니다. 그냥 시야." 그는 그다음 양피지를 집어들었다. 바로 그것이었다.

그 증서의 날짜는 십 년 전 성탄절이었다. 노포크의 린 인근에 있는 500에이커의 토지 소유권에 관련된 증서였다. 그곳 영주가 그 무렵에 사망했다. 증서에 의하면 영주의 권리는 킹스브리지 수도원에 이양되며, 연간 세수가 구체적으로 기록되어 있었는데—곡물과 양털, 소, 닭 등—그 땅을 경작하는 농노들과 소작인들이 수도원에 지불하게 되어 있었다. 그리고 농부 한 명을 관리인으로 지명해 그곳의 생산물을 해마다 수도원에 바치도록 해놓았다. 또한 농산물 대신 그에 해당하는 만큼의 금전으로 납부할 수도 있다고 정해놓았는데, 토지가 영주의 거처에서 멀리 떨어져 있는 경우 오늘날에는 흔해진 관행이었다.

그것은 전형적인 증서였다. 매년 수확이 끝나면 비슷비슷한 수십여 곳의 마을 대리인들이 세금을 내기 위해 수도원까지 긴 여행에 나서곤 했다. 가까이에 있는 이들은 초가을에 왔고, 다른 이들은 겨울 동안 일정한 간격을 두고 도착했고, 먼 거리에 있는 이들은 성탄절이 지나고도 도착하지 못했다.

증서에는 그 기부가 수도원에서 토머스 랭리 경을 수사로 받아들인 점을 감안해서 이루어진 것이라고 명기되어 있었다. 이 또한 통상적이었다.

그러나 여느 증서와는 다른 점이 하나 있었다. 바로 서명한 이가 이저벨라 왕비라는 사실이었다.

흥미로운 사실이었다. 이저벨라는 국왕 에드워드 2세의 부정한 아내였다. 그녀는 국왕인 남편을 상대로 모반을 일으키고 열네 살 난 그들의 아들을 그 자리에 앉혔다. 그리고 그 직후 폐위된 왕이 죽었고, 앤서니 수도원장은 글래스터에서 있었던 왕의 장례식에 참관했다. 토머스가 킹스브리지에 온 것은 대략 그 무렵이었다.

그리고 몇 해 동안 왕비와 그녀의 연인 로저 모티머가 잉글랜드를 통치했지만, 오래지 않아 어린 에드워드 3세가 왕위에 올랐다. 새 왕은 이제 스물네 살이었고 확고하게 왕권을 장악했다. 모티머는 죽었고, 마흔네 살이 된 이저벨라는 린에서 멀지 않은 노포크의 라이징성에서 풍족한 은퇴 생활을 누리고 있었다.

"바로 이거야!" 고드윈이 말했다. "토머스를 수사로 만들어준 사람은 이저벨라 왕비였어."

필리먼이 얼굴을 찡그렸다. "왜 그랬을까요?"

필리먼은 교육을 받지 못했지만 두뇌 회전이 빨랐다. "정말 왜 그랬을까?" 고드윈이 자문자답을 했다. "그에게 뭔가에 대해 보상을 하고 싶었을지도 모르고, 아니면 입을 다물게 하기 위해서, 어쩌면 그 둘 다였을지도 모르지. 이 일이 있었던 건 바로 왕비가 모반을 일으킨 그해였어."

"토머스는 분명 왕비를 위해 어떤 임무를 수행했겠군요."

고드윈은 고개를 끄덕였다. "무슨 전갈을 전했거나 성문을 열었거나 왕비에 대한 왕의 계획을 누설했거나, 그게 아니라면 어떤 중요한 남작이 왕비를 지지하도록 해줬거나 했겠지. 그런데 왜 그 사실이 비밀일까?"

"비밀이 아니에요." 필리먼이 말했다. "회계 담당 수사는 분명 이 일을 알고 있을 거예요. 린에 사는 사람들도 모두 알고 있을 테고요. 또 그곳 관리인이 여기 왔을 때 누군가에게는 그 사실을 발설했을 거예요."

"하지만 모든 일이 토머스 때문에 마련됐다는 사실은 아무도 몰라. 이 증서를 보지 않는다면."

"그렇다면 그 사실은 비밀이겠군요. 이저벨라 왕비가 토머스를 위해 이런 기부를 했다는 것 말이에요."

"그래." 고드윈은 증서들 사이사이에 조심스레 리넨을 다시 끼워넣고 잘 싸서 원래대로 궤짝 속 가죽주머니에 돌려놓았다.

"하지만 왜 그 사실이 비밀이죠? 거기에 무슨 부정이라거나 부끄러운 점은 없잖아요. 노상 있는 일이고요." 필리먼이 물었다.

"왜 그게 비밀인지는 나도 몰라. 어쩌면 그런 건 알 필요도 없을지 모르지. 사람들이 그 사실을 감춰두고 싶어한다는 사실만으로도 우리 목적에는 충분해. 자, 어서 여기서 나가지."

고드윈은 만족했다. 토머스에게는 비밀이 있었고 고드윈은 그 비밀이 무엇인지 알았다. 그것이 그에게 힘이 되어줄 것이다. 이제 토머스를 수도원장 후보로 내세우는 모험을 감행해도 될 만큼 자신이 있었다. 한편으로 불안감도 있었다. 토머스는 바보가 아니니까.

그들은 성당으로 돌아갔고, 얼마 안 지나 3시과 전례가 끝났다. 고드윈은 장례 대미사 준비를 시작했다. 그의 지시에 따라 수사 여섯 명이 앤서니의 관을 들어 제단 앞에 설치한 대 위에 올려놓고 주위를 촛대로 에워쌌다. 시민들이 신자석에 모여들기 시작했다. 고드윈은 까만 비단 모자를 쓴 사촌 캐리스를 향해 고개를 끄덕였다. 수련수사와 함께 크고 화려한 의자를 운반하는 토머스도 눈에 띄었다. 그 의자는 성당이 특별한 지위에 있다는 사실을 보여주는 주교좌였다.

고드윈이 토머스의 팔을 툭 치며 말했다. "그 일은 필리먼에게 맡기시죠."

토머스는 자신에게 팔 하나가 없어서 그런다고 여기고 성난 어조로 대꾸했다. "이 정도쯤은 나도 할 수 있소."

"물론 알고 있습니다. 사실은 할말이 있어서 그렇습니다."

나이는 토머스가 많았지만—토머스는 서른넷, 고드윈은 서른한 살이었다—수도원 내 직급은 고드윈이 높았다. 그래도 고드윈은 언제나 토머스에게 약간의 두려움을 느꼈다. 이 작업 담당 수사는 늘 성구 관리인에게 합당한 경의를 표했지만, 그럼에도 고드윈은 토머스가 그 자신이 생각하기에 적당하다고 여기는 경의를 표하는 것일 뿐 그 이상은 아니라고 느꼈다. 토머스는 모든 면에서 성 베네딕트의 규율을 준수했다. 그의 존재는 이 수도원에, 그가 한 번도 포기한 적 없는 독립심과 자립심의 기운을 불어넣었다.

토머스를 속이기는 쉽지 않을 테지만, 고드윈이 이 일을 계획한 것은 바로 그의 그런 면 때문이었다.

토머스는 필리먼에게 들고 있던 주교좌를 넘겨줬다. 고드윈은 그를 측랑으로 데려갔다. "사람들이 당신을 차기 수도원장감이라고 말하고 있습니다." 고드윈이 말했다.

"사람들이 당신에 대해서도 같은 말을 하던데요." 토머스가 받아쳤다.

"나는 입후보를 사양할 생각입니다."

토머스가 눈썹을 치켜세웠다. "뜻밖인데요."

"두 가지 이유가 있습니다. 첫째, 나는 당신이 나보다 그 일을 더 잘 해내시리라고 생각합니다."

토머스는 더욱 놀랐다. 고드윈에게서 이런 겸손한 말이 나오리라고는 생각지 못한 듯했다. 그의 생각이 옳았다. 고드윈은 거짓말을 하고 있었다.

"둘째, 당신이 되실 가능성이 나보다 더 높습니다." 이 말은 사실이었다. "젊은 수사들은 나를 좋아하지만, 당신은 모든 연령대의 수사들에게 인기가 높습니다."

토머스의 잘생긴 얼굴에 의아한 표정이 떠올랐다. 그는 그의 말에서 어떤 것이 함정인지 알아내려 하고 있었다.

"나는 당신을 돕고 싶습니다. 내 생각에 가장 중요한 점은, 수도원을 개혁하고 재정을 개선할 수도원장이 선출되어야 한다는 겁니다."

"나는 그렇게 할 수 있습니다. 하지만 지지해주는 대가로 당신이 원하는 것이 뭐죠?"

고드윈은 아무것도 요구하지 않을 만큼 어리석지 않았다. 그렇다고 말하면 토머스도 믿지 않을 것이 뻔했다. 고드윈은 그럴싸한 거짓말을 꾸며냈다. "나는 당신의 부수도원장이 되고 싶습니다."

토머스는 고개를 끄덕였지만 바로 동의하지는 않았다. "나를 어떻게 돕겠다는 겁니까?"

"우선 시민들의 지지를 얻게 해줄 수 있습니다."

"단순히 에드먼드 울러가 당신의 외삼촌이기 때문에 말입니까?"

"그 문제는 그렇게 단순하지 않습니다. 시민들은 다리에 대해 걱정하고 있어요. 카를로스 형제는 설령 그럴 생각이 있다 해도 다리 공사를 언제 시작할지 말하지 않을 겁니다. 시민들은 그가 수도원장이 되는 걸 막고 싶어합니다. 내가 에드먼드 외삼촌에게 당신이 선출되는 즉시 다리 공사를 시작할 거라고 말하면 당신은 시민들 모두의 지지를 등에 업게 될 겁니다."

"그렇다고 해서 수사들의 표가 전부 나에게 오는 건 아니죠."

"그거야 모르는 일입니다. 수사들의 선택은 주교의 재가를 받아야 한다는 점을 잊지 마시고요. 주교들은 신중하게 지역 주민의 의견을 참고하기 마련입니다. 그리고 리처드는 다른 주교들만큼이나 불화를 피하고 싶어하죠. 만약 시민들이 당신을 지지하면 그 점이 중대한 영향을 미치게 될 겁니다."

고드윈은 토머스가 자기 말을 믿지 않는다는 사실을 알 수 있었다. 작업 담당 수사는 고드윈을 꼼꼼히 뜯어보았다. 고드윈은 그의 날카로운 시선 앞에서 무표정을 유지하느라 진땀을 흘렸다. 하지만 토머스는 그가 한 말에 수긍했다. "우리에게는 분명 새 다리가 필요합니다. 카를로스 형제는 어리석게도 그 문제를 적당히 넘기려 하고 있고요."

"그러니 당신이 더 유리하다는 겁니다."

"당신은 설득력이 좋군요."

고드윈이 그게 아니라는 듯 양손을 들어 보였다. "일부러 그럴 생각은 없었습니다. 당신은 하느님의 뜻이라고 생각되시는 대로 하면 됩니다."

토머스의 얼굴에 의심의 표정이 떠올랐다. 그는 고드윈이 이처럼 사심이 없다고는 여기지 않았다. 하지만 이렇게 말했다. "알겠습니다. 그 일에 대해 기도를 드리죠."

고드윈은 오늘 토머스에게서 그 이상의 언급은 듣지 못하리라는 것을 감지했다. 더 밀어붙이면 역효과가 날지도 모른다. "나도 기도하겠습니다." 그는 말하고 몸을 돌렸다.

토머스는 자신이 약속한 대로 움직일 것이고 그 일에 대해 기도도 할 것이다. 그에게 사적인 욕망 같은 것은 거의 없다. 그것이 하느님의 뜻이라고 여기면 수도원장에 입후보할 것이고, 그렇지 않다고 여긴다면 입후보하지 않을 것이다. 지금 당장으로서는 그에 대해 할 수 있는 일이 없었다.

이제 앤서니의 관 주변은 촛불로 환히 밝혀져 있었다. 신자석은 시민과 인근 마을의 농부들로 채워지고 있었다. 고드윈은 좀전에 보였던 캐리스의 얼굴을 찾아 군중을 훑었다. 캐리스는 남쪽 익랑에서 머딘이 측랑에 설치한 비계를 바라보고 있었다. 고드윈은 어린 시절의 캐리스에 대해 애정 어린 추억을 갖고 있었다. 그때 그는 그녀에게 모르는 게 없는 사촌오빠였다.

다리가 무너진 뒤로 내내 울적했던 그녀의 얼굴이 오늘은 밝아 보였다. 고드윈은 내심 다행으로 여겼다. 그는 사촌동생을 귀여워했다. 고드윈이 그녀의 팔꿈치를 툭 치며 말했다. "오늘은 행복해 보이는구나."

"사실이 그래요." 캐리스는 미소지었다. "로맨스의 매듭 한 가닥이 이제 막 풀린 참이거든요. 오빠는 이해하지 못할 테지만."

"물론 나는 알 리가 없지." 수사들 사이에도 얼마나 많은 로맨스가 얽혀 있는지 너는 상상도 못할걸. 고드윈은 마음속으로만 말했다. 속인들은 수도원 내에서 일어나는 죄악에 대해 모르는 게 상책이다. "네 아버지가 새 다리를 공사하는 문제로 리처드 주교와 얘기를 좀 해야 할 것 같더구나."

"그래요?" 그녀의 얼굴에 미심쩍은 표정이 떠올랐다. 어렸을 때는 사촌오빠를 영웅처럼 숭배했지만 이제 그 정도는 아니었다. "그 일에 무슨 의미가 있죠? 그건 주교가 신경쓸 다리가 아니잖아요."

"수사들이 선택한 수도원장은 주교의 승인을 받아야 해. 리처드 주교는 다리 재건에 반대하는 사람은 그게 누구든 승인하지 않겠다고 공표할 수도 있어. 반발하는 수사들도 있겠지만 대부분은 재가받지도 못할 사람을 선출하는 건 무의미하다고 여길 거야."

"알겠어요. 그런데 그 문제에 아버지가 도움이 될까요?"

"도움이 되고말고."

"그렇다면 말씀드려볼게요."

"고마워."

그때 종이 울렸다. 고드윈은 미끄러지듯 성당을 빠져나가 클로이스터의 행렬에 끼어들었다. 정오였다.

그로서는 오전중에 꽤 많은 일을 한 셈이었다.

16

울프릭과 궨다는 월요일 아침 일찍 킹스브리지를 떠나 자신들의 마을 위글리까지 먼길을 떠났다.

머딘과 캐리스는 머딘이 새로 만든 나룻배를 타고 강을 건너는 두 사람을 지켜보았다. 머딘은 그 장치가 제대로 작동한다는 사실이 무척 만족스러웠다. 그러나 나무로 만든 톱니바퀴는 쉽게 닳을 것이다. 쇠라면 더 낫겠지만……

캐리스는 다른 생각을 하고 있었다. "궨다는 사랑에 푹 빠진 것 같아." 그녀가 한숨을 지으며 말했다.

"그애는 울프릭과 잘될 가망이 없어." 머딘이 말했다.

"그야 모르는 일이지. 궨다는 결의가 대단한 애야. 그애가 행상인 심에게서 달아난 것만 봐도 그렇잖아."

"하지만 울프릭은 아넷이라는 여자와 약혼했잖아. 게다가 그쪽이 훨씬 예쁘고 말이야."

"외모가 전부는 아니야."

"그래, 그래서 내가 매일같이 하느님에게 감사드리고 있지."

캐리스가 웃음을 터뜨렸다. "나는 재미있게 생긴 네 얼굴이 좋아."

"하지만 울프릭은 아넷 때문에 내 동생과 싸우기까지 했어. 그녀를 사랑하는 게 분명해."

"궨다에게 미약이 있어."

머딘은 못마땅한 눈으로 그녀를 바라보았다. "너는 다른 여자를 사랑하는 남자를 꾀어서 자기와 결혼하게 하는 일이 옳다고 생각하는 거야?"

캐리스는 잠시 침묵에 빠졌다. 그녀의 부드러운 목덜미가 분홍색으로 물들었다. "그런 식으로는 생각해보지 못했네. 그게 정말 같은 걸까?"

"비슷하지."

"하지만 궨다는 울프릭한테 강요하는 게 아니야. 그저 자기를 사랑하게 하고 싶을 뿐이지."

"그러면 미약 없이 그렇게 되도록 해야지."

"궨다를 도와준 게 부끄러워지네."

"이미 늦었어." 강 건너편에 이른 울프릭과 궨다가 나룻배에서 내리고 있었다. 두 사람은 몸을 돌려 손을 흔들고는 스킵을 데리고 외곽 지대 사잇길로 향했다.

머딘과 캐리스는 큰길을 거슬러올라갔다. 캐리스가 말했다. "아직 그리젤더에게 얘기 안 한 거구나."

"이제 말할 거야. 내가 그 일을 기대하는 건지 두려워하는 건지 모르겠지만."

"두려워할 것 없어. 거짓말을 한 건 그애잖아."

"맞는 말이야." 머딘은 자신의 얼굴을 만져보았다. 멍은 거의 다 사라졌다. "그저 그애 아버지가 또다시 폭력을 휘두르지 않기만 바랄 뿐이야."

"내가 함께 가줄까?"

그녀의 지원이 있다면 더할 나위 없겠지만 그는 고개를 저었다. "소동을 벌인 건 나니까 내가 해결해야지."

두 사람은 엘프릭의 집 앞에서 걸음을 멈췄다. 캐리스가 말했다. "행운을 빌어."

"고마워." 머딘은 그녀의 입술에 살짝 키스했다. 그는 한번 더 키스하고 싶은 유혹을 뿌리치고 집안으로 들어갔다.

엘프릭은 식탁에 앉아 빵과 치즈를 먹고 있었다. 앞에는 에일 잔이 놓여 있었다. 부엌에는 앨리스와 하녀가 있었다. 그리젤더는 보이지 않았다.

"어디 있었지?" 엘프릭이 말했다.

머딘은 두려워할 것이 없어졌으니 당당하게 행동해야겠다고 마음먹었다. 그는 엘프릭의 질문을 무시했다. "그리젤더는 어디 있죠?"

"아직 자고 있다."

머딘이 위층을 향해 소리쳤다. "그리젤더! 너하고 할 얘기가 있어."

"그럴 시간 없다. 일하러 가야지." 엘프릭이 말했다.

머딘은 다시 한번 엘프릭의 말을 무시했다. "그리젤더! 지금 당장 일어나는 게 좋을 거야."

"이봐. 네가 뭔데 명령을 내리고 있어?"

"당신은 내가 그리젤더와 결혼하기를 원하시죠?"

"그래서?"

"그러면 그리젤더는 남자가 시키는 대로 하는 법을 배우는 게 좋을 겁니다." 머딘은 다시 한번 목청을 높였다. "지금 당장 내려와. 안 그러면 다른 사람 입을 통해서 내가 한 말을 듣게 될 테니까."

그리젤더가 계단 꼭대기에 나타났다. "지금 내려가잖아!" 그녀가 짜증스럽게 말했다. "대체 왜 이렇게 소란을 피우는 거야?"

머딘은 그녀가 내려오기를 기다린 뒤 말했다. "그 아기 아버지가 누구인지 알았어."

그리젤더의 눈에 두려움이 스쳤다. "바보 같은 소리 하지 마. 네가 아버지야."

"아니야. 서스턴이지."

"나는 서스턴하고는 잔 적도 없어!" 그러면서 그리젤더는 자기 아버지를 향해 말했다. "정말 솔직히 전 그런 적 없어요."

"그리젤더는 거짓말 안 해." 엘프릭이 말했다.

그때 앨리스가 부엌에서 나왔다. "그리젤더의 말이 맞아."

"내가 그리젤더와 잔 건 양모 정기시장이 있던 주의 일요일이에요. 열닷새 전 일이죠. 그런데 그리젤더는 지금 임신 삼 개월이에요." 머딘이 말했다.

"아니야!"

머딘은 앨리스를 노려보았다. "당신은 알았어요, 그렇죠?" 앨리스는 시선을 피했다. 머딘이 계속했다. "그런데도 거짓말을 했어. 당신 동생인 캐리스에게조차."

"저애가 지금 몇 개월인지 네놈이 그걸 어떻게 알아?" 엘프릭이 말했다.

"저걸 보세요. 배가 불룩하죠? 많이 나오진 않았지만 그래도 불룩해진 게 눈으로 보이잖아요."

"네가 그걸 어떻게 아느냐고? 너는 남자잖아."

"그래요. 내가 모르기만 바랐나보군요. 하마터면 제대로 통할 뻔했네요."

엘프릭이 손가락을 흔들어댔다. "너는 그리젤더와 잤어. 그러니까 이제 그리젤더와 결혼해야 해."

"오, 천만에요. 나는 그러지 않을 거예요. 저애는 나를 사랑하지도 않아요. 서스턴이 달아나니까 아기 아버지가 필요해서 나와 잤을 뿐이에요. 나도 내가 잘못했다는 건 알지만, 그 벌로 저애와 결혼해서 평생을 보낼 생각은 없어요."

엘프릭이 벌떡 일어섰다. "너는 결혼해야 해."

"싫어요."

"그래야 한다니까."

"싫어요."

엘프릭은 얼굴을 붉히더니 고함을 질렀다. "너는 저애와 결혼하게 될 거야!"

"내가 얼마나 더 싫다고 말하면 되겠어요?" 머딘이 말했다.

엘프릭은 머딘이 진담이라는 것을 알았다. "그러면 너는 해고다. 당장 내 집에서 나가. 돌아올 생각은 하지도 마."

머딘이 예상했던 대로였다. 그 말에 오히려 안도감이 들었다. 그것은 싸움이 끝났다는 의미였다. "좋아요." 머딘은 엘프릭 옆을 지나가려 했다.

엘프릭이 앞을 가로막았다. "지금 어디 가는 거지?"

"내 물건을 가지러 부엌에 가는데요."

"연장 말이냐?"

"네."

"그건 네 것이 아니지. 내가 내 돈 주고 샀으니까."

"도제는 자기 연장을 가질 수 있어요. 도제가 끝나면……" 머딘이 말꼬리를 흐렸다.

"너는 도제 기간을 끝내지 못했어. 그러니 연장을 가져가지 못해."

이것은 예상하지 못한 일이었다. "나는 육 년 반이나 일했어요!"

"칠 년을 채웠어야지."

연장이 없으면 먹고살 돈을 벌 방도가 없었다. "불공평한 일이에요. 목수 길드에 가서 호소할 겁니다."

"어디 한번 해보시지." 엘프릭이 밉살맞게 말했다. "고용주의 딸을 덮쳐서 쫓겨난 도제가 연장까지 공짜로 받아내려 한다는 걸 알면 사람들이 꽤 재밌어하겠군. 길드에 있는 목수들은 모두 도제를 데리고 있고, 대부분은 딸도 있지. 네놈을 끌어내서 팽개치고 말걸."

머딘은 엘프릭의 말이 맞는다는 것을 깨달았다.

"꼴좋네. 너는 이제 진짜 궁지에 몰렸어, 안 그래?" 앨리스가 말했다.

"맞아요. 하지만 당신들과 가족으로 사는 것보다 더 끔찍한 일은 없을 겁니다."

<hr />

그날 오전 늦게 머딘은 하월 타일러의 장례식에 참석하기 위해 성 마르코 성당에 갔다. 그곳에서 누군가가 그에게 일자리를 줄지도 모른다는 희망 때문이었다.

목재 천장—그 성당에는 석재 궁륭이 없었다—을 올려다본 머딘은 채색된 나무판이 사람 모양으로 뚫린 것을 보았는데, 그것은 하월이 어떻게 죽었는지를 보여주는 소름 끼치는 증거이기도 했다. 장례식에 참석한 건축업자들은 위쪽이 모두 썩었다고 의미 있는 눈짓을 교환하며 수군거렸지만, 그들의 지혜로 하월을 구하기에 때는 이미 늦어버렸다. 지붕은 수리할 수 없을 정도로 약해져서, 완전히 허물고 다시 지어야 했다. 그것은 교회 문을 닫아야 한다는 의미였다.

성 마르코 성당은 가난했다. 기부금은 보잘것없고, 하나뿐인 농장도 10마일이나 떨어져 있는데다 사제의 동생이 관리하며 겨우 가족의 입에 풀칠이나 할 정도였다. 조프로이 신부는 이 도시의 빈민 구역에 살고 있는 팔구백 명의 교구민으로부터 수입을 끌어내야 했다. 먹고살 만한 사람도 모두 자신들이 가난한 것처럼 속였기 때문에, 그들이 내는 교구세는 모두 합해봐야 얼마 되지 않았다. 사제는 세례와 혼인, 매장식 비용으로 생계를 이어갔는데, 그 비용은 대성당 수사들이 받는 것보다 훨씬 저렴했다. 그의 교구민들은 일찍 결혼하고 아이를 많이 낳는데다 일찍 죽었기 때문에 그가 할 일은 많았다. 결국 그 덕에 근근이 유지되는 셈이었다. 하지만 교회 문을 닫는다면 수입이 완전히 말라붙어 건축업자에게 줄 돈도 마련하지 못할 것이었다.

아무튼 사고가 난 후로 지붕 공사는 중단된 상태였다.

엘프릭을 비롯해 그 도시의 건설업자들이 모두 장례식에 참석했다. 성당 안에서 머딘은 짐짓 당당한 태도를 보이려 했지만 그럴 수 없었다. 그가 해고된 사실을 대부분이 알고 있었다. 그는 부당한 대우를 받았지만, 불행히도 그에게 전혀 잘못이 없는 것은 아니었다.

하월의 젊은 아내와 친하게 지내던 캐리스가 미망인을 비롯한 유족과 함께 성당으로 들어왔다. 머딘은 캐리스에게 다가가 엘프릭과 무슨 일이 있었는지 이야기했다.

낡은 제의 차림의 조프로이 신부가 장례미사를 집전했다. 머딘은 성당의 지붕에 대해 생각해보았다. 교회 문을 닫지 않고도 지붕을 허물 방법이 있을 것 같았다. 수리가 너무 때늦은 상태여서 공사하는 사람의 체중도 버티지 못할 만큼 목재가 썩었을 경우에 취하는 일반적인 방식은, 성당 주위에 비계를 설치하고 신자석 쪽으로 썩은 목재를 떨어뜨리는 것이다. 그러면 건물은 새로 지붕을 만들고 기와를 얹을 때까지 폭풍우에 그대로 노출되게 된다. 그러나 성당의 두꺼운 측면 벽체 위에 회전식 권양기를 설치한다면, 지붕 목재를 안으로 떨어뜨리는 대신 하나하나 들어내서 벽 저편 묘지 쪽으로 옮길 수 있다. 그러면 목재 천장을 그대로 둔 채 새 지붕을 만든 후에 교체할 수 있다.

무덤가에서 머딘은 건축업자들을 하나하나 살펴보며, 그들 중에 자기를 고용해줄 사람이 있을지 따져보았다. 그는 도시에서 두번째로 큰 건축업자이자 엘프릭을 탐탁지 않아하는 빌 왓킨에게 접근해보기로 마음먹었다. 빌은 정수리가 벗어지고 그 주변에 검은 머리털이 자라 삭발 수사처럼 보였다. 그는 킹스브리지의 가옥 공사 대부분을 맡아서 했다. 엘프릭과 마찬가지로 그 역시 석수 한 명과 목수 한 명, 일꾼 몇 명, 도제 한두 명을 데리고 있었다.

부유하지 않은 하월의 시신은 관도 없이 수의에 싸인 채 무덤 속에 눕혀졌다.

조프로이 신부가 떠나자, 머딘은 빌 왓킨에게 다가갔다. "안녕하십니까, 왓킨 씨." 머딘은 격식을 차려 인사했다.

빌의 반응은 그리 따뜻하지 않았다. "아, 머딘이로군."

"엘프릭과 갈라섰습니다."

"알아. 이유도 알고."

"엘프릭 쪽 말만 들으셨겠죠."

"필요한 만큼은 들었네."

엘프릭은 미사가 시작되기 전에도 도중에도 사람들에게 내내 그 이야기를 했던 것이다. 그리젤더가 서스턴의 아기를 임신해놓고 머딘을 아기 아버지로 삼으려고 했다는 사실은 빼놓고 말했을 것이다. 하지만 구구절절 말해봐야 좋을 게 없었다. 자신의 잘못을 인정하는 편이 더 나을 것 같았다. "저의 잘못은 유감스럽지만, 그래도 저는 솜씨 좋은 목수입니다."

빌은 인정한다는 듯이 고개를 끄덕였다. "새로 만든 나룻배를 보면 알 수 있지."

머딘은 기운이 났다. "저를 고용해주시겠습니까?"

"뭐로 말인가?"

"목수죠. 제 솜씨가 좋다고 하셨잖아요."

"연장은 있나?"

"엘프릭이 주지 않았습니다."

"그건 그 사람이 옳아. 자네는 도제 기간을 끝마치지 못했으니까."

"그러면 여섯 달 동안 저를 도제로 삼아주십시오."

"그러고는 여섯 달 뒤에 새 연장들을 거저 가져가려고? 나는 그런 관대함을 베풀 여유가 없네." 연장은 쇠와 강철로 만들어져 값이 비쌌다.

"그러면 제가 날품을 팔아 제 연장을 살 돈을 모으겠습니다." 그러려면 시간이 오래 걸리겠지만 머딘은 그만큼 필사적이었다.

"안 되겠네."

"왜 안 된다는 거죠?"

"나한테도 딸이 있거든."

말도 안 되는 소리였다. "제가 여자들에게 지분거리지 않는다는 걸 아시잖습니까."

"자네는 도제의 본보기야. 만약 자네가 이번 일을 별일 없이 넘기면, 다른 도제들도 자네를 따라 할 텐데. 그럼 어떻게 할 건가?"

"그건 너무 부당합니다!"

빌은 어깨를 으쓱했다. "자네는 그렇게 생각할지도 모르지. 하지만 이 도시의 다른 도목수들에게 물어보게. 모두 나와 생각이 똑같을 걸세."

"그러면 저는 어떡하나요?"

"그야 나도 모르지. 그애와 자기 전에 그 생각부터 했어야지."

"솜씨 좋은 목수 하나를 잃어도 좋다는 건가요?"

빌은 또다시 어깨를 으쓱했다. "지금 있는 사람들만으로도 충분해."

머딘은 몸을 돌렸다. 결국 길드와의 문제다. 그는 씁쓸한 심정으로 생각했다. 길드는 어떤 이유를 대서든 그들의 이익을 위해 사람을 쫓아냈다. 목수가 부족해지면 임금이 올라갔다. 그들에게는 공정해야 할 이유가 없었다.

하월의 미망인이 친정어머니와 함께 떠나면서 애도의 의무에서 풀려난 캐리스가 머딘에게 다가왔다. "왜 그렇게 언짢은 표정이야? 하월과 잘 알던 사이도 아니었잖아."

"아무래도 킹스브리지를 떠나야 할까봐."

캐리스의 얼굴이 창백해졌다. "대체 왜 그러려고 하는데?"

머딘은 그녀에게 빌 왓킨이 한 말을 들려줬다. "이제 킹스브리지에서는 아무도 나를 고용하지 않아. 그리고 나는 연장이 없기 때문에 독립해서 일을 할 수도 없어. 부모님과 함께 살 수는 있지만 그분들 음식을 축내긴 싫어. 그러니 그리젤더 일을 아는 사람이 없는 다른 곳에 가서 일자리를 구해봐야지. 시간이 흐르면 망치와 끌을 살 돈을 모으게 될 테고, 다른 도시로 가서 그곳 목수 길드에 들어갈 수 있게 해봐야겠지."

캐리스에게 말하면서 머딘은 자신이 처한 상황이 얼마나 비참한지 그제야 분명히 깨달았다. 낯익은 그녀의 얼굴을 바라보던 그는 다시 한 번 마치 처음 보는 것처럼 그 반짝이는 녹색 눈과 작고 아담한 코, 단호해 보이는 턱에 매료됐다. 그녀의 입은 얼굴의 다른 부분과 어울리지 않았다. 아주 크고 입술도 지나치게 도톰했다. 그녀의 관능적인 본성과 정결한 심성이 상치하는 것처럼 그 입술 때문에 얼굴의 균형이 깨졌다. 육감적인 입술이었다. 그런데 이제 그 입술에 다시는 키스할 수 없다고 생각하자 절망감이 덮쳤다.

캐리스는 흥분했다. "그건 불법이야! 그들에게 그럴 권리는 없어."

"나도 그렇게 생각해. 하지만 그것에 대해서 내가 할 수 있는 일은 없을 거야. 그저 받아들이는 수밖에."

"잠깐 기다려봐. 생각 좀 해보자. 너는 부모님과 함께 살면서 식사는 우리집에서 하면 돼."

"나는 아버지처럼 기식자가 되고 싶지 않아."

"그러지 않아도 돼. 네가 하월 타일러의 연장을 사면 돼. 그의 미망인이 조금 전에 연장값으로 1파운드를 받는다고 했어."

"나는 돈이 없어."

"아버지에게 빌려달라고 해볼게. 아버지는 언제나 너를 좋아하셨어. 분명 빌려주실 거야."

"하지만 길드에 가입되지 않은 목수를 고용하는 건 규칙 위반이야."

"규칙 같은 건 깨질 수 있어. 이 도시에 길드의 규칙을 무시할 만큼 다급한 사람이 분명 있을 거야."

머딘은 고용주들이 그의 기를 꺾으려고 담합했다는 것을 깨달았고, 패배를 용납하지 않는 캐리스에게 고마움을 느꼈다. 그녀의 말이 옳았다. 킹스브리지에 남아 이런 부당한 담합과 싸워야 한다. 머딘은 다급하게 그를 필요로 할 만한 사람이 누구인지 생각났다. "조프로이 신부야." 그가 말했다.

"그가 다급하다고? 왜?"

머딘은 성당의 지붕에 대해 설명했다.

"지금 가서 만나보자." 캐리스가 말했다.

사제는 성당 바로 옆에 붙은 작은 집에 살고 있었다. 두 사람이 들어가보니 그는 절인 생선 스튜와 봄에 심어 가꾼 채소로 직접 식사 준비를 하고 있었다. 삼십대인 조프로이는 군인 같은 체격에 키가 크고 어깨가 넓었다. 태도는 무뚝뚝하지만 가난한 이들 편에 서는 인물이라는 평판이 있었다.

"저는 교회 문을 닫지 않고도 지붕을 수리할 수 있습니다." 머딘이 말했다.

조프로이는 주의깊은 눈으로 바라보았다. "정말 그럴 수 있다면 자네는 내가 드린 기도의 응답인 셈이군."

"지붕의 썩은 목재를 들어내서 묘지 쪽으로 옮겨놓을 권양기만 만들면 됩니다."

"엘프릭이 자넬 쫓아냈다고 하던데." 사제는 말하며 캐리스 쪽으로 다소 난감한 시선을 던졌다.

"저도 알고 있습니다, 신부님." 캐리스가 말했다.

"그가 저를 해고한 것은 제가 그의 딸과 결혼하지 않겠다고 했기 때문입니다. 하지만 그의 딸이 임신한 건 제 아이가 아닙니다." 머딘이 말했다.

조프로이는 고개를 끄덕였다. "자네가 부당한 취급을 당했다고 하는 사람도 있었어. 나는 그 말이 믿을 만하다고 생각하네. 사실 나는 길드를 좋아하지 않아. 그들이 내리는 결정은 거의 언제나 이기적이거든. 그래도 자네는 아직 도제 기간을 마치지 못했어."

"목수 길드에 가입된 목수들 가운데 교회 문을 닫지 않고 지붕을 수리할 수 있는 사람이 있습니까?"

"자네는 연장이 하나도 없다고 하던데."

"그건 제게 맡겨주십시오."

조프로이는 생각에 잠겼다. "보수는 얼마를 원하나?"

머딘은 각오를 단단히 했다. "일당 4펜스, 자잿값은 별도입니다."

"그건 도제를 마친 목수가 받는 보수일 텐데."

"만약 제게 자격 있는 목수만큼의 기술이 없다고 생각하신다면 저를 고용하지 않으면 됩니다."

"너무 오만하군."

"제가 할 수 있는 것을 말씀드리는 것뿐입니다."

"오만이 세상에서 가장 나쁜 죄악은 아니지. 교회 문을 닫지 않을 수만 있다면 하루 4펜스는 지불할 수 있네. 권양기를 만드는 데 얼마나 걸리겠나?"

"길게 잡아도 두 주면 충분합니다."

"단, 그것이 정말 자네 말대로 되는지 확인하기 전까지는 보수를 지급하지 않겠네."

머딘은 숨을 들이쉬었다. 그동안 무일푼으로 지내야 하겠지만 어떻게든 해볼 생각이었다. 부모님 집에서 잠을 자고, 에드먼드 울러의 집에서 식사한다면 할 수 있을 것이다. 어떻게든 지낼 수 있을 것이다. "자잿값은 내주십시오. 그리고 첫번째 지붕 목재를 안전하게 지상으로 내려놓을 때까지 제가 받을 보수는 미뤄두겠습니다."

소프로이는 망설였다. "이 일로 내 평판은 나빠지겠지만…… 선택의 여지가 없을 것 같군." 신부가 손을 내밀면서 말했다.

머딘은 그 손을 잡았다.

17

킹스브리지에서 위글리까지, 하루를 꼬박 걸어야 하는 20마일을 가는 동안 궨다는 미약을 사용할 기회가 생기기만 바랐지만 실망하고 말았다.

울프릭이 그녀를 경계해서가 아니었다. 반대로 그는 격의 없고 상냥했다. 그는 자기 가족 이야기를 하면서, 아침에 눈을 뜰 때마다 그들의 죽음이 꿈이 아니라는 걸 깨닫고 운다고 했다. 그는 친절하게도 종종 그녀에게 피곤한가 묻고, 쉬고 싶으냐고 물었다. 그는 땅을 믿는다고 말하면서, 그것은 한 남자가 평생 가지고 있다가 후손에게 물려주는 것이며, 잡초를 뽑고 양우리에 울타리를 치거나 밭에서 돌을 치울 때면 운명이 실현되는 느낌이 든다고도 했다.

그는 스킵을 토닥여주기까지 했다.

그날 하루가 끝날 무렵, 그에 대한 그녀의 사랑은 어느 때보다도 깊어졌다. 그러나 불행하게도 그에게는 단순한 우정 이상의 감정은 보이지 않았다. 그녀를 신경써주기는 하지만, 열정은 없었다. 숲속에서 행상인 심과 있었을 때는 그 남자가 짐승이 아니기만 간절히 바랐는데, 이제 그녀는 울프릭이 그렇기를 바라고 있었다. 하루종일 애썼지만 그녀가 한 모든 행동은 그의 관심을 끄는 데 실패했다. 그녀는 무심결인 척 탄탄하고 보기 좋은 자기 다리를 울프릭에게 보였다. 험한 지대를 지날 때는 숨을 몰아쉬며 봉긋한 가슴을 한껏 내밀기도 했다. 그리고 기회가 있을 때마다 그의 몸에 자기 몸을 스치게 하고, 팔을 건드리고, 어깨에 손을 얹었다. 어떤 것도 효과가 없었다. 궨다는 자신이 예쁘지 않다는 것을 알지만, 자신에게 남자들이 뚫어지게 바라보며 입술을 몰아쉬게 하는 면이 있다는 것도 알고 있었다. 하지만 울프릭에게는 먹히지 않았다.

두 사람은 정오쯤 걸음을 멈추고 쉬면서 가져온 빵과 치즈를 먹었다. 그러나 맑은 개울물을 손으로 떠서 마셨기 때문에 그에게 미약을 마시게 할 기회는 없었다.

그래도 궨다는 행복했다. 하루종일 그를 독차지하고 있었기 때문이다. 그를 바라볼 수 있고, 함께 이야기할 수 있고, 그를 웃게 할 수 있고, 그와 공감하고, 이따금 그를 만질 수도 있었다. 그가 원하기만 하면 키스도 할 수 있지만 아직은 아니라고 자신을 속였다. 부부나 다를 게 없었다. 그러나 그 시간은 너무 빨리 끝나버렸다.

그들은 이른 저녁에 위글리에 도착했다. 언덕에 위치한 마을은 사방으로 경사진 밭이 있고, 언제나 바람이 심했다. 이 주 동안 북적대는 도시 킹스브리지에 있다가 돌아오니, 낯익은 이곳은 영주 저택과 교회로 이어지는 길을 따라 엉성한 가옥들이 흩어져 있는 작고 조용한 마을에 불과했다. 영주 저택은 킹스브리지 상인의 집만한 크기에, 위층에 침실이 있었다. 사제도 좋은 집에 살고, 몇몇 농부도 꽤 괜찮은 집에 살았다. 그러나 대부분은 두 칸짜리 오두막집이었는데, 대개 방 하나는 가축에게 내주고 다른 방 하나를 부엌 겸 온 가족의 침실로 썼다. 그중 돌로 지은 건물은 교회뿐이었다.

괜찮은 집들 중에 가장 큰 것이 울프릭네 집이었다. 그 집은 대문과 덧문이 모두 닫혀 있어 쓸쓸해 보였다. 울프릭은 자기집을 지나쳐, 아넷의 가족이 사는 두번째 큰 집으로 향했다. 그는 궨다에게 가볍게 손을 흔들어 작별인사를 하고, 기대에 찬 미소를 지으며 그 집으로 들어갔다.

궨다는 이제 막 즐거웠던 꿈에서 깨어난 사람처럼 찌르는 듯한 상실감을 느꼈다. 그녀는 언짢은 기분을 삼키며 들판을 가로질렀다. 6월 초에 내린 단비 덕분에 밀과 보리가 푸르게 자랐고 이제 그것들을 영글게 할 볕만 있으면 됐다. 마을 여자들이 허리를 굽히고 이랑 사이에서 잡초를 뽑고 있었다. 궨다에게 손을 흔드는 사람들도 있었다.

집 가까이 오자 궨다는 불안과 분노를 동시에 느꼈다. 그녀는 아버지가 행상인 심에게 암소 한 마리를 받고 자기를 팔아넘긴 후로 부모님을 보지 못했다. 아버지는 십중팔구 그녀가 아직도 심과 함께 있을 거라고 생각할 것이다. 그러니 그녀가 나타나면 충격을 받을 것이다. 그녀를 보면 아버지는 뭐라고 할까? 믿음을 저버린 아버지에게 그녀는 무슨 말을 해야 할까?

그녀는 그 인신매매에 대해 어머니는 아무것도 모르고 있을 거라 확신했다. 아마도 궨다가 남자와 달아났다는 식으로 둘러대지 않았을까. 사실을 알면 어머니는 끔찍하리만큼 화를 내겠지.

그녀는 꼬마 동생들인 캐스와 조니와 에릭을 본다는 생각에 들떴다. 그 아이들이 얼마나 보고 싶었는지 그제야 깨달았다.

100에이커 밭 저쪽 끝, 숲 언저리의 나무에 반쯤 가려진 곳에 그들의 집이 있었다. 농부의 오두막집보다 더 작아서 방도 하나뿐이고, 밤에는 암소와 함께 자야 했다. 땅에 나뭇가지를 수직으로 꽂고 바구니를 짤 때처럼 잔가지로 엮은 다음 진흙과 짚과 소똥을 개어 빈 구멍을 메워서 초벽을 댄 집이었다. 흙바닥 한가운데 놓인 화덕의 연기를 내보내기 위해 초가지붕에는 구멍을 내놓았고, 이런 집은 고작 몇 년밖에 쓸 수 없기 때문에 낡으면 다시 지어야 했다. 렌다의 눈에 그 집은 어느 때보다 초라해 보였다. 그녀는 해마다 아이가 태어나고 그 아이들 대부분이 굶어죽는 이런 곳에서 더이상 살지 않겠다고 결심했다. 어머니처럼 살고 싶지 않다고. 그러느니 차라리 죽는 편이 낫다고.

집까지 100야드쯤 남았을 때, 맞은편에서 걸어오는 아버지가 보였다. 그는 빈 조끼를 들고 있었는데, 이 마을의 양조업자인 아넷의 어머니 페기 퍼킨스에게 술을 사러 가는 길인 듯했다. 아버지는 밭일이 많은 매년 이맘때는 그래도 늘 수중에 돈이 있었다.

처음에 아버지는 그녀를 보지 못했다.

렌다는 밭과 밭 사이 좁은 길을 따라 걸어오는 아버지의 홀쭉한 모습을 유심히 바라보았다. 무릎까지 내려오는 작업복을 입고 낡아빠진 모자를 쓰고 직접 만든 짚신을 신고 있었다. 사뿐거리는 그의 걸음걸이가 왠지 쾌활해 보였다. 아버지는 언제나 겉으로는 대담하고 태평한 척하지만 내심에는 불안이 가득한 이방인 같았다. 두 눈은 커다란 코 양쪽으로 바짝 몰려 있고 큰 턱은 끝이 뭉툭해서 얼굴이 울퉁불퉁한 삼각형처럼 보였다. 렌다는 자신이 아버지를 닮았다는 걸 알았다. 그는 보지 않는 척하며 밭일하는 여자들을 힐끔거렸다.

아버지는 그녀와 가까워졌을 때, 내리깐 눈 밑으로 은근히 상대의 모습을 살폈다. 그러나 아래로 향하던 시선이 갑자기 올라왔다. 렌다는 턱을 치켜들고 거만한 눈으로 아버지를 노려보았다.

그의 얼굴에 경악한 표정이 떠올랐다. "너! 대체 어떻게 된 일이냐?"

"심은 행상인이 아니었어요. 범법자였어요."

"그는 지금 어디 있는데?"

"지옥에 있죠. 아버지도 거기서 그자를 만나게 될 거예요."

"네가 그자를 죽였단 말이냐?"

"아니에요." 그녀는 이 문제에 대해서는 거짓말을 하기로 이미 마음을 정했다. "하느님이 하셨죠. 심이 킹스브리지 다리를 건널 때 다리가 무너졌어요. 하느님이 그를 벌하신 거예요. 그런데 아직 아버지한테는 벌을 내리지 않으셨나보네요."

"하느님은 선한 그리스도인은 용서해주시지."

"할말이 그것뿐이에요? 하느님이 선한 그리스도인을 용서해주신다고요?"

"어떻게 도망쳤지?"

"머리 좀 썼죠."

아버지의 얼굴에 교활한 표정이 떠올랐다. "너는 착한 애다."

그녀는 미심쩍은 눈으로 아버지를 빤히 바라보았다. "또 무슨 못된 짓을 꾸미는 거죠?"

"너는 착한 애다. 어머니에게 가봐라. 저녁을 차려줄 거야." 그러면서 아버지는 가던 걸음을 옮겼다.

궨다는 얼굴을 찡그렸다. 아버지는 어머니가 사실을 알게 될까봐 두려워하는 것 같지 않았다. 어쩌면 궨다가 수치심 때문에 어머니에게 아무 말 못할 거라고 생각하고 있는지도 몰랐다. 그건 오산이었다.

캐스와 조니는 집밖 흙바닥에서 놀고 있었다. 두 아이는 궨다를 보자 벌떡 일어나 달려왔다. 흥분한 스킵이 마구 짖었다. 두 여동생을 끌어안은 궨다는 다시는 이 아이들을 보지 못할 거라고 생각했던 순간이 기억에 떠올랐다. 그러자 알윈의 머리에 단검을 꽂아넣은 것이 잘한 일같이 느껴져 기뻤다.

렌다는 집안으로 들어갔다. 어머니는 스툴에 앉아 꼬마 에릭이 엎지르지 않도록 컵을 잡아주며 우유를 먹이고 있었다. 어머니는 렌다를 보자 무척 반가워하며 소리를 질렀다. 그녀는 컵을 내려놓고 벌떡 일어나 딸을 껴안았다. 렌다는 흐느껴 울기 시작했다.

한번 터진 울음은 멈출 수가 없었다. 그녀는 심이 자기를 밧줄에 묶어 도시 밖으로 끌고 간 일, 알원과 억지로 섹스했던 일, 다리가 무너졌을 때 죽은 많은 사람들과 아넷을 사랑하는 울프릭을 생각하며 울었다.

말을 할 수 있을 만큼 흐느낌이 잦아지자 렌다는 말했다. "아버지가 나를 팔았어요, 어머니. 암소 한 마리를 받고 나를 팔았다고요. 나는 범법자들 소굴로 끌려갔어요."

"그건 잘못한 일이었어." 어머니가 말했다.

"잘못 정도가 아니에요! 아버지는 사악하고 나빠요. 아버지는 악마예요."

어머니가 팔을 풀었다. "그런 말은 하는 게 아니야."

"그게 사실이라고요!"

"그래도 네 아버지잖니."

"어떤 아버지도 자기 자식을 가축처럼 팔지는 않아요. 이제 나는 아버지가 없어요."

"아버지는 너를 열여덟 해나 먹여주셨어."

렌다가 이해할 수 없다는 눈길로 어머니를 빤히 바라보았다. "어떻게 그렇게 말귀를 못 알아들어요? 아버지가 나를 범법자들한테 팔아넘겼다고요!"

"그리고 우리에게 암소가 생겼잖니. 그래서 내 젖이 말라붙어도 에릭에게 우유를 먹일 수 있게 됐고. 게다가 너도 이제 여기 있잖아, 안 그래?"

궨다는 충격을 받았다. "어머니는 지금 아버지를 변명해주고 있어요!"

"아버지는 지금 내가 가진 전부야, 궨다. 그는 왕자가 아니야. 농부도 아니야. 땅 없는 날품팔이꾼에 불과하지. 하지만 아버지는 거의 이십오 년 동안 우리 가족을 위해 할 수 있는 일은 뭐든 다 했어. 언제나 일을 했고, 필요하면 도둑질도 했어. 아버지는 너와 네 동생들을 살아남게 해준 거야. 앞으로도 캐스와 조니와 에릭을 위해 그렇게 할 거고. 아버지가 무슨 잘못을 했든, 그가 없었다면 우리는 더 끔찍한 상황에 처했을 거야. 그러니 아버지를 악마라고 부르면 안 된다."

궨다는 말문이 막혔다. 아버지가 자신을 버렸다는 것을 도저히 받아들일 수 없었다. 그런데 이제 그녀는 어머니도 아버지만큼이나 나쁜 인간이라는 사실에 맞닥뜨렸다. 그녀는 방향을 잃어버린 것 같았다. 발밑에서 다리가 움직였을 때와 비슷했다. 자신에게 일어나고 있는 일을 이해할 수 없었다.

그때 아버지가 술 조끼를 들고 들어왔다. 그러나 분위기를 눈치채지 못한 듯했다. 그는 난로 위 선반에서 나무 잔 세 개를 꺼내왔다. "자, 우리 큰딸이 돌아온 걸 축하하는 의미로 한잔하지."

궨다는 온종일 걸은 뒤라 배가 고프고 목이 말랐다. 그녀는 잔을 받아 벌컥벌컥 마셨다. 그러나 그녀는 아버지가 이런 상황에서 무슨 일을 생각할지 알 것 같았다. "또 무슨 궁리를 하고 있는 거죠?" 그녀가 물었다.

"다음주면 서링에서 정기시장이 열리잖아."

"그래서요?"

"거기서…… 한번 더 해보자."

궨다는 귀를 의심했다. "뭘 한번 더 한다는 거예요?"

"널 또 파는 거야. 너는 너를 산 사람과 함께 갔다가 도망쳐서 집으로 돌아오면 되잖아. 더 나빠질 것도 없는 일이야."

"더 나빠질 게 없다니요?"

"그럼 우리에게 12실링짜리 암소가 한 마리 더 생기는 거야! 12실링이면 내가 반년은 일해야 벌 수 있는 돈인데."

"그다음에는요? 그다음에는 어떻게 할 건데요?"

"그다음에는 다른 시장에 가면 되겠지. 윈체스터, 글로스터…… 시장은 수도 없이 많으니까." 아버지는 그녀의 잔에 다시 술을 채웠다. "네가 제럴드 경의 지갑을 훔쳤을 때보다 더 짭짤하겠어!"

그녀는 더이상 술을 마시지 않았다. 썩은 음식을 먹었을 때처럼 입안에 쓴맛이 돌았다. 그녀는 아버지와 싸울까 하고도 생각했다. 격한 비난과 거친 욕설이 입속에서 맴돌았지만 그 말들을 내뱉지는 않았다. 그녀의 감정은 분노를 훨씬 넘어서는 것이었다. 소동을 피운다고 무슨 소용이 있겠는가? 앞으로 영원히 아버지를 믿지 않을 것이다. 그런 아버지를 거역하지 못하는 어머니 역시 믿을 수 없다.

"나는 어떡하라고?" 그녀는 입 밖으로 소리 내어 말했지만, 그 방에 있는 누구의 대답을 들으려던 것이 아니었다. 그녀 스스로에게 던진 질문이었다. 이 가족 안에서 그녀는 시장에 내다팔 물건이었다. 자신이 그 사실을 받아들이지 못하겠다면 어떻게 해야 하는 걸까?

이곳을 떠나면 된다.

켄다는 이 집이 더이상 자신의 집이 아니라는 충격적인 사실을 깨달았다. 그 충격이 삶의 기반을 송두리째 흔들었다. 그녀는 기억이란 것을 갖게 된 후부터 내내 이 집에서 살았다. 그러나 이제 이 집은 그녀에게 안전한 곳이 아니다. 이곳을 떠나야 한다.

그녀는 다음주도 내일 아침도 아닌, 지금 당장 나가야 한다는 것을 깨달았다.

갈 곳이 없지만, 그렇다고 달라질 것은 없다. 이곳에 남아 아버지가 마련한 빵을 먹는 건 그의 힘에 복종한다는 의미가 될 것이다. 그녀를 시장에 내다팔 물건으로 여기는 아버지의 뜻을 인정한다는 의미가 될 것이다. 그녀는 그에게 이미 술을 받아 마신 것을 후회했다. 이제 남은 유일한 기회는 지금 당장 아버지를 거부하고 이 집에서 나가는 것뿐이었다.

퀜다는 어머니를 보았다. "어머니가 틀렸어요. 아버지는 악마예요. 그리고 속담이 맞았어요. 악마와 거래하면 호된 대가를 치른다는 말이요."

어머니는 시선을 돌려버렸다.

퀜다는 일어섰다. 그녀의 손에는 술을 채운 잔이 들려 있었다. 그녀는 잔을 기울여 술을 바닥에 쏟았다. 스킵이 당장 달려들어 바닥에 쏟아진 술을 핥아먹기 시작했다.

아버지는 성난 어조로 말했다. "이 조끼를 사는 데 1파딩이나 줬어!"

"잘 있어요." 퀜다는 말하고 그곳을 나왔다.

18

그다음주 일요일에 괜다는 자신이 사랑하는 사람의 운명을 결정짓게 될 법정 심리에 참석했다.

영주법정은 성당에서 미사가 끝난 후에 열렸다. 그곳은 마을이 집단행동을 취할 때 토론을 벌이는 장소였다. 밭의 경계를 정한다든가, 도둑질이나 강간에 대한 고발, 부채 다툼 같은 것도 다루지만, 공동으로 쓰는 황소 여덟 마리로 쟁기질할 순서와 시간을 정하는 등 실제적인 문제를 주로 다뤘다.

원칙상으로는 영주가 소작인들에게 판결을 내렸다. 그러나 거의 삼백 년 전 프랑스 침략자들이 잉글랜드에 들어온 노먼 법은 영주에게 선례를 따르도록 강제했다. 그리고 그 선례를 제시해줄 사람들, 즉 마을에서 평판이 좋은 열두 명의 요컨대 배심원들과 의논을 하게 되어 있었다. 따라서 실제로 재판은 영주와 마을 주민들 사이의 협상이 되는 경우가 많았다.

그런데 이번 일요일 위글리에는 영주가 없었다. 스티븐 경이 다리 붕괴 때 목숨을 잃었기 때문이다. 이 소식을 마을에 전해준 사람은 궨다였다. 그녀는 스티븐의 후임을 지명해야 할 롤런드 백작이 중상을 입었다는 소식도 전했다. 그녀가 킹스브리지를 떠나기 전날 백작은 처음으로 의식을 회복했지만, 고열 때문에 말을 할 수 있는 상황이 아니었다. 따라서 위글리에 신임 영주가 올 가능성은 아직 없었다.

그렇게 드문 상황은 아니었다. 영주들은 전쟁에 나가거나 의회에 참석하거나 소송중이거나 혹은 상관인 백작이나 국왕을 알현하기 위해 빈번히 자리를 비웠다. 롤런드 백작은 언제나 자신의 아들 중 한 명을 대리인으로 지명했지만, 이번에는 그렇게 할 수도 없었다. 이렇게 윗사람들이 없는 상황일 때는 토지 관리인이 최대한 소임을 맡아 처리했다.

토지 관리인 혹은 지방 행정관의 직무는 원칙적으로는 영주가 내린 결정을 수행하는 것이지만, 이 직무에는 불가피하게 어느 정도 권력이 따랐다. 그가 어느 정도의 권력을 행사할 수 있는지는 영주의 사적인 선호에 달려 있었다. 엄격하게 통제하는 영주도 있고 느슨한 영주들도 있었다. 스티븐 경은 고삐를 느슨히 쥐었으나 롤런드 백작은 엄격하기로 소문이 자자했다.

네이트는 스티븐 경과 그 이전 헨리 경의 관리인이었으므로, 후임자가 누가 되든 계속 관리인으로 남을 가능성이 높았다. 그는 곱사등이로 키가 작고 등이 굽고 홀쭉한 체격이지만 힘이 셌다. 약삭빠르고 탐욕스러운 그는 호시탐탐 주민들에게 뇌물을 요구하며 제한된 권력을 최대한 이용하는 데 혈안이 되어 있었다.

궨다는 네이트가 싫었다. 그가 싫은 이유는 그의 탐욕 때문이 아니었다. 관리인은 누구나 탐욕스러웠다. 네이트는 신체적 결함만큼이나 분노로 비비 꼬인 사람이었다. 그의 아버지는 셔링 백작의 관리인이었지만 네이트는 그 고위직을 물려받지 못했는데, 그는 위글리같이 작은 마을을 맡게 된 것이 자기가 곱사등이기 때문이라고 생각했다. 그는 젊거나 힘세거나 잘생긴 사람은 모두 싫어하는 것 같았다. 그는 한가할 때마다 아넷의 아버지 퍼킨과 술을 마셨고, 술값은 언제나 퍼킨이 냈다.

오늘 법정의 안건은 울프릭의 가족이 경작하던 토지 처분에 관한 것이었다.

그 토지는 규모가 방대했다. 농부들은 평등하지 않았기 때문에 똑같은 크기의 토지를 경작하는 것이 아니었다. 표준은 한 사람이 농사지어 한 가족을 부양할 수 있는 크기인 1버게이트, 즉 30에이커였다. 그러나 대부분의 위글리 농부들이 경작하는 농지는 0.5버게이트, 즉 15에이커 정도였다. 그래서 그들은 가족을 부양하기 위해 숲에 새덫을 놓거나 브룩필드강에서 물고기를 잡거나 값싼 가죽 지스러기로 혁대나 샌들을 만들거나 천을 짜서 킹스브리지 상인들에게 팔거나 국왕 소유의 숲에서 사슴을 밀렵하는 등 추가적인 생계 수단을 찾아야 했다. 1버게이트 이상의 농지를 경작하는 농부는 얼마 되지 않았다. 퍼킨은 100에이커를, 울프릭의 아버지 새뮤얼은 90에이커를 갖고 있었다. 이들 부유한 농부들은 농지를 경작하기 위해 아들들이나 친지들, 혹은 궨다의 아버지 같은 날품팔이꾼의 도움을 받아야 했다.

소작인이 죽으면 그가 소유한 땅은 아내나 아들, 혹은 출가한 딸이 물려받았다. 어느 경우에도 소유권 이양은 영주 허락이 있어야 가능했고, 차지借地 상속세라고 불리는 막대한 세금을 내야 했다. 통상적인 상황이었다면 새뮤얼의 토지는 자동적으로 두 아들에게 상속되고 법정을 열 필요도 없는 일이었다. 그러면 두 아들이 상속세를 분담하고 어머니 몫을 떼어둔 다음 땅을 나눠 갖거나 함께 경작하면 됐다. 그러나 새뮤얼의 두 아들 가운데 하나가 아버지와 함께 죽었기 때문에 문제가 복잡해진 것이다.

법정에는 통상적으로 마을의 모든 성인이 참석했다. 퀜다에게 오늘 심리는 특별한 관심사였다. 이 자리에서 울프릭의 장래가 결정될 것이었다. 그가 그 장래를 다른 여자와 함께 보낼 계획을 하고 있다는 사실도 그녀의 관심을 수그러뜨리지는 못했다. 간혹 상상했듯 퀜다는 그가 아넷과 불행하게 살게 되기를 원해야 했을지 모르지만, 실제로는 그것을 원하지 않았다. 그녀는 울프릭이 행복하기를 바랐다.

미사가 끝나자 영주 저택에 있던 커다란 나무의자 하나와 긴 의자 두 개가 들어왔다. 네이트가 커다란 의자에 앉고 배심원들은 긴 의자에 앉았다. 다른 사람들은 모두 서 있었다.

울프릭은 간단하게 진술했다. "아버지는 위글리 영주의 토지 90에이커를 경작하셨습니다. 50에이커는 할아버지가 경작하시던 것, 40에이커는 십 년 전에 돌아가신 아버지의 삼촌이 경작하시던 겁니다. 어머니가 돌아가시고 형님도 돌아가신데다 여자 형제가 없으므로 제가 유일한 상속인입니다."

"자네는 몇 살인가?" 네이트가 물었다.

"열여섯 살입니다."

"아직 어른이라고 할 수 없는 나이로군."

네이트는 일부러 일을 까다롭게 만들려는 것처럼 보였다. 퀜다는 이유를 알고 있었다. 그는 뇌물을 원했다. 그러나 울프릭에게는 돈이 없었다.

"나이는 중요하지 않습니다. 저는 대부분의 어른보다 키도 더 크고 힘도 더 셉니다."

"데이비드 존스는 열여덟 살 때 자기 아버지에게 상속을 받았죠." 배심원 애런 애플트리가 말했다.

"열여덟 살과 열여섯 살은 다릅니다. 열여섯 살짜리가 상속을 허가받은 사례는 들어본 적이 없습니다." 네이트가 말했다.

데이비드 존스는 배심원이 아니었고 렌다 옆에 서 있었다. "내가 물려받은 건 90에이커도 아니었죠." 그가 말하자 폭소가 터졌다. 데이비드도 그들 대부분처럼 0.5버게이트를 갖고 있었던 것이다.

다른 배심원이 말했다. "90에이커의 농지는 미성년은 말할 것도 없고 성인에게도 벅찹니다. 지금까지는 그 농지를 세 사람이 경작했습니다." 이 말을 한 사람은 빌리 하워드였는데, 이십대 중반인 그는 아넷에게 구혼했다가 거절을 당했기 때문인지 울프릭의 앞길을 막는 네이트 편을 드는 듯했다. "내가 가진 농지는 40에이커인데도 수확기에는 일꾼을 고용해야 합니다."

"마을에 있는 사람은 누구나 이미 자기 땅을 경작하는 데 모든 시간을 다 쓰고 있습니다. 땅이 없는 사람들도 이미 모두 고용된 상태이고요. 수확량도 불확실한데 그걸 기대하며 현금을 주는 일자리를 포기할 사람도 없을 것 같은데." 네이트가 고개를 저으며 말했다.

"저는 제 손으로 수확할 겁니다." 울프릭이 열의와 결의에 찬 어조로 말했다. "필요하다면 밤낮으로 일할 수도 있습니다. 제가 해낼 수 있다는 걸 여러분 모두에게 증명해 보이겠습니다."

그의 잘생긴 얼굴을 보며 애정이 샘솟은 렌다는 그를 지지하는 발언을 외치고 싶었다. 하지만 사람들은 고개를 젓고 있었다. 혼자서 90에이커의 농지를 경작할 수 없다는 건 모두가 아는 사실이었다.

네이트가 퍼킨에게 말했다. "울프릭은 당신 딸과 약혼했죠. 당신이 저 청년을 위해 해줄 수 있는 일은 없습니까?"

퍼킨은 생각에 잠겼다. "일시적으로라도 그 땅을 나에게 양도하도록 하면 어떻겠습니까. 차지 상속세는 내가 부담할 수 있습니다. 나중에 저 아이가 아넷과 결혼하면 자기 땅을 돌려주고요."

"그건 안 됩니다!" 울프릭이 즉각 대꾸했다.

궨다는 울프릭이 그 제안에 반대하는 이유를 알았다. 퍼킨은 교활한 계략을 세우는 데 선수였다. 만약 그렇게 된다면 그는 울프릭과 딸이 결혼식을 올릴 때까지 울프릭의 땅을 독차지할 궁리를 하는 데 모든 시간을 다 쓸 것이다.

"상속세는 어떻게 낼 생각인가?" 네이트가 울프릭에게 물었다.

"수확을 하면 돈이 생깁니다."

"그건 수확했을 때 얘기지. 수확을 하더라도 충분하지 않을 수 있어. 자네 아버지는 할아버지의 땅에 대해 3파운드, 삼촌 땅에 대해 2파운드를 냈었네."

궨다는 기겁했다. 5파운드라면 어마어마한 돈이었다. 울프릭이 그 돈을 마련하는 건 불가능해 보였다. 그 정도면 설령 그의 가족에게 모아 놓은 돈이 있더라도 모두 털어내야 할 것이다.

네이트가 말을 이었다. "게다가 통상적으로 상속세는 상속인이 재산을 받기 전에 내게 되어 있네. 수확이 끝난 뒤가 아니라."

"네이트, 당신이 상황을 감안해서 그건 좀 봐줄 수도 있는 문제잖소." 에런 애플트리가 말했다.

"내가 봐준다고요? 봐주는 건 자기 재산을 마음대로 처분할 수 있는 영주들이나 할 수 있는 일입니다. 만약 관리인이 그런 일을 봐준다면 다른 사람의 재산을 남에게 주는 셈입니다."

"하지만 어쨌든 우리가 하는 것은 권고하는 것에 불과하잖습니까. 위글리의 신임 영주가 누가 될지는 몰라도 그분이 승인하기 전까지는 최종안이 아니란 말입니다."

엄밀히 말하면 그 말이 옳다고 궨다는 생각했다. 하지만 실제로는 신임 영주가 부자간의 상속 문제를 파기시킬 가능성은 없었다.

"제 아버지가 낸 상속세가 5파운드까지는 아니었습니다." 울프릭이 말했다.

"그럼 장부를 확인해봐야겠군." 네이트의 반응은 너무나 빨랐다. 궨다는 그가 울프릭이 금액을 따지고 들기를 기다리고 있었을 거라고 짐작했다. 네이트는 심리 도중 이런 식의 휴정을 교묘하게 이용하는 듯했다. 그녀는 그가 재판 당사자에게 뇌물을 제공할 시간을 주려는 거라고 추측했다. 어쩌면 울프릭에게 숨겨둔 돈이 있다고 여기는지도 몰랐다.

배심원 두 사람이 성당 제의실에서 영지 장부가 보관된 궤짝을 날랐다. 거기에는 영주 재판소에서 내린 판결 내용이 적힌 긴 양피지가 둘둘 말려 원통에 들어 있었다. 네이트는 글을 읽고 쓸 줄 알았다. 관리인은 영주에게 제출할 보고서를 작성해야 했기 때문에 그것은 필수였다. 네이트는 원하는 장부를 찾기 위해 궤짝 속을 뒤적였다.

궨다는 울프릭이 일을 서투르게 처리하고 있다고 여겼다. 솔직한 진술과 명백한 정직성만으로는 충분치 않았다. 네이트는 무엇보다도 영주의 차지 상속세를 받아낼 수 있다는 점을 확실히 하고 싶어한다. 퍼킨은 그 땅을 독차지하려고 술수를 쓰고 있다. 빌 하워드는 순전히 악감정에서 울프릭을 끌어내리고 싶어한다. 그리고 울프릭에게는 뇌물을 쓸 돈이 없었다.

또한 그는 술책을 쓸 줄도 몰랐다. 자신의 각오를 제대로 진술하기만 하면 정의가 실현될 거라 믿고 있었다. 상황을 다룰 만한 기지가 없었다.

어쩌면 그녀가 그를 도울 수 있을지도 모른다. 조비네 아이들은 자라면서 술책을 배우지 않을 수 없었다.

울프릭은 마을 주민들의 사적 이익을 거론하며 호소할 수 있는 주장을 펴지 않았다. 그녀가 그를 대신해서 그 일을 하기로 마음먹었다. 그녀는 몸을 돌려 옆에 서 있는 데이비드 존스에게 말했다. "당신 같은 남자들이 어째서 이 문제로 걱정하지 않나 모르겠네요."

그는 그녀에게 약빠른 시선을 보냈다. "무슨 말인가?"

"갑작스러운 죽음에도 불구하고 부자간의 상속에 관한 재판이 열렸 잖아요. 만약 네이트가 이런 문제에 트집을 잡도록 내버려둔다면 앞으로 모든 상속 문제에 어깃장을 놓을 거예요. 언제나 재산 상속에 반박할 만한 핑곗거리를 찾으려 할지도 모른다고요. 그가 당신 아들이 누리게 될 권리에 개입하고 나설지도 모르는데, 걱정되지 않으세요?"

데이비드의 얼굴에 근심 어린 표정이 떠올랐다. "일리 있는 말 같기도 하군." 그러더니 그는 자기 옆에 서 있는 다른 사람에게로 몸을 돌렸다.

렌다는 또한 울프릭이 오늘 최종판결을 요청해서는 안 된다고 생각했다. 임시판결을 요청하는 편이 낫고, 그래야 배심원들이 지금보다 상속을 인정하기가 더 수월할 것이다. 그녀는 그 이야기를 하기 위해 울프릭 쪽으로 갔다. 그는 퍼킨과 아넷과 함께 의논하는 중이었다. 렌다가 나타나자 퍼킨은 의심 가득한 눈길로 바라보았고 아넷은 거만한 표정을 지었지만, 울프릭은 전과 다름없이 친절하게 대해줬다. "안녕, 여행 친구. 아버지 집에서 나왔다고 하던데."

"아버지가 나를 팔아넘기겠다고 위협했거든."

"또?"

"내가 도망치는 한 계속. 아무래도 바닥없는 지갑이라도 주운 줄 아나봐."

"그럼 지금 어디서 살아?"

"과부 후버츠가 나를 받아줬어. 그리고 관리인 밑에서 영주의 토지를 경작하고 있어. 하루에 1페니, 해 뜰 때부터 해 질 때까지. 네이트는 일꾼들이 녹초가 돼서 돌아가는 걸 좋아하니까. 그런데 네이트가 당신이 바라는 대로 해줄 것 같아?"

울프릭은 얼굴을 찌푸렸다. "별로 그러고 싶지 않은 것 같아."

"어떤 여자가 있는데, 그 여자는 이 일을 전혀 다르게 처리하는 게 낫다고 생각해."

그는 놀란 표정을 지었다. "어떻게?"

아넷이 노려보았지만, 궨다는 무시했다. "그 여자라면 판결을 요구하지 않을 거야. 오늘 나온 결정이 최종안이 아니라는 걸 모두가 알 때는 더더욱 그래. 그녀라면 아직 가망이 있는 일에 거부당할 모험은 하지 않을 거야."

울프릭은 생각에 잠겼다. "그녀라면 어떻게 할까?"

"그녀라면 우선 그 땅을 계속 경작할 수 있도록 허락해줄 것을 요청할 거야. 구속력이 있는 결정은 새 영주가 임명될 때까지로 보류하고. 그사이에 모두가 자신이 그 땅의 주인이라는 사실에 익숙해질 거야. 그래서 새 영주가 오더라도 판결은 형식적인 절차에 불과하게 될 테고. 그녀는 사람들이 그것에 관해 입씨름을 벌일 기회도 주지 않고 목적을 달성하게 되겠지."

울프릭은 확신이 서지 않는 모양이었다. "글쎄……"

"그건 당신이 원하는 게 아니지만, 오늘 당신이 얻을 수 있는 가장 큰 소득은 그거야. 그리고 수확할 사람이 없는 마당에 네이트가 당신의 요청을 어떻게 거절할 수 있겠어."

울프릭은 고개를 끄덕였다. 그는 이런저런 가능성을 재보았다. "사람들은 내가 수확하는 것을 보고 당연하게 받아들이게 될 거야. 그러니 내가 상속권을 빼앗기는 것이 부당해 보일 테지. 그리고 나는 수확 후라면 차지 상속세를 전액이나 일부라도 낼 수 있을 테고."

"그렇게 되면 지금보다는 훨씬 더 목표에 가까이 가게 되는 거야."

"고마워. 당신은 아주 현명하군." 울프릭이 그녀의 팔을 툭 치고 아넷 쪽으로 몸을 돌렸다. 아넷이˙작은 목소리로 날카롭게 말했다. 그녀의 아버지는 언짢은 표정을 지었다.

퀜다는 몸을 돌렸다. 나에게 현명하다고 하지 마. 그녀는 생각했다. 그냥 나에게…… 뭐랄까? 아름답다? 아니, 천만의 말씀이지. 평생 사랑할 사람? 아니, 그건 아넷이지. 진정한 친구? 헛소리. 그럼 내가 원하는 것이 뭐지? 왜 나는 이토록 당신을 돕고 싶은 걸까?

그녀는 그 답을 알지 못했다.

퀜다는 데이비드 존스가 배심원인 에런 애플트리에게 뭔가 힘주어 말하는 광경을 유심히 보았다.

이윽고 네이트가 영지 장부를 펼쳤다. "울프릭의 아버지 새뮤얼은 자기 아버지에게서 물려받은 것에 대해 30실링, 삼촌에게 물려받은 것에 대해 1파운드를 냈습니다." 1실링은 12페니였다. 실링은 동전이 아니었지만 그래도 사람들은 실링을 동전처럼 셌다. 20실링은 1파운드였다. 네이트가 큰 소리로 공표한 합계는 정확히 그가 처음에 말했던 금액의 절반이었다.

그때 데이비드 존스가 입을 열었다. "아버지의 땅은 아들에게 돌아가야 하오. 어떤 분이 올지는 몰라도 우리의 신임 영주에게, 상속받을 사람을 마음대로 골라잡을 수 있다는 인상을 주어서는 안 됩니다."

여기저기서 동의의 웅성거림이 들렸다.

울프릭이 앞으로 나섰다. "오늘 최종 결정을 내릴 수 없다는 것은 알고 있습니다. 저는 새 영주가 오실 때까지 결정을 유보하는 데 만족하겠습니다. 지금 제가 요청드리려고 하는 건, 그 땅을 제가 계속 경작할 수 있게 해달라는 것뿐입니다. 저는 기필코 수확을 마치겠습니다. 하지만 수확을 마치지 못한다 해도 당신은 잃을 것이 없습니다. 또한 제가 무사히 수확을 마친다고 해도 제게 약속된 것은 아무것도 없는 셈이죠.

새 영주가 오시면 제가 그분에게 자비를 구하겠습니다."

네이트는 근심 어린 표정을 지었다. 궨다는 그가 이 일에서 얼마간이라도 돈을 챙기게 되기를 바라고 있었다는 것을 확신했다. 어쩌면 그는 울프릭의 장인이 될 퍼킨에게서 뇌물을 기대했는지도 모른다. 그녀는 울프릭의 훨씬 소박한 요청을 거절할 방도가 없을지 궁리하는 네이트의 얼굴을 지켜보았다. 그가 망설이자 마을 사람 한두 명이 투덜대기 시작했고, 네이트는 못마땅한 기색을 보여봤자 좋을 게 없다는 걸 깨달았다. "알겠네." 그는 아량을 베푼다는 어조로 말했지만 그다지 설득력은 없었다. "배심원들은 어떻게 생각하시오?"

에런 애플트리가 동료 배심원들과 짤막하게 의논한 뒤 말했다. "울프릭의 요청은 수수하고도 온당합니다. 위글리의 신임 영주가 지명될 때까지 그가 아버지의 땅을 점유하는 것이 마땅합니다."

궨다는 안도의 숨을 내쉬었다.

"고맙소, 배심원 여러분." 네이트가 말했다.

법정이 파하자 사람들은 식사를 하러 각자의 집으로 향했다. 마을 사람들 대부분은 일주일에 한 번씩 고기를 먹을 만한 여유는 있었는데, 주로 일요일에 먹었다. 조비와 에스나 부부조차 다람쥐나 고슴도치로 스튜를 끓여 먹었고, 매년 이맘때는 잡을 만한 어린 토끼도 많았다. 과부 후버츠는 솥에 양고기 목살을 넣고 끓였다.

성당을 나서던 궨다는 울프릭과 시선이 마주쳤다. "잘했어." 두 사람은 함께 걸어나왔다. "네이트는 당신 요청을 거절하고 싶은 눈치였지만 그럴 수가 없었지."

"그건 당신 생각이었잖아." 울프릭이 감탄했다는 듯이 말했다. "당신은 내가 해야 할 말을 정확히 알고 있었어. 뭐라 감사해야 좋을지 모르겠어."

그녀는 그에게 어떻게 감사를 표하면 될지 말하고 싶은 유혹을 억눌렀다. 그들은 묘지를 가로질렀다. "그런데 수확은 어떻게 할 거야?"

"나도 모르겠어."

"내가 가서 좀 거들까?"

"나는 그럴 만한 돈이 없어."

"상관없어. 그저 입에 풀칠만 하면 되니까."

그는 교회 정문에서 걸음을 멈추고 몸을 돌려 그녀를 똑바로 바라보았다. "그건 안 돼, 궨다. 좋은 생각 같지 않아. 아넷도 그건 좋아하지 않을 거야, 솔직히 말하면, 아넷이 옳아."

궨다는 자기도 모르게 얼굴을 붉혔다. 그의 의사는 명백했다. 만약 그녀의 몸이 일하기에 약하다거나 다른 이유가 있어서 거절하는 거라면 이렇게 똑바로 쳐다볼 필요도, 약혼녀 이름을 들먹일 필요도 없었을 것이다. 그녀에게는 부끄러운 일이지만, 울프릭은 그녀가 자신을 마음에 두고 있다는 것을 알고 있었다. 그는 그녀의 가망 없는 연정을 북돋고 싶지 않았기 때문에 제의를 거절한 것이었다. "알았어." 궨다는 시선을 떨구며 나지막한 목소리로 말했다. "무슨 말인지 알겠어."

그가 따뜻하게 미소지었다. "하지만 그런 제의를 해준 건 고맙게 생각해."

그녀는 대꾸하지 않았다. 잠시 후 그는 몸을 돌려 그곳을 떠났다.

19

켄다는 아직 캄캄할 때 자리에서 일어났다.

그녀는 과부 후버츠의 집 방바닥에 깔아놓은 짚 더미 위에서 잠을 잤다. 이유는 알 수 없지만 그녀는 자면서도 시간을 느끼는 듯 동이 트기 직전에 잠에서 깨어났다. 그녀 옆에서 자던 과부는 켄다가 모포를 젖히고 일어났지만 미동도 하지 않았다. 켄다는 손으로 더듬어 뒷문을 열고 마당으로 나왔다. 스킵이 몸을 떨며 뒤따라왔다.

그녀는 잠시 꼼짝 않고 서 있었다. 위글리에 언제나 부는 상쾌한 산들바람이 불고 있었다. 밤이 아주 어둡지는 않아서 오리집과 변소와 배나무 윤곽들이 희미하게 보였다. 이웃한 울프릭의 집은 보이지 않았지만 작은 양우리 바깥에 줄에 매놓은 그의 개가 나지막이 짖는 소리가 들려왔다. 켄다는 낮은 소리를 내서 그녀의 목소리를 알아듣는 개를 안심시켜주었다.

평화로운 시간이었다. 그러나 요즘 그녀에게는 이런 시간이 너무나 많았다. 평생 그녀는 갓난아기와 아이들로 가득한 작은 집에서 살았기 때문에, 언제나 그중 하나는 먹을 것을 달라고 소리치거나 아프다고 울거나 어린아이다운 분노에 사로잡혀 악을 쓰거나 대들었다. 자신이 그런 소리를 그리워하게 되리라고는 생각도 못했다. 하지만 그리웠다. 온화한 어조로 이야기하는 조용한 과부와 함께 사는 삶도 그 고요함만큼이나 마음에 들었지만, 퀜다는 이따금 아이 우는 소리가 그리웠고, 우는 아이를 안아 달래주고 싶었다.

그녀는 낡은 나무 들통을 찾아 세수한 뒤 다시 집으로 들어갔다. 그리고 어둠 속에서 식탁을 더듬어 빵이 든 함을 열어 일주일 묵은 빵에서 큼직하게 한 조각을 잘라냈다. 그런 다음 집을 나서서 빵을 먹으며 걸었다.

마을은 고요했다. 그녀가 마을에서 가장 먼저 일어난 사람이었다. 농부들은 해 뜰 때부터 해 질 때까지 일했는데, 하루해가 긴 매년 이맘때는 늘 녹초가 됐다. 그들은 휴식할 수 있는 모든 시간을 소중히 여겼다. 그들이 일하지 않는 새벽과 동트기 전의 시간, 황혼녘에서 하루가 저물 때까지의 시간을 활용하는 건 퀜다뿐이었다.

그녀가 집을 뒤로하고 들을 가로지를 무렵 동이 터오기 시작했다. 위글리에는 헌드레드에이커, 브룩필드, 롱필드라 불리는 세 개의 큰 밭이 있다. 이 밭들은 삼 년을 주기로 다른 작물이 경작됐다. 첫해에는 가장 값나가는 밀과 호밀 씨를 뿌렸다. 다음해에는 귀리와 보리, 완두콩, 강낭콩 같은 값이 덜 나가는 작물이 재배됐고, 세번째 해에는 경작을 쉬었다. 올해는 헌드레드에이커에서 밀과 호밀이 재배되고, 브룩필드에서는 부차적인 다양한 곡식이 심겼으며, 롱필드는 묵히고 있었다. 각 밭마다 1에이커씩 분할되어 있었는데, 이 세 개의 큰 밭 여기저기에 흩어져 있는 작은 밭들이 소작인들의 땅이었다.

헌드레드에이커로 간 퀜다는 울프릭네 밀밭에서 자라는 참소리쟁이,

금잔화, 등골나물처럼 질긴 잡초들을 뽑기 시작했다. 그녀는 그가 알든 모르든 그를 위해 그의 땅에서 일하는 것이 즐거웠다. 그녀가 허리를 굽힌 만큼 그가 허리 굽히는 일이 줄어들 것이고, 그녀가 잡초를 뽑은 만큼 그의 작물은 더 자랄 것이다. 마치 그에게 선물을 주는 것 같았다. 그녀는 일을 하며 그를 생각했다. 웃는 그의 얼굴을 눈앞에 그리고, 아직 소년다운 열망이 섞인, 어른처럼 깊게 울리는 목소리를 들었다. 그의 밭에서 푸른 밀대를 어루만질 때는 그의 머리카락을 쓸어주는 거라고 상상했다.

그녀는 해가 뜰 때까지 잡초를 뽑은 다음, 영주 또는 영주가 고용한 일꾼들이 경작하는 영주의 밭으로 자리를 옮겨 품삯을 받기 위해 일했다. 스티븐 경이 죽었어도 누군가는 그 밭의 작물을 수확해야 하고, 그의 후임자는 그사이에 일이 제대로 처리됐는지 엄격한 보고를 요구할 것이다. 해질녘까지 하루의 빵을 번 궨다는 울프릭의 또다른 밭으로 자리를 옮겨 어두워질 때까지 일을 계속했는데, 달빛이라도 있으면 더 늦게까지 일을 했다.

울프릭에게 이 일에 대해 말하지 않았다. 하지만 주민이 이백 명밖에 되지 않는 마을에서는 어떤 일이든 비밀이 오래가기 어렵다. 과부 후버츠가 약간의 호기심으로 궨다에게 왜 그 일을 하는지 물어보았다. "그애는 퍼킨네 딸과 결혼한다잖아. 네가 그걸 막지는 못해."

"저는 그저 그가 성공하길 바랄 뿐이에요." 궨다가 대꾸했다. "그는 그럴 만한 사람이에요. 심성이 착하고 정직하거든요. 그는 쓰러질 때까지 기꺼이 일할 거예요. 저는 그가 행복해지길 원해요. 설령 그 못된 계집과 결혼하더라도요."

이날은 영주 장원의 일꾼들이 브룩필드에서 영주 밭의 이른 콩을 수확했고, 울프릭은 근처에서 배수로를 파고 있었다. 6월 초에 많은 비가 내린 후로 밭에 물이 많이 찼기 때문이다. 퀜다는 바지와 부츠 차림으로 삽질을 하느라 잔뜩 굽은 그의 널찍한 잔등을 바라보았다. 그는 물방아 바퀴처럼 끊임없이 움직였다. 피부에서 반짝이는 땀방울만이 그가 얼마나 힘들게 일하고 있는지 보여줄 뿐이었다. 정오가 되자 머리를 녹색 리본으로 예쁘게 치장한 아넷이 술을 담은 조끼와 치즈를 넣은 빵을 삼베로 싸들고 왔다.

네이트가 종을 치자 일꾼들은 하던 일을 멈추고 밭의 북쪽에 있는 나무숲 언저리로 갔다. 네이트는 사과주와 빵과 양파를 영지 일꾼들에게 내놓았다. 그들이 받는 보수에는 식사가 포함되어 있었다. 퀜다는 서어나무에 등을 기대고 앉아, 교수대를 만드는 목수를 지켜보는 죄수의 심정으로 울프릭과 아넷을 바라보았다.

처음에는 여느 때처럼 새롱거리던 아넷이 고개를 비스듬히 숙이고 눈을 깜박거리면서 그가 한 말에 장난스럽게 벌을 주는 시늉을 했다. 그러더니 정색을 하고 이야기하기 시작했는데, 그는 자신은 전혀 모르는 일이라며 부정하는 것 같았다. 두 사람 모두 퀜다 쪽을 바라보았기 때문에 그녀는 자기 이야기를 하는 거라고 짐작했다. 아넷이 퀜다가 새벽과 밤에 울프릭의 밭에서 일하는 것을 알게 된 것 같았다. 마침내 아넷이 성난 얼굴로 가버리고, 울프릭은 혼자 생각에 잠긴 채 점심을 먹었다.

식사를 마친 사람들은 모두 남은 식사 시간에 휴식을 취했다. 나이든 사람들은 땅바닥에 드러누워 선잠을 잤고, 젊은 축들은 잡담을 나누었다. 울프릭이 퀜다가 앉아 있는 곳으로 오더니 옆에 쭈그리고 앉았다. "내 밭에서 잡초를 뽑고 있었더군." 그가 말했다.

퀜다는 사과하지 않을 생각이었다. "그 일로 아넷이 잔소리를 했나 보네."

"그녀는 당신이 날 위해 일하는 걸 원치 않아."

"그러면 내가 어떻게 하기를 바라는데? 뽑은 잡초를 다시 심어놓을까?"

그는 주위를 둘러보고는 다른 사람들이 듣지 못하도록 목소리를 낮췄다. 하지만 사람들 모두가 그와 궨다가 무슨 이야기를 하고 있는지 짐작하고 있었다. "당신 뜻은 잘 알겠고 고마운 일이지만 그것 때문에 말썽이 생겨."

궨다는 그가 이렇게 가까이 있는 순간을 즐겼다. 그에게서 흙과 땀 냄새가 났다. "당신은 도움이 필요해. 그런데 아넷은 별로 도움이 되지 않잖아."

"그녀를 비난하지 말아줘. 아니, 그녀 얘기는 아예 꺼내지도 말아줘."

"좋아. 하지만 당신 혼자서는 수확하지 못할 거라고."

울프릭은 한숨을 내쉬었다. "해가 내 편이기만 하다면 모를 일이지." 그 말을 하며 그는 자동적으로 하늘을 올려다보았다. 농부 특유의 반사운동이었다. 지평선은 끝에서 끝까지 두꺼운 구름으로 덮여 있었다. 모든 작물이 서늘하고 습한 날씨에도 생장을 하려고 몸부림치고 있었다.

"당신을 위해 일하게 해줘." 궨다는 부탁했다. "아넷에게 내 도움이 필요하다고 말해. 남자라면 자기 아내의 주인이 돼야지. 그 반대가 아니라."

"그 문제는 생각 좀 해볼게."

그러나 다음날 울프릭은 일꾼을 한 명 고용했다.

그는 그날 오후 늦게 그 마을에 나타난 떠돌이였다. 땅거미가 질 무렵 마을 사람들이 그의 이야기를 듣기 위해 그 주위에 모였다. 이름은 그램이고, 솔즈베리 출신이었다. 그는 집에 불이 나서 처자식이 불에 타죽었다고 말했다. 그러고는 동생이 킹스브리지 수도원의 수사인데,

일자리를 구할 생각으로 그 수도원에 가던 길이라고 했다.

"내가 아는 사람일지도 모르겠군요. 우리 오빠 필리먼이 오랫동안 그 수도원에서 일했거든요. 동생 이름이 뭐예요?" 궨다가 말했다.

"존이에요." 그곳에 존이라는 이름을 가진 수사는 둘이었는데, 궨다가 어느 쪽인지 미처 물어볼 틈도 없이 그는 말을 이었다. "처음 길을 떠났을 때는 먹을 것을 살 돈이 그나마 몇 푼 있었어요. 그런데 범법자들에게 다 털리고 무일푼이 됐죠."

여기저기서 남자를 동정하는 목소리가 흘러나왔다. 울프릭은 그에게 자기집에서 자고 가라고 했다. 다음날인 토요일, 그램은 숙식을 제공하고 수확 때 제 몫을 받는 조건으로 울프릭의 밭에서 일하기 시작했다.

그램은 토요일 내내 열심히 일했다. 울프릭은 휴경중인 롱필드의 자기 밭에서 엉겅퀴를 없애기 위해 얕은 쟁기질을 했다. 그 일에는 두 사람이 필요했다. 말을 맡은 그램이 말의 움직임이 둔해지지 않도록 채찍질을 했고, 울프릭은 쟁기를 잡았다. 일요일에는 두 사람 모두 쉬었다.

일요일에 성당에 간 궨다는 캐스와 조니와 에릭을 보고 눈물을 쏟았다. 동생들이 얼마나 보고 싶었는지 그동안 깨닫지 못하고 있었다. 그녀는 미사 내내 에릭을 안고 있었다. 미사가 끝났을 때 그녀의 어머니가 모질게 말했다. "네가 울프릭 때문에 상심하다니. 그애 밭에서 잡초를 뽑는다고 그애가 너를 사랑하게 되진 않을 거다. 울프릭은 그 아무 짝에도 쓸모없는 아넷한테 완전히 빠졌으니까."

"알아요. 하지만 그래도 그를 도와주고 싶어요."

"넌 이 마을을 떠나야 해. 여기선 네가 할 일이 없어."

그녀는 어머니의 말이 맞는다는 것을 알았다. "그럴 거예요. 두 사람이 결혼식을 치른 다음날 떠날 거예요."

어머니는 목소리를 낮췄다. "계속 있을 생각이라면 네 아버지를 조심해. 또다시 12실링을 벌 기회를 노리고 있으니까."

"그게 무슨 말이에요?"

어머니는 그저 고개만 저었다.

"이제는 나를 팔 수 없어요. 나는 아버지의 집을 나왔어요. 아버지가 나를 먹이고 지켜주는 게 아니라고요. 나는 지금 위글리의 영주를 위해 일하고 있어요. 더이상 아버지 마음대로 할 수 있는 사람이 아니에요."

"어쨌든 주의해라." 어머니는 더이상 말하려고 하지 않았다.

교회 밖에서 떠돌이 그램이 켄다에게 말을 걸었다. 그는 그녀에 관해 이것저것 묻더니 식사 후에 함께 산책이나 하자고 제안했다. '산책' 하자는 말이 무슨 의미인지 짐작한 그녀는 딱 잘라 거절했는데, 나중에 보니 그는 노랑머리 조애나와 함께 있었다. 데이비드 존스의 딸인 열다섯 살의 조애나는 떠돌이의 부추김에 넘어갈 만큼 미련했다.

월요일에 켄다가 해뜨기 전 어스름 속에서 헌드레드에이커에 있는 울프릭의 밀밭에서 잡초를 뽑고 있을 때, 울프릭이 밭을 가로질러 그녀 쪽으로 뛰어왔다. 그의 얼굴은 분노로 딱딱하게 굳어 있었다.

그녀는 그의 말도 무시한 채 매일 아침저녁으로 그의 밭에서 일을 계속해왔는데, 어쩌면 그것이 그를 너무 자극한 건지도 몰랐다. 그가 어떻게 할까? 그녀를 때릴까? 다 그녀 탓이므로 그가 그녀에게 폭력을 행사하더라도 비난을 받진 않을 것이다. 사람들은 그녀가 화를 자초했다고 할 것이다. 게다가 부모의 집을 나온 지금은 그녀를 옹호해줄 사람이 아무도 없었다. 켄다는 겁이 덜컥 났다. 그녀는 울프릭이 랠프 피츠제럴드의 코를 부러뜨리는 것을 본 적이 있었다.

다음 순간 그녀는 비보같이 굴지 말라고 스스로에게 말했다. 울프릭은 그동안 싸움을 많이 벌이기는 했지만 여자와 아이를 때린 적은 없었다. 그래도 성난 그를 보자 떨지 않을 수 없었다.

그러나 퀜다가 생각했던 일이 전혀 아니었다. 소리를 쳐서 들릴 거리에 이르자 그가 소리쳤다. "그램 봤어?"

"아니. 왜?"

가까이 다가온 그가 숨을 헐떡이며 걸음을 멈췄다. "여기 얼마나 있었지?"

"동트기 전에 일어났어."

울프릭의 어깨가 처졌다. "그러면 그자가 이쪽 길을 지나갔다고 해도 이미 쫓아갈 수 없는 거리에 있겠군."

"대체 무슨 일이야?"

"그자가 사라졌어. 내 말과 함께."

울프릭으로서는 격분할 수밖에 없는 일이었다. 말은 값비싼 재산이었다. 그의 아버지처럼 부유한 농부만 말을 살 여유가 있었다. 퀜다는 자신이 수사라는 그의 동생을 알지도 모른다고 했을 때 그램이 재빨리 화제를 바꾸던 것을 떠올렸다. 당연히도, 그는 수도원에 동생이 있지도 않고 화재로 처자식을 잃은 것도 아니었다. 그는 도둑질할 생각으로 마을 사람들의 환심을 사려 한 거짓말쟁이였다. "그런 사람에게 넘어가다니 우리도 참 바보지." 그녀가 말했다.

"그자를 내 집까지 데려간 나는 그중에서도 가장 바보지." 울프릭은 쓸쓸하게 말했다. "그자는 말이 자기를 따라나서서 떠날 때 개가 짖지 않을 만큼만 머물렀던 거야."

가장 필요한 시기에 말을 잃은 울프릭 때문에 퀜다는 마음이 아팠다. "그자가 이쪽 길로 가지는 않았을 것 같아." 그녀가 생각에 잠겨 말했다. "나보다 먼저 길을 나섰을 것 같지는 않거든. 그때는 너무 어두우니까. 그리고 그가 나보다 늦게 나섰다면 내 눈에 띄었을 테고." 마을을 들어오고 나가는 길은 하나뿐이었다. 다른 한쪽 끝에는 영주의 저택이 있었다. 하지만 밭을 가로지르는 샛길은 여러 개 있었다. "그자는 아마 브룩필드와 롱필드 사잇길로 갔을 거야. 그 길이 숲으로 가는 지름길이 니까."

"내 말은 숲에서 빠르게 움직이지 못해. 어쩌면 그자를 따라잡을 수 있을지도 모르겠어." 울프릭은 몸을 돌리더니 왔던 길로 뛰어갔다.

"행운을 빌게." 궨다가 그의 등뒤에서 외쳤다. 그는 고개를 돌리지 않은 채 알았다는 듯 손을 흔들었다.

그러나 행운은 따르지 않았다.

그날 오후 늦게 브룩필드에서 영주의 헛간으로 콩 자루를 나르던 궨다는 롱필드를 지나가다 울프릭을 보았다. 그는 삽으로 자신의 휴경지를 파고 있었다. 그램을 잡아서 말을 돌려받지 못한 게 분명했다.

그녀는 자루를 내려놓고 밭을 가로질러 그에게 갔다. "이건 불가능해. 여기는 30에이커나 되잖아. 쟁기질을 한 데가 10에이커쯤 되나? 삽만 가지고 20에이커를 일굴 수 있는 사람은 없어."

그는 그녀와 시선을 마주치지 않았다. 결의에 찬 굳은 얼굴로 계속 삽질만 했다. "쟁기질을 할 수가 없어. 말이 없으니까."

"직접 마구를 걸면 되잖아. 당신은 힘이 세. 그리고 이 일은 얕은 쟁기질이고. 엉겅퀴만 없애면 되잖아."

"쟁기를 잡아줄 사람이 없어."

"아니, 있어."

그는 그녀를 빤히 바라보았다.

"내가 할게."

그는 고개를 저었다.

"당신은 가족을 잃었고 이제는 말까지 잃었어. 혼자서 다 할 수는 없어. 당신에게는 선택의 여지가 없단 말이야. 내가 도울 수 있게 해줘."

그는 시선을 돌려 밭 저편, 마을 쪽을 바라보았다. 그녀는 그가 아넷 생각을 하고 있다는 것을 알았다.

"내일 아침 일찍 준비할게." 궨다가 말했다.

그의 시선이 다시 그녀를 향했다. 그의 얼굴에 감정이 드러났다. 그는 땅에 대한 애정과 아넷을 기쁘게 해주고 싶은 욕구 사이에서 갈등하고 있었다.

"내가 당신 집 문을 두드릴게. 남은 땅은 둘이서 함께 쟁기로 갈면 돼."

몸을 돌려 그 자리를 떠나던 궨다는 걸음을 멈추고 뒤를 돌아보았다.

그는 좋다고 말하지 않았다.

하지만 싫다고 말하지도 않았다.

෴

그들은 이틀 동안 쟁기질을 하고 건초를 만들고 봄 작물을 뜯었다.

궨다는 이제 과부 후버츠에게 줄 숙식비를 벌지 못했기 때문에 잠을 잘 다른 곳을 마련해야 했다. 그래서 그녀는 울프릭의 외양간으로 옮겼다. 그녀가 사정을 설명하자 그는 반대하지 않았다.

첫째 날에는 아넷이 점심때 식사를 가져다주지 않아 궨다가 그의 찬장에서 빵과 술과 삶은 달걀, 차가운 베이컨, 햇양파와 비트를 꺼내 두 사람 분의 음식을 준비했다. 이번에도 울프릭은 아무 말 없이 받아들였다.

궨다는 아직 미약을 가지고 있었다. 그녀는 그 작은 물약병을 작은 가죽주머니에 넣어 목에 건 끈에 차고 있었다. 그 주머니는 남의 시선이 닿지 않는 곳, 그녀의 젖가슴 사이에 매달려 있었다. 그녀는 언제든 점심때 그가 마실 에일에 약을 탈 수 있었지만 대낮에 밭 한가운데에서는 약효를 이용할 수 없었다.

저녁때는 그가 아넷의 식구들과 저녁식사를 했기 때문에 궨다는 혼자 그의 부엌에 앉아 있곤 했다. 울프릭은 종종 딱딱하게 굳은 얼굴로 돌아왔고, 궨다에게는 아무 말도 하지 않았다. 그래서 그녀는 그가 아 넷의 반대를 묵살하고 있다는 것을 짐작할 수 있었다. 그렇게 돌아오면 아무것도 먹지도 마시지도 않고 그대로 잠자리에 들었기 때문에 미약을 쓸 수 없었다.

그램이 달아난 그주 토요일에 궨다는 채소를 넣고 삶아서 절인 돼지 고기로 저녁을 만들어 먹었다. 울프릭의 집에는 네 명의 어른이 먹을 식품이 저장되어 있었기 때문에 먹을 것은 충분했다. 이제 7월인데도 저녁나절은 선선했다. 그래서 그녀는 식사를 마친 뒤 부엌 화덕에 장작을 하나 더 집어넣고 자리에 앉아 장작에 불이 붙는 것을 지켜보았다. 그러면서 불과 몇 주 전까지 자신이 영위하던, 새로운 일이라고는 아무 것도 없는 단순한 삶을 생각했다. 그녀는 삶이라는 것이 킹스브리지 다 리처럼 완전히 허물어지기도 한다는 사실에 놀라움을 금치 못했다.

문이 열리는 소리가 나자 그녀는 울프릭이 집에 돌아온 거라고 생각 했다. 그가 돌아오면 그녀는 외양간으로 물러났지만, 자러 가기 전 그 와 몇 마디 따뜻한 말을 주고받는 것이 즐거웠다. 그의 잘생긴 얼굴을 보리라 기대에 찬 눈을 들던 그녀는 언짢은 충격에 휩싸였다.

울프릭이 아니라 그녀의 아버지였다.

아버지는 험상궂게 생긴 낯선 사람도 함께 데려왔다.

그녀가 두려움에 휩싸여 벌떡 일어났다. "무슨 일로 왔어요?"

스킵이 적대감에 차서 짖어대다 조비를 보고 겁에 질려 물러섰다.

"자, 자, 착하지. 겁낼 것 없어. 네 아버지다." 조비가 말했다.

그제야 궨다는 어머니가 성당에서 모호하게 경고하던 일을 떠올리고 당황했다. "저 사람은 누구죠?" 그녀는 낯선 사람을 가리키며 물었다.

"이쪽은 애빙던에서 온 조너라고 한다. 가죽 상인이야."

정말 상인이고 정말 애빙던 출신일지도 모르지만 그가 신은 낡은 부츠, 더러운 옷, 헝클어진 머리와 제멋대로 자란 수염을 보면 그가 도시의 이발사를 몇 년 동안 찾아가본 적도 없다는 것을 알 수 있었다.

퀜다는 짐짓 대범한 체했다. "얼른 여기서 나가요."

"내가 성깔 좀 있을 거라고 했잖소." 조비가 조너에게 말했다. "하지만 착하고 힘도 좋습니다."

조너가 처음으로 입을 열었다. "걱정 마십시오." 그는 퀜다를 뜯어보며 입술을 핥았다. 가벼운 모직 원피스만 입고 있던 그녀는 옷을 더 껴입고 있었다면 좋았을 거라 생각했다. "내가 한창때 말괄량이들을 좀 길들여봤죠." 조너가 덧붙였다.

퀜다는 아버지가 단순히 협박만 하려는 것이 아니라 실제로 자신을 다시 팔아버렸다는 것을 확신했다. 그녀는 아버지의 집을 나오면 안전할 거라 생각했다. 마을 사람들이 같은 마을 사람이 고용한 일꾼이 납치당하도록 방관하지는 않을 것 같았다. 하지만 날이 어두워서 여기서 무슨 일이 일어났다는 것을 누군가 알아채기도 전에 그녀는 이미 멀리 떨어진 곳에 끌려가 있을 것이다.

도와줄 사람은 아무도 없었다.

그래도 순순히 끌려갈 생각은 없었다.

그녀는 필사적인 심정으로 무기가 될 만한 것을 찾아 주변을 두리번거렸다. 몇 분 전 화덕에 집어넣었던 장작 한끝에 불이 붙어 활활 타오르고 있었고, 길이가 18인치쯤 됐다. 장작의 다른 한끝이 유혹이라도 하듯 삐죽 튀어나와 있었다. 그녀는 재빨리 허리를 숙여 장작을 집어들었다.

"자, 자, 그런 것까지 집어들 건 없잖니." 조비가 말했다. "설마 사랑하는 아버지를 해치려는 건 아니겠지, 응?" 그러면서 그가 한 발짝 다가섰다.

그 순간 분노가 엄습했다. 딸을 팔아넘기려는 마당에 어떻게 스스로를 사랑하는 아버지라고 말할 수 있는가? 그녀는 순간적으로 아버지를 해치고 싶은 충동을 느꼈다. 그녀는 분노에 찬 고함을 지르며 앞으로 달려들어 그의 얼굴에 불타는 장작을 들이밀었다.

그는 펄쩍 뛰며 물러났지만 그녀는 분노에 사로잡혀 앞으로 돌진했다. 스킵이 미친듯이 짖어댔다. 조비는 횃불을 물리치려 애쓰며 두 팔로 몸을 막았지만, 그녀 역시 강하게 밀어붙였다. 그가 도리깨질하듯 두 팔을 휘둘러도 그녀를 막을 수 없었다. 그녀는 시뻘겋게 달아오른 장작의 한쪽 끝을 그의 얼굴에 들이밀었다. 장작불에 뺨이 그슬리자 그는 통증을 이기지 못하고 비명을 질렀다. 그의 더러운 수염에 불이 붙고 살이 타는 역한 냄새가 났다.

다음 순간 누군가가 등뒤에서 켄다를 붙잡았다. 조너가 두 팔로 에워싸듯 붙잡는 바람에 그녀의 두 팔이 옆구리에 묶였다. 그녀는 불붙은 장작을 떨어뜨렸다. 그 순간 바닥에 깔린 짚에 불꽃이 옮겨붙었다. 불을 보고 놀란 스킵이 밖으로 달아났다. 켄다는 몸을 비틀고 몸부림치며 빠져나오려 했지만 그는 놀랍도록 힘이 셌다. 조너는 그녀를 번쩍 들어올렸다.

그때 문가에 키 큰 사람의 그림자가 나타났다. 켄다에게는 형체만 보였는데, 곧 사라져버렸다. 그 순간 켄다는 바닥에 내동댕이쳐졌다. 그녀는 잠시 정신을 잃었다. 다시 정신이 들었을 때는 조너가 그녀 옆에 무릎을 꿇고 앉아 그녀의 양손을 밧줄로 묶고 있었다.

키 큰 사람의 그림자가 다시 나타났다. 켄다는 그가 울프릭임을 알아보았다. 그의 손에는 떡갈나무로 만든 커다란 물통이 들려 있었다. 그는 불붙은 짚 위로 재빨리 물을 부어 불을 껐다. 그런 다음 물통을 고쳐쥐더니 무릎을 꿇은 조너의 정수리 쪽을 호되게 갈겼다.

렌다를 잡고 있던 조녀의 손이 느슨해졌다. 그녀는 손목을 당겨보았다. 밧줄이 느슨해져 있었다. 울프릭은 다시 한번 더 세게 물통으로 조녀를 후려갈겼다. 조녀는 눈을 감은 채 바닥에 쓰러졌다.

조비는 수염에 붙은 불을 소매로 눌러 끄고는 무릎을 꿇은 채 고통에 신음하고 있었다.

울프릭은 의식을 잃은 조녀의 튜닉 앞자락을 잡아올렸다. "대체 이놈이 누구지?"

"조녀라는 자야. 아버지가 나를 그자에게 팔아넘기려고 했어."

울프릭은 그의 허리띠를 잡고 번쩍 들더니 문까지 끌고 가 길로 내동댕이쳤다.

조비가 신음했다. "나 좀 도와주게. 얼굴에 화상을 입었어."

"도와달라고요? 내 집에 불을 내고 내 일꾼을 공격하고도 나보고 도와달라는 겁니까? 당장 꺼져요!"

조비가 애처롭게 신음하며 일어서더니 비틀거리며 문으로 향했다. 렌다는 일말의 동정도 느끼지 않았다. 아버지에게 남은 사랑이라는 것이 있었다 해도 오늘밤 깨끗이 사라져버렸다. 문밖으로 나가는 아버지를 보며 그녀는 그가 두번 다시 자기에게 말을 걸지 않길 바랐다.

그때 퍼킨이 골풀로 만든 횃불을 들고 뒷문으로 들어섰다. "무슨 일인가? 비명이 들리는 것 같아 와봤어." 렌다는 그의 등뒤에서 머뭇대고 있는 아넷을 보았다.

"조비가 악당 같은 놈 하나를 데리고 여기 왔습니다. 그들이 렌다를 강제로 끌고 가려고 했어요." 울프릭이 대답했다.

퍼킨이 끙 소리를 냈다. "자네가 처리했나본데."

"별로 어렵지 않았습니다." 그제야 울프릭은 자기 손에 여전히 물통이 들려 있다는 것을 깨닫고 내려놓았다.

"다친 데는 없어?" 아넷이 말했다.

"전혀."

"뭐 필요한 건?"

"잠이나 잤으면 좋겠어."

퍼킨과 아넷은 말뜻을 알아듣고 물러났다. 그들 외에 이 소동을 알아챈 사람은 없는 것 같았다. 울프릭이 문을 닫았다.

그는 화덕 불빛에 비친 궨다를 바라보았다. "기분은 좀 어때?"

"좋지 않아." 그녀는 긴 의자에 앉아 식탁에 팔꿈치를 괴었다.

그는 찬장으로 갔다. "와인을 좀 마시면 나아질 거야." 그는 작은 술통을 꺼내 식탁에 놓고 선반에서 잔 두 개를 가져왔다.

궨다는 갑자기 정신이 번쩍 들었다. 어쩌면 지금이 그녀에게 주어진 기회의 순간 아닐까? 그녀는 정신을 차리려고 애썼다. 신속하게 행동해야 한다.

울프릭이 잔에 와인을 따르고 술통을 찬장에 갖다놓았다.

궨다에게 주어진 시간은 기껏 일이 초였다. 그가 등을 돌린 사이 그녀는 가슴 안쪽에 손을 넣어 가죽끈에 달린 주머니를 끄집어냈다. 주머니 속을 더듬어 물약병을 꺼냈다. 떨리는 손으로 마개를 뽑고 그의 술잔에 그것을 부었다.

그가 몸을 돌린 순간 그녀는 그 주머니를 다시 가슴 안쪽에 넣는 중이었다. 그녀는 옷매무새를 바로잡는 것처럼 자신의 몸을 가볍게 두드렸다. 남자들이 흔히 그렇듯 그는 이상한 낌새를 알아채지 못한 채 식탁 맞은편에 앉았다.

그녀가 자신의 잔을 들어 건배를 제의했다. "당신이 나를 구해줬어. 고마워."

"손을 떨고 있군. 몹쓸 일을 겪어서 그렇겠지."

두 사람은 술을 마셨다.

퀜다는 약효가 나타나기까지 얼마나 걸릴지 궁금했다.

"당신은 밭일을 해서 나를 구해줬지. 고마워." 울프릭이 말했다.

그들은 다시 술을 마셨다.

"어느 쪽이 더 나쁜 건지 모르겠어." 퀜다가 말했다. "우리 아버지 같은 아버지가 있는 것과, 당신처럼 아버지가 없는 것 둘 중에."

"정말 유감이야." 울프릭이 생각에 잠긴 어조로 말했다. "적어도 나는 부모님에 대한 좋은 기억이라도 있지." 그는 잔을 비웠다. "나는 와인은 잘 마시지 않아. 머리가 흐릿해지는 기분이 싫거든. 그런데 이건 맛이 좋은데."

그녀는 그를 주의깊게 지켜보았다. 현녀 매티는 그가 연정에 사로잡힐 거라고 했다. 퀜다는 그 징후를 찾아보았다. 아니나 다를까, 얼마 지나지 않아 그가 그녀를 처음 보는 사람처럼 빤히 바라보기 시작했다. 잠시 후 그가 말했다. "당신 얼굴은 정말 다정해 보여. 인정이 넘치고."

이제 그를 유혹하기 위해 여자만의 술책을 써야 할 차례였다. 하지만 그 순간 그녀는 자신에게 그런 일을 해본 경험이 없다는 사실을 깨닫고 당황했다. 아넷 같은 여자들은 언제나 그런 술책을 썼다. 하지만 그녀는 아넷이 하는 것처럼 마치 부끄러운 듯 미소짓고 머리카락을 매만지고 속눈썹을 깜박거리는 일들을 시도해볼 엄두가 나지 않았다. 왠지 자신이 바보가 된 기분이 들 것 같았다.

"듣기 좋은 말인데." 그녀가 시간을 벌기 위해 말했다. "그런데 당신 얼굴에는 다른 게 있어."

"어떤 건데?"

"힘이야. 근육에서 나오는 힘이 아니라 결단에서 나오는 힘 같은 거."

"오늘밤에는 힘이 넘치는걸." 그는 씩 웃으며 말했다. "당신은 어떤 사람도 20에이커의 밭을 혼자서 일굴 수 없다고 했지만, 나는 지금 당장 그걸 할 수 있단 기분이 드는데."

그녀가 식탁 위에 얹은 그의 손에 자신의 손을 포갰다. "휴식을 즐겨. 땅을 일굴 시간은 많이 있으니까."

그는 자신의 커다란 손 위에 놓인 그녀의 작은 손을 바라보았다. "우린 피부색이 다르군." 그가 마치 재미있는 사실이라도 발견한 듯 말했다. "봐. 당신 피부는 갈색인데, 내 피부는 분홍색이잖아."

"피부도, 머리카락도, 눈 색깔도 달라. 우리가 아기를 낳으면 어떤 아기가 나올지 궁금해."

그는 그 생각에 미소를 지었다. 그러더니 그녀가 한 말에 뭔가 잘못된 것이 있다는 사실을 깨달은 듯 표정이 달라졌다. 갑자기 그의 얼굴은 엄격해졌다. 그녀가 자신의 대한 그의 감정에 그토록 유의하고 있지 않았다면 그런 변화는 희극적으로 느껴졌을지도 모른다. 그는 진지한 어조로 말했다. "우리 시이에 아기를 갖는 일은 없을 거야." 그러면서 그는 자신의 손을 뺐다.

"그런 건 생각하지 말기로 해." 그녀는 필사적인 심정으로 말했다.

"그런데 이따금……" 그는 말꼬리를 흐렸다.

"뭐?"

"당신도 이따금 세상이 지금과 달라지기를 바란 적이 있어?"

그녀가 자리에서 일어나 식탁을 돌아가 그의 곁에 앉았다. "그저 바라기만 하지 마. 여기에는 우리 둘뿐이야. 지금은 밤이고. 당신은 원하는 건 모두 할 수 있어." 그녀는 그의 눈을 똑바로 바라보았다. "뭐든지."

그는 그녀를 마주보았다. 그녀는 그의 얼굴에 떠오른 애정을 보았고, 그가 자신을 원한다는 사실에 짜릿한 승리감을 맛보았다. 그 감정을 끌어내는 데는 미약이 필요했지만, 그래도 그것은 진정한 감정이었다. 지금 그는 이 세상에서 그녀와 사랑을 나누는 것 말고는 어떤 것도 원치 않는 듯했다.

그러나 그는 여전히 움직이지 않았다.

그녀가 그의 손을 잡아끌었다. 그는 그녀가 그 손을 자신의 입술에 가져가도 저항하지 않았다. 그녀는 크고 거친 그의 손가락을 잡고 그 손바닥으로 자신의 입술을 눌렀다. 그녀는 그의 손바닥에 키스하고 혀 끝으로 핥았다. 그런 다음 그의 손을 가져가 자신의 한쪽 젖가슴에 대고 눌렀다.

그의 손은 그녀의 젖가슴이 아주 작다고 느껴질 만큼 완전히 덮었다. 그의 입술이 살짝 벌어졌다. 그녀는 그의 호흡이 빨라졌다는 것을 알아 챘다. 그녀는 키스를 받기 위해 고개를 젖혔지만, 그는 움직이지 않았다.

퀜다는 일어서서 빠른 손놀림으로 머리 위로 옷을 벗어던졌다. 그녀는 장작불 불빛을 받으며 그의 앞에 알몸으로 서 있었다. 그는 눈을 크게 뜨고 입을 벌린 채, 마치 무슨 기적이라도 목격한 사람처럼 그녀를 응시했다.

그녀가 다시 그의 손을 잡아끌었다. 이번에는 그 손을 자신의 허벅지 사이 부드러운 곳에 가져다댔다. 그의 손이 삼각형의 털을 덮었다. 그 곳이 너무 젖어 있어 그의 손가락이 그 몸속으로 미끄러져 들어갔다. 그녀는 자기도 모르게 쾌감에 젖은 신음소리를 냈다.

그러나 그는 자진해서 움직이지 않았는데, 그녀는 그가 망설임 때문에 마비 상태에 빠졌음을 알았다. 그녀를 원하고 있지만 머릿속에서 아 넷이 지워지지 않는 것이었다. 퀜다는 밤새도록 그를 꼭두각시처럼 조종하고 어쩌면 그와 수동적인 성행위를 할 수도 있을 테지만, 그렇게 한다면 달라질 것이 없었다. 그가 솔선해서 움직여야 했다.

그녀는 여전히 그의 손을 자신의 사타구니에 댄 채 허리를 앞으로 숙였다. "키스해줘." 그녀가 말했다. 그러면서 얼굴을 그의 얼굴 가까이로 가져갔다. "제발." 그녀의 얼굴은 그의 입에서 1인치 떨어져 있었다. 그녀는 자신의 얼굴을 그 이상 가까이 가져가지는 않을 생각이었다. 남은 거리는 그가 채워야 한다.

갑자기 그가 움직였다.

그는 손을 움츠리고는 그녀에게서 고개를 돌린 채 일어섰다. "이건 잘못된 일이야." 그가 말했다.

그녀는 자신이 실패했다는 것을 알았다.

그녀의 눈에 눈물이 고였다. 그녀는 바닥에 있는 옷을 집어 몸을 가렸다.

"미안해." 그가 말했다. "이러는 게 아니었는데. 내가 당신을 오해하게 했어. 내가 잔인했어."

아니, 당신이 그런 게 아니야. 그녀는 생각했다. 내가 잔인했지. 내가 당신을 잘못된 길로 인도한 거야. 하지만 당신은 너무 강한 사람이야. 당신은 너무나 충실하고 성실한 사람이야. 나와 어울리기에는 아까운 너무나 좋은 사람이야.

그러나 그녀는 아무 말도 하지 않았다.

그는 줄곧 그녀를 외면하고 있었다. "당신은 외양간으로 가는 게 좋겠어. 가서 잠을 자. 아침이면 기분이 달라질 거야. 그때는 다 괜찮아질 거야."

그녀는 옷을 입지도 않고 뒷문으로 뛰쳐나왔다. 달빛이 있었지만 볼 사람도 없었고 그런 것이 신경쓰이지도 않았다. 어느새 그녀는 외양간에 들어와 있었다.

이 목조건물 한쪽 끝에 깨끗한 짚을 깔아놓은 다락이 있었다. 그곳이 그녀가 매일 밤 잠을 청하는 곳이었다. 사다리를 올라간 그녀는 슬픔에 사무쳐 지푸라기가 따끔거리는 것도 아랑곳하지 않고 알몸 그대로 바닥에 엎드려 누웠다. 그리고 실망감과 수치심에 사로잡혀 울었다.

이윽고 어느 정도 진정이 되자, 몸을 일으켜 옷을 입고 모포를 덮었다. 그때 문득 바깥에서 발소리가 난 것 같았다. 그녀는 엉성한 초벽에 난 틈으로 밖을 내다보았다.

보름달에 가까운 환한 달이 떠 있어 바깥이 똑똑히 보였다. 울프릭이 밖에 있었다. 그는 외양간 문 쪽으로 걸어왔다. 궨다는 가슴이 두근거렸다. 어쩌면 아직 끝나지 않은 것인지도 모른다. 그러나 그는 문 앞에서 머뭇대다 다시 몸을 돌렸다. 그러고는 집으로 가다가 부엌문 앞에서 몸을 돌리더니 다시 외양간 쪽으로 다가왔다. 그러고는 다시 한번 발길을 돌렸다.

그녀는 가슴을 두근거리며 왔다갔다하는 그의 모습을 지켜보았지만 나서지는 않았다. 그녀는 그의 마음을 갖기 위해 할 수 있는 모든 일을 이미 다 했다. 마지막 한 발짝은 그가 내디뎌야 한다.

그는 부엌문 앞에서 걸음을 멈췄다. 달빛을 받은 그의 몸이 머리끝에서 발끝까지 은빛 윤곽을 그리고 있었다. 그때 그가 바지 쪽으로 손을 뻗는 것이 똑똑히 보였다. 그녀는 그가 무엇을 하려는지 알았다. 그녀의 오빠가 같은 일을 하는 것을 본 적이 있었다. 그녀는 울프릭이 성행위와 비슷한 동작으로 몸을 문지르며 내는 신음소리를 들었다. 그녀는 달빛 아래서 아름다운 윤곽을 그리며 서 있는 그를, 욕정을 그런 식으로 낭비하는 그를 지켜보았다. 가슴이 찢어지는 것 같았다.

20

성 아돌푸스 탄신일 전 일요일에 고드윈은 맹인 수사 카를로스에 대한 반대 운동을 시작했다.

매년 그주 일요일에는 킹스브리지 대성당에서 특별미사가 있었다. 수도원장이 성인 유골을 들고 성당을 돌고 수사들의 행렬이 그 뒤를 따랐는데, 그러면서 수확기의 좋은 날씨를 비는 기도도 올렸다.

수련수사들과 필리먼 같은 하인들을 시켜 촛대를 배치하고 향을 준비하고 기물을 옮기는 준비는 언제나 고드윈의 일이었다. 성 아돌푸스 축일에는 부제단이 필요했는데, 부제단은 필요할 경우 성당에서 들고 운반할 수도 있는, 정교하게 조각한 목제 제단이었다. 고드윈은 이 제단을 교차부 동쪽 끝에 놓고 그 위에 은도금한 촛대 한 쌍을 놓았다. 그러면서 그는 자신의 입지에 대해 불안한 심정으로 곰곰이 생각해보았다.

토머스를 설득해 수도원장에 입후보하게 만든 지금, 그가 취할 다음 단계는 반대를 제거하는 것이었다. 카를로스를 손쉬운 표적으로 만들어야 했지만, 어떤 면에서는 그것이 불리한 점이 될 수도 있었다. 고드원은 선거에 냉담해 보이고 싶지 않았던 것이다.

그는 제단 중앙에 유골함 전용 십자가를 놓았는데, 그것은 예수가 못 박힌 십자가에서 나온 나무 고갱이에 보석으로 장식한 금 십자가를 얹은 것이다. 예수가 못박혀 죽은 그 나무는 천 년 전 콘스탄티누스 대제의 어머니 헬레나가 기적적으로 발견해 그 조각들이 유럽 전역의 교회로 전해졌다.

제단 장식물을 배열하던 고드윈은 시실리어 수녀원장이 가까이에 있다는 것을 알고는 하던 일을 멈추고 그녀에게 말을 걸었다. "롤런드 백작이 의식을 회복하셨다고요. 하느님을 찬미할지어다."

"아멘." 수녀원장이 말했다. "열이 한참이나 떨어지지 않아 돌아가시는 건가 걱정했어요. 그분 머리가 골절됐을 때 어떤 나쁜 기운이 들어간 게 분명해요. 백작은 조리 있는 말씀을 하지 못했으니까요. 그런데 오늘 아침 잠을 깬 뒤로 말씀도 정상적으로 하세요."

"수녀원장님이 그분을 낫게 하신 겁니다."

"하느님이 하신 일이죠."

"그래도 백작은 원장님에게 고마워하셔야 할 겁니다."

그녀는 미소지었다. "당신은 젊어요, 고드윈 형제. 형제는 앞으로, 권력자들은 절대로 감사를 표하지 않는다는 사실을 배우게 될 거예요. 우리가 무엇을 베풀든 그들은 당연하다는 듯이 받아들이죠."

그녀의 이런 겸양이 짜증스럽게 느껴졌지만 고드윈은 감정을 숨겼다. "어쨌든 이제 드디어 수도원장 선거를 할 수 있게 됐군요."

"누가 될 것 같나요?"

"수사 열 명이 카를로스를 굳게 지지하는데, 토머스를 지지하는 수사는 일곱 명밖에 되지 않습니다. 후보자 본인 표를 더해도 11대 8인 셈이죠. 여섯 명은 중립이고요."

"그러면 어느 쪽이든 될 수 있겠군요."

"하지만 카를로스가 우세하죠. 수녀원장님의 지지가 없다면 토머스는 승산이 없습니다."

"나는 투표권이 없어요."

"하지만 영향력이 있으시죠. 수도원에 좀더 엄격한 통제와 개혁이 필요한데 원장님이 그런 점에서 토머스가 우리에게 필요한 사람이라고 말씀하신다면, 부동표 일부를 좌우하게 될 겁니다."

"나는 원칙적으로 어느 쪽도 편들 수 없습니다."

"그러시겠죠. 하지만 재정을 제대로 관리하지 않으면 앞으로 수사들을 지원하지 않겠다고 말씀하실 수 있지 않을까요. 그건 잘못이 아니지 않겠습니까?"

그녀의 영리한 눈이 재미있다는 듯 반짝거렸다. 그녀는 쉽게 설득당하는 사람이 아니었다. "그러면 토머스를 지지한다는 암묵적인 메시지가 되겠군요."

"그렇습니다."

"나는 엄격하게 중립을 지킬 거예요. 나는 수사들이 누구를 뽑든 그분에게 기꺼이 협력할 생각이에요. 그것이 내 최종 판단이에요, 형제."

고드윈은 정중하게 고개를 숙였다. "물론 저는 원장님의 판단을 존중합니다."

그녀는 고개를 끄덕이고 자리를 떠났다.

고드윈은 기뻤다. 그는 수녀원장이 토머스를 지지할 거라고 처음부터 예상하지 않았다. 그녀는 보수적인 인물이었다. 모두가 수녀원장은 카를로스에게 우호적일 거라고 짐작했다. 하지만 이제 고드윈은 수녀원장이 어느 후보가 뽑히든 결과에 승복하겠다고 했다는 말을 퍼뜨릴 수 있게 되었다. 그리고 그건 분명 카를로스에 대한 수녀원장의 암묵적

지지를 훼손하는 결과가 될 것이다. 수녀원장이 알게 되면 고드윈이 그 사실을 이용했다고 화를 낼지도 모르지만, 중립을 지키겠다는 발언을 철회하지는 않을 것이다.

나는 정말 머리가 좋아. 고드윈은 생각했다. 나야말로 수도원장감이지.

시실리어를 중립으로 몰아간 건 도움이 되겠지만 카를로스를 물리치기에는 충분치 않았다. 고드윈에게는 수사들에게 카를로스가 자신들을 이끄는 데 얼마나 무능한지를 보여줄 증거가 필요했다. 그는 오늘 그럴 기회가 생기기를 간절히 바랐다.

카를로스와 시미언은 성당 안에서 오늘 있을 미사의 예행연습을 하고 있었다. 카를로스는 수도원장 대리이기 때문에 상아와 황금으로 조각한 성인의 유골함을 모시고 행렬을 선도해야 했다. 회계 담당이면서 카를로스를 보좌하는 시미언이 그와 함께 걷고 있었다. 카를로스는 자기 혼자서 행렬을 이끌기 위해 미리 걸음 수를 헤아리고 있었다. 신도들은 앞을 보지 못하는 카를로스가 자신 있게 성당을 돌아다니는 모습에 깊은 인상을 받았다. 그것은 작은 기적과도 같아 보였다.

행렬은 언제나 대제단 아래 유골이 안치되어 있는 성당 동쪽 끝에서부터 시작됐다. 수도원장은 그곳에 있는 장의 자물쇠를 열고 유골함을 꺼낼 것이다. 그런 다음 그것을 들고 성단소 북쪽 측랑을 따라가다 익랑을 돌아 신자석 북쪽으로 내려간 다음, 서쪽 끝을 가로질렀다가 신자석 중앙부로 올라와 교차부로 향할 것이다. 그리고 그곳에서 두 계단을 올라가 고드윈이 옮겨놓은 부제단에 유골함을 놓을 것이다. 유골함은 미사가 진행되는 내내 신도들이 볼 수 있도록 그 자리에 놓여 있을 것이다.

성당 안을 둘러보던 고드윈의 시선이 수리중인 성단소 남쪽 측랑에서 멈췄다. 그는 공사가 어떻게 되어가는지 보기 위해 그쪽으로 다가갔다. 엘프릭에게 쫓겨난 머딘은 더이상 공사에 관여하지 않았지만, 그가 생각해낸 놀랍도록 단순한 방법은 제대로 성과를 내고 있었다. 회반죽이 굳을 동안 새로 쌓는 돌을 지지해줄 값비싼 목재 거푸집을 쓰는 대신, 석재의 세로 모서리에 밧줄을 걸치고 거기에 돌을 달아 석재 하나하나를 안정시키는 간단한 방식이었다. 이 방식은 상대적으로 길고 가는 석재가 들어가는 궁륭의 늑재 공사에는 쓸 수 없었고, 따라서 그쪽 공사에는 거푸집을 써야 했지만, 그럼에도 머딘의 방식 덕분에 수도원으로서는 목공에 드는 적지 않은 비용을 절약할 수 있었다.

고드윈은 머딘의 천재성을 알아보았지만, 그래도 머딘과 일하는 것은 불편했다. 그는 엘프릭과 하는 것이 더 좋았다. 언제나 자발적으로 도구가 되어주는 엘프릭과는 부딪칠 일이 없는 반면, 머딘은 툭하면 자기주장을 폈다.

카를로스와 시미언이 나갔다. 성당은 미사를 드릴 만반의 준비가 되어 있었다. 고드윈은 필리먼만 빼놓고 일을 거들던 사람들을 모두 내보냈다. 필리먼은 교차부의 바닥을 쓸고 있었다.

그 순간 대성당에는 그들 둘밖에 없었다.

지금이 고드윈에게는 절호의 기회였다. 그의 머릿속에서 반쯤 만들어지던 계획이 이때 완성됐다. 그는 그것이 너무 위험 부담이 큰 일이라 잠시 망설였다. 그러나 도박을 해보기로 했다.

그가 필리먼을 손짓으로 불렀다. "이제 저 단을 앞으로 1야드만 당겨놔. 어서."

✑

고드윈에게 대성당은 대개 일하는 장소에 불과했다. 그곳은 이용하기 위한 공간이며, 수리해야 하는 건물이며, 수입원인 동시에 재정적으로 부담을 주는 장소였다. 그러나 지금과 같은 경우에는 그 위용이 살아났다. 촛불이 흔들리며 황금 촛대에 빛을 반사했고, 수도복을 입은 수사들과 수녀들이 오래된 기둥들 사이를 미끄러지듯 걷고 있었으며, 성가대의 노랫소리가 높다란 궁륭으로 솟구쳐올랐다. 그 광경을 지켜보고 있는 수백 명의 신도가 침묵하는 것도 놀랄 일은 아니었다.

카를로스가 행렬을 인도했다. 수사들과 수녀들이 노래하는 동안 그가 손으로 더듬어서 대제단 아래쪽 장을 열고 상아와 황금으로 조각한 유골함을 꺼냈다. 그는 유골함을 높이 쳐들고 성당 안을 돌기 시작했다. 흰 수염에 눈까지 보이지 않는 그는 신성함과 무구함 그 자체였다.

그가 고드윈이 파놓은 함정에 빠질까? 그것은 아주 간단했고 너무 쉬울 정도였다. 몇 발짝 뒤에서 카를로스를 뒤따르던 고드윈은 입술을 깨물며 마음을 진정시키려 애썼다.

신도들은 경외감에 사로잡혔다. 고드윈은 사람들이 얼마나 자발적으로 속아넘어가는지 매번 놀랐다. 그들은 그 유골을 눈으로 볼 수 없었고, 설령 본다 해도 그것과 다른 사람의 유골을 구별하지도 못할 것이다. 그러나 지나치리만큼 화려한 유골함 장식과, 기이하리만큼 아름다운 성가, 수사들과 수녀들의 수도복, 그리고 그들 모두를 왜소해 보이게 하는 높은 건물 때문에 사람들은 성스러운 존재를 느꼈다.

고드윈은 조심스러운 눈길로 카를로스를 지켜보았다. 카를로스는 북쪽 측랑 서쪽 끝 베이의 정중앙에서 정확하게 왼쪽으로 방향을 틀었다. 시미언이 그가 잘못할 경우 정정해줄 채비를 하고 있었지만 그럴 필요가 없었다. 잘된 일이었다. 카를로스가 자신감을 가질수록 결정적인 순간에 넘어질 가능성도 높아지는 것이다.

카를로스는 걸음 수를 헤아리며 신자석 중앙까지 나아갔다가 그곳에서 다시 제단이 있는 쪽으로 방향을 틀었다. 그것이 신호라도 되는 듯 성가 소리가 뚝 그쳤고, 행렬은 경건한 침묵 속에서 나아갔다.

그 일은 한밤중에 변소를 더듬어 찾아가는 것과 비슷한 느낌일 거라고 고드윈은 생각했다. 카를로스는 거의 평생 동안 일 년에 몇 번씩 지금의 이 행로를 걸었다. 그러나 이번에는 행렬의 인도자로서 걷는 것이니만큼 분명 긴장하고 있을 것이다. 그러나 겉으로는 태연해 보였다. 달싹거리는 입술로 그가 걸음 수를 헤아리고 있다는 것을 알 수 있는 정도였다. 그러나 고드윈이 그 걸음 수가 맞지 않게 단의 위치를 바꿔놓았다. 카를로스는 망신을 당하게 될까? 아니면 어떻게든 수습해낼까?

신도들은 성스러운 유골이 지나가면 두려운 듯 뒤로 물러났다. 그들은 유골함을 만지면 기적이 일어날 수 있다고 믿고 있었지만, 그와 동시에 유골을 불경하게 대하면 재앙을 초래하게 된다고 여기기도 했다. 망자들의 영혼은 심판의 날이 오기를 기다리면서 어디서나 자신의 유해를 지켜본다. 게다가 성스러운 삶을 영위했던 이들은 산 자에게 보답하고 산 자를 벌하는 데 거의 무제한의 힘을 발휘한다.

어쩌면 킹스브리지 대성당에서 곧 벌어질 어떤 일 때문에 성 아돌푸스가 노할지도 모른다는 생각이 고드윈의 머릿속을 스쳤다. 그는 한순간 공포로 몸을 떨었다. 그러나 다음 순간, 자신은 지금 그 성스러운 유골이 안치된 수도원에 유익한 일을 하고 있는 것이며, 사람 마음속을 꿰뚫어보고 모르는 것이 없는 성인이라면 이 일이야말로 최선임을 이해해주리라고 스스로를 안심시켰다.

제단이 가까워지면서 카를로스는 걸음을 늦췄지만 보폭은 일정했다. 고드윈은 숨을 멈췄다. 카를로스는 그 자신의 계산에 의하면 아직 제단이 있는 단에 이르지 못했을 지점에서 망설이는 것처럼 보였다. 고드윈은 마지막 순간에 그가 행로를 바꾸는 것은 아닌가 염려하며, 무력한 심정으로 그를 지켜보았다.

이윽고 카를로스는 자신 있게 발을 내디뎠다.

그의 발이 예상보다 1야드 앞선 곳에서 단의 모서리에 부딪쳤다. 고요한 가운데 그의 신발이 속 빈 나무 단에 부딪히는 큰 소리가 났다. 그가 놀라움과 두려움에 짤막한 비명을 질렀다. 나아가던 관성 때문에 그의 몸이 앞으로 쏠렸다.

고드윈은 승리감에 가슴이 뛰었지만, 그것은 잠시뿐이었다. 곧이어 재앙이 닥쳤다.

시미언이 카를로스의 팔을 잡으려고 손을 뻗었지만 너무 늦었다. 카를로스의 손에 들려 있던 작은 상자가 허공으로 날아갔다. 신도들은 공포에 질려 일제히 숨을 멈췄다. 그 소중한 상자가 돌바닥에 떨어지자 뚜껑이 열리면서 성인의 유골이 쏟아져나왔다. 카를로스가 조각이 새겨진 묵직한 나무 제단에 부딪히자 제단이 단에서 밀려나면서 제단 위에 있던 장식물과 촛대가 바닥으로 굴러떨어졌다.

고드윈은 겁에 질렸다. 그가 의도했던 것보다 결과가 참혹했다.

바닥을 구르던 성인의 두개골이 고드윈의 발밑에 와서 멈췄다.

그의 계획은 적중했지만, 너무 잘 들어맞았다. 그는 카를로스가 넘어지면서 무력한 모습을 보이는 것을 원했지, 유골을 모독하려 했던 것이 아니었다. 고드윈은 겁에 질린 눈으로 바닥에 놓인 두개골을 내려다보았다. 두개골의 텅 빈 눈구멍이 그를 나무라듯 바라보는 것 같았다. 어떤 무시무시한 벌이 그에게 떨어질까?

이런 엄청난 죄를 갚을 길이 있기나 할까?

그래도 고드윈은 사고가 터질 것을 예상하고 있었기 때문에 다른 사람들보다는 충격이 덜했으므로 가장 먼저 평정을 되찾았다. 그는 유골을 굽어보는 그 자리에 선 채 양팔을 번쩍 치켜들고 웅성대는 그들에게 외쳤다. "모두 무릎을 꿇으세요! 기도를 드려야 합니다!"

앞줄에 있던 사람들이 무릎을 꿇자 나머지 사람들도 재빨리 무릎을 꿇었다. 고드윈이 모두가 잘 알고 있는 기도문 중 하나를 읊기 시작하자, 수사들과 수녀들이 합류했다. 기도문을 낭송하는 소리가 성당 안을 가득 채운 가운데 고드윈은 유골함을 제자리에 올려놓았다. 손상된 곳은 없는 것 같았다. 그러고는 극적인 효과를 위해 일부러 느릿느릿 움직이며 양손으로 두개골을 집어들었다. 고드윈은 미신적인 두려움에 사로잡혀 손을 떨면서도 두개골을 놓치지는 않았다. 그는 라틴어로 기도문을 낭송하면서 유골함이 있는 곳으로 가 두개골을 그 안에 넣었다.

카를로스가 일어나려고 허우적대는 모습이 보였다. 고드윈은 수녀 두 명을 가리켰다. "부수도원장님을 구호소까지 부축해주십시오." 그러고는 말했다. "시미언 형제와 시실리어 수녀원장님도 부수도원장님과 함께 가주시겠습니까?"

그는 다른 유골도 집어들었다. 이번 일의 책임이 카를로스보다 자신에게 더 있다는 사실을 아는 그는 겁이 났지만, 의도는 순수했으므로 성인의 신노가 누그러지시기만 바랐다. 동시에 그는 자기가 취한 행동이 그 자리에 있는 모든 이의 눈에는 좋게 보였을 거라고 생각했다. 그는 진정한 지도자처럼 위기 속에서 주도권을 잡고 수습을 한 것이었다.

그러나 경외감과 공포심에 사로잡힌 이 순간을 너무 오래 끌 수는 없었다. 유골을 좀더 신속하게 한데 모아야 했다. "토머스 형제, 시어도릭 형제, 이쪽에 와서 좀 도와주십시오." 필리먼이 앞으로 나섰지만 고드윈은 손짓으로 물리쳤다. 필리먼은 수사가 아니었다. 하느님의 종만이 유골에 손을 댈 수 있었다.

카를로스가 시미언과 시실리어의 부축을 받아 다리를 절며 교회를 나갔기 때문에, 이제 고드윈이 이 행사의 총책임자가 된 셈이었다.

고드윈은 필리먼과 또 한 명의 하인인 오토를 불러 제단을 바로 놓도록 지시했다. 두 사람이 제단을 단 위에 바로 세웠다. 오토는 촛대를, 필리먼은 보석이 박힌 십자가를 집어들었다. 그들은 경건한 태도로 촛대와 십자가를 제단 위에 놓고 사방에 흩어진 초를 회수했다.

모든 유골이 수습됐다. 고드윈은 유골함 뚜껑을 닫으려고 했지만 뚜껑이 휘어져 들어맞지 않았다. 그는 되는 데까지만 하고 공손하게 그 상자를 제단에 올려놓았다.

그제야 고드윈은 지금 그가 그 자신이 아니라 토머스를 수도원의 지도자처럼 보이게 할 기회를 찾던 중이었다는 것을 상기했다. 그는 시미언이 들고 있던 성서를 토머스에게 건네줬다. 토머스에게 그것으로 무엇을 하라는 것인지 굳이 말할 필요는 없었다. 토머스는 성서를 펴 필요한 페이지를 찾은 뒤 낭독하기 시작했다. 수사들과 수녀들이 제단 양편에 도열했고, 토머스는 그들이 시편을 낭송하도록 이끌었다.

그렇게 미사는 겨우 끝이 났다.

❧

성당을 나서자마자 고드윈은 다시 몸을 떨기 시작했다. 이번 일은 거의 재앙에 가까웠지만 자신은 책임을 모면한 듯이 보였다.

행렬이 클로이스터에 이르자 수사들은 흥분한 어조로 떠들면서 흩어졌다. 고드윈은 기둥에 몸을 기댄 채 냉정을 되찾으려 애썼다. 그는 이번 일에 대해 수사들이 하는 말에 귀를 기울였다. 어떤 이들은 유골에 대한 모독이 하느님이 카를로스가 수도원장이 되기를 원하지 않는 징표라고 보았다. 바로 고드윈이 의도했던 반응이었다. 그러나 실망스럽게도 대부분의 수사들은 카를로스에 대해 동정했다. 이는 고드윈이 원하던 것이 아니었다. 그는 카를로스에게 사고에 대한 반동으로 동정심이라는 이득을 안겨준 것인지도 모른다고 생각했다.

그는 정신을 차리고 서둘러 구호소로 향했다. 카를로스가 아직 풀이 죽어 있을 때, 그리고 그가 수사들의 의견을 알아차리기 전에 그를 다

잡을 필요가 있었다.

부수도원장은 한쪽 팔에 삼각건을 대고 머리에 붕대를 감은 채 병상에 앉아 있었다. 얼굴은 창백하고 풀이 죽어 있었으며 안면 근육이 신경질적으로 경련을 일으켰다. 시미언은 그 옆에 앉아 있었다.

시미언은 고드윈에게 역겹다는 눈길을 보냈다. "형제는 기분이 좋은 것 같군요."

고드윈은 그의 말을 무시했다. "카를로스 형제, 성인은 자신의 유골이 성가와 기도 속에서 제자리로 돌아갔다는 사실을 알면 기뻐하실 겁니다. 성인은 이 비극적인 사고에도 불구하고 우리 모두를 용서해주실 것이 분명합니다."

"사고라는 건 없습니다. 모든 일은 하느님이 정하신 대로 일어나는 것이죠." 카를로스가 고개를 저으며 말했다.

고드윈의 가슴에 희망이 밀려들었다. 그가 이제 하려는 일은 가망이 높아 보였다.

시미언도 같은 생각이었지만 그럼에도 카를로스를 제어하려 애썼다. "너무 그렇게 속단해서 말할 건 아니죠, 형제."

"이것은 징표요." 카를로스가 말했다. "하느님은 우리에게, 그분이 나를 수도원장으로 원치 않는다는 사실을 말씀하고 계시는 겁니다."

이것이야말로 고드윈이 바라던 말이었다.

"말도 안 됩니다." 시미언이 말하고는 병상 옆의 탁자에서 잔을 집어들었다. 고드윈은 그 잔에 시실리어 수녀원장의 만병통치약인 꿀을 넣은 따뜻한 와인이 들어 있을 거라고 짐작했다. 시미언이 카를로스의 손에 잔을 쥐여주었다. "드세요."

카를로스는 그것을 마셨지만 자신이 하려던 말에서 벗어날 생각은 없나보았다. "이런 징조를 무시하는 건 죄악입니다."

"징조는 그렇게 쉽게 해석되는 것이 아닙니다." 시미언이 이의를 제기했다.

"그렇긴 하지만, 설령 형제의 말이 맞는다 해도 성인의 유골을 제대로 운반도 하지 못하는 수도원장에게 어떤 형제가 표를 주겠소?"

"그러나 거부감보다는 동정심에서 형제에게 끌리는 수사들도 있을 겁니다." 고드윈이 말했다.

시미언이 그에게 어리둥절한 눈길을 보냈다. 고드윈에게 무슨 꿍꿍이가 있는지 의아한 듯했다.

시미언의 의혹은 맞는 것이었다. 카를로스에게서 모호한 의심이 아닌 좀더 명확한 말이 나오기를 원했던 고드윈은 악마의 옹호자 역을 맡고 있었다. 그에게서 분명한 사퇴 표명을 끌어낼 수 있을까?

그가 바라던 대로 카를로스는 그의 말에 반박했다. "수사들이 존경하는 사람, 자신들을 현명하게 인도할 수 있는 사람이 수도원장이 되어야 합니다. 동정을 받는 사람이 아니라." 그는 평생을 불구로 지낸 사람답게 씁쓸하고도 확신에 찬 어조로 말했다.

"맞는 말씀일지도 모르겠습니다." 고드윈은 상대로부터 원치도 않는 자백을 받았다는 투로, 내키지 않는다는 몸짓을 했다. 그는 모험을 하기로 했다. "하지만 어쩌면 시미언 형제의 말이 맞는지도 모릅니다. 기분이 좀 나아질 때까지 최종 결정은 미뤄두는 편이 좋겠습니다."

"나는 계속 이런 상태여도 상관없을 만큼 멀쩡합니다." 젊은 고드윈 앞에서 나약함을 인정하기 싫었던 카를로스가 반박했다. "달라질 건 아무것도 없습니다. 나는 내일도 지금과 똑같은 기분일 거요. 나는 수도원장 선거에 입후보하지 않겠습니다."

그것은 고드윈이 기다리던 말이었다. 그는 벌떡 자리에서 일어나, 행여 승리감이 드러날까 두려워 얼굴을 감추며 감사라도 하듯 고개를 숙였다. "언제나처럼 현명하십니다. 카를로스 형제. 형제의 뜻을 다른 수사들에게도 전하겠습니다."

토를 달려고 입을 열던 시미언은, 계단 쪽에서 방으로 들어선 시실리어 수녀원장의 방해로 입을 다물었다. 그녀는 낭패한 표정을 짓고 있었다. "롤런드 백작이 부수도원장을 만나고자 하십니다. 백작은 당장 침대에서 나오겠다고 위협했지만, 아직 머리가 완전히 낫지 않은 상태라 움직이시면 안 됩니다. 그런데 당신도 움직이지 못하는 것은 마찬가지로군요."

"우리가 가봅시다." 고드윈이 시미언에게 말했다.

그들은 계단을 올라갔다.

고드윈은 기분이 좋았다. 카를로스는 자신이 조종을 당했다는 사실을 전혀 눈치채지 못했다. 그는 자발적으로 경쟁에서 사퇴한 것이었다. 이제 남은 사람은 토머스뿐이었다. 그리고 고드윈은 언제든 원할 때 그를 제서할 수 있었다.

계획은 놀라울 정도로 성공적이었다. 지금까지는 그랬다.

롤런드 백작은 머리에 붕대를 친친 감고 누워 있었지만, 권력자의 위용은 그대로였다. 면도가 되어 있고 붕대로 덮이지 않은 부분의 검은 머리카락이 말끔하게 손질돼 있는 것을 보니 이발사가 다녀간 것이 분명했다. 백작은 짧은 자주색 튜닉에 새 반바지 차림이었는데, 바지의 다리 부분은 유행에 따라 한쪽은 빨간색, 한쪽은 노란색으로 염색되어 있었다. 그는 침대에 누워 있으면서도 혁대에 단검을 차고 짧은 가죽 부츠를 신고 있었다. 그의 맏아들 윌리엄과 며느리 필리파가 침대 옆에 서 있었다. 백작의 서기인 젊은 제롬 신부는 사제복 차림으로 펜과 봉인 밀랍을 준비한 채 필기용 책상에 앉아 있었다.

그 모습이 전하는 메시지는 분명했다. 백작이 다시 권력을 쥐었다는 뜻이었다.

"거기 부수도원장 있소?" 그가 또렷하면서도 힘찬 목소리로 물었다.

시미언보다 머리가 빨리 도는 고드윈이 먼저 대답했다. "카를로스 부수도원장은 낙상으로 현재 이곳 구호소에 누워 있습니다, 백작. 저는 성구 관리인 고드윈이고 함께 온 이 사람은 회계 담당 수사인 시미언 형제입니다. 백작이 기적적으로 쾌유되신 데 대해 하느님에게 감사드립니다. 그분이 저희 의료 수사들의 손을 이끌어 백작을 보살피게 하셨으니까요."

"내 깨진 머리를 고친 건 이발사였소. 그러니 그에게 감사할 일이지."

백작이 천장을 보는 자세로 누워 있었기 때문에 고드윈에게는 그의 얼굴이 잘 보이지 않았지만, 백작의 표정은 이상하리만큼 멍해 보였다. 어쩌면 이번 부상으로 영구적인 손상을 입었을지도 모른다. "어디 불편하신 데는 없습니까?"

"내가 편치 않다면 당신이 바로 알게 될 것이오. 그런데 내 조카딸 마저리가 몬머스의 작은아들 로저와 결혼하기로 되어 있지. 당신도 그 사실을 알고 있을 텐데."

"알고 있습니다." 그 순간 고드윈의 눈앞에, 바로 이 방에 누워 하얀 두 다리를 허공으로 뻗은 자세로 킹스브리지 주교인 그의 사촌 리처드와 간음을 범하던 마저리의 모습이 떠올랐다.

"그런데 내가 다치는 바람에 결혼식이 너무 지체됐소."

그것은 사실이 아닐 거라고 고드윈은 생각했다. 다리가 무너진 것은 불과 한 달 전이었다. 백작은 이번 부상으로 자신이 위축되지 않았고, 몬머스 백작과 동맹을 맺어도 좋을 만큼 자신의 권력이 굳건하다는 사실을 증명할 필요가 있다는 것이 진실일 것이었다.

"결혼식은 앞으로 삼 주 후 킹스브리지 대성당에서 거행될 것이오."

롤런드가 계속 말했다.

 엄격히 말하자면 백작은 명령이 아니라 요청을 해야 했고, 수도원장이라면 백작의 고압적인 자세에 화를 냈을지 모르지만, 지금 수도원장은 공석이었다. 어쨌든 고드윈으로서는 롤런드가 원하는 대로 해주지 않을 이유를 떠올릴 수 없었다. "잘 알겠습니다. 백작. 필요한 준비를 해놓겠습니다."

 "나는 혼배미사를 집전할 신임 수도원장이 시일 내에 취임하기를 바라오."

 시미언은 놀란 나머지 신음을 흘렸다.

 고드윈은 머릿속으로 재빨리, 서둘러야 한다면 그야말로 자신의 계획과 딱 맞아떨어질 거라고 계산했다. "좋습니다. 후보가 두 사람 있었는데, 오늘 카를로스 부수도원장이 사퇴해 이제 작업 담당 수사인 토머스 형제만 남았습니다. 따라서 백작이 원하시는 대로 조속한 시일 내에 선거를 치를 수 있을 겁니다." 그는 자신의 행운이 믿기지 않을 정도였다.

 시미언은 패배가 목전에 있다는 사실을 깨달았다. "조금 더 기다려주십시오." 그가 말했다.

 그러나 롤런드는 그의 말을 듣지 않았다. "나는 토머스 형제가 선출되는 것은 바라지 않소."

 고드윈이 예상치 못한 것이었다.

 시미언은 이 마지막 순간의 구제에 기쁨의 미소를 지었다.

 충격을 받은 고드윈이 입을 열었다. "하지만 백작—"

 롤런드는 자기 말을 끊는 것을 허락하지 않았다. "숲속의 성 요한 수도원에 있는 나의 조카 솔 화이트헤드를 부르시오."

 불길한 전조가 고드윈을 엄습했다. 솔은 그의 동기였다. 수련수사 시절 두 사람은 친구였다. 그들은 옥스퍼드에도 함께 갔지만, 거기서 그들의 길이 갈렸다. 솔은 더욱 독실해졌고, 고드윈은 보다 세속적이 됐다. 솔은 현재 멀리 떨어진 성 요한 소수도원을 이끄는 역량 있는 수도원장이었다. 수도사의 겸양을 미덕으로 곧이곧대로 받아들이는 그가 앞으로 나서는 일은 아마도 없을 것이다. 하지만 그는 영리하고 경건하고, 모두가 그를 좋아했다.

"가능한 한 빨리 그를 이곳에 데려오시오. 나는 그를 킹스브리지 차기 수도원장으로 지명하겠소." 롤런드가 말했다.

21

머딘은 킹스브리지 북쪽 끝에 있는 성 마르코 성당 지붕에 앉아 있었다. 이곳에서는 도시 전체를 조망할 수 있었다. 남동쪽으로 강의 물굽이가 팔꿈치를 구부린 모양으로 수도원을 감싸고 있었다. 도시의 그 구역에는 마치 쐐기풀밭에 서 있는 떡갈나무처럼 솟아오른 대성당을 비롯해 수도원 건물들과 수도원 부속 공동묘지, 시장, 과수원, 채소밭 등이 자리를 차지하고 있었다. 밭에서 채소를 따고 마구간 오물을 청소하고 수레에서 통들을 부리는 수도원 하인들의 모습이 보였다.

도시 중심부, 그중에서도 큰길 언저리는 부유한 이들이 사는 구역으로, 수백 년 전 최초의 수사들이 강에서 경사로를 따라 올랐던 길이었다. 고급 모직 외투의 강렬한 색채로 다른 사람과 구분되는 부유한 상인 몇 명이 당당한 걸음걸이로 그 거리를 걷고 있었다. 상인들은 언제나 분주했다. 마찬가지로 번화한, 또하나의 대로가 서쪽에서 동쪽으로 도시의 중심부를 관통하며 수도원 북서쪽 모서리 근처에서 큰길을 직각으로 분할하고 있었다. 바로 그 모퉁이에 수도원 다음으로 도시에서 가장 큰 건물인 길드 집회소의 널따란 지붕이 보였다.

큰길가의 벨 여인숙 옆에 수도원 정문이 있고, 그 맞은편에는 다른 건물들보다 훨씬 높은 캐리스의 집이 있었다. 벨 여인숙 밖에 탁발 수사 머도와 그 주위로 모여든 군중이 보였다. 어느 특정 교회에 속하지 않은 탁발 수사는 다리가 무너지고 난 후로 계속 킹스브리지에 머물고 있었다. 특히 그 사고로 충격을 받고 가족과 사별한 사람들이 감정을 자극하는 탁발 수사의 노상 설교에 반응을 보였고, 그 덕분에 그는 반 페니 은화와 파딩화를 긁어모았다. 머딘은 그가 사기꾼이며, 그의 성스러운 분노는 거짓된 것이고, 그가 흘리는 눈물 뒤에 냉소와 탐욕이 숨겨져 있다고 여겼지만, 그렇게 생각하는 사람은 별로 없었다.

중심가 아래쪽에는 교각의 남은 부분이 여전히 물 밖으로 드러나 있었고, 그 옆에 머딘이 만든 나룻배가 통나무를 실은 수레를 강 건너로 나르는 중이었다. 도시의 남서쪽은 산업 구역인데, 널찍한 부지에 자리잡은 큰 가옥들에는 도살장과 무두질 작업장, 양조장, 제빵소를 비롯한 온갖 작업장이 들어서 있었다. 도시의 유력 시민들이 보기에는 악취가 진동하고 더럽기 짝이 없는 곳이지만 그럼에도 이 구역에서는 큰돈이 오갔다. 강은 그곳에서 폭이 넓어지면서 나환자 섬 양편으로 갈라졌다. 섬을 향해 배를 젓고 있는 사공 이언이 보였는데, 배에 탄 사람은 아마도 그 섬에 한 명 남은 나환자에게 식품을 가져다주는 수사일 것이다. 남쪽 강둑에는 선창들과 창고들이 늘어서 있고, 뗏목과 거룻배 몇 척에서 짐을 부리는 모습이 보였다. 그 너머가 신시가지로, 그곳에 수도원 하인들이 수사와 수녀의 양식을 재배하는 과수원과 초지와 채소밭이 있었으며 그 사이사이로 가난한 이들의 집들이 늘어서 있었다.

도시의 북쪽 끝, 성 마르코 성당이 있는 곳은 빈민 구역으로 노동자와 과부와 불행한 이들과 노인들의 집들이 성당 주변을 에워싸듯 몰려 있었다. 이 성당은 가난했는데 그것이 머딘에게는 다행스러운 점이었다.

사 주 전, 사정이 다급했던 조프로이 신부는 권양기를 만들어 성당 지붕을 수리하도록 머딘을 고용했다. 캐리스는 아버지를 설득해 머딘에게 연장 살 돈을 빌려주었다. 머딘은 일당 반 페니를 지급하는 조건으로 열네 살 소년 지미를 고용했다. 그리고 오늘이 바로 권양기가 완성된 날이었다.

어찌된 일인지 머딘이 새로 만든 기계를 시험한다는 말이 나돌았다. 그가 만든 나룻배에 모두 깊은 인상을 받았기 때문에 사람들은 그가 새로 만들었다는 것이 무엇인지 궁금해했다. 저 아래쪽 묘지에 몇몇이 모여 있었는데, 대부분은 할일이 없는 사람들이지만 그중에는 조프로이 신부와 에드먼드, 캐리스, 도시의 건축업자 몇 명, 그리고 엘프릭도 있었다. 만약 오늘 실패하면 머딘은 친구들과 적들 앞에서 실패하는 셈이 될 것이었다.

그것으로 끝이 아니다. 이 일거리를 구하면서 그는 일자리를 구하러 이 도시를 떠날 필요가 없게 됐다. 하지만 그 운명이 여전히 그의 머리 위에 떠돌고 있었다. 만약 오늘 권양기가 제대로 작동하지 않으면, 사람들은 머딘을 고용하면 불운을 자초하는 것이라 결론지을 것이다. 사람들은 정령들이 그가 이 도시에 있는 것을 원치 않는다고 할 것이다. 머딘은 더욱 거세게 이 도시를 떠나라는 압박을 받게 될 것이다. 결국 그는 킹스브리지에, 캐리스에게 작별을 고하지 않을 수 없게 될 것이다.

나무틀을 짜고 권양기의 부품을 조립하며 보낸 지난 사 주 동안, 그는 처음으로 그녀를 잃는 문제에 대해 진지하게 생각해보았다. 그녀를 잃는다면 그는 엄청난 절망에 빠질 것이다. 그는 그녀가 자신의 모든 기쁨의 원천임을 깨달았다. 날이 좋으면 그녀와 함께 햇살 속을 걷고 싶었다. 아름다운 것이 눈에 띄면 그녀에게 보여주고 싶었다. 재미있는 이야기를 들었을 때 그의 머릿속에 가장 먼저 떠오르는 생각은 그녀에게 들려주고 그녀가 웃는 모습을 보고 싶다는 것이었다. 그는 일에서 기쁨을 느꼈다. 풀기 힘든 문제를 풀 멋진 해결책을 찾아냈을 때는 특히 그랬다. 하지만 그것은 냉정한 기쁨, 머리가 느끼는 만족감이었다. 그는 캐리스가 없는 인생은 기나긴 겨울과 다름없을 거라는 사실을 알고 있었다.

그는 일어섰다. 이제 자신의 기술을 시험할 시간이었다.

그가 만든 것은 기존의 권양기에 한 가지 혁신을 더한 것이었다. 모든 권양기가 그렇듯 이것 역시 일련의 도르래를 지나는 밧줄이 달려 있었다. 그는 지붕 가장자리의 성당 벽 꼭대기에 교수대처럼 생긴 목재 구조물을 세웠는데, 거기에는 지붕을 가로지르는 가로대가 붙어 있었다. 밧줄은 가로대 끝까지 이어져 있었다. 지상의 묘지까지 연결된 밧줄의 다른 한쪽 끝에는 발로 밟아서 돌리는 쳇바퀴가 있었는데, 지미가 그것을 작동시켜 밧줄을 감아올렸다. 여기까지는 표준적인 권양기와 다를 바 없었다. 머딘이 더한 혁신은, 교수대 모양의 구조물에 회전 고리를 달아 가로대가 회전하도록 만들었다는 것이다.

하월 타일러와 같은 운명이 되지 않기 위해 머딘은 겨드랑이 밑에 견고한 석재 첨탑과 연결한 벨트를 묶었다. 그렇게 하면 떨어지더라도 곧바로 떨어지지는 않을 것이다. 그는 이렇게 보호 장치를 하고 지붕에서 석판을 들어낸 뒤 권양기 밧줄에 목재를 묶었다. 그리고 밑에 있는 지미에게 소리쳤다. "바퀴를 돌려!"

다음 순간 머딘은 숨을 죽였다. 제대로 작동할 거라고 확신했다. 제대로 작동할 수밖에 없었다. 그럼에도 역시 불안했다.

지상에 설치된 거대한 쳇바퀴 속에 들어가 있던 지미가 걷기 시작했다. 그 바퀴는 한 방향으로만 움직였다. 거기에는 비대칭을 이룬 톱니에 압력을 가하는 제동 장치가 붙어 있었다. 각 톱니의 한쪽 면은 완만한 각을 이뤄 제동 장치가 경사면을 따라 조금씩 이동하도록 되어 있었다. 그러나 톱니의 다른 쪽 면은 수직을 이루고 있어 순간순간 역방향의 움직임을 저지했다.

바퀴가 돌자 지붕의 목재가 위로 올라갔다.

목재가 지붕 구조물에서 완전히 떨어졌을 때 머딘이 외쳤다. "멈춰!"

지미가 걸음을 멈추자 제동 장치가 맞물리면서 목재는 공중에 뜬 상태로 허공에서 천천히 흔들렸다. 지금까지는 완벽했다. 그다음이 일이 잘못된다면 한꺼번에 틀어질 수 있는 단계였다.

머딘이 권양기를 돌리자 가로대가 선회하기 시작했다. 그는 숨을 멈춘 채 그 광경을 주시했다. 목재가 원래 있던 자리에서 떨어져나와 가로대에 실리면서 구조물에는 새로운 하중이 더해졌다. 권양기의 나무틀이 삐걱거렸다. 가로대가 반원을 그리며 목재를 원래 위치에서 지붕 위를 가로실러 묘지 위쪽으로 옮겼다. 그러자 군중 속에서 소리 죽인 탄성이 흘러나왔다. 그들은 지금까지 회전하는 권양기를 본 적이 없었다.

"내려!" 머딘이 소리쳤다.

지미가 제동 장치를 작동시키자 바퀴가 돌고 밧줄이 풀리면서 목재가 한 번에 1피트씩 움찔거리며 아래로 내려왔다.

모두가 말없이 그 장면을 지켜보았다. 목재가 땅에 닿자 박수갈채가 터져나왔다.

지미가 목재를 묶은 밧줄을 풀었다.

머딘은 우쭐했다. 성공이었다.

그는 사다리를 타고 밑으로 내려왔다. 군중이 환호성을 질렀다. 캐리스가 그에게 키스했다. 조프로이 신부는 그에게 악수를 청했다. "이건 기적이야." 그가 말했다. "나는 이런 건 본 적이 없네."

"아무도 본 적 없죠. 제가 발명한 거니까요." 머딘은 자랑스럽게 말했다.

몇몇 사람이 그에게 축하의 말을 건넸다. 그곳에 모인 사람들은 자신들이 처음으로 이 놀라운 광경을 목격했다는 사실에 기뻐했다. 군중 뒤편에서 언짢은 표정을 짓고 있는 엘프릭만 예외였다.

머딘은 그를 무시해버렸다. 그는 조프로이 신부에게 말했다. "계약에 의하면 신부님은 권양기가 제대로 작동하면 제 임금을 지불해준다고 하셨죠."

"기꺼이 지불하지. 내가 지금까지 자네에게 빚진 임금은 8실링일세. 나머지 목재를 마저 들어내고 지붕을 재건하는 시일이 당겨질수록 지불 기한은 앞당겨질 테고 나는 더 기쁠 거야." 그는 허리춤에 찬 지갑을 열어 헝겊에 싼 동전을 꺼냈다.

"잠깐!" 엘프릭이 큰 소리로 말했다.

모두가 그를 바라보았다.

"그 아이에게 임금을 줘선 안 됩니다, 조프로이 신부님. 그애는 정식 목수가 아닙니다."

이런 일이 일어나다니. 머딘은 생각했다. 그는 이미 일을 했고, 지금 와서 임금을 주지 않는 건 말도 안 된다. 하지만 엘프릭은 불공평 같은 건 안중에도 없었다.

"말도 안 되는 소립니다!" 조프로이가 말했다. "그는 이 도시의 어떤 목수도 하지 못하는 일을 해냈습니다."

"그래도 그는 길드 소속이 아니죠."

"저도 길드에 들어가려고 했어요." 머딘이 끼어들었다. "당신이 받아 주지 않았을 뿐이죠."

"그건 길드가 가진 특권이야."

"그건 불공평한 일입니다. 그리고 이 도시 사람들 대부분이 제 생각에 동의할 겁니다. 머딘은 먹고 부엌 바닥에서 잠을 잔 것 외에 임금은 한 푼도 받지 못한 채 육 년 반이나 도제살이를 했습니다. 그가 여러 해 동안 정식 목수만큼 일을 했다는 건 누구나 알 겁니다. 당신은 연장도 주지 않고 그를 쫓아내선 안 되는 거였어요." 조프로이가 말했다.

사람들 속에서 동의하는 웅성거림이 들렸다. 엘프릭이 너무 지나쳤다는 것이 중론이었다.

"죄송하지만, 그건 신부님이 아니라 길드에서 결정할 일입니다." 엘프릭이 말했다.

"좋습니다." 조프로이가 팔짱을 끼며 말했다. "당신은 지금, 이 도시에서 교회 문을 닫지 않고 교회를 수리할 수 있는 유일한 목수에게 임금을 지불하지 말라고 하고 있소. 어디 막으려면 막아보시오." 그러면서 그는 머딘에게 돈을 건넸다. "자, 이제 이 일로 고소를 해도 좋습니다."

"수도원장의 법정에 고소하란 말씀인가요?" 엘프릭의 성난 얼굴이 일그러졌다. "사제에게 불만이 있는 사람이 수사들의 법정에서 공정한 심리를 기대할 수 있겠어요?"

군중 속에서 그 말에 동조하는 소리가 났다. 그들은 수도원장의 법정에서 사제에게 부당할 정도로 호의를 베푸는 사례를 너무도 많이 보아 왔다.

하지만 조프로이가 반박했다. "그렇다면 일개 도제가 장인들이 이끄는 길드에서 공정한 심리를 받을 수 있겠어요?"

군중이 폭소를 터뜨렸다. 사람들은 재치 있는 논박을 좋아했다.

엘프릭의 얼굴이 일그러졌다. 어떤 법정에서든 자기와 머딘 사이의 문제라면 이길 자신이 있었지만, 사제를 상대로는 승산이 없었다. 그는 분개한 어조로 말했다. "도제들이 고용주에게 대들고 사제들이 그런 도제 편을 드는 한, 이 도시의 평판은 날로 떨어질 겁니다." 하지만 그는 자신이 졌음을 알고 몸을 돌렸다.

머딘은 손으로 동전의 무게를 가늠해보았다. 8실링이면 96페니이고, 1파운드의 5분의 2에 해당하는 거금이었다. 동전을 세어봐야 하겠지만 너무 기뻐서 그럴 마음이 들지 않았다. 그는 난생처음 임금을 받은 것이었다.

"이건 당신에게 빌린 돈입니다." 머딘이 에드먼드에게 말했다.

"먼저 5실링만 주고 나머지는 나중에 갚게." 에드먼드는 관대하게 말했다. "자네도 얼마쯤은 가지고 있어야지. 그럴 자격이 충분해."

머딘은 미소지었다. 그렇게 되면 수중에 3실링이 남는 것이고, 평생 만져본 돈 중 가장 큰 액수였다. 그 돈으로 무엇을 해야 좋을지 알 수 없었다. 어머니에게 닭이라도 사드릴까.

정오여서 사람들은 점심식사를 하기 위해 집으로 뿔뿔이 흩어졌다. 머딘은 캐리스와 에드먼드와 함께 갔다. 그는 자신의 미래가 안전하게 보장됐다고 느꼈다. 목수로서 실력을 입증했고, 조프로이 신부가 전례를 만들어줬으니 그를 쓰는 데 머뭇거릴 사람도 거의 없을 것이다. 그는 생계비를 벌 수 있게 된 것이다. 어쩌면 그가 살 집을 구할 수도 있을 것이다.

어쩌면 결혼도.

페트라닐라가 그들을 기다리고 있었다. 머딘이 에드먼드에게 줄 5실링을 헤아리는 동안 그녀는 식탁에 허브를 곁들여 구운, 입맛을 돋우는 냄새가 나는 생선 요리를 올렸다. 에드먼드는 머딘의 성공을 축하하는 뜻에서 모두에게 라인산 와인을 따라줬다.

그러나 에드먼드는 과거에 연연하는 사람이 아니었다. "우리는 새 다리 공사를 시작해야 해." 그가 조급하게 말했다. "다섯 주가 지났는데도 아무런 진척이 없어!"

"백작의 건강이 빠르게 회복되고 있다니 이제 곧 수사들이 선거를 하겠지. 고드윈에게 물어봐야 하는데 어제 맹인 수사 카를로스가 미사 때 넘어진 이후로는 그애를 보지 못했어." 페트라닐라가 말했다.

"다리 설계도를 미리 마련했으면 좋겠는데." 에드먼드가 말했다. "그러면 새 수도원장이 선출되자마자 공사를 시작할 수 있을 테니까."

머딘은 귀가 번쩍 띄었다. "무슨 생각을 하고 계신 거죠?"

"새 다리는 돌로 지어야 한다는 건 우리도 알고 있네. 수레 두 채가 지나갈 정도의 폭은 됐으면 좋겠어."

머딘은 고개를 끄덕였다. "그리고 다리 양끝에 경사로를 만들어 사람들이 진흙탕을 밟지 않고 마른땅에서 오르내리게 되면 좋겠어요."

"그거 괜찮은 생각이군."

"하지만 어떻게 강 한복판에 돌 교각을 세우죠?" 캐리스가 말했다.

"나는 모르지만 무슨 수가 있지 않겠니. 돌다리는 많이 있으니까." 에드먼드가 말했다.

"사람들이 돌다리 공사에 대해 말하는 걸 들은 적이 있어요. 공사할 자리에 물이 들어오지 않게 가물막이라는 특수한 구조물을 지어야 한대요. 원리는 아주 간단하지만, 확실하게 방수가 되어야 한다는 게 중요하죠." 머딘이 말했다.

그때 고드윈이 걱정스러운 얼굴로 들어섰다. 수사는 사적인 외출이 금지되어 있고, 규칙상 특별한 볼일이 있어야만 수도원을 나올 수 있다. 머딘은 수도원에 무슨 일이 있나보다고 생각했다.

"카를로스가 입후보를 사퇴했어요." 고드윈이 말했다.

"그거 좋은 소식이로군!" 에드먼드가 말했다. "자, 이 와인을 마셔라."

"아직 축하는 이릅니다."

"왜 그렇지? 그러면 토머스가 단일 후보가 되는 거잖니. 그리고 토머스는 새 다리를 짓고 싶어하고 말이지. 그럼 우리 문제는 해결된 셈이 아니냐."

"토머스가 단일 후보가 된 게 아니에요. 백작이 솔 화이트헤드를 지명하고 나섰어요."

"저런." 에드먼드는 생각에 잠겼다. "그게 꼭 나쁜 일일까?"

"그럼요. 솔에게는 모두 호감을 갖고 있고 그는 숲속 성 요한 수도원의 유능한 수도원장으로 역량을 증명했으니까요. 만약 그가 후보 지명을 수락하면 카를로스를 지지했던 표를 가져갈 가능성이 크고, 그건 그가 선거에서 이길 수 있다는 의미예요. 그리고 백작이 자신을 지명해준 데다 백작의 사촌인 솔 역시 후원자의 지시를 따를 가능성이 높아요. 그런데 백작은 새 다리를 만들면 셔링 시장의 이권을 빼앗기는 결과가 되기 때문에 그 일에 반대할 테고요."

에드먼드의 얼굴에 근심이 떠올랐다. "우리가 손을 쓸 방법이 있겠니?"

"제가 바라는 게 그거예요. 누군가가 성 요한 수도원에 가서 솔에게 이 소식을 전하고 그를 킹스브리지로 데려와야 하죠. 제가 하겠다고 나섰어요. 그가 지명을 사양하도록 설득할 방법이 있을지 모르겠습니다."

"그런다고 문제가 해결될 것 같지는 않구나." 페트라닐라가 말했다. 머딘은 그녀의 말에 귀를 기울였다. 그는 그녀를 좋아하지 않지만 그녀는 영리했다. 그녀가 말을 이었다. "그러면 백작은 또다른 사람을 후보로 지명할 거야. 백작의 지명을 받은 사람은 누구든 다리 공사에 반대할 테고 말이지."

고드윈이 동감하는 듯 고개를 끄덕였다. "그러면 제가 솔을 후보에 나서지 않게 할 경우, 백작의 두번째 지명자는 선출될 가능성이 없는 사람이어야겠군요."

"누구 떠오르는 사람 있니?" 그의 어머니가 물었다.

"탁발 수사 머도요."

"바로 그거야."

"하지만 그 사람은 끔찍해요." 캐리스가 말했다.

"바로 그거야." 고드윈이 말했다. "탐욕스럽고 주정뱅이에다 기식자이고 독선적인 선동가지. 수사들은 절대로 그에게 표를 주지 않을 거야. 바로 그 때문에 그를 백작이 지명하는 후보로 내세웠으면 하는 거야."

머딘은 고드윈 역시 자기 어머니처럼 계략을 꾸미는 일에 재능이 있다는 것을 깨달았다.

"그런데 어떻게 그 일을 추진하지?" 페트라닐라가 말했다.

"우선은 출마하도록 머도를 설득해야죠."

"그건 어렵지 않아. 그저 그에게 승산이 있다고 말하기만 하면 돼. 그는 수도원장이 되고 싶어할 거다."

"맞아요. 하지만 제가 그럴 순 없어요. 머도는 곧바로 제 동기를 의심할 겁니다. 제가 토머스를 지지한다는 건 누구나 다 아니까요."

"내가 그 사람과 얘기하마." 페트라닐라가 말했다. "내가 그 사람에게 너와 내가 다퉜다고 하고, 나는 토머스가 수도원장이 되기를 원하지 않는다고 하마. 그리고 백작이 지명자를 찾고 있다고 하고 그가 적격이라고 말하는 거야. 그는 이 도시에서, 특히 그가 자신들과 같다는 망상에 사로잡힌 가난하고 무지한 사람들에게 인기가 있지. 머도가 지명을 얻기 위해 해야 할 일은 자신에게 백작의 앞잡이가 될 의사가 있다는 걸 분명히 밝히는 것뿐이야."

"좋아요." 고드윈은 일어섰다. "머도가 롤런드 백작을 만나는 자리에 가능한 한 참석해볼게요." 그는 어머니의 뺨에 키스하고 나갔다.

생선 요리가 바닥났다. 머딘은 국물이 흥건했던 자기 빵 접시를 비웠다. 그는 에드먼드가 와인을 더 권했지만 사양했다. 과음하면 오후에 성 마르코 성당 지붕에서 작업하다가 떨어질까 우려됐기 때문이다. 페트라닐라는 부엌으로 가고 에드먼드는 낮잠을 자러 거실로 물러났다. 머딘과 캐리스만 남았다.

머딘은 긴 의자에 앉아 있는 캐리스 옆으로 자리를 옮겨 그녀에게 키스했다.

"네가 무척 자랑스러워." 그녀가 말했다.

그는 우쭐해졌다. 자신이 자랑스러웠다. 그는 그녀에게 키스했다. 이번에는 길고 깊게 했고, 발기가 됐다. 그는 그녀의 옷 속으로 손을 넣어 가슴을 만지며 손끝으로 젖꼭지를 살며시 쥐었다.

그녀는 그의 발기된 성기를 건드리며 킥킥거렸다. "내가 어떻게 해줄까?" 그녀가 속삭였다.

그녀는 이따금 저녁 늦은 시간에 아버지와 고모가 잠을 자러 가고 머딘과 단둘이 일층에 남으면 그에게 그 일을 해줬다. 하지만 지금은 환한 대낮이라 언제 누가 들어올지 몰랐다. "안 돼!" 그가 말했다.

"빨리해줄 수 있어." 그러면서 캐리스는 잡은 손에 힘을 줬다.

"너무 당황스러워." 그는 일어서서 식탁 맞은편으로 자리를 옮겼다. "미안해."

"어쩌면 이런 일을 그렇게 오래 끌지 않아도 될지 몰라."

"무슨 일 말이야?"

"감추는 일. 누군가 들어올까 걱정하는 일."

그녀는 상처받은 표정을 지었다. "내가 그거 해주는 게 싫어?"

"물론 좋지! 하지만 우리 단둘이 있을 때 하면 훨씬 더 좋을 거야. 이제 임금을 받게 됐으니까 집을 구할 수 있어."

"겨우 한 번 받은 거잖아."

"그렇긴 하지…… 그런데 너 갑자기 비관적이 된 것 같은데. 내가 잘못 생각한 건가?"

"그게 아니야. 하지만…… 이대로도 괜찮은데 왜 굳이 바꾸려고 해?"

그는 그 질문에 당황했다. "나는 다만 지금보다 더 사적인 관계를 원하는 거야."

그러자 그녀는 반박하듯 말했다. "나는 지금이 행복해."

"그건 나도 마찬가지야…… 하지만 영원히 계속되는 건 없어."

"무슨 말이야?"

그는 문득 어린아이를 앞에 두고 말하는 기분이 들었다. "왜냐하면 남은 삶을 부모님과 함께 살면서 아무도 보지 않을 때 도둑 키스나 하며 보낼 수는 없으니까. 우리만의 가정을 꾸리고, 부부로 살며 매일 밤 함께 잠들고, 그저 일시적으로 서로의 욕정을 풀어주는 게 아니라 진짜 성생활을 하고 가족을 만들어야 해."

"왜 그래야 하는데?"

"이유는 나도 몰라." 그가 성을 내며 말했다. "그게 사는 방식이니까. 그리고 더이상은 설명하지 않겠어. 너는 이해하지 않기로 작정한 모양이니까. 아니 그저 이해하지 못하는 시늉을 하고 있는지도 모르지만."

"알았어."

"이제 일하러 가봐야 해."

"그럼, 가봐."

이해할 수 없는 일이었다. 그는 지난 반년 동안 캐리스와 결혼할 수 없는 상황 때문에 좌절을 겪었고 그녀 역시 마찬가지일 거라 생각했다. 그런데 그녀는 그와 같은 감정이 아닌 것 같았다. 실제로 그녀는 그의 그러한 억측에 화를 내기까지 했다. 캐리스는 정말 그들이 이런 사춘기

같은 관계를 무한정 계속할 수 있다고 여기는 걸까?

그녀의 얼굴을 바라봤지만, 실쭉하고 고집스러운 표정밖에 볼 수 없었다. 그는 고개를 돌리고는 집밖으로 나왔다.

밖으로 나온 머딘은 잠시 망설였다. 지금 다시 돌아가 그녀의 속마음을 들어보는 게 좋지 않을까. 그러나 그 표정이 눈앞에 떠오르자, 지금은 그녀에게 뭘 하기에 적당한 때가 아니라는 걸 깨달았다. 그래서 그는 성 마르코 성당 쪽으로 걸음을 옮겼다. 이렇게 기분좋은 날이 어떻게 이렇게 암울한 날로 돌변할 수 있을까?

22

　고드윈은 성대한 결혼식을 위해 킹스브리지 대성당을 점검하고 있었다. 성당은 최고의 상태여야 했다. 몬머스 백작과 셔링 백작 외에도 여러 명의 남작과 수백 명의 기사가 참석할 예정이었다. 바닥의 깨진 판석을 교체하고 금간 석재 표면을 수리하고 부스러진 쇠시리*는 새롭게 파고 벽에는 새로 회반죽을 칠하고 기둥 도장도 새로 하고 모든 것을 말끔하게 닦아놓아야 했다.

　"성단소 남쪽 측랑 수리도 그전까지 끝내야 합니다." 고드윈은 엘프릭과 성당 안을 걸으며 말했다.

　"그건 가능할 것 같지가 않은——"

　"끝내야 합니다. 이렇게 중요한 결혼식에서 성단소에 비계를 놓아둘 수는 없어요." 그때 남쪽 익랑 문가에서 다급하게 손짓하는 필리먼이 보였다. "잠깐 실례하겠습니다."

＊기둥의 모서리나 창살의 등을 깎아 밀어 모양을 낸 것.

"일을 할 사람이 없단 말입니다!" 엘프릭이 그의 등뒤에서 외쳤다.

"일꾼들을 그렇게 빨리 해고하지 말았어야죠." 고드윈이 어깨 너머로 대꾸했다.

필리먼은 흥분한 얼굴이었다. "탁발 수사 머도가 백작을 뵈러 왔어요."

"잘됐군!" 페트라닐라가 어젯밤 탁발 수사에게 이야기했고, 오늘 아침 고드윈은 필리먼에게 구호소 근처에서 머도가 오는지 잘 지켜보고 있으라고 일러뒀었다. 고드윈은 머도가 아침 일찍 찾아올 줄 알았다.

그는 필리먼을 대동한 채 구호소로 걸음을 서둘렀다. 그는 일층 큰 방에서 아직 대기중인 머도를 보고 마음을 놓았다. 뚱뚱한 탁발 수사는 한껏 맵시를 부린 듯했다. 얼굴과 손을 깨끗이 씻고, 삭발한 머리 언저리의 머리칼을 빗질하고, 옷에 묻은 얼룩도 최대한 제거한 상태였다. 그는 수도원장처럼 보이지는 않았지만, 수사와 비슷하게는 보였다.

고드윈은 그를 무시한 채 위층으로 올라갔다. 백작이 있는 방 밖에서 호위를 서고 있는 사람은 백작의 기사종자이자 머딘의 동생인 랠프였다. 최근에 부러졌던 코만 아니면 잘생긴 얼굴이었다. 기사종자들은 언제나 뼈를 부러뜨리고 다녔다. "아, 랠프." 고드윈이 붙임성 있게 말을 걸었다. "그 코는 어떻게 된 거요?"

"어떤 농부 녀석하고 싸웠습니다."

"합당한 응징을 해줬겠군요. 탁발 수사가 이곳으로 올라왔던가요?"

"네. 그에게 기다리라고 해뒀습니다."

"백작은 누구와 함께 계십니까?"

"레이디 필리파와 제롬 신부와 함께 계십니다."

"내가 좀 뵙겠다고 전해주시게."

"레이디께서 백작은 아무와도 만날 수 없다고 하십니다."

고드윈이 랠프에게 남자끼리만 짓는 미소를 지어 보였다. "하지만 그분은 여자일 뿐이잖은가."

랠프는 그를 마주보며 씩 웃더니 문을 열고 방안으로 고개를 들이밀었다. "성구 관리인 고드윈 형제가 왔습니다."

잠시 아무 소리가 없다가 레이디 필리파가 밖으로 나와 문을 닫았다. "방문객을 받지 않겠다고 했잖아요." 그녀는 성난 어조로 말했다. "롤런드 백작은 충분한 휴식이 필요해요."

"압니다, 레이디. 그런데 고드윈 형제는 꼭 필요한 일이 아니면 백작을 성가시게 할 분이 아니잖습니까." 랠프가 말했다.

고드윈은 랠프의 어조에서 이상한 낌새를 느끼고 그의 얼굴을 바라보았다. 평범한 말이었지만 그의 얼굴에는 연모의 감정이 드러나 있었다. 그제야 고드윈의 눈에 필리파의 관능적인 자태가 보였다. 그녀는 암적색 드레스에 허리에 벨트를 찬 차림이었는데, 얇은 천이 가슴과 허리에 달라붙어 있었다. 마치 유혹의 여신 같은 모습이로군. 고드윈은 생각했다. 디시금 그는 수도원 안에 여자가 출입할 수 없도록 방도를 마련했더라면 좋았을 거라고 생각했다. 기사종자와 유부녀가 사랑에 빠진다면 바람직하지 못한 정도겠지만, 수사가 그런 감정에 빠진다면 재앙이 될 것이다.

"백작을 성가시게 해드려서 죄송합니다만, 아래층에 탁발 수사가 백작을 뵈러 와 있습니다." 고드윈이 말했다.

"알고 있어요. 머도라는 사람이죠. 급한 용무일까요?"

"그 반대입니다. 하지만 백작께 그와 관련해 미리 주의하시라고 말씀드릴 필요가 있을 것 같은데요."

"그렇다면 당신은 탁발 수사가 무슨 말을 하러 왔는지 알고 있다는 건가요?"

"그렇다고 생각합니다."

"그럼 두 사람이 함께 백작을 뵙는 게 좋을 것 같군요."

"하지만" 하고 고드윈은 이의를 제기하려다 체념하는 시늉을 했다.

필리파는 랠프에게 지시했다. "탁발 수사를 들여보내요."

랠프가 머도를 데려오자 필리파는 탁발 수사와 고드윈을 방안으로 안내했다. 롤런드 백작은 전처럼 성장 차림으로 침대에 있었지만 이번에는 붕대를 감은 머리를 깃털 베개에 기댄 채 앉아 있었다. "또 뭐지?" 백작이 여느 때처럼 짜증스러운 어조로 말했다. "여기서 수도회 총회라도 열 참인가? 수사들이 원하는 게 뭔가?"

다리 붕괴 사고 이후 처음으로 백작의 얼굴을 직접 본 고드윈은 그의 얼굴 오른쪽 절반이 마비된 사실을 알고 충격을 받았다. 오른쪽은 눈꺼풀이 처지고 뺨은 거의 움직이지 않았으며 입가도 늘어져 있었다. 그것이 그토록 놀라웠던 것은 그의 얼굴 왼쪽은 멀쩡했기 때문이다. 롤런드는 말을 하면 왼쪽 이마는 잔뜩 찌푸려지고 왼쪽 눈은 커다래지며 권위 있게 번뜩였고 입술 왼쪽으로 맹렬하게 말을 쏟아냈다. 고드윈의 의학적인 내면은 그 사실에 매료됐다. 머리 부상이 예측할 수 없는 후유증을 가져올 수 있다는 것은 알고 있었지만 이런 독특한 증상에 관해서는 들어본 적이 없었다.

"그렇게 얼뜨기처럼 쳐다보지 말게." 백작이 성마른 어조로 말했다. "울타리 너머로 내다보는 암소 두 마리 같군. 용건이나 말하시오."

고드윈은 정신을 차렸다. 이제부터 몇 분 동안 아주 신중하게 처신해야 했다. 그는 수도원장으로 지명받으려는 머도의 요청을 롤런드가 거절하리라는 것을 알고 있었다. 그럼에도 그는 롤런드의 머릿속에, 머도가 솔 화이트헤드의 대안이 될 수도 있다는 생각을 심어주어야 했다. 따라서 머도의 요청에 힘을 실어주는 것이 그가 해야 할 일이었다. 그는 역설적으로 머도를 반박함으로써 롤런드에게 머도가 수사들의 신뢰를 받지 못한다는 사실을 보여주어야 했다. 롤런드는 자기에게만 봉사할 수도원장을 원하기 때문이었다. 그러나 너무 강하게 이의를 제기해서 머도가 실제로는 전혀 가망 없는 후보라고 느껴지게 해서는 안 됐다. 실로 위태롭기 짝이 없는 모험이었다.

먼저 머도가 예의 낭랑한 설교조의 목소리로 입을 열었다. "백작, 저는 백작이 저를 킹스브리지 수도원장감으로 고려해주시길 요청드리고자 찾아왔습니다. 제 생각에는—"

"제발 그 목소리 좀 낮추시게." 롤런드가 나무랐다.

머도가 목소리를 낮췄다. "백작, 제 생각에는—"

"어째서 당신이 수도원장감이라는 건가?" 롤런드가 다시 한번 그의 말을 끊으며 물었다. "탁발 수사는 원칙적으로 교회에 적을 두지 않는다고 알고 있는데." 그것은 시대에 뒤진 생각이었다. 탁발 수사는 원래 아무 재산 없이 떠도는 수사를 의미하기는 하지만 요즘 일부 수도회 탁발 수사들은 전통적인 수사들만큼이나 부를 누렸다. 롤런드는 그 사실을 알고 있었다. 따라서 그것은 그저 상대를 찔러보는 질문에 불과했다.

머도는 표준적인 답변을 늘어놓았다. "저는 하느님이 두 가지 형태의 희생을 모두 용인하시리라 생각합니다."

"그러면 결국 당신은 개종을 하겠다는 거로군."

"하느님이 제게 내려주신 재능이 수도원에서 훨씬 더 유용할 거란 생각이 들었습니다. 결국, 그렇습니다. 저는 기꺼이 성 베네딕투스의 규율에 귀의할 생각입니다."

"내가 당신을 후보감으로 고려해야 할 이유는?"

"저는 정식으로 서품을 받은 사제이기도 합니다."

"사제가 부족한 건 아니오."

"그리고 킹스브리지와 인근 지방에 저의 추종자가 많아, 감히 말씀드리자면, 저야말로 이 일대에서 가장 영향력 있는 하느님의 사람이라 할 수 있습니다."

제롬 신부가 처음으로 입을 열었다. 그는 지적인 얼굴의 젊고 자신만만한 젊은이인데, 고드윈은 그에게서 대단한 야심가라는 인상을 받았다. "맞는 말이긴 합니다. 저 탁발 수사는 인기가 아주 높죠."

물론 머도는 수사들 사이에서는 인기가 없었지만, 롤런드나 제롬 모두 그 사실을 알지 못했고, 고드윈에게는 그 사실을 깨우쳐줄 생각이 없었다.

그것은 머도도 마찬가지였다. 그는 고개를 숙이며 자못 감동한 어조로 말했다. "진심으로 고맙소, 제롬 신부."

"그는 무지한 대중에게 인기가 높은 것뿐입니다." 고드윈이 말했다.

"그것은 우리 주님도 마찬가지셨소." 머도가 받아쳤다.

"수사는 빈곤과 금욕 속에서 살아야 마땅합니다." 고드윈이 말했다.

롤런드가 끼어들었다. "저 탁발 수사의 의복을 보니 충분히 빈곤한 것 같군. 그리고 금욕에 관해서 말하자면, 내가 보기에는 킹스브리지 수사들이 농부들보다 더 잘 먹고 지내는 것 같던데 말이오."

"탁발 수사 머도는 술집에서 만취해 있는 모습도 목격된 적이 있습니다!" 고드윈이 이의를 제기했다.

"성 베네딕투스 규율에도 수사는 와인을 마실 수 있다고 되어 있습니다." 머도가 말했다.

"그건 병들었거나, 들에서 일을 할 때의 얘기죠."

"나도 들에서 설교를 합니다."

고드윈은 머도가 논쟁을 벌이기에 만만찮은 적수임을 깨달았다. 그는 실제로 이 사람을 이길 생각이 없다는 것을 다행으로 여겼다. 고드윈이 롤런드에게 말했다. "이 수도원의 성구 관리인으로서 저는 머도를 킹스브리지 수도원장으로 지명해서는 안 된다고 강력히 주장합니다."

"알아들었소." 롤런드는 냉담하게 대꾸했다.

필리파는 고드윈에게 의외라는 듯한 눈길을 보냈다. 고드윈은 자신이 너무 일찍 물러났다는 것을 깨달았다. 하지만 롤런드는 눈치채지 못했다. 미묘한 차이를 파악하는 것은 그의 장기가 아니었다.

머도는 아직 할말이 남은 것 같았다. "물론 킹스브리지 수도원장은 하느님에게 봉사해야 합니다. 하지만 세속적인 모든 일에서는 국왕과 국왕의 신하인 백작과 남작의 인도를 받아야 마땅할 것입니다."

더할 나위 없이 명백한 발언이로군. 고드윈은 생각했다. 머도는 '나는 당신의 종이 되겠습니다'라고 말한 것이나 다름없었다. 정말이지 터무니없는 선언이었다. 수사들은 질겁할 것이다. 머도가 입후보하면 만의 하나 있었을지도 모를 지지자까지 사라질 것이다.

고드윈은 그것에 대해 아무 말도 하지 않았다. 그러자 롤런드가 묻는 눈으로 그를 바라보았다. "성구 관리인은 이 말에 대해 할말이 없는 것이오?"

"탁발 수사가 방금 한 말은 킹스브리지 수도원장이 세속적인 일이든 아니든 어떤 문제에 대해서도 셔링의 백작에게 종속되어야 한다는 의미는 설마 아닐 거라고 생각합니다. 그렇죠, 머도?"

"내 말의 의미는 내가 한 말 그대로요." 머도가 예의 설교조로 대꾸했다.

"그만들 하시오." 게임에 싫증이 난 롤런드가 말했다. "두 사람 모두 시간낭비를 하고 있군. 나는 솔 화이트헤드를 지명할 것이오. 이제 나가들 보시오."

✺

숲속의 성 요한 수도원은 킹스브리지 수도원의 축소판이었다. 성당은 작고, 클로이스터와 공동 침실은 돌로 지어졌고, 나머지는 수수한 목조 구조물들이었다. 이곳에는 수사만 여덟 명이고 수녀는 없었다. 기도와 명상을 하는 외에 그들은 필요한 식량 대부분을 스스로 조달했고, 잉글랜드 남서부 지역에 널리 알려진 염소젖 치즈를 만들었다.

이틀 동안 말을 달려온 고드윈과 필리먼이 숲을 벗어나 한복판에 성당이 있는 넓은 개간지로 나섰을 때는 이른 저녁 무렵이었다. 고드윈은 단번에 자신이 두려워하던 일이 사실임을 깨달았다. 솔 화이트헤드가 소수도원에서 일을 잘하고 있다는 보고는 줄잡아 말한 것이었다. 실제로 와서 보니, 모든 것이 질서정연하게 정돈되어 있었다. 울타리는 잘 다듬어져 있고, 도랑은 곧게 파여 있었으며, 과수목들은 일정한 간격으로 심겨 있고, 곡식이 익어가는 밭에는 잡초 하나 없었다. 매일 정확한 시간에 기도와 미사를 올리고 있다는 것을 보지 않아도 알 수 있었다. 그는 이제 명백한 지도력을 가진 솔에게 야심이 없기만 바라야 했다.

말을 타고 밭 사이로 난 길을 가며 필리먼이 물었다. "어째서 백작은 자기 사촌을 킹스브리지 수도원장에 앉히려고 하는 건가요?"

"백작이 자기 둘째아들을 킹스브리지 주교로 만든 것과 같은 이유에서지." 고드윈이 대꾸했다. "주교와 수도원장에게는 권력이 있으니까. 백작은 이웃의 유력 인사를 적이 아닌 동맹자로 확실히 심어두고 싶은 거야."

"그 사람들이 적이면 뭘 가지고 다투는 건데요?"

고드윈은 젊은 필리먼이 권력이라는 체스 게임에 관심을 갖기 시작한 사실이 흥미로웠다. "토지, 세금, 소유권, 면제 등등 여러 가지가 있어. 예를 들면 수도원장이 양모 정기시장을 활성화하기 위해 킹스브리지에 새로 다리를 짓고 싶어할 경우, 백작은 자기의 셔링 시장이 타격을 입을 거라는 이유에서 그 계획에 반대할 수 있지."

"하지만 저는 어떻게 수도원장이 백작을 상대로 싸울 수 있는지 모르겠어요. 수도원장에게는 병사가 없잖아요……"

"성직자는 일반 대중에게 영향력을 행사할 수가 있어. 만일 성직자가 백작에게 불리한 내용의 설교를 하거나, 성인들에게 백작의 불운을 갈구하면, 사람들은 그 백작이 저주를 받았다고 여기게 될 거야. 그러면 사람들은 백작의 권력을 우습게 생각하고 그를 불신하고, 그가 세우는 모든 계획에는 불운이 따른다고 생각하겠지. 귀족이 단단히 작정한 성직자를 적대시하면 아주 어려워질 수 있거든. 토머스 베켓을 살해한 후 헨리 2세에게 일어난 일을 생각해봐."

그들은 농장 구내로 들어가 말에서 내렸다. 말들은 곧장 물통에서 물을 마셨다. 마구간 뒤쪽 돼지우리에서 옷자락을 걷어올린 채 오물을 치우는 수사 외에는 아무도 보이지 않았다. 그런 일은 보통 가장 어린 수사가 했다. 고드윈이 그를 불렀다. "여보게, 젊은이! 이리 와서 우리 말들 좀 보살펴주게."

"그러죠!" 수사가 대꾸했다. 그는 몇 번 더 갈퀴질해 우리의 오물을 마저 걷어내고는 연장을 마구간 벽에 기대놓고 이제 막 도착한 사람들 쪽으로 걸어왔다. 그 수사에게 서두르라고 말하려던 고드윈은 민머리의 정수리 언저리에 난 솔의 금발을 알아보았다.

고드윈은 못마땅했다. 수도원장이 돼지우리를 청소하다니 말도 안 되는 일이었다. 과시하는 겸양도 어쨌든 과시인 것은 분명하다. 하지만 지금은 솔의 이런 유순함이 고드윈의 목적에 부합됐다.

그는 솔에게 친근한 미소를 지었다. "안녕하신가, 형제. 수도원장에게 내 말의 안장을 내리라고 하려던 건 아니었네."

"안 될 것도 없지." 솔이 말했다. "누군가는 그 일을 해야 하고, 당신은 온종일 말을 타고 왔을 테니까." 솔은 말들을 마구간으로 데려갔다.

"형제들은 밭에 있어." 그가 마구간 안에서 큰 소리로 말했다. "하지만 곧 저녁기도를 드리러 올 걸세." 그가 다시 나타났다. "부엌으로 가세."

그들은 친했던 적이 없었다. 솔의 깊은 신앙심 때문에 고드윈은 자신이 비교당한다는 느낌을 지울 수 없었다. 솔은 그를 냉대한 적은 없지만 결의에 찬 태도로 묵묵히 그와 다른 길을 걸었다. 고드윈은 그런 상대에게 적의를 보이지 않기 위해 신경써야 했다. 그렇지 않아도 신경쓸 일이 많았다.

고드윈과 필리먼은 솔을 따라 농장 구내를 가로질러 지붕이 높은 단층 건물로 들어갔다. 건물은 목재인데 화덕과 굴뚝만 석조였다. 두 사람은 고마운 심정으로 깨끗이 닦은 식탁 앞 딱딱한 긴 의자에 앉았다. 솔이 큰 통에서 에일을 두 잔 가득 따라왔다.

솔은 두 사람 맞은편에 앉았다. 필리먼은 목이 말랐던 듯 에일을 들이켰지만 고드윈은 그저 홀짝거렸다. 솔은 음식을 내오지는 않았다. 고드윈은 저녁기도가 끝나기 전까지 더이상 나올 음식은 없을 거라 짐작했다. 잔뜩 긴장한 터라 어쨌든 제대로 먹지도 못할 것이었다.

또다시 미묘한 순간이 왔군. 그는 불안한 심정으로 생각했다. 지난번에는 롤런드가 포기하지 않을 정도로 머도의 지명에 이의를 제기했었다. 그런데 지금은 어떻게든 솔이 수락하지 않도록 하면서 그에게 지명 수락을 권유해야 할 입장이었다. 무슨 말을 해야 할지는 알고 있었지만, 그 말을 제대로 꺼내야 했다. 만약 그가 발을 헛디디기라도 하면 솔은 의심을 품을 테고, 그다음에는 일이 어떻게 될지 알 수 없다.

솔은 더이상 걱정할 틈을 주지 않았다. "그런데 어떻게 여기까지 온 건가, 형제?"

"롤런드 백작이 의식을 회복하셨네."

"하느님에게 감사할 일이군."

"그래서 수도원장 선거를 치를 수 있게 됐어."

"잘됐군. 수도원장의 부재 기간이 너무 길어지면 안 되니까."

"하지만 누가 수도원장이 돼야 할까?"

솔은 그 질문에는 대답하지 않았다. "지금까지 거론된 사람이 있나?"

"작업 담당 수사 토머스 형제가 있지."

"그라면 잘 운영할 것 같은데. 그 밖에 다른 사람은?"

"공식적으로는 없어." 고드윈은 반쯤 진실을 말했다.

"카를로스 형제는? 내가 앤서니 수도원장 장례미사에 참석하러 킹스브리지에 갔을 때는 부수도원장이 유력한 후보였는데."

"그는 자신에게 그 일을 맡을 역량이 없다고 생각해."

"앞을 보지 못해서?"

"그럴지도 모르지." 솔은 성 아돌푸스 축일미사 때 카를로스가 낙상한 사건에 대해서는 모르고 있었다. 고드윈은 그 이야기는 꺼내지 않기로 마음먹었다. "어쨌든 그 문제에 대해 고심하고 기도한 끝에 스스로 내린 결정이야."

"백작이 지명을 하지는 않았나?"

"백작도 지명을 고려하고 있네." 고드윈은 잠시 머뭇거렸다. "바로 그 이유 때문에 내가 여기 온 걸세. 백작은…… 당신을 지명하려고 생각중이시지." 이것은 완전히 거짓말은 아니라고, 그저 다른 곳에 중점을 둔 것뿐이라고 고드윈은 생각했다.

"영광스러운 일이로군."

고드윈은 그를 유심히 살폈다. "하지만 그렇게까지 놀랄 일은 아니잖나?"

솔은 얼굴을 붉혔다. "용서해주게. 고인이 된 필립 수도원장은 이곳 성 요한 수도원장으로 계시다가 킹스브리지 수도원장이 되셨고, 그뒤로도 몇 분이 같은 길을 걸으셨지. 물론 그렇다고 해서 내가 그분들만 한 인물이라는 뜻은 아니야. 하지만 솔직히 말하자면 그런 생각을 해본 적은 있었네."

"부끄러워할 거 없어. 당신은 자신이 지명되는 데 대해 어떻게 생각하나?"

"내가 어떻게 생각하느냐고?" 솔은 어리둥절한 표정을 지었다. "어째서 그런 걸 묻지? 백작이 나를 원하면 지명하실 수 있지. 그리고 형제들이 나를 원한다면 나를 선출할 테고. 그러면 나는 내가 하느님의 부름을 받았다고 생각할 걸세. 내가 지명을 어떻게 생각하느냐는 상관없는 일이야."

그것은 고드윈이 원하는 대답이 아니었다. 그는 그 문제를 솔이 결정짓게 할 필요가 있었다. 하느님의 뜻을 운운하면 역효과만 가져올 것이다. "그렇게 간단한 문제가 아니야. 당신이 그 지명을 반드시 수락해야하는 것도 아닐세. 바로 그 때문에 백작이 나를 이곳에 보내신 거지."

"명령을 해도 될 자리에서 의견을 묻는다는 건 롤런드 백작답지 않은걸."

그 말에 고드윈은 움찔했다. 그는 솔이 얼마나 두뇌 회전이 빠른 사람인지 명심하라고 스스로에게 말했다. 그는 황급히 뒤로 물러섰다. "물론 그렇긴 하지. 하지만 당신이 사양할 생각이라면 백작은 되도록 빨리 그 사실을 아셔야 하네. 그래야 다른 사람을 지명할 수 있으니까." 백작이 실제로 그런 말을 하지 않았다는 점만 빼면 그것도 사실이었다.

"나는 일이 그런 식으로 진행되는 것인지 몰랐네."

일이 그런 식으로 진행되지 않는다는 건 맞지. 고드윈은 생각했다. 그러나 그는 이렇게 말했다. "지난번 앤서니 수도원장을 선출했을 때는 당신도 나도 수련수사여서 일이 어떻게 돌아가는지 알지 못했잖나."

"그건 그래."

"당신은 자신이 킹스브리지 수도원장직을 맡을 만한 능력이 된다고 생각하나?"

"물론 그렇게 생각하지 않아."

"저런." 고드윈은 실망한 시늉을 했지만, 솔의 겸양을 생각하면 예상할 수 있는 대답이었다.

"하지만……"

"뭔가?"

"하느님이 도와주신다면 누가 뭘 성취할지는 아무도 모르는 일일세."

"옳은 말이야." 고드윈은 짜증을 애써 감췄다. 겸양에서 나온 그 대답은 형식적인 것에 불과했다. 진실은, 솔 자신은 그 일을 맡을 수 있다고 생각한다는 것이었다. "물론 오늘밤 그 문제를 깊이 생각하고 기도를 해봐야 알겠지."

"그런다고 생각이 달라질 것 같지는 않은데." 그때 멀리서 사람들 목소리가 들려왔다. "형제들이 밭에서 돌아오는 모양이군."

"내일 아침에 다시 얘기하세." 고드윈이 말했다. "당신이 후보가 되기로 결심한다면 우리와 함께 킹스브리지로 가야 하네."

"잘 알겠네."

고드윈은 솔이 수락할 위험이 높다고 생각했다. 하지만 그에게는 아직 사용할 수 있는 패가 하나 더 남아 있었다. "기도중에 염두에 둬야 할 일이 하나 더 있네. 귀족은 절대로 공짜 선물을 주는 법이 없지."

솔의 얼굴에 근심이 떠올랐다. "그게 무슨 말인가?"

"백작들과 남작들은 이런저런 직함이며 토지며 지위며 독점권을 베풀지. 하지만 거기에는 언제나 대가가 따른다네."

"이 경우에는 그 대가가 어떤 것이지?"

"만일 당신이 선출되면 롤런드는 분명 보답을 바랄 걸세. 당신은 어쨌든 백작의 사촌이잖은가. 당신은 그에게 그 지위를 빚지는 셈이 되지. 당신은 참사회 총회 때 백작의 대변인이 될 테고, 수도원에서 내리는 모든 결정이 백작의 이익을 해치지 않는 것이 되도록 해야 할 거야."

"백작이 지명을 하면서 그런 명시적인 조건을 내걸까?"

"명시적이라고? 그렇지는 않아. 하지만 나와 함께 킹스브리지로 가면 백작은 당신에게 질문을 할 거야. 당신의 의도를 알아보기 위해 마련된 질문들이지. 만일 당신이 사촌이자 후원자인 백작에게 특별한 호의를 보이지 않는 독립적인 수도원장이 되겠다고 고집한다면, 그는 다른 사람을 지명할 걸세."

"그 점은 생각해보지 못했네."

"물론 백작에게 듣고 싶어하는 대답을 해주고, 선출된 다음에 마음을 바꿀 수도 있어."

"하지만 그건 정직하지 못한 짓이야."

"그렇게 생각할 사람도 있을 테지."

"하느님은 그렇게 생각하실 걸세."

"그 점이 오늘밤 기도해봐야 할 일이 되겠군."

한 무리의 젊은 수사들이 밭에서 흙을 묻힌 채 큰 소리로 떠들며 부엌으로 들어오자 솔은 그들에게 마실 것을 주기 위해 자리에서 일어났지만, 얼굴에는 근심이 어려 있었다. 그 표정은 그들이 저녁기도를 드리러 제단 위쪽 벽에 심판의 날이 그려진 작은 성당으로 들어섰을 때도 그대로 남아 있었다. 그리고 저녁식사가 나오고 수사들이 만든 맛있는 치즈로 고드윈이 허기를 채웠을 때까지도 여전했다.

이틀 동안 말 위에서 시달렸는데도 고드윈은 그날 밤늦도록 잠을 이루지 못했다. 그는 솔을 윤리적 딜레마에 빠지게 만들었다. 웬만한 수사들은 롤런드 앞에서 자기 견해는 덮어둔 채 백작에게 실제로 자기가 생각하는 것 이상의 추종을 약속할 것이다. 그러나 솔은 달랐다. 그는 도덕적 명령을 따르는 인물이었다. 과연 솔이 딜레마를 벗어날 길을 찾아내 지명을 수락할까? 고드윈은 자기가 할 수 있는 일이 무엇인지 알 수 없었다.

첫새벽에 수사들이 아침기도를 드리러 일어났을 때 솔의 얼굴에는 여전히 근심이 어려 있었다.

아침식사가 끝나자 솔은 고드윈에게 자신은 지명을 수락할 수 없다고 말했다.

∽

고드윈은 롤런드 백작의 얼굴에 도무지 익숙해지지 않았다. 너무 이상해서 보고 있기 힘들었다. 백작은 이제 머리에 감은 붕대를 가리기 위해 모자를 쓰고 있었는데, 그것이 오히려 마비된 오른쪽 얼굴을 강조하는 꼴이 됐다. 또한 롤런드는 여느 때보다도 기분이 좋지 않은 것 같았다. 고드윈은 그가 여전히 심한 두통에 시달리는 모양이라고 짐작했다.

"내 사촌 솔은 어디 있소?" 고드윈이 방에 들어서자마자 그가 물었다.

"아직 성 요한 수도원에 있습니다. 제가 그에게 백작의 전갈을—"

"전갈이라니? 그건 명령이었소!"

침대 옆에 서 있던 레이디 필리파가 부드럽게 말했다. "너무 흥분하지 마세요, 백작. 그러면 기분이 언짢아지시잖아요."

"솔 형제는 그저 지명을 수락할 수 없다고만 말했습니다." 고드윈이 말했다.

"대체 어째서 그럴 수 없다는 거지?"

"솔 형제는 생각하고 기도를—"

"물론 기도를 했겠지. 그게 수사들이 하는 일이니까. 나를 거역하는 이유를 뭐라고 하던가?"

"그는 자신이 그런 막중한 역할을 맡을 역량이 없다고 생각하고 있습니다."

"말도 안 되는 소리. 뭐가 막중하다는 건가? 수많은 기사들을 이끌고 전쟁터로 나가는 것도 아닌데. 한줌밖에 안 되는 수사들에게 매일 정해진 시간에 성가를 부르게 하는 일이 고작이면서."

헛소리였다. 고드윈은 그저 고개를 숙이고 아무 대꾸도 하지 않았다.

갑자기 백작의 어조가 바뀌었다. "이제야 당신이 누군지 알겠군. 페트라닐라의 아들 아닌가?"

"맞습니다, 백작." 당신이 차버린 바로 그 페트라닐라지. 고드윈은 생각했다.

"교활한 여자였어. 그러니 십중팔구 그 아들도 그렇겠지. 당신이 솔을 설득해 수락하지 않게 했는지 그걸 내가 어찌 알겠나? 당신은 토머스 랭리가 수도원장이 되기를 바라겠지, 안 그렇소?"

내 계획은 그보다 훨씬 더 교활하지, 이 바보 같은 양반아. 고드윈은 생각했다. "솔이 저에게, 자신을 지명하는 대가로 백작이 원하시는 것이 무엇이냐고 물었습니다."

"아, 이제야 바른말이 나오는군. 그래서 뭐라고 대답했소?"

"백작은 그의 사촌이고 후원자이고 상사인 사람의 말을 잘 따르길 기대하실 거라고 했습니다."

"그래서 그 고집불통이 수락하지 않은 것이군. 알겠네. 이제 결정했네. 나는 저 뚱보 탁발 수사를 지명하겠네. 그러니 이제 내 앞에서 사라져주게."

고개를 숙여 인사하고 방에서 나온 고드윈은 의기양양한 표정을 숨겨야 했다. 끝에서 두번째 계획이 완벽하게 맞아떨어진 것이었다. 롤런드 백작은 자신이 고드윈에게 가장 가망 없는 후보를 지명하도록 부추 김을 받았으리라고는 꿈에도 생각지 못했다.

이제 마지막 한 단계만 남았다.

그는 구호소를 나와 클로이스터로 들어섰다. 정오에 올리는 6시과 전례 전 학습 시간이어서 수사들 대부분은 서거나 앉아 기도문을 낭송하거나 낭송 소리를 듣거나 명상에 잠겨 있었다. 고드윈은 자신의 젊은 협력자 시어도릭을 발견하고 고갯짓으로 그를 불렀다.

그러고는 나지막한 목소리로 말했다. "롤런드 백작이 탁발 수사 머도를 수도원장 후보에 지명했습니다."

"뭐라고요?" 시어도릭이 큰 소리로 말했다.

"쉿. 조용히 해요."

"말도 안 되는 소리입니다!"

"물론 그렇죠."

"아무도 그에게 표를 주지 않을 겁니다."

"바로 그래서 내가 기쁜 겁니다."

그제야 시어도릭의 얼굴에 이해하는 빛이 떠올랐다. "아…… 알겠군요. 그럼 우리에게는 정말 잘된 일이네요."

고드윈은 어째서 배웠다는 사람들에게까지 이런 것들을 일일이 설명해줘야 하는지 알 수 없었다. 그와 그의 어머니를 제외하고는 사물의 이면을 볼 줄 아는 사람이 아무도 없었다. "가서 사람들에게 이 이야기를 해요…… 조용히 말해야 합니다. 너무 과도하게 흥분한 기색을 보일 필요는 없어요. 부추기지 않아도 모두들 화를 낼 테니까."

"이번 일이 토머스 형제를 위해서 잘된 일일까요?"

"물론 아니죠."

"알겠어요. 이해했습니다."

시어도릭은 분명 이해한 것 같지 않았지만, 그가 자신이 지시한 대로 하리라는 것은 믿을 수 있었다.

고드윈은 필리먼을 찾으러 안에 들어갔다. 필리먼은 식당 바닥을 쓸고 있었다. "머도가 어디 있는지 아나?"

"부엌에 있을 텐데요."

"그를 찾아서, 모든 수사가 6시과 전례에 참석하는 시간에 수도원장 사택에서 만나자고 해. 너와 그가 함께 있는 것을 다른 사람이 봐서는 안 된다."

"알겠습니다. 그런데 무슨 말을 하면 되죠?"

"먼저 이렇게 말해. '머도 형제님, 제가 이 말씀을 드렸다는 걸 누구도 알아선 안 됩니다.' 알아듣겠어?"

"제가 이 말을 했다는 걸 누구도 알아선 안 된다고 하란 말씀이죠?"

"그러고 나서 그에게 우리가 전에 찾아낸 그 증서를 보여줘. 증서가 어디 있는지는 너도 알 거다. 침실 기도대 옆에 놓인 궤짝 속 생강색 가죽주머니에 들어 있어."

"그게 전부인가요?"

"토머스를 수도원에 받아주는 대가로 받은 토지가 원래는 이저벨라 왕비 소유였다는 사실을 지적해줘. 그리고 이 사실이 지난 십 년간 비밀이었다는 것도."

필리먼은 어리둥절한 표정을 지었다. "하지만 토머스가 무엇을 감추려고 했던 건지는 우리도 모르잖아요."

"맞아. 하지만 비밀에는 반드시 이유가 있기 마련이지."

"머도가 토머스에게 불리한 이 정보를 이용하려 하지 않을까요?"

"물론 이용하겠지."

"그가 무슨 짓을 할까요?"

"그건 나도 모르지만, 그게 어떤 일이든 토머스에게 치명적일 거라는 건 확실해."

필리먼은 얼굴을 찌푸렸다. "저는 우리가 토머스를 돕는 줄 알았는데요."

고드윈이 미소지었다. "바로 그게 모두가 생각하는 것이지."

그때 6시과를 알리는 종소리가 울렸다.

필리먼은 머도를 찾으러 가고 고드윈은 성당 안의 수사들과 합류했다. 그는 다른 수사들과 함께 제창했다. "오, 하느님, 저희를 구원하소서." 이번만큼은 여느 때와 달리 진심으로 기도를 올렸다. 필리먼 앞에서는 자신감을 드러냈지만 그는 자신이 도박을 하고 있다는 것을 잘 알고 있었다. 토머스의 비밀에 모든 것을 걸었지만, 정작 뒤집었을 때 어떤 패가 나올지는 모르는 일이기 때문이었다.

하지만 수사들을 흥분시키는 데는 분명 성공한 듯했다. 그들은 냉정을 잃고 말이 많아졌고 시편을 낭독하는 동안 카를로스가 두 번이나 정숙을 요청했을 정도로 수군거렸다. 수사들은 대부분 탁발 수사를 싫어했다. 주로 세속적 소유 문제에 대해 도덕적 우월함을 가진 듯이 구는 탁발 수사의 태도 때문이었는데, 그러면서 정작 자신은 자신이 비난하는 당사자들에게 빌붙어 지냈다. 수사들은 거만하고 탐욕스럽고 술까지 마시는 머도를 특히 싫어했다. 그만 아니라면 누가 뽑혀도 된다고 생각할 것이었다.

"우리는 탁발 수사를 수도원장으로 모실 수 없습니다." 시과전례가 끝나 성당을 나서면서 시미언이 고드윈에게 말했다.

"저도 동감입니다."

"카를로스 형제와 나는 다른 후보를 내세우지 않을 겁니다. 수사들이 분열된 모습을 보이면 백작은 자신의 후보를 꼭 필요한 절충안으로 내밀지도 모르니까요. 우리는 그동안의 의견 차이를 덮고 토머스를 위해 집결할 겁니다. 우리가 단결된 모습을 보이면 백작도 반대하기 어렵겠죠."

고드윈은 걸음을 멈추고 시미언을 마주보았다. "고맙습니다, 형제." 그는 겸허한 태도를 취하며 차오르는 기쁨을 감추기 위해 애썼다.

"우리가 이렇게 하는 것은 수도원을 위해서입니다."

"알고 있습니다. 그래도 형제의 너그러움에 감사드립니다."

시미언은 고개를 끄덕여 보이고는 그 자리를 떠났다.

고드윈은 승리의 미소를 지었다.

수사들은 저녁식사를 하기 위해 식당으로 향했다. 머도도 그 행렬에 끼었다. 그는 미사에는 빠져도 식사에 빠지는 법은 없었다. 모든 수도원에는 수사든 탁발 수사든 식사시간에는 누구나 환대한다는 일반적인 규칙이 있지만, 머도만큼 철저하게 그것을 이용하는 사람은 거의 없었다. 고드윈은 그의 얼굴을 유심히 살펴보았다. 탁발 수사는 마치 금방이라도 터뜨릴 새로운 소식을 알고 있는 사람처럼 잔뜩 흥분한 기색이었다. 그러나 그는 자제력을 발휘해 식사가 나오는 동안에도, 수련수사가 낭독하는 가운데 식사를 하는 동안에도 내내 침묵을 지켰다.

그날 낭독한 부분은 수산나와 장로들의 이야기였다. 고드윈은 못마땅했다. 그 이야기는 독신자들의 공동체에서 낭독하기에는 너무 음탕했다. 하지만 오늘만큼은 여자를 위협해 잠자리를 하려는 두 호색한의 시도도 수사들의 관심을 끌지 못했다. 그들은 머도 쪽을 곁눈질하며 낮은 목소리로 수군거렸다.

식사가 끝나고, 낭독이 예언자 다니엘이 장로들을 따로따로 심문해 그들의 이야기가 일치하지 않는다는 것을 입증함으로써 수산나를 구해준 부분에 이르렀을 때쯤 수사들이 자리를 뜨기 시작했다. 그 순간 머도가 토머스에게 말을 걸었다.

"토머스 형제, 형제는 여기 들어왔을 때 자상을 입고 있었다죠."

그가 모두에게 들릴 만큼 큰 소리로 말하자 나가려던 수사들이 모두 걸음을 멈추고 귀를 기울였다.

토머스는 무표정한 얼굴로 그를 바라보았다. "그렇소."

"결국 그 부상 때문에 왼팔을 잃었고요. 그런데 이저벨라 왕비를 위해 싸우다 그런 겁니까?"

토머스의 얼굴이 창백해졌다. "나는 지난 십 년간 킹스브리지 수사였소. 내 과거의 삶은 모두 잊었소."

머도는 그 말에 굴하지 않고 말을 이어갔다. "내가 그걸 묻는 것은 형제가 수도원에 들어왔을 때 증여된 토지 때문입니다. 노포크에 있는 작고 알찬 마을이죠. 500에이커고요. 현재 왕비가 살고 계신 린에서도 멀지 않은 곳이죠."

고드윈이 분개한 시늉을 하며 그의 말을 끊었다. "어떻게 외부인인 당신이 우리 수도원의 자산에 대해 알고 있는 겁니까?"

"아, 그건 내가 그 증서를 보았기 때문이오." 머도가 말했다. "그런 증서는 비밀이 아니잖소."

고드윈은 나란히 앉아 있는 카를로스와 시미언을 바라보았다. 두 사람 모두 깜짝 놀란 얼굴이었다. 부수도원장과 회계 담당 수사인 두 사람은 이미 알고 있었다. 그들은 머도가 어떻게 그 증서를 봤는지 의아한 게 분명했다. 시미언이 무슨 말인가 하려는 듯 입을 뗐다.

그때 머도가 말했다. "아니면 적어도 비밀이 아니어야 마땅한 거잖습니까."

시미언은 다시 입을 다물었다. 만일 그가 머도에게 그 증서를 어떻게 보았느냐고 다그친다면 그것을 비밀에 부친 이유에 대한 질문을 받을 것이다.

머도가 말을 이었다. "그리고 린에 있는 그 농장을 수도원에 기부한 사람은……" 그는 극적 효과를 노리느라 말을 잠시 끊었다. "이저벨라 왕비였소." 그는 이렇게 문장을 마무리했다.

고드윈은 주위를 둘러보았다. 돌처럼 굳은 표정을 한 카를로스와 시미언을 제외한 다른 수사들은 소스라치듯 놀란 얼굴이 되었다.

탁발 수사 머도가 식탁 너머로 몸을 기울였다. 저녁식사 때 나온 스튜의 녹색 허브 찌꺼기가 그의 이빨에 끼어 있었다. "다시 한번 묻겠소." 그가 싸우려는 듯이 말했다. "당신은 이저벨라 왕비를 위해 싸우다 부상을 당한 겁니까?"

토머스가 말했다. "내가 수사가 되기 전에 한 일은 모두가 아는 일이오. 나는 기사였소. 전투에서 싸웠고 사람들을 죽였죠. 나는 고해를 했고 면죄를 받았습니다."

"수사라면 과거를 묻어둘 수 있지만, 킹스브리지 수도원장이라면 그보다 훨씬 무거운 짐을 지는 겁니다. 누구를 죽였고, 죽인 이유는 무엇이며, 그리고 무엇보다도 중요한 사실로서, 그 대가로 무엇을 받았는지 질문을 받을 수도 있소."

토머스는 아무 말 없이 머도를 쏘아보았다. 고드윈은 토머스의 표정을 읽으려 애썼다. 강렬한 감정으로 딱딱하게 굳은 표정이었다. 그런데 어떤 감정일까? 죄의식이나 당황한 기색은 아니었다. 그 비밀이 무엇이든 토머스는 자신이 수치스러운 일을 했다고는 여기지 않는 것이다. 하지만 그 표정에는 분노도 없었다. 머도의 비웃는 어조는 듣는 상대방에 따라서는 폭력을 유발할 만한 것이었지만, 토머스는 그에게 달려들 기미도 보이지 않았다. 그런 것이 아니었다. 토머스가 지금 느끼는 감정은 뭔가 다른 것, 당혹감보다 더 냉정한 감정, 분노보다 더 평온한 감정이었다. 고드윈은 마침내 그것이 두려움임을 깨달았다. 토머스는 두려워하고 있었다. 머도를? 그런 것 같지는 않았다. 그가 두려워하는 것은 머도 때문에 일어날 수 있는 어떤 일, 머도가 비밀을 밝힘으로써 불러올 결과였다.

머도는 뼈다귀를 발견한 개처럼 물고늘어졌다. "당신이 지금 이 방에서 그 질문에 대답하지 않는다면 다른 곳에서 대답하게 될 것이오."

고드윈은 토머스가 이 시점에서 포기할 거라고 계산했다. 하지만 확신할 수는 없었다. 토머스는 강인한 인물이었다. 그는 지난 십 년 동안 조용하고 인내심 있고 소신 있게 지냈다. 고드윈이 수도원장으로 입후보하라고 했을 때 그는 분명 자신의 과거가 묻힐 수 있으리라 판단했을 것이다. 그리고 이제는 그 판단이 틀렸다는 것을 분명히 깨달았을 것이다. 하지만 그가 그 깨달음에 어떻게 반응할까? 자신의 실수를 확인하고 물러설까? 아니면 결의를 다지고 정면돌파할까? 고드윈은 입술을 깨문 채 그다음 일을 기다렸다.

마침내 토머스가 입을 열었다. "당신 말처럼 다른 곳에서 그 질문을 받을 수도 있겠군요. 그렇지 않더라도 당신이, 그것이 아무리 같은 수사로서 할 짓이 아니고 위험한 짓이라 하더라도 자기가 한 말이 실현되도록 있는 힘을 다할지도 모르고."

"나는 그 말이 무슨 암시인지—"

"더이상 말할 것 없소!" 토머스가 벌떡 일어서며 외쳤다. 머도는 움찔했다. 토머스의 큰 키에 기사다운 체격과 날카로운 어조가 합쳐지자 의외로 탁발 수사는 입을 다물었다.

"나는 지금까지 내 과거에 대한 질문에 대답한 적이 없소." 토머스가 말했다. 그의 목소리는 다시 낮아져서 그 방에 있던 수사들은 입을 다문 채 귀를 잔뜩 세워야 했다. "그리고 앞으로도 그럴 것이오." 토머스는 머도를 손끝으로 가리키며 말했다. "하지만 이…… 버러지 같은 인간 덕분에…… 나는 내가 수도원장이 될 경우 이런 질문이 그치지 않고 나오리란 것을 깨닫게 됐소. 수사는 과거를 묻어둘 수 있어도 수도원장은 그럴 수 없다는 사실을 비로소 알게 됐습니다. 수도원장에게는 적이 생기기 마련이고, 조금이라도 미심쩍은 점이 있다면 약점이 되겠죠. 그러면 당연히 지도자의 약점 때문에 수도원 전체가 위협받는 일도 생길 테고요. 탁발 수사 머도의 악의에서 귀결된 그 결론을 나는 진작부터 알고 있었어야 했소. 자신의 과거에 대해 질문받고 싶지 않은 사람은 수도원장이 될 수 없다는 결론을 말이오. 따라서——"

"안 됩니다!" 그때 젊은 시어도릭이 외쳤다.

"따라서 나는 이번 선거의 후보직을 사퇴합니다."

고드윈은 만족의 한숨을 길게 내쉬었다. 목적을 달성했다.

토머스는 자리에 앉았다. 머도는 점잔빼는 표정을 짓고 있었다. 그리고 다른 사람들은 일제히 서로 먼저 말하려고 아우성쳤다.

카를로스가 식탁을 치자 소동이 조금씩 가라앉았다. 카를로스가 말했다. "탁발 수사 머도, 당신은 이 선거에 투표권이 없으니 지금 이곳을 나가주면 좋겠소."

머도는 의기양양한 얼굴로 느릿느릿 식당을 걸어나갔다.

"이건 재앙입니다. 머도가 단일 후보라니!" 그가 나가자 카를로스가 말했다.

"토머스 형제의 사퇴를 받아들여서는 안 됩니다." 시어도릭이 말했다.

"하지만 그는 이미 사퇴했소!"

"다른 후보를 내세워야 합니다." 시미언이 말했다.

"그렇소." 카를로스가 말했다. "나는 시미언 형제를 추천합니다."

"안 됩니다!" 시어도릭이 말했다.

"제가 한말씀 드리죠." 시미언이 말했다. "우리 중에서 머도에게 맞서 형제들을 단결시킬 수 있는 가장 확실한 사람을 후보로 내세워야 합니다. 저는 그런 후보가 아닙니다. 젊은 수사들의 지지를 받지 못하리라는 것을 잘 알고 있습니다. 가장 큰 지지를 받을 후보가 누구인지는 우리 모두 잘 알고 있다고 생각합니다."

그러면서 그는 고개를 돌려 고드윈을 바라보았다.

"맞습니다!" 시어도릭이 말했다. "고드윈 형제입니다!"

젊은 수사들이 환호성을 올리고 나이든 수사들은 체념한 표정을 지었다. 고드윈은 그런 그들에게 응답하는 것이 내키지 않는다는 듯이 고개를 저었다. 수사들이 탁자를 치며 그의 이름을 연호하기 시작했다. "고드윈! 고드윈!"

마침내 고드윈이 자리에서 일어섰다. 그의 가슴은 벅차올랐지만 얼굴은 정색하고 있었다. 그는 손을 들어 진정하라는 신호를 보냈다. 방안이 조용해지자 고드윈은 나지막하면서도 겸손한 어조로 말했다. "형제들의 뜻에 따르겠습니다."

방안이 환호성으로 폭발했다.

23

고드윈은 선거일을 늦췄다. 선거 결과가 나오면 롤런드 백작은 화를 낼 게 뻔했다. 그래서 고드윈은 가능한 한 결혼식을 치르기 직전으로 선거를 미뤄 백작이 그 결과에 트집잡을 시간을 주지 않으려 했다.

실제 이유는 두려움이었다. 그는 이 왕국에서 가장 강력한 권력자 한 사람과 맞서야 했다. 왕국을 통틀어 백작은 열세 명밖에 되지 않았다. 백작들은 그 아래 마흔 명의 남작과 스물한 명의 주교, 그 밖의 몇몇 사람을 이끌며 잉글랜드를 통치했다. 왕이 소집하는 의회에 참석하는 사람들은 귀족 집단인 상원의원들인데, 그들은 기사와 지주와 상인 같은 하원의원들과는 명확히 구분됐다. 셔링의 백작은 그가 속한 계급에서도 훨씬 더 강력하고 두드러진 존재였다. 그런데 과부 페트라닐라의 아들로 지금까지 오른 최고 직위라고 해봐야 킹스브리지 수도원의 성구 관리인에 불과한 서른한 살의 고드윈 수사가 그런 백작과 맞서고, 더욱이 위험스럽게도 백작을 이기고 있었다.

그래서 그는 일부러 미적대고 있었다. 결국 결혼식이 엿새 앞으로 다가오자 롤런드가 결연히 선언했다. "내일 선거를 치르시오!"

결혼식 하객들이 이미 속속 도착하고 있었다. 구호소에 자리잡은 몬 머스의 백작은 롤런드 백작의 옆방을 썼다. 윌리엄 경과 레이디 필리 파는 벨 여인숙으로 거처를 옮겨야 했다. 리처드 주교는 카를로스와 함께 수도원장 사택에 묵었다. 지위가 낮은 남작들과 기사들은 자기 처자식과 기사종자와 하인과 말과 함께 주막들에 여장을 풀었다. 이 도시는 갑작스레 늘어난 소비消費를 환영했는데, 우천에 열렸던 양모 정기시장의 수익이 실망스러웠기 때문에 더더욱 반가웠다.

선거일 아침 고드윈과 시미언은 금고실로 향했다. 도서실 옆 묵직한 떡갈나무 문 뒤편에 있는 창문도 없는 작은 방이었다. 금고실에는 특별미사에 사용되는 값진 성물들이 자물쇠가 달리고 쇠테를 두른 궤짝에 보관되어 있었다. 궤짝 열쇠는 회계 담당 시미언에게 있었다.

선거 결과는 정해진 것이나 다름없었다. 어쨌거나 롤런드 백작을 제외한 모든 사람은 그렇게 생각했다. 고드윈의 술책이라고 의심하는 사람은 아무도 없었다. 긴장된 순간이 한 번 있기는 했다. 토머스가 어떻게 탁발 수사 머도가 이저벨라의 증서를 알게 됐는지 의아하게 여겼을 때였다. "그자가 그 증서를 우연히 발견했을 리가 없소. 그가 도서실에서 뭘 읽는 걸 본 적도 없고, 어쨌든 그 증서는 다른 증서들과 함께 보관되어 있지도 않았으니까." 토머스가 고드윈에게 말했다. "누군가가 그에게 그 사실을 말해준 게 틀림없소. 하지만 누가 그랬을 것 같소? 그일을 알고 있는 것은 카를로스와 시미언밖에 없었습니다. 그들에게 그 비밀을 발설할 이유가 있을까요? 그들은 머도를 도와줄 생각이 없었잖습니까." 고드윈은 아무 대꾸도 하지 않았고, 토머스는 사실을 밝히지 못해 곤혹스러워하는 채로 넘어갔다.

고드윈과 시미언은 금고실 궤짝을 빛이 환한 도서실로 끌어냈다. 성당의 보물들은 파란색 천에 싸이고 보호를 목적으로 가죽이 덧대어져 있었다. 시미언은 천을 풀고 감탄의 눈길로 보물을 보면서 손상된 부분이 있는지 확인했다. 성 아돌푸스가 십자가에 못박혀 처형당하는 장면을 정교하게 조각한 상아 명판이 있었다. 조각 속 성인은 하느님에게, 자신을 기억하며 기리는 모든 이에게 건강과 영생을 달라고 간구하고 있었다. 그리고 촛대와 십자가가 여러 개 있었는데, 대부분 금은으로 만들고 보석으로 장식한 것들이었다. 높다란 도서실 창으로 들어온 강렬한 햇빛에 보석들은 반짝이고 금붙이는 타오르는 것처럼 보였다. 전부 수백 년 동안 독실한 신자들이 수도원에 기증한 것들이었다. 그것들을 모두 합한 값어치는 어마어마했고, 대부분의 사람들이 한 장소에서 본 어떤 재화보다 많았다.

고드윈은 나무 위에 금을 씌우고 손잡이를 섬세하게 보석으로 장식한, 주교장이라고 하는 목자의 지팡이를 가져가기 위해 이곳에 왔다. 선거 절차의 마지막 의식은 새로 선출된 수도원장에게 이 지팡이를 건네주는 것이었다. 지난 십삼 년간 사용되지 않은 지팡이는 궤짝 바닥에 있었다. 고드윈이 지팡이를 꺼내는데, 시미언이 외마디소리를 질렀다.

고드윈이 눈을 들었다. 시미언은 제단에 놓기 위해 받침대가 달린 커다란 십자가를 꺼내들고 있었다. "무슨 일입니까?" 고드윈이 물었다.

시미언이 십자가 뒤쪽을 보여주며 가로대 바로 아래쪽에 컵 모양으로 움푹 들어간 자리를 가리켰다. 고드윈은 즉각 루비가 없어졌다는 사실을 알았다. "어딘가 떨어진 게 아닐까요." 그는 도서실 주위를 둘러보았다. 그곳에는 그들 두 사람밖에 없었다.

그들은 걱정에 빠졌다. 회계 담당 수사와 성구 관리인인 그들 두 사람 모두에게 책임이 있었다. 무엇이든 분실은 그들 책임이었다.

그들은 궤짝 안에 든 물건들을 모두 살폈다. 하나하나 포장을 풀고 파란색 천도 일일이 털어보았다. 덧대놓은 가죽들도 한 장 한 장 살펴보았다. 필사적인 심정으로 텅 빈 궤짝 속과 주위의 바닥까지 샅샅이 살펴보았지만 루비는 보이지 않았다.

"그 십자가를 마지막으로 쓴 게 언제였죠?" 시미언이 말했다.

"지난번 성 아돌푸스 축일 때였죠. 카를로스 형제가 낙상한 그날이요. 카를로스 형제가 제단에 부딪히면서 십자가가 바닥에 떨어졌었죠."

"그때 보석이 떨어진 모양이군요. 그런데 어떻게 아무도 그 사실을 알아채지 못했을까요?"

"보석은 십자가 뒤쪽에 있었으니까요. 하지만 바닥에 떨어졌다면 누군가의 눈에 띄지 않았을까요?"

"십자가를 집어든 사람이 누구였죠?"

"기억이 나지 않는군요." 고드윈이 재빨리 덧붙였다. "그때는 너무 혼란스러웠으니까요." 사실 고드윈은 그때 일을 아주 또렷이 기억하고 있었다.

필리먼이었다.

고드윈은 그때의 장면을 그림으로 그릴 수도 있었다. 필리먼과 오토가 함께 단 위의 제단을 바로잡아놓았다. 그런 다음 오토가 촛대를, 필리먼은 십자가를 집어들었다.

점점 커지는 당혹감 속에서 고드윈은 레이디 필리파의 팔찌가 사라진 사건을 떠올렸다. 필리먼이 또다시 훔친 것일까? 그는 그 일이 자신에게 어떤 영향을 미칠지 생각하자 몸이 떨렸다. 필리먼이 고드윈의 비공식적 심복이라는 건 누구나 아는 사실이었다. 성물에서 보석을 훔치는 것 같은 중대한 범죄는 범행을 저지른 자와 연루된 모두에게 수치를 안겨줄 것이다. 선거가 순식간에 뒤집힐 수도 있는 사안이었다.

그때 일을 정확히 기억하지 못하는 것이 분명한 시미언은 십자가를 집

448

어든 사람이 누구인지 기억이 안 난다는 고드윈의 거짓말을 믿었다. 하지만 수사들 중에 필리먼의 손에 십자가가 들려 있었다는 것을 기억하는 사람이 분명 있을 것이다. 필리먼에게 의심이 향하기 전에 서둘러 이 일을 바로잡을 필요가 있었다. 하지만 시미언의 의심부터 해결해야 했다.

"성당 안에서 루비를 찾아봐야겠소." 시미언이 말했다.

"하지만 그 미사는 두 주 전의 일이잖습니까." 고드윈이 이의를 제기했다. "그사이에 바닥에 떨어진 루비가 발견되지 않았을 리가 없어요."

"가능성은 별로 없지만 그래도 확인해봐야죠."

고드윈은 자신도 시미언과 함께 가지 않을 수 없으며, 기회를 봐서 그에게서 벗어나 필리먼을 찾아야겠다고 생각했다. "물론 그래야죠." 그가 대답했다.

그들은 성물을 치우고 금고실 문을 잠갔다. 함께 도서실을 나서면서 고드윈이 말했다. "보석이 분실된 사실이 확실해질 때까지는 이 일에 대해 침묵합시다. 우리에게 떨어질 비난을 서두를 이유가 없지 않겠습니까."

"좋소."

두 사람은 걸음을 서둘러 클로이스터를 지나 성당 안으로 들어갔다. 그들은 교차부 한복판에 서서 일대의 바닥을 자세히 살펴보았다. 한 달 전이었다면 성당 바닥 어딘가에 떨어진 루비가 눈에 띄지 않았을 수도 있다는 말도 그럴싸하게 들렸을 테지만, 최근 바닥 판석을 수리해 금이 가거나 깨진 자리는 말끔히 사라진 상태였다. 루비가 있었다면 틀림없이 눈에 띄었을 것이다.

"지금 생각난 건데, 그때 십자가를 집어든 것이 필리먼 아니었나요?" 시미언이 말했다.

고드윈은 시미언의 얼굴을 살펴보았다. 혹시라도 비난의 기색이 있나? 그의 표정으로는 알 수 없었다. "필리먼일 수도 있겠군요." 고드윈이 대꾸했다. 다음 순간 그는 빠져나갈 기회를 찾았다. "가서 그 아이를 찾아보겠습니다. 어쩌면 그때 자기가 서 있던 자리를 정확히 기억할지도 모르니까요."

"좋은 생각이오. 나는 여기서 기다리겠습니다." 시미언은 무릎을 꿇더니 눈이 아니라 손으로 하면 찾을 수 있다는 듯이 바닥을 더듬기 시작했다.

고드윈은 빠른 걸음으로 성당을 빠져나왔다. 먼저 공동 침실로 갔다. 모포를 넣어두는 장은 그 자리에 있었다. 그는 장을 벽에서 끌어낸 뒤 헐거운 돌을 찾아 벽에서 빼냈다. 그러고는 필리먼이 레이디 필리파의 팔찌를 감춰두었던 숨겨진 구멍에 손을 넣었다.

아무것도 없었다.

그는 욕설을 내뱉었다. 일은 그리 간단하게 풀리지 않을 모양이었다.

필리먼을 수도원에서 내쫓아야겠군. 고드윈은 필리먼을 찾으러 수도원 건물 사이를 걸으며 생각했다. 그놈이 그 루비를 훔친 거라면 이번에는 덮어줄 수 없어. 이제 그놈은 끝장이야.

다음 순간 그는 자신이 필리먼을 내쫓을 수 없다는 것, 지금뿐만 아니라 어쩌면 영원히 그럴 수 없으리라는 사실을 깨닫고 낙담했다. 탁발수사 머도에게 이저벨라 증서에 대해 이야기한 사람이 필리먼이었다. 필리먼을 내쫓으면 그는 자신이 한 짓을 까발릴 테고, 그러면 고드윈이 사주한 짓이라는 것도 드러날 것이다. 그리고 사람들은 그의 말을 믿을 것이다. 고드윈은 누가 무슨 의도로 머도에게 그 비밀을 발설했는지 궁금해하던 토머스를 떠올렸다. 필리먼의 폭로는 바로 그 의문에 대한 답으로서 설득력을 얻을 것이다.

뒤가 켕기는 짓을 하면 이런 반대급부가 있기 마련이다. 설령 선거를 치른 후에 폭로가 터져나오더라도 그 일은 고드윈의 권위를 훼손할 것이고, 수사들에 대한 그의 지도력을 무력화시킬 것이다. 이제는 자신을 보호하기 위해서라도 필리먼을 보호해줄 수밖에 없다는 불길한 진실이 서서히 그의 머릿속에 자리잡기 시작했다.

그는 구호소 바닥을 쓸고 있는 필리먼을 발견했다. 고드윈은 손짓으로 그를 밖으로 불러내 부엌으로 데려갔다. 그곳이라면 사람들이 그들 둘이 있는 광경을 볼 가능성이 없었다.

"루비가 없어졌어." 고드윈은 필리먼의 눈을 똑바로 보며 말했다.

"저런, 그런 몹쓸 일이 일어나다니요." 필리먼이 눈을 돌리며 말했다.

"그 루비는 카를로스 형제가 낙상했을 때 제단에 있다가 바닥에 떨어진 십자가에 박혀 있던 것이었다."

필리먼은 시치미를 뗐다. "그런 게 어떻게 없어졌단 말씀입니까?"

"십자가가 바닥에 떨어졌을 때 빠졌을 수도 있지. 하지만 루비는 바닥에 떨어져 있지 않아. 내가 방금 살펴봤어. 누군가가 그것을 발견하고 가져간 거지."

"그럴 리가요."

고드윈은 아무것도 모르는 척하는 필리먼의 태도에 화가 치밀었다. "이런 바보 같으니, 네가 십자가를 집어드는 걸 모두가 보았단 말이다!"

필리먼의 목소리가 높아졌다. "저는 그 일에 대해서는 아무것도 모릅니다!"

"나한테 거짓말을 하다니, 시간낭비하지 마라! 우리는 이 일을 바로 잡아야 해. 너 때문에 내가 선거에서 질 수도 있어." 고드윈은 필리먼을 제빵소 벽에 밀어붙였다. "루비를 어디다 뒀어?"

그 순간 어이없게도 필리먼이 울음을 터뜨렸다.

"제발 이런 말도 안 되는 짓 좀 그만두지 못해? 너는 다 큰 어른이야!" 고드윈이 정나미가 떨어진다는 투로 말했다.

그래도 필리먼은 계속 울었다. "죄송해요. 정말 죄송해요."

"울음을 그치지 못하겠다면—" 고드윈은 그다음에 이을 말을 찾았다. 그러나 더이상 필리먼을 나무랄 말이 생각나지 않았다. 그가 정말 애처로워 보였기 때문이다. 고드윈이 부드러운 어조로 말했다. "마음을 가라앉히고, 루비가 어디 있는지 말해봐."

"제가 감췄습니다."

"그래……"

"식당 굴뚝 속에."

고드윈은 즉각 몸을 돌려 식당 쪽으로 걸어갔다. "맙소사, 루비가 불 속에 떨어졌을지도 모르잖아!"

필리먼이 눈물을 훔치고 그를 따라오며 말했다. "8월에는 불을 때지 않아요. 날이 추워지기 전에 옮겨놓으려고 했어요."

그들은 식당으로 들어갔다. 길쭉한 방 한끝에 널찍한 벽난로가 있었다. 필리먼이 벽난로 굴뚝 속으로 한 팔을 집어넣고 더듬었다. 이윽고 그가 검댕이 묻은, 참새 알만한 루비를 꺼냈다. 그는 루비의 검댕을 옷소매로 닦았다.

고드윈이 루비를 받아들었다. "이제 나를 따라와라."

"뭘 어떻게 하시려고요?"

"시미언이 이 루비를 발견하게 만들어야지."

그들은 성당으로 갔다. 시미언은 아직도 바닥에 엎드려 루비를 찾고 있었다. 고드윈이 필리먼에게 말했다. "자, 네가 십자가를 집어들었을 때 있던 자리를 정확하게 기억해봐."

필리먼을 쳐다본 시미언은 그의 얼굴에서 울었던 흔적을 보고는 상냥한 어조로 말했다. "두려워할 것 없다. 너는 잘못한 게 없으니까."

필리먼은 교차부의 동쪽, 성단소로 통하는 계단 가까이에 가서 섰다.

"이곳이었던 것 같습니다."

고드윈은 두 계단을 올라가 찾는 시늉을 하면서 성가대석 아래를 들여다보았다. 그러고는 성가대석 한쪽 끄트머리에 있는 의자 밑, 얼핏 보아서는 눈에 잘 띄지 않는 자리에 루비를 슬쩍 내려놓았다. 그런 다음 루비가 있을 가능성이 더 높은 자리가 생각났다는 듯이 성단소 남쪽으로 걸어갔다. "필리먼, 이리 와서 이 아래쪽도 찾아봐라."

그의 짐작대로 시미언은 북쪽으로 자리를 옮겨 무릎을 꿇은 채 기도문을 웅얼거리며 성가대석 아래를 더듬기 시작했다.

고드윈은 시미언이 루비를 바로 찾을 거라 예상했다. 그는 시미언이 그것을 찾기만 기다리며 남쪽 측랑을 찾는 척했다. 이윽고 시미언의 시력에 문제가 있는 것이 아닐까 하는 생각이 들기 시작했다. 고드윈이 직접 그쪽으로 가서 '발견'해야 할지도 몰랐다. 그러다 마침내 시미언이 외쳤다. "오! 여기 있다!"

고드윈은 흥분한 척했다. "찾았습니까?"

"그래요! 할렐루야!"

"어디 있던가요?"

"여기, 성가대석 아래에!"

"하느님을 찬양할지어다." 고드윈이 말했다.

～

고드윈은 롤런드 백작을 두려워하지 말자고 마음속으로 다짐했다. 구호소에서 객실로 통하는 돌계단을 올라가면서 그는 백작이 자기에게 할 수 있는 일이 무엇일지 자문해보았다. 설령 백작이 침대에서 내려와 검을 뽑아들 수 있다 해도 수도원 경내에서 수사를 공격할 정도로 어리석지는 않을 것이다. 왕이라 하더라도 그런 짓을 하고 무사하기는 어려울 것이다.

랠프 피츠제럴드가 백작에게 방문자를 알린 뒤 고드윈은 방안으로 들어갔다.

침대 양편으로 백작의 두 아들이 서 있었다. 키가 큰 윌리엄은 군인 답게 갈색 바지에 흙이 묻은 부츠 차림이었는데, 앞머리가 벌써 벗어지고 있었다. 자주색 주교 제의를 입은 리처드는 갈수록 용모가 둥글둥글해지는 것 같았는데, 놀기 좋아하고 향락에 빠지기 쉬운 천성이 그 외모에 고스란히 드러났다. 윌리엄은 고드윈보다 한 살 아래인 서른 살이었다. 그는 아버지에게서 물려받은 의지력이 있기는 하나 어머니 필리파의 영향으로 이따금 약한 모습을 보였다. 스물여덟 살인 리처드는 백작의 위압적인 태도와 과단성을 물려받지 못했고, 아마도 죽은 그의 어머니를 닮은 듯했다.

"이보게, 수사, 그 형편없는 선거는 치렀소?" 백작이 입술 왼쪽으로 말했다.

고드윈은 백작의 무례한 말투에 한순간 발끈했다. 그는 언젠가는 롤런드가 자신을 수도원장이라 부르게 하고 말리라고 속으로 다짐했다. 분노 덕분에 백작에게 소식을 전할 용기를 끌어낼 수 있었다. "그렇습니다, 백작. 저는 백작에게 킹스브리지 수사들이 저를 수도원장으로 선택했다는 것을 알려드리게 되어 영광입니다."

"뭐라고?" 백작이 버럭 소리를 질렀다. "당신이?"

고드윈은 짐짓 겸손한 태도로 고개를 숙였다. "그 결과에 저보다 놀란 사람도 없을 겁니다."

"이토록 어린 사람이!"

모욕감에 사로잡힌 고드윈이 반박했다. "저는 백작의 아들이신 킹스브리지 주교보다 나이가 많습니다."

"표는 얼마나 얻었는가?"

"스물다섯 표입니다."

"탁발 수사 머도는 얼마나 얻었지?"

"한 표도 없었습니다. 수사들은 만장일치로—"

"한 표도 없었다고?" 롤런드가 고함을 질렀다. "뭔가 음모가 있었던 게 분명하군. 이건 반역이오!"

"선거는 정확하게 규칙대로 치렀습니다."

"나는 당신들의 규칙 따위에는 눈곱만큼도 관심 없네. 나는 계집애 같은 수사 나부랭이들한테 무시당할 사람이 아니야."

"저는 제 형제들이 뽑은 사람입니다, 백작. 이번 일요일 결혼식 전에 취임식이 있을 예정입니다."

"수사의 선택은 킹스브리지 주교의 비준을 받아야 해. 장담하는데 주교는 당신을 비준하지 않을 걸세. 선거를 다시 치르게. 이번에는 내가 원하는 결과를 가져오라고."

"좋습니다, 백작." 고드윈은 문으로 향했다. 아직 손에 쥔 패가 몇 장 더 있었지만 한꺼번에 다 꺼내놓을 생각은 없었다. 그는 고개를 돌려 리처드에게 말했다. "주교님, 이 문제에 대해 저와 하실 이야기가 있다면, 저는 수도원장 사택에서 기다리고 있겠습니다."

그는 방을 나왔다. "당신은 수도원장이 아니야!" 그리고 롤런드가 소리를 지르는 순간 문을 닫았다.

고드윈은 떨고 있었다. 롤런드는 만만찮은 상대였다. 화가 났을 때는 더욱 그랬다. 그리고 백작은 툭하면 화를 냈다. 그러나 고드윈은 소신을 관철시켰다. 페트라닐라는 그를 자랑스럽게 여길 것이다.

그는 떨리는 다리로 계단을 내려가 수도원장 사택으로 향했다. 카를 로스는 이미 사택을 비운 상태였다. 십오 년 만에 처음으로 고드윈은 혼 자서 침실을 쓰게 됐다. 그의 기쁨은 주교와 함께 사택을 써야 한다는 사실 때문에 약간 줄어들었다. 전통적으로 주교가 수도원을 방문할 때는 수도원장 사택에 묵었다. 엄밀히 따지자면 주교는 직권상 킹스브리지 대수도원장이었으며, 비록 권한이 제한되기는 하나 지위는 수도원장보다 높았다. 리처드는 낮시간에 사택에 있는 경우는 거의 없었지만 밤이 되면 꼬박꼬박 돌아와 가장 좋은 침실에서 잠을 잤다.

고드윈은 일층 홀로 들어가 큰 의자에 앉아 기다렸다. 아버지의 따가운 지시에 귀가 잔뜩 달아오른 리처드 주교가 이제 곧 나타날 것이다. 리처드는 부유한 권력자지만 백작만큼 상대에게 겁을 주는 존재는 아니었다. 그러나 보통 대담한 수사가 아니라면 주교에게 맞서기는 어렵다. 그러나 이번 대결에서는 고드윈이 유리했다. 그는 리처드의 수치스러운 비밀을 알고 있었고, 그것은 감춰둔 칼만큼이나 쓸모 있었다.

잠시 후 리처드가 요란하게 등장했다. 그는 자신만만한 태도를 보였지만 고드윈은 그것이 겉치레에 불과하다는 것을 알았다. "당신 문제를 놓고 아버지와 타결을 지었소." 리처드가 거두절미하고 말했다. "당신은 머도 아래 부수도원장으로 있으면 됩니다. 당신은 수도원의 일상적인 관리를 맡게 될 겁니다. 어쨌든 머도가 원하는 것은 지위일 뿐 관리자가 되고 싶은 것이 아니니까요. 당신은 전권을 쥘 것이고, 아버지도 만족하실 겁니다."

"그 말씀을 정리해보죠." 고드윈이 말했다. "머도가 저를 자신의 부수도원장으로 삼는 데 동의한다, 우리는 다른 수사들에게 머도가 주교가 비준할 유일한 수도원장감이라고 말한다, 그리고 주교님은 수사들이 그 말을 받아들일 거라고 생각하시는 거로군요."

"수사들에게는 달리 선택의 여지가 없습니다!"

"제가 다른 제안을 드리죠. 백작에게 수사들이 저 외에는 그 누구도 받아들이지 않을 거라고 말씀드리십시오. 그리고 결혼식이 있기 전에 제가 비준을 받아야 한다고도 말씀하세요. 그러지 않으면 수사들은 혼례미사에 참석하지 않을 겁니다. 수녀들도 거부할 거고요." 고드윈은 시실리어 수녀원장과 수녀들은 고사하고 수사들이 과연 그럴지도 알 수 없었지만 신중을 기하기에는 이미 너무 멀리 가버렸다.

"그들은 감히 그렇게 하지 못할 겁니다!"

"제 생각에는 그들이 그렇게 할 것 같습니다."

리처드는 겁을 먹은 것 같았다. "아버지는 위협에 넘어갈 사람이 아닙니다!"

고드윈은 웃었다. "제가 보기에도 그럴 가능성은 적어 보이는군요. 하지만 백작이 사태를 조리 있게 보실 수 있도록 해드려야죠."

"아버지는 어쨌든 결혼식은 진행되어야 한다고 하실 겁니다. 그리고 나는 주교이니, 그들 부부를 결혼시킬 수 있소. 도와줄 수사 없이도."

"물론입니다. 하지만 노래도 촛불도 성가도 향도 없을 겁니다. 주교님과 로이드 부주교님뿐이겠죠."

"그래도 결혼은 성립될 거요."

"몬머스 백작은 자기 아들의 이런 품위 없는 결혼식을 어떻게 보실까요?"

"분노하겠지만 받아들이실 겁니다. 동맹은 중요한 문제니까."

맞는 말이라고 고드윈은 생각했다. 실패가 임박했다는 싸늘한 예감이 엄습했다.

이제 숨겨둔 칼을 뽑을 차례였다.

"주교님은 제게 호의를 빚지신 적이 있죠." 고드윈이 말했다.

리처드는 처음에는 무슨 말인지 모르는 척했다. "내가 그랬던가요?"

"저는 백작이 지은 죄를 덮어드렸습니다. 잊어버린 척하지 마십시오. 불과 두 달 전 일이니까요."

"아, 그렇죠. 정말 너그러운 처사였소."

"저는 주교님과 마저리가 객실 침대에 있는 것을 제 눈으로 보았습니다."

"제발 목소리 좀 낮추시오!"

"지금이 그 호의를 갚으실 때입니다. 백작과 중재를 해주십시오. 아버님에게 양보하라고 말씀하세요. 결혼 문제가 더 중요하다고요. 저를 비준하겠다고 주장하십시오."

리처드의 얼굴에 절망의 빛이 떠올랐다. 팽팽히 겨루는 두 힘 사이에 짓눌린 얼굴이었다. "그럴 수 없소." 그의 목소리에는 낭패감이 서려 있었다. "아버지는 도전을 용납하지 않으실 겁니다. 그분이 어떤 분인지 당신도 잘 알잖습니까."

"그래도 시도해보십시오."

"이미 시도해봤어요! 당신이 부수도원장이 될 수 있게 아버지를 설득해 양보시킨 사람이 나란 말이오."

고드윈은 정말로 롤런드 백작이 그런 양보를 했을지 의심스러웠다. 이런 약속 같은 건 얼마든지 깨질 수 있다고 생각하는 리처드가 지어낸 말이 분명했다. 그럼에도 고드윈은 말했다. "그 점에 대해서는 주교님에게 감사드립니다." 그러고는 덧붙였다. "하지만 그것으로는 충분치 않습니다."

"한번 생각해보시오." 리처드가 간청했다. "내 요청은 그게 전부요."

"그러겠습니다. 그리고 주교님도 아버님에게 한번 생각해보시라고 권해주십시오."

"오, 젠장." 리처드는 신음했다. "이건 재앙이 되고 말 거요."

결혼식은 일요일로 잡혔다. 토요일 6시과 전례 때 고드윈은 신임 수도원장 취임식에서 시작해 혼례미사로 이어지는 미사 예행연습을 하도록 지시했다. 오늘도 볕이 나지 않는 날이었다. 하늘에는 비를 잔뜩 머금은 먹구름이 낮게 깔려 있었고, 성당 안은 어두웠다. 예행연습이 끝난 후 수사들과 수녀들이 저녁식사를 하러 나가고 수련수사들이 성당 안을 치우기 시작했을 때, 카를로스와 시미언이 고드윈에게 다가왔다. 두 사람 모두 엄숙한 표정이었다.

"예행연습이 아주 매끄럽게 잘된 것 같습니다, 그렇죠?" 고드윈이 쾌활한 어조로 말했다.

"형제의 취임식이 거행될 수 있을까요?" 시미언이 말했다.

"물론이죠."

"백작이 선거를 다시 치르라고 지시했다 하던데요."

"백작에게 그럴 권한이 있다고 보십니까?"

"사실은 그럴 권한이 없죠." 시미언이 말했다. "그에게는 지명권이 있을 뿐입니다. 하지만 백작은 리처드 주교가 당신을 수도원장으로 비준하지 않을 거라고 하셨죠."

"리처드 주교가 당신에게 그런 말을 했습니까?"

"주교가 직접 말한 건 아닙니다."

"저도 그럴 거라 생각했습니다. 제 말을 믿으세요. 주교는 저를 비준할 겁니다." 고드윈은 목소리에 진심과 자신감을 담아 말했는데, 자신의 감정도 그랬으면 좋겠다고 생각했다.

카를로스가 불안한 어조로 물었다. "형제가 리처드 주교에게 수사들이 결혼식에 참석하기를 거부할 거라고 말했습니까?"

"그렇게 말했습니다."

"그건 꽤 모험적인 발상인데요. 우리가 여기 있는 것은 귀족의 뜻에 반대하기 위해서가 아닙니다."

카를로스가 심각한 반대의 조짐이 보이는 즉시 약한 모습을 보이리라는 건 충분히 예측했던 일이었다. 다행히도 그에게는 수사들의 결의를 시험할 계획이 없었다. "그럴 필요는 없을 겁니다. 그러니 걱정 마십시오. 그건 그저 말뿐인 위협이니까요. 하지만 주교에게 제가 그런 말을 했다는 말은 하지 말아주십시오."

"그러면 형제는 수사들에게 결혼식을 거부하라고 요청할 계획이 없다는 얘기로군요?"

"맞습니다."

"형제는 위험한 게임을 하고 있습니다." 시미언이 말했다.

"그럴지도 모르죠. 하지만 저를 제외하면 아무도 위험에 빠지는 일은 없을 겁니다."

"형제는 수도원장이 되고 싶어하지도 않았습니다. 입후보하려고 하지도 않았죠. 그저 다른 후보들이 물러나는 바람에 수락했을 뿐이잖습니까."

"지금도 수도원장이 되고 싶은 생각은 없습니다." 고드윈은 거짓말을 했다. "하지만 셔링의 백작이 우리를 대신해서 수도원장을 선택하는 일은 막아야 합니다. 그것이 제 개인적인 감정보다 더 중요한 문제입니다."

시미언은 존경의 눈길로 그를 바라보았다. "형제는 존경스러운 행동을 하고 있습니다."

"형제와 마찬가지로 저 역시 하느님의 뜻에 따르려는 것뿐입니다."

"하느님이 형제의 노고를 축복해주시길 빌겠습니다."

나이든 두 수사가 떠났다. 고드윈은 자신이 사심 없이 행동하고 있다고 그들을 믿게 한 데 대해 양심의 가책을 느꼈다. 그들은 그를 마치 순교자처럼 여겼다. 그러나 하느님의 뜻에 따르려는 것뿐이라는 말은 사실이라고 생각했다.

그는 주위를 둘러보았다. 성당은 다시 평소의 모습으로 돌아가 있었다. 그는 식사를 하기 위해 수도원장 사택으로 가던 길에 사촌동생 캐리스를 만났다. 그녀가 입은 청색 드레스가 어둑어둑한 회색 성당 안에서 놀랍도록 눈에 띄었다. "내일 수도원장 취임식이 예정대로 열릴까요?" 그녀가 물었다.

고드윈은 미소를 지었다. "모두 같은 질문을 하는군. 아무튼 그럴 거야."

"백작이 트집을 잡고 있다는 소문이 돌던데요."

"결국 백작이 물러설 거다."

그녀는 예리한 녹색 눈으로 그를 꿰뚫어보듯 바라보았다. "나는 어렸을 때부터 오빠가 어떤 사람인지 알았어요. 오빠가 거짓말을 하는 걸 알아본다고요."

"나는 지금 거짓말하는 게 아니야."

"마음과는 달리 확신한다는 듯이 말하고 있잖아요."

"그건 죄가 아니지."

"아버지가 다리 때문에 걱정하고 계세요. 탁발 수사 머도라면 솔 화이트헤드보다 더 백작의 뜻에 순종할 가능성이 높으니까요."

"머도는 킹스브리지 수도원장이 되지 못해."

"또 같은 얘기로군요."

고드윈은 그녀의 통찰력에 짜증이 났다. "너에게 뭐라고 해야 좋을지 모르겠구나." 그는 딱딱한 어조로 말했다. "나는 수도원장에 선출됐고, 진심으로 그 자리를 맡을 생각이야. 롤런드 백작은 나를 막고 싶어하지만 그에게는 그럴 권한이 없어. 나는 내가 가진 모든 수단을 동원해 그와 싸우고 있어. 내가 겁을 먹었느냐고? 그건 맞아. 하지만 나는 여전히 백작과 싸워서 이길 생각이다."

그녀는 씩 웃었다. "그게 바로 내가 듣고 싶은 말이었어요." 그러면서 그의 어깨를 살짝 쳤다. "가서 고모님을 만나요. 지금 사택에서 기다리고 계세요. 실은 그 말을 전하러 왔어요." 이 말을 하고 캐리스는 몸을 돌려 성당을 나갔다.

고드윈은 북쪽 익랑을 통과해 걸어갔다. 캐리스는 정말 영리한 애야. 그는 감탄과 짜증이 섞인 감정으로 생각했다. 그녀는 그를 구슬려, 그가 다른 모든 사람에게 말한 것 이상으로 솔직하게 현재의 상황을 평가하도록 만든 것이었다.

그래도 어머니를 만나는 것은 기뻤다. 어머니를 제외한 다른 모든 사람들이 과연 그에게 이번 싸움에서 이길 능력이 있는지 의혹을 품고 있다. 어머니는 그를 믿어줄 것이고, 어쩌면 몇 가지 전략을 조언해줄지도 모른다.

페트라닐라는 두 사람분의 빵과 에일, 절인 생선 요리를 식탁에 차려놓고 앉아 있었다. 그는 어머니의 이마에 키스한 후 식전 기도를 올리고 자리에 앉아 먹기 시작했다. 이 순간만큼은 승리의 기쁨을 누리기로 했다. "어쨌든 저는 적어도 수도원장 당선자이고, 우리는 지금 수도원장 사택에서 식사를 하고 있어요."

"하지만 백작은 여전히 인정하지 않고 있잖니."

"생각했던 것보다 어려운 싸움이에요. 아무튼 백작에게는 선출권이 아니라 지명권이 있는 거잖아요. 자기가 선택한 사람이 반드시 선출되지 않을 수 있다는 것이 그의 기본적 입장이라고요."

"대부분의 백작은 그 사실을 받아들이겠지만 롤런드는 달라. 그는 어떤 사람보다 자신이 우월하다고 여기는 인물이야." 고드윈은 어머니의 어조에 삼십 년도 더 전에 깨진 약혼의 씁쓸한 기억이 담겨 있다고 짐작했다. 그녀는 원한에 찬 미소를 지었다. "이제 곧 그는 우리를 얼마나 과소평가했는지 깨닫게 될 거야."

"백작은 제가 어머니의 아들이라는 사실을 알고 있어요."

"그렇다면 그 사실이 한 가지 요인이 됐겠구나. 백작이 너를 보면 그때 나에게 했던 불명예스러운 행동을 떠올릴 테니까. 그것만으로도 그가 너를 싫어하기에는 충분하지."

"그건 부끄러운 일이에요." 그런 다음 고드윈은 혹시라도 하인이 문밖에서 엿듣고 있을 경우에 대비해 목소리를 낮췄다. "지금까지는 어머니의 계획이 완벽하게 맞아떨어졌어요. 저 자신이 입후보에서 빠진 다음 다른 사람들의 평판을 떨어뜨린다는 계획은 아주 훌륭했어요."

"아마도 그럴 테지. 하지만 자칫하다가는 모든 것을 잃을 수도 있어. 그뒤로 주교와 이야기한 적 있니?"

"아니요. 저는 그에게 우리가 마저리 일을 알고 있다는 걸 상기시켰죠. 그는 겁을 냈지만 아버지에게 대들 정도로 겁먹은 건 아닌 것 같아요."

"그가 겁을 먹어야 할 텐데. 이 사실이 드러나면 용서받기 어려울 테니까. 그럼 제럴드 경처럼 영락한 기사가 되어 남은 평생을 기식자 신세로 지내야 할지도 몰라. 주교가 그 사실을 깨닫지 못한 거냐?"

"어쩌면 그는 저에게 폭로할 용기가 없다고 생각하고 있을지도 모르죠."

"그렇다면 그 정보를 가지고 백작에게 가야 하겠구나."

"맙소사! 그랬다가는 백작이 격노할 거예요!"

"마음을 모질게 먹어야지."

그녀는 언제나 그런 식이었다. 그 때문에 고드윈은 어머니와 만나야 할 때마다 언제나 불안한 심정이 됐던 것이다. 그녀는 언제나 아들이 좀더 과감해지기를, 성향을 뛰어넘는 모험을 하기를 원했다. 그는 그런 어머니의 말을 단 한 번도 거절할 수 없었다.

그녀가 말을 이었다. "만약 마저리가 처녀가 아니라는 사실이 밝혀지면 그 결혼은 취소될 거야. 롤런드 백작은 그러기를 원치 않아. 결국 백작은 너를 수도원장으로 앉히는, 덜 나쁜 쪽을 받아들일 거다."

"하지만 그랬다가는 남은 평생 백작을 적으로 삼게 될 텐데요."

"그런 일이 아니더라도 어차피 그는 너를 적대시할 거야."

별로 위안이 되는 말은 아니라고 고드윈은 생각했다. 하지만 반박할 수 없었다. 어머니의 말은 일리가 있었다.

그때 문 두드리는 소리가 나더니 레이디 필리파가 들어왔다.

고드윈과 페트라닐라는 자리에서 일어났다.

"할말이 있어서 왔어요." 필리파가 고드윈에게 말했다.

"저의 어머니 페트라닐라를 소개드려도 될까요?"

페트라닐라는 한쪽 무릎을 구부려 예를 갖춘 뒤 말했다. "저는 이만 가보는 게 좋겠군요. 레이디께서 모종의 중개를 하러 오신 듯하니 말이죠."

필리파는 흥미롭다는 눈길로 페트라닐라를 바라보았다. "그걸 아신다면 중요한 사실은 모두 아시겠군요. 그러니 함께 계셔도 무방하지 않을까요."

두 여자가 서로 마주서 있는 동안, 고드윈은 그들이 서로 닮았다는 사실을 깨달았다. 키도 같고, 균형잡힌 몸매도 같고, 오만한 태도까지도 같았다. 물론 필리파는 스무 살 정도 젊은데다 덜 권위적이고 유머 감각이 있다는 점에서 팽팽한 결의에 차 있는 페트라닐라와 대조적이었다. 그것은 필리파에게는 남편이 있고 페트라닐라에게는 남편이 없기 때문인지도 모른다. 그러나 필리파는 남편이라는 한 남자를 통해 권력을 휘두르는 강한 의지력의 소유자였다. 고드윈은 페트라닐라 역시 아들이라는 한 남자를 통해 영향력을 행사하는 여자임을 깨달았다.

"자리에 앉을까요." 필리파가 말했다.

"이제 레이디께서 하시려는 제안은 백작도 허락하신 건가요?" 페트라닐라가 말했다.

"아니요." 필리파는 양손으로 어쩔 수 없지 않느냐는 몸짓을 했다. "백작은 상대가 거절할지도 모르는 제안을 하기에는 자존심이 너무 센 분이에요. 내가 이제부터 하는 제안에 고드윈 형제가 동의한다면, 나는 백작에게 타협하시도록 설득할 수 있어요."

"저도 그 정도는 생각했습니다."

"레이디, 뭐 좀 드시겠습니까?" 고드윈이 물었다.

필리파는 성마른 손짓으로 사양했다. "현재 상황에서는 모두가 잃게 되어 있어요." 그녀는 말을 시작했다. "결혼식은 거행되겠지만 거기에 걸맞은 화려함과 의식은 없이 치러질 테죠. 몬머스 백작과 롤런드 백작의 동맹은 시초부터 어두운 그림자가 드리우는 셈이에요. 주교는 고드윈 형제를 수도원장으로 비준하기를 거절할 테고, 따라서 대주교가 분쟁을 해결하기 위해 개입하게 될 거예요. 그 경우 대주교는 고드윈 형제와 머도 두 사람 모두를 제외하고 제삼자를 지명할 텐데, 십중팔구 자신의 측근 가운데 멀리 쫓아버리고 싶은 사람을 고를 겁니다. 결국 아무도 자신이 원하는 걸 얻지 못하는 거죠. 내 말이 맞나요?"

마지막 질문은 필리파가 페트라닐라에게 던진 것이었지만 페트라닐라는 모호한 소리로 대꾸할 뿐이었다.

"그렇다면 대주교의 타협안을 예상하고 대처하는 건 어떨까요?" 필리파가 말을 이었다. "지금 당장 제삼자를 후보로 내세우는 겁니다. 다만……" 그러면서 그녀는 손가락으로 고드윈을 가리켰다. "그 후보는 고드윈 형제가 선택하는 거죠. 그리고 그 후보는 형제를 부수도원장으로 삼겠다고 약속하고요."

고드윈은 그 문제를 생각해보았다. 그렇게 한다면, 백작과 얼굴 붉혀

가며 아들의 비행을 폭로하겠다고 위협할 일은 없을 것이다. 하지만 그 타협안은 그를 무한정 부수도원장의 자리에 묶어두는 것이며, 신임 수도원장이 죽는다면, 그는 이 모든 싸움을 처음부터 다시 시작해야 할 것이다. 그는 불안을 느끼면서도 필리파의 제안을 거절하고 싶었다.

고드윈은 어머니 쪽을 힐끗 보았다. 페트라닐라가 보일락 말락 고개를 저었다. 그녀 역시 이 제안이 마음에 들지 않는 것이다.

"죄송합니다." 고드윈은 필리파에게 말했다. "수사들은 이미 수도원장을 선출했습니다. 그 결과는 유지되어야 합니다."

필리파는 일어섰다. "그렇다면 내가 이곳에 온 공식적인 목적, 가져온 전갈을 전해주죠. 내일 아침 백작은 병상에서 나오실 겁니다. 백작은 성당을 점검하고 싶어하시죠. 충분한 시간을 들여 결혼식 준비가 완료됐는지 확인하실 거예요. 당신은 정각 여덟시에 성당에서 백작과 만나게 될 겁니다. 모든 수사와 수녀는 정식으로 갖춰입고 나와야 하고, 성당은 평소처럼 치장되어 있어야 합니다."

고드윈은 알겠다는 표시로 고개를 숙였다. 필리파는 방을 나갔다.

∽

고드윈은 정해진 시각에 텅 빈 고요한 성당 안에 서 있었다.

그곳에는 고드윈 혼자였다. 수사도 수녀도 없었다. 붙박이인 성가대석을 제외하고는 가구 한 점 없었다. 촛대도 십자가도 성배도 꽃도 없었다. 올여름 내내 드리워진 무거운 비구름 사이로 물기 어린 태양이 이따금 창백하고 차가운 빛을 신자석에 뿌리고 지나가곤 했다. 고드윈은 손의 떨림을 억누르기 위해 등뒤로 양손을 꽉 잡고 있었다.

백작은 제시간에 성당에 들어왔다.

윌리엄 경과 레이디 필리파, 리처드 주교, 리처드의 보좌인 로이드 부주교, 그리고 백작의 서기인 제롬 신부가 함께 들어왔다. 고드윈은 자신도 수행원들에 둘러싸여 있으면 좋겠다고 생각했지만, 수사들은 그의 계획이 얼마나 위험한지 잘 알지 못했고, 사실을 알았다면 감히 그를 지지할 엄두도 내지 못했을 것이다. 그래서 고드윈은 단신으로 백작과 대면하기로 했다.

롤런드는 머리 붕대를 제거한 상태였다. 그는 느리지만 안정된 걸음걸이로 걸었다. 여러 주 동안 병상에 누워 있었으니 분명 불안정할 테지만, 티내지 않기로 작정한 듯했다. 마비된 얼굴 반쪽을 제외하면 평소와 다름없어 보였다. 백작이 오늘 세상 사람들에게 보여주려는 메시지는 그가 완쾌했으며 다시 전권을 잡았다는 사실일 것이다. 그리고 고드윈은 이제 백작의 계획을 망치려고 위협하는 중이었다.

다른 사람들은 텅 빈 성당을 보고 믿을 수 없다는 표정을 지었지만 백작은 놀란 내색을 하지 않았다. "오만하기 짝이 없는 수사로군." 백작이 여느 때처럼 입술 왼쪽으로 고드윈에게 말했다.

고드윈은 모든 것을 걸었고, 반항한다고 해서 잃을 것도 없었다. 그래서 그는 이렇게 대꾸했다. "당신은 고집불통 백작이시고요."

롤런드는 한 손을 칼자루에 가져다댔다. "이걸로 당신을 베어야 하겠군."

"그렇게 하시죠." 고드윈은 처형당할 태세로 양팔을 옆으로 벌렸다. "바로 이곳 대성당에서 킹스브리지 수도원장을 살해해보십시오. 캔터베리에서 헨리 왕의 기사들이 토머스 베켓 대주교를 살해했던 것처럼요. 저를 천국에 보내주시고 당신은 영원한 천벌을 받으십시오."

고드윈의 무례함에 놀란 필리파가 숨을 몰아쉬었다. 윌리엄이 고드윈의 입을 막으려는 듯 몸을 움직이자 롤런드가 손짓으로 그를 제지하고 고드윈에게 말했다. "당신의 주교가 결혼식 준비를 하라고 지시했을 텐데. 수사들은 복종을 서약하지 않았던가?"

"마저리님은 이곳에서 결혼할 수 없습니다."

"어째서? 당신이 수도원장이 돼야 하기 때문에?"

"그분은 처녀가 아니기 때문입니다."

필리파는 손으로 입을 막았다. 리처드는 신음소리를 흘렸다. 윌리엄은 칼을 뽑았다. "이건 반역 행위야!" 롤런드가 말했다.

"검을 치우세요, 윌리엄 경. 그런다고 해서 처녀성이 살아나는 건 아니니까." 고드윈이 말했다.

"그 일에 대해 무엇을 알고 있나?" 롤런드가 말했다.

"이 수도원에 있던 두 사람이 백작이 묵고 계신 구호소, 바로 그 객실에서 벌인 일을 목격했습니다."

"당신 말을 믿지 못하겠군."

"몬머스의 백작은 믿으실 겁니다."

"감히 백작에게 그런 말을 하지는 못할 텐데."

"저는 그분에게 아드님이 킹스브리지 대성당에서 마저리님과 결혼할 수 없는 이유를 설명해야 합니다. 마저리님이 자신의 죄를 고해하고 죄사함을 받지 않는다면 말입니다."

"증거가 없다면 중상모략일 뿐이지."

"두 명의 증인이 있습니다. 하지만 먼저 마저리님에게 물어보시죠. 아마도 그분은 실토할 겁니다. 제가 보기에 그분은 삼촌이 정치적으로 짝지어준 상대보다는 자신의 처녀성을 가져간 연인을 더 두둔할 것 같으니까요." 다시 한번 고드윈은 위태로운 모험을 하고 있었다. 그러나 리처드와 키스하던 마저리의 얼굴을 본 그는 그녀가 사랑에 빠졌다고 확신했다. 백작의 아들과 결혼해야 한다는 사실 때문에 그녀는 분명 상심했을 것이다. 고드윈의 짐작이 맞는다면, 감정이 불안한 상태의 젊은 여자에게는 설득력 있게 거짓말을 하는 일이 무척이나 어려울 것이다.

롤런드의 얼굴에서 살아 있는 반쪽이 분노로 격렬하게 움직였다. "그런데 지금 말하는 그런 죄악을 저지른 자가 대체 누구인가? 그게 사실이라면 그 악당을 교수형에 처하겠네. 그리고 맹세하건대, 사실을 증명하지 못할 경우 나는 당신을 교수형에 처할 것이네. 그러니 그자를 불러오게. 뭐라고 하는지 들어보지."

"그는 이미 이 자리에 있습니다."

롤런드는 믿기지 않는다는 눈으로 그곳에 있는 네 남자를 바라보았다. 두 명은 그의 아들 윌리엄과 리처드, 다른 두 명은 두 명의 사제 로이드와 제롬이었다.

고드윈은 리처드를 응시했다.

롤런드의 시선이 고드윈의 시선을 따라갔다. 한순간 그들이 모두 리처드를 바라보았다.

고드윈은 숨을 죽였다. 리처드가 뭐라고 할까? 고함을 지르며 소동을 피울까? 거짓말이라면서 고드윈에게 뒤집어씌울까? 격분에 사로잡혀 자신을 고발한 사람을 공격할까?

그러나 그의 얼굴에 떠오른 것은 분노가 아니라 좌절이었다. 잠시 후 리처드가 고개를 숙이고 말했다. "소용없는 일입니다. 저 빌어먹을 수사가 한 말은 사실입니다. 그리고 마저리는 심문을 견디지 못할 겁니다."

롤런드 백작의 얼굴이 창백해졌다. "네가 그런 짓을 했다고?" 백작은 이번만큼은 소리를 지르지 않았는데, 그래서 한층 더 두려움을 일으켰다. "네가 백작의 아들과 약혼한 그애를…… 그애를 건드렸다는 거냐?"

리처드는 대답하지 않고 바닥만 내려다보았다.

"이런 멍청한 자식." 백작이 말했다. "이 배신자. 이—"

그때 필리파가 그의 말을 가로막고 나섰다. "또 누가 이 사실을 알고 있죠?"

그 말에 백작의 입에서 이어졌을 장광설이 끊어졌다. 모두 그녀를 바라보았다.

"어쩌면 아직 혼례를 치를 수 있을지 몰라요." 그녀가 말했다. "다행히도 몬머스의 백작은 이 자리에 없잖아요." 그녀가 고드윈에게 말했다. "이곳에 있는 사람들과 그 일을 목격했다는 수도원 사람 두 명 외에 이 사실을 알고 있는 사람이 또 있나요?"

고드윈은 뛰는 가슴을 진정시키려 애썼다. 벌써 성공의 맛이 느껴질 만큼 그것에 바짝 다가서 있었다. "없습니다, 레이디."

"백작 편에 있는 우리는 모두 비밀을 지킬 수 있어요. 당신 쪽 사람들은 어떤가요?"

"그들은 자신들이 선출한 수도원장에게 복종할 겁니다." 고드윈은 약하게나마 '선출'이라는 단어를 강조하며 말했다.

필리파가 롤런드 쪽으로 돌아섰다. "그러면 혼례를 치를 수 있겠어요."

"취임식이 먼저 거행되는 조건이면 가능합니다." 고드윈이 덧붙였다.

모두가 백작을 바라보았다.

그는 한 걸음 앞으로 나서더니 갑자기 리처드의 얼굴을 후려쳤다. 팔에 체중을 실을 줄 아는 군인의 강력한 일격이었다. 주먹이 아니라 손바닥으로 쳤는데도 리처드는 바닥에 나동그라졌다.

리처드는 입에서 피를 흘리며 겁에 질린 채 쓰러져 있었다.

롤런드 백작의 얼굴은 창백했고 땀을 흘리고 있었다. 그 일격으로 남아 있던 힘을 소진해버린 듯, 그는 금방이라도 비틀거릴 것처럼 보였다. 한순간 침묵이 흘렀다. 이윽고 백작은 기운을 차린 듯했다. 그는 바닥에 웅크린 자주색 제의 차림의 리처드에게 경멸에 찬 시선을 던지고는 그대로 발길을 돌려 느리면서도 안정된 걸음걸이로 성당을 나갔다.

24

캐리스는 도시의 주민들 가운데 줄잡아 절반은 모여 있는 킹스브리지 대성당 앞 초지에 서서 성당 서쪽 문에서 신랑신부가 나오기를 기다리고 있었다.

캐리스는 자신이 왜 그 자리에 있는지 알 수 없었다. 그녀는 머딘이 권양기를 완성하고 두 사람이 그들의 장래에 대해 신경질적인 대화를 나눈 그날 이후 결혼에 대해 부정적인 느낌을 갖고 있었다. 머딘이 한 말이 모두 틀린 건 아니었지만 그녀는 그에게 화가 나 있었다. 그가 자기집을 마련하고 그녀와 함께 살고 싶어하는 건 당연했다. 그가 매일 밤 그녀와 함께 잠을 자고 아이를 갖고 싶어하는 것 역시 당연했다. 바로 그것이 캐리스를 제외한 모든 사람이 원하는 일이었다.

그리고 사실상 어떤 의미에서는 그녀 역시 그 모든 일을 원했다. 그녀 역시 매일 밤 그와 나란히 눕고 싶고, 언제든 원할 때 그의 날렵한 몸에 팔을 두르고 싶고, 아침에 눈뜨면 자신의 몸을 어루만지는 그의 재간 많은 손길을 느끼고 싶고, 그들이 함께 사랑하고 보살펴줄 그를 꼭 닮은 아이를 낳고 싶었다. 하지만 그녀는 결혼에 따르는 다른 일들은 원치 않았다. 그녀가 원하는 것은 주인이 아니라 연인이고, 그의 삶에 자신의 삶을 바치는 것이 아니라 그와 함께하는 것이었다. 그리고 그녀는 자신을 그 딜레마에 직면하게 만든 그에게 화가 나 있었다. 어째서 지금까지 그래온 것처럼 지내면 안 된다는 걸까?

지난 삼 주 동안 그녀는 그와 거의 말을 하지 않았다. 그녀는 여름감기에 걸린 척했는데, 실제로 입술에 뾰루지가 나 키스를 하지 않을 구실이 됐다. 그는 여전히 그녀의 집에서 식사를 하고 그녀의 아버지와 친근하게 대화를 나누곤 했지만, 에드먼드와 페트라닐라가 자러 간 다음까지 미적거리며 남아 있지는 않았다.

이제 뾰루지도 나았고 화도 가라앉았다. 그녀는 여전히 머딘의 소유물이 되는 건 원치 않았지만, 그가 다시 키스해주길 바랐다. 그러나 그는 지금 그녀와 함께 있지 않았다. 그는 좀 떨어진 군중 속에서 벨 여인숙 주인의 딸인 베시 벨과 이야기하고 있었다. 베시는 굴곡 있는 몸매를 한 자그마한 여자인데, 남자들은 멋지다고 하고 여자들은 헤프다고 하는 그런 웃음을 짓고 있었다. 머딘이 무슨 말인가로 그녀를 웃게 만들었다. 캐리스는 시선을 돌렸다.

성당의 커다란 나무문이 열렸다. 군중 속에서 환호성이 일며 신부가 모습을 나타냈다. 마저리는 열여섯 살 난 예쁜 소녀로, 흰옷을 입고 머리에 꽃을 꽂고 있었다. 신랑이 뒤따라 나왔다. 키가 크고 진지해 보이는 얼굴의 신랑은 신부보다 열 살쯤 많은 것 같았다.

두 사람 모두 무척 불행해 보이는 얼굴을 하고 있었다.

그들은 서로에 대해 거의 알지 못했다. 두 사람은 여섯 달 전 두 백작이 결혼을 약속했을 때 딱 한 번 보았을 뿐이었다. 마저리가 다른 사람을 사랑하고 있다는 소문이 돌았지만, 그녀가 롤런드 백작의 말을 듣지 않는다는 것은 있을 수 없는 일이었다. 그녀의 남편이 된 남자는 도서실 같은 곳에서 기하학 책을 읽는 것을 더 좋아할 것 같은 학구적인 분위기를 풍겼다. 그들이 함께하는 삶은 과연 어떨까? 그 두 사람이 캐리스와 머딘처럼 상대에게 열정을 품게 되리라는 건 상상하기 어려웠다.

군중 속을 뚫고 자기 쪽으로 오는 머딘을 본 순간, 그녀는 문득 자신이 감사할 줄 모른다는 생각이 들었다. 백작의 조카딸이 아닌 것이 얼마나 다행인가! 그녀를 강제로 결혼시킬 사람은 없었다. 그녀는 자신이 사랑하는 남자와 결혼할 수 있었다. 그녀가 할 수 있는 일은 결혼하지 않을 이유를 찾는 것뿐이었다.

그녀는 그를 포옹과 키스로 맞았다. 머딘은 좀 놀란 듯했지만 아무 말도 하지 않았다. 그녀의 변덕에 기가 죽는 남자들도 있었지만, 머딘의 내면은 여간해서는 흔들리지 않을 만큼 단단하고 침착했다.

그들은 함께 서서 롤런드 백작, 뒤이어 몬머스 백작 부부, 리처드 주교, 고드윈 수도원장이 성당에서 나오는 모습을 바라보았다. 캐리스는 흡사 자신이 신랑이기라도 한 양 기쁘면서도 불안한 표정을 짓고 있는 고드윈을 유심히 바라보았다. 이제 막 수도원장으로 취임했기 때문인 것이 분명했다.

기사들이 호위대를 이루었는데, 셔링 쪽 기사들은 롤런드 백작 가문의 적색과 흑색 제복, 몬머스 백작 가문은 노란색과 녹색 제복 차림이었다. 행렬이 길드 집회소를 향해 움직이기 시작했다. 그곳에서 롤런드 백작은 결혼식 하객들에게 연회를 베풀 예정이었다. 에드먼드도 그 자리에 참석하기로 했고, 캐리스가 가지 않겠다고 해서 페트라닐라가 대신 참석하기로 했다.

신부측 일행이 경내를 벗어날 무렵 가벼운 소나기가 내리기 시작했다. 캐리스와 머딘은 성당 현관에서 비를 피했다. "나와 함께 성단소에 가보자." 머딘이 말했다. "엘프릭이 어떻게 공사를 해놨는지 보고 싶어."

결혼식 하객들이 아직도 성당을 빠져나오고 있었다. 신자석에 있는 군중 사이를 비집고 흐름을 거슬러올라간 머딘과 캐리스는 성단소 남쪽 측랑으로 향했다. 성당의 이 구역은 성직자 전용이어서 그들이 들어가려 하면 제지를 당했을 테지만, 수사들과 수녀들은 이미 그곳을 떠나고 없었다. 캐리스는 주위를 둘러보았지만 낯선 여자 한 명을 제외하고는 아무도 없었다. 서른 살쯤 된 여자는 빨강머리에 옷을 잘 차려입고 있었는데, 아마도 결혼식 하객으로 왔다가 누군가를 기다리는 모양이었다.

머딘은 목을 빼고 측랑 위쪽 둥근 천장을 살펴보았다. 수리는 아직 완전히 끝난 것이 아니었다. 궁륭의 일부는 여전히 벌어진 채였는데, 그 자리를 하얗게 칠한 범포 한 장으로 덮어서 얼핏 보기에는 완전한 천장처럼 보이도록 해놓았다.

"작업이 꽤 잘된 것 같군. 얼마나 오래갈지는 모르겠지만." 머딘이 말했다.

"어째서 영원히 저 상태로 있지 못하는 거야?" 캐리스가 물었다.

"궁륭이 부서진 이유를 아무도 모르기 때문이야. 이런 일들이 아무런 이유도 없이 일어나지는 않아. 사제들이 뭐라건 하느님이 하신 일은 아니란 거야. 석재 부분을 붕괴시킨 원인이 무엇이든 그 원인은 분명 다시 작용할 테니까."

"원인을 찾을 수는 있어?"

"쉽지는 않아. 엘프릭은 분명 찾지 못할 테고. 나라면 찾을 수 있을지도."

"하지만 너는 해고됐잖아."

"맞아." 머딘은 고개를 젖힌 채 그 자리에 잠시 서 있었다. "저 부분을 위에서 보고 싶은걸. 다락으로 올라가봐야겠어."

"나도 같이 갈게."

두 사람은 주위를 둘러보았지만 근처에는 빨강머리 결혼식 하객을 제외하고는 아무도 없었다. 그 여자는 여전히 남쪽 익랑에서 서성대고 있었다. 머딘은 캐리스를 좁은 나선형 계단으로 통하는 작은 문으로 데려갔다. 그의 뒤를 따라 계단을 올라가던 그녀는 수사들이 여자인 그녀가 그들의 비밀 통로를 드나든다는 걸 알면 어떻게 생각할까 궁금했다. 계단은 남쪽 측랑 위쪽 더그매*로 이어졌다.

캐리스는 이렇게 궁륭을 다른 쪽에서 본다는 데 호기심이 동했다. "지금 보고 있는 것이 외호면이라는 부분이야." 머딘이 말했다. 캐리스는 머딘이 그녀가 이런 일에 관심이 있으며 이해할 거라고 가정하고 아무렇지도 않게 건축 지식을 말해주는 것이 좋았다. 그는 여자들은 전문 지식을 이해하지 못한다는 식의 바보 같은 농담은 하지 않았다.

그는 좁은 통로를 지나 새로 만든 석조물을 자세히 보기 위해 바닥에 엎드렸다. 장난기가 동한 그녀가 마치 침대에 있을 때처럼 그의 옆에 누워 그의 몸에 팔을 둘렀다. 머딘은 새로 쌓은 돌과 돌 사이의 회반죽을 만져보더니 손가락을 혀끝에 가져다댔다. "회반죽이 꽤 빠르게 마르고 있군."

"틈새에 습기가 있으면 아주 위험할 것 같아."

그 말에 그가 그녀를 보았다. "나도 네 몸의 틈새에 습기를 만들어줄까."

"벌써 그런걸."

그는 그녀에게 키스했다. 그녀는 키스를 좀더 음미하기 위해 눈을 감

---

* 지붕과 천장 사이의 공간.

왔다.

잠시 후 그녀가 말했다. "집으로 가자. 둘만 있을 수 있어. 아버지와 고모는 모두 결혼 피로연에 갔으니까."

두 사람이 막 몸을 일으키려는데 목소리가 들려왔다. 한 남자와 한 여자가 남쪽 측랑, 공사중인 곳 바로 아래 있었다. 그들이 하는 말이 천장에 난 구멍을 덮고 있는 범포 한 장 사이로 거의 고스란히 들려왔다. "당신 아들은 이제 열세 살이에요." 여자가 말했다. "그애는 기사가 되고 싶어해요."

"사내아이들이 다 그렇지." 남자의 대답이었다.

머딘이 속삭였다. "움직이지 마. 소리를 내면 저 사람들에게도 들릴 거야."

캐리스는 여자의 목소리를 듣고 아까 측랑에 남아 있던 여자 하객일 거라 짐작했다. 남자의 목소리는 귀에 익었다. 수사인 것 같았지만, 수사에게 아들이 있을 리 없었다.

"그리고 당신 딸은 열두 살이에요. 그애는 예쁜 아가씨가 될 거예요."

"엄마를 닮았겠지."

"어느 정도는요." 잠시 말이 끊어졌다가 다시 여자가 말했다. "나는 오래 있지 못해요. 백작부인이 찾을지도 모르니까요."

그렇다면 그녀는 몬머스 백작부인의 수행원이었다. 그녀가 백작부인의 몸종일 수도 있겠다고 캐리스는 추측했다. 여자는 오랫동안 아이들을 보지 못한 아버지에게 아이들 소식을 전하는 듯했다. 대체 그 아버지는 누구일까?

"왜 나를 만나려고 한 거지, 로린?" 남자가 말했다.

"그냥 보고 싶어서요. 팔 하나를 잃은 건 유감이에요."

캐리스는 숨을 몰아쉬다가 얼른 입을 막았다. 자신이 낸 소리가 들리지 않았기를 바랐다. 팔 하나를 잃은 수사는 한 명뿐이었다. 토머스. 그 이름이 머릿속에 떠오르자 비로소 목소리의 주인공이 토머스라는 것도 알 수 있었다. 그에게 아내가 있었단 말인가? 그리고 두 아이까지? 캐리스는 머딘을 바라보았다. 머딘의 얼굴에도 믿기지 않는다는 표정이 그대로 굳어 있었다.

"아이들에게는 나에 대해 뭐라고 했어?" 토머스가 물었다.

"아버지는 죽었다고 했어요." 로린이 거친 어조로 대답했다. 그러고는 울기 시작했다. "왜 그랬어요?"

"선택의 여지가 없었어. 여기 오지 않았다면 나는 살해됐을 테니까. 지금도 수도원 밖으로는 거의 나가지 않고 있어."

"무슨 이유 때문에 당신을 죽이려 하는 건데요?"

"비밀을 지키기 위해서."

"차라리 당신이 죽었다면 더 나았을 거예요. 과부라면 아이들에게 아버지 노릇을 할 남편을 구할 수도 있으니까요. 하지만 이런 식으로 나는 혼자서 모든 일을 도맡아야 하고 도와주는 사람 하나 없어요…… 밤에 날 안아주는 사람도 없고요."

"내가 아직 살아 있는 게 유감이군."

"오, 그런 뜻으로 한 말은 아니에요. 나는 당신이 죽길 바라지 않아요. 한때는 당신을 사랑했으니까."

"나 역시 나 같은 남자가 여자를 사랑할 수 있는 만큼은 당신을 사랑했어."

캐리스는 얼굴을 찌푸렸다. '나 같은 남자'라니 그게 무슨 의미일까? 토머스는 남자를 사랑하는 남자란 말일까? 수사들 중에도 그런 사람이 있었다.

그가 한 말의 의미가 무엇이든 로린은 알아들은 듯했다. 그녀가 부드러운 어조로 말했다. "당신이 그랬다는 건 나도 알아요."

꽤 긴 침묵이 흘렀다. 캐리스는 이런 내밀한 대화를 엿듣는 것이 옳지 않다는 걸 알았지만, 자신들이 그곳에 있다는 걸 알리기에는 이미 늦었다.

"지금은 행복해요?" 로린이 말했다.

"행복해. 나는 원래 남편이나 기사가 될 사람이 아니었던 것 같아. 나는 매일같이 내 아이들을 위해 기도하고 있어. 물론 당신을 위해서도. 그리고 내가 죽인 모든 이의 피를 내 손에서 씻어달라고 간청하지. 내가 늘 원했던 삶이야."

"그렇다면 나도 당신이 잘 지내길 바랄게요."

"당신은 정말 너그러운 여자야."

"아마 앞으로 다시는 보지 못할 거예요."

"알고 있어."

"키스해줘요. 그리고 작별인사를 해줘요."

꽤 긴 침묵이 흐른 뒤 가벼운 발소리가 멀어져갔다. 캐리스는 거의 숨도 쉬지 않을 정도로 꼼짝도 않고 누워 있었다. 다시 한동안 침묵이 흐른 뒤 토머스가 우는 소리가 들려왔다. 소리를 죽인 흐느낌이었지만 그 소리는 가슴 깊은 곳에서 나는 듯했다. 그 소리를 듣는 그녀의 눈에도 눈물이 고였다.

이윽고 토머스는 감정을 수습했다. 그는 코를 훌쩍이고 기침을 하고는 기도문 같은 것을 웅얼거렸다. 잠시 후 그의 발소리가 멀어졌다.

마침내 캐리스와 머딘은 움직일 수 있게 됐다. 그들은 일어나서 더그매를 지나 나선형 계단을 내려갔다. 대성당의 신자석으로 걸어가는 동안에도 두 사람은 아무 말도 하지 않았다. 캐리스는 고상한 비극을 묘사한 그림이라도 보고 온 듯한 기분이었다. 등장인물들은 한순간의 극적인 자세 그대로 얼어붙었고, 그들의 과거와 미래는 짐작만 할 수 있을 뿐이었다.

같은 그림을 보아도 사람마다 다른 감정을 느끼듯 머딘의 반응도 그녀와 같지 않았다. 눅눅한 여름날 오후의 대기 속으로 걸어나왔을 때 그가 말했다. "정말 슬픈 이야기야."

"나는 화만 나던걸." 캐리스가 말했다. "토머스 때문에 그 여자의 삶은 완전히 망가졌어."

"그를 탓할 수는 없어. 그는 자기 목숨을 구해야 했으니까."

"그리고 이제 그녀의 삶도 끝장났어. 그녀에게는 남편이 없는데 다시 결혼하지도 못하잖아. 혼자서 두 아이를 키워야 할 형편이라고. 토머스에게는 그래도 수도원이 있잖아."

"그녀에게도 백작부인의 내실이 있지."

"어떻게 그 둘을 비교할 수 있어?" 캐리스는 화가 난다는 듯이 말했다. "그녀는 어쩌면 백작부인과 먼 친척이어서 일종의 자비처럼 비천한 일을 하도록 해준 걸지도 몰라. 백작부인의 머리를 치장하고 옷 고르는 일을 거들고 말이지. 그녀에게는 선택의 여지가 없어. 덫에 갇힌 거라고."

"그건 토머스도 마찬가지야. 수도원 밖으로는 거의 나가지 않는다고 한 말은 너도 들었잖아."

"하지만 토머스에게는 할일이 있어. 그는 작업 담당 수사야. 이런저런 결정을 내리고 뭔가를 한단 말이야."

"로린에게는 아이들이 있어."

"바로 그 말이야! 남자는 이 일대에서 가장 중요한 건물을 관리하는 일을 하는데 여자는 애들이나 돌보는 신세잖아."

"이저벨라 왕비에게는 자식이 넷이나 있었는데도 그녀는 한때 유럽에서 가장 막강한 권력자 가운데 한 사람이었어."

"하지만 그러기 위해서 먼저 자기 남편부터 제거해야 했지."

말없이 걷다가 수도원을 벗어나 큰길로 들어선 두 사람은 캐리스의 집 앞에서 걸음을 멈췄다. 그녀는 또 그와 말다툼을 벌였고, 게다가 이번에도 지난번과 같은 문제로 다퉜다는 것을 깨달았다. 바로 결혼이라는 문제였다.

"저녁은 벨 여인숙에 가서 먹을게." 머딘이 말했다.

그곳은 베시의 아버지가 운영하는 여인숙이었다. "알았어." 캐리스는 낙담하며 대답했다.

걸어가는 머딘의 등뒤에 대고 그녀가 소리쳤다. "로린은 결혼하지 않았더라면 더 좋았을 거야."

그가 어깨 너머로 대꾸했다. "그랬다면 그녀가 뭘 했을까?"

캐리스는 집안으로 들어오면서 바로 그것이 문제라고 울컥한 심정으로 생각했다. 그것 말고 여자가 할 수 있는 일이 뭐가 있을까?

집은 비어 있었다. 에드먼드와 페트라닐라는 피로연에 갔고, 하인들은 쉬는 오후 시간이었다. 스크랩만 게으르게 꼬리를 흔들며 캐리스를 맞아줬다. 그녀는 멍하니 스크랩의 검은 머리를 토닥여주고는 홀의 탁자 앞에 앉아 생각에 잠겼다.

그리스도교 국가의 여자들은 누구나 자신이 사랑하는 남자와 결혼하는 것 말고는 원하는 것이 없었다. 그런데 어째서 캐리스는 그것에 그토록 반감이 드는 걸까? 어떻게 그녀는 인습에 얽매이지 않는 이런 사고를 하게 됐을까? 어머니의 영향이 아닌 것은 분명했다. 어머니 로즈가 원했던 것은 에드먼드의 좋은 아내가 되는 것뿐이었다. 어머니는 여자들의 열등함에 대해 남자들이 하는 이야기들을 고스란히 믿었다. 어머니의 순종하는 태도에 캐리스는 실망했고, 아버지가 불평한 적은 없었지만 그런 어머니의 태도를 따분하게 여기지는 않았을까 하고 생각했다. 캐리스는 참고 사는 어머니보다는 강력하고 무뚝뚝한 페트라닐라가 더 낫다고 생각했다.

그러나 그런 고모조차 자신의 삶을 남자들에게 맞춰 살아야 했다. 여러 해 동안 고모는 그녀의 아버지가 사회의 계층 사다리를 오를 수 있도록, 그래서 킹스브리지의 길드장이 될 수 있도록 조력하며 살았다. 그녀가 지닌 가장 주된 감정은 분노였는데, 그녀를 차버린 롤런드 백작을 향한 분노, 자기 혼자만 남겨두고 떠난 남편에 대한 분노였다. 과부가 된 그녀는 아들의 출세에 전력을 다했다.

이저벨라 왕비도 마찬가지다. 그녀는 남편 에드워드 2세를 폐위시켰지만, 그녀의 아들이 장성해서 모티머를 축출할 때까지는 그녀의 연인로저 모티머가 사실상 잉글랜드를 통치했다.

남자들의 세계에서 자신의 삶을 개척하는 것이 캐리스가 걸어야 할 길일까? 그녀의 아버지는 캐리스가 집안의 양모사업을 돕기를 원한다. 물론 머딘의 출세를 도와줄 수도 있다. 그가 성당과 다리를 건설하는 계약을 잡도록 거들고, 사업을 확장해 잉글랜드에서 가장 부유하고 중요한 건축업자가 되도록 조력할 수도 있다.

문 두드리는 소리에 그녀는 상념에서 벗어났다. 새처럼 생긴 시실리어 수녀원장이 팔팔한 걸음걸이로 들어섰다.

"안녕하세요!" 캐리스가 놀라며 인사를 건넸다. "방금 저는 여자라면 누구나 남자들의 그늘에서 자신의 삶을 꾸려가야 하는 운명인가 하고 생각하던 중이었어요. 그런데 명백한 반증이 눈앞에 나타나셨네요."

"꼭 그렇지만은 않다." 시실리어가 다정하게 미소지으며 말했다. "나는 예수그리스도의 그늘 아래 살고 있지. 신이기는 하지만 그분 역시 남자잖니."

캐리스는 그 사실이 중요한 건지 알 수 없었다. 그녀는 찬장을 열고 가장 좋은 술이 담긴 작은 술통을 꺼냈다. "아버지의 라인산 와인 좀 드릴까요?"

"물에 섞어서 조금만 다오."

캐리스는 두 잔에 와인을 반쯤 따르고 물을 부었다. "아버지와 고모가 피로연에 가셨다는 건 알고 계시겠죠."

"그래. 나는 너를 보러 온 거란다."

그 정도는 캐리스도 짐작하고 있었다. 수녀원장은 쓸데없이 사교 방문을 하러 돌아다니는 사람이 아니었다.

시실리어는 와인을 한 모금 마시고 이야기를 계속했다. "그동안 너에 대해 생각해봤어. 다리가 무너지던 날 네가 보인 행동에 대해서."

"제가 뭘 잘못했나요?"

"그 반대란다. 너는 모든 일을 완벽하게 처리했지. 부상자들에게 부드러우면서도 단호한 태도를 취했고, 내 지시에 복종하면서도 동시에 주도권을 쥐고 움직였어. 나는 깊은 감명을 받았다."

"고마운 말씀이네요."

"그리고 너는…… 정확히 말해서 그 일을 즐기는 것 같지는 않았지만, 적어도 그 일에서 만족감을 느끼는 것처럼 보였어."

"사람들이 고통을 받고 있었어요. 그리고 우리는 그들의 고통을 덜어줬고요. 그 이상 만족스러운 일이 어디 있겠어요?"

"바로 그것이 내가 느끼는 감정이야. 내가 수녀가 된 것도 그것 때문이었지."

캐리스는 이 대화가 어디로 흘러가고 있는지 눈치챘다. "저는 수도원에서 삶을 보낼 생각은 없어요."

"내가 너를 주목한 건 네가 병자를 돌보면서 보인 자연스러운 태도 때문만이 아니야. 그때 사람들이 사상자를 데리고 성당으로 들어오기 시작했을 때 나는 그들에게 누가 시켰느냐고 물었어. 모두 캐리스 울러라고 대답하더구나."

"그때는 어떤 조치를 취해야 할지 명확했으니까요."

"그래. 너의 경우에는 명확했지." 시실리어가 열의에 찬 태도로 몸을 앞으로 기울였다. "사람들을 조직하는 능력을 지닌 사람은 많지 않아. 나는 나에게 그런 능력이 있다는 걸 알고 있단다. 그리고 그런 능력을 지닌 사람을 알아보기도 하지. 주변의 모든 사람이 당황하고 공포에 휩싸여 있을 때 너와 나는 주도권을 쥐고 일할 수 있는 사람이야."

캐리스는 그 말이 맞다고 생각했다. "그런 것 같아요." 그녀가 마지못한 듯이 말했다.

"나는 십 년 동안 너를 지켜봐왔다. 네 어머니가 돌아가신 그날 이후로 계속."

"수녀원장님은 어머니의 고통을 덜어주셨죠."

"나는 그때 너와 잠시 얘기해본 것만으로도 네가 비범한 여자로 자라리란 걸 알았다. 네가 수녀원학교에 다닐 때 내 생각이 맞았다는 걸 확인했고. 너는 이제 스무 살이야. 어떻게 삶을 이어갈지 생각해봐야 해. 내 생각에 하느님이 너를 위해 마련해두신 일이 있는 것 같구나."

"하느님이 그렇게 생각하신다는 건 어떻게 아시죠?"

그러자 시실리어는 발끈했다. "만일 다른 사람이 나에게 똑같은 질문을 했다면 나는 내 앞에 무릎을 꿇고 용서를 빌라고 했을 거야. 하지만 너는 진지한 의문을 품고 한 질문이니까 대답해주마. 내가 하느님의 생각을 아는 것은 내가 그분 교회의 가르침을 받아들이고 있기 때문이야. 나는 하느님이 네가 수녀가 되기를 원하신다고 확신한다."

"그러기에는 제가 남자를 너무 좋아해요."

"나도 어렸을 때는 늘 그게 문제였지. 하지만 장담하는데, 해가 지날 수록 그건 점차 하찮은 문제가 될 거야."

"제가 어떻게 살지 남이 정할 수는 없어요."

"베긴회 수녀처럼 굴지 마라."

"그게 뭔데요?"

"베긴회 수녀들은 어떠한 규칙도 받아들이지 않고 서원도 일시적인 거라고 생각하지. 그들은 한데 모여 살며 땅을 경작하고 가축을 기르고 남자들의 지배를 거부한단다."

캐리스는 규칙을 무시하는 여자들에 대한 이야기에는 언제나 관심이 동했다. "그들은 어디서 사는데요?"

"대부분 네덜란드에 있어. 마르그리트 포레테가 지도자이고, 『단순한 영혼의 거울』이라는 책을 썼어."

"저도 그 책을 읽어보고 싶어요."

"불가능한 얘기다. 베긴회는 교회에서 이단으로 규정했어. 우리는 그들이 말하는 자유로운 영혼을 이승에서 영적 완성으로 성취한단다."

"영적 완성이라고요? 그게 무슨 뜻이죠? 그건 한낱 표현에 불과한 거잖아요."

"만약 네가 하느님 앞에서 마음을 닫기로 마음먹는다면 너는 결코 이해하지 못해."

"죄송해요, 시실리어 원장님. 하지만 한낱 인간이 하느님에 대해 하는 이야기를 들으면 저는 이런 생각이 들어요. 인간이란 틀리기 쉬우며 따라서 그 진리라는 것도 다를 수 있다."

"어떻게 교회가 틀릴 수 있다는 거지?"

"글쎄요, 이슬람교도들의 믿음은 우리와 다르잖아요."

"그들은 이교도들이야!"

"그들은 우리에게 이교도라고 하죠. 같은 얘기예요. 그리고 부오나벤투라 카롤리가 말하길, 이 세상에는 그리스도교도보다 이슬람교도가 더 많대요. 그러니 어느 한쪽 교회가 틀렸다는 얘기잖아요."

"조심해라." 시실리어가 엄한 어조로 말했다. "함부로 불경스러운 논의에 빠져들어선 안 돼."

"죄송해요, 원장님." 캐리스는 시실리어가 자신과 논쟁을 즐기기도 하지만, 논쟁을 멈추고 수녀원장으로서 설교를 시작하려는 순간이 있다는 것을 알고 있었다. 그럴 때는 물러설 수밖에 없었다. 그런 일이 벌어지면 캐리스는 다소 기만당하는 기분에 빠졌다.

시실리어가 일어섰다. "네 의지에 반하는 행동을 하도록 너를 설득할 수 없다는 건 알지만, 나는 내 생각을 전하고 싶었어. 우리 수녀원에 들어와서 치료의 성사에 평생 전념하는 것보다 너에게 더 나은 일은 없을 거야. 와인 잘 마셨다."

시실리어가 막 떠나려고 할 때 캐리스가 말했다. "마르그리트 포레테는 어떻게 됐어요? 그녀는 아직 살아 있어요?"

"아니. 그녀는 화형을 당했지." 이렇게 말하고 시실리어는 밖으로 나가 등뒤로 문을 닫았다.

캐리스는 닫힌 문을 물끄러미 보았다. 여자의 삶은 문 닫힌 집이나 다름없다. 여자는 도제가 될 수 없고, 대학에서 공부할 수 없고, 사제나 의사가 되지도 못하고, 활을 쏘지도 검을 들고 싸울 수도 없다. 여자는 주인인 남편에게 순종하지 않는다면 결혼도 할 수 없다.

그녀는 머딘이 무엇을 하고 있는지 궁금했다. 지금 베시는 벨 여인숙 식탁에 앉은 그의 옆에서 자기 아버지가 가진 가장 좋은 술을 마시는 그를 바라보며, 풍만한 가슴이 잘 보이게 딱 달라붙는 옷을 입고 유혹의 미소를 짓고 있을까? 그녀는 그를 자기를 웃게 해주는 매력적이고 유쾌한 사람이라고 생각할까? 그녀는 입술을 살짝 벌려 그에게 고른 치아를 보여주고, 그가 자신의 희고 부드러운 목덜미를 음미하도록 목을 젖히고 있을까? 그는 그녀의 아버지 폴 벨과 대화하면서 그의 사업에 관해 정중하고도 관심 어린 질문을 던지고 있을까? 그래서 나중에 폴이 자기 딸에게, 머딘이 괜찮은 젊은이라고 말하게 될까? 술에 취한 머딘이 베시의 허리에 팔을 두른 채, 캐리스에게 했던 것처럼 한 손을 엉덩이에 대고 교묘하게도 손끝을 조금씩 움직여 그렇지 않아도 그의 손길이 닿기만 기다리는 허벅지 사이 민감한 부분을 향하고 있는 건 아닐까?

캐리스의 두 눈에 눈물이 고였다. 바보가 된 기분이 들었다. 그녀는 이 도시에서 가장 좋은 남자를 가졌지만 이곳에 앉아 그를 다른 여자에게 넘겨주고 있었다. 어째서 그러도록 내버려뒀을까?

바로 그 순간 그가 집안으로 들어섰다.

그녀는 어른거리는 눈물 사이로 그를 바라보았다. 눈이 흐릿해 그의 표정을 읽을 수 없었다. 그는 다시 친구가 되려고 찾아온 걸까, 아니면 술을 몇 잔 걸친 용기로 그녀를 나무라고 자신의 분노를 터뜨리려고 온 걸까?

캐리스는 일어섰다. 그는 문을 닫고 천천히 걸어와, 애태우던 그녀 앞에 섰다. 그가 말했다. "네가 뭐라고 하든 무슨 행동을 하든, 나는 너를 사랑해."

그녀는 그를 끌어안고 울음을 터뜨렸다.

그는 그녀의 머리를 쓸어주기만 할 뿐 아무 말도 하지 않았다. 그래도 좋았다.

잠시 후 두 사람은 키스했다. 익숙한 갈망이 그녀를 엄습했고, 어느 때보다 강렬했다. 그녀는 그가 두 손으로 자기 온몸을 더듬어주길, 그의 혀가 입속에 들어오길, 그가 손가락을 자기 몸속에 넣어주길 원했다. 전과 다른 느낌을 받은 그녀는 그들의 사랑이 새로운 표현을 찾길 원했다. "우리 옷을 다 벗자." 그녀가 말했다. 전에는 그런 적이 없었다.

그가 기쁜 듯 미소지었다. "좋아. 하지만 누가 들어오면 어쩌지?"

"두 분은 앞으로 몇 시간 동안 피로연장에 계실 거야. 그리고 어쨌든 위층으로 올라가면 되잖아."

그들은 그녀의 침실로 갔다. 캐리스는 신발을 벗어던졌다. 그녀는 문득 부끄러움을 느꼈다. 그녀의 벗은 몸을 보면 그는 어떻게 생각할까? 그녀는 그가 자신의 몸 구석구석을 모두 좋아한다는 것을 알고 있었다. 젖가슴, 다리, 목덜미, 성기…… 그는 언제나 키스하고 애무하며 그녀의 몸이 아름답다고 말했었다. 하지만 이제 엉덩이가 펑퍼짐하다거나 다리가 짧다거나 가슴이 작다고 여기지 않을까?

그는 꺼리는 것이 없는 것 같았다. 셔츠를 벗고 속바지까지 내린 그는 별로 부끄러워하는 기색 없이 그녀 앞에 섰다. 그의 몸은 홀쭉했지만 단단했고, 젊은 사슴처럼 몸안 가득 활력을 가두어놓은 듯이 보였다. 그녀는 그의 음모가 낙엽 빛깔이라는 사실을 처음으로 알았다. 그의 성기가 단단히 서 있었다. 욕망이 부끄러움을 압도하자 그녀도 재빨리 머리 위로 옷을 벗었다.

그는 그녀의 알몸을 빤히 바라보았지만 더이상 당황하지 않았다. 그의 시선이 마치 친밀한 애무처럼 그녀를 흥분시켰던 것이다. "아름다워." 그가 말했다.

"너도 마찬가지야."

두 사람은 그녀가 침대로 쓰는 밀짚을 넣은 매트에 나란히 누웠다. 키스를 하고 서로의 몸을 더듬다가 캐리스는 문득 자신이 오늘만큼은 여느 때처럼 손장난 같은 행위로는 만족하지 못하리라는 것을 깨달았다. "제대로 하고 싶어." 그녀가 말했다.

"끝까지 가보자는 뜻이야?"

문득 임신에 대한 생각이 머릿속을 스쳤지만 그녀는 그 생각을 밀쳐버렸다. 결과까지 생각하기에는 너무 흥분해 있었다. "응." 그녀가 속삭였다.

"나도 그래."

그는 그녀의 몸 위로 올라왔다. 그녀는 지금까지 살아온 시간의 절반을, 이 순간에 대해 궁금해하며 보냈다. 그녀는 그의 얼굴을 바라보았다. 그녀가 너무나 좋아하는 표정이, 그가 일을 할 때 그 작은 손으로 부드럽고 능숙하게 나무를 다듬을 때 짓는 몰입된 표정이 떠올라 있었다. 그는 손끝으로 그녀의 음순을 부드럽게 벌렸다. 그녀의 몸은 매끌매끌하게 젖어 그를 기다리고 있었다.

"진심이야?" 그가 말했다.

그녀는 다시 한번 임신에 대한 생각을 떨쳐버렸다. "진심이야."

그가 그녀의 몸속으로 들어오자 그녀는 한순간 두려움을 느꼈다. 그녀의 몸이 무심결에 긴장됐다. 그녀의 몸이 저항하는 듯하자 그는 멈칫했다. "괜찮아." 그녀가 말했다. "더 세게 들어와도 돼. 아프지 않을 거야." 하지만 그것은 잘못 생각한 것이었다. 그가 밀고 들어오는 순간 날카로운 통증이 스쳤다. 그녀는 자기도 모르게 비명을 질렀다.

"미안해." 그가 속삭였다.

"조금만 기다려줘." 그녀가 말했다.

두 사람은 그대로 가만히 있었다. 그는 그녀의 눈꺼풀과 이마와 코끝에 키스했다. 그녀는 그의 얼굴을 쓰다듬으며 그의 금빛 도는 갈색 눈을 들여다보았다. 이윽고 통증이 가시고 욕망이 밀려왔다. 그녀는 사랑하는 남자를 처음으로 몸속 깊숙이 받아들이는 느낌에 환희하며 몸을 움직이기 시작했다. 그녀는 그가 느끼는 강렬한 쾌감을 눈으로 보며 전율을 느꼈다. 그녀를 응시하는 그의 입가에 희미한 미소가 떠오르고,

눈에는 깊은 갈망이 서렸다. 그들은 더욱 빨리 움직였다.

"도저히 멈출 수가 없어." 그가 헐떡이며 말했다.

"멈추지 마, 멈추지 마."

그녀는 넋을 잃고 그를 바라보았다. 잠시 후 그는 쾌감에 압도되어 눈을 질끈 감고 입을 벌린 채 전신을 활시위처럼 팽팽하게 긴장시켰다. 그녀는 자신의 몸속에 들어와 있는 그가 경련을 일으키면서 분출하는 정액을 느꼈다. 삶에서 느꼈던 어떤 행복도 지금의 행복에 비할 게 못 된다고 생각했다. 잠시 후 이번에는 그녀가 황홀감에 경련을 일으켰다. 전에도 이런 황홀감을 느낀 적은 있었지만 이만큼 강렬했던 적은 없었다. 그녀는 눈을 감고 그의 몸을, 바람 속의 나무처럼 떨리는 자신의 몸으로 힘껏 끌어당기며 그 느낌에 몰입했다.

그 일이 끝나자 두 사람은 꽤 오랫동안 꼼짝도 않고 있었다. 그는 그녀의 목덜미에 얼굴을 묻었고, 그녀는 헐떡이는 그의 숨결이 자신의 살에 닿는 것을 느꼈다. 그녀는 그의 등을 쓰다듬었다. 그의 몸은 땀으로 젖어 있었다. 심장 고동이 차츰 느려지면서 그녀는 여름날 황혼과도 같은 깊은 만족감에 싸였다.

잠시 후 그녀가 말했다. "그래서 모두가 이 일을 하려고 그렇게 난리였구나."

25

고드윈이 킹스브리지 수도원장으로 비준받은 다음날 아침 일찍, 에드먼드 울러가 머딘의 부모 집을 방문했다.

머딘은 에드먼드가 자신을 늘 한 가족처럼 대해줬기 때문에 그가 얼마나 대단한 유력 인사인지를 잊곤 했다. 하지만 제럴드와 모드는 마치 왕족이 갑작스러운 방문이라도 한 듯 행동했다. 그들은 에드먼드가 자신들의 집이 얼마나 가난한지 알게 될까 전전긍긍했다. 그들의 집은 방이 하나뿐이었다. 머딘과 그의 부모는 바닥에 깐 밀짚 매트에서 잠을 잤다. 그들의 집은 벽난로와 식탁, 작은 뒷마당이 전부였다.

다행히 그날 그들 가족은 해가 뜨자마자 일어나 세수를 하고 옷을 입었고, 청소를 했다. 그럼에도 에드먼드가 예의 절뚝거리는 걸음걸이로 쿵쿵거리며 집안에 들어서자, 머딘의 어머니는 스툴의 먼지를 털고 머리를 매만지고 뒷문을 닫았다가 다시 열고 벽난로에 장작 하나를 더 집어넣었다. 그의 아버지는 몇 번씩이나 고개 숙여 절하고 겉옷을 걸치고는 에드먼드에게 에일을 들겠느냐고 물었다.

"괜찮습니다, 제럴드 경." 그들 가족에게 여유가 없다는 것을 잘 아는 에드먼드가 말했다. "하지만 수프를 좀 먹을 수 있을까요, 레이디 모드?" 어느 집이나 화로에 귀리 냄비를 얹어놓고 뼈나 사과속, 콩꼬투리 같은 부스러기들을 넣어 며칠씩 약한 불로 천천히 조리했다. 거기에 소금과 허브를 가미하면 먹을 때마다 맛이 달라지는 수프가 나왔다. 그수프는 구할 수 있는 가장 싼 음식이었다.

모드는 반색하며 그릇에 수프를 떠 숟가락과 빵 접시와 함께 식탁에 냈다.

머딘은 여전히 전날 오후의 행복에 잠겨 있는 상태였다. 살짝 술에 취한 것과 비슷한 느낌이었다. 캐리스의 벗은 몸을 생각하며 잠든 그는 미소를 지으며 잠에서 깼다. 하지만 문득 그 순간 그리젤더 때문에 엘프릭과 맞섰던 일이 머릿속에 떠올랐다. 그러자 거의 본능처럼, 이제 에드먼드가 '네놈이 내 딸애를 버려놨어!'라고 소리치며 각목으로 자신의 얼굴을 후려칠지 모른다는 생각이 들었다.

그 한순간의 착각은 에드먼드가 식탁에 앉는 순간 사라졌다. 에드먼드는 숟가락을 들었지만 음식을 먹기 전에 머딘에게 말했다. "이제 수도원장이 선출됐으니 되도록 서둘러 새 다리 공사를 시작하고 싶네."

"좋습니다." 머딘이 대답했다.

수프를 한 숟가락 떠먹은 에드먼드가 입맛을 다시더니 말했다. "이렇게 맛있는 수프는 처음 먹어봅니다, 레이디 모드." 머딘의 어머니는 기쁜 표정을 지었다.

머딘은 자기 부모에게 상냥하게 대해주는 에드먼드에게 고마움을 느꼈다. 머딘의 부모는 자신들의 영락한 지위에 수치심을 느꼈는데, 이 도시의 길드장이 그들의 식탁에서 음식을 먹고 그들을 제럴드 경과 레이디 모드라고 부름으로써 그들의 상처를 누그러뜨려준 것이었다.

"나는 자칫하면 이 여인과 결혼하지 못할 뻔했죠, 에드먼드. 그 얘기를 알고 계십니까?" 이번에는 머딘의 아버지가 말했다.

머딘은 분명 에드먼드가 전에도 그 이야기를 들었으리라 확신했지만 에드먼드는 이렇게 대꾸했다. "저런, 듣지 못했는데요. 어떤 일이 있었습니까?"

"부활절에 성당에서 그녀를 보고 첫눈에 사랑에 빠졌죠. 킹스브리지 대성당에 수백 명이나 되는 사람이 있었지만, 그녀가 가장 아름다웠습니다."

"여보, 그렇게 과장하지 말아요." 모드가 쾌활한 어조로 말했다.

"그런데 갑자기 그녀가 군중 속으로 사라져버렸어요. 나는 그녀를 찾을 수가 없었죠! 그녀의 이름도 모르는데. 그래서 사람들에게 예쁜 금발머리 여자를 수소문했는데, 모두가 그곳에 있는 여자는 다 예쁜 금발머리라고 하는 겁니다."

"나는 미사가 끝나자마자 서둘러 나와야 했어요. 우리는 그때 홀리부시 여인숙에 묵었는데, 어머니가 편찮으셔서 얼른 가서 보살펴드려야 했거든요." 모드가 말했다.

"나는 온 도시를 뒤졌지만 그녀를 찾을 수 없었죠. 부활절이 끝나고 모두 집으로 돌아갔습니다. 나는 셔링에 살았고 그녀는 캐스터햄에 살았지만, 그때는 그 사실을 몰랐어요. 다시는 만나지 못할 거라고 생각했죠. 나는 그녀가 모두가 미사에 참가하는지 보러 지상에 내려온 천사일지도 모른다고 생각했어요." 제럴드가 말했다.

"제럴드, 그만해요." 그녀가 말했다.

"나는 상심했습니다. 다른 여자는 거들떠보지도 않았어요. 평생을 킹스브리지의 천사를 그리워하며 보내게 되리라 생각했습니다. 그렇게 이 년이 지났어요. 그러다 윈체스터의 마상 시합장에서 그녀를 다시 보왔죠."

"생전 처음 보는 사람이 오더니 대뜸 이렇게 말하는 거예요. '당신이
군요. 그렇게 오랫동안 찾아다녔는데! 또다시 사라지기 전에 나와 결혼
합시다.' 완전히 미친 사람인 줄 알았다니까요." 그녀가 말했다.

"놀라운 이야기로군요." 에드먼드가 말했다.

머딘은 에드먼드의 호의가 한계점에 이르렀다고 판단하고 말했다.
"제가 성당에 있는 석공 다락 바닥에 설계도를 몇 개 그려놓았습니다."

에드먼드는 고개를 끄덕였다. "수레 두 채가 다닐 만큼 넓은 돌다리
설계도일 테지?"

"당신이 말씀하신 대로 했습니다. 양쪽에 경사로도 넣었고요. 그리고
비용을 3분의 1가량 절감할 방안도 찾았습니다."

"그거 굉장한 얘기로군! 어떻게?"

"식사를 끝내시는 대로 보여드리죠."

에드먼드는 수프를 마저 먹고 자리에서 일어섰다. "이제 다 먹었네.
어서 가보세." 그런 다음 그는 제럴드 쪽으로 돌아서서 고개를 살짝 숙
였다. "이렇게 환대해주셔서 고맙습니다."

"우리집에 모시게 되어 즐거웠습니다, 길드장."

머딘과 에드먼드는 가벼운 이슬비가 내리는 밖으로 나섰다. 머딘은
성당으로 가지 않고 에드먼드를 강으로 이끌었다. 에드먼드의 살짝 저
는 걸음걸이는 금세 눈에 띄어 거리에서 마주치는 사람마다 그에게 친
근하게 인사말을 건네거나 공손하게 절했다.

머딘은 갑자기 불안해졌다. 그는 지난 몇 달 동안 다리 설계에 대해
생각해왔다. 성 마르코 성당에서 낡은 지붕을 부수고 새 지붕을 만드는
목수들을 감독하는 동안 그는 다리 건설이라는 훨씬 더 큰 일거리에 대
해 곰곰이 생각해보았다. 그리고 이제 그의 아이디어를 처음으로 다른

사람이 검토하게 되는 것이었다.

아직까지 에드먼드는 머딘의 계획이 얼마나 과감한 것인지 알지 못했다.

가옥들과 공방들 사이를 지나는 내리막은 진흙탕길로 변해 있었다. 도시의 성벽은 두 세기 동안 평화가 지속되는 동안 크게 훼손됐고, 어떤 부분들은 흙무더기만 남아 채소밭 담장 구실을 하기도 했다. 강변에는 주로 강의 구역을 크게 쓰는, 모직 염색소와 피혁소 같은 사업장들이 자리잡고 있었다.

머딘과 에드먼드는 피냄새가 진동하는 도살장과 망치로 쇠 내리치는 소리가 요란한 대장간 사이 진흙탕 강변으로 나섰다. 눈앞의 좁은 지류 건너편에 나환자 섬이 있었다. "왜 여기로 온 거지? 다리가 있는 곳은 4분의 1마일 상류 쪽인데."

"예전에는 거기 있었죠." 머딘은 숨을 들이쉰 뒤 말을 이었다. "새 다리는 여기에 지어야 할 것 같습니다."

"섬까지 다리를 놓는다는 건가?"

"그리고 섬에서 저쪽 강변까지 다리를 하나 더 놓을 겁니다. 큰 다리 하나 대신 작은 다리 두 개를 놓는 거죠. 그쪽이 비용이 훨씬 저렴합니다."

"하지만 사람들이 한쪽 다리에서 다른 쪽 다리로 가려면 섬을 지나가야 하지 않나?"

"안 될 이유가 없잖습니까?"

"저 섬은 나환자 거주지야!"

"남은 나환자는 한 사람뿐이죠. 그 사람을 다른 곳으로 옮기면 됩니다. 나병은 이제 거의 소멸된 것 같으니까요."

에드먼드는 생각에 잠겼다. "그러면 킹스브리지에 오는 사람은 누구나 지금 우리가 서 있는 곳을 지나게 되겠군."

"새로 길을 내고 이쪽에 있는 건물 몇 채를 허물어야 하겠지만, 다리 공사에서 절약되는 비용에 비하면 그 액수는 얼마 되지 않을 겁니다."

"그리고 맞은편에는……"

"수도원 소유의 목초지가 있죠. 성 마르코 성당 지붕에 올라갔을 때 이 도시가 어떤 식으로 배치됐는지 전체적으로 볼 수 있었습니다. 그래서 이런 생각을 하게 된 것이고요."

에드먼드는 감명을 받았다. "아주 현명한 생각이야. 어째서 애초에 이곳에 다리를 지을 생각을 하지 못했는지 모르겠군."

"처음 다리가 지어진 건 수백 년 전이었습니다. 당시에는 강 모양이 지금과 달랐겠죠. 강기슭도 수백 년이 흐르면서 위치가 바뀌었을 겁니다. 섬과 목초지 사이를 잇는 경로도 점점 넓어졌을 거고요. 그때는 여기에 건물을 짓는 것이 이점이 없었을지도 모르죠."

에드먼드는 강 건너편을 응시했고 머딘은 그 시선을 따라가보았다. 나환자 거주지는 면적이 3, 4에이커 정도 되고, 다 쓰러져가는 목조 가옥들이 군데군데 자리잡고 있었다. 그 섬은 돌이 많아 경작하기 마땅치 않았지만 나무숲과 덤불이 있고, 토끼가 많지만 죽은 나환자들의 영혼이라는 미신 때문에 잡아먹는 사람은 없었다. 예전에 그곳으로 추방된 거류자들은 자신들이 먹을 닭과 돼지를 따로 키웠다. 하지만 이제는 그 일도 아주 간편해져서 수도원에서 마지막으로 남은 나환자에게 음식을 가져다주기만 하면 됐다. "자네 말이 맞아." 에드먼드가 말했다. "이 도시에서는 최소한 십 년 동안 나병이 발생하지 않았지."

"저는 나환자를 본 적이 없어요. 어렸을 때는 그 말이 표범*을 말하는 줄 알았죠. 그래서 저 섬에 점박이 사자가 사는 줄 알았어요."

---

* 나환자(leper)와 표범(leopard)은 발음이 비슷하다.

에드먼드는 웃었다. 그는 강을 등진 채 주위 건물들을 둘러보았다. "정치적인 작업이 좀 필요하겠군. 집을 허물게 될 사람들에게는 다른 사람들은 그럴 기회도 없는데 더 나은 새집으로 가게 됐으니 행운이라고 설득하면 되겠지. 그리고 저 섬을 성수로 정화해서 안전하다고 믿도록 해야 해. 하지만 그 정도라면 처리할 수 있는 일이지."

"두 다리 모두 끝이 뾰족한 아치 모양으로 설계해봤습니다. 대성당처럼요. 아주 아름다운 다리가 될 거예요."

"좀 보여주게."

두 사람은 강변을 떠나 수도원을 향해 올라가기 시작했다. 성당은 마치 화톳불에 물을 뿌리면 솟아나는 연기 같은 낮은 구름 아래서 비에 젖어 있었다. 머딘은 자신의 설계도를 다시 보게 될 순간을—그는 일주일가량 석공 다락에 가지 못했다—, 에드먼드에게 그것에 대해 설명해줄 순간을 고대하고 있었다. 그는 강물이 예전의 다리를 침식했던 것을 감안해, 새 다리가 똑같은 운명에 처하지 않도록 하려면 어떻게 해야 할지 깊이 고민했었다.

머딘은 북쪽 현관을 지나 에드먼드를 나선형 계단으로 안내했다. 돌계단이 반들반들하게 닳은데다 신발이 젖어 있어 미끄러웠다. 에드먼드는 불편한 한쪽 다리를 끌며 활기차게 그의 뒤를 따라 올라갔다.

석공 다락에는 등불 여러 개가 밝혀져 있었다. 처음에 머딘은 잘됐다고 생각했다. 불빛이 있으면 설계도를 좀더 자세히 살펴볼 수 있을 것이다. 그러나 그 순간 제도판으로 쓰는 바닥에서 작업중인 엘프릭이 보였다.

순간 머딘은 낭패감을 느꼈다. 그와 전 고용주와의 반목은 날로 심해지고 있었다. 엘프릭은 사람들이 머딘을 고용하지 못하게 막는 데는 실패했지만, 그가 목수조합에 들어가는 것은 계속 방해했다. 그래서 머딘은 위법이지만 용납이 되는 한도에서만 일하는 변칙적인 처지에 있었다. 머딘에 대한 엘프릭의 태도는 의미도 없이 악의적이기만 했다.

이곳에 엘프릭이 있다는 사실은 머딘과 에드먼드의 대화에 일일이 트집을 잡고 나설 사람이 있다는 의미였다. 머딘은 과민하게 반응하지 말자고 속으로 생각했다. 기분이 언짢은 쪽은 오히려 엘프릭일 수도 있었다.

머딘은 에드먼드가 들어오도록 문을 잡아줬다. 두 사람은 방을 가로질러 바닥에 설계도를 그려놓은 곳으로 향했다. 그 순간 머딘은 충격에 사로잡혔다.

엘프릭이 컴퍼스를 가지고 제도용 바닥 위로 몸을 구부리고 있었는데, 회반죽이 발려 있었다. 바닥을 새로 덮어 머딘의 설계를 완전히 지워버린 것이었다.

"대체 무슨 짓을 한 겁니까?" 머딘은 믿기지 않아 말했다.

엘프릭은 경멸의 눈길을 그에게 던지고는 아무 대꾸도 없이 작업을 계속했다.

"그가 제 설계도를 없애버렸습니다." 머딘이 에드먼드에게 말했다.

"자네, 이 일을 어떻게 설명하겠나?" 에드먼드가 엘프릭을 다그쳤다.

엘프릭은 장인까지 무시할 수는 없었다. "설명할 것도 없습니다. 제도용 바닥은 이따금 새로 덮어주어야 하니까요."

"하지만 자네는 중요한 설계도를 덮어버렸어!"

"그랬나요? 수도원장이 이 아이에게 무슨 설계를 맡긴 적도 없고, 이 아이가 제도용 바닥을 쓰겠다고 요청한 적도 없는데요."

에드먼드는 분노를 쉽게 감추는 사람이 아닌데다 엘프릭의 냉정하고 무례한 태도에 더욱 화가 치밀었다. "바보같이 굴지 말게. 내가 새 교량 설계를 머딘에게 부탁했네."

"죄송합니다만 그런 권한은 수도원장에게만 있는데요."

"빌어먹을, 돈은 길드에서 대고 있어."

"그건 융자일 뿐이죠."

"그렇다 해도 우리에게는 설계에 관여할 권한이 있네."

"그런가요? 그 문제에 대해서는 수도원장과 의논해보셔야겠습니다. 하지만 장인어른이 경험도 없는 도제를 설계사로 골랐다는 사실에 수도원장이 그리 감명받진 않을 것 같은데요."

머딘은 엘프릭이 새 회반죽 위에 그려놓은 설계도를 보았다. "이것도 교량 설계도처럼 보이는데요."

"고드윈 수도원장이 교량 공사를 맡기셨지." 엘프릭이 대꾸했다.

그 말에 에드먼드는 충격을 받았다. "우리와 의논도 없이 말인가?"

"대체 뭐가 문제죠? 장인어른은 딸의 남편이 일을 맡는 것을 원치 않으시는 겁니까?" 엘프릭이 분개한 어조로 말했다.

"둥근 아치로군요." 여전히 엘프릭의 설계도를 들여다보던 머딘이 말했다. "틈새도 좁고요. 여기에 교각을 몇 개나 만들 거죠?"

엘프릭은 대답하고 싶지 않았지만, 에드먼드가 대답을 바라는 눈길로 그를 바라보고 있었다. "일곱 개." 그가 대꾸했다.

"목조 다리에도 다섯 개밖에 없었는데요!" 머딘이 말했다. "그런데 교각은 왜 이렇게 굵고 틈새는 왜 이렇게 좁습니까?"

"돌로 된 통로의 무게를 지탱하기 위해서지."

"그렇다고 굳이 교각이 굵을 필요는 없어요. 이 대성당을 보세요. 이곳 기둥은 천장 무게 전체를 떠받치고 있는데도 굵기가 가늘고 공간도 널찍하잖아요."

엘프릭은 코웃음쳤다. "그야 교회 지붕 위로 수레를 끌고 다닐 사람은 없으니까 그렇지."

"맞는 말이에요, 하지만……" 머딘은 말을 멈췄다. 대성당의 거대한 지붕에 쏟아지는 빗물의 무게가 돌을 실은 수레보다 더 무거울 테지만 엘프릭에게 그 사실을 설명할 필요가 있을까? 무능한 건축업자를 깨우치는 일은 그의 할일이 아니었다. 엘프릭의 설계는 어설펐지만 그것을 개량하기보다는 자신의 설계로 대체하고 싶었기 때문에 머딘은 입을 다물었다.

에드먼드 역시 자신이 시간낭비만 하고 있을 뿐이라는 것을 깨달았다. "이 문제는 자네들 두 사람이 결정할 일이 아닐세." 그는 이렇게 말하고 쿵쿵거리며 방을 나갔다.

고드윈 수도원장은 대성당에서 치안관 존의 새로 태어난 딸의 세례식을 거행했다. 이런 영광이 허락된 것은 존이 수도원의 중요한 일꾼이기 때문이었다. 도시의 유력 인사들도 전부 참석했다. 존은 부유하지도 않고 연줄이 좋은 것도 아니지만—그의 아버지는 수도원 마구간 인부였다—페트라닐라는 어느 정도 지위가 있는 시민들은 누구나 그와 친분을 쌓고 그의 편에 서려 한다고 말했었다. 캐리스는 사람들이 존 앞에서 자신을 낮추는 이유는 자신들의 재산을 보호하는 데 그가 필요하기 때문이라고 생각했다.

다시 비가 내리고 있어 세례반 주위에 모인 사람들은 성수에 젖은 갓난아기보다 더 젖었다. 작고 무력한 아기를 보자 캐리스의 마음속에 묘한 감정이 싹텄다. 머딘과 자고 난 후로 그녀는 임신에 대해 애써 생각하지 않으려 했지만, 갓난아기를 보자 따뜻한 모성애가 솟아나는 것 같았다.

아기의 이름은 아브라함의 조카딸의 이름을 따 제스카*라고 지었다.

캐리스의 사촌인 고드윈은 아기를 편하게 다루는 사람이 아니어서 짤막한 의식이 끝나자 곧 자리를 뜨려고 돌아섰다. 그런데 페트라닐라가 그의 베네딕트 수사복 자락을 잡았다. "다리 이야기는 어떻게 된 거냐?" 그녀가 물었다.

그녀는 낮은 목소리로 말했지만 캐리스의 귀에도 들렸다. 캐리스는 그 대화를 마저 들어보기로 했다.

"엘프릭에게 설계와 견적을 준비하라고 했습니다." 고드윈이 대답했다.

"잘했다. 그 일은 우리 가족이 맡아야 해."

"엘프릭은 수도원의 건축업자잖아요."

"다른 사람들도 그 일에 끼어들려고 할 거다."

"다리를 건설할 사람은 제가 정합니다."

캐리스는 화가 치밀어 도저히 대화에 끼어들지 않을 수 없었다. "어떻게 그렇게 말씀하실 수 있죠?" 그녀가 페트라닐라에게 말했다.

"나는 너와 얘기하는 게 아니다." 그녀의 고모가 말했다.

캐리스는 그 말을 무시했다. "어째서 머딘의 설계는 염두에 두지 않는 거예요?"

"그애는 우리 가족이 아니잖니."

"사실상 우리와 같이 살고 있잖아요!"

"하지만 그애와 결혼한 건 아니잖니. 네가 결혼을 한다면 다른 문제겠지만."

캐리스는 그 문제에서는 자신이 불리하다는 것을 깨닫고 논점을 바꿨다. "고모는 언제나 머딘에게 편견을 가졌어요. 하지만 그가 엘프릭보다 나은 건축업자라는 건 누구나 다 알아요."

---

* 이스가(Iscah)를 말함.

그 말에 앨리스가 설전에 끼어들었다. "엘프릭이 전부 다 가르쳐줬는데, 이제 와서 머딘이 자기가 더 잘 안다는 듯이 행세하는 거야!"

부당한 말이라는 것을 아는 캐리스는 화가 치밀었다. "나룻배를 만든 사람이 누군데?" 그녀는 목청을 높였다. "성 마르코 성당 지붕을 수리한 사람이 누군데?"

"머딘이 나룻배를 만들 때는 엘프릭과 일하고 있었어. 그리고 성 마르코 성당 공사는 엘프릭에게 맡긴 일이 아니었고."

"그건 엘프릭이 그 문제를 해결할 능력이 없다는 것을 알았기 때문에 안 맡긴 거야!"

고드윈이 끼어들었다. "이제 그만들 해!" 그러고는 자신을 보호하듯 양손을 들어올렸다. "너희가 우리 가족인 것은 알지만 그래도 나는 수도원장이고 여기는 대성당이야. 사람들 앞에서 내가 여자들의 장광설이나 듣고 있을 순 없어."

"내가 하려던 말이 그거다. 목소리 좀 낮춰." 이번에는 에드먼드가 합류했다.

"아버지는 사위를 지지하셔야죠." 앨리스가 비난조로 말했다.

캐리스는 문득 앨리스가 점점 더 페트라닐라를 닮아간다는 생각이 들었다. 그녀는 스물한 살이고 페트라닐라는 그 두 배로 나이가 많지만, 앨리스는 고모와 똑같이 입술을 오므린 채 불만스러운 표정을 짓고 있었다. 또한 점점 뚱뚱해지고 있어 가슴은 바람을 맞은 돛처럼 드레스 앞자락을 가득 채웠다.

에드먼드는 엄격한 눈길로 앨리스를 바라보았다. "이 결정은 가족관계에 좌우되어 내려져서는 안 된다. 엘프릭이 내 딸과 결혼했다고 해서 그가 만든 다리가 제대로 서 있을 거란 보장은 없어."

아버지가 이 점에서는 확고하다는 것을 캐리스는 잘 알았다. 에드먼드는 혈연이나 지연에 상관없이 언제나 가장 믿음직한 공급자와 사업을 해야 하고 언제나 그 일에 가장 뛰어난 사람을 고용해야 한다고 생각했다. "충성스러운 부하들에 둘러싸여야 마음이 편한 사람은 자기 자신을 진정으로 믿지 못하는 사람이다. 자기 자신도 믿지 못하는 사람을 내가 왜 믿어야 하지?" 그는 이렇게 말하곤 했다.

"그러면 어떻게 선정할 생각이냐?" 페트라닐라가 말했다. 그러면서 에드먼드에게 약빠른 눈길을 보냈다. "분명 너는 무슨 계획이 있을 테지."

"수도원과 길드에서 엘프릭과 머딘의 설계도를 놓고 고려해볼 생각이야. 그리고 설계를 내놓는 사람이 또 있으면 그것도 고려할 거고." 에드먼드는 단호하게 말했다. "모든 설계도에는 비용도 계산되어 있어야해. 그 비용은 다른 업자들이 별개로 검토하게 될 테고."

"그런 방식은 처음이에요. 마치 활쏘기 시합 같잖아요. 엘프릭은 이수도원의 건축업자예요. 당연히 그가 공사를 맡아야 해요." 앨리스가 투덜거렸다.

그녀의 아버지는 그 말을 무시했다. "최종적으로 교구 길드 회의에서 이 도시의 유력 인사들이 설계자들에게 질문을 할 거야. 그런 다음—" 그러면서 그는 고드윈을 바라보았다. 고드윈은 자신이 이런 식으로 결정 과정을 가로채인 사실에 당황한 기색을 애써 감추고 있었다. "고드윈 수도원장이 결정을 내리게 될 되겠지."

회의는 큰길에 면해 있는 길드 집회소에서 열렸다. 돌로 지은 지하실이 있는 목조건물인데, 기와지붕에 석조굴뚝이 두 개 있었다. 지하실에는 연회가 있을 때 음식을 마련하는 커다란 주방이 있고, 감옥과 치안관 사무실도 있다. 교회처럼 널찍한 일층은 길이 100피트에 폭이 30피트나 됐다. 한쪽 끝에는 예배실이 있었다. 공간이 넓은데다 30피트짜리

지붕을 가로지를 만한 목재는 구하기도 어렵고 값도 비싼 까닭에, 주실 主室은 들보를 지탱하는 나무 기둥들로 분할되어 있었다.

아무도 감탄하지 않는 그 건물은 가장 저렴한 재료로 지은 것처럼 소박해 보였다. 그러나 에드먼드가 종종 말했듯, 바로 그곳에 있는 사람들이 모은 돈으로 대성당의 장엄한 석회암과 스테인드글라스 값이 치러진 것이었다. 길드 집회소는 그 나름의 수수함으로 안락감을 주었다. 벽에는 태피스트리가 걸려 있고 창에 유리가 끼워져 있었으며, 겨울철에는 두 개의 커다란 벽난로가 온기를 유지해줬다. 경기가 좋을 때는 왕실 부럽지 않을 정도의 음식도 나왔다.

교구 길드가 처음 만들어진 것은 수백 년 전 킹스브리지가 아직 작은 마을이었을 때였다. 상인 몇 명이 모여 대성당에 필요한 각종 장식물을 구입할 돈을 모았다. 하지만 부유한 사람들이 한데 모여 먹고 마시면서 공통 관심사에 대해 의논하게 되자 얼마 안 가서 기금 마련보다 정치적 문제가 중요한 현안이 됐다. 애초부터 길드에서는 양모 상인들이 우세했다. 집회소 홀 한쪽 끝에 대형 저울과 양모 한 부대의 무게―364파운드―에 해당하는 도량 원기가 있는 것은 바로 그 때문이었다. 킹스브리지의 규모가 점차 커지며 목수와 석공, 양조업자, 금세공인 등 각종 장인을 대표하는 다른 길드들도 형성됐지만, 주요 회원들은 동시에 교구 길드에도 속했기 때문에 교구 길드가 다른 어떤 길드보다 우위에 있었다. 그것은 잉글랜드 대부분의 도시에 있는 상인 길드의 축소판이었는데, 이곳에 상인 길드가 아닌 교구 길드가 들어선 것은 이 도시의 지주인 킹스브리지 수도원이 상인 길드를 금하기 때문이었다.

머딘은 이곳에서 열리는 회의나 연회에 참석해본 적은 없지만 일 때문에 몇 번 건물에 들어가본 적은 있었다. 그는 고개를 젖혀 올려다보며 지붕 목재의 복잡한 기하학적 구조를 살펴보는 것을 좋아했다. 그

건물은 넓은 지붕의 중량을 몇 개의 가는 나무 기둥에 분산시키는 방식으로 지은 하나의 사례였다. 그가 보기에 대부분의 요소들은 이해할 수 있었지만, 기둥 한두 개는 불필요하거나, 혹은 오히려 중량을 받치는 힘이 약한 쪽으로 쏠리게 하는 유해한 역할을 하는 것 같았다. 건물을 똑바로 서 있게 지탱하는 요인을 제대로 이해하는 사람이 없기 때문에 생긴 일이다. 본능과 경험으로만 작업을 할 때 가끔 이런 오류를 범하곤 한다.

이날 저녁 머딘은 극도로 불안한 상태였고, 너무 신경이 곤두서서 건물의 목조 구조를 제대로 살펴볼 여유도 없었다. 길드에서 그가 제출한 다리 설계에 대한 최종 심판을 내리는 날이었다. 그의 설계는 엘프릭의 것보다 훨씬 뛰어났지만, 회의 참석자들이 과연 그것을 알아볼지는 의문이었다.

엘프릭은 제도용 바닥의 이점을 누렸다. 머딘은 고드윈에게 그것을 쓰겠다고 허락을 구할 수도 있었지만, 엘프릭이 또다시 덮어버릴까봐 대안을 고안했다. 그는 나무틀에 커다란 양피지를 끼워 그 위에 펜과 잉크로 설계도를 그렸다. 오늘밤에는 이것이 오히려 유리할 것이었다. 회의 참석자들이 눈앞에서 볼 수 있도록 집회소로 설계도를 가져왔기 때문이다. 반면에 엘프릭의 설계도는 참석자들의 기억 속에만 있었다.

그는 도면 틀을 홀 앞에, 이번 행사를 위해 만든 삼각대에 얹어놓았다. 이미 지난 며칠 사이에 적어도 한 번 이상은 보았을 텐데도 도착하는 사람마다 다시 와서 그 도면을 들여다보았다. 그전에 사람들은 나선형 계단을 통해 석공 다락으로 올라가 엘프릭의 도면도 보았다. 머딘은 사람들 대부분이 자신의 설계도를 더 선호할 거라 생각했지만, 경험 많은 목수가 아닌 젊은 사람을 지지하는 일 자체에 경계심을 품는 사람들이 있었다. 사람들은 대부분 자기 의견을 마음속에만 담아두었다.

집회소가 남자들과 몇몇 여자로 채워지며 웅성거리는 소리가 점점 커졌다. 길드 집회에 참석하는 사람들은 교회에 갈 때처럼 성장을 하고 있었다. 남자들은 온화한 여름 날씨에도 값비싼 모직 외투를 입었고, 여자들은 공들여 머리 장식을 했다. 모두 입으로는 여자란 믿을 수 없고 열등한 존재라고들 했지만, 사실상 이 도시에서 가장 부유하고 유력한 시민들 중에는 여자도 몇 명 있었다. 시실리어 수녀원장도 비서 역할을 하는 줄리 자매와 함께 맨 앞에 앉아 있었다. 캐리스도 와 있었는데, 그녀가 에드먼드의 유능한 보좌라는 건 누구나 인정하는 사실이었다. 머딘은 그녀가 긴 의자에 앉아 있는 자기 바로 옆에 앉았을 때, 그리고 그녀의 따뜻한 허벅지가 자기 허벅지에 닿았을 때 갑작스러운 욕망에 사로잡혔다. 이 도시에서 장사를 하는 사람은 누구나 길드에 소속되어야 했고, 외부인들은 장날에만 장사를 할 수 있었다. 수사와 사제도 장사를 하고 싶으면 길드에 가입해야 했고, 실제로 그런 경우도 종종 있었다. 가장이 죽으면 과부가 남편이 하던 일을 이어받는 것이 통상적이었다. 베티 백스터는 이 도시에서 가장 부유한 제빵업자였고, 세라 터버너는 홀리 부시 여인숙을 운영했다. 이 여자들에게 생계를 유지할 방도를 허용하지 않는다는 것은, 그러기도 어려운 일이었겠지만 만약 그런다면 잔인한 처사일 것이다. 그보다는 그들을 길드에 받아들이는 편이 인도적이었다.
　에드먼드는 대개 이런 회의에서 의장을 맡아 전면에 있는 단 위의 나무 의장석에 앉았다. 그러나 오늘은 단 위에 의자가 두 개 놓여 있었다. 에드먼드는 그중 하나에 앉아 있다가, 고드윈 수도원장이 도착하자 그를 또다른 의자로 안내했다. 고드윈은 고참 수사들을 전부 대동하고 왔다. 머딘은 그중에 토머스가 있는 것을 보자 반가웠다. 일행 중에는 호리호리하고 어설퍼 보이는 필리먼도 있었다. 한순간 머딘은 고드윈이 왜 그를 여기까지 데려왔는지 의아했다.

고드윈은 감정이 잔뜩 상한 얼굴이었다. 회의를 시작하면서 에드먼드는 교량의 감독권이 수도원장에게 있으며 설계도 선정도 최종적으로는 수도원장이 한다는 사실을 인정하는 배려를 해줬다. 그러나 이 회의를 소집한 에드먼드가 고드윈으로부터 결정권을 빼앗은 것이나 다름없다는 사실은 모두가 알고 있었다. 오늘 저녁 명확한 합의가 도출된다면, 고드윈으로서는 종교보다는 상업과 관련된 이 문제에서 상인들의 명시적 의사 표시에 반대하고 나서기 어려울 것이었다. 에드먼드가 고드윈에게 회의를 시작하기 전에 기도를 드려줄 것을 부탁했고 고드윈은 그 말에 따랐지만, 그는 자신이 책략에 넘어갔음을 잘 알고 있었다. 그리고 그는 바로 그것 때문에 악취라도 맡은 사람 같은 얼굴을 하고 있는 것이었다.

"이 두 설계는 엘프릭과 머딘이 동일한 계산법에 의거해 견적을 낸 것들입니다." 에드먼드가 자리에서 일어나서 말했다.

그때 엘프릭이 불쑥 끼어들었다. "동일한 계산법일 수밖에 없죠. 머딘이 나한테 그걸 배웠으니까요." 나이든 사람들 사이에서 웃음이 터져 나왔다.

맞는 말이었다. 벽의 경우 1제곱피트당, 충전재의 경우 1세제곱야드당, 지붕 너비의 경우 1피트당, 그리고 아치나 궁륭같이 좀더 복잡한 작업에 드는 비용을 계산하는 각각의 공식이 있었다. 건축업자들은 어느 정도 개인차는 있어도 모두가 동일한 계산법을 썼다. 교량 공사의 견적은 복잡했지만, 교회 같은 건축물 공사의 견적을 내는 것보다는 쉬웠다.

에드먼드가 말을 이었다. "두 사람이 서로 상대방의 계산을 확인했으니 그것에 대해서는 거론할 필요 없습니다."

고깃간 주인 에드워드가 소리쳤다. "맞는 말이오. 건축업자들은 모두 똑같은 액수만큼 바가지를 씌우지!" 그 말에 폭소가 터졌다. 남자들은 에드워드의 재치 있는 언변을, 여자들은 그의 잘생긴 얼굴과 성적 매력을 풍기는 갈색 눈을 좋아했다. 그는 자기 아내에게만큼은 좋은 평가를 받지 못했는데, 남편의 바람기를 잘 아는 그녀는 얼마 전에도 고깃간에 있는 칼을 들고 남편에게 달려들었었다. 에드워드는 지금도 왼팔에 붕대를 감은 상태였다.

"엘프릭이 설계한 교량에 드는 비용은 285파운드입니다." 웃음소리가 잦아들기를 기다려 에드먼드가 말했다. "머딘의 견적은 307파운드입니다. 두 견적의 차액은 22파운드입니다. 여러분 대부분은 저보다 더 빨리 계산했을 줄 압니다만." 그 말에 나지막하게 킥킥대는 소리가 났다. 에드먼드가 종종 딸에게 대신 계산을 맡긴다는 것을 알기 때문에 나온 웃음이었다. 계산을 쉽게 해주는 아라비아 숫자에 익숙하지 않은 그는 지금도 예전 방식대로 로마 숫자로 계산을 했다.

그때 새로운 목소리가 말했다. "22파운드는 큰 액수죠." 머딘을 고용하지 않겠다고 했던, 대머리 때문에 수사처럼 보이는 건축업자 빌 왓킨이었다.

이번에는 양조업자 딕이 말했다. "맞는 말입니다. 하지만 머딘이 설계한 다리는 폭이 두 배입니다. 그러면 비용도 두 배가 들 것 같지만 실제로는 그렇지가 않습니다. 그건 머딘의 설계가 잘된 것이기 때문이죠." 딕은 자기가 파는 에일을 즐겨 마셔서 임신부처럼 배가 불룩했다.

빌이 반박했다. "수레 두 채가 다닐 만큼 넓은 다리가 필요한 날이 일 년에 며칠이나 되겠습니까?"

"모든 장날, 양모 정기시장이 열리는 주일 전체죠."

"그렇지 않습니다. 오전 한 시간과 오후 한 시간만 그럴 뿐이죠."

"나는 좀전에도 보리를 실은 수레 때문에 두 시간이나 기다렸습니다."

"번잡하지 않은 날을 골라 보리를 운반하면 되지 않겠소."

"나는 매일같이 보리를 나른단 말입니다." 딕은 이 일대에서 가장 규모가 큰 양조업을 했다. 그의 주점은 커다란 500갤런짜리 구리솥이 있어 이름도 구리솥 주점이었다.

에드먼드가 이 설전을 중단시켰다. "다리 공사가 늦어지면 다른 문제들이 생길 겁니다. 일부 상인들이 다리도 없고 줄을 설 필요도 없는 셔링으로 자리를 옮기고 있어요. 또 일부는 줄서서 기다리는 동안 장사를 끝내고는 시내로 들어오지도 않고 그냥 돌아갑니다. 그러면 다리 통행세와 거래세를 낼 필요가 없게 되는 거죠. 그런 매점 행위는 불법이지만 막을 방도가 없습니다. 그다음, 사람들이 킹스브리지를 어떻게 생각하느냐 하는 문제가 있습니다. 지금 우리의 도시는 다리가 무너진 도시에 지나지 않습니다. 잃어버린 활기를 되찾으려면 그 인식부터 바꿀 필요가 있습니다. 나는 킹스브리지를 잉글랜드에서 가장 좋은 다리가 있는 도시로 알리고 싶습니다."

에드먼드의 영향력은 대단했다. 머딘은 승리의 냄새를 감지하기 시작했다.

뚱뚱한 사십대 여자인 베티 백스터가 일어나더니 머딘의 설계도를 가리키며 물었다. "그런데 여기, 교각 위쪽 다리 난간 가운데에 있는 이게 뭐죠? 무슨 전망대처럼 강 위로 튀어나온 뾰족한 부분 말이에요. 이게 뭐죠, 낚시하는 자리인가요?" 그 말에 사람들이 웃었다.

"보행자용 대피소입니다." 머딘이 대답했다. "다리를 건너는데 갑자기 셔링의 백작이 말 탄 기사 스무 명을 데리고 나타난다면 그곳으로 비켜날 수가 있죠."

"베티가 들어갈 수 있을 정도로 넓어야 할 텐데요." 고깃간 주인 에드워드가 말했다.

모두가 폭소했지만, 베티의 질문은 끝난 것이 아니었다. "그 아래쪽 교각이 그 부분과 똑같이 뾰족하게 수중까지 이어지는데 왜 그런 거죠? 엘프릭의 교각은 뾰족하지 않은데요."

　"그건 부유물을 피하기 위해서입니다. 다른 다리를 보세요. 교각이 깎이고 금이 간 게 보이실 겁니다. 무엇 때문에 그런 손상이 일어났을 것 같습니까? 분명 커다란 나뭇조각들, 나무줄기라든가 부서진 건물에서 나온 목재 토막들 때문입니다. 그런 것들이 하류로 떠내려가면서 교각과 부딪치는 겁니다."

　"아니면 술에 취한 사공 이언이거나." 에드워드가 말했다.

　"배든 부유물이든 저런 식으로 교각을 뾰족하게 만들면 그만큼 손상이 완화될 겁니다. 엘프릭이 설계한 교량은 그 충격을 고스란히 받을 거고요."

　"내 것은 방벽이 아주 강해서 나무토막 따위로 부서질 일은 없을 겁니다." 엘프릭이 말했다.

　"그 반대죠. 엘프릭의 아치들은 제 것에 비해 폭이 좁기 때문에 강물은 그만큼 더 빠르게 통과할 것이고, 따라서 부유물 역시 교각에 훨씬 큰 타격을 입혀 결과적으로 더 큰 손상을 입힐 겁니다."

　그는 엘프릭의 얼굴에 그 점은 생각조차 하지 못한 듯한 낭패감이 스치는 것을 보았다. 하지만 청중은 건축업자가 아니었다. 그러니 그들이 어떻게 어느 것이 옳은지 판단할 수 있겠는가?

　머딘은 각각의 교각에 건축업자들이 쇄석이라고 부르는 돌무더기를 그려놓았다. 이것들은 강물이 나무다리의 교각을 훼손한 것처럼 그가 만든 교량의 교각을 훼손하지 못하도록 막아줄 것이었다. 하지만 쇄석에 대해 질문한 사람이 없었으므로 머딘도 굳이 설명하지 않았다.

　베티에게는 아직도 질문할 것이 남아 있었다. "당신이 설계한 다리는 어째서 그렇게 길죠? 엘프릭이 설계한 다리는 물가에서 시작하잖아요. 그런데 당신의 다리는 몇 야드 안쪽에서 시작돼요. 불필요한 지출 아닌 가요?"

"제가 설계한 다리는 양끝에 경사로가 설치되어 있습니다." 머딘이 설명했다. "통행인들이 진흙탕이 아니라 마른땅에서 다리를 오르내릴 수 있도록 하기 위해서죠. 그렇게 하면 우마차가 진흙에 빠져 한 시간 씩 다리 통행을 막는 일도 없을 겁니다."

"그보다는 길을 포장하는 편이 비용이 덜 들지 않나." 엘프릭이 말했다.

엘프릭의 목소리는 필사적인 어조를 띠기 시작했다. 그때 빌 왓킨이 일어섰다. "나는 어느 쪽이 나은지 도무지 결정을 못 내리겠습니다. 이 두 사람이 논쟁을 벌이면 그만큼 결정도 어려워질 겁니다. 건축업자인 나도 그런데 하물며 건축업자가 아닌 사람은 오죽하겠습니까." 여기저 기서 동감이라는 소리가 나왔다. 빌이 말을 이었다. "따라서 나는 우리 가 설계도가 아니라 설계도를 만든 사람을 봐야 한다고 생각합니다."

바로 머딘이 두려워하던 말이었다. 그는 절망감이 점점 커져가는 것 을 느끼며 빌의 말에 귀를 기울였다.

"두 사람 중 어느 쪽을 더 잘들 아십니까?" 빌이 말했다. "어느 쪽을 더 신뢰할 수 있습니까? 엘프릭은 이십 년 동안 이 도시에서 건축업자 로 일해온 사람입니다. 우리는 그가 지은 가옥이 아직도 멀쩡하게 서 있다는 걸 알고 있습니다. 또한 그가 대성당을 수리한 것도 보았습니 다. 그런 반면, 여기 이 머딘이라는 친구는 우리 모두 알다시피 영리한 젊은이입니다. 하지만 좀 당돌한 면이 있죠. 게다가 그는 도제 기간도 끝마치지 못했습니다. 그가 대성당 건축 이래 킹스브리지에서 가장 큰 건축 공사가 될 이번 일을 맡을 역량이 있는지 증명해줄 만한 사실은 거의 없습니다. 나는 어느 쪽을 더 믿어야 할지 잘 알고 있습니다." 그리고 그는 자리에 앉았다.

몇몇 남자가 그 말에 찬성을 표했다. 그들은 설계도를 판단하는 것이 아니라 인물로 결정을 내리려 하고 있었다. 불공평하기 짝이 없었다.

그때 토머스 형제가 입을 열었다. "킹스브리지에서 수중 공사와 관련된 일을 해본 사람이 있습니까?"

그런 사람이 없다는 것은 머딘도 알고 있었다. 문득 희망이 살아나는 듯했다. 이것이 그를 구해줄 수도 있었다.

토머스가 말을 이었다. "나는 두 사람이 그 문제를 어떻게 처리할 생각인지 알고 싶습니다."

머딘은 해결책을 갖고 있었지만, 그가 먼저 말할 경우 엘프릭이 자기 말을 따라할까 두려웠다. 그래서 여느 때 자신을 도와주곤 하던 토머스가 자신의 뜻을 알아주기만 바라며 입을 꾹 다물고 있었다.

토머스와 머딘의 시선이 마주쳤다. 이윽고 토머스가 말했다. "엘프릭, 당신이라면 어떻게 하겠소?"

"답은 생각보다 간단합니다." 엘프릭이 말했다. "그저 교각을 세울 자리에 깨진 돌멩이를 쏟아부으면 됩니다. 돌멩이는 강바닥에 가라앉습니다. 돌무더기가 수면 위로 나올 때까지 계속 돌멩이를 넣는 겁니다. 그 기초 위에 교각을 세우는 거죠."

머딘이 예상했던 대로 엘프릭은 그 문제에 대해 조잡하기 짝이 없는 해결책을 들고 나왔다. 머딘이 말했다. "엘프릭의 방식대로 할 경우 두 가지 난관이 있습니다. 하나는, 잡석 무더기가 땅위에서는 몰라도 물속에서는 그렇게 안정적이지 못하다는 점입니다. 시간이 흐르면서 돌멩이들은 위치가 바뀌고 굴러떨어져 결국 다리가 주저앉을 겁니다. 몇 년만 쓰고 말 다리라면 그래도 상관없겠죠. 하지만 우리는 오랜 세월 동안 버틸 다리를 만들어야 합니다."

여기저기서 찬동을 표하는 나지막한 웅성거림이 들렸다.

"두번째 문제는 그 돌무더기의 모양입니다. 무더기는 자연스럽게 수면 아래쪽까지 경사를 이루게 되면서 배의 통행을 가로막을 겁니다. 강의 수위가 낮으면 더욱 그렇고요. 그렇잖아도 엘프릭이 설계한 다리의 아치는 폭이 좁습니다."

"그래, 그럼 자네는 어떻게 하겠다는 거지?" 엘프릭이 성난 어조로 말했다.

머딘은 미소가 떠오르려는 것을 참았다. 바로 그가 기다리던 말이었다. 엘프릭은 그 이상의 해결책을 알지 못한다고 시인한 것이었다. "말씀드리죠." 머딘이 대꾸했다. 이 자리에 있는 모든 사람에게, 내가 만든 문짝을 박살낸 이 바보보다 내가 더 잘 알고 있다는 사실을 똑똑히 보여줄 거야. 그는 생각했다. 그는 주위를 둘러보았다. 모두가 귀를 기울이고 있었다. 그들의 결정은 머딘이 이제부터 하려는 말에 달려 있었다.

그는 숨을 깊이 들이마셨다. "먼저 끝이 뾰족한 말뚝을 강바닥에 박습니다. 그다음 바로 옆에 또하나를 박습니다. 이런 식으로 교각을 세우고 싶은 자리에 둥글게 말뚝을 강바닥에 박는 겁니다."

"말뚝 고리를 만든다고?" 엘프릭이 조롱했다. "그런다고 강물이 들어오지 않는 건 아니야."

질문을 했던 토머스 형제가 말했다 "그가 하는 말을 계속 들어주시오. 그도 당신 말을 끝까지 들어줬으니까."

"그다음에 첫번째 말뚝 고리 안에 두번째 말뚝 고리를 만듭니다. 이번에는 간격을 1피트의 절반쯤으로 합니다." 머딘이 말했다. 그는 자신이 청중의 주의를 완전히 사로잡고 있다고 느꼈다.

"그래도 물은 들어와." 엘프릭이 말했다.

에드먼드가 말했다. "가만있게, 엘프릭. 꽤 흥미로운 방식이잖은가."

머딘이 말을 이었다. "그다음 두 고리 사이에 찰흙 반죽을 쏟아붓습니다. 이 반죽은 물보다 무겁기 때문에 물이 들어오지 못하게 막아줍니다. 동시에 말뚝 사이의 모든 틈을 메우면 이 고리가 방수 역할을 할 겁니다. 이것을 방죽이라고 합니다."

방안이 조용해졌다.

"마지막으로 고리 안쪽에 든 강물을 퍼내 강바닥이 보이면 회반죽과 돌로 견고한 기초를 쌓는 겁니다."

엘프릭은 말문이 막혔다. 에드먼드와 고드윈 두 사람 모두 머딘을 응시했다.

"두 분 모두 고맙습니다. 내 경우에는, 덕분에 결정을 내리기가 쉬워졌습니다." 토머스가 말했다.

"그렇소." 에드먼드가 말했다. "내 경우에도 그런 것 같군요."

ꡩ

캐리스는 애초에 고드윈이 엘프릭에게 다리 설계를 맡기려 했다는 것이 놀라웠다. 엘프릭이 보다 안전한 선택이라는 건 그녀도 알았지만, 고드윈은 보수파가 아닌 개혁론자이기 때문에 그가 머딘의 영리하고 파격적인 설계에 열렬한 반응을 보이리라 생각했었다. 그런데 고드윈은 소심하게도 신중한 선택지를 골랐다.

다행히도 에드먼드가 나서서 고드윈의 허를 찌른 덕분에 이제 킹스브리지는 수레 두 채가 동시에 통행할 수 있는 튼튼하고 아름다운 다리를 가질 수 있게 되었다. 그러나 고드윈이 재능을 갖춘 과감한 사람이 아니라 아무런 상상력도 없는 아첨꾼을 지명하려 했다는 것은 장래를 생각했을 때 불길한 전조였다.

게다가 고드윈은 패자 역할도 멋지게 해내지 못했다. 페트라닐라는 고드윈이 어렸을 때 그에게 체스를 가르치며 그를 격려하기 위해 일부러 져줬다. 자신을 얻은 고드윈은 삼촌인 에드먼드에게 도전했다. 그러나 두 번을 패하자 부루퉁해져서는 다시는 체스를 하지 않았다. 캐리스는 고드윈이 그 길드 집회 후에도 그때와 똑같은 기분이었을 거라 확신했다. 아마도 엘프릭의 설계에 특별히 이끌린 것은 아니었을 것이다. 그는 아마도 결정권을 빼앗긴 것이 분했을 것이다. 다음날 캐리스는 아버지와 함께 수도원장의 사택을 방문했을 때, 뭔가 문제가 생기리라고 예상했다.

고드윈은 쌀쌀맞은 태도로 두 사람을 맞고, 마실 것도 권하지 않았다. 언제나처럼 에드먼드는 그런 홀대를 알아채지 못한 척했다. "지금 당장 머딘이 다리 공사를 시작할 수 있게 해주면 좋겠네." 에드먼드가 홀에 있는 의자에 앉자마자 말했다. "머딘이 공사하는 데 필요한 비용 전액을 끌어모을 만한 약속을 받아냈—"

"누구한테서 말입니까?" 고드윈이 외삼촌의 말을 가로막았다.

"이 도시에서 가장 부유한 상인들에게서지."

고드윈은 아무 대꾸 없이 에드먼드에게 미심쩍은 눈길만 보냈다.

에드먼드는 어깨를 으쓱하고는 말했다. "베티 백스터에게서 50파운드, 양조업자 딕에게서 80파운드, 그리고 내가 70파운드, 다른 열한 명에게 각각 10파운드씩일세."

"우리 시민들이 그렇게 부자인 줄은 몰랐군요." 고드윈이 말했다. 그는 놀라움과 시기심을 동시에 느끼는 것 같았다. "하느님은 참으로 관대하신가봅니다."

"평생을 성실하게 일하고 근심하며 살아온 사람들에게 합당한 보상을 내리신 거지." 에드먼드가 덧붙였다.

"분명 그렇겠죠."

"바로 그것 때문에 그들의 돈을 상환하는 것에 대한 재확인이 필요한 걸세. 교량이 완성되면 교구 길드에서 통행세를 받아 빌린 돈을 갚는 데 쓰겠네. 하지만 다리 통행세를 누가 징수하면 좋겠나? 내 생각에는 길드 쪽 일꾼을 쓰는 게 좋을 것 같은데."

"저는 그런 일에 동의한 적이 없는데요."

"알아. 그래서 지금 이야기하는 거잖나."

"제 말은, 통행세를 교구 길드에서 받는다는 데 동의한 적이 없다는 말입니다."

"뭐라고?"

캐리스는 놀란 눈으로 고드윈을 빤히 바라보았다. 고드윈은 그것에 동의했었다. 그런데 이제 와서 무슨 말을 하는 것인가? 고드윈은 에드먼드와 그녀에게 그 말을 하면서 토머스 형제 이야기를 하지 않았던가—

"오, 알겠어요." 캐리스가 말했다. "오빠는 토머스 형제가 수도원장에 선출되면 토머스 형제에게 그 다리를 짓도록 하겠다고 약속했었어요. 그런데 토머스가 사퇴하고 오빠가 후보가 됐고, 우리는 가정하기를……"

"그건 가정이지." 고드윈이 말했다. 그의 입가에 승리를 뜻하는 능글맞은 미소가 떠올랐다.

에드먼드는 참을 수가 없었다. "이건 그렇게 계산하고 말 거래가 아니야, 고드윈!" 그가 숨이 막힌 듯한 목소리로 말했다. "그때 어떻게 의견의 일치를 봤는지는 너도 잘 알잖아!"

"저는 전혀 모르는 일입니다. 그리고 이제 저를 부를 때는 수도원장이라고 하셔야 합니다."

에드먼드의 목소리가 한층 더 커졌다. "그러면 결국 삼 개월 전 앤서니 수도원장과 얘기했던 때로 돌아간 셈이로군! 단지 이번에는 적당히 만들자는 얘기가 아니라 아예 다리를 짓지 못하게 된 것이고. 수도원측에서 아무런 지원도 하지 않는다면, 다리 재건은 꿈도 꾸지 말게. 시민들은 통행세를 담보로 수도원에 평생 모은 저축을 빌려주는 거지 아무 조건 없이 돈을 내놓는 게 아니야…… 수도원장."

"그러면 다리 없이 지낼 방도를 강구해야 하겠죠. 저는 이제 막 수도원장이 됐어요. 그런 제가 어떻게 수백 년 동안 수도원이 갖고 있던 권리를 양도하는 일부터 시작할 수 있겠어요?"

"이건 일시적인 일일 뿐이야!" 에드먼드는 폭발했다. "그리고 만약 네가 동의하지 않는다면 어느 쪽도 통행세를 받지 못할 거다. 그 빌어먹을 다리는 없을 테니까!"

캐리스는 격분했지만 입술을 깨문 채, 고드윈이 대체 무슨 꿍꿍이속인지 헤아려보았다. 그는 어제저녁 일의 복수를 하고 있었지만, 정말 그것이 본심일까? "원하는 게 뭐예요?" 그녀는 고드윈에게 물었다.

에드먼드는 그 질문에 놀란 표정을 지었지만 아무 말도 하지 않았다. 그가 캐리스를 이런 면담 자리에 데리고 다니는 이유는, 딸이 종종 그가 놓치는 일까지 보고 그가 생각지도 못한 질문을 하기 때문이었다.

"무슨 말인지 모르겠는데." 고드윈이 대꾸했다.

"오빠는 기습을 했어요. 우리의 허점을 노린 셈이죠. 좋아요. 불확실한 가정을 했다는 건 인정할게요. 하지만 지금 이러는 목적이 뭐예요? 그저 우리를 바보로 만들기 위해서인가요?"

"이 면담을 요청한 건 내가 아니라 당신들이지."

"외삼촌과 사촌동생 앞에서 그게 무슨 말버릇이냐?" 에드먼드가 다시 폭발했다.

"잠깐만요, 아버지." 캐리스가 말했다. 그녀는 고드윈에게 복안이 있는데 제 입으로 말하고 싶지 않은 거라고 확신했다. 그렇다면 그녀가 알아맞히는 수밖에 없었다. "잠깐 생각할 시간을 좀 주세요." 그녀가 말했다. 고드윈 역시 여전히 다리를 원했다. 그럴 수밖에 없었다. 그 반대의 경우는 말이 되지 않는다. 수도원이 예로부터 갖고 있던 권리를 양도한다는 건 말도 되지 않는 말, 옥스퍼드에서 학생들에게 가르칠 때 하는 헛소리에 불과하다. 고드윈은 에드먼드가 항복하고 엘프릭의 설계에 동의해주기를 원하는 걸까? 그녀는 그렇게 생각하지 않았다. 고드윈은 에드먼드가 자기를 제쳐놓고 일반 시민들에게 의견을 구했다는 사실에 분개한 것이 분명했지만, 그 역시 머딘이 두 배 규모에 달하는 교량을 짓는 데 엘프릭과 거의 동일한 비용을 제시했다는 사실을 모르지는 않을 것이다. 그렇다면 대체 무슨 다른 이유가 있는 걸까?

어쩌면 좀더 나은 거래 조건을 원하는 것인지도 모른다.

그녀는 고드윈이 수도원 재정을 확인해보았을 거라고 추측했다. 지난 오랜 세월 동안 속편하게 앤서니의 무능함을 공격하던 그가 이제 그 일을 직접 해결해야 하는 현실에 직면한 것이다. 그리고 그 일은 그가 생각했던 것만큼 쉽지 않을 것이다. 그는 자신이 생각했던 것만큼 돈을 벌거나 관리하는 데 재능이 있는 게 아닐지도 모른다. 그래서 필사적이 되어 이제는 다리에 더해 통행세까지 필요해졌을 것이다. 하지만 그러기 위해 무슨 수를 쓰려고 하는 것일까?

"오빠의 마음을 바꾸려면 우리가 무슨 조건을 제시하면 좋겠어요?" 캐리스는 물었다.

"통행세를 가져가지 않고 다리를 짓는 거지." 고드윈은 즉각 대꾸했다.

결국 그것이 그의 꿍꿍이였다. 당신은 언제나 좀 비열한 구석이 있었어, 고드윈. 캐리스는 생각했다.

그녀의 머릿속에 묘안이 떠올랐다. "통행세를 받으면 얼마나 되는데요?"

고드윈이 미심쩍은 눈으로 바라보았다. "네가 그걸 알려는 이유가 뭐지?"

"한번 계산해볼 수 있지. 통행세를 내지 않는 이곳 시민을 제외하면 장날에 대략 백 명가량이 다리를 건너고, 수레는 2펜스를 내지. 지금은 물론 나룻배로 나르니까 훨씬 줄어들었지만." 에드먼드가 말했다.

"일주일에 120페니 또는 10실링이라고 치면, 일 년에 26파운드가 되겠군요." 캐리스가 말했다.

"양모 정기시장이 열리는 주에는, 첫날에는 약 천 명, 그다음날부터는 이백 명씩 추가하면 될 거야." 에드먼드가 말했다.

"그러면 2200페니, 거기에 수레를 더하면 2400페니, 다시 말해 10파운드겠네요. 전부 합하면 일 년에 36파운드예요." 캐리스가 고드윈을 바라보았다. "맞나요?"

"그래." 고드윈이 마지못한 듯 인정했다.

"그러면 오빠가 받기 원하는 금액은 일 년에 36파운드가 되겠네요."

"그래."

"그건 불가능해!" 에드먼드가 말했다.

"꼭 그렇지는 않아요." 캐리스가 말했다. "수도원이 교구 길드에 다리에 대한 임차권을 준 거라고 생각해보세요." 그녀는 자신의 입장을 감안해가며 덧붙였다. "그것에다 다리 양쪽에 있는 부지와 가운데 있는 섬까지, 일 년에 36파운드의 비용으로 영구적으로 임차한다고요." 그녀는 일단 다리가 완공되면 그쪽 땅값이 천정부지로 오를 거라고 확신했다. "그 정도면 원하는 걸 드리는 셈이죠, 수도원장님?"

"그렇지."

분명 고드윈은 무無에서 매년 36파운드를 버는 거라고 생각했을 것이다. 다리 양쪽 부지에서 얻을 임대료가 얼마나 될지 짐작하지 못하는 것이다. 세상에서 가장 형편없는 협상자는 자신이 영리하다고 믿는 사람이라고 캐리스는 생각했다.

"하지만 길드에서 댄 공사비를 어떻게 회수할 수 있겠니?" 에드먼드가 말했다.

"머딘의 설계대로 다리가 완공되면 통행인과 수레 수가 늘어날 거예요. 이론적으로는 두 배까지 가능하죠. 36파운드를 초과하면 모두 길드 몫으로 하면 돼요. 그리고 다리 양쪽에 여행자를 위한 건물들, 주점이나 마구간, 음식점 건물을 짓는 거예요. 거기서 나오는 임대 수입도 꽤 될 거예요."

"나는 모르겠구나. 내가 보기에는 너무 위험해 보이는걸."

캐리스는 그런 아버지에게 화가 났다. 자신이 멋진 해결책을 내놓았는데도 아버지는 필요도 없는 트집만 잡으려는 것 같았다. 하지만 이내 그녀는 아버지가 일부러 어깃장을 놓고 있다는 것을 깨달았다. 그녀는 아버지의 눈에서 미처 감추지 못한 열의를 보았다. 아버지는 그녀의 제안이 무척 마음에 들었지만, 그것을 고드윈에게 알리고 싶지 않은 것이었다. 그는 수도원장이 더 높은 조건을 요구할까봐 자신의 감정을 숨겼다. 그것은 그들 부녀가 이전에 양모를 거래할 때 곧잘 쓰던 책략이었다.

아버지의 의중을 간파한 캐리스는 자신도 불안한 시늉을 하며 그 게임에 동참했다. "저도 그것이 모험이라는 건 알아요." 그녀가 침울한 어조로 말했다. "우리는 모든 것을 잃을 수도 있죠. 하지만 달리 대안이 있나요? 우리는 궁지에 몰렸어요. 만일 다리를 짓지 못하면 사업도 못 하게 될 테니까요."

에드먼드는 미심쩍은 듯 고개를 저었다. "그래도 길드를 위해서라도 바로 동의할 수는 없어. 돈을 내놓는 사람들에게 먼저 이야기를 해야지. 그들이 뭐라고 할지 모르겠구나." 그런 다음 고드윈의 눈을 바라보며 말했다. "이것이 수도원측의 최종 제안이라면 내가 최선을 다해 그들을 설득해보겠네."

캐리스는 고드윈이 실제로는 아무 제안도 하지 않았다고 생각했지만, 고드윈은 그 사실을 모르는 듯했다. "그러십시오." 고드윈은 단호한 어조로 말했다.

됐어. 캐리스는 의기양양한 심정으로 생각했다.

∽

"넌 정말 영리해." 머딘이 말했다.

그는 캐리스의 다리 사이에 누워 그녀의 허벅지에 머리를 얹은 채 음모를 만지작거리고 있었다. 두 사람은 이제 막 두번째 사랑을 나눈 참이었다. 머딘은 두번째가 처음보다 더 좋았다. 흡족하게 사랑을 나눈 뒤 기분좋은 백일몽에 잠겨 있을 때 캐리스는 그에게 고드윈과 한 협상에 대해 들려주었다. 머딘은 감탄했다.

"여기서 핵심은 그가 자신이 까다로운 협상을 해치웠다고 생각하고 있다는 거야. 사실상 다리와 그 일대 부지에 대한 영구적인 임대는 거의 무한한 값어치를 가졌는데." 캐리스가 말했다.

"그렇기는 해도 고드윈이 수도원 재정을 관리하는 능력에서 당신의 앤서니 외삼촌에 비해 나을 것도 없다는 것이 좀 실망스러운걸."

그들은 숲속 가시나무 덤불에 가려진 빈터에 있었다. 울창한 너도밤나무들이 드리워지고 바위 사이를 흐르는 개울이 웅덩이를 이룬 곳이었다. 수백 년 동안 연인들이 이용했던 장소일 것이다. 그들은 옷을 다 벗고 웅덩이에서 목욕을 한 뒤 풀밭에서 사랑을 나눴다. 숲을 은밀히 여행하는 사람이 있더라도 덤불을 돌아갈 것이기 때문에 블랙베리를 따라 온 아이들만 아니라면 사람들 눈에 띌 염려는 없었다. 캐리스도 처음 이 장소를 알게 된 것이 블랙베리를 따라 왔을 때였다고 말했다.

"그런데 그 섬을 요구 사항에 넣은 이유가 뭐야?" 머딘이 나른한 어조로 물었다.

"나도 아직 몰라. 그 땅은 분명 다리 양쪽 부지만큼 값어치가 없을 테고 경작하기도 어려울 테지만 그래도 개발의 여지는 있을 것 같아. 사실은 고드윈이 굳이 반대할 것 같지 않아서 그냥 집어넣은 것뿐이야."

"훗날 아버지의 양모사업을 넘겨받을 생각은 없어?"

"그럴 생각 없어."

"그렇게 확정적이야? 어째서?"

"왕이 양모 거래에 세금을 매길 가능성이 높거든. 얼마 전에도 왕은 양모 한 부대당 1파운드의 추가 세금을 부과했어. 1파운드의 3분의 2에 해당하는 기존 세금에 더해서 말이야. 그래서 양모값이 너무 비싸졌고 이탈리아인들은 스페인 같은 다른 나라에서 양모를 구할 방도를 모색하고 있어. 이 사업은 군주에 의해 좌우되기가 너무 쉬워."

"그래도 생계 수단이잖아. 그것 말고 뭘 하고 싶은데?" 머딘은 그녀가 절대로 건드리지 않는 결혼이라는 화제 쪽으로 슬금슬금 옮아가고 있었다.

"모르겠어." 그녀는 미소지으며 말했다. "열 살 때는 의사가 되고 싶었지. 의술을 알면 어머니의 생명을 구할 수 있다고 생각했거든. 그 말을 하자 사람들이 모두 웃었어. 남자만 의사가 될 수 있다는 사실을 몰랐거든."

"매티 같은 현녀가 될 수도 있잖아."

"그랬다가는 우리 가족들이 기겁할걸. 페트라닐라 고모가 뭐라고 할지 생각해봐! 시실리어 수녀원장은 내가 수녀가 될 운명이라고 생각하신대."

그는 웃었다. "수녀원장이 지금 네 모습을 봐야 하는데!" 그러면서 그는 그녀의 허벅지 안쪽 부드러운 곳에 키스했다.

"어쩌면 그녀도 지금 네가 하는 것과 같은 걸 원하는지도 모르지." 캐리스가 말했다. "사람들이 수녀에 대해 하는 말 있잖아."

"그런데 수녀원장은 왜 네가 수녀가 될 운명이라고 생각하신 거지?"

"다리가 무너졌을 때 우리가 한 일 때문이야. 그때 내가 그녀를 도와 부상자들을 돌봤거든. 나에게 그 일에 천부적인 재능이 있다고 했어."

"맞아. 내가 보기에도 그랬어."

"나는 그저 시실리어 원장이 하라는 대로 했을 뿐이야."

"하지만 아픈 사람들은 네가 말만 걸어도 벌써 몸이 낫는다고 느끼는 것 같아. 그리고 너는 사람들이 말하기도 전에 그들이 원하는 걸 해주잖아."

그녀는 그의 뺨을 어루만졌다. "나는 수녀가 될 수 없어. 그러기에는 널 너무 좋아하거든."

그녀의 삼각형 음모는 금빛이 도는 적갈색이었다. "여기에 작은 점이 있어." 머딘이 말했다. "바로 여기, 갈라진 자리 왼쪽에."

"나도 알아. 어렸을 때부터 있었어. 나는 그게 늘 보기 싫었어. 그래서 털이 나기 시작했을 때 얼마나 좋았는지 몰라. 그러면 남편이 그 점을 보지 못할 거라고 생각했거든. 너처럼 그렇게 자세히 들여다볼 사람이 있으리라곤 생각 못했어."

"탁발 수사 머도가 보면 마녀라고 하겠네. 그 작자에게는 안 보이는 게 좋을 거야."

"그 사람에게 보여줄 생각은 눈곱만큼도 없어."

"이것은 널 신성모독에서 구해줄 흠인 셈이야."

"그게 무슨 말이야?"

"아랍에서는 모든 예술품에 작은 흠이 하나씩 있다고 생각해. 신의 완벽함과 경쟁하는 불경스러운 작품이 아니라는 의미지."

"그런 걸 어떻게 알아?"

"어느 피렌체 사람이 말해줬어. 그런데 교구 길드가 정말 그 섬을 원할 거라고 생각해?"

"왜 그걸 묻는 거야?"

"내가 갖고 싶어서."

"돌투성이에 토끼밖에 없는 4에이커 땅을? 어째서?"

"거기에 선착장과 건축업자용 야적장을 만들고 싶어. 그러면 강으로 운반되는 석재와 목재는 곧장 선착장으로 들어올 수 있겠지. 다리가 완공되면 나는 그 섬에 집을 짓고 싶어."

"괜찮은 생각이긴 한데, 공짜로 주지는 않을 거야."

"내가 다리를 공사하고 받을 임금의 일부로 잡으면 어떨까? 이를테면 내가 이 년 동안 임금을 절반만 받는 식으로."

"네 일당은 하루 4펜스야…… 그러니까 그 섬의 땅값은 5파운드가 조금 넘게 되겠네. 길드에서는 아무 쓸모도 없는 땅으로 그 정도 수익이 생긴다면 달갑게 여길 거야."

"괜찮은 생각 같지 않아?"

"다리가 완공되고 사람들이 쉽게 섬을 드나들 때쯤 네가 거기에 집을 지어서 세를 줄 수도 있겠네."

"그렇군." 머딘이 생각에 잠긴 어조로 말했다. "네 아버지와 이 문제를 의논해보는 게 좋겠어."

26

하루의 사냥이 끝나고 백작의 성으로 돌아올 무렵 롤런드 백작의 부하들은 기분이 좋았다. 랠프 피츠제럴드도 유쾌한 기분을 느꼈다.

기사와 기사종자와 개들은 마치 침공중인 군대처럼 도개교를 건넜다. 덥고 지치고 들뜬 사람들과 가축들에게 달가운 시원한 가랑비가 내리고 있었다. 여름철이라 살이 오른 암사슴 몇 마리는 맛있게 먹을 만할 것이다. 늙고 큰 수사슴도 한 마리 잡았지만 그 고기는 너무 질겨 개먹이로나 써야 할 것이다. 그놈을 잡은 것은 거대한 뿔 때문이었다.

그들은 팔 자 모양 해자 아래쪽 고리에 있는 바깥쪽 구내에서 말을 내렸다. 랠프는 그리프의 안장을 내리고 말의 귓가에 대고 고맙다는 말을 해주고 당근을 먹인 다음 말구종에게 건네 빗질을 하도록 했다. 주방에서 일하는 남자아이들이 피투성이가 된 죽은 사슴을 끌고 갔다. 사냥에서 돌아온 남자들은 그날 하루 있었던 일들을 되새기면서 자랑하기도 하고 조롱을 퍼붓기도 하고 웃음을 터뜨리기도 했다. 그러면서 사냥감들이 놀랄 만큼 높이 뛰어올랐다가 위험하게 쓰러졌던 일이나 간발의 차로 놓쳐버린 기억들을 떠올렸다. 랠프의 콧구멍에는 땀에 젖은 말과 비에 젖은 개, 가죽, 피냄새가 섞인, 그가 좋아하는 냄새로 가득했다.

랠프는 백작의 맏아들인 캐스터의 윌리엄 경 옆에 서 있었다. "정말 대단한 사냥이었습니다." 그가 말했다.

"굉장했지." 윌리엄이 동의하면서 모자를 벗고 벗어진 머리를 긁었다. "하지만 늙은 브루노를 잃은 건 정말 애석한 일이야."

개떼의 우두머리인 브루노는 몇 발 앞서 사냥감에 달려들었다. 높이 솟은 어깨가 피투성이가 된 채 지쳐서 더이상 달아날 기력이 없게 되자 수사슴은 몸을 돌려 사냥개 무리와 맞섰다. 그 순간 브루노가 사슴의 목을 노리고 달려들었지만, 사슴은 최후의 반항으로 고개를 숙이고 튼튼한 목을 힘껏 돌려 날카로운 뿔로 개의 부드러운 복부를 찔렀다. 그 한 번의 반격이 끝이었다. 다음 순간 다른 개들이 수사슴을 갈가리 찢어놓았다. 요동을 치며 숨이 끊어진 사슴의 뿔에는 브루노의 내장이 엉킨 밧줄처럼 풀어진 채 걸려 있었다. 윌리엄은 날이 긴 단검으로 브루노의 목을 베어 죽음의 고통에서 벗어나게 해줬다. "용감한 개였어요." 랠프가 이렇게 말하며 위로하려 윌리엄의 어깨에 한 손을 얹었다.

"사자처럼 용감한 녀석이었지." 윌리엄도 동의했다.

랠프는 그 기회를 타서 자신의 진급 가능성을 타진해보기로 마음먹었다. 더 좋은 기회도 없을 것 같았다. 그는 지난 칠 년간 롤런드의 부하로 있었다. 그는 용감하고, 힘이 세고, 다리가 무너졌을 때는 영주의 목숨까지 구했다. 그런데도 진급을 하지 못한 채 여전히 기사종자 신세였다. 대체 무엇을 얼마나 더 해야 하는 것일까?

어제 랠프는 킹스브리지에서 셔링으로 오는 길가 주점에서 우연히 형과 마주쳤다. 수도원 소유 채석장으로 가던 머딘에게는 새로운 소식이 많았다. 형은 잉글랜드에서 가장 아름다운 다리를 지을 예정이었다.

이제 돈과 명예는 그의 것이었다. 부모님은 그 소식에 감격했다. 그러나 랠프에게는 한층 더 깊은 좌절감만 안겨줬다.

그런데 정작 윌리엄 경에게 말을 하려니 마음속에 담아두었던 말을 꺼낼 적당한 구실이 떠오르지 않았다. 그래서 그는 무작정 본론부터 꺼냈다. "제가 킹스브리지에서 경의 아버님 목숨을 구해준 뒤로 석 달이 지났습니다."

"아버지 목숨을 구했다고 주장하는 사람이 자네 말고도 더 있지." 윌리엄이 말했다. 그의 얼굴에 떠오른 굳은 표정은 롤런드 백작을 강하게 연상시켰다.

"제가 백작을 물에서 끌어냈습니다."

"그리고 이발사 매슈는 아버지의 머리를 고쳐놓았고, 수녀들은 아버지의 붕대를 갈아줬고, 수사들은 아버지를 위해 기도를 올렸지. 하지만 아버지의 목숨을 구해준 것은 하느님이야."

"아멘. 그래도 저는 어떤 보답의 표시가 있을 거라 생각했습니다."

"아버지는 여간해서는 만족하지 않는 분이야."

붉게 상기된 얼굴에 땀을 뻘뻘 흘리며 옆에 서 있던 윌리엄의 형 리처드가 그 말을 듣더니 말했다. "그건 성서만큼이나 확실한 얘기지."

"불평하지 말게." 윌리엄이 말했다. "아버지의 그런 가혹함 때문에 우리가 강해지는 거니까."

"저는 그것 때문에 비참한 기분이 들 뿐입니다."

부하와 그런 문제에 대해 왈가왈부할 생각이 없는 듯 윌리엄은 몸을 돌려 가버렸다.

말들을 마구간에 넣은 뒤, 사람들은 느릿느릿 구내를 가로질러 부엌과 병영과 예배당을 지나 팔 자 모양 해자 위쪽 고리에 있는 안쪽 작은 구내로 통하는 두번째 도개교로 향했다. 백작은 이곳에 있는 전통적인 양식의 본성에 거주했는데, 일층에 저장실이 있고 위층에는 큰 홀이 있으며, 규모가 작은 그 위층에는 백작 전용 침실이 있는 구조였다. 본성 주위를 둘러싼 높은 나무에는 까마귀들이 살았는데, 마치 병사들마냥 성가퀴* 위를 걸어다니며 불만스러운 듯 깍깍거렸다. 더러워진 사냥복을 자주색 겉옷으로 갈아입은 롤런드는 큰 홀에 있었다. 랠프는 기회를 봐서 자신의 진급 문제를 꺼낼 생각으로 백작에게서 멀리 떨어지지 않은 곳에 서 있었다.

롤런드는 온화한 어조로 윌리엄의 아내 레이디 필리파와 입씨름중이었다. 그녀는 백작의 말에 반론을 제기해도 무사할 수 있는 몇 안 되는 사람 중 하나였다. 그들은 성에 관해 이야기하고 있었다. "이 성은 백년 동안 달라진 게 없는 것 같아요." 필리파가 말했다.

"설계가 훌륭하기 때문이지." 롤런드가 입술 왼쪽으로 말했다. "적이 아래쪽 구내로 진입해서 힘을 대부분 소진하게 되고 본성에 오기 위해 처음부터 다시 전면전을 치러야 하니까."

"바로 그거예요!" 필리파가 말했다. "이 성은 안락함보다는 방어 위주로 지어졌어요. 하지만 잉글랜드 이쪽 지방에서 성이 마지막으로 공격받았던 때가 대체 언제죠? 제 평생 그랬던 적이 없었어요."

"내 평생에도 없었지." 백작은 움직이는 얼굴의 반쪽으로 씩 웃었다. "그건 아마 우리의 방어 능력이 아주 훌륭하기 때문일 거야."

"여행할 때 언제나 길에 도토리를 뿌리던 주교가 있었대요. 사자로부터 자기를 지키려고요. 사람들이 잉글랜드에는 사자가 없다고 말하자 주교가 이렇게 말했다는군요. '도토리가 내가 생각했던 것보다 더 효력이 있었던 모양이군.'"

---

* 적을 공격할 수 있게 성 위에 낮게 덧쌓은 담.

그 말에 롤런드는 웃음을 터뜨렸다.

"요즘 귀족들은 대부분 좀더 안락한 집에서 산다고요." 필리파가 이어서 말했다.

랠프는 호사스러운 삶에는 관심이 없었지만 필리파에게는 관심이 있었다. 그는 대화중인 그녀의 육감적인 몸매를 응시했다. 그는 그녀가 자신의 몸 밑에서 알몸을 비틀면서 쾌감이나 고통 때문에, 아니면 그 둘 다 때문에 신음하는 장면을 상상했다. 기사가 되면 그런 여자를 얻을 수 있었다.

"아버님은 이 낡은 본성을 허물고 현대식 건물을 지으셔야 해요." 그녀가 시아버지에게 말했다. "큰 창이 있고 벽난로가 여러 곳에 있는 건물이요. 일층에 홀이 있고 한쪽에 가족들의 방이 있으면 모두 각자 자기 방에서 잠을 자고 아침에 아버님을 찾아뵐 수 있어요. 그리고 또 한쪽에 부엌이 있다면 식탁에 앉았을 때도 음식이 여전히 따뜻할 거고요."

랠프는 문득 자신이 이 대화에 보탤 것이 있다고 생각했다. "제가 백작을 위해 그런 집을 지을 만한 사람을 알고 있습니다." 그가 말했다.

두 사람은 놀란 눈으로 랠프를 보았다. 일개 기사종자가 건축에 대해 뭘 안다고 나서지? "그게 누구죠?" 필리파가 물었다.

"저의 형 머딘입니다."

그녀는 생각에 잠기는 듯했다. "내 눈에 어울린다며 연녹색 비단을 사라고 말하던 그 재미있게 생긴 아이?"

"형은 무례하게 굴려던 것이 아니었습니다."

"나야 그 의도가 뭐였는지 모르죠. 그애가 건축업자가 되었나요?"

"최고의 건축업자입니다." 랠프가 자랑스럽게 말했다. "그는 킹스브리지의 새 나룻배를 고안하고 성 마르코 성당 지붕을 아무도 하지 못하던 방식으로 수리하고 있습니다. 그리고 지금은 잉글랜드에서 가장 아름다운 다리를 짓는 공사를 맡았고요."

"그게 그렇게 놀라운 일은 아닌 것 같은데요." 필리파가 말했다.

"어떤 다리지?" 롤런드가 물었다.

"킹스브리지에 새로 놓일 다리입니다. 성당처럼 뾰족한 아치 모양에 수레 두 채가 지날 만큼 넓은 다리가 될 겁니다!"

"나는 금시초문인데." 롤런드가 말했다.

랠프는 백작이 언짢아한다는 사실을 깨달았다. 뭐 때문에 성이 난 걸까? "아무튼 다리는 새로 놓아야 하니까요." 랠프가 말했다.

"정말 그럴까." 롤런드가 대꾸했다. "요즘은 킹스브리지와 셔링처럼 인접한 두 시장이 열릴 만큼 경기가 좋은 것도 아니야. 그리고 아무리 킹스브리지 시장을 용인해주었다고 하지만 셔링의 고객을 훔쳐가려는 수도원의 노골적인 시도까지 묵인해준다는 의미는 아니야." 그때 리처드 주교가 들어오자, 롤런드 백작은 그에게 말했다. "왜 킹스브리지에 새 다리를 짓는다는 것을 말하지 않았지?"

"그건 저도 모르는 사실이니까요." 리처드가 대답했다.

"당연히 알고 있었어야지. 너는 그곳 주교잖아."

리처드는 책망에 얼굴이 붉어졌다. "이백 년 전 스티븐 왕과 모드 왕후 사이에 내전이 일어난 뒤로 킹스브리지 주교는 셔링 시내 혹은 그 인근에서 살아왔습니다. 수사들은 그것이 더 낫다고 여기고, 대부분의 주교도 그렇게 생각하죠."

"그렇다고 해서 그곳이 어떻게 돌아가는지 파악도 못해서는 안 되지. 너는 당연히 그곳 사정을 알고 있어야 해."

"그럼 사정을 잘 아시는 아버지가 제게 말씀을 해주시죠." 그게 얼마나 차갑고 무례한 발언인가 하는 것은 롤런드의 머릿속에 떠오르지 않았다. "수레 두 채가 다닐 만큼 넓은 다리가 생긴다고 하잖니. 그러면 나의 셔링 시장 거래 지분을 빼앗기게 될 거다."

"그것에 대해 제가 할 수 있는 일은 없습니다."

"무슨 소리지? 너는 직권상 대수도원장을 겸직하고 있어. 수사들은 네가 하라는 대로 해야 할 텐데."

"하지만 실제로 수사들은 제 말을 따르지 않아요."

"우리가 그들의 건축업자를 빼앗아오면 되겠구나. 랠프, 그를 설득해서 공사를 포기하게 할 수 있겠나?"

"한번 해보겠습니다."

"좀 더 나은 일거리가 있다고 제안해. 백작의 성에 집을 짓는 데 그가 필요하다고."

랠프는 백작에게서 특별 임무를 받고 흥분했지만 동시에 멈칫했다. 그는 이제까지 머딘을 설득해서 성공한 적이 없었다. 오히려 언제나 그 반대였다. "알겠습니다." 랠프는 일단 대답했다.

"그가 없어도 그들이 공사를 진행할까?"

"그가 그 일을 하게 된 것은 킹스브리지에서 수중 공사를 할 수 있는 사람이 없기 때문입니다."

"그렇다고 해도 그가 잉글랜드에서 다리를 지을 수 있는 유일한 사람은 아니잖나." 리처드가 말했다.

"그래도 건축업자를 빼내면 공사 자체는 분명 늦춰지겠죠. 아마 다음 해까지 공사를 시작하지도 못할 겁니다." 윌리엄이 말했다.

"그렇다면 해볼 만한 일이군." 롤런드는 단호한 어조로 말했다. 살아 있는 그의 반쪽 얼굴에 증오가 떠올랐다. "그 거만한 수도원장은 제 분수를 알아야 해."

〜

랠프는 부모인 제럴드와 모드의 삶에 변화가 생겼다는 것을 알았다.

어머니는 새로 산 연두색 옷을 입고 성당에 갔고, 아버지에게는 가죽신이 생겼다. 집에 돌아와서 보니 화덕에서 사과 속을 넣은 거위고기를 굽고 있어 좁은 집안이 맛있는 냄새로 진동했고, 식탁에는 가장 비싼 흰 빵이 놓여 있었다.

랠프는 이내 그 돈이 머딘에게서 나온 것임을 알게 됐다. "머딘이 성마르코 성당에서 공사를 하게 되면서 매일 4펜스를 벌고 있단다." 모드가 자랑스럽게 말했다. "그리고 양조업자 딕의 새집을 짓고 있지. 그러면서 새 다리를 지을 준비도 하고 말이다."

아버지가 거위고기를 써는 동안 머딘은 다리 공사를 할 때는 그보다 임금이 낮을 거라고 하면서, 임금의 일부로 나환자 섬을 받기로 했기 때문이라고 설명했다. 늙고 병석에 누워 지내는 마지막 나환자는 이미 강 건너 수도원의 과수원에 있는 작은 가옥으로 옮겨졌다.

랠프는 어머니의 행복한 얼굴을 보자 입안에 쓴맛이 도는 것 같았다. 그는 어린 시절부터 가족의 운명이 자신의 손에 달렸다고 믿어왔다. 그는 셔링 백작의 가신으로 보내진 열네 살 때도, 기사나 남작, 혹은 어쩌면 백작이 되어 아버지가 겪은 굴욕을 씻는 일은 자신이 하게 될 거라고 생각했었다. 그런 그와 달리 머딘은 목수의 도제가 되어 사회라는 언덕의 내리막길로 접어들었었다. 건축업자는 결코 기사가 될 수 없었다.

아버지가 머딘의 성공을 그리 크게 감탄하지 않는다는 사실만 어느 정도 위안이 됐다. 아버지는 어머니가 머딘의 공사 계획에 대해 이야기를 꺼내자 초조한 기색을 보였다. "우리 맏아들은 우리 조상 중에 유일하게 하층민 출신이었던 건축업자 잭의 피를 물려받은 것 같단 말이지." 아버지는 자랑스럽다기보다 놀랍다는 투로 말했다. "그나저나 랠프, 롤런드 백작의 성에서 어떻게 지내고 있는지나 좀 말해보려무나."

유감스럽게도 랠프는 이제껏 알지 못할 이유로 고위직 진급에 실패한 반면, 머딘은 부모님에게 새 옷과 값비싼 식품을 사주고 있었다. 랠프도 형제 중 하나가 성공했고 부모의 지위가 여전히 낮긴 해도 그들이 최소한 안락한 삶을 누리게 됐다는 데 고마워해야 한다는 것쯤은 알고 있었다. 그러나 머리로는 기쁜 일이라고 생각하면서도 마음은 분노로 끓어올랐다.

그리고 이제 그는 머딘에게 다리 공사를 포기하라고 설득해야 했다. 머딘을 설득하는 데 문제는 그가 어떤 일도 쉽게 넘기지 못한다는 점이었다. 머딘은 랠프가 지난 칠 년간 함께 지냈던 기사나 기사종자들과는 달랐다. 그들은 전사들이었다. 그들의 세계에서는 충성의 대상이 명확하고, 용맹은 미덕이고, 사느냐 죽느냐가 중요한 문제였다. 깊이 생각할 것이 별로 없었다. 그러나 머딘은 모든 문제를 깊이 생각했다. 규칙을 바꾸자는 제안 없이는 그와 장기 한 판 제대로 두기도 어려웠다.

머딘은 부모님에게 다리 공사로 받을 임금 중 일부를 떼어 4에이커의 황무지 같은 땅을 사기로 한 이유를 설명하고 있었다. "모두가 섬이라는 이유로 그 땅이 쓸모없다고들 생각하죠. 그들이 모르는 건, 다리가 완공되면 그 섬이 도시의 일부로 편입될 거란 사실이에요. 시민들은 번화가를 걸어다니는 것처럼 그 다리를 걸어다니게 될 거예요. 도시에서 4에이커는 엄청난 가치가 있어요. 그곳에 집을 지으면 집세만으로도 큰돈을 벌 거예요."

"그러려면 몇 년은 더 기다려야 하잖니." 제럴드가 말했다.

"벌써 수입이 들어오고 있는걸요. 제이크 쳅스토가 반 에이커를 목재 야적장으로 빌려 쓰고 있어요. 그는 웨일스에서 원목을 가져오고 있거든요."

"어째서 웨일스에서 가져오는 거지?" 제럴드가 물었다. "뉴포리스트가 훨씬 가깝잖니. 그곳 목재가 더 쌀 텐데."

"원래는 싸야 하지만, 섀프츠베리의 백작이 자기 땅에 있는 강과 다리에서 통행세와 세금을 부과하고 있어요."

그것은 널리 통용되고 있는 제도였다. 영주들 대부분은 자신의 영지를 통과하는 물품에 세금을 매길 방도를 찾았다.

식사를 시작할 때 랠프가 머딘에게 말했다. "형에게 다른 일거리 소식을 가져왔어. 백작이 성에 새집을 짓고 싶어해."

머딘은 미심쩍은 표정을 지었다. "그가 나에게 새 집 설계를 맡기러 너를 보냈다는 거야?"

"내가 형을 추천했지. 레이디 필리파가 본성이 너무 구식이라고 백작에게 불평을 했거든. 그래서 내가 집을 지을 만한 사람을 알고 있다고 했어."

모드는 감격했다. "정말 굉장한 일이구나."

머딘은 여전히 미심쩍은 표정을 짓고 있었다. "그러니까 백작이 나에게 맡기겠다고 했단 말이야?"

"응."

"놀라운 일이네. 몇 달 전만 해도 일거리 하나 구할 수 없었는데 이제는 다 할 수도 없을 만큼 일이 밀려들고 있으니. 백작의 성은 여기서 이틀 거리지. 그쪽에서 집을 지으면서 동시에 이쪽에서 다리를 지을 수 있을지 모르겠네."

"아, 다리는 포기해야 할 거야." 랠프가 말했다.

"뭐라고?"

"백작을 위한 일인데 다른 모든 일보다 우선인 게 당연하잖아."

"꼭 그래야 하는지는 잘 모르겠는데."

"내 말을 듣는 게 좋아."

"백작이 다리를 포기해야 한다고 말했어?"

"응, 실은 그랬어."

아버지가 끼어들었다. "이건 엄청난 기회다, 머딘. 백작을 위해 집을 짓다니!"

"그건 그렇죠." 머딘이 대꾸했다. "하지만 이 도시에 다리를 놓는 일도 그만큼 중요한 일이에요."

"바보 같은 소리 하지 마라." 아버지가 말했다.

"저도 바보 같은 소리 하지 않으려고 최선을 다하는 중이라고요." 머딘이 빈정거렸다.

"셔링의 백작은 이 나라에서도 손꼽히는 권력자야. 그에 비하면 킹스브리지 수도원장은 아무것도 아니다."

랠프는 거위 허벅지 살을 잘라 입속에 넣었지만 삼킬 수가 없었다. 이런 일을 걱정했던 것이다. 머딘은 역시 까다로웠다. 아버지의 말도 고분고분히 받아들이지 않았다. 어렸을 때도 한 번도 고분고분했던 적이 없었다.

랠프는 절망적인 기분에 사로잡혔다. "들어봐. 백작은 새 다리가 놓이는 걸 원치 않아. 그 다리 때문에 셔링 시장이 위축될 거라고 여기고 있어."

"아하." 제럴드가 말했다. "설마 백작의 뜻을 거스르려는 건 아니겠지, 머딘?"

"그것이 바로 이 일의 숨은 의도였던 거냐, 랠프?" 머딘이 말했다. "롤런드 백작이 단지 다리 공사를 방해하려는 의도로 나에게 일을 준다는 거였어?"

"꼭 그런 것만은 아니야."

"하지만 그것이 조건이겠지. 그의 집을 짓고 싶다면 다리 공사는 포기해야 한다."

제럴드가 성난 어조로 말했다. "너는 선택권이 없어, 머딘! 백작은 요청이 아니라 명령한 거야."

랠프는 아버지에게 권위에 근거한 논법은 머딘을 설득하는 데 먹히지 않는다고 말해줄 수도 있었다.

"백작이 저에게 이 다리 공사를 맡긴 킹스브리지 수도원장에게도 명령할 수 있을 것 같진 않은데요." 머딘이 말했다.

"하지만 백작이 너에게 명령할 수는 있지."

"그래요? 그는 제 영주가 아니잖아요."

"바보같이 굴지 마라. 너는 백작과 싸워서 이길 수 없어."

"롤런드는 저와 싸우려는 게 아닌 것 같은데요, 아버지. 이건 백작과 수도원장의 싸움이에요. 롤런드는 사냥꾼이 사냥개를 이용하듯 저를 이용하려는 거지만, 그런 싸움에는 끼지 않는 게 좋을 것 같아요."

"너는 백작이 시키는 대로 해야 해. 잊지 마라, 백작은 너의 친척이기도 하니까."

머딘은 논거를 바꿔보았다. "이것이 고드윈 수도원장에게 얼마나 큰 배신행위가 될지는 생각해보셨어요?"

"우리가 그 수도원에 충성할 이유가 있어? 우리를 기식자 신세로 만든 것은 바로 그곳 수사들이었어." 제럴드는 정떨어진다는 듯이 말했다.

"그럼 이곳의 이웃들은요? 지난 십 년 동안 아버지가 함께 살아온 킹스브리지 사람들이요. 그들에게는 다리가 꼭 필요해요. 다리는 그들의 생명줄이라고요."

"우리는 귀족이야. 우리가 한낱 상인들에게 필요한 게 뭔지 일일이 염두에 둘 필요는 없다."

머딘은 고개를 끄덕였다. "아버지는 그런 식으로 생각하실지 모르지만, 한낱 목수에 불과한 저로서는 아버지의 뜻에 동의할 수 없군요."

"이건 형에 관한 문제만이 아니야!" 랠프가 폭발하듯 외쳤다. 그는 결국 실토할 수밖에 없다고 생각했다. "백작이 나에게 임무를 준 거야. 이 임무에 성공하면 백작은 나를 기사나 최소한 소영주로 진급시켜줄지도 몰라. 실패하면 기사종자로 그대로 남을 거고."

"우리 모두 백작을 기쁘게 해주기 위해 노력해야 해. 이건 중요한 문제란다." 모드가 말했다.

머딘은 곤혹스러운 표정을 지었다. 그는 언제나 아버지와는 기꺼이 정면대결을 벌일 수 있었지만, 어머니와는 말다툼하고 싶지 않았다. "저는 다리 공사를 하기로 동의했어요. 이 도시는 저에게 의지하고 있어요. 그 일을 포기할 수 없다고요."

"당연히 포기할 수 있는 일이야." 모드가 말했다.

"저는 믿을 수 없는 사람이라는 평판을 듣고 싶지 않아요."

"네가 백작의 일을 우선시했다는 걸 모두가 이해해줄 거다."

"이해해줄지는 몰라도 잘했다고 하지는 않을 거예요."

"무엇보다도 너는 네 가족을 먼저 생각해야지."

"저는 이 다리 공사를 맡기 위해 싸웠어요, 어머니." 머딘은 고집스럽게 말했다. "저는 훌륭한 설계를 했고, 이 도시 사람 전부가 저를 믿도록 설득했어요. 저 말고는 누구도 이 다리를 만들지 못해요. 제대로 된 다리는요."

"네가 백작의 말을 무시하면 랠프 평생에 영향을 미치게 될 거야! 그걸 모르겠니?"

"랠프의 평생이 이따위 일에 좌우되진 않을 거예요."

"하지만 사실이 그래. 너는 겨우 다리 때문에 네 동생을 희생시키겠다는 거냐?"

"그건 마치 제가 랠프에게 사람의 목숨을 구해야 하니까 전쟁에 나가

536

지 말라고 요구하는 것과 비슷한 얘기네요." 머딘이 말했다.

"얘야. 목수와 군인을 비교할 수는 없는 거야." 제럴드가 말했다.

참 눈치도 없는 말이라고 랠프는 생각했다. 그 말에는 둘째아들에 대한 편애가 그대로 드러나 있었다. 랠프는 머딘이 상처를 입었다고 확신했다. 얼굴이 붉게 달아오른 머딘은 반항적인 대구를 참으려는 듯 입술을 깨물고 있었다.

잠시 후 머딘이 조용한 목소리로 말했는데, 랠프는 그것이 형이 돌이킬 수 없을 정도로 단단히 마음을 먹었다는 표시임을 알았다. "저는 목수가 되겠다고 한 적 없어요. 랠프와 마찬가지로 저도 기사가 되고 싶었죠. 바보 같은 열망이었다는 걸 지금은 알고 있지만요. 그래도 지금의 제가 하고 있는 일은 부모님이 결정하신 거예요. 그런데 결과적으로 제가 그 일에 유능하다는 것이 판명됐죠. 저는 두 분이 강제로 밀어넣은 이 일에서 성공을 거두고 말 거예요. 언젠가는 잉글랜드에서 가장 높은 건물을 짓고 싶어요. 이건 바로 두 분이 만든 결과예요. 그러니 두 분도 그걸 참는 법을 배우시는 게 좋겠어요."

♪

나쁜 소식을 듣고 백작의 성으로 돌아가기 전 랠프는 실패를 성공으로 바꿀 방도가 없을지 머리를 쥐어짰다. 다리 공사를 포기하도록 머딘을 설득할 수 없다면, 그 계획을 취소하거나 연기할 만한 방도는 없을까?

그는 고드윈 수도원장이나 에드먼드 울러와 이야기해보았자 소용없으리라고 확신했다. 그들은 머딘보다 더 다리에 매달렸다. 게다가 그들이 일개 기사종자의 말에 설득될 리도 없었다. 백작이 할 수 있는 일이 달리 있을까? 기사 군단을 보내 건설 인부들을 죽일 수는 있겠지만 그것은 문제를 해결하는 것이 아니라 더 크게 키울 것이다.

랠프에게 아이디어를 준 것은 문제의 장본인인 머딘이었다. 머딘은 나환자 섬을 야적장으로 사용하고 있는 목재상 제이크 쳅스토가 섀프츠베리의 백작이 부과하는 세금을 피하기 위해 웨일스에서 목재를 사들이고 있다고 했다.

"그는 킹스브리지 수도원장과의 약속을 중요시하는 것 같습니다." 돌아오자마자 랠프는 롤런드 백작에게 고했다. 그리고 백작이 화를 내기 전에 얼른 덧붙였다. "하지만 다리 공사를 늦출 만한 더 좋은 방법이 있습니다. 수도원 채석장이 백작의 영토 한복판, 셔링과 백작의 성 사이에 있잖습니까."

"하지만 채석장은 수사들 것이야." 롤런드가 성이 나서 딱딱거리는 어조로 말했다. "몇백 년 전에 왕이 그들에게 하사하신 거라고. 그들이 돌을 캐는 걸 막을 순 없어."

"하지만 세금을 매길 수는 있죠." 랠프가 말했다. 그는 자기 형제가 그토록 진심으로 매진하는 계획을 고의적으로 방해하고 있었다. 하지만 어쩔 수 없었다. 랠프는 양심의 가책을 억눌렀다. "그들은 백작의 영토를 통과해서 돌을 운반하게 될 겁니다. 돌을 실은 무거운 수레 때문에 도로가 파손되고 강바닥을 휘젓게 될 거고요. 그러니 그들에게 세금을 물려야 합니다."

"그랬다가는 수사들이 돼지처럼 비명을 지르며 왕에게 달려갈 텐데."

"그러라고 하죠." 랠프는 짐짓 자신 있게 말했다. "그러기 위해서는 시간이 걸릴 겁니다. 올해 건설 작업을 할 수 있는 기간은 채 두 달밖에 남지 않았습니다. 첫서리가 내리기 전에 작업을 중단해야 하니까요. 운이 따라준다면 다리 착공을 내년까지 늦출 수 있습니다."

롤런드는 랠프를 지긋이 바라보았다. "내가 자네를 과소평가한 건가. 어쩌면 자네는 물에 빠진 백작을 구하는 것보다 더 쓸모 있는 일을 할 것 같군."

랠프는 의기양양한 미소를 감췄다. "고맙습니다, 백작."

"하지만 세금을 어떻게 부과하지? 보통은 수레가 반드시 지나야 하는 갈림길이나 여울목 같은 곳에서 하는데 말이야."

"우리의 관심사는 석재뿐이니 채석장 외곽에 병사들을 주둔시키면 될 것 같습니다."

"좋아. 자네가 그들을 지휘하게."

이틀 후 랠프는 말 탄 병사 넷과, 천막과 식량 일주일분을 실은 짐말들을 끄는 소년 둘과 함께 채석장으로 향했다. 지금까지는 자신이 한 일이 만족스러웠다. 불가능해 보이는 임무를 맡았지만, 상황을 반전시킨 것이었다. 백작은 그에게 강에서 사람을 구하는 것보다 더 쓸모 있는 일을 할 거라 생각한다고 말했다. 여러 가지로 상황이 좋아지고 있었다.

랠프는 자신이 이제부터 머딘에게 하려는 일 때문에 마음이 몹시 불편했다. 그는 형제가 함께 지낸 어린 시절을 생각하며 밤늦도록 잠을 이루지 못했다. 그는 언제나 머리가 좋은 형을 잘 따랐다. 종종 다투긴 했지만, 랠프는 형에게 졌을 때보다 이겼을 때 기분이 좋지 않았다. 그 시절에는 다퉈도 며칠만 지나면 다시 사이가 좋아지곤 했다. 하지만 성인이 된 뒤로 다툰 일은 쉽게 잊히지 않았다.

수사들이 고용한 채석공들과 대결하는 문제는 별로 불안하지 않았다. 병사들에게는 어려울 것이 없는 일이었다. 랠프 옆에는 기사들이 없었지만—이런 일은 기사의 품위에 어울리지 않았다—힘이 좋은 조지프 우드스탁 외에도 병사 셋이 더 있었다. 그래도 랠프는 이 일이 되도록 빨리 끝나 목적을 달성하길 바랐다.

동이 튼 직후였다. 그들은 전날 밤 채석장에서 몇 마일 떨어진 숲에서 야영했다. 그리고 아침에 채석장을 출발하는 첫번째 수레를 멈춰 세

울 시각에 맞춰 도착하려고 계획을 짰다. ·

말들은 소발굽으로 뭉개지고 무거운 수레바퀴 자국이 깊게 팬 길을 골라 디디며 우아한 걸음걸이로 나아갔다. 파란 하늘에 듬성듬성 흩어져 있던 비구름 사이로 해가 떠올랐다. 랠프가 이끄는 병사들은 기분이 좋았고, 무장하지 않은 사람들에게 자신들의 힘을 과시할 때가 오기만 고대하고 있었다. 그들에게 위험이 될 만한 일은 없을 것이다.

나무 타는 냄새가 나더니 나무숲 너머로 오르는 몇 줄기 장작불 연기가 보였다. 잠시 후 길이 넓어지면서 랠프가 이제까지 본 것 중에서 가장 큰 구덩이를 앞에 둔 탁 트인 진흙밭이 나왔다. 폭 100야드에 길이가 적어도 4분의 1마일은 되어 보였다. 진흙 경사로로 이어진 곳에는 채석공들의 천막들과 판잣집들이 있었고, 채석공들이 불가에 모여 아침식사를 준비하고 있었다. 그중 일부는 벌써 구덩이 한끝에서 작업을 시작했는데, 거대한 바윗덩어리에서 큼직한 돌조각을 캐기 위해 바위틈에 쐐기를 박아넣는 둔탁한 망치질 소리가 랠프의 귀까지 들려왔다.

채석장은 킹스브리지에서 하루 거리였기 때문에 수레꾼 대부분은 전날 저녁에 도착해 이튿날 아침 그곳을 출발했다. 채석장 여기저기에 서 있는 수레가 눈에 띄었는데, 일부는 돌을 싣는 중이었고 그중 하나는 벌써 구덩이 밖으로 나오는 진출로를 향해 느릿느릿 움직이고 있었다.

말발굽소리에 채석장에 있던 사람들이 고개를 들었지만 가까이 다가오는 사람은 없었다. 일꾼들은 되도록이면 병사들과의 대면을 피했다. 랠프는 참을성 있게 기다렸다. 채석장에서 나오는 길은 하나뿐인 것 같았다. 기다란 진흙 경사로로, 지금 그가 있는 곳이었다.

첫번째 수레가 느릿느릿 경사로를 올라왔다. 수레꾼은 긴 채찍으로 소를 몰았는데, 소는 마치 성이 난 듯 소리 없이 한 걸음 한 걸음 떼어놓았다. 수레 바닥에는 대강 잘라낸 커다란 돌덩어리가 네 개 실려 있었다. 거기에는 돌을 캔 채석공의 기호가 새겨져 있었는데, 채석공이 캔 돌은 채석장에서 한 번, 건설 현장에서 한 번 확인되고, 그들은 이런 식으로 캐낸 돌덩어리 수에 따라 임금을 지급받았다.

수레가 다가오자 랠프는 수레꾼이 킹스브리지에 사는 벤 휠러라는 것을 알았다. 굵은 목에 듬직한 어깨를 가진 그는 자신이 몰고 있는 소와 어딘가 닮아 보였다. 얼굴에도 소와 마찬가지로 둔한 적대감이 떠올라 있었다. 어쩌면 저 친구가 말썽을 부릴지도 모르겠군. 랠프는 생각했다. 하지만 그렇더라도 손쉽게 진압할 수 있을 것이다.

벤은 길을 막고 있는 말들 쪽으로 소를 몰았다. 수레를 세우지 않고 일정한 속도로 계속 몰았다. 전투 훈련을 받은 군마가 아니라 승용마인 평범한 말들이 불안한 듯 콧바람을 불며 뒷걸음질을 쳤다. 그러다 소는 스스로 걸음을 멈췄다.

벤의 태도에 화가 치민 랠프가 소리쳤다. "건방진 멍청이 같으니."

벤이 대꾸했다. "어째서 길을 막는 거요?"

"세금을 내야 한다."

"여기는 세금 내는 길이 아니오."

"셔링의 백작 영지를 통과해서 석재를 나르려면 수레당 1페니씩 내야 해."

"나는 돈이 없소이다."

"그러면 구해와야지."

"길을 막을 거요?"

응당 겁에 질려야 하는데도 그 멍청이는 그렇지 않았고, 그 사실에 랠프는 격분했다. "감히 그런 질문을 해? 세금을 내기 전까지 돌은 한 조각도 못 내간다."

벤은 한동안 그를 노려보았다. 랠프를 말에서 끌어내릴지 말지 궁리하는 것 같았다. 그러나 이윽고 벤이 말했다. "하지만 가진 돈이 없소이다."

랠프는 그를 칼로 베어버리고 싶었지만 꾹 참았다. "멍청한 놈, 멍청한 수작 부리지 마." 랠프가 경멸조로 말했다. "수석 채석공에게 가서 백작의 부하들이 길을 막고 있다고 전해라."

벤은 그 말을 곰곰이 새겨보기라도 하듯 좀더 그를 노려보더니, 아무 말 않고 수레를 그대로 둔 채 발길을 돌려 진입로를 내려갔다.

랠프는 씩씩거리며 소를 노려보면서 기다렸다.

벤이 채석장으로 내려가는 도중에 있는 판잣집으로 들어가더니 갈색 튜닉을 입은 홀쭉한 체구의 남자와 함께 나왔다. 랠프는 그 두번째 남자가 수석 채석공일 거라 짐작했다. 그런데 그의 모습이 낯익었다. 그들이 가까이 다가왔을 때 랠프는 그가 머딘이라는 것을 알았다.

"이런, 안 돼." 랠프는 입 밖으로 소리 내어 중얼거렸다.

그는 이런 상황에 대처할 준비가 되어 있지 않았다. 긴 진입로를 따라 걸어올라오는 머딘을 보는 동안 랠프는 수치심으로 고문이라도 당하는 것 같았다. 머딘을 배신하게 될 것은 알고 있었지만, 그 자리에 있으리라고는 예상하지 못했다.

"어이, 랠프." 거리가 좁혀지자 머딘이 말했다. "벤이 네가 통과시켜주지 않으려고 한다던데."

랠프는 머딘이 언제나 입씨름에서 자신을 압도했다는 사실을 울적한 심정으로 상기했다. 그는 공적인 태도를 취하기로 마음먹었다. 그러면 감정을 숨길 수 있고, 지시 사항만 되풀이하면 말썽을 피할 수 있을지도 모른다. 랠프는 딱딱한 어조로 말했다. "백작은 자기 영지를 거쳐 탁송되는 석재에 세금을 징수하기로 하셨어."

머딘은 동생의 말을 무시했다. "형과 얘기하는데 말에서 내리지 않을래?"

랩프는 그대로 있고 싶었지만, 싸울 것처럼 보이고 싶지 않았기 때문에 말에서 내렸다. 그는 이미 기선을 제압당한 기분이 들었다.

"여기서 캐는 석재에는 세금이 없어." 머딘이 말했다.

"이제부터는 있어."

"수사들은 수백 년 동안 이 채석장에서 일했어. 킹스브리지 대성당은 여기서 가져간 돌로 지은 것이고. 지금까지 세금을 낸 적이 없었단 말이다."

"백작이 교회의 편의를 위해 세금을 면해주셨겠지." 랩프는 즉흥적으로 응대했다. "하지만 교량 공사의 경우에는 그러실 생각이 없는 거야."

"백작은 우리 도시에 새 다리가 놓이는 것을 원치 않는 것뿐이야. 그래서 이러는 거지. 먼저 너를 보내 나를 매수하려 했다가 실패하자 새로 세금을 만든 거야." 머딘이 뭔가 생각하는 눈으로 랩프를 빤히 바라보았다. "이건 네 생각이지, 그렇지?"

랩프는 약이 바짝 올랐다. 대체 어떻게 알았을까? "아니야!" 이렇게 대꾸했지만 그는 자기도 모르게 얼굴이 달아올랐다.

"네 얼굴을 보니 알겠구나. 제이크 쳅스토가 섀프츠베리 백작의 과세를 피하기 위해 웨일스에서 목재를 들여온다는 이야기를 듣고 생각해냈겠지."

랩프는 바보가 된 기분이 들었고, 머딘의 말 한마디 한마디에 화가 치밀었다. "그것과는 상관없어." 그는 고집스럽게 우겼다.

"동생보다 다리를 우선시한다고 나를 나무라더니 이제 기꺼이 백작을 위해 내 희망을 짓밟기로 했구나."

"그게 누구 생각인지는 중요하지 않아. 백작은 석재에 세금을 매기기로 결정하셨어."

"하지만 그에게는 그럴 권리가 없어."

벤 휠러는 두 다리를 벌리고 양손을 허리에 짚은 자세로 옆에서 주의 깊게 두 사람의 대화를 듣고 있었다. 그가 머딘에게 물었다. "지금 이 사람들에게 내 앞을 막을 권리가 없다고 말한 겁니까?"

"바로 그렇게 말했소." 머딘이 대답했다.

랠프는 머딘에게 이런 자를 똑똑한 사람인 것처럼 대해주는 것은 실수라고 말해줄 수도 있었다. 벤은 머딘의 대답을 가도 좋다는 허락으로 받아들였다. 그는 소의 어깻죽지에 채찍을 날렸다. 목덜미에 건 나무틀 안에서 소가 힘을 줬다.

"멈춰!" 성난 랠프가 소리쳤다.

"이랴!" 벤이 한번 더 채찍질하며 외쳤다.

소가 좀더 힘을 주자 수레가 움찔하며 앞으로 움직였고, 그 서슬에 말들이 화들짝 놀랐다. 조지프 우드스톡이 탄 말이 히힝 울고 눈알을 굴리며 뒷다리로 일어섰다.

조지프는 고삐를 앞뒤로 움직여 가까스로 말을 진정시켰다. 그런 다음 안장주머니에서 길쭉한 곤봉을 뽑았다. "명령을 받았으면 멈춰야지." 그는 벤에게 말한 후 말을 앞으로 몰고 나오면서 곤봉을 휘둘렀다.

벤은 몸을 숙여 상대의 일격을 피하면서 곤봉을 잡아채고는 끌어당겼다.

조지프는 이미 안장에서 몸을 앞으로 잔뜩 기울인 자세였다. 벤이 곤봉을 갑작스레 당기자 그는 균형을 잃고 말에서 떨어졌다.

"안 돼!" 머딘이 외쳤다.

랠프는 머딘이 어째서 그렇게 당황했는지 알았다. 병사가 이런 수모를 당하고도 그냥 넘어갈 리 없기 때문이었다. 이제 폭력을 피할 수 없는 상황이 됐다. 그러나 랠프 자신은 유감스러울 것이 없었다. 백작의 부하들을 공손하게 대하지 않은 형은 이제 그 결과를 맛보게 될 것이었다.

벤은 이제 양손으로 조지프의 곤봉을 잡고 있었다. 조지프가 벌떡 일어났다. 그는 벤이 곤봉을 휘두르는 것을 보고는 단검을 뽑으려고 손을 가져갔다. 하지만 벤의 동작이 더 빨랐다. 랠프는 수레꾼이 분명 어느 전쟁터에선가 싸워본 적이 있는 자일 거라 생각했다. 벤이 힘껏 휘두른 곤봉이 정통으로 조지프의 정수리를 맞혔다. 땅바닥에 쓰러진 조지프는 더이상 움직이지 않았다.

격분한 랠프는 으르렁거리면서 칼을 뽑아들고 수레꾼에게 달려들었다.

"안 돼!" 머딘이 외쳤다.

랠프는 벤의 가슴을 찔렀다. 그는 있는 힘껏 칼로 벤의 늑골 사이를 쑤셨다. 벤의 두툼한 몸통을 관통한 칼끝이 등뒤로 나왔다. 벤이 쓰러지자 랠프는 그의 몸에서 칼을 뽑았다. 수레꾼의 몸에서 피가 분수처럼 솟구쳤다. 그 순간 랠프는 흡족한 승리감을 느꼈다. 이제 벤 휠러는 더이상 무례한 짓을 저지르지 못할 것이었다.

랠프는 조지프 곁에 무릎을 꿇었다. 그의 눈에는 초점이 없었다. 심장도 뛰지 않았다. 죽은 것이었다.

어떤 면에서는 잘된 일이었다. 그 일로 설명할 일이 간단해졌다. 벤 휠러는 백작의 부하 한 명을 죽였고, 그 대가로 죽임을 당한 것이다. 누구도 불공평하다고 하지 않을 것이다. 자신의 권위에 도전하는 자들에게 가차없는 롤런드 백작은 더더욱 그렇게 생각할 것이다.

하지만 머딘은 랠프처럼 생각하지 않았다. 그의 얼굴은 통증을 느끼는 사람처럼 일그러져 있었다. "대체 무슨 짓을 한 거냐?" 머딘은 믿기지 않는다는 투로 말했다. "벤 휠러에게는 두 살짜리 아들이 있어! 그애를 베니라고 부른다고!"

"그러면 그 과부는 다른 남편을 찾아보는 게 좋겠군." 랠프가 말했다. "이번에는 제 분수를 아는 자를 골라야 할 거야."

27

수확은 형편없었다. 8월에 볕이 너무 부족해 9월까지도 곡식이 여물지 않았다. 위글리 마을은 사기가 떨어졌다. 여느 때와 같은 수확기의 희열은 찾아볼 수 없었다. 춤을 추지도 않았고, 술을 마시지도 않았으며, 갑작스러운 연애 사건 같은 것도 일어나지 않았다. 젖은 곡식은 쉽게 썩었다. 마을 사람 대부분은 봄이 오기 전까지 굶주리게 될 것이었다.

울프릭은 퍼붓는 빗속에서 큰 낫으로 젖은 보릿대를 베었고, 궨다는 그의 뒤를 따라가며 수확한 보릿대를 묶었다. 9월 들어 처음 볕이 든 날 그들은 충분히 마를 때까지 좋은 날씨가 이어지기를 바라며 가장 값이 나가는 곡식인 밀을 수확하기 시작했다.

어느 날인가 궨다는 울프릭에게 힘을 불어넣는 것이 분노라는 것을 깨달았다. 온 가족을 갑작스럽게 잃은 상실감이 그를 분노로 이끌었다. 육친을 앗아간 것이 사람이었다면 그를 탓했겠지만 다리 붕괴는 우연한 사고가 아니라면 사악한 정령의 소행, 그것도 아니라면 하느님의 징벌로 여겨졌다. 결국 울화를 풀 길은 노동밖에 없었다. 궨다에게 힘을 불어넣는 것은 사랑이었다. 그것도 마찬가지로 효력이 있었다.

그들은 꼭두새벽부터 밭으로 나갔고, 너무 어두워 앞이 보이지 않을 때까지 손을 멈추지 않았다. 궨다는 매일 밤 쑤시는 등을 달래며 잠이 들었고, 동도 트기 전 울프릭이 부엌문을 여닫는 소리에 잠이 깼다. 그래도 그들은 다른 사람들에 비하면 뒤처져 있었다.

그녀는 자신과 울프릭을 대하는 마을 사람들의 태도가 점차 변하고 있는 것을 감지했다. 평생 동안 그녀는 평판이 나쁜 조비의 딸로 업신여김을 당했고, 그녀가 아녯에게서 울프릭을 빼앗으려 한다는 것을 알게 된 여자들은 한층 더 그녀를 비난했다. 울프릭은 미워하기 어려운 사람이긴 했지만, 엄청난 토지의 소유권을 물려받으려는 그의 희망이 탐욕스럽고 비현실적이라고 생각하는 이들도 있었다. 그러나 사람들은 수확을 끝내려는 두 사람의 노력에 경탄하지 않을 수 없었다. 소년과 소녀 둘이서 장정 세 사람 몫을 하고 있었고, 모두의 예상을 뛰어넘는 성과를 거두고 있었다. 남자들은 대견스러운 눈길로 울프릭을 바라보았고, 여자들은 궨다에게 동정의 눈길을 보내기 시작했다.

결국 마을 사람들은 두 사람을 돕기에 이르렀다. 개스퍼드 신부는 일요일에도 일하는 그들을 눈감아줬다: 아녯의 가족은 수확을 마치자 아버지 퍼킨과 아들 롭이 와서 궨다와 함께 울프릭네 밭일을 거들었다. 심지어 궨다의 어머니 에스나까지 나섰다. 마지막 수확한 단을 수레에 싣고 울프릭네 광으로 나를 때는 예전 수확기 때의 사기가 살아나는 느낌이었고, 사람들은 수레 뒤를 따라가며 옛 노래를 불렀다.

아녯은 추수 때 춤을 추고 싶으면 쟁기질부터 하라는 속담을 어기고 그곳에 있었다. 그녀는 약혼녀라는 권리로 울프릭 옆에서 걸었다. 궨다는 아녯이 엉덩이를 흔들고 머리를 뒤로 젖히며 울프릭이 말을 할 때마다 귀엽게 웃어대는 모습을 언짢은 눈으로 바라보았다. 저런 짓에 헤헤

거리다니 어떻게 저렇게 바보 같지? 그는 아넷이 자기 밭에서 한 번도 일을 도운 적이 없다는 것도 모르는 걸까?

아직 결혼식 날짜는 잡지 않은 상태였다. 누구보다도 약삭빠른 퍼킨은 상속 문제가 해결될 때까지는 자기 딸을 내주지 않을 것이다.

울프릭은 농사를 지을 수 있는 능력을 입증했다. 이제 거기에 의문을 제기할 사람은 없을 것이다. 결과적으로 나이가 어린 것과 능력은 무관했다. 유일하게 남은 장애물은 차지 상속세뿐이었다. 과연 그가 상속세를 낼 돈을 마련할 수 있을까? 그가 환금용 작물로 얼마를 벌 것인가에 달린 문제였다. 수확은 형편없었지만, 나쁜 날씨가 이곳만의 문제가 아니라면 밀값은 오를 것이다. 정상적인 상황이었다면 부유한 농가였던 그의 집에 상속세를 낼 만한 저축이 있었을 것이다. 그러나 가족의 저축은 킹스브리지의 강바닥에 가라앉아버렸다. 따라서 지금으로서는 결정된 것이 아무것도 없는 셈이었다. 궨다는 울프릭이 토지를 상속받는 동시에 그가 사랑하는 상대를 그녀로 바꾸게 되기만을 계속해서 꿈꾸었다. 앞일은 모르는 법이니까.

그들이 수레에 실은 곡식을 광으로 옮기고 있을 때 영지 관리인 네이트가 나타났다. 곱사등이 관리인은 잔뜩 흥분해 있었다. "어서 성당으로 가시게. 모두들! 지금 하던 일을 멈추고!"

"곡식을 밖에 둔 채로는 갈 수 없습니다. 비가 올지도 모르니까요." 울프릭이 말했다.

"그냥 수레째 광 안에 들여놓으면 되지. 그런데 뭐가 그렇게 급해요?" 궨다가 말했다.

관리인은 벌써 이웃집을 향해 걸음을 옮기고 있었다. "신임 영주가 도착할 걸세."

"잠깐만요!" 울프릭이 그에게 달려갔다. "제가 상속받을 수 있도록 건의해주실 거죠?"

모두가 네이트의 대답을 기다리며 그 자리에서 움직이지 않고 지켜보았다.

네이트는 마지못한 듯 몸을 돌리고 울프릭과 마주섰다. 울프릭이 그보다 1피트나 더 컸기 때문에 그는 올려다봐야 했다. "글쎄." 그가 느릿느릿 대답했다.

"나는 농사를 지을 수 있다는 것을 증명했어요. 그건 아시잖아요. 광안을 보시라고요!"

"자네는 아주 잘했어. 그 점에는 의심의 여지도 없지. 하지만 상속세를 낼 수 있겠나?"

"그건 밀값에 달렸어요."

"아버지?" 아넷이 말했다.

궨다는 대체 무슨 일이 벌어지려는 것인지 궁금했다.

퍼킨은 머뭇거렸다.

그때 아넷이 한번 더 재촉했다. "제게 약속했던 거, 기억나시죠?"

"그래, 기억난다." 퍼킨이 대답했다.

"그러면 관리인에게 말씀해주세요."

"영주께서 울프릭의 상속을 허락한다면, 내가 상속세를 보장하겠소." 퍼킨이 관리인에게 말했다.

궨다는 자기도 모르게 손으로 입을 막았다.

"당신이 대신 낸다는 겁니까? 2파운드 10실링이나 되는데." 네이트가 말했다.

"돈이 모자랄 경우 필요한 금액을 빌려줄 생각이오. 물론 그전에 먼저 두 사람이 결혼을 해야겠지만."

"그리고 추가로……?" 네이트는 목소리를 낮췄다.

퍼킨의 목소리가 너무 낮아 궬다에게는 들리지 않았지만 내용은 짐작할 수 있었다. 퍼킨은 네이트에게 뇌물을 주겠다고 말하고 있었다. 아마 세금의 10분의 1일 테니까 5실링일 것이다.

"잘 알겠소." 네이트가 말했다. "내가 건의하겠소. 자, 이제 어서 성당으로 가시오!" 그런 다음 그는 뛰어갔다.

울프릭은 환하게 웃으며 아넷에게 키스했다. 모두가 그와 악수를 나누었다.

궬다는 상심했다. 그녀의 희망은 산산조각나고 말았다. 아넷은 아주 영리하게 처신했다. 그녀는 울프릭에게 필요한 돈을 빌려주도록 아버지를 설득했다. 결국 울프릭은 자기 땅을 상속받을 것이고, 아넷과 결혼하게 될 것이다.

궬다는 마지못해 광 안으로 수레를 밀어넣는 일을 거들었다. 그런 다음 마을을 지나 성당으로 향하는 행복한 한 쌍의 남녀를 따라갔다. 이제 다 끝나버렸다. 이 마을이나 마을 사람들에 대해 알지 못하는 신임 영주가 이런 문제에서 관리인의 제안에 반대할 가능성은 거의 없었다. 네이트가 뇌물 협상을 벌였다는 사실 자체가 그가 이 일을 확신하고 있다는 의미였다.

물론 일이 이렇게 된 것은 일부분 그녀 탓이기도 했다. 그녀는 어떻게든 울프릭이 자신을 아넷보다 더 나은 아냇감으로 여기리라는 헛된 희망을 품고 등이 부러져라 그의 수확을 도왔다. 궬다는 묘지를 지나 성당 안으로 들어서며, 자신이 여름 내내 제 무덤을 파고 있었던 거라고 생각했다. 하지만 똑같은 상황이 또 온다 해도 그녀는 똑같이 할 것이다. 그가 혼자서 애쓰는 광경을 그대로 보고만 있지 못할 것이다. 그는 무슨 일이 있더라도 자기와 함께 끝까지 버틸 사람이 나뿐이라는 걸 알게 될 거야. 이렇게 생각하자 얼마간 위안이 됐다.

마을 사람들 대부분은 벌써 성당에 와 있었다. 굳이 네이트가 재촉할 필요도 없었다. 그들 모두가 누구보다도 먼저 새 영주에게 존경을 표하고 싶어했고, 영주가 어떤 사람인지, 젊은이인지 늙은이인지, 잘생겼는지 못생겼는지, 쾌활한지 우울한지, 영리한지 바보인지, 그리고 무엇보다 중요한 점으로 잔인한지 인정 있는 사람인지 알고 싶어했다. 몇 년이 될지 몇십 년이 될지 몰라도 그가 영주로 있는 한 그의 모든 점이 그들의 삶에 영향을 미칠 것이다. 그가 합리적인 사람이라면 위글리를 행복하고 잘사는 마을로 만들기 위해 많은 일을 할 수 있을 것이다. 그가 바보라면 위글리 사람들은 어리석은 결정, 부당한 통치, 강압적 세금, 가혹한 처벌을 받게 될 것이다. 그리고 그가 처음 내리게 될 결정들 중 하나는 울프릭의 상속 문제일 것이다.

사람들이 떠드는 소리가 잦아들면서 마구가 철컥대는 소리가 들렸다. 궨다의 귀에 네이트의 아부하는 듯한 나지막한 목소리가 들리고, 뒤이어 영주의 권위적인 말소리도 들렸다. 영주는 덩치가 크고 자신만만하지만 젊은 사람일 거라고 그녀는 생각했다. 모두가 성당 문 쪽을 바라보았다. 문이 벌컥 열렸다.

궨다는 충격으로 숨을 몰아쉬었다.

안으로 성큼성큼 들어선 남자는 기껏해야 스무 살쯤 되어 보였다. 값비싼 모직 서코트 차림에 칼과 단검을 차고 있었다. 키가 크고, 거만한 표정을 짓고 있었다. 그는 위글리의 영주가 된 것이 자못 기쁜 듯했지만, 그 표정에는 어딘가 불안한 느낌이 있었다. 검은 곱슬머리인데, 부러진 코가 잘생긴 외모를 망치고 있었다.

그는 랠프 피츠제럴드였다.

∽

랠프의 첫번째 영지법정은 다음 일요일에 열렸다.

그사이 울프릭은 풀이 죽어 있었다. 궨다는 그를 볼 때마다 울고 싶은 심정이 되었다. 그는 눈을 내리깐 채 넓은 어깨를 축 늘어뜨리고 다녔다. 여름내 지칠 줄 모르고 쟁기를 끄는 말처럼 믿음직하게 불평 한마디 없이 밭에서 일하던 그는 이제 지쳐 보였다. 그는 자신이 할 수 있는 모든 일을 다 했지만 운명은 그를 증오하는 사람의 손에 떨어뜨리고 말았다.

그녀는 그를 위로하기 위해 희망적인 말을 해주고 싶었지만 사실은 그녀도 그와 마찬가지로 앞일을 비관했다. 영주들은 비열하고 가혹하기 십상이지만, 더욱이 랠프는 관대함이라곤 기대할 수 없는 사람이었다. 어렸을 때 그는 멍청하고 잔인했다. 그녀는 랠프가 머딘이 만든 활과 화살로 자신의 개를 죽인 일을 결코 잊지 못할 것이다.

그날 이후로 그가 개선된 듯한 조짐은 전혀 없었다. 그는 부하인 앨런 펀힐이라는 젊은 뚱보 기사종자와 함께 영주의 거처로 옮겨왔는데, 두 사람은 최고급 와인을 마시고 닭고기를 먹으면서 그들 계급에 속한 이들이 흔히 그렇듯 아무렇지도 않게 하녀의 젖가슴을 주물러댔다.

관리인 네이트의 태도도 그녀의 두려움을 확인해줬다. 관리인은 뇌물 액수를 늘이려는 협상도 포기했는데, 그것은 그가 가망 없다고 생각하고 있다는 확실한 표시였다.

아넷 역시 울프릭과 마찬가지로 가망 없다고 여기는 듯했다. 궨다는 그녀에게서 명백한 변화의 징후들을 보았다. 그녀는 쾌활한 태도로 머리를 뒤로 젖히지도 않았고, 엉덩이를 씰룩이며 걷지도 않았으며, 연발하던 웃음소리도 이제는 자주 들리지 않았다. 궨다는 그렇잖아도 암담한 기분에 잠겨 있을 울프릭이 아넷의 그런 변화를 알아채지 못했기를 바랐다. 그러나 그는 이제 저녁나절에 퍼킨네 집에 가서도 늦게까지 있지 않는 듯했고, 집에 돌아와서도 말이 없었다.

일요일 아침, 그녀는 여전히 일말의 희망을 품고 있는 울프릭을 보고 놀랐다. 미사가 끝나고 개스퍼드 신부가 랠프 경에게 자리를 넘겨줬을 때 보니 울프릭은 눈을 감은 채 입술을 달싹이고 있었다. 분명 그가 좋아하는 성모마리아에게 기도를 올리고 있는 것이었다.

물론 마을 사람들 중에는 조비와 에스나도 있었다. 궨다는 자신의 부모를 참을 수가 없었다. 그녀는 이따금 어머니와는 얘기를 나누었지만 아버지가 곁에 없을 때뿐이었다. 조비는 궨다가 불붙은 장작으로 만들어놓은 붉은 염증을 뺨에 달고 있었다. 그는 딸과 눈도 마주치지 않았다. 그녀는 아직 아버지를 두려워하고 있었지만, 아버지 역시 자신을 두려워하고 있다는 것을 알았다.

랠프는 커다란 나무의자에 앉아 구매자가 가축시장을 둘러볼 때처럼 가격을 매기는 눈길로 소작인들을 바라보았다. 오늘 법정은 일련의 공고로 진행됐다. 네이트는 영주의 곡식을 추수할 일정을 공표했다. 돌아오는 주부터 요일에 따라 마을 사람들이 교대로 영주의 땅에 대한 통례적인 의무를 이행해야 한다는 내용이었다. 그 문제에 대한 토의는 거부됐다. 랠프는 주민과 합의하는 방식으로 통치할 의도가 없는 것이 분명했다.

그 밖에 네이트가 매주 다루는 다른 내용들도 있었다. 헌드레드에이커의 이삭줍기는 월요일 밤까지 끝내야 하고, 화요일 아침에는 가축들을 몰고 가 그루터기를 뜯어먹게 해야 하고, 수요일에는 롱필드에서 가을철 쟁기질을 시작한다는 것 등이었다. 평소라면 시비를 좋아하는 마을 사람들이 구실을 대고 이런저런 제안을 내놓으며 소소한 토론을 벌였을 테지만, 오늘만큼은 잠자코 신임 영주의 됨됨이가 파악되기만 기다렸다.

그리고 결정은 이상하리만큼 절제된 방식으로 내려졌다. 네이트는 마치 그저 또하나의 작업 일정을 공표하듯 말했다. "울프릭은 열여섯 살에 불과하므로, 아버지의 토지 소유권 상속은 불가하다."

젠다는 랠프를 바라보았다. 그는 의기양양한 웃음을 애써 참고 있었다. 랠프는 한 손을 얼굴로 가져가더니―그녀는 그것이 무의식적인 동작이라고 생각했다―부러진 코를 어루만졌다.

네이트가 말을 이었다. "랠프 경이 그 땅을 어떻게 처분할지는 추후 고려하실 예정이다."

울프릭은 모두에게 들릴 만큼 크게 신음소리를 냈다. 예상했던 결정이기는 했지만 확정이라는 점이 쓰라렸다. 그녀는 그가 얼굴을 숙인 채 성당 안에 있는 군중에게 등을 돌리고는 쓰러지지 않으려는 듯 벽에 몸을 기대는 것을 지켜보았다.

"오늘은 이것으로 종결한다." 네이트가 말했다.

랠프는 자리에서 일어섰다. 그는 천천히 통로를 따라 걸어가면서도 시선은 줄곧 괴로워하고 있는 울프릭을 향하고 있었다. 저 사람은 과연 어떤 영주가 될까? 젠다는 생각했다. 영주로서 마음에 내키는 대로 한 최초의 행동이 권력을 이용해 복수하는 것이라면? 그 뒤를 따라가는 네이트는 바닥만 내려다보고 있었다. 그 역시 방금 불의가 저질러졌다는 사실을 알고 있었다. 두 사람이 성당을 나가자 사람들이 웅성거리기 시작했다. 젠다는 아무와도 말을 하지 않고 그저 울프릭을 지켜보았다.

울프릭이 벽에서 돌아섰다. 그의 얼굴은 참담함 그 자체였다. 그는 눈으로 군중을 훑으며 아넷을 찾았다. 그녀는 성난 표정을 짓고 있었다. 젠다는 아넷과 울프릭의 시선이 마주칠 때를 기다렸지만 아넷은 아예 그를 바라보지 않기로 작정한 것 같았다. 젠다는 그녀의 머릿속에서 어떤 생각이 오가고 있을지 궁금했.

아넷은 고개를 꼿꼿이 쳐들고 문을 향해 걸어갔다. 그녀의 아버지 퍼킨과 그 가족도 뒤따랐다. 아넷은 울프릭과 말도 하지 않으려는 걸까?

울프릭도 같은 생각을 한 모양이었다. 그는 그녀를 쫓아갔다. "아넷! 기다려."

그 소리에 주위가 조용해졌다.

아넷이 돌아섰다. 울프릭은 그녀 앞에 섰다. "그래도 우리는 결혼할 거지?" 그가 물었다. 궨다는 기품을 잃은 그의 애원조에 움찔했다. 아넷은 그를 빤히 바라보며 무슨 말을 하려는 것 같았지만 한동안 아무 말도 하지 않았다. 울프릭이 다시 말했다. "영주에게는 농사를 지을 일 잘하는 소작인들이 필요해. 아마 랠프 경도 나에게 얼마나마 토지를—"

"넌 그의 코를 부러뜨렸어." 그녀가 굳은 어조로 말했다. "그는 너에게 아무것도 주지 않을 거야."

궨다는 두 남자가 그녀를 놓고 싸울 때 아넷이 얼마나 즐거워했는지를 떠올렸다.

"그러면 날품을 팔면 돼. 나는 힘이 좋잖아. 일거리가 떨어지는 일은 없을 거야." 울프릭이 말했다.

"하지만 너는 평생 가난하게 살게 되겠지. 나에게 제안하는 게 그거야?"

"우리는 함께할 거야. 숲에서 그날 우리가 꿈꿨던 것처럼. 그때 너는 날 사랑한다고 했잖아. 기억 안 나?"

"땅도 없는 날품팔이꾼과 결혼하면 내 인생은 어떻게 될 것 같은데?" 아넷은 성난 어조로 다그쳤다. "내가 말해줄게." 그러면서 그녀는 팔을 들어, 조비와 세 꼬마아이와 함께 서 있는 궨다의 어머니 에스나를 가리켰다. "나는 저 여자처럼 될 거야. 근심에 찌든 험한 얼굴에 빗자루처럼 바짝 여위어서."

그 말에 조비는 감정이 상했다. 그가 아넷에게 뭉툭한 팔을 휘둘렀다. "입조심해, 버릇장머리 없는 계집애 같으니."

그러자 퍼킨이 딸 앞으로 나서면서 양손으로 가볍게 토닥이는 몸짓을 했다. "용서하게, 조비. 지금 너무 흥분해서 그래. 나쁜 뜻으로 한 말은 아닐세."

"조비 아저씨한테는 미안한 말이지만, 나는 그와는 달라, 아넷." 울프릭이 말했다.

"아니, 다르지 않아!" 그녀가 말했다. "너는 땅이 없잖아. 그가 가난한 이유가 그거야. 그리고 그렇기 때문에 너는 앞으로 가난해지고 네 아이들은 굶주릴 테고 네 아내는 생기를 잃고 말 거야."

그것은 사실이었다. 역경이 닥치면 땅이 없는 사람들이 가장 먼저 고통을 당했다. 일꾼을 해고하는 것이 돈을 절약하는 지름길이었다. 그렇기는 해도 궨다는 울프릭과 삶을 함께할 기회를 팽개치는 여자가 있다는 것이 믿기지 않았다.

지금 아넷이 바로 그 일을 하고 있었다.

울프릭도 믿기지 않는 듯했다. 그는 애원하듯 말했다. "이제 나를 사랑하지 않는 거야?"

자신감을 모두 잃어버린 그는 애처로워 보였다. 그러나 궨다는 그 순간 어느 때보다도 그에게 더 큰 애정을 느꼈다.

"사랑만으로 먹고살 수는 없어." 아넷은 말하고 성당을 나갔다.

이 주일 후 아넷은 빌리 하워드와 결혼했다.

울프릭을 제외한 마을 사람 모두가 갔듯 궨다도 그 결혼식에 참석했다. 수확이 시원치 않았음에도 큰 잔치가 벌어졌다. 이 결혼으로 퍼킨네 100에이커와 빌리네 40에이커, 큰 토지 두 개가 합쳐졌다. 게다가 퍼킨은 랠프에게 울프릭의 가족이 소유했던 땅을 자신에게 맡겨달라고 요청해둔 상태였다. 랠프가 수락하면 아넷이 낳은 아이들은 거의 이 마을 땅의 절반을 차지하게 될 것이었다. 그러나 랠프는 돌아와서 결정을 내리겠다고만 하고 킹스브리지로 떠났다.

퍼킨은 아내가 담근 가장 독한 술 한 통을 풀고 소도 한 마리 잡았다. 궨다는 배불리 먹고 마셨다. 앞날이 너무나 불투명해서 맛있는 음식을 먹을 기회를 사양할 처지가 아니었다.

그녀는 여동생 캐스와 조니와 함께 나무공을 던지고 받으며 놀아준 뒤 어린 에릭을 무릎에 앉히고 노래를 불러줬다. 잠시 후 그녀의 어머니가 옆에 앉으며 물었다. "이제 어떻게 할 거니?"

궨다는 마음 깊은 곳에서는 아직 어머니와 완전히 화해한 것이 아니었다. 두 사람은 대화를 나누기 시작했고 어머니는 이것저것 걱정스러운 듯 질문을 했다. 궨다는 조비의 행동을 용서한 어머니에게 여전히 화가 나 있었지만 질문에는 대답했다. "가능한 한 오래 울프릭네 헛간에서 지낼 거예요. 어쩌면 영원히 거기 있게 될지도 몰라요."

"울프릭이 이사를 가면? 이 마을을 떠나기라도 하면 어쩔 건데?"

"그건 나도 모르겠어요."

현재 울프릭은 그의 가족의 땅이었던 밭에서 그루터기를 갈아엎고 묵힌 땅을 써레질하며 계속 농사를 짓고 있었고, 궨다는 그를 거들고 있었다. 다음 수확은 그들의 것이 아니었기 때문에 두 사람은 네이트에게서 매일 일당을 받았다. 네이트는 두 사람이 앞으로도 그 땅에서 계속 일해주기를 원했는데, 안 그런다면 땅의 상태가 급속히 나빠지기 때문이었다. 그들은 랠프가 다음 소작인을 결정할 때까지 그 일을 계속하고, 새 소작인이 결정되면 그에게 자신들을 고용해달라고 말해야 하는 형편이었다.

"그런데 울프릭은 지금 어디 있어?" 에스나가 물었다.

"이 결혼식을 축하하고 싶은 마음은 아니지 않겠어요."

"그애는 너를 어떻게 생각하는데?"

퀜다는 어머니에게 솔직하게 말했다. "세상에서 가장 가까운 친구래요."

"그게 무슨 뜻이지?"

"모르겠어요. 하지만 '너를 사랑해'는 아니겠죠?"

"그래, 그건 사랑한다는 말이 아니야."

그때 퀜다의 귀에 음악소리가 들렸다. 에런 애플트리가 조율을 하느라 음계를 오르내리며 백파이프를 연주해보고 있었다. 퍼킨이 작은북한 쌍을 허리띠에 차고 집에서 나오는 모습도 보였다. 이제 본격적으로 춤판이 벌어질 참이었다.

그녀는 춤을 출 기분이 아니었다. 나이든 여자들과 얘기나 나눌 수도 있었지만 그들도 어머니와 같은 질문만 할 텐데, 그날 남은 시간을 자신의 처지나 설명하면서 보내고 싶진 않았다. 그녀는 지난번 누군가의 결혼식 잔치를 떠올려보았다. 그때 울프릭은 약간 술에 취해, 좋아하는 아넷이 옆에 있는데도 잔치에 참석한 여자들과 끌어안고 껑충껑충 춤을 추었다. 퀜다에게는 울프릭이 없는 잔치는 잔치 같지도 않았다. 그녀는 에릭을 어머니에게 안겨주고 그곳을 나섰다. 바닥에 떨어진 음식과 버린 음식 찌꺼기가 많아 이런 잔치에 자기가 먹을 것이 넘친다는 것을 잘 아는 그녀의 개 스킵은 뒤에 남았다.

그녀는 막연히 울프릭이 있을까 하고 집으로 돌아가보았지만 집은 비어 있었다. 그 집은 기둥과 들보를 놓고 단단하게 지은 목재주택인데 굴뚝은 없었다. 그것은 부자들이나 누리는 사치였다. 그녀는 아래층 방들과 위층 침실도 들여다보았다. 집안은 그의 어머니가 살아 있을 때와 다름없이 잘 정돈되고 깨끗한 상태였지만, 그것은 그가 방을 하나만 쓰기 때문이었다. 그는 부엌에서 먹고 잤다. 그곳은 춥고 집 같지 않았다. 한 가족이 살도록 지은 집이지만, 이제 가족은 없었다.

그녀는 헛간으로 갔다. 겨울에 쓸 사료로 묶어놓은 건초와, 탈곡을 기다리는 보릿단과 밀단이 가득 쌓여 있었다. 그녀는 사다리를 타고 다락으로 올라가 자리에 누웠다. 그리고 얼마 후 잠이 들었다.

잠에서 깼을 때는 사방이 캄캄했다. 몇시인지도 알 수 없었다. 그녀는 밖으로 나와 하늘을 올려다보았다. 구름 뒤로 낮게 걸린 달이 보였다. 그녀는 땅거미가 진 지 한두 시간밖에 안 됐을 거라 어림했다. 그렇게 반쯤 잠이 깬 상태로 헛간 문 앞에 서 있는데 울음소리가 들렸다.

그녀는 곧 그것이 울프릭의 울음소리라는 것을 알아챘다. 그녀는 그가 우는 것을 딱 한 번 보았는데, 그가 킹스브리지 대성당 바닥에 누워 있는 부모와 형의 시신을 보았을 때였다. 그 소리는 가슴속 깊은 곳에서 찢어지듯 새어나오는 흐느낌이었다. 슬픔에 찬 울음소리를 듣자 그녀의 눈에도 눈물이 고였다.

잠시 후 그녀는 집안으로 들어가보았다.

달빛에 그의 모습이 보였다. 그는 짚을 깐 바닥에 얼굴을 대고 엎드려 있었고, 흐느낄 때마다 등이 들썩거렸다. 그는 빗장 여는 소리를 들었을 테지만 신경쓰지 않았고 고개도 들지 않았다.

궨다는 그의 곁에 무릎을 꿇고 앉아 머뭇거리면서 갈기 같은 그의 머리카락을 쓸어줬다. 그는 아무 반응도 보이지 않았다. 그의 몸을 만진 적이 거의 없던 그녀는 머리카락을 쓸어주는 것만으로도 헤아릴 수 없는 기쁨을 느꼈다. 그녀의 손길이 마음을 진정시켜줬는지 울음소리는 점차 잦아들었다.

잠시 후 그녀는 대담하게 그의 곁에 나란히 누웠다. 그녀는 그가 자기를 밀어낼지 모른다고 생각했지만 그는 가만히 있었다. 그가 눈을 감은 채 그녀 쪽으로 얼굴을 돌렸다. 그녀는 소맷자락으로 그의 뺨에 흐른 눈물을 닦아줬다. 이렇게 가까운 거리에서 조금이나마 친밀한 행동을 허락받은 그녀는 가슴이 뛰었다. 그녀는 그의 감은 눈꺼풀에 입을 맞추고 싶었지만 지나친 행동 같아 참았다.

잠시 후 그녀는 그가 잠이 들었다는 것을 알았다.

그녀는 기뻤다. 그것은 그가 자신과 있는 것을 편안히 여긴다는 표시였으며, 적어도 잠을 깰 때까지는 그의 곁에 그대로 머물러 있을 수 있다는 의미였다.

가을이라 밤에는 추웠다. 울프릭의 숨소리가 느려지며 안정되자 그녀는 살며시 자리에서 일어나 벽에 걸린 모포를 가져와 덮어줬다. 잠든 그는 움직이지 않았다.

공기가 쌀쌀했지만 그녀는 머리 위로 옷을 벗고 알몸으로 그의 곁에 누워 모포로 두 사람을 덮었다.

그녀는 좀더 다가가 그의 가슴팍에 뺨을 댔다. 심장 뛰는 소리가 들리고 머리 위에서는 그의 숨결이 느껴졌다. 그의 큰 몸이 품은 체온이 그녀의 몸을 덥혀줬다. 이내 달이 사라지고 방안은 칠흑같이 어두워졌다. 그녀는 영원히 이렇게 있을 수도 있을 것 같았다.

그녀는 잠을 자지 않았다. 이 소중한 시간을 조금도 낭비하고 싶지 않았다. 그녀는 이런 순간이 두번 다시 오지 않을 수도 있다는 것을 잘 알기에 매 순간을 음미했다. 그녀는 그를 깨우지 않으려고 조심하면서 그의 몸을 어루만졌다. 그녀의 손끝이 그의 얇은 모직 옷 사이로 들어가 가슴과 등의 근육, 늑골과 허리, 어깨의 둥근 부위와 팔꿈치의 마디 부분을 더듬었다.

울프릭은 잠결에 몇 번 몸을 뒤척였다. 그가 몸을 돌려 반듯하게 눕자 그녀는 그의 어깨에 머리를 얹고 한 팔을 그의 납작한 배에 둘렀다.

얼마 후 그가 돌아눕자 그녀는 자기 몸을 그의 몸에 에스 자 모양으로 밀착시키며 좀더 바싹 붙었다. 그의 넓은 등짝에 젖가슴을 붙이고 그의 엉덩이에 배를 대고 그의 무릎 뒤쪽에 무릎을 붙였다. 다음 순간 그가 그녀 쪽으로 돌아누우며 한 팔을 그녀의 어깨 위로 걸치고 한 다리를 그녀의 허벅지에 올렸다. 그의 다리는 고통스러울 정도로 무거웠지만, 그녀는 그 고통을 꿈이 아니라는 증거로 음미했다.

그러나 그는 꿈을 꾸고 있었다. 한밤중에 그가 갑자기 그녀의 입속으로 거칠게 자신의 혀를 밀어넣고 키스하면서 커다란 한 손으로 그녀의 젖가슴을 움켜쥐었다. 어설프게 그녀의 몸에 비벼대는 그의 발기된 성기가 느껴졌다. 그녀는 잠시 당황했다. 그것이 그가 원하는 방식이라면 상관없지만 점잖기만 하던 그답지 않은 일이었다. 그녀는 그의 사타구니로 손을 가져가 속바지의 갈라진 틈으로 솟아나온 성기를 잡았다. 다음 순간 그가 갑자기 몸을 돌리더니 등을 돌리고 돌아누우며 고른 숨을 내쉬기 시작했다. 그제야 그녀는 그가 잠에서 깨지 않았다는 것을, 그저 꿈결에 자신의 몸을 더듬었을 뿐이라는 것을 깨달았다. 아녓 꿈을 꾸고 있었던 거야. 그녀는 비참한 심정으로 생각했다.

그녀는 잠 대신 몽상에 잠겼다. 그가 자신을 낯선 사람에게 소개하는 장면을 상상했다. "이 사람이 제 아내 퀜다입니다." 자신이 임신한 몸으로 밭에서 일하다가 한낮에 실신하는 장면도 상상했다. 그 상상 속에서 그는 그녀를 번쩍 안아들고 집으로 데려와 찬물로 얼굴을 씻겨줬다. 그가 노인이 되어 손자들과 놀아주는 모습, 아이들의 응석을 받아주기도 하고 아이들에게 사과나 벌집을 따주기도 하는 장면도 상상해보았다.

손자라고? 퀜다는 쓴웃음을 지었다. 아무리 상상이라고 해도, 울다 잠든 그가 자신의 몸에 한 팔을 두르도록 해준 것만 가지고 그런 상상을 하다니 꿈도 야무졌다.

거의 동틀 시간이 되어, 자신의 낙원도 이제 곧 끝나리라고 생각하고 있을 때 그가 몸을 뒤척이기 시작했다. 그의 숨소리가 달라졌다. 그가 바닥에 등을 댄 자세로 돌아누웠다. 그 바람에 그녀의 팔이 그의 가슴에 떨어졌는데, 그녀는 팔을 그대로 둔 채 그의 팔뚝 아래로 손을 밀어 넣었다. 얼마 후 그녀는 그가 잠에서 깨었고 생각에 잠겨 있다는 것을 알아챘다. 그녀는 말을 하거나 몸을 움직이면 이 마법이 깨질 것 같아 꼼짝도 하지 않았다.

이윽고 그가 그녀 쪽으로 돌아누웠다. 그러고는 한 팔을 그녀 몸에 둘렀다. 그녀의 맨 등에 그의 손이 닿았다. 그는 가만히 그녀의 등을 쓸었다. 그녀는 그 동작이 무엇을 의미하는지 알 수 없었다. 그녀가 아무것도 입지 않았다는 사실에 놀라 확인해보는 것 같았다. 그의 손이 그녀의 목 언저리까지 올라갔다가 엉덩이의 곡선 부분까지 내려갔다.

이윽고 그가 말했다. 누가 엿듣기라도 할까봐 속삭이는 목소리였다. "그녀가 결혼했어."

"그래." 퀜다도 속삭였다.

"사랑이 식은 거야."

"진정한 사랑은 절대로 식지 않는 법이야."

그의 손은 그녀의 허리 부근에, 그녀가 만져주기를 바라는 바로 그곳과 미칠 것처럼 가까운 자리에 그대로 있었다.

"내가 그녀를 사랑하지 않는 날이 올까?" 그가 물었다.

퀜다는 그의 손을 잡아 이끌었다. "그녀도 이렇게 두 젖가슴이 있어." 그녀는 여전히 속삭이듯 말했다. 그녀는 자신이 왜 그랬는지 알지 못했다. 잘하는 것인지 잘못하는 것인지 생각지 않고 직관이 인도하는 대로 따랐다.

그는 신음소리를 냈다. 그녀는 젖가슴을 하나씩 부드럽게 덮는 그의 손길을 느꼈다.

"여기 이 아래 이렇게 털이 있고." 그녀가 다시 그의 손을 옮기며 말했다. 그의 호흡이 점점 빨라졌다. 그의 손을 거기 놓아둔 채 모직 옷 아래로 그의 몸을 더듬던 그녀는 그가 발기한 것을 알았다. 그녀가 그의 성기를 잡고 말했다. "이렇게 만질 거고." 그가 엉덩이를 율동적으로 움직이기 시작했다.

그녀는 문득 이 행위가 완결되기도 전에 끝나버릴까 두려웠다. 그것은 원치 않았다. 전부가 아니면, 아무것도 아니었다. 그녀는 부드럽게 그를 밀어 바닥에 등을 대게 하고는 재빨리 일어나 그의 몸 위에 다리를 벌리고 올라탔다. "이렇게 몸속은 뜨겁고 젖어 있어." 비록 전에 해봤던 일이기는 했지만 그때와 지금은 전혀 달랐다. 그녀는 가득 채워지는 느낌을 받았고, 그러면서도 더 채워지기를 바랐다. 그녀는 그가 엉덩이를 밀어올릴 때는 아래로 움직이고, 그가 물러설 때는 몸을 위로 들어올렸다. 그리고 수염이 난 그의 얼굴로 몸을 굽혀 그의 입술에 키스했다.

그는 양손으로 그녀의 머리를 잡고 키스해줬다.

"그녀는 당신을 사랑해." 퀜다가 그에게 속삭였다. "당신을 너무너무 사랑해."

그가 격정에 차서 소리를 질렀다. 그녀는 야생마처럼 그의 몸 위에서 위아래로 요동쳤다. 이윽고 자신의 몸안에서 그가 사정하는 것이 느껴졌다. 그는 마지막 외마디를 내뱉고는 이렇게 말했다. "아, 나도 사랑해! 나도 너를 사랑해, 아넷!"

28

울프릭은 다시 잠들었지만 궨다는 깨어 있었다. 너무 흥분해서 잠을 이룰 수 없었다. 그녀는 결국 그의 사랑을 손에 넣었다. 그렇다는 것을 알았다. 반쯤 아넷 행세를 해야 했다는 것은 별로 중요하지 않았다. 그는 그토록 갈망에 차서 그녀와 사랑을 나누었고, 일이 끝났을 때도 그토록 다정한 태도로 고마워하며 그녀에게 키스했다. 그녀는 그가 이제 영원히 자신의 것이 됐다고 느꼈다.

고동치던 심장이 가라앉고 마음이 진정되자 그녀는 그의 상속 문제에 대해 생각해보았다. 그녀는 그것을 그렇게 간단히 단념할 생각이 없었다. 이제는 더욱 그랬다. 동틀 무렵까지도 그녀는 계속 머리를 쥐어짜고 있었다. 울프릭이 잠에서 깨자 그녀는 말했다. "킹스브리지에 다녀와야겠어."

그는 깜짝 놀랐다. "무슨 일로?"

"당신이 상속받을 방법이 아직 있는지 찾아보려고."

"어떻게?"

"모르겠어. 하지만 랠프가 그 땅을 누구에게 준 것이 아니니까 아직 기회는 있는 셈이지. 그리고 당신은 그 땅을 상속받을 자격이 있어. 그토록 열심히 일하고 고생했잖아."

"뭘 어떻게 할 건데?"

"필리먼을 만나봐야겠어. 우리보다 이런 일을 잘 아니까. 오빠는 우리가 뭘 해야 좋을지 알고 있을 거야."

울프릭이 의아한 눈빛으로 그녀를 바라보았다.

"왜 그래?" 그녀가 물었다.

"당신은 정말 나를 사랑하는군."

그녀는 행복에 가득차서 미소지었다. "우리 한번 더 하지 않을래?"

다음날 아침 궨다는 킹스브리지 수도원 채소밭 옆에 있는 돌의자에 앉아 필리먼을 기다리고 있었다. 위글리에서 먼길을 걸어오는 동안 그녀는 일요일 밤의 일을 떠올리며 그때의 쾌감을 되새기고 주고받은 말들을 순간순간 곱씹어보았다. 울프릭은 아직 궨다에게 사랑한다는 말을 하지는 않았지만 '당신은 정말 나를 사랑하는군'이라고 말했다. 그는 그녀의 거센 열정에 좀 당황한 기색이기는 했지만, 그녀가 자기를 사랑한다는 사실이 기쁜 듯했다.

그녀는 그의 생득권을 꼭 되찾아오고 싶었다. 그를 갈망했던 것만큼이나 그것을 갈망했다. 자신들 두 사람을 위해서라도 그러고 싶었다. 설령 그가 그녀의 아버지처럼 땅도 없는 날품팔이꾼이 되더라도 그녀는 기회만 된다면 그와 결혼할 테지만, 자신들 두 사람을 위해서라도 그보다 나은 것을 원했기 때문에 기어코 그 일을 해내기로 마음먹었다.

필리먼이 동생을 만나러 수도원에서 나와 채소밭으로 들어선 순간, 그녀는 그가 수련수사복을 입고 있는 것을 보았다. "홀거!" 놀란 그녀는 그를 본명으로 불렀다. "수련수사가 됐구나. 늘 원하던 일이었잖아!"

그는 자랑스러운 듯이 웃으며, 동생이 자신을 옛 이름으로 부른 것을 너그럽게 넘어가줬다. "고드윈 수사가 수도원장이 되고 나서 처음에 한 일 중 하나지. 그는 놀라운 사람이야. 그를 위해 일한다는 건 정말 영광스러운 일이야." 필리먼이 그녀 옆에 앉았다. 온화한 가을날이었다. 구름이 끼었지만 건조했다.

"그런데 학과 공부는 어떻게 되어가고 있어?"

"뭐 천천히 하고 있지. 성인이 돼서 읽고 쓰기를 공부하는 건 어려운 일이야." 그가 얼굴을 찡그리며 말했다. "나보다 어린 사람들이 배우는 건 더 빨라. 그래도 이제 나는 주기도문을 라틴어로 쓸 수 있어."

그녀는 오빠가 부러웠다. 그녀는 자기 이름도 쓰지 못했다. "정말 굉장해!" 그녀는 말했다. 그는 평생의 꿈을 이루기 위한 길을 밟아나가고 있고 조만간 수사가 될 것이다. 어쩌면 수련수사라는 지위가, 교활하고 속임수를 쓰는 쓸모없는 인간이라는 그에 대한 인식을 바꿔줄지도 모른다.

"그런데 너는 어때? 무슨 일로 킹스브리지에 왔어?"

"랠프 피츠제럴드가 위글리의 영주가 된 거 알아?"

"응. 그는 지금 이곳에 있지. 벨 여인숙에서 흥청거리면서 지내고 있어."

"그가 울프릭이 아버지의 토지를 상속받지 못하게 했어." 그녀는 필리먼에게 일의 전말을 들려줬다. "그 결정에 이의를 제기할 수 있는지 알고 싶어."

필리먼은 고개를 저었다. "빠른 답을 원한다면, 아니다야. 물론 울프릭은 셔링의 백작에게 결정을 파기해달라고 간청할 수 있지만, 백작은 자신의 이해관계가 달린 일이 아닌 한 그 문제에 간섭하지 않을 거야. 설사 그 결정이 불공평하다고 생각하더라도—내가 보기에는 명백히 불공평하지만—새 지명자의 권위를 떨어뜨릴 일은 하지 않을 거야. 그런 데 네가 왜 그 일에 관심을 갖지? 울프릭은 아넷과 결혼할 사람이잖아."

"랠프가 그런 결정을 내리자 아넷은 울프릭을 차고 빌리 하워드와 결혼했어."

"그럼 이제 네가 울프릭과 결혼할 수도 있겠구나."

"그럴 것 같아." 그녀는 자기도 모르게 얼굴을 붉혔다.

"그걸 어떻게 알아?" 그가 날카롭게 반문했다.

"내가 그를 이용했어. 그가 아넷의 결혼식날 괴로워할 때 그의 침대로 갔거든."

"괜찮아. 우리처럼 가진 게 없는 사람들은 원하는 것을 얻으려면 꾀를 쓰지 않을 수 없으니까. 양심의 가책 따위는 특권을 가진 사람들을 위한 거야."

그녀는 오빠가 그런 식으로 말하는 것이 정말 마음에 들지 않았다. 때때로 그는 힘든 어린 시절을 보냈다는 이유로 자신이 어떤 행동을 해도 된다고 생각하는 듯했다. 하지만 그런 문제를 걱정하기에는 실망이 너무 컸다. "내가 할 수 있는 일이 정말 아무것도 없을까?"

"그렇다고는 하지 않았어. 그 결정에 이의를 제기할 수 없다고 했지. 하지만 다른 사람을 통해서 랠프에게 말해볼 수는 있을 거야."

"물론 내가 말해서 될 일은 아니겠지."

"글쎄. 고드윈의 사촌동생 캐리스를 만나보지 그러니? 너희는 어려서부터 친구였잖아. 할 수 있는 일이 있다면 아마 너를 도와줄 거야. 게다가 캐리스는 랠프의 형 머딘과 가까운 사이잖아. 어쩌면 머딘이 무슨 수를 생각해낼지도 몰라."

희망이 전혀 없는 것보다는 나았다. 궨다는 가려고 일어섰다. "지금 캐리스를 만나봐야겠어." 그러면서 작별의 입맞춤을 하려고 몸을 굽혔다가 이제 그는 그런 신체 접촉이 금지된 신분이라는 것을 문득 깨달았다. 그래서 대신 그의 손을 잡았다. 그러자 좀 이상한 기분이 들었다.

"너를 위해 기도할게." 필리먼이 말했다.

캐리스의 집은 수도원 맞은편에 있었다. 궨다가 들어갔을 때 식당에는 아무도 없었지만 평소 에드먼드가 사업 거래를 할 때 사용하는 거실 쪽에서 말소리가 났다. 요리사 투티가 캐리스는 지금 아버지와 함께 있다고 말해줬다. 궨다는 자리에 앉아 기다리면서 조급한 마음에 바닥을 발로 탁탁 쳤다. 얼마 후 문이 열렸다.

낯선 사람과 에드먼드가 함께 나왔다. 키가 크고 콧구멍이 벌어져 있고 거만한 인상을 주는 남자였다. 그는 검은 사제복을 입고 있지만 십자가나 다른 성물을 착용하고 있지는 않았다. 에드먼드는 궨다에게 다정하게 고개를 끄덕이고는 낯선 남자에게 말했다. "내가 수도원까지 바래다드리겠소."

두 남자를 따라 거실에서 나온 캐리스는 궨다와 포옹을 나누었다. "저 사람은 누구야?" 그가 나가자마자 궨다가 물었다.

"그레고리 롱펠로야. 고드윈 수도원장이 고용한 변호사지."

"무슨 일 때문에 고용했는데?"

"롤런드 백작이 수도원 소유 채석장에서 돌을 내오는 일을 막았거든. 백작은 수레 한 채당 1페니씩 세금을 매기려 해. 그래서 고드윈은 국왕에게 탄원하려는 거야."

"그 일에 너도 관련됐어?"

"그레고리는 우리 쪽에서 이 도시에 다리가 없으면 세금을 낼 수 없게 될 거라고 주장해야 한다고 말하고 있어. 왕을 설득하는 데는 그게 최선의 방법이라는 거야. 그래서 아버지는 증언을 하러 고드윈과 함께 왕실법정에 갈 거야."

"너도 같이 가는 거야?"

"응. 그런데 무슨 일로 온 거야?"

"나 울프릭과 잤어."

캐리스는 미소지었다. "정말? 드디어 그랬구나! 어땠어?"

"정말 굉장했어. 나는 그가 잠든 동안 밤새 그의 곁에 누워 있다가 그가 깨자…… 설득했지."

"좀더 말해봐. 자세한 내용을 전부 알고 싶으니까."

그웬다는 캐리스에게 이야기해줬다. 그리고 그 이야기를 마친 뒤 자신이 방문한 진짜 목적을 말하고 싶어 조바심이 났지만 이렇게 물었다. "그런데 내 육감으로는 너에게도 같은 소식이 있는 것 같은걸."

캐리스는 고개를 끄덕였다. "나도 머딘과 잤어. 내가 결혼하고 싶지 않다고 했더니 머딘이 뚱보 암퇘지 베시 벨을 만나러 갔거든. 나는 그 애가 그 커다란 젖통을 그에게 들이댈 거라는 생각에 화가 나 있었는데…… 그때 그가 돌아온 거야. 그래서 너무 기뻐서 그 일을 안 할 수가 없었어."

"그래서 좋았어?"

"아주 좋았어. 그 어떤 일보다 멋지던걸. 그리고 점점 더 좋아져. 우리는 기회가 있을 때마다 그걸 해."

"그러다 임신이라도 하면 어쩌려고?"

"그 문제는 아예 생각하지도 않아. 내가 죽는다고 해도 상관없어. 한번은—" 그러면서 캐리스는 목소리를 낮췄다. "한번은 숲의 웅덩이에서 목욕을 한 뒤에 그가 나를 핥아줬어…… 아래 있는 거기 말이야."

"윽, 심했다! 어떤 느낌이었어?"

"좋았어. 그도 좋아했고."

"설마 너도 같은 걸 해준 건 아니겠지?"

"나도 했어."

"그럼 그걸……?"

캐리스는 고개를 끄덕였다. "내 입속에 넣었어."

"맛이 이상하지 않았어?"

캐리스는 어깨를 으쓱했다. "좀 이상한 맛이기는 했지만…… 너무 흥분해서 어땠는지 잘 모르겠어. 그리고 그는 그 일을 아주 좋아했어."

그웬다는 충격을 받았지만 호기심도 생겼다. 어쩌면 울프릭에게도 그 일을 해주게 될지 모른다고 생각했다. 그녀는 그들이 목욕할 만한 장소를 알고 있었다. 길에서 멀리 떨어진 숲속 개울에서……

"그런데 너, 울프릭 얘기를 해주려고 이 먼길을 오진 않았을 텐데." 캐리스가 말했다.

"맞아. 울프릭의 상속 문제 때문에 온 거야." 그웬다는 랠프의 결정에 대해 설명했다. "필리먼이, 어쩌면 머딘이 랠프가 마음을 바꾸도록 설득할 수 있을지 모른다고 했어."

캐리스는 비관적이라는 듯 고개를 저었다. "그럴 것 같지 않아. 두 사람은 싸웠거든."

"아, 안 돼!"

"수레가 채석장을 떠나지 못하게 막은 것이 랠프였어. 운 나쁘게도 때마침 머딘이 그곳에 있었고. 한바탕 싸움이 벌어졌어. 벤 휠러가 백작의 부하 하나를 죽이자 랠프가 벤을 죽였어."

그웬다는 놀라 숨을 몰아쉬었다. "하지만 리브 휠러에게는 두 살배기 아이가 있잖아!"

"이제 꼬마 베니에게는 아버지가 없는 거야."

리브도 안됐지만 그웬다는 자신의 일 때문에 더 낙담했다. "그러면 형제의 영향력을 행사할 수도 없는 거네."

"어쨌든 머딘을 만나보자. 오늘은 나환자 섬에서 일하고 있어."

집을 나온 두 사람은 큰길을 지나 강가로 갔다. 궨다는 낙심했다. 만나는 사람마다 그 일을 뒤집을 수 없다고 말하고 있었다. 정말 부당한 일이었다.

그들은 사공 이언의 배를 타고 섬으로 건너갔다. 캐리스는 예전의 다리 대신 새로운 다리 두 개가 놓일 것이며, 이 섬은 두 다리를 잇는 징검돌이 될 거라고 설명해줬다.

머딘은 열네 살짜리 조수 지미와 함께 새로 놓을 다리의 교대橋臺를 마련하는 중이었다. 머딘이 측정에 쓰는 자는 사람 키의 두 배도 더 되는 쇠막대였다. 그는 바위투성이 땅에서 기초를 팔 자리에 끝이 뾰족한 말뚝을 박고 있었다.

궨다는 캐리스와 머딘이 키스하는 모습을 유심히 지켜보았다. 그들이 나누는 키스는 달랐다. 서로의 육체에 대한 친밀한 기쁨 같은 것이 있고 그것이 신선하게 느껴졌다. 궨다가 울프릭에 대해 갖는 느낌과 똑같았다. 그의 육체가 단순히 매력의 대상이 아니라, 그녀가 즐기는 것이기도 하다는 점이었다. 그의 몸은 그녀의 몸처럼 그녀의 것같이 느껴졌다.

궨다와 캐리스는 머딘이 말뚝 두 개 사이에 긴 노끈을 묶는 작업을 마칠 때까지 지켜보았다. 이윽고 머딘이 지미에게 연장을 챙기라고 일렀다.

"돌 없이 할 수 있는 일은 별로 없어 보이는데요." 궨다가 말했다.

"돌 없이 몇 가지 준비를 해두는 겁니다. 하지만 석공들은 모두 채석장으로 보냈어요. 그들은 이곳 현장이 아니라 채석장에서 돌을 다듬고 있죠. 우리는 재료를 비축하는 중이에요."

"왕실법정에서 이긴다면 바로 공사를 시작할 수 있겠네요."

"그럼 좋겠어요. 소송 기간에 달려 있죠. 날씨도 그렇고요. 한겨울에는 공사를 할 수 없어요. 서리가 회반죽을 얼려버리거든요. 벌써 10월이에요. 보통 때는 11월 중순쯤에 작업을 중단하죠." 그러면서 그는 하늘을 바라보았다. "올해는 공사 기간을 조금 더 연장할 수 있을지도 몰라요. 비구름 덕분에 땅의 온기가 유지되니까."

켄다는 머딘에게 자신이 원하는 것을 설명했다.

"나도 도울 수 있으면 좋겠군요." 머딘이 말했다. "울프릭은 괜찮은 청년이에요. 그리고 그날 싸움은 전적으로 랠프 잘못이었고요. 하지만 나는 동생과 다퉜어요. 그애에게 부탁하려면 먼저 화해부터 해야 해요. 그런데 나는 벤 휠러를 죽인 동생을 용서할 수가 없어요."

연달아 세번째 부정적인 반응이 나온 셈이네. 켄다는 우울한 심정으로 생각했다. 어쩌면 그녀가 되지도 않을 일에 바보같이 매달리는지도 몰랐다.

"이제 혼자서 이 일을 해결해야겠구나." 캐리스가 말했다.

"응, 그래봐야지." 켄다는 결연하게 말했다. 이제 다른 사람에게 도움을 청하는 건 그만두고 스스로를 믿고 행동해야 한다고 생각했다. 그것은 그녀가 살아온 방식이기도 했다. "랠프는 지금 이곳에 있죠?"

"그래요." 머딘이 대답했다. "승진 소식을 부모님에게 알리러 왔죠. 그분들은 이곳에서 그의 승진을 축하해주는 유일한 사람들이니까."

"하지만 부모님과 함께 있는 건 아니잖아요."

"그러기에는 이제 신분이 너무 높아졌죠. 지금은 벨 여인숙에 묵고 있어요."

"그를 설득할 가장 좋은 방법이 뭘까요?"

머딘은 잠시 생각해보더니 대답했다. "랠프는 기사였다가 수도원의 기식자라는 지위로 떨어진 아버지의 굴욕에 민감해요. 그는 자신의 사회적 지위를 높이기 위한 일이라면 뭐든 할 겁니다."

궨다는 그들 모두가 사공 이언의 배를 타고 도시로 돌아가는 동안 그 점에 대해 곰곰이 생각해보았다. 어떻게 하면 랠프의 지위를 높여주면서 요청할 수 있을까? 그녀가 그들과 함께 큰길에 접어들었을 때는 정오였다. 머딘은 점심식사를 하기 위해 캐리스의 집으로 갈 예정이었고, 캐리스는 궨다에게도 함께 식사를 하자고 했지만 그녀는 한시라도 빨리 랠프를 만나고 싶어 곧장 벨 여인숙으로 향했다.

사환은 그녀에게 랠프가 위층에서 가장 좋은 방을 쓰고 있다고 말해줬다. 숙박인들 대부분은 공동 침실에서 잠을 잤기 때문에, 큰 방 하나를 독차지하는 것으로 랠프는 자신의 새 지위를 과시하고 있었다. 위글리 농부들의 빈약한 추수에서 짜낸 돈으로 방값을 치르겠지. 궨다는 언짢은 기분으로 생각했다.

그녀는 문을 노크하고 안으로 들어갔다.

랠프는 자신의 기사종자인 앨런 펀힐과 함께 방안에 있었는데, 앨런은 열여덟 살의 청년으로 어깨가 우람하고 머리는 작았다. 두 사람 사이에 놓인 식탁에는 에일이 담긴 조끼, 빵 한 덩어리, 김이 무럭무럭 오르는 삶은 소고기 한 덩어리가 놓여 있었다. 식사를 끝내가는 그들은 자신들의 운명에 지극히 만족하고 있는 듯 보였다. 그녀는 그들이 너무 취해 있지 않기만 바랐다. 그런 상태의 남자들은 여자와 대화하는 것이 불가능하다. 기껏해야 추잡한 말이나 늘어놓고 서로 킬킬댈 게 분명하다.

랠프는 그녀를 빤히 바라보았다. 방안은 그리 밝지 않았다. "너는 내 소작인이 아닌가?"

"나리, 저는 소작인은 아니지만 소작인이 되고 싶습니다. 저는 궨다라고 하고, 제 아버지는 조비라는 땅 없는 날품팔이꾼입니다."

"마을에서 이렇게 멀리 떨어진 데까지 무슨 일로 온 거지? 장날도 아닌데."

그녀는 그의 얼굴을 좀더 잘 보기 위해 한 발짝 더 방안으로 들어섰다. "나리, 저는 죽은 새뮤얼의 아들 울프릭의 일로 청원을 드리고자 왔습니다. 예전에 그가 나리에게 불손했다는 건 저도 알지만, 그때 이후로 그는 엄청난 고통을 겪었습니다. 다리가 무너졌을 때 부모님과 형이 모두 죽었고, 가족이 가지고 있던 돈도 모두 잃었습니다. 그리고 이제는 약혼녀마저 다른 사람과 결혼했습니다. 그러니 나리, 그가 저지른 잘못에 대해 하느님이 내리신 벌이 너무 가혹하다고 여기시고 자비를 베풀어주십시오." 머딘의 충고를 떠올린 그녀는 덧붙였다. "진정한 귀족 나리들만이 하실 수 있는 자비를 베풀어주십시오."

시원하게 트림을 한 랠프가 한숨을 쉬었다. "그런데 어째서 네가 울프릭의 상속 문제를 신경쓰는 거지?"

"저는 그 사람을 사랑합니다, 나리. 그는 그 일로 아넷에게 퇴짜를 맞았고, 어쩌면 우리는 결혼을 하게 될지도 모릅니다. 물론 나리의 은혜로운 허락이 있어야 하겠지만요."

"좀더 가까이 와봐라." 그가 말했다.

그녀는 방 한가운데로 가서 그의 앞에 섰다.

그는 그녀의 온몸을 눈으로 훑어내렸다. "그리 예쁜 여자는 아니군. 하지만 그래도 뭔가가 있어. 처녀인가?"

"나리, 저는…… 저는……"

"물론 아닐 테지." 그가 웃음을 터뜨렸다. "울프릭과 잤겠지?"

"아닙니다!"

"거짓말 마라." 그는 즐거운 듯이 싱글싱글 웃었다. "내가 울프릭에게 아버지의 땅을 상속하게 해주면 너는 뭘 할 수 있지? 어쩌면 해줄 수도 있다만. 그러면 뭘 하겠느냐?"

"위글리와 온 세상 사람들은 나리를 진정한 귀족이라고 칭송할 것입니다."

"세상 사람들은 그런 일에 신경도 쓰지 않는다. 하지만 너는 나에게 고마움을 느끼겠지?"

퀜다는 이 대화의 방향을 알 것 같아 무서워졌다. "물론이죠. 아주 고마울 겁니다."

"그래 그 고마움의 표시를 어떻게 하겠느냐?"

그녀는 문 쪽으로 뒷걸음쳤다. "부끄러움 없이 할 수 있는 일이라면 무엇이든 하겠습니다."

"옷을 벗어보겠느냐?"

그녀는 심장이 철렁 내려앉았다. "안 됩니다, 나리."

"아, 그럼 그렇게 고마워하는 건 아니로군."

그녀는 손을 뻗어 문손잡이를 잡았지만 밖으로 나가지는 않았다. "대체…… 제게 원하는 것이 무엇인가요, 나리?"

"네 벗은 몸을 보고 싶구나. 그런 다음에 결정하겠다."

"여기서 말인가요?"

"그래."

그녀는 앨런 쪽을 보며 말했다. "저분 앞에서 말인가요?"

"그래."

그 대가를 생각하면 두 남자 앞에서 자신의 벗은 몸을 보여주는 일 따위는 대단할 것도 없었다. 그렇게 해서 상속권이 울프릭에게 돌아갈 수만 있다면.

그녀는 재빨리 허리띠를 풀고 머리 위로 옷을 벗었다. 그녀는 한 손에 옷을 들고 다른 손으로는 문손잡이를 잡은 채 도전적인 눈길로 랠프를 빤히 바라보았다. 그는 탐욕스러운 눈길로 그녀의 몸을 훑어보더니 옆에 앉은 남자에게 의기양양한 미소를 지었다. 퀜다는 이런 일이 그가 자신의 권력을 과시하는 방식의 하나에 불과하다는 것을 알았다.

"얼굴은 못생겼지만 가슴은 보기 좋군. 안 그런가, 앨런?" 랠프가 말했다.

"당신이 좋아하신다 해도 저는 저 여자 위로 올라가고 싶은 마음은 들지 않는데요." 앨런이 대답했다.

랠프는 웃음을 터뜨렸다.

"이제 저의 청원을 들어주시는 거죠?" 궨다가 말했다.

랠프는 한 손을 자신의 사타구니에 가져가더니 문지르기 시작했다. "나하고 하자. 저 침대에서."

"안 됩니다."

"이봐. 너는 이미 울프릭하고도 했잖아. 처녀도 아니면서 뭘 그래."

"그래도 안 됩니다."

"토지를 생각해봐. 그의 아버지가 가졌던 90에이커 말이다."

그녀는 생각해보았다. 그녀가 동의하면 울프릭은 그토록 원하던 것을 갖게 될 것이다. 그리고 그들은 풍족한 삶을 기대할 수 있을 것이다. 만일 그녀가 계속 거절하면 울프릭은 그녀의 아버지 조비처럼 땅 한 뙈기 없는 날품팔이꾼이 되어 평생 자식을 먹여 살리느라 버둥거려야 할 것이다. 아니, 버둥거려도 충분치 못할 것이다.

그래도 그 생각은 반감을 일으켰다. 비열하고 복수심으로 가득찬 랠프는 약자들이나 괴롭히는 불쾌한 인간이었다. 그의 형과는 너무나 달랐다. 키가 훤칠하고 잘생겼다는 것도 아무 도움이 되지 않았다. 그토록 싫은 사람과 그것을 해야 한다는 것은 역겨운 일이었다.

바로 어제 울프릭과 사랑을 나눴기 때문에 랠프의 요구에 더욱 반감이 들었다. 울프릭과 그토록 행복하고 친밀한 밤을 보낸 뒤 다른 남자와 같은 행위를 한다는 것은 무서운 배신행위였다.

바보같이 굴지 마. 그녀는 생각했다. 오 분을 못 참아서 평생을 곤궁하게 살 거야? 그녀는 어머니와 그동안 죽은 아기들도 생각했다. 오빠와 자신이 억지로 해야 했던 도둑질도 떠올렸다. 아직 태어나지 않은 자신의 아이들에게 가난을 물려주는 것보다는 이번 한 번만, 잠시 동안만 그에게 몸을 주는 것이 낫지 않을까?

그녀가 머뭇대는 동안 랠프는 잠자코 있었다. 차라리 나았다. 그의 입에서 무슨 말이 더 나왔다면 혐오감만 더했을 것이다. 침묵은 그에게 유리하게 작용했다.

"제발 부탁합니다." 궨다가 말했다. "제게 그 일을 시키지 말아주십시오."

"아." 그가 말했다. "할 생각이 있다는 말로 들리는데."

"그건 죄악이에요." 그녀는 필사적인 심정으로 말했다. 그녀가 죄악이라는 말을 입에 올리는 일은 흔한 일이 아니었지만, 그 말을 하면 그의 마음을 돌리게 할 수 있을지도 모른다고 생각했다. "나리는 요구하는 죄, 저는 동의하는 죄를 짓게 되니까요."

"죄는 용서받을 수 있다."

"나리의 형님이 나리를 어떻게 생각하겠습니까?"

그 말에 그는 멈칫했다. 한순간 그는 주저하는 기색을 보였다.

"제발 부탁합니다. 울프릭이 상속받게 해주십시오."

그의 얼굴은 다시 굳어졌다. "나는 이미 결정을 내렸다. 결정을 바꾸지 않을 거야. 네가 나를 뭔가로 설득시키지 못하는 한. 말만으로는 소용없다." 그의 눈이 욕망으로 번득이고 호흡이 조금씩 빨라지고 입이 벌어지며 수염 속 입술이 축축하게 젖었다.

그녀는 옷을 바닥에 떨어뜨리고 침대로 걸어갔다.

"올라와서 무릎을 꿇어. 아니, 얼굴은 저쪽으로 돌려라."

그녀는 그가 하라는 대로 했다.

"이쪽이 훨씬 보기가 낫군." 그 말에 앨런이 큰 소리로 웃음을 터뜨렸다. 퀜다는 앨런이 계속 지켜볼 것인지 의아했는데, 그 순간 랠프가 말했다. "우리만 있게 자네는 나가." 잠시 후 문 닫히는 소리가 들렸다.

랠프도 침대로 올라와 퀜다 뒤쪽에 무릎을 꿇은 자세로 앉았다. 그녀는 눈을 감고 용서를 빌었다. 그의 굵은 손가락이 자신의 몸을 더듬는 느낌이 들었다. 침 뱉는 소리가 들리더니 그가 침 묻은 손으로 그녀의 몸을 문질렀다. 그리고 그가 들어왔다. 그녀는 수치심에 신음했다.

랠프는 그 소리를 오해했다. "너도 좋은 거지, 응?"

그녀는 얼마나 걸릴지 궁금했다. 그가 규칙적으로 몸을 움직이기 시작했다. 불편한 자세 때문에 그녀가 그의 움직임에 따라 움직이자 그는 자신이 그녀를 흥분시킨 거라 여기고 의기양양하게 웃었다. 그녀는 이 일 때문에 사랑의 행위에 대한 기억 자체를 망칠지 모른다는 것이 가장 두려웠다. 앞으로 울프릭과 잘 때마다 이 순간을 떠올리게 되는 건 아닐까?

그러나 다음 순간 소름 끼치게도 허리에 뜨거운 쾌감이 밀려들기 시작했다. 그녀는 수치심으로 얼굴이 빨개졌다. 마음으로는 반감을 느꼈지만 몸은 그녀를 배신해 몸 안쪽을 적시면서 그를 돕고 있었다. 그도 그런 변화를 감지하고 재촉하듯 움직였다. 자신에 대한 혐오감에 그녀는 더이상 그의 움직임에 맞춰주지 않았다. 하지만 그가 그녀의 엉덩이를 움켜쥔 채 움직이고 있었기 때문에 달리 저항할 방도가 없었다. 그녀는 숲에서 알윈과 이 일을 할 때도 자신의 몸이 말을 듣지 않았다는 사실을 떠올리고 낭패감에 사로잡혔다. 지금과 마찬가지로 그때도 그녀는 나무토막처럼 둔하고 무감각한 반응을 보이고 싶었다. 그러나 두 번 모두 그녀의 몸에서는 의지와 정반대되는 반응이 나왔다.

그녀는 알윈의 칼로 알윈을 죽였다.

그러나 지금은 랠프가 자신의 등뒤에 있었기 때문에 설령 그러고 싶더라도 그럴 수 없었다. 그녀는 그를 볼 수 없었고 자신의 몸을 통제할 수도 없었다. 그녀는 완전히 그의 손아귀에 들어 있었다. 그녀는 그가 절정에 가까워지고 있음을 느끼고 안도했다. 이제 곧 끝날 것이다. 그의 반응에 따라 그녀의 몸속에서 압박감이 느껴졌다. 그녀는 몸의 힘을 빼고 애써 마음을 비웠다. 그녀까지 절정에 이른다면 그 이상의 굴욕도 없을 것이었다. 그녀는 랠프가 사정하는 것을 느끼고 쾌감이 아니라 혐오감에 몸을 떨었다.

그는 흡족한 한숨을 내쉬고는 그녀에게서 물러나 침대에 누웠다.

그녀는 일어나서 재빨리 옷을 입었다.

"생각보다 좋았어." 랠프가 예의상 칭찬해준다는 투로 말했다.

그녀는 방을 나와 문을 닫았다.

～

그다음주 일요일, 성당에서 미사가 시작되기 전에 관리인 네이트가 울프릭의 집을 찾아왔다.

궨다와 울프릭은 부엌에 있었다. 아침식사를 마치고 방을 치운 뒤 울프릭은 가죽 바지를 꿰매고 궨다는 허리끈을 만들고 있었다. 환한 빛이 필요했던 두 사람은 창가에 앉아 있었다. 또다시 비가 내리고 있었다.

궨다는 개스퍼드 신부의 눈을 의식해 헛간에서 사는 시늉을 하고 있었지만, 실제로는 매일 밤 울프릭과 함께 잠을 잤다. 그가 결혼 이야기를 꺼내지 않자 그녀는 실망했다. 하지만 두 사람은 여유가 생기는 대로 결혼식을 올리려는 사람들이 흔히 그렇듯 부부처럼 살고 있었다. 귀족과 상층 계급 사람들에게는 이런 방종이 허락되지 않았지만, 농부들의 경우에는 보통 묵인되었다.

두려워했던 대로 그녀는 그와 사랑을 나누면서 이상한 느낌에 사로잡혔다. 머릿속에서 랠프를 밀어내려고 애쓸수록 그가 머릿속으로 밀고 들어왔다. 다행히 울프릭은 그런 그녀의 기분을 눈치채지 못했다. 그가 너무도 열렬하고도 기쁜 듯이 그녀와 사랑을 나누었기 때문에 그녀의 가책은 거의 압도될 정도였지만, 완전히 사라지지는 않았다.

어쨌든 그가 가족의 땅을 되찾게 될 거라는 사실을 위안 삼았다. 그것이 가책감을 벌충해줬다. 물론 그에게 알리려면 왜 랠프가 마음을 바꾸었는지 설명해야 하기 때문에 그 말을 꺼내지 못했다. 그녀는 그에게 필리먼과 캐리스, 머딘과 만나서 나눈 이야기를 들려주었고, 랠프와 만난 일도 일부분은 말했다. 그녀는 랠프가 다시 생각해본다고 했다는 말만 했다. 그래서 울프릭은 기뻐할 정도는 아니었지만 어느 정도 희망을 품게 됐다.

"두 사람 다 지금 당장 영주 저택으로 가게." 네이트가 문 안으로 비에 젖은 머리를 들이밀고 말했다.

"랠프 경이 무슨 일로 부르시는데요?" 궨다가 물었다.

"용건이 마음에 들지 않으면 가지 않겠다는 건가?" 네이트가 빈정거렸다. "바보 같은 질문은 집어치우고 얼른 가보라고."

그녀는 저택으로 가기 위해 머리에 모포를 뒤집어썼다. 그녀는 아직 외투가 없었다. 울프릭에게 작물을 판 대금이 있었고 그것으로 그녀에게 외투를 사줄 수도 있었지만 그는 상속세를 마련하기 위해 돈을 저축하고 있었다.

그들은 빗속을 뚫고 서둘러 영주 저택으로 향했다. 그것은 귀족 저택의 축소판으로, 긴 식탁이 놓인 큰 홀이 있고, 좁은 위층에는 '가족실'이라고 불리는 영주의 개인실이 있었다. 아내가 없는 남자가 사는 집이라는 것이 역력했다. 벽에는 태피스트리 하나 걸려 있지 않았고 바닥에 깔린 짚에서는 악취가 풍겼으며 개들은 낯선 사람을 보고 컹컹대고 찬장 거죽에는 쥐가 갉은 자국이 있었다.

식탁 상석에 랠프가 앉아 있었다. 그의 오른쪽에 앨런이 앉아 있다가 들어오는 그녀에게 능글맞은 미소를 지었다. 그녀는 그 미소를 모른 척하기 위해 애써야 했다. 일 분쯤 지나 네이트도 들어왔다. 그의 뒤로 뚱뚱하고 교활한 퍼킨이 양손을 비비고 비굴하게 절을 하며 들어왔는데, 기름칠한 머리 때문에 테 없는 가죽 모자라도 쓴 것 같았다. 그의 사위 빌리 하워드도 들어왔다. 빌리는 울프릭에게 으스대는 눈길을 던졌다. 나는 네 여자를 차지했지, 그리고 이제는 네 땅까지 차지할 참이야, 라고 말하는 듯했다. 그가 이곳에 나타난 것은 뜻밖이었다.

네이트가 랠프의 왼쪽에 앉았다. 나머지 사람들은 그대로 서 있었다.

궨다는 이 순간만을 기다려왔다. 그녀가 치른 희생을 보답받을 순간이었다. 그녀는 자신이 상속받게 됐다는 사실을 알게 됐을 때 울프릭의 얼굴에 떠오를 표정을 간절한 마음으로 기다렸다. 그는 미친듯이 기뻐할 것이고, 그녀 역시 그럴 것이다. 그로써 그들의 미래는 보장될 것이다. 예측할 수 없는 날씨와 요동치는 곡물 가격을 감안하더라도 굶지 않을 만큼은 보장될 것이다.

랠프가 말했다. "석 주 전에 나는 새뮤얼의 아들 울프릭이 나이가 어려 그 아버지의 토지를 상속받을 수 없다고 했었지." 그는 답답하리만큼 느리게 말했다. 이런 걸 좋아하는 거야. 궨다는 생각했다. 상석에 앉아 판결을 내리고 모든 사람이 자신이 할 다음 말을 기다리는 것을. "그때 이후로 울프릭은 그 땅을 경작해왔고, 그동안 나는 고 새뮤얼의 뒤를 이을 사람이 누구여야 하는지 고심했다." 그는 잠시 말을 멈췄다가 이었다. "그러던 중 울프릭의 상속권을 거부했던 내 판정에 의문을 품게 됐다."

퍼킨은 화들짝 놀랐다. 승리를 확신하던 그는 충격을 받았다.

빌리 하워드가 끼어들었다. "그게 무슨 말씀입니까? 저는 네이트 가—" 그때 퍼킨이 그를 팔꿈치로 찔러서 입을 다물게 만들었다.

궨다는 회심의 미소를 억누를 수 없었다.

"나이는 어리지만, 울프릭은 충분한 자신의 능력을 입증한 셈이다." 랠프가 말했다.

퍼킨이 네이트를 노려보았다. 궨다는 네이트가 퍼킨에게 그 땅을 갖게 해주겠다고 약속했을 거라 짐작했다. 어쩌면 이미 뇌물을 받았는지도 모른다.

네이트도 퍼킨만큼이나 충격을 받은 상태였다. 그는 한동안 입을 벌린 채 랠프를 빤히 바라보다가 당황한 얼굴로 퍼킨을 보고, 이어서 미심쩍은 눈길로 궨다를 바라보았다.

랠프가 말을 이었다. "이 일에서 울프릭은 궨다에게 충분한 도움을 받았고, 나는 그녀의 강인함과 성실함에 깊은 감명을 받았다."

네이트는 호기심 어린 눈길로 그녀를 빤히 응시했다. 그녀는 그가 지금 무슨 생각을 하는지 알 수 있었다. 그는 그녀가 개입했다는 사실을 깨달았으며, 대체 어떻게 랠프의 마음을 움직였는지 궁금해하고 있었다. 어쩌면 실제로 있었던 일을 제대로 추측하고 있을지도 모른다. 그녀는 울프릭만 모른다면 네이트가 무슨 생각을 하든 개의치 않았다.

갑자기 네이트가 무엇인가 결심한 듯했다. 그는 일어서서 식탁 건너편 쪽으로 굽은 상체를 기울였다. 그러고는 랠프에게 나지막한 소리로 무슨 말인가 했다. 궨다에게는 그가 하는 말이 들리지 않았다.

"그게 정말이냐?" 랠프가 평상적인 어조로 말했다. "그게 얼마지?"

네이트가 이번에는 퍼킨 쪽으로 몸을 돌리고는 그에게 무슨 말인가 속삭였다.

"잠깐만요! 어째서 그런 식으로 소곤대는 거죠?" 궨다가 말했다.

퍼킨은 화난 표정을 지으며 마지못한 듯이 대꾸했다. "그래요, 좋소."

"뭐가 좋다는 건가요?" 궨다가 두려운 어조로 물었다.

"그럼 두 배로?" 네이트가 말했다.

퍼킨이 고개를 끄덕였다.

궨다는 불안감에 사로잡혔다.

네이트가 큰 소리로 말했다. "퍼킨이 정해진 상속세의 두 배, 그러니까 5파운드를 내겠다고 합니다."

"그렇다면 얘기가 달라지겠는데." 랠프가 말했다.

"그건 안 될 일이에요!" 궨다가 외쳤다.

울프릭이 처음으로 입을 열었다. "상속세는 관례에 따라 정해져서 영주 장부에 기록되는 것이잖습니까." 그는 변성기에 접어든 청년의 목소리로 느릿느릿 말했다. "그건 협상하는 것이 아닐 텐데요."

"하지만 상속세 금액은 바뀔 수 있어. 그 금액이 토지대장에 적히는 건 아니니까." 네이트가 재빨리 말했다.

"두 사람이 변호사인가? 변호사가 아니면 입을 다물어라. 상속세는 2파운드 10실링이다. 그 밖에 오가는 돈은 당신들이 관여할 수 있는 일이 아니야." 랠프가 말했다.

궨다는 랠프가 약속을 어기려는 것임을 깨닫고 아연했다. 그녀가 나지막한 비난조로, 느리지만 분명하게 말했다. "제게 약속하셨잖아요."

"내가 뭐 때문에 약속 같은 걸 했다는 거지?" 랠프가 말했다.

그것은 그녀가 대답할 수 없는 질문이었다. "제가 청원을 드렸으니까요." 그녀는 무기력하게 대꾸했다.

"그래서 내가 다시 생각해보겠다고 했지. 약속 같은 건 한 적이 없다."

그녀는 그에게 그 약속을 지키도록 할 수 있는 힘이 없었다. 그를 죽이고 싶었다. "아니요, 약속하셨습니다!" 그녀가 말했다.

"영주는 농부와 홍정 같은 건 하지 않아."

그녀는 할말을 잃고 그를 노려보았다. 킹스브리지까지 먼길을 갔던 일, 랠프와 앨런 앞에서 알몸을 내보였던 수모, 랠프의 침대에서 해야 했던 수치스러운 행위들, 그 모든 것이 물거품이 된 것이었다. 울프릭을 배신하면서까지 그 모든 일을 했는데, 그는 여전히 상속을 받지 못하는 것이었다. 그녀는 랠프에게 손가락질을 하며 싸늘한 어조로 말했다. "하느님이 당신, 랠프 피츠제럴드가 지옥에 떨어지도록 저주하실 겁니다."

그의 얼굴이 창백해졌다. 사람들은 진실로 부당한 취급을 당한 여자의 저주는 실제로 일어난다고 믿었다. "말조심해." 랠프가 말했다. "마법을 쓰는 마녀는 처벌할 수도 있어."

궨다는 물러섰다. 이런 협박을 무시할 수 있는 여자는 없었다. 마법 행위에 대한 고발은 쉽고 반박은 어려웠다. 그래도 그녀는 말하지 않을 수 없었다. "이번 생에서 정의의 손길을 피한 자들에게는 다음 생에서 그 손길이 미칠 겁니다."

랠프는 그 말을 무시하고 퍼킨에게 말했다. "돈은 어디 있나?"

퍼킨이 부자가 된 것은 자기 돈을 꼭꼭 숨겨두기 때문이었다. "즉시 가져오겠습니다, 영주 나리."

"궨다, 여기에 우리를 위한 자비는 없어." 울프릭이 말했다.

궨다는 눈물을 참았다. 분노가 가라앉자 슬픔이 엄습했다. 그들은 할 수 있는 모든 일을 다 했는데도 지고 말았다. 그녀는 자신의 감정을 감추기 위해 고개를 숙인 채 몸을 돌렸다.

"잠깐 기다리게, 울프릭. 자네는 일거리가 필요하고 나는 일손이 필요하네. 우리 땅에서 일해주게. 하루에 1페니씩 주지." 퍼킨이 말했다.

울프릭은 자기 가족이 소유했던 땅에서 일꾼으로 일하라는 제의를 받고 굴욕감에 얼굴이 시뻘게졌다.

"궨다도. 두 사람은 젊고 알아서 열심히 하니까 말이야." 퍼킨이 덧붙였다.

궨다는 퍼킨이 일부러 심술을 부리는 것이 아님을 알았다. 그는 오로지 자기 이익을 추구하는 데 혈안이 되어 있고, 늘어난 토지를 함께 경작해줄 유능한 일꾼들을 쓰고 싶은 것뿐이었다. 그는 울프릭에게 그 제의가 최후의 모욕이 될 거라는 사실에는 신경도 쓰지 않았고, 그럴 거라고 눈치채지도 못했다.

"그러면 자네들 두 사람이 일주일에 1실링씩 벌게 되는 거야. 꽤 많은 돈을 벌게 될 걸세." 퍼킨이 말했다.

울프릭의 얼굴이 딱딱하게 굳었다. "우리 가족이 갖고 있던 땅에서 몇십 년 동안 날품팔이를 하라고요? 천만에요." 그는 발길을 돌려 그 자리를 떠났다.

궨다는 그의 뒤를 따라가며 생각했다. 이제 우리는 어떻게 해야 할까?

29

웨스트민스터 홀은 거대하고 대성당의 내부보다 더 컸다. 주눅이 들 만큼 길고 넓었고, 까마득한 천장은 두 줄로 늘어선 높다란 원기둥들로 지지되고 있었다. 웨스트민스터 궁전에서 가장 핵심적인 공간이었다.

롤런드 백작에게는 이곳이 자기집이나 같겠군. 고드윈은 분개하며 생각했다. 백작과 그의 아들 윌리엄은 유행을 좇은 옷차림에 한쪽은 적색이고 다른 한쪽은 검은색인 딱 달라붙는 바지를 입고 활보했다. 백작들은 서로 알고 지냈고 대부분의 남작들도 그랬다. 그들은 친구의 어깨를 툭툭 치며 장난삼아 상대를 조롱하기도 하고, 서로의 농담에 폭소를 터뜨리며 야유를 보내기도 했다. 고드윈은 이 홀에서 열리는 법정에서 설령 귀족 계급이라 하더라도 누구를 막론하고 가차없이 사형판결이 내려지기도 한다는 것을 그들에게 상기시켜주고 싶었다.

고드윈과 그의 일행은 잔뜩 목소리를 낮춰 자기들끼리만 대화를 나눴다. 그것이 법정에 대해 경외감이 아니라 불안감 때문에 나온 행동이라는 것을 고드윈 자신도 인정했다. 고드윈과 에드먼드와 캐리스는 이곳이 편하지 않았다. 그들 모두 런던에는 처음 와본 것이었다. 런던에 사는 사람 중에 그들이 아는 사람이라곤 부오나벤투라 카롤리뿐이었는데, 지금 그는 런던에 없었다. 그들은 길을 모르고, 구식 옷차림을 하고 있었으며, 자신들이 넉넉히 준비했다고 생각한 여행 경비도 급속히 줄어들고 있었다.

에드먼드는 어떤 일에도 겁먹는 사람이 아니었고, 캐리스는 뭔가 더 중요한 생각할 거리가 있는 사람처럼—그럴 가능성은 거의 없었지만—산만해 보였지만, 고드윈은 불안감에 미칠 것 같았다. 그는 이 나라에서 가장 강력한 귀족과 싸우려는 일개 신임 수도원장에 불과했다. 도시의 장래가 걸린 문제였다. 다리가 없으면 킹스브리지는 소멸하고 말 것이다. 지금 잉글랜드의 한 대도시에서 고동치는 심장이나 다름없는 그 수도원은, 수사 몇이 허물어져가는 텅 빈 대성당에서 미사나 드리는 시골마을의 쓸쓸한 건물로 전락하고 말 것이다. 고드윈은 자신의 전리품이 먼지가 되는 것을 보기 위해 그토록 기를 쓰고 수도원장이 된 것이 아니었다.

너무도 많은 것이 걸려 있기에 그는 직접 상황을 통제하고 싶었고, 킹스브리지에서 그랬듯 이곳에서도 자신이 다른 모든 사람보다 현명할 거라고 확신했다. 하지만 여기서 그가 느낀 것은 그것과 정반대였고, 그래서 불안에 떨었다.

그에게 위안이 되는 인물은 그레고리 롱펠로였다. 고드윈의 대학 시절 친구인 그레고리는 법에 걸맞은 교활한 심성의 소유자였다. 왕실법정은 그에게 익숙했다. 호전적이고 독단적인 그는 고드윈을 법률의 미로 사이로 인도해줬다. 그는 예전에도 많은 탄원을 제출했듯이 수도원의 탄원을 의회에 제출했다. 그러나 물론 의회에서는 그가 제출한 탄원을 다루지 않았고, 대법관이 감독하는 추밀원으로 상고하도록 만들었다. 모두가 그레고리의 친구 혹은 지인인 대법관의 법률인단은 이 사건을 고등법원에 회부했을 수도 있지만—그 법정에서는 국왕이 관심을 가진 사건을 다루었다—역시 이번에도 그레고리가 예견한 대로 국왕 앞에 제기하기에는 너무 사소한 사건이라고 판단해 사건을 민사법정으로 송치했다.

이 모든 일이 진행되는 데 꼬박 육 주가 걸렸다. 11월 하순이 되면서 날씨는 점점 추워졌다. 공사를 할 수 있는 시기도 거의 끝나가고 있었다.

오늘 비로소 그들은 국왕의 총애를 받는다는 노련한 판사 윌버트 휘트필드 경 앞에 서게 됐다. 윌버트 경은 북부에 사는 어느 남작의 둘째 아들이었다. 그의 형은 작위와 영지를 물려받았고, 윌버트는 사제 수련을 하고 법학을 공부한 뒤 런던에 와 왕실의 총애를 받게 됐다. 그레고리가 충고하길, 윌버트는 수사 쪽이 아니라 백작 쪽을 편드는 성향이 있지만, 무엇보다도 국왕의 이익을 우선시한다고 했다.

판사는 궁의 동쪽 벽, 그린 야드와 템스강이 내다보이는 창과 창 사이에 마련된 높은 판사석에 앉아 있었다. 그의 앞에는 서기 두 명이 긴 탁자 앞에 앉아 있었다. 소송 관련자를 위해 마련된 의자는 없었다.

"판사님, 셔링의 백작이 무장한 병사를 보내 킹스브리지 수도원 소유의 채석장을 봉쇄했습니다." 그레고리는 윌버트 경이 자기 쪽을 바라보자마자 입을 열었다. 그의 목소리는 분노한 듯 떨리고 있었다. "백작 영지 안에 있는 그 채석장은 약 이백 년 전 국왕 헨리 1세가 수도원에 하사하신 것입니다. 양도증서 사본 한 부가 법정에 제출되어 있습니다."

윌버트 경은 분홍빛 얼굴에 백발의 미남이었지만 그가 입을 열자 썩은 치아가 그대로 드러났다. "지금 내 앞에 그 증서가 있습니다." 판사가 말했다.

그러자 롤런드 백작은 발언 순서도 기다리지 않고 말했다. "수사들이 그 채석장을 받은 것은 대성당을 지어야 했기 때문이었소." 이런 일 따위는 따분하다는 듯 느릿느릿한 어조였다.

그레고리가 재빨리 이어서 말했다. "하지만 그 증서에는 특정 목적에 채석장 사용을 제한한다는 내용이 들어 있지 않습니다."

"그런데 지금 수사들은 다리를 지으려 하고 있소." 롤런드가 말했다.

"성령강림절 때 붕괴된 다리를 다시 지으려는 겁니다. 바로 국왕이 하사하신 목재를 사용해 수백 년도 전에 세워진 다리를 말입니다!" 그레고리는 백작의 말 한마디 한마디에 격분한 사람처럼 말했다.

"기존에 있던 다리를 새로 짓는 데는 허가가 필요하지 않습니다." 월버트 경이 기세등등한 어조로 말했다. "그리고 그 증서에는 국왕이 대성당의 건축을 장려한다는 내용은 있어도, 성당이 완공됐을 때 권리를 양도해야 한다는 내용은 없습니다. 수사들이 석재를 다른 용도로 사용하는 것을 금하는 내용도 없고요."

고드윈은 기운이 났다. 판사는 논거가 수도원 쪽에 있다는 사실을 즉각 파악한 것 같았다.

그레고리는 마치 판사가 너무도 빤한 사실을 말했다는 듯이 손바닥을 위로 향한 채 양손을 펼쳤다. "판사님, 실제로 그것이 지난 3세기 동안 킹스브리지의 여러 수도원장과 셔링의 여러 백작 사이에 합의하에 지켜져오던 것이었습니다."

고드윈은 꼭 그렇지는 않았다는 사실을 알고 있었다. 필립 수도원장 시절에도 증서의 내용에 대한 반론이 제기된 적이 있었다. 그러나 월버트 경도 롤런드 백작도 그런 사실은 알지 못했다.

롤런드는 변호사들과 입씨름을 벌이는 것이 자신의 위엄을 손상시킨다는 듯 거만한 태도를 취하고 있었지만, 겉으로만 그럴 뿐이었다. 실제로 그는 논거를 확실하게 파악하고 있었다. "증서에 수도원이 세금을 내지 않아도 된다는 내용은 있지 않소."

"그렇다면 백작은 왜 지금까지는 세금을 부과하지 않았습니까?" 그레고리가 말했다.

롤런드는 그 질문에 답을 갖고 있었다. "이전의 백작들은 대성당에 대한 기부금 삼아 세금을 면해줬던 것이오. 그것은 교회에 편의를 주려는 조치였을 뿐. 하지만 다리를 건설하는 데 종교적 후원을 해야 할 이유는 없소. 그런데도 수사들은 세금을 내지 않겠다고 거부하는 겁니다."

갑자기 논의의 방향이 달라졌다. 정말 순식간에 바뀌는군. 고드윈은 생각했다. 몇 시간이고 계속되는 참사회의 논의와는 달랐다.

"백작의 부하들이 채석장에서 석재를 내가지 못하게 막고 있습니다. 가엾은 수레꾼을 죽이기까지 했습니다." 그레고리가 말했다.

"되도록 빨리 논쟁을 매듭짓는 게 좋겠군요. 과거에 이러한 권리를 실제로 집행했는지 여부와 상관없이 백작이 자신의 도로와 다리와 여울목을 사용하여 영지를 통과하는 데 세금을 부과할 권리가 있다는 주장에 대해 수도원측에서는 무슨 말을 하겠습니까?" 윌버트 경이 말했다.

"그 석재는 원래 수도원 소유지에서 나는 것이므로 그가 주장하는 세금은 통과세가 아니라 사실상 석재에 대한 세금이나 다름없으며, 그 사실은 헨리 1세의 증서 내용에 배치됩니다."

판사가 그 말에 별로 공감하지 않자 고드윈은 실망했다.

그러나 그레고리의 말은 아직 끝난 것이 아니었다. "그리고 왕들이 킹스브리지에 다리를 놓게 하고 채석장을 하사한 것은 합당한 이유가 있었기 때문입니다. 왕들은 수도원과 그 도시가 번창하기를 원했던 겁니다. 그리고 다리가 없으면 킹스브리지가 번창할 수 없다는 사실을 증언하기 위해 도시의 길드장이 이 자리에 참석했습니다."

에드먼드가 앞으로 나섰다. 빗질하지 않은 머리에 지방민다운 차림을 한 그는 영락없는 시골뜨기처럼 보여서, 멋지게 차려입은 주위의 귀족들과 대조됐다. 하지만 고드윈과 달리 에드먼드는 위축된 기색이 없었다. "판사님, 저는 양모 상인입니다. 다리가 없으면 장사도 할 수 없습니다. 그리고 장사를 할 수 없으면 킹스브리지는 국왕에게 세금을 내지 못하게 될 겁니다."

월버트 경은 상체를 앞으로 기울이며 물었다. "그 도시에서는 지난번 십일세를 얼마나 냈지요?"

의회에서 이따금 개인의 동산 가운데 10분의 1 또는 15분의 1을 세금으로 부과하는 십일세를 말하는 것이었다. 물론 자기 재산의 10분의 1을 내는 사람은 아무도 없었다. 모두 자기 재산을 줄여서 신고했다. 따라서 각 도시 또는 주가 내는 세금 총액은 고정되어 있었고, 그 부담은 비교적 공정하게 분배되어 가난한 사람이나 지위가 낮은 소작농은 한 푼도 내지 않았다.

"1011파운드입니다, 판사님." 이 질문을 예상했던 에드먼드는 즉각 대답했다.

"다리가 없을 경우 세금에 미치는 영향은 어느 정도지요?"

"현재까지 계산하면 십일세는 300파운드가 조금 넘을 것 같습니다만, 그것은 우리 시민들이 다리가 재건되리라는 희망 속에서 계속 장사를 하고 있기 때문입니다. 만약 오늘 이 법정에서 그 희망이 깨진다면 연례 정기시장과 주말시장은 거의 소멸할 테고, 그 경우 산출될 십일세는 50파운드 아래로 떨어질 겁니다."

"그건 국왕이 기대하시는 자금 규모에 비하면 거의 없는 거나 마찬가지로군요." 판사가 말했다. 그는 모두가 알고 있는 사실에 대해서는 말하지 않았다. 지난 몇 주 사이 국왕은 프랑스와의 전쟁을 선포했고, 그 때문에 많은 돈이 필요해졌다.

"이 심리가 국왕의 재정에 관한 것입니까?" 롤런드가 발끈해서 비아냥조로 말했다.

윌버트 경은 상대가 백작이라도 위협에 굴할 인물이 아니었다. "이곳은 왕실법정입니다." 그가 부드러운 어조로 말했다. "뭘 기대하십니까?"

"정의지요." 롤런드가 대꾸했다.

"정의는 얻게 될 겁니다." 판사가 암시는 했지만, '당신 마음에 들지 않을지는 모르지만'이라는 말은 하지 않았다. "에드먼드 울러 씨, 그 도시에서 가장 가까운 다른 시장이 어딥니까?"

"셔링입니다."

"그렇군요. 그럼 그 도시에서 빠져나간 거래는 백작의 도시로 옮겨가겠군요."

"꼭 그렇지는 않습니다, 판사님. 일부는 그렇겠지만 대부분은 그대로 사라질 겁니다. 킹스브리지 장사꾼들 대부분은 셔링에서는 장사를 할 수 없게 될 테니까요."

"셔링에서 지난번 납부한 십일세는 얼마입니까?" 판사가 롤런드에게 물었다.

롤런드는 서기인 제롬 신부와 짤막하게 의논한 다음 말했다. "620파운드였소."

"그러면 셔링에서 거래가 증가할 경우 1620파운드를 낼 수 있겠습니까?"

"물론 그럴 수 없소." 백작이 화를 내며 대꾸했다.

"그렇다면 킹스브리지의 다리 건설에 대한 당신의 반대는 국왕에게 큰 손실을 안기게 되겠군요." 판사는 여전히 부드러운 어조로 말했다.

"나에게는 그럴 권리가 있소이다." 롤런드가 부루퉁한 어조로 말했다.

"국왕에게도 그분의 권리가 있습니다. 당신에게 연간 천 파운드쯤 되는 국고 손실을 보상할 어떤 방법이 있습니까?"

"나는 국왕과 함께 프랑스와 맞서 싸울 것이오. 그건 양모 상인이나 수사들이 절대로 하지 않을 일이지!"

"그건 그렇죠." 윌버트 경이 말했다. "하지만 당신의 기사들은 참전에 대한 보수를 요구할 거잖습니까."

"터무니없군." 롤런드가 말했다. 그는 자신이 설전에서 밀리고 있다는 것을 알았다. 고드윈은 득의만만한 표정을 짓지 않으려고 애썼다.

판사는 상대에게 자신이 진행하는 재판이 터무니없다는 말을 듣는 것을 좋아하지 않았다. 그는 정색하고 롤런드를 바라보았다. "당신이 병사들을 보내 수도원 채석장을 봉쇄할 때는 그것이 국왕의 이익을 침해할 의도의 집행이 아니라는 것을 확실히 증명하셔야 합니다." 판사는 말을 멈추고 상대의 대답을 기다렸다.

롤런드는 이것이 함정이라는 것을 감지했지만 내놓을 수 있는 답은 하나뿐이었다. "물론 그럴 의도는 아니오."

"이제 새 다리가 킹스브리지 수도원과 그 도시뿐 아니라 국왕의 이익에도 이바지한다는 것이 본 법정에서 명백해졌으니 본인은 당신도 채석장을 다시 열어주는 데 동의하실 거라고 보는데, 어떻습니까?"

고드윈은 윌버트 경이 영리한 인물이라는 것을 깨달았다. 그는 롤런드에게 자신의 판결에 동의하게 함으로써, 백작이 추후라도 국왕에게 개인적으로 호소하는 일을 차단하려는 것이었다.

한참이 흐른 뒤 롤런드가 대답했다. "동의하오."

"그리고 세금 없이 당신의 영지를 통과해 석재를 운송하는 것에 대해서도 동의하십니까?"

롤런드는 자신이 패했다는 것을 알았다. 그의 어조에는 분노가 서려 있었다. "동의하오."

"그럼 판결이 끝났군요." 판사가 말했다. "다음 사건으로 넘어가겠습니다."

⌇

대승을 거두기는 했지만 너무 때늦은 감이 있었다.

어느새 12월로 접어들었다. 평소 같으면 이때쯤 공사를 중단했다. 올해 비가 많았기 때문에 서리는 조금 늦을 테지만 그렇다고 해도 남은 시간은 기껏 두 주쯤일 것이다. 머딘은 언제라도 공사에 쓸 수 있도록 채석장에 수백 개의 석재를 잘라서 다듬어놓았다. 하지만 석재를 모두 킹스브리지까지 운반하는 데는 수개월이 걸릴 것이었다. 롤런드 백작은 소송에서는 패했을지 몰라도 교량 공사를 일 년 늦추는 데는 거의 성공한 것이었다.

캐리스는 에드먼드와 고드윈과 함께 울적한 기분으로 킹스브리지로 돌아왔다. 도시 외곽의 강변에서 말을 세운 그녀는 머딘이 이미 만들어놓은 방죽을 보았다. 나환자 섬 양편으로 흐르는 각각의 수로에 목재 널빤지 끄트머리들이 큰 원을 그리며 수면 위로 몇 피트씩 튀어나와 있었다. 그녀는 머딘이 길드 집회소에서 했던 설명을 떠올렸다. 그는 말뚝을 두 겹으로 둥글게 강바닥에 박은 다음 두 원 사이의 빈틈을 진흙 반죽으로 채워 물이 스며들지 않게 할 거라고 했다. 그런 다음 방죽 안쪽의 강물을 모두 퍼내면 강바닥에 기초를 세울 수 있다는 것이었다.

그들이 강을 건너려고 탄 나룻배에 머딘이 고용한 석공 해럴드가 함께 탔다. 캐리스는 그에게 방죽 안의 물을 퍼냈는지 물어보았다. "아직입니다. 마스터는 공사 시작 준비가 될 때까지 일단 두라고 했습니다."

캐리스는 머딘이 아직 나이가 어리지만 마스터라고 불린다는 것에 기분이 좋아졌다. "왜요? 공사를 빨리 시작하기 위해 미리 해놓을 줄 알았는데요."

"마스터는 안에 물이 없으면 강물이 방죽에 가하는 압력이 더 세진다고 했습니다."

캐리스는 머딘이 어떻게 그런 것들까지 알고 있는지 궁금했다. 머딘은 첫번째 마스터인, 엘프릭의 아버지 요아힘에게서 기초 지식을 배웠다. 머딘은 언제나 이 도시를 찾아온 외지인들, 그중에서도 피렌체와 로마의 높은 건물을 보고 온 사람들과 많은 대화를 나누곤 했다. 그리고 『티모시의 책』에서 대성당 건축에 관한 모든 내용을 읽었다. 그러나 머딘에게는 사물에 대한 남다른 직관도 있는 듯했다. 그녀라면 속이 빈 방죽이 속이 찬 방죽보다 더 약할 거라는 생각은 하지 못했을 것이다.

도시에 들어섰을 때 그들의 마음은 차분하게 가라앉아 있었지만, 머딘에게 얼른 이 좋은 소식을 전하고 공사가 가능한 기간이 끝나기 전에 혹시라도 할 수 있는 일이 있을지 알아볼 생각이었다. 그들은 마구간 하인들에게 말을 맡기고 머딘을 찾아 나섰다. 머딘은 성당 북서쪽 탑 꼭대기에 위치한 석공 다락에서 기름등잔을 몇 개 켜놓은 채 제도용 바닥에 난간 설계도를 그리고 있었다.

설계도를 그리다 말고 고개를 든 그가 그들의 얼굴을 보더니 씩 웃었다. "우리가 이겼군요?" 머딘이 말했다.

"우리가 이겼지." 에드먼드가 말했다.

"그레고리 롱펠로 덕분일세." 고드윈이 덧붙였다. "비용이 많이 들기는 했지만 그만한 값어치는 한 셈이지."

머딘은 두 남자를 포옹했는데, 지금 이 순간만큼은 고드윈과의 불화도 잊었다. 그리고 캐리스에게는 다정하게 키스했다. "보고 싶었어." 그가 나직하게 속삭였다. "무려 팔 주였어! 네가 돌아오지 않는 줄 알았단 말이야."

그녀는 대꾸하지 않았다. 그에게 할 중요한 이야기가 있었지만, 단둘이 있는 자리여야 했다.

그녀의 아버지는 딸의 말수가 줄어든 것을 눈치채지 못했다. "자, 머딘, 이제 당장에라도 공사를 시작할 수 있네."

"좋습니다."

"자네는 내일부터라도 채석장에서 석재를 운반할 수 있지만, 곧 서리가 내릴 테니 공사를 진척하기에는 아무래도 너무 늦었겠지." 고드윈이 말했다.

"저도 그 문제를 생각해보았습니다." 머딘이 말했다. 그는 창 쪽을 힐끗 보았다. 이른 오후였는데도 12월의 하루는 벌써 저녁을 향해 저물고 있었다. "어쩌면 한 가지 방법이 있을지도 몰라요."

에드먼드가 즉각 환영하고 나섰다. "어서 자네 생각을 말해보게! 그게 뭐지?"

머딘이 수도원장에게 물었다. "채석장에서 석재를 운반할 자원자들에게 면죄부를 주실 수 있습니까?" 면죄부는 특별한 사면 형식이다. 돈을 주는 것과 마찬가지로, 과거의 부채를 탕감해주거나 앞날의 채무를 위한 신용을 회복해주는 것이었다.

"그럴 수 있지. 무슨 생각을 하고 있는 건가?"

"킹스브리지에 수레를 가진 사람이 얼마나 될까요?" 머딘이 에드먼드에게 물었다.

"어디 보자." 에드먼드가 이마를 찡그리며 말했다. "재력이 있는 상인들은 전부 한 채씩은 있으니까…… 줄잡아 이백 채는 될 것 같군."

"우리가 오늘밤 시내를 돌아다니며 사람들에게 내일 채석장으로 수레를 몰고 가서 돌을 운반해달라고 부탁한다고 가정해보세요."

에드먼드는 머딘을 빤히 바라보았다. 이윽고 그의 얼굴에 서서히 미소가 번졌다. "그것 정말 괜찮은 묘안이로군!" 그는 기쁜 듯이 말했다.

"사람들에게 다른 사람들은 모두 갈 거라고 말하는 겁니다." 머딘이 계속 말했다. "마치 축제 같을 겁니다. 가족도 함께 가고 음식과 술도 가져가는 거죠. 만일 모두가 석재나 잡석을 한 수레씩 싣고 돌아온다면 이틀 안에 교각을 만들 만큼 가져올 수 있을 겁니다."

정말 놀라운 생각인걸. 캐리스는 생각했다. 남들이 상상조차 하지 못하는 일을 생각해내는 것은 머딘다운 일이기는 하지만, 과연 생각한 대로 이루어질까?

"날씨는 어떨 것 같은가?" 고드윈이 물었다.

"비는 농부들에게 저주 같았지만, 그 덕분에 추위가 늦춰졌습니다. 아직 한두 주는 여유가 있을 것 같습니다."

에드먼드는 잔뜩 흥분해서 균형이 맞지 않은 걸음걸이로 쿵쿵거리며 다락 안을 돌아다녔다. "하지만 만일 자네가 며칠 안에 교각을 세울 수만 있다면……"

"내년 말까지 공사는 대부분 마무리지을 수 있죠."

"그다음해에는 다리를 쓸 수 있겠나?"

"아니요…… 하지만 양모시장이 열릴 때에 맞춰 나무로 임시 보행로를 만들 수는 있을 겁니다."

"그러면 그다음해에는 사용할 수 있는 다리가 생기겠군. 양모시장은 한 번만 건너뛰면 되고 말일세!"

"양모시장이 끝난 뒤 돌을 깔아 노면을 완공할 겁니다. 그래야 다음 다음해에 정상적으로 사용할 만큼 단단해질 테니까요."

"젠장, 꼭 그렇게 돼야 해!" 에드먼드가 흥분해서 외쳤다.

"하지만 방죽 안에 있는 물을 퍼내는 작업도 해야 하지 않나." 고드윈이 신중한 어조로 말했다.

머딘은 고개를 끄덕였다. "까다로운 작업이 될 겁니다. 원래 계획대로라면 그 작업에 두 주를 할당했을 거예요. 하지만 그 문제도 해결할 방도가 떠올랐습니다. 무엇보다도 우선 수레로 석재를 나르는 일부터 해야 합니다."

모두 의욕에 넘쳐 문 쪽으로 향했다. 고드윈과 에드먼드가 좁은 나선형 계단을 내려가기 시작했을 때, 캐리스는 머딘의 소매를 잡아 그를 세웠다. 머딘은 키스를 원한다고 생각하고 그녀를 껴안았지만 캐리스는 그를 밀쳐내며 말했다. "소식이 있어."

"또다른 소식이 있어?"

"나 임신했어."

그녀는 그의 얼굴을 주시했다. 그는 놀란 표정으로 적갈색 눈썹을 치켜세우며 눈을 껌벅거렸고, 이내 고개를 한쪽으로 기울이고는 마치 '놀랄 일도 아니잖아' 하고 말하는 듯 어깨를 으쓱했다. 그러고는 처음에는 슬픈 듯이, 그다음에는 순수한 행복에 넘치는 미소를 지었다. 이윽고 그가 환한 표정으로 말했다. "정말 기쁜 소식이야!"

한순간 그녀는 이렇게 바보같이 구는 그가 미웠다. "아니, 그렇지 않아!"

"어째서 아니라는 거야?"

"누군가의 노예로 살고 싶지 않으니까. 그게 설령 내 아이라 해도."

"노예라고? 어머니들이 모두 노예라는 거야?"

"그래! 내가 그런 식으로 생각하고 있다는 걸 어떻게 모를 수가 있지?"

그는 당혹스럽고 상처 입은 표정을 지었다. 그녀는 순간 자신이 내뱉은 말을 취소하고 싶었지만, 그러기에는 너무나 오랫동안 분노를 품고 있었다. "나는 알고 있었어. 그리고 우리가 잤기 때문에……" 머딘은 잠시 머뭇거렸다. "조만간 임신할 수도 있다는 걸, 아니 임신하게 되리란 걸 너도 분명 알고 있을 거라 생각했어."

"그래, 알긴 했지만 애써 모르는 척했어."

"응, 이해할 수 있어."

"제발 그런 식으로 모든 걸 다 아는 척하지 마. 약골인 주제에."

그의 얼굴이 딱딱하게 굳었다. 꽤 긴 침묵이 흐른 후 그가 말했다. "좋아. 더이상 아는 척하지 않을게. 그러니까 그냥 알려주기만 해. 그래서 어떤 계획을 세웠는데?"

"바보, 계획 같은 건 없어. 나는 다만 내가 아기를 원치 않는다는 것만 알 뿐이야."

"그럼 너는 계획이 없고, 나는 바보에 약골이구나. 그럼 나에게 원하는 게 뭔데?"

"그런 거 없어!"

"그럼 지금 여기서 뭘 하자는 거지?"

"그렇게 이성적으로 따지려 들지 말라고!"

그는 한숨을 지었다. "네가 하지 말라고 하니까 지금은 더이상 애쓰지 않을게. 네가 말도 안 되는 소리를 하니까." 그는 방안을 돌아다니며 등잔을 껐다. "나는 우리에게 아이가 생겨서 기뻐. 우리가 결혼해서 그 아이를 함께 키우면 좋겠어. 지금 네 기분이 일시적인 거라고 가정하고 말이야." 그는 제도 도구들을 가죽가방에 챙겨 넣고 어깨에 둘러멨다. "하지만 지금 너는 건드리기만 해도 싸우려고 덤비니까 아예 말을 않는 게 좋겠어. 게다가 할일도 있고." 그는 문 쪽으로 가다가 걸음을 멈췄다. "아니면 키스를 하고 화해할 수도 있지."

"꺼져!" 그녀는 소리를 질렀다.

그는 낮은 문틀 아래로 몸을 숙이고는 계단통 속으로 사라졌다.

캐리스는 울음을 터뜨렸다.

머딘은 킹스브리지 사람들이 과연 이 대대적인 지원 작업에 참여해줄지 알 수 없었다. 모두들 할일이 있고 나름대로 걱정거리가 있었다. 과연 사람들이 다리를 짓기 위한 공동의 노력을 더 중요하게 여겨줄까? 그는 확신이 서지 않았다.『티모시의 책』을 읽은 그는 필립 수도원장이 위기가 닥칠 때마다 평민들을 동원해 그것을 극복했다는 것을 알고 있었다. 그러나 머딘은 수도원장이 아니었다. 그에게는 사람들을 이끌 만한 권한이 없었다. 그는 목수에 불과했다.

그들은 수레 주인들의 목록을 만들어 거리별로 나누었다. 에드먼드는 유력한 시민 열 명을 모았고, 고드윈은 고참 수사 열 명을 뽑아 둘씩 마을을 돌게 했다. 머딘은 토머스 수사와 한 조가 됐다.

그들이 처음 문을 두드린 곳은 리브 휠러의 집이었다. 그녀는 일꾼을 고용해 남편이 하던 사업을 계속하고 있었다. "우리집 수레 두 채를 다 가져가도 좋아요. 수레꾼도 함께요. 그 빌어먹을 백작을 골탕 먹일 수 있다면 뭐든 가져다 써도 좋아요."

그러나 두번째로 방문한 집에서는 거절당했다. "나는 몸이 좋지 않소." 염색공 피터가 말했다. 그는 노란색이나 녹색, 분홍색으로 염색한 모직들을 운반하는 수레를 갖고 있었다. "그래서 밖을 돌아다닐 형편이 아닙니다."

아주 건강해 보이기만 하던걸. 머딘은 생각했다. 피터는 백작의 부하들과 대결하게 될까봐 겁을 먹은 것이 분명했다. 머딘은 이제 그런 일은 없을 거라고 확신했지만, 피터의 두려움은 이해할 만했다. 다른 사람들도 모두 그렇게 두려워하면 어쩌지?

세번째로 찾아간 사람은 석공 해럴드였다. 그는 수년간 이어질 교량 공사에서 일하고 싶어하는 젊은 석공이었다. 해럴드는 즉각 참가하겠다고 말했다. "제이크 쳅스토도 같이 갈 거예요. 제가 장담합니다." 두 사람은 단짝 친구였다.

그다음부터는 거의 모든 사람이 그 일에 동의했다.

다리가 얼마나 중요한지 굳이 설명할 필요도 없었다. 수레를 가진 사람들은 모두가 장사꾼이었다. 게다가 면죄부 혜택이라는 추가적인 동기까지 있었다. 그러나 가장 중요한 요인은, 그들은 예상하지 못했지만, 바로 축제에 대한 기대감인 듯했다. 사람들 대부분은 '누가 가는가?'를 물었다. 친구나 이웃이 간다고 하면 사람들은 그 일에서 혼자 빠지려고 하지 않았다.

방문을 마친 후 머딘은 토머스와 헤어져 나룻배가 있는 곳으로 가보았다. 동이 트면 출발할 수 있도록 밤새 강 건너로 수레를 옮겨놓아야 했다. 나룻배는 한 번에 수레 한 채밖에 운반할 수 없었다. 이백 채의 수레를 옮기려면 오랜 시간이 걸릴 것이다. 바로 그 때문에라도 다리가 꼭 필요했다.

황소 한 마리가 커다란 바퀴를 돌리고 있었고 수레는 벌써 강 건너로 옮겨지고 있었다. 맞은편에서는 수레 주인들이 풀밭에서 풀을 뜯도록 가축들을 풀어놓고는 나룻배로 돌아와 각자 잠을 자러 갔다. 에드먼드의 요청으로 치안관 존과 그의 부관 대여섯 명이 외곽 지대에서 밤새수레와 가축을 지키기로 했다.

머딘이 자정을 한 시간쯤 넘겨 잠을 자러 갔을 때도 나룻배는 여전히 움직이고 있었다. 그는 자리에 누워 잠시 캐리스에 대해 생각했다. 괴 팍하고 예측하기 힘든 그녀의 성격은 그가 좋아하는 매력이기도 했지만, 이따금 도무지 참을 수 없을 때가 있었다. 그녀는 킹스브리지에서 가장 영리한 사람 중 하나였지만 가끔은 어찌해볼 수도 없을 정도로 불합리하게 굴었다.

그러나 무엇보다 참을 수 없는 것은 그에게 약골이라고 한 것이었다. 그는 캐리스가 자신에게 던진 그 조롱을 과연 용서할 수 있을지 자신이 없었다. 십 년 전 롤런드 백작도 그에게 기사종자가 될 수 없으며 목수의 도제나 되는 것이 적격이라며 창피를 줬다. 하지만 그는 약하지 않았다. 그는 엘프릭의 학대에 맞섰고, 다리 설계에 대한 고드윈 수도원장의 마음을 돌렸고, 지금은 도시 전체를 구하는 일을 하고 있었다. 그는 스스로를 몸집은 작지만 분명 강한 인간이라고 생각했다.

그래도 그는 캐리스 문제를 어찌해야 좋을지 알 수 없었다. 그는 근심을 품은 채 잠이 들었다.

이른 새벽에 에드먼드가 그를 깨웠다. 킹스브리지에 있는 거의 모든 수레가 강 건너편으로 옮겨져, 삐뚤빼뚤한 줄을 이룬 채 외곽 지대를 지나 숲 안쪽으로 반 마일 정도 늘어서 있었다. 나룻배로 사람들을 모두 건너게 하는 데 다시 두 시간쯤 걸렸다. 순례 여행과도 같은 규모의 행사를 조직했다는 흥분감 때문에 머딘은 잠시 캐리스와 임신이라는 문제에서 벗어날 수 있었다. 얼마 지나지 않아 강 저편 풀밭은 유쾌한 혼란에 빠졌다. 수십 명이 각자 자기 말이나 소를 끌고 와 수레에 맸다. 양조업자 딕이 큰 술통을 가져와 풀어놓았다. "여행길을 독려하기 위한 겁니다." 그는 그렇게 말했는데, 결과적으로 너무 독려한 나머지 땅바닥에 널브러지는 사람까지 생겼다.

도시 쪽 강변에는 한 무리의 구경꾼들이 모여서 강 건너를 지켜보고 있었다. 이윽고 늘어선 수레들이 대오를 이루며 움직이기 시작했고, 커다란 환성이 터져나왔다.

하지만 석재를 운반하는 것은 문제의 절반에 불과했다.

머딘은 그다음에 닥칠 문제로 주의를 돌렸다. 채석장에서 도착하는 돌을 바로 쌓기 위해서는 원래 계획했던 두 주가 아니라 이틀 만에 방죽 속의 물을 퍼내야 했다. 환호성이 가라앉기를 기다렸다가 머딘은 소리 높여 사람들에게 말했다. 흥분이 가라앉으면서 다음 작업에 대한 궁금증이 솟아오르는 지금이 사람들의 관심을 끌 수 있는 순간이었다.

"힘이 센 분들은 도시에 남아주십시오!" 머딘이 소리쳤다. 호기심이 동한 사람들이 조용해졌다. "킹스브리지에 힘센 분이 있습니까?" 이것은 어느 정도 상대를 자극하는 말이기도 했는데, 힘센 사람만 할 수 있는 작업이라는 말은 젊은 사람들에게 저항하기 어려운 도전 욕구를 불러일으켰다. "내일 밤 수레가 채석장에서 돌아오기 전까지 방죽 속의 물을 빼내야 합니다. 지금까지 해본 어떤 작업보다도 힘든 일이죠. 따라서 약골은 할 수 없습니다." 머딘은 이때 군중 속에 있는 캐리스와 시선이 마주쳤다. 그녀는 움찔했다. 그녀는 자신이 한 말을 기억했고, 그 말이 머딘에게 모욕을 주었다는 것을 알았다. "자신이 남자만큼 힘이 세다고 생각하는 여자분도 좋습니다." 머딘이 말을 이었다. "가능한 한 빠른 시간 안에 양동이를 가지고 나환자 섬 맞은편 강변으로 와주십시오. 잊지 마세요, 힘이 센 분들만 와야 합니다!"

자신이 과연 사람들을 제대로 설득했는지 알 수 없었다. 말을 마친 머딘은 키 큰 피륙공 마크를 발견하고는 사람들 사이를 뚫고 그에게 다가갔다. "마크, 사람들에게 참여를 독려해주시겠어요?" 머딘은 마음을 졸이며 부탁했다.

시민들은 유순한 거인인 마크를 좋아했다. 그는 가난했지만 특히 젊은 사람들에게 영향력이 있었다. "젊은이들에게 참여하라고 말해두지."

"고마워요."

다음으로 머딘의 눈에 사공 이언이 보였다. "아무래도 온종일 당신이 필요할 것 같군요." 머딘이 말했다. "사람들을 방죽까지 데려가고 데려오는 일을 맡아주세요. 도선료를 받아도 좋고 아니면 면죄부를 받아도 좋아요. 어느 쪽이든 원하는 걸 고르세요." 처제를 과도하게 좋아하는 이언은 전에 지은 죄나 앞으로 지으려는 죄 때문에라도 면죄부를 선택할 가능성이 높았다.

머딘은 거리를 지나 다리 공사를 준비하던 강변 쪽으로 향했다. 이틀 안에 방죽 속의 물을 다 뺄 수 있을까? 그 일이 가능할지 도무지 알 수 없었다. 방죽들에 얼마나 많은 강물이 들어차 있을지 궁금했다. 수천 갤런? 아니면 수만 갤런? 그 수량을 계산할 방도는 분명 있었다. 그리스 철학자들이 그 계산법을 만들었을 가능성이 높지만 설령 그렇다 해도 수도원학교에서는 배운 적이 없었다. 그것을 알려면 옥스퍼드에 가야 할지 모른다. 고드윈의 말에 따르면 그곳에는 세계 각지에서 온 유명한 수학자들이 있었다.

그는 과연 사람들이 나타날지 가슴 졸이며 강변에서 기다렸다.

맨 먼저 온 사람은 곡물상의 딸로 오랜 세월 곡물 자루를 나르면서 다져진 다부진 체격을 가진 메그 로빈스였다. "나는 이 도시의 웬만한 남자보다 힘이 세지." 머딘은 그녀의 말을 의심하지 않았다.

다음으로 젊은이 한 무리가, 이어서 수련수사 셋이 나타났다.

양동이를 든 사람 열 명이 채워지자 머딘은 이언을 시켜 그들을 방죽 두 개 가운데 가까운 쪽으로 실어나르도록 했다.

그는 방죽의 테두리 안쪽에 수면 높이에 맞춰 여러 사람이 서 있어도 될 만큼 튼튼한 턱을 만들어놓았다. 그 턱에서 강바닥까지 사다리가 네 개 놓여 있었다. 방죽 복판에는 커다란 뗏목이 물에 떠 있었다. 뗏목과 턱은 2피트 정도 떨어져 있었는데, 거의 방죽 안쪽 벽에 닿을 만큼 튀어나온 뗏목 가로대 때문에 어느 방향으로든 몇 인치 이상은 움직이지 못하도록 복판에 고정되어 있었다.

"두 사람이 한 조로 작업합니다." 머딘이 말했다. "한 사람은 뗏목에 타고 한 사람은 방죽 턱에 있는 겁니다. 뗏목에 탄 사람이 양동이를 채워 방죽 턱에 있는 사람에게 건네주면, 그 사람이 양동이 물을 강물에 다 버립니다. 빈 양동이를 돌려주면서 물이 찬 양동이를 받는 식으로 작업하는 겁니다."

"수위가 내려가면서 서로 손이 닿지 않으면?" 메그 로빈스가 물었다.

"좋은 질문입니다, 메그. 당신이 여기서 감독을 맡는 게 좋겠군요. 손이 닿지 않으면 그때부터는 세 사람이 한 조입니다. 한 사람은 사다리를 쓰고요."

그녀는 그의 설명을 빠르게 이해했다. "그다음에는 네 명이 한 조가 되겠군. 두 사람이 사다리를 쓰고……"

"그렇죠. 하지만 그쯤 되면 휴식을 위해 인원을 교체해야 할 겁니다."

"맞아."

"이제 시작하겠습니다. 저는 가서 열 명을 더 데려오겠습니다. 아직 사람들이 들어갈 자리는 충분하니까요."

"각자 짝을 골라요, 모두 다요!" 메그가 몸을 돌리고 외쳤다.

지원자들이 양동이를 물에 담그기 시작했다. 메그가 외치는 소리가 들렸다. "리듬에 맞춰 작업합시다. 담그고, 들고, 건네고, 버리는 겁니다! 하나, 둘, 셋, 넷. 이런 식으로요. 동작을 맞출 수 있게 노래를 부르는 게 어때요?" 그러더니 그녀가 기운찬 콘트랄토*로 목청껏 노래했다. "옛날에 잘생긴 기사가 있었네……"

모두가 아는 노래여서 그다음 부분은 함께 불렀다. "그의 칼은 곧고 진실했다네!"

머딘은 작업 광경을 지켜보았다. 순식간에 모두가 물에 흠뻑 젖었다.

---

* 여자의 목소리 중 가장 낮은 음역의 소리.

하지만 눈에 띌 만큼 수위가 내려가지는 않았다. 꽤 긴 작업이 될 것 같았다.

머딘은 방죽 측면을 기어올라 이언의 배에 탔다.

강변에 가보니 양동이를 든 지원자가 서른 명 더 있었다.

그는 두번째 방죽에서는 피륙공 마크에게 감독을 맡기고, 양쪽 방죽의 작업 인원을 각각 스무 명으로 맞추고는 지친 사람들을 새로운 사람들로 교체했다. 사공 이언이 지치자 그의 아들이 노를 넘겨받았다. 방죽 속의 물은 한참 걸려서야 1인치씩 줄어들었다. 수위가 내려가면서 작업 속도도 더뎌졌는데, 양동이를 방죽 턱까지 운반하는 데 그만큼 거리가 더 멀어졌기 때문이었다.

한 손에 물이 가득 든 양동이를 들고 다른 한 손에 빈 양동이를 든 채로 사다리에서 균형을 잡을 수 없다는 것을 가장 먼저 발견한 사람은 메그였다. 그래서 그녀가 한쪽 사다리로는 물이 든 양동이를 올리고 다른 쪽 사다리로는 빈 양동이를 내리는 작업 방식을 생각해냈다. 마크 역시 자신이 맡은 방죽에서 똑같은 방식으로 했다.

지원자들은 한 시간 일하고 한 시간 쉬었지만 머딘은 쉬지 않았다. 조를 짜고 지원자들을 방죽으로 실어 왔다가 실어 가는 일을 감독했고, 부서진 양동이를 교체했다. 남자들 대부분이 휴식 시간에 술을 마신 탓에 오후에는 몇 차례 사고가 발생했다. 양동이를 떨어뜨리기도 하고, 사다리에서 굴러떨어지기도 했다. 시실리어 수녀원장이 현녀 매티와 캐리스를 데리고 와 부상자들을 간호했다.

날이 너무 일찍 저물어 작업을 중단해야 했다. 하지만 두 방죽에 모두 절반 이상 물이 차 있었다. 머딘은 사람들에게 내일 아침에 다시 와 달라고 하고 집으로 돌아갔다. 어머니가 끓여준 수프를 몇 숟갈 뜨는 둥 마는 둥하다가 식탁에서 그대로 곯아떨어진 그는 잠시 후 짚을 깐 자리에 누워 모포를 덮었다. 다음날 잠에서 깨자마자 맨 처음 떠오른 생각은 지원자들이 과연 둘째 날에도 와줄까였다.

　그는 동이 트자마자 불안한 마음으로 서둘러 강변으로 갔다. 피륙공 마크와 메그 로빈스는 벌써 나와 있었다. 마크는 두껍게 썬 빵을 먹고 있었고 메그는 발이 젖지 않도록 목이 긴 구두의 끈을 졸라매는 중이었다. 머딘이 도착하고 삼십 분 동안 아무도 나타나지 않자 그는 지원자 없이 남은 작업을 어떻게 할지 궁리하기 시작했다. 그때 젊은이 몇 명이 아침으로 먹을 것을 들고 도착했고, 이어서 수련수사들이, 그다음 나머지 사람들이 모두 도착했다.

　사공 이언이 나타나자 머딘은 메그와 다른 지원자 몇을 먼저 건너가게 했고, 다시 작업이 시작되었다.

　오늘의 작업은 어제보다 더 힘들었다. 모두가 어제의 피로에 몸이 쑤셨다. 이제부터는 물통 하나하나를 10피트 이상 들고 올라가야 했다. 하지만 끝이 보이기 시작했다. 수위가 꾸준히 내려가 강바닥이 얼핏얼핏 보이기 시작했다.

　오후가 중반쯤 지났을 때, 채석장에서 온 첫 수레가 도착했다. 머딘은 수레 주인에게 풀밭에 석재를 내려놓고 수레를 강 건너로 옮기라고 일렀다. 얼마 후 메그가 맡은 방죽에서 뗏목이 강바닥에 닿았다.

　아직 할일이 더 남아 있었다. 마지막 남은 물을 퍼내고 나서는 뗏목을 분해해 뗏목 널을 한 장씩 사다리 위로 옮겨야 했다. 그러자 바닥의 진흙탕 웅덩이에서 파닥거리는 물고기 수십 마리가 드러났고, 지원자들은 그것들을 그물로 걷어올려 나눠 가졌다. 그 일도 끝나자 머딘은 지치지만 기쁜 심정으로 방죽 턱에 서서 평평한 진흙 바닥을 드러낸 20피트 깊이의 구덩이를 내려다보았다.

　내일은 각 구덩이에 잡석을 몇 톤씩 쏟아붓고 회반죽을 채워 견고하고 영구적인 기초를 만들 예정이었다.

그런 다음 다리 공사를 시작하면 될 것이다.

~

울프릭은 의기소침해졌다.

그는 거의 먹지도 않고 씻지도 않았다. 동이 트면 자동적으로 일어났다가 어두워지면 다시 자리에 누웠지만 일도 하지 않고 밤에 궨다와 사랑을 나누지도 않았다. 그녀가 이유를 물으면 그는 "나도 잘 모르겠어"라고 대답했다. 그는 모든 질문에 들으나 마나 한 대꾸를 하거나 끙 소리만 낼 뿐이었다.

어쨌든 밭에서 할 일도 거의 없었다. 지금은 마을 사람들이 화롯가에 둘러앉아 절인 돼지고기와 식초에 담가 말랑말랑해진 사과와 양배추를 먹으며 가죽신을 꿰매고 떡갈나무로 삽을 깎는 계절이었다. 궨다는 자신들이 먹을 것에 대해서는 걱정하지 않았다. 울프릭에게는 아직 곡물을 판 돈이 남아 있었다. 하지만 그가 걱정돼서 미칠 지경이었다.

그동안 울프릭은 일을 위해 살다시피 했다. 끝없이 푸념을 늘어놓다가 쉬는 날이 되어야 즐거워하는 마을 사람들과는 달랐다. 밭과 작물, 가축, 날씨가 그의 주된 관심사였다. 일요일이 되면 해도 되는 일거리가 생길 때까지 안절부절못했고, 축제일에도 규칙을 어기지 않는 일이라면 뭐든지 했다.

그녀는 울프릭을 정상으로 돌려놓는 것이 자신이 해야 할 일이라는 것을 알고 있었다. 안 그러면 그는 병에 걸릴 것 같았다. 그가 가진 돈이 언제까지나 남아 있지도 않을 것이었다. 조만간 두 사람 다 일을 해야 했다.

그녀는 보름달이 두 번 뜰 때까지 그에게 알리지 않았다. 이제 그녀는 확신하게 됐다.

12월 어느 아침에 궨다가 말했다. "당신에게 할말이 있어."

울프릭이 끙 소리를 냈다. 부엌 식탁에 앉아 막대기를 깎던 그는 쓸데도 없는 그 일에서 고개도 들지 않았다.

그녀가 식탁 너머로 손을 뻗어, 막대기를 깎는 그의 손목을 잡아 제지했다. "울프릭, 제발 나 좀 봐."

그는 명령조의 말에 성이 나 무뚝뚝한 표정으로 그녀를 바라보았지만, 졸린 듯한 그 얼굴로는 그녀를 제지하지 못했다.

"중요한 얘기야." 그녀가 말했다.

그는 말없이 그녀를 바라보았다.

"아무래도 아기를 가진 것 같아."

그는 표정은 그대로였지만 손에 들고 있던 칼과 막대기를 떨어뜨렸다.

그녀는 그런 그의 얼굴을 한참 바라보았다. "내가 무슨 말을 하는지 알겠어?"

그는 고개를 끄덕였다. "아기라고?"

"응. 우리에게 아기가 생길 거야."

"언제?"

그녀는 미소지었다. 그것은 그가 두 달 만에 처음으로 하는 질문이었다. "다음 여름, 수확기 전이 될 거야."

"아기는 잘 보살펴줘야지." 그가 말했다. "그리고 당신도."

"응."

"아무래도 일을 해야겠군." 그는 다시 침울한 표정이 됐다.

그녀는 숨을 멈췄다. 그는 무슨 말을 하려는 걸까?

그는 한숨을 내쉬더니 입을 꾹 다물었다. "퍼킨을 만나봐야겠어. 겨울갈이 때 일손이 필요할 테니까."

"거름을 줄 때도 필요할 거야." 그녀가 행복한 듯이 말했다. "나도 함께 갈게. 그가 전에 우리 두 사람을 모두 쓰겠다고 했잖아."

"좋아." 그는 여전히 그녀를 빤히 바라보았다. "아기라고." 그가 마치 무슨 기적이라도 일어난 것처럼 말했다. "남자아이일지 여자아이일까."

그녀는 자리에서 일어나 식탁을 돌아 그가 앉은 긴 의자에 앉았다. "어느 쪽이 더 좋아?"

"여자아이. 우리 집안에는 남자들뿐이었거든."

"나는 당신을 꼭 닮은 남자아이면 좋겠어."

"쌍둥이일지도 모르잖아."

"그럼 남자아이 여자아이 하나씩이면 되겠네."

그는 그녀를 안아줬다. "개스퍼드 신부에게 가서 정식으로 결혼식을 올려야겠어."

궨다는 만족의 한숨을 내쉬며 그의 어깨에 머리를 기댔다. "응, 그래야겠지."

～

머딘은 성탄절 직전에 부모님의 집에서 나왔다. 그는 이제 자신의 땅이 된 나환자 섬에 자신을 위한 방 한 칸짜리 집을 지었다. 목재와 석재, 석회, 밧줄, 쇠로 된 연장 등 섬에 보관중인 값나가는 건축 자재가 점점 늘어나고 있어 그것들을 지킬 필요가 있었다.

그와 동시에 머딘은 캐리스의 집에서 식사하는 것도 그만두었다.

12월의 마지막을 하루 남겨둔 날, 캐리스는 현녀 매티를 찾아갔다.

"뭐 때문에 왔는지 말하지 않아도 알겠구나. 삼 개월 됐니?" 매티가 물었다.

캐리스는 시선을 피한 채 고개를 끄덕였다. 그녀는 병과 단지로 가득한 좁은 부엌 안을 둘러보았다. 작은 솥에서 뭔가 끓고 있었는데, 그 냄새에 캐리스는 재채기가 날 것 같았다.

"저는 아기를 원하지 않아요." 캐리스가 말했다.

"그런 말을 들으면 겁부터 났으면 좋겠구나."

"제가 나쁜 건가요?"

매티는 어깨를 으쓱했다. "나는 약을 만들 뿐 판단 같은 건 하지 않아. 옳고 그름은 사람들이 알 테지. 사제들도 있고."

캐리스는 실망했다. 매티가 동조해주기를 바랐었다. 캐리스는 좀더 냉정한 어조로 말했다. "아기를 지우는 약도 있죠?"

"있긴 한데······" 매티는 거북한 표정을 지었다.

"무슨 문제 있어요?"

"아기를 지우려면 독을 먹어야 해. 일부러 독한 술을 잔뜩 먹는 사람도 있지. 나는 독초 몇 가지로 약을 만든단. 효과가 있을 때도 있고 없을 때도 있어. 하지만 어느 경우든 아주 불쾌한 느낌이 들 거야."

"위험한 약인가요? 제가 죽을 수도 있나요?"

"물론이지. 그래도 출산만큼 위험한 건 아니야."

"그럼 그 약을 쓸게요."

매티는 불에서 솥을 내려 식히기 위해 석판에 얹었다. 그러고는 흠집투성이인 낡은 작업대 쪽으로 몸을 돌리고 찬장에서 작은 오지그릇을 꺼내 몇 가지 가루를 조금씩 쏟아부었다.

"왜 그러세요? 판단하지 않는다면서 비난하는 얼굴이잖아요." 캐리스가 말했다.

매티는 고개를 끄덕였다. "네 말이 맞아. 나도 당연히 판단을 한다. 누구라도 그렇지."

"그럼 저를 비난하시는 거로군요."

"나는 머딘이 좋은 남자이고 네가 그애를 사랑한다고 생각하지만, 너는 그애와 함께하는 것이 행복하지 못한 것 같구나. 그래서 나는 슬프다."

"제가 다른 여자들처럼 남자의 발밑에 몸을 던져야 한다고 생각하시는군요."

"그러는 것이 여자를 행복하게 해주는 것 같으니까. 하지만 나는 다른 삶을 선택했지. 그리고 아마 너도 그럴 것 같구나."

"행복하세요?"

"나는 애초부터 행복을 바라지 않았어. 그래도 사람들을 도우면서 생계를 꾸려가고 있고 자유롭게 살지." 매티는 섞은 가루를 잔에 넣고 술을 부은 뒤 가루가 풀리게 휘저었다. "아침은 먹었니?"

"우유 조금요."

매티는 그 잔에 꿀을 조금 넣었다. "마셔라. 음식은 먹으면 안 된다. 모두 토하고 말 테니까."

잔을 받은 캐리스는 잠시 머뭇거리다 약을 마셨다. "고마워요." 지독하게 썼다. 꿀의 단맛도 그리 도움이 되지 않았다.

"내일 아침이면 다 끝날 거다. 어느 쪽으로든."

캐리스는 약값을 치르고 그곳을 떠났다. 집으로 가면서 그녀는 의기양양함과 슬픔이 섞인 이상한 감정에 사로잡혔다. 지난 몇 주 내내 걱정한 끝에 마침내 결단을 내렸다는 사실에 기운이 나면서도 가슴 한편으로는 상실감을 느꼈다. 누군가에게 작별이라도 고한 느낌이었다. 작별을 고한 상대는 아마도 머딘이리라. 그녀는 그들이 영영 헤어지게 된 건지도 모른다고 생각했다. 아직 그에게 화가 나 있기 때문에 지금은 그 일을 냉정하게 생각할 수 있지만, 나중에는 그를 몹시 그리워하게 될 것이다. 그는 아마 다른 연인을 찾을 테고 상대는 어쩌면 베시 벨일지도 모르지만, 캐리스가 다른 상대를 찾게 될지는 알 수 없었다. 머딘을 사랑했던 것만큼 누군가를 사랑하는 일은 없을 것 같았다.

집에 온 그녀는 집안에 돼지고기 굽는 냄새가 진동하자 욕지기가 나서 다시 밖으로 나왔다. 그렇다고 큰길에서 다른 여자들과 잡담을 나누거나 길드 집회소에서 사람들을 만나 사업 이야기를 할 생각도 없어 막연히 수도원 경내로 향했다. 그녀는 온기를 유지하기 위해 두꺼운 양모 외투로 몸을 감싼 채 묘지의 묘석에 걸터앉아 대성당 북쪽 벽을 바라보며 쇠시리의 완벽한 조각과 날아오르는 듯한 부벽에 감탄했다.

얼마 지나지 않아 몸이 불편해지기 시작했다.

그녀는 무덤 앞에서 토했지만 빈속이라 시큼한 액체만 나왔다. 그러다 두통이 시작됐다. 눕고 싶었지만 부엌에서 나는 냄새 때문에 집에 가는 것은 내키지 않았다. 그녀는 수도원 구호소로 가기로 마음먹었다. 수녀들이 잠시 누워 있게 해줄 것이다. 그녀는 묘지를 떠나 대성당 앞 초지를 가로질러 구호소로 들어갔다. 갑자기 못 견디게 목이 말랐다.

포동포동하고 온화한 인상의 줄리 자매가 그녀를 맞았다. "줄리애너 자매님." 캐리스는 고마운 심정으로 말했다. "물 한 잔만 주시겠어요?" 수도원에는 강 상류에서 관을 통해 끌어온 차고 맑고 안전한 물이 있었다.

"어디 아픈 거니?" 줄리 자매가 걱정스럽게 물었다.

"좀 욕지기가 나서요. 잠깐 누워 있어도 될까요."

"물론이지. 내가 가서 시실리어 수녀원장님을 모셔올게."

캐리스는 바닥에 나란히 놓인 밀짚 매트들 중 하나에 몸을 눕혔다. 조금 시간이 지나자 몸은 좀 나아졌지만 두통은 더 심해졌다. 줄리가 물단지와 잔을 들고 시실리어 원장과 함께 왔다. 캐리스는 물을 조금 마셨다가 뱉어내고는 다시 마셨다.

시실리어가 몇 가지 묻더니 말했다. "뭔가 상한 음식을 먹었구나. 속을 씻어내야겠다."

캐리스는 너무 아파서 대답도 제대로 할 수 없었다. 자리를 떴던 시실리어가 얼마 후 약병과 숟가락을 가지고 돌아왔다. 그녀는 캐리스에게 정향맛이 나는 달콤한 약을 한 숟가락 줬다.

캐리스는 눈을 감고 누워 통증이 사라지기를 기다렸다. 얼마 후 위경련이 일어나면서 걷잡을 수 없이 설사가 쏟아졌다. 그녀는 어렴풋이 그것이 해독약 때문일 거라 짐작했다. 한 시간쯤 지나자 위경련이 사라졌다. 줄리가 옷을 벗기고 씻겨준 뒤 수녀복을 입혀 다시 깨끗한 매트에 눕혔다. 캐리스는 탈진한 채 자리에 누워 눈을 감았다.

고드윈 수도원장이 그녀를 보러 와서 사혈해야 한다고 말했다. 한 수사가 그 일을 하러 왔다. 그는 그녀를 앉히고 커다란 사발 위로 팔꿈치가 오도록 팔을 당기더니 예리한 칼로 팔꿈치 안쪽의 혈관을 쨌다. 그녀는 통증도, 피가 빠져나오는 것도 거의 느끼지 못했다. 잠시 후 수사가 쨘 자리에 붕대를 감고는 붕대가 움직이지 않도록 잡고 있으라고 말했다. 그러고는 피가 담긴 사발을 치웠다.

그녀는 자신을 보러 온 사람들을 어렴풋이 의식했다. 아버지도 있었고 페트라닐라 고모, 머딘도 다녀갔다. 이따금 줄리 자매가 입에 물잔을 대줄 때마다 물을 마셨다. 갈증이 좀처럼 가라앉지 않았다. 어느 때인가 촛불이 보여서 밤이 됐다는 것을 알았다. 이윽고 캐리스는 불편한 잠 속에 빠져들었고, 피에 관한 무서운 꿈을 꾸었다. 잠에서 깰 때마다 줄리가 물을 먹여줬다.

동이 틀 무렵 캐리스는 잠에서 깨어났다. 둔한 두통은 있지만 통증은 가신 상태였다. 다음 순간 누군가 자신의 허벅지를 씻겨주고 있다는 것을 알았다. 그녀는 팔꿈치를 괴고 상체를 일으켰다.

천사 같은 얼굴을 한 수련수녀가 매트 옆에 쭈그리고 앉아 있었다. 캐리스가 입은 옷은 허리까지 올려진 상태였고, 수녀는 따뜻한 물을 적신 수건으로 그녀를 닦아주고 있었다. 얼마 후 캐리스는 그 수녀의 이름이 생각났다. "마이어 자매님." 캐리스가 말했다.

"네." 수련수녀가 미소를 지으며 대답했다.

수녀가 사발에 수건을 짤 때 나오는 붉은 물을 보고 캐리스는 더럭 겁이 났다. "피잖아요!" 그녀가 놀라서 말했다.

"걱정 말아요. 당신은 생리를 하는 거예요. 좀 심하기는 하지만 정상이에요."

그제야 캐리스는 자신의 옷과 매트가 온통 생리혈에 젖어 있다는 것을 알았다.

그녀는 다시 누워 천장을 바라보았다. 눈물이 흘러나왔지만 안도감 때문인지 슬픔 때문인지 알 수 없었다.

그녀는 이제 임신 상태가 아니었다.

(2권으로 이어집니다)

옮긴이 **한기찬**
연세대 국문과를 졸업하고, 『현대문학』을 통해 시인으로 등단한 뒤 번역가로 활동하고 있다. 『대지의 기둥』 『월든』 『축복』 『캐리』 『유빅』 『반지의 제왕』 『지식의 지배』 『카뮈, 지상의 인간』 『톰 고든을 사랑한 소녀』 『자루 속의 뼈』 『인간적인 너무나 인간적인』 등 100여 권의 책을 우리말로 옮겼다.

문학동네 블랙펜 클럽
끝없는 세상 1

초판인쇄 2019년 2월 15일 | 초판발행 2019년 2월 27일

지은이 켄 폴릿 | 옮긴이 한기찬 | 펴낸이 염현숙
책임편집 김혜정 | 편집 강경화 김지연 | 모니터링 이희연
디자인 윤종윤 이원경 | 저작권 한문숙 김지영
마케팅 정민호 정진아 함유지 김혜연 박지영 김수현 | 홍보 김희숙 김상만 이천희
제작 강신은 김동욱 임현식 | 제작처 영신사

펴낸곳 (주)문학동네
출판등록 1993년 10월 22일 제406-2003-000045호
주소 10881 경기도 파주시 회동길 210
전자우편 foret@munhak.com | 대표전화 031) 955-8888 | 팩스 031) 955-8855
문의전화 031) 955-8862(마케팅) 031) 955-1904(편집)
문학동네카페 http://cafe.naver.com/mhdn | 트위터 @munhakdongne
북클럽문학동네 http://bookclubmunhak.com

ISBN 978-89-546-5505-7 04840
     978-89-546-5504-0 (세트)

www.munhak.com